草原文学精品选编

2007—2017

诗歌、散文 ❶

内蒙古作家协会 ◎ 编

远方出版社

图书在版编目（CIP）数据

草原文学精品选编：2007—2017. 诗歌·散文 / 内蒙古作家协会编. -- 呼和浩特：远方出版社，2017.4

ISBN 978-7-5555-0893-9

Ⅰ. ①草… Ⅱ. ①内… Ⅲ. ①中国文学—当代文学—作品综合集—内蒙古②诗集—中国—当代③散文集—中国—当代 Ⅳ. ① I218.26

中国版本图书馆 CIP 数据核字 (2017) 第 085218 号

草原文学精品选编（2007—2017）·诗歌、散文

CAOYUAN WENXUE JINGPIN XUANBIAN（2007—2017）SHIGE SANWEN

编　　者	内蒙古作家协会
责任编辑	杨　敏　董美鲜
责任校对	心　妍
封面设计	刘红刚
装帧设计	王改英
出版发行	远方出版社
社　　址	呼和浩特市乌兰察布东路 666 号　邮编 010010
电　　话	（0471）2236471 总编室　2236460 发行部
经　　销	新华书店
印　　刷	呼和浩特市圣堂彩印有限责任公司
开　　本	170mm × 240mm　1/16
字　　数	443 千
印　　张	27.5
版　　次	2017 年 4 月第 1 版
印　　次	2017 年 4 月第 1 次印刷
印　　数	1—1 000 册
标准书号	ISBN 978-7-5555-0893-9
定　　价	78.00 元（全 2 册）

如发现印装质量问题，请与出版社联系调换

《草原文学精品选编》编委会

主　任：白玉刚

副主任：周纯杰　张　宇　特·官布扎布

成　员：乌云格日勒　图·巴特尔　锡林巴特尔　苏那嘎

汉文专家组

组　长：张　宇

副组长：赵富荣

成　员：包斯钦　高明霞　郭亚明　广　子

蒙古文专家组

组　长：特·官布扎布

副组长：锡林巴特尔

成　员：满　全　额尔敦哈达　巴图苏和　苏布道

目录

诗　歌

额尔古纳　　　　／003　斯日古楞

萨拉乌素源流　　／010　白　涛

云珍散文诗特辑　／018　云　珍

在雪地上行走（外三首）／033　斯日古楞

远处（组诗）　　／037　赵剑华

乡村日记　　　　／043　李　明

没有墓地的伟人　／044　张天男

草叶上的海（组诗）／055　敕勒川

江格尔奇传说（组诗）／060　白　涛

察哈尔歌谣（组诗）／067　蒙根高勒

站在高原的脊背上（组诗） ／ *073* 高朵芬

蒙地诗篇（组诗） ／ *078* 广　子

苏尼特（组诗） ／ *084* 戈三同

散　文

一条歌的河流 ／ *091* 刘志成

绿色地平线 ／ *107* 伊勒特

马头琴上的琴弦 ／ *116* 姚　广

绿色情缘 ／ *123* 舒　正

梦幻家园 ／ *134* 陆文学

繁华，不过是一掬细沙	/**139**	杨　瑛
大哥，你不该我不甘	/**146**	王　晖
陕北，陕北，歌悠悠	/**154**	刘志成
天上拉萨	/**195**	侯伊玲
国歌赋	/**202**	赵云东
河流	/**204**	杨　瑛
额嬷格	/**213**	艾　平
消失的家园	/**241**	陈　刚
春风已在广场西	/**250**	陈慧明
蒙古密码	/**258**	特·官布扎布

额尔古纳

选自《斯日古楞诗选》，本书2008年获第九届全国少数民族文学创作"骏马奖"
斯日古楞

"额尔古纳"，蒙古语是"呈送"、"奉献"的意思。额尔古纳河，蒙古族的发源地。额尔古纳河，蒙古族人民心中神圣的河。

——题记

一

高高的
吉勒老奇
山麓
秀乳挺举
是母亲
轻盈的乳汁
汇流
涌
来
奉献给
渴意难收的
众多儿女

二

他们吮吸
在吮吸中
精壮
他们精壮
在精壮中
繁衍
他们繁衍
在繁衍中
辉煌
辉煌

三

而你依然沉默
沉默
也透露美丽
而你依然流畅
流畅
舒缓的丰腴

四

因你善良
儿女们
学会善良

且在善良中

积累智慧

因你豁达

儿女们

继承豁达

且在豁达中

亮晒心扉

五

你透明的梦

生长

活灵灵的故事

启迪

儿女们的心灵

你悲怆的路

蜿蜒

传唱的歌谣中

昭示

民族的历程

六

都说你

丰满的乳腺

密布

一千八百一十五

条　支流

母系的脉络

纵横交错

覆盖

整个儿

蒙古草地

都见你

失血的不屈

悠然

千里万里

每　一程

温柔的呵护

亘古岁月

贯注

强悍的

蓬勃生机

七

额尔古纳

母亲河

慈爱

滋润游牧的日子

执着

牵引跋涉的马队

八

如果有

谁的灵魂

需要沐浴

就捧起

阳光般

圣洁的河水

亲切的

手臂

总会轻轻

安抚他

从痛苦与浮躁中

解脱

开辟属于自己的

辽阔和深邃

九

额尔古纳

莫不是

每一朵浪花

都开放

好似莲花的毡包

每一座

毡包

都供奉

母亲的恩泽

额尔古纳

莫不是

每一条分支

都洋溢

成为甜甜的长调

每一首

长调

都述说

母亲的功绩

十

我

在万里之遥

眺望着你

寂静的

苍茫下

殷殷的目光

正在起飞

我已经

用血肉之躯

搭起神圣的祭台

让失眠的梦

走出灰暗的云层

十一

我

听到

额尔古纳

在呼唤

这是母亲

对着

失散的儿女

在没有篝火的冬季

敖特尔

把仅有的

也是最后

的　一枚

菩提籽

郑重交给

一位写诗的

牧马人

委托

执行一次

庄严的投递

萨拉乌素[1]源流

2009年获第九届内蒙古自治区文学创作"索龙嘎"奖

白　涛

一

露水的歌谣，在拂晓的风中叮咚
暗淡的微光折射着开始
泥水的草滩上，一朵吐着露珠的金莲
把自己的妩媚轻轻打开
与阳光交合，每一片花瓣
内心的叶脉划过闪电
从青涩到金黄
一生的隐秘深藏于花茎

一朵金莲的影子后面
隐约着一片高原。泥质的
形态，是先人的颅骨

---

[1] 萨拉乌素，蒙古语"黄色的河"，位于内蒙古鄂尔多斯高原南部。1922年，法国人桑志华、德日进在此发现一枚幼儿左上外侧门齿化石及其他众多化石、石器。萨拉乌素是中国大陆少有的旧石器时代遗址，中华文明的重要起源地之一，全国重点文物保护单位。

黄水切割的曲线，独立高天
一如它的名字：鄂尔多斯
在湍急的流水中轻轻晃动
大河远去，村庄开始零落
头盖骨、股骨、门齿与石器
被翻滚的沙丘
一遍遍掩埋
而成为化石。热释光与光释光[1]做证
七万年乾坤！
这高傲的头颅——鄂尔多斯人！

二

昨天，萨拉乌素
你就是一条小河
西河北河，马兰泡或平地泉
就在村口就在西边沙窝子里
一抹流水带来的草根、泥沙和腐殖质
带来云杉、鸟鸣，远处的滚雷声
鄂尔多斯风暴，从这独立板块抬升的时刻起
在黄河大几字之间雷霆飞旋

萨拉乌素，我早就忘记了你的名字
人们叫你西河，我也叫你西河
旁边高耸的沙山叫呼和莽哈
后来我才知道呼和莽哈

---

[1] 光释光，最新同位素测定年代方法。

蒙古语意：青色的沙漠
沙漠就沙漠，为何是青色

如此形容沙漠
我再也未曾听说

现在很难想起，沙漠在春天
会是怎样的颜色
风搅雪雾的漫漫沙山也很少去看
呼和莽哈就呼和莽哈吧
在那个失血的年代
少年的经历能留下什么

谁看见呼和莽哈游移的身影
谁听见萨拉乌素远去的声音
那个年代，是谁将我推上这高原
我像一只阿尔巴斯乌头山羊一样
被驱来赶去，吃草喝水，然后
说不出是被谁捉弄
只是有时望着夜空的深远
总觉着内心蠕动着轻轻的忆念
泪水浸泡的酸涩
在青蛙和蟋蟀的叫声中漫流

三

大河三面环绕的鄂尔多斯
一面，敞开给了南方

世界上再没有如此骄傲的高原
被大河母亲怀抱一生

第一次渡过黄河的我
站在二十世纪七十年代
黄土岸边，渡河的地点
在昭君坟与土默川之间
背靠着阴山，面前
是风沙漫天的毛乌素和库布齐
第一次脚踏高原大地
就在一棵沙拐柳前扑倒
柔润的沙丘软化着少年倔强又懊恼的心

这是我从未到过的乡土
幻觉的鄂尔多斯，沙原与草甸
用它高低起伏的胸肩
给我砖茶、酒和青盐
酸奶酪和凝固的羊油膏脂
给我满脸沙尘的少女
我却不知该如何倾身亲吻
惊异忧郁的少年，我的初梦
就从这第一个草原之夜开始

而鄂尔多斯荒野依旧冷峻默然
冰河上的太阳幽暗无光
谁都无法预料这封冻期的长短
严寒中的沙尘遮蔽了北方与南方
我像一只小小土拨鼠，躲进黄泥小屋

翘起尾巴，四肢冰凉

四

那该是一个流行野性的年代
假如不是
我如何被卷入这茫茫沙海
那该是一次命运着意的嘲弄
如果不是
我会以怎样的脚步去回答生活

五

劫后重生的我的亲人呵
你深陷的双眼为何总是湿润
往日的一粒细沙在让你疼痛
黄风中的尘土
一次次将你捉弄

我因过早地与风沙遭遇
已习惯在沙尘中畅快呼吸
我的每一寸皮肤都流溢油脂的膻香
嗓音和语调发出流水的声响
荒原落日又拉长了我的身影
沙山一隅，我的眼睛抚弄一抹弯流
萨拉乌素，你从什么时候开始
让我成了你的属民
身体坚硬，眼神潮湿

七万年和今天，在同一片沙原
同一条河流上行走着的
是我一样的脚步蹒跚的蒙古人

六

萨拉乌素，在毛乌素沙漠南缘
优美的曲线，银子般闪亮的乳汁
是祖母在歌唱她自己的年轻吗

是蒙古人，都有着流水的乡思
和每一个蒙古人一样
我在白色穹庐中长大
马背上的奶酒烘热了筋脉
莽原上的长调悠远了目光
只有在马背上倾听着蹄声
蒙古人的梦想才无域无疆

谁的歌声追赶着马群
流水放牧着朵朵白云

在萨拉乌素的美丽源头
传来祖母清亮而悠远的歌唱

蒙古人，抖动你的双肩
承接住蓝天大地卷涌的洁白
也承接这四野滚滚的沙尘

萨拉乌素呵，你是长生天

给我们蒙古人的

第一捧血吗

七

斡难河与额尔古纳河

西拉木伦与萨拉乌素

缥缈无定的辽远起伏呵

要走多远，我的呼喊能与祖母的歌声链接

要到几时，我的血脂能在母亲的故乡消融

一路洒下多少欢乐的忧伤

一生的血流为谁奔腾跳荡

长调宛转之处是我故乡

奶酒迷蒙之中是我故乡

内心只依恋

一片滑落的鹰翎

和白马渐渐远去的嘶鸣

我哼着长调去追赶

和父亲一样，饮下碗底最后一口苍凉

从额尔古纳、根河，到萨拉乌素

从大兴安岭、阴山，再到鄂尔多斯

只有走遍高原，访过每一位亲人

我的梦魂才会被神灵腾格里看守

身体被乡土收容

和曾经的先人一样

双脚扎在家乡草地
心胸远大，目光坚强

八

一朵金莲的丰润华美
渐渐抵达了一生的纯粹
秋风吹散了它生命的水分
花瓣分解为沙土，凝结成广袤的高原
这即将到来的冬天
又淹没了一切

这是一棵沙地旱柳讲述的
苦难箴言

云珍散文诗特辑

2009年获第九届内蒙古自治区文学创作"索龙嘎"奖

云　珍

麦穗飞行在荒旱的五月

哪一朵飞行的烈焰倒扣在五月的白昼或暗夜？

哪一根亮闪闪的针尖挑破五月死硬的钢蓝？

落日敛翅擦了一下麦穗，麦穗打开，麦芒屹立，如怒放的九月菊镀了黄昏的色彩，红黄红黄的光芒熏刺得五月蠢蠢欲动。

我看见死硬的钢蓝仍在一刷子一刷子地涂抹五月。

我看见黑色的蝶羽携手攀肩洪峰压境。

我看见蜂群自麦田喻的一声飞起。

我看见朵朵烈焰倒扣在五月不舍昼夜地烧灼并挥喙挑刺，如情爱烧到极致的十八岁绣女飞针走线。

我看见黑色的蝶羽被灼开透明的窟窿。

我看见死硬的钢蓝被挑破。

窟窿里漏下朗朗晨光，蓝色的血液自挑破的针眼滴入五月的荒旱……

烈焰与光芒与生俱来，烧灼或挑刺欲控不得，只要残阳微弱的一束，哪怕只是轻轻的一擦或微微的一点。

微弱的一束不是麦穗的唯一，轻轻地一擦或微微地一点纯属偶然。不妨趁死硬的钢蓝最耀眼的时刻,趁蝶羽将至,仔细听麦,麦田脚步杂乱,闹闹嚷嚷,那是蜂群在调动和集结。

与麦穗和麦芒对立,飞行的烈焰和光芒会自动进入我们的身体,流作血液,长成骨髓。走进五月恐怖的蝶阵或死硬的钢蓝我们摩拳擦掌,欲控不得……

一支笛,洞穿夏夜

汗滴渗入龟裂的土地,残阳渴死于西山。夜之鸟振翅而来,纷纷如霰。

如豆灯苗摇曳昏黄,孤独剪影散作絮片。流萤明明灭灭迷失于草丛,陨星坠落的远方溅起一声沉重的叹息!

汩汩笛韵蜿蜒作清凉小溪注入夜,或悦耳如箭,刺天宇成星星的窟窿,天光漏倾。

一个凝固的身影站立在流动的晨光里……

猎

风,兽鸣般撞击胸廓。

蓝烟自充血眸子流溢,流成起伏的海。油腻腻的老枪游弋,若鱼。

红珊瑚熠熠闪耀,浪花咬着浪花。

铁色鹰、雪色鸽,骤然旋落,血翅于群山隆隆的轰鸣中丈量最后的距离。

火狐逃匿,闪着狡黠的笑,嘲讽的笑。

东山之巅,西山之巅,笑,灿然若霞。

摄阴阳之灵,凝日月之华,五百年岁月悠悠。

猎人一代代,浪花咬着浪花。

吞噬铁色鹰、雪色鸽,吞噬蓝幽幽的困惑。

鸟飞绝，莽林在颤抖中倾斜。

臂生双翼，驾雾而起，利喙扁平状膨胀，束拢，蔽日，锥地三千里。

手擎火狐，笑于东山之巅，笑于西山之巅。

月如水，刷洗着梦。

蓝烟汹涌，海汹涌，油腻腻的老枪游弋，若鱼。

野 店

锈蚀的风掠过史书般的古城垛，沉重而苍凉。

远山的蚌娩出木轮战车，甲虫样的汽车，缕缕烟尘迷漫了历史的颈项，喧响的欲望撞得高原跌跌撞撞。

当暴风雪撕裂狐狼的嘶嚎，野店，倏然张开紧咬的门扉，站成一束惊喜的目光，一个喳喳欢叫的窠。炊烟升一缕暖暖的温存，蓝蓝的缠绵……

野店的鸡声夜夜嘹亮，旷野的晨风日日鲜嫩。走出鸡声，沐浴晨风，飘逸的旋律写满未尽的旅程，令直起耳朵的古城垛战栗着遥想：马蹄绽开古道的笑靥，漠风削尖驼铃，刺伤晚归的残阳……

城垛旁，耸起一幢高楼

太阳飘曳长了五千年的胡须。丝云蠕动，天宇长满寿斑。

凝于山峦之巅，凝于褐色的高原高耸的鼻翼，古城垛，无奈的王朝一滴琥珀色的珠泪。

马达击穿岁月，机声的重炮袭击古原，风鸣鸣地掠动历史的碎片——木轮战车沿秦汉古道隆隆轧响，辙痕深深，如利刃切入肌肤。恋恋不舍的残月于呜咽的号角声里敲落，斧钺雕琢的太阳耸起血染的辉煌。

红裙子与海魂衫翩翩栖落冷风景。电弧光溅起的火花 结十字镐舞动的银练。一节嫩笋样的高楼自废墟上嘎嘎拔节，如亭亭玉立的少女。朵朵野菊绽开窨酒的笑靥，笑傲历史，笑傲脚下的古城垛……

跑　学
——追忆中学时代

脚踝抖开绾接晨昏的山道，抖开音乐鸟唧唧鸣溅的琴弦。

笑语如红嘴鸟尖尖的软喙，颗颗 A、B、C、D 的音符，牵离菱形、椭圆形，牵离梦影般翔入四月的纸鸢；朗朗汉字，拼成一幅幅绚烂的图画，自啄破的茫茫心宇忒儿忒儿惊飞，戏于晨曦急湍的旋涡——

走出山洞，磨砺石头，燧人氏亮睫一闪，翩翩的火蝴蝶覆没了漫漫寒夜……

飞倦的黄昏栖落夜幕的绿叶，构思黎明的《日出》去了。迟归的落霞之鸽立于远山苍劲的勾、股、弦，咕咕求证夜的平方。

——胡麻花、油菜花铃铃晚唱，夜来香摇荡馥郁的星光；盏盏眨眼的桅灯划过，划过静泊于山弯的一汪幽蓝……

解不开的是那一角晚风中飘曳的红纱巾；是那一瞥飞触的闪视；是那一席圆圆的话题。

——一个不等边的三角形；一道繁杂的方程式；一串无限不循环的圆周率……

穿过时间的针眼，穿起颗颗滚落的日轮，山道弯弯的项链，缠绕在记忆的边缘……

寻找一种方式与你对视

撕裂幽蓝的沉静，以齿之噬咬、以目光之锐利。

让海藻漂出来，让海豚跃起来……

击掌之后，不散的眸光成为旅途驱策的刀子，而呼啸的血液一意焚然作凯旋的火把，烛照人约黄昏后。划了一个圆弧归来，没有三尺浪花高蹿成弯弯的惊叹号，却只见先前到达的你早已立于迎迓的路口，我疲倦的心灵之翅无语地垂落。

昂起脸，你便昂起了魔鬼三角金色的海岸。

让弯弯的头发百川过海，让条形的躯体长出两腮一路浅翔而去，是在征服的货轮沉没之后，飞跃的银翼折断之后，是在立于额头眺望了一千次之后，是在攀往睫毛凝眸了一万次之后，是在之后的之后。

——深入抑或远离只是美丽的企图。

我只好以身殉职，以齿之噬咬、以目光之锐利，以头颅的重锤敲碎，然后凝作一座孤岛在你的眼里永驻，看海藻的飘曳，鱼类的游弋，海豚的跳跃，魔鬼三角魔鬼的技巧……

倾斜的古瓶及其均匀的流水

面对一只倾斜的古瓶及其均匀的流水我不能不发怵发愣。

那瓶与这个世界构成一个角度。深沉的暗夜浩荡无边，只有流水。明亮的流水一滴滴洇开，有古典的蝌蚪翔游其中。

一群披鳞戴甲的娃娃鱼自幽深的甬道涌出，一律睁大发红色鱼眼。一条鱼吞食另一条鱼，浑然不觉更大的鱼。以一身绮丽诱敌，以一患水泡袭击，悠游而雅的鱼个个身怀绝技。乌贼的触须很长，横扫太平洋，长抵英吉利。鱼以血的吃线圈定水域，然后筑起长长短短的界墙，著名的是东起山海关西至嘉峪关的那道逶迤。

沙皇、路易十四、墨索里尼、法西斯希勒特，不过是些半大不小的鱼。

那瓶颤晃了一下，世界发生水灾，大水覆没凯旋门，鱼们的巢穴化作一堆瓦砾。

瓶之外，有没有另一只瓶？那瓶握在谁的手中？

拉长了鱼眼遥望，光年之外，一只倾斜的古瓶均匀地滴着流水。

夜夜鸡声

一声鸡啼————一声响镰。

声声鸡啼————镰声一片。

一片响镰嚓嚓地割倒暗夜。

早晨六点————澄明而空阔，是收割后的秋天。大山、草树、烟囱、电线杆，是挂在脚腕上的冰凌碴子，是晶莹的霜花，绽开在六点钟的唇边。

起伏的人影脚踩六点钟，牵拉地平线。朝阳的犁尖豁开六点，道道彩云的垄沟码在山巅。布谷鸟飞越六点一刻，扑闪着金色的翅翼声声催春：布谷——布谷——

暗夜如出岫的雨云，黑色的麦浪薄薄厚厚、浓浓淡淡，浪接远山。听见暗夜吃水，咕咕复咕咕，听见暗夜拔节，咯咯复咯咯。吃水的夜、拔节的夜攥紧拳头，咬紧牙关。

日日鸡声，今又鸡声。闻鸡起舞的人们操刀割夜，堆垒三百六十一个肥肥瘦瘦的年景。

走向场子的斗鸡

定了就不能更改，况已说破，况已经迈开。

那里有众多好汉，一条好汉就会制造许多血腥的场子。胜了的趾高气扬，败了的垂头丧气。邻居家的哥哥肌腱坚韧，羽毛比彩虹还绚烂。探望它的那天，血流在它的脸上，流进你的心间。它静卧着有气无力的诉说，高耸的冠子扯开豁子，翎羽稀疏而杂乱，尤其刺眼的是那只被啄瞎了的眼，黑洞洞的如一颗钉子。

赢了固然不错，败了也未必，所有的细节想得不能再细了，梦只剩了一种颜色。梦将嗉子以及肠子以及肌肉以及翎羽，冲胀得快要炸了。败了是吐，赢了是泻，不吐不泻难受得欲活不能，欲死不得。比不吐不泻更难受的是那颗钉子，你想移植那颗钉子。

定了就不能更改,况已说破,况已经迈开。那收缩并紧绷着扎进胸前的头颅,那撇在一边的冠子,那有些变形的步子,已被永远的太阳看见。

跨着变形的步子,绷紧并收缩着扎在胸前的头颅,冠子撇在一边,那鸡一声不响地走向场子。

割柴火的人

晃动的柴火背子如波荡的黄土地窜起的一朵蓝浪,如黄土地短平的小土岗浴进并牵拉着黄土地波荡。

柴火在黄土地的坡峁沟岔。

柴火是顽强地顶破春天却再也长不大的新绿,新绿点点地点缀在黄土地,似有若无,像蜡黄的脸庞没有剃尽的胡须。

割柴火的人镰刀锋利得如燕儿翅。割柴火的人双膝跪地,一镰一镰地剡,一镰一镰地刮,像飞进七月的燕儿贴地低飞,一翅一翅地刈敛,一喙一喙地嘣啄那渣渣的蜃气。

割柴火的人收集七月星星点点的热量和绿意。

"柴成垛,不肯坐。"割柴火的人闻鸡起舞,听日日被鸡声拉高、扯宽的柴火垛子传出瘦马的咳儿咳儿,羸牛、羸羊的哞哞或咩咩;听热炕上那说不清是疼痛还是舒坦的吟哼;听房顶上猎猎作响的烟……

割柴火的人以绳扣肩,以肩背柴。割柴火的人重重地将背子往后一甩,肉与绳便撕裂开来。割柴火的人顾不得血肉模糊,赶紧屏气敛神感觉,感觉无风的天有风当腰吹过。那感觉不像坐上藤椅,睡在席梦思,也不像盛夏太急过猛的凉水浴,有点像蹀躞的鱼群软软的触抵,丝丝痒痒酥酥的蠕动由腰及脚及顶爬遍全身。那感觉是一种独特的无可言喻的舒服和快意。割柴火的人不停地歇脚图的就是那种感觉,那种感觉割柴火的人也说不准说不全。

跷腿靠在七月的藤椅,避开七月空调的斜吹,半口半口品呷碧螺春幽幽的绿意,我由不得怀念那些割柴火的日子,怀念那重重地甩下柴火背子一瞬间独特的舒服和快意……

邂逅黑衣人

我是于昏暗、凝滞、柔软的灯光与他匆匆一晤。

——那阴冷、凝重、石头样坚硬,那穿一件黑风衣呼的一声与我擦肩而过的那男人。

我是于昏暗、凝滞、柔软的灯光无意间抬眼望见。

——那阴冷、凝重、石头样坚硬,那穿一件黑风衣伫立于呼呼的北风,任北风咔嚓咔嚓摔动风衣下摆的那男人。

我是于昏暗、凝滞、柔软的灯光与影子对视时看见。

——那阴冷、凝重、石头样坚硬,那穿一件黑风衣,任北风的重锤当当地楔进阳光的那男人。

我是于握住影子且握得影子吱吱叫的时刻看见。

——那阴冷、凝重、石头样坚硬,那穿一件黑风衣走出嵌住的阳光且伴我走出昏暗、凝滞、柔软的灯光且进入我身体的那男人……

能不忆江南

丝弦上的江南。

紫砂壶里的江南。

檀香折扇的江南。

云遮雾绕的江南。

——我行走在梦幻江南。

我踩上丝弦,像小人鱼走在了刀尖,我担心会咯嘣一声踩断了江南。

我撑一叶扁舟,像野鸭样凫荡,我担心会被浪花吞咽。

江南在阁楼上弹拨。

江南在小桥下流泻。

我将煮沸了的江南倾倒入杯,一口一杯,我担心会吞尽了江南。

我打开檀香折扇一扇一扇地搅动，我想搅起满天萧瑟，我担心会将檀香折扇搅得稀烂。

我嗅，馥郁的江南熏得人欲醉欲仙。

我赤膊浮沉于云遮雾绕的江南，我感觉我是红色的一尾，我与红鲤摩肩接踵，就像鱼们软软的唇轻轻触抵，我们吐纳水泡样生生灭灭的雨点，翔游在海底世界。

我入住酒店，袅娜软语发绿发脆，如一叶叶碧螺春入水，我想饮那小姐。

我躺在窄窄瘦瘦吱吱呀呀的床上，我担心这床根本耐不住我这一百四十斤的北方壮汉，我一夜未眠。

我将空调扭到最大，那风软绵绵暖烘烘，仿佛轻摇慢摆的檀香折扇，我的闷热没有缓解。

我去冲凉，浴室云遮雾绕如微缩的江南，我扑腾，我将江南搅动得波涌浪翻。

在丝弦与丝弦之间、在碧螺春幽幽的绿意之间、在檀香折扇浓浓的馥郁之间、在云遮雾绕之间，我晨练。

我看见大卡车轧地有声。

我看见货轮轰响着离岸。

我看见脚手架网着白云。

我看见银鹰长唳着飞天。

我恍然有悟——

那是一脉血浆的奔涌。

那是一种力的穿射。

那是一朵朵出岫的积雨云。

那是一座座喷发的活火山。

丝弦上的江南、紫砂壶里的江南、檀香折扇的江南、云遮雾绕的江南——

绝不仅仅是妩媚。

绝不仅仅是柔软。

绝不仅仅是好玩。

绝不仅仅是梦幻。

……

我拥有了一个美貌强健的江南!

能不忆江南?

寻

不见了熟悉的泥屋,熟悉的面影,熟悉的场院,熟悉的小巷,熟悉的红柳林。

只有蝌蚪。

只有青蛙依然游出四十年前的模样,依然叫出四十年前的气息。

只有八十八岁那潭多皱的老水依然荡漾四十年前的气息。

只有断壁残垣,只有绿草萋萋。

甩一块石子出去,蹦蹦跳跳的童年踩过一环环荡漾的涟漪。

南风很不作美,骑上老榆树的枝杈却怎么也够不住那串榆钱儿的肥硕。

蛐蛐儿很不听话,捂着捂着就叫出了我藏匿在麦秸垛里的秘密。

花翅鸟太诱人啦,撵着撵着就走进了东山里的狼窝。

七月的太阳是锄禾正急的父母,挂着锄柄,伸长脖颈不停地折回去又望过来。

七月的太阳盯得紧,小伙伴直溜溜地瞅准它打盹的黄昏扑通扑通入水。

七月的月色是黏黏的一团,如年初一软软的黄糕,如惹逗一双双小脚丫子的泥。

七月的月色是那潭多皱的老水,荡来清风荡去暑热。

七月的月色是一领薄薄的轻纱,罩着熟悉的泥屋,熟悉的场院,熟悉的小巷,熟悉的红柳林,罩住大人们呼噜呼噜的鼾响。我和我的小伙伴蝌蚪样自窟窿眼儿游来游去,青蛙般蹦来蹦去——在场院,在小巷,在红柳林……

二旦被我撂倒啦,脏兮兮的小手擦着眼睛,两行鼻涕一出一进地哭泣。四婶寻声一路骂过来,二旦被抓住衣领提回去,四婶撂一句话给我:"小心我用笤帚疙瘩打断你的腿!"

七月的月色太黏糊啦,蹦着跳着腿脚就被绊住啦,眼皮子就被粘住啦。

我在土圪塄下睡着了。梦里，我和我的小伙伴囫囵囫囵地吃着榆钱儿。梦里，我率领我的志愿队雄赳赳气昂昂地跨过那潭多皱的老水。

——挥舞木制的大刀，挎起泥捏的驳壳枪。

不见了熟悉的泥屋，熟悉的面影，熟悉的场院，熟悉的小巷，熟悉的红柳林。

只有蝌蚪。

只有青蛙依然游出四十年前的模样，依然叫出四十年前的气息。

只有八十八岁那潭多皱的老水依然荡漾四十年前的气息。

只有断壁残垣，只有绿草萋萋。

甩一块石子出去，蹦蹦跳跳的童年踩过一环环荡漾的涟漪。

绝版风景
——给一只山羊

那是一涡泊在峭壁间的绿色阳光。

那是一处鹰翅也难以擦击的地方。

那不是魔鬼便是神灵回眸的闪亮。

它就浴在那里，任风拂荡绿色的阳光，拂荡那缕纤云般的胡须。

而那些遍撒在山坳里的同类贪婪地啃噬着枯秃和蛮荒，嚣叫着生命的艳羡与悲怆。

而蛋鸣、而山鸡，将窃窃的讥讽、将屈服的欢呼、将咽不下的妒忌满沟满坡地播放。

辨识着梅花状蹄印一路攀缘，但见：岩壁上血迹殷殷如萎落的梅之落英。在一块跌落的岩石下一大堆散乱复沓的梅花状蹄印以及两三处滚动的印痕以及挂在岩尖上的须毛以及已风干的肉丝讲述着死神的狂舞……

而浴在绿色阳光里的那缕胡须绳索般垂落，垂向山凹里贪婪的啃噬与艳羡与悲怆。

而一遍又一遍拽起的欲望总是被风被峭岩冷漠地割断或掳去。寂寞的奢侈与山崖上那一潭愈益绿亮的阳光引发的惆怅竟使它烦恼不辍，其至一度滋生折返的欲望。

它就浴在那里，任风拂荡绿色的阳光，拂荡那缕纤云般的胡须，浴作一幅绝版的风景！

而那些遍撒在山坳里的同类贪婪地啃噬着枯秃和蛮荒，嚣叫着生命的艳羡与悲怆。

而蛩鸣、而山鸡，将窃窃的讥讽、将屈服的欢呼、将咽不下的妒忌满沟满坡地播放。

梦中的呼唤

我是风风火火地回到了那间熟悉的屋子。

我看见屋的一角散落着嗑剩的瓜子皮。屋里依然是我离开时的样子，整洁却清冷清冷的。我听见并看见有风由我进来时拉开的门缝忽忽地、啪啦啦地掠动窗帘。我又听见灶房里窸窸窣窣的声音，仿佛有人在收拾。

不知道出于一种怎样的判断，我竟然叫了一声："爸！"像童年，脆生生的、雀跃状地叫出。立即就听见那个熟悉的声音回答："哎！"那声音利爽而亲切，就像我儿子唤我一样。那声音依然是硬朗朗的，掺和在其中的力量叫人无可置疑。

一瞬间，我幸福得欲蹦欲跳，像夏雨后一朵喇叭花，像整整盼了一天，而终于盼回了母亲时那等奶吃的羊羔子。

可是我始终没有见着他的面。那屋里也再没有其他亲人。再详细审度，那屋既像我童年的老屋又像我现居的楼房。又仿佛它处于一个虚无缥缈的地方，那地方既像我的故乡又像我现居的城市的边缘，空阔得有些荒凉。透过窗玻璃可见无边的荒野，有大风呜呜地吹起满天的风沙，吹得人锐意尽失，一点点弱小的力量像一粒粒细沙样被吹飞。

正疑惑，我儿子真实地推了我一把，"爸，醒醒、醒醒，你梦魇了。"我起来愣愣怔怔地看着儿子，他笑着，很好看，很幸福，很安全……

我醒来，禁不住已是泪流满面。我多少有些怪怨儿子，怪怨他不该推醒我，不然我肯定会见着那已三十多年未见的我的爸。我是多么渴望见他一面啊！

已好多天了，那梦中的情景、那三十多年来从未叫出过的一个词，总在我的脑际萦绕，揪心揪心的。那以后许多天，只要是与儿子在一起，我便会自觉不自觉地制造些让儿子叫我"爸"的机会，我总感觉那一声看似极随意的"爸"，蕴藉了诸多我想要的东西。我想将那些东西给我的儿子，可是，究竟是些什么呢？我说不甚明白。

我知道，世上很多事情是不可重复的，那曾熟悉的、整洁却清冷清冷的屋，那空阔得有些荒凉并有大风呜呜地吹起满天的风沙，吹得人锐意尽失，一点点弱小的力量像一粒粒细沙样被吹飞的情境，那硬朗朗的、仿佛有力量掺和在其中的、利爽而亲切的那一声"哎！"怕是再难梦回……

恋

马兰花的叶眉挑开黄昏的眼眦。

秋风驮着绛紫色的霞火彳亍在原野上，撩动着马兰花碧蓝的褶皱的裙裾。

一只羞涩而胆怯的蜜蜂被冷艳的花香吸近又煽远，反反复复。

夜来香倏倏地开了，却没有一丝蓝色的信息。

穿灰衣服的少年带着蓝天色的憧憬湮没于初恋的夜的长廊。

蚯　蚓

蚯蚓拱破地壳的时候，金乌刚刚归巢，湿漉漉的暮色浸了一身。世界不过是个更大了一些的黑洞……蚯蚓想。

迟归的花翅鸟看见蚯蚓，一口叼住，半死不活的蚯蚓跌进花翅鸟的喉管，跌作一个被肢解融化了的秘密——

谁也不知道。

城市边上的村庄

站在二十楼的楼顶，我看到一座城市和城市边上的一个村庄。

仿佛一个弃儿，村庄正张开双臂奔跑呼号，必欲抓住匆匆掠动的衣角。而蓦然回首的城市愣愣怔怔——她想起遥远的某日，某日的那次野合，野合之后的受孕，受孕之后那颗屙下在荒野的鸟蛋……

不过城市的表情始终严肃而麻木。

望了一阵之后，我眼中的情形刚好相反，面对华贵而丰腴的城市，衣衫褴褛、蓬头垢面的村庄愤然吐出一声鸡啼：不——孝——

我突然化作一根猎猎作响的汗毛，于城市隆起的胸大肌上高声急呼！

想象蚊子

在昼与夜的隙缝，一只饥饿的蚊子用嘴倾听。

当黑暗咔嚓一声塌陷，蚊子便以超音速巡行。蚊子知道自己鼓翼的声响最好低至无声，但这是没有办法的事情。

鼾声是百听不厌的证明，当蚊子确信，危险只剩了最后一种可能，便拼足全力吱的一声扎向、叮住、深吮。那一声尖锐的贪婪有时能将熟睡的目标吵醒。蚊子知道这也是没有办法的事情。

手掌往往是在疼痒难耐的时刻盲目地挥出，失望比黑暗更深。

就体积和重量而言，一只指头至少能够戳碎五只蚊子。

想象蚊子，徒有其形的我们惭愧不已。

望　月

望月——

于饱胀的城市之夜，于漠漠楼林。

那以肠鸣的亢进哗啦啦地剺开三月,闪烁青春的怅惘、翻晒乡亲们饥馑的半截明晃晃的犁铧呢?

倦倚荒草萋萋的坟头,静听星群噬草的声音,一千次一万次地揩拭,镀亮,两束眸光被浇铸、雕琢作黄铜的斧钺。翻田的少年、牧放夜马的少年,神思骑一匹黄骠马驰入月宫折桂。

那一钩割碎黄昏的银镰,那一支搅得麦浪滚涌的金桨已瘦作一脊苍黄跋涉于摇摇晃晃的街巷。

踮起的心灵为捉摸不定的霓虹灯砍折。

那流淌其上的泪痕!

那灿放其间的笑韵!

什么时候再见伊人?

不一定月是故乡明。那个铺展在乡间的橘黄色梦境只不过激情而忧愤,明艳而朦胧,沉重而揪心!

望月——

于饱胀的城市之夜,于漠漠楼林。

一规妖妍以残存的风韵挑逗城市的灯火,一颗瘪瘦的铜铃饱嗝连天,酒气酗酗。

浸透了饮品的唇始终没有贴上去的欲望。

无有一角清辉零落的幽静安放油腻、烦躁的耳朵。

谁能掘出那枚属于我的汉代铜镜?

在雪地上行走（外三首）

2009年获第九届内蒙古自治区文学创作"索龙嘎"奖

斯日古楞

在雪地上行走
黄河在我的左侧流
贺兰在我的右侧舞
一路向西向北
下一个驿站
是我雄浑神奇的阿拉善

雪花不是一群流浪的鸟
诗人不是一个醉酒汉
我感受着太阳的温暖

在雪地上行走
情思飘在山的崇高之上
幽幻泊于河的伟岸之间
我有幸跟随
成吉思汗远征的马队
去寻找蒙古源流中血火的迸溅

蒙古冬青

蒙古高原生长的冬青
根植于大河岸边的
蒙古冬青
三月我来看你
不曾有一丝一点儿的绿
五月又来看你时
依然是那般憔悴
到了八月再来看你
你还是让我无法言语

你三千年的经历
就这么为大河守护
守护一个黄金梦
我透过幻觉的苍茫
寻觅　你曾经四季分明的生机

握你残败无力的手
感觉心的战栗
蒙古高原上的冬青
就这样与大河不即不离
根植于大河岸边的
蒙古冬青
你一定是我真诚的兄弟

那一个夜里我听到

真的不是梦
但我却是从睡梦中惊醒
西北高原初秋的夜里
我听到了一种无声的声音

那一个夜里我真的听到
是一种有些悲凄
有点让我心感阴霾的声音
这声音一定与河有着关系

我以肯定的判断
推测这声音
一定是一颗心脏的悸动
它在收缩
收缩成大河
千古绝唱中的呻吟
恍惚中
我有一种隐隐的预兆
不敢让联想再多一点点
我满怀恐惧
默默祈祷

我怕在黎明之前
真的会有灾星降临
那样我会成为一个

不幸被风沙与苦难
埋掉的风铃

在黄河入海口

在黄河入海口
我的目光
惊呆了
愕然望去
望着你
欲哭却无泪
我的心头
突然被灌满了流沙
心痛　剧烈的心痛
一种无法名状的殇情
急性发作——
我的思维全线崩溃
一瞬间
满脑子孩童时
反复吟咏着的那些
来自唐朝笔下的黄河
全部沉淀于泥沙之下
黄河你真的患上了什么病吗
望着裸露的河床
我的双眼只有空空
为何不见那惊心动魄的
涛水荡荡

远处（组诗）

2009 年获第九届内蒙古自治区文学创作"索龙嘎"奖
赵剑华

珠穆朗玛

2003 年 5 月，为纪念人类登顶珠峰 50 周年，世界各地登山爱好者又组织了大规模的攀登珠峰活动。

那是一片需要仰望的圣洁
二十世纪人们开始渴望
脚印能够企及的地方
占有显得多么渺小
即使插上各种颜色的旗帜
高度永远不是一种欲望能够拥有

珠穆朗玛
你的心态决定了你的高度
当物种不断退化的时候
你天天在生长
谁能超过你呢

你自己超越自己
昨天的八千八百四十八点一二米
今天已是八千八百四十八点一三米
物质随精神提升
这是人类追寻的高度

壶　口

晋陕大峡谷
目光。于天空垂直

千里之外的平淡
和千里之外的断流
黄河承受着千夫所指的屈辱

够了。就在今日
就在此时
集束的投掷
力量就是一颗颗
汗和泪凝结的水珠
谁敢挑战这股发狠的柔软
低沉地呐喊
血肉的翻卷
如果确定一个主题
或稍作一下思考
这就是我们记忆中的学潮……

然后。归于平静

分明映照一道彩虹

那是阳光和心的相遇

布尔津的雁阵

布尔津

祖国版图上

翘得最高的那根羽毛

走进新疆

金秋随我的目光来临

那声久违的鸣叫

像清风穿透心灵

啊，雁阵

布尔津上空的雁阵

让我的血液像河水一样涌动

排成"人"字

启迪人的精神

排成"一"字

从复杂到简单的延伸

傍晚的高原

丝丝清凉让我啜饮安详

正是这片天高云淡的苍茫

随雁阵引领我回到童年的故乡

额济纳神树

八百年风雨沙石聚拢来

该是湖的清澈

山的伟岸

改朝换代已经习以为常

何况一批批游人的目光

有千万条哈达的崇敬

享尽温暖的人间烟火

季节的浮华逝去

该怎样啜饮冬月的清冷

人啊，即使写诗

也脱不了那点俗气

你们只是为了目的赶路

我从生到死只在于坚守

傍晚的呼伦贝尔草原

本应该早已沉下的落日

等待远道而来的客人

风把绿色铺开

一层金色陶醉在幸福中

鹰不在其中

终生的居高临下

造就永远的飞翔

唱一首歌吧

那天边的红色无法不被感动

眼睛因夜色来临而明亮

白云鄂博的风

是最初的领略
也是最终的啜饮
风把走远的岁月牵回
让我们重新品尝那种艰辛
冬天的白云鄂博只有一种颜色
那是记忆回归
喧嚣冻僵的颜色

不依不饶的坚守
比梦陷落得还深
云飘远了
留下的只是投影
还是风的飘逸
风的热情
把所有冷漠唤醒

那凹陷的悲壮
一层层剥离出隐隐的痛
沉默给火红的年代看
冷峻给辉煌的钢铁看
这就是一座城市矗立的背景

白云鄂博,我来看你
让你的歌声

和这刺骨的风
凝结成带血的诗情
从心底穿过

乡村日记

2009年获第九届内蒙古自治区文学创作"索龙嘎"奖

李　明

麦子落地
泥土记上一笔
麦子出土
春雨记上一笔
麦苗长高
汗水记上一笔
麦子熟了
镰刀记上一笔

一本乡村日记
一部麦子的历史
咀嚼着一粒麦子
满口的香味

没有墓地的伟人

2013年获第十届内蒙古自治区文学创作"索龙嘎"奖
张天男

一

正像毛泽东所说
黑暗的旧中国
山河破碎　满目疮痍

正像艾略特所说
那时候　整个世界
都被麻醉在
一个巨大无比的
手术台上

九十二年前
一艘法国邮船
驶离吴淞口岸

甲板上

一个十六岁的少年

含泪告别了

自己的家乡

青翠的竹林

和风雨飘摇的祖国

你的行李箱里

装着一串

四川辣椒

鲜红　热烈

吃下去

血液就会燃烧

三十九天后

你钻出鸯特莱蓬号

底层的货舱

走进了波德莱尔的

忧郁的巴黎

在施耐德军工厂

肥胖的法国军火商

把沉重的钢铁

压在你的肩上

从此

你的个子

再也没有长高

一天深夜

在意大利广场旁边
那个小小的咖啡馆里
你听到了
十月革命的枪声

二

在雨果的悲惨世界
你创建了
旅欧少年"中国"共产党

在俄国小个子列宁的指引下
你走上了
中国革命的道路

从百色起义到浴血太行
从挺进中原到决战淮海
从横渡长江到挥师西南
你率领刘邓大军
把老同学蒋经国的父亲
赶到了台湾

三

我出生那年
你还是个好人
在中南海
为国家日夜操劳

我上中学时
你突然变成了坏蛋
在滕王阁下
用那双巨人的手
为我们中国
修理拖拉机

高中毕业时
你又变成了好人
手捧大学录取通知书
我真的好感谢你
没让我这个优秀的诗人
去接受贫下中农的
再教育

大学毕业后
我教了八年书
我的学生都不肯相信
在火红的年代
曾上演过
那么多的悲剧

那时候家里没有电视
也没有望远镜
我们不知道
世界的模样

那时候我们喜欢打架

不喜欢上学
脚下是金光大道
头顶是艳阳天

那时候
共和国总理
穿的是打补丁的衬衣
党的好儿子焦裕禄
吃的是红薯白菜窝窝头
雷锋叔叔
每天坚持写日记

那时候我们的时代
有点儿发疯
可是我们
正在发育
每月只有半斤肉
每月只有二两油

那时候　一件衣服
新三年　旧三年
缝缝补补又三年

那时候
抬头望见北斗星
心中想念毛泽东

坐在电影院的第一排

瓦西里通知我们
面包会有的
牛奶也会有的

那时候
列宁在一九一八
（小平在一九七八）

唉　那时候啊那时候
被保尔抛弃的冬妮娅
是我的梦中情人

四

在生命的最后二十年
你让中国
像刘翔一样
开始飞奔

嫦娥一号
从遥远的太空
发回了
神秘的月球照片

冰天雪地的南极
升起了
第一面五星红旗
辽阔的冀东大地

发现了
储量十亿吨的大油田

第一架自主产权的巨型客机
飞上了
蔚蓝的天空

第一批中国舰船
加入了
世界船王包玉刚的
环球舰队

不久
从秦城监狱的档案里
我们找到了
失踪多年的
国家主席

老诗人艾青
在黑暗中
接到了黎明的通知

春风吹绿了北疆田野
阳光照亮了东海渔村

中国人民
告别了集体宿舍
搬进了自己的新居

聪明的温州人
最听你的话
所以
他们最先富了起来

中国的市场经济
像一副桥牌
牢牢掌控在
你的手里

深圳　厦门　珠海
向世界推开了
眺望大海的窗子

站在国贸大厦的最高层
你看到了
碧蓝的维多利亚港湾
妈祖阁金色的屋顶
和迎着朝阳起飞的
第一只海鸥

浦东
每分钟起落一架飞机
深圳
每一天崛起一座高楼

从温饱到小康
从小康到富裕

二十年　中国人民
完成了一个世纪的跨越

而你在万岩植物园种下的
十二棵南洋杉
转眼间
已经根深叶茂
成片的椰林
用修长的睫毛
覆盖着
世界上最蓝的眼睛

五

大洋彼岸
你深情地抱起
一个演唱中国歌曲的
美国儿童
你的泪水
感动了世界

东瀛归来
你把樱花的芳香
带回了中国

舌战铁娘子
你让傲慢的女王陛下
再也无法重温

帝国的荣耀

你敞开
西郊宾馆四一四的房门
就像敞开了
上海的怀抱

你拍板
法航西线直飞中国
北京时间
又加快了一百五十分钟

为了和平
你下达了
裁军百万的命令

因为爱国
你变成了中国的
头号烟民
一生只抽
熊猫牌香烟

六

晚年　你把中国的钥匙
交到了人民手中

七十五岁

你畅游在黄海之滨

七十九岁

你伫立在黄山之巅

八十八岁

你把中国

领进了又一个

万紫千红的春天

七

啊　你是故乡山溪里

一朵晶莹的浪花

沿着清澈的嘉陵江

奔向长江

穿云雾　过三峡

几番起落

几番风雨

最终汇入了

浩瀚的海洋

在那里

你获得了永生

草叶上的海（组诗）

2013年获第十届内蒙古自治区文学创作"索龙嘎"奖
敕勒川

一只蚂蚁在大地上奔跑

一只蚂蚁在大地上奔跑
一只蚂蚁在青草的刀刃上奔跑

它要跨过日出与日落
一只蚂蚁像一匹骏马一样奔跑

唯有一只蚂蚁可以像一匹马一样奔跑
唯有一只蚂蚁信心十足地搬运着大地……

不会因为小和轻，命运就减少
它的奔波、劳累和责任

羊 皮 鼓

让一只活生生的羊变成一张羊皮

这是一种不太难的手艺

但是，把一只羊的心跳，从一只羊身上
剔除出来，却并非易事

这就像剔除奔跑，而只留下奔跑的声音
剔除人生，而只留下人生的意义……

一次，即是无数次
一生，即是永生

命运的鼓槌，反复敲打着
像是某种暗示，又像是某种结果——

难道，生命仅仅是一具空空的壳
只能被疼痛敲响

越空，敲得越响
越响，越空

而敲多疼，那些走散的灵魂
才会回来

喜　悦

牛羊都已归了圈，但还没有完全安静下来
窸窸窣窣的声音，泄露了一个人
内心的喜悦

一匹马静静地站着,时不时抬起头
望一眼远处的大山,仿佛那大山
是它的一个伙伴,一不小心,就会溜走

一缕炊烟,悠闲地踱向天空
落日的余晖里,一个孩子
精灵一样,一闪而过

仿佛喜悦,一下子
漫过了一个人的
身体

仿佛那些劳累和忧伤啊
也是喜悦的
一部分

凋 零

像是谁漫不经心的一瞥,一片叶子
散步似的落了下来,趁人不注意时
又是一片

仿佛它们来到这个世界,就是为了
此时的凋零,仿佛凋零
是一种回味无穷的游戏

最后一场雨还没有来,秋风

就有些紧了，那些落叶就有些纷纷了
赶集似的
仿佛是一刹那间的事情……
哦，如果不是这些落叶，那又会是谁
在这里凋零

谁，像我一样，眼睁睁，目睹了自己
一生的凋零，却又
无能为力

一匹单独的马

不知道什么原因，一匹马
远离了马群、牧人和栅栏……

在丝绸般平铺直叙的草原，一匹马
高大的身影，分外显眼，也分外孤单

它默默地站在那里，仿佛只是为了
和远处的大山，有个呼应

一匹马被众多的青草和花朵簇拥着
但它却和天空一起，低下了头

似乎用不了多久，他就会成为
众多青草和花朵的一员

似乎它也会为春天

掏出内心的芬芳

而当它抬头，不远处的河水，闪电一样
照亮了它的眼睛

一匹单独的、默默伫立的马，让一座草原
自始至终，保持着警惕……

马 头 琴

用尽全部力气，他才把自己的一生
拉响……

——苍凉，忧伤，辽阔，坚韧
他打开一颗心，像打开跳动的时光

哦！那些眼泪、汗水、奔波
那些沉默、无奈、决绝

哦！一匹马终于代替一个人
说出了人生的秘密——

有些梦，即使做梦的人醒了
它也仍在……独自前行

江格尔奇传说（组诗）

选自《长调与短歌》，本书 2014 年获第三届朵日纳奖文学奖

白　涛

江格尔奇传说[1]

回到故乡，梦、惊奇、幻想
拱破沙土，又被流沙
细细掩埋的地方
祖母在说唱她五岁的梦
她的老祖母
刚刚饮完马奶子
就头戴柳树枝身披桦树皮
开始哼唱，背对夕阳
三弦潮尔[2]的混杂和声呜呜地响

我们的祖先，英雄江格尔
骑着奔腾的萨彦岭
沿着额尔齐斯河

---

[1] 江格尔奇，蒙古族英雄史诗说唱者。
[2] 潮尔，蒙古族民间乐器。

从一座山到达一片白云
我们的英雄
海青鸟,风雨中鸣叫

我总想,自己也是一名江格尔奇
哪怕我穷的,只剩下
一顶破毡包
也要把它架在勒勒车上
行吟、说唱,顶着风雨
去走遍天下

一个江格尔奇
打小要受过很多苦
才能记住祖母说唱的
沙哑的口音
现在我肯定是做不到了
我定居的城市离草原太远了
远的啊,就像永远难以抵达的
呼伦贝尔天边
我只好做梦
梦里我会是一只自由的海青
回到故乡
落在慢坡下的毡包前
收住软软的翅膀
对着泪眼干枯的老祖母,轻轻鸣叫

神话与我

一匹马在草原上飞
长鬃翻卷，马背上的我
才刚刚三岁

三岁的我，和一匹白马的影子
一起，被刻在驼峰状的黑岩上
在不尔罕山顶
在班朱尼河边
我的嘴唇还没离开乳头的温热
就被身后的大手举过头顶
轻轻地我就落在了马鞍上
那一年，我三岁

也是那一年，白色飞马
带我离开了故乡
向西、向西、再向南
科尔沁、乌兰察布、乌拉特、鄂尔多斯
总是右翼，总是前旗
父亲带着我到达的地方
总在马蹄最前突的地带

在岩画中，我
被梦神腾格里指点着
成了一名了不起的江格尔奇
开始，为每一座毡包

传唱祖先的神话

江格尔奇,亲人们口耳传颂的

神鹰,永不老去

和神奇的飞马一起

在无边的草原上奔跑,飞行

我眼前展开的

梦

宽阔如北方的海

齐·宝力高[1]

一条河饱含的泪水

是肯特,也是色楞格

长发般飞卷而下

被天上的风带给远方云海

一条河的回环不舍

叫潮尔,也叫齐·宝力高

沿起伏的草浪一路北归

由金黄而至灰蓝

不知道我为什么

总一个人站在阴郁的草原上

看你手指的方向

一抹浅浅的弯流抖动起心弦

你说,我的手指上

流淌的就是我们的故乡

---

[1] 齐·宝力高,马头琴大师。

不知道为什么,我
忽然又想起奶奶做的
马奶子,清淡而酸涩
湿润着,从童年直到现在
不能消散的味道
就是小小诺特格[1]
你我梦中的草原故乡
就在马头琴声
流过的地方

马背起源

马背,起源于一双眼睛
蒙古人的眼睛
单皮,内褶,柳叶般细长
而飘逸。适合于朝远处张望
马背的起伏,就在
地平线上

有时候,马背与地平线重叠
最后一缕夕阳,在马背上
跳动
一双蒙古人的眼睛
看见光滑的马背上
一只鸟,在自由歌唱
薄薄的翅膀

---

[1] 诺特格,蒙古语,原乡。

遮挡住光亮

马背，一个蒙古人的梦
从那一条曲线的波动开始
站在草地上
他和我的身高等同
一旦跨上马背
我只能追逐他的身影

——马背曾经远去
带着大地的美丽斑斓
马背也曾归来
驮着谁的苦痛和回忆

一个蒙古人
总会有两匹以上的骏马
和好多个梦
他总会对其中的一匹凝视良久
在这匹马的脊背上
一双眼睛
暴风雨扫过般地
柔软而深情

与莫力达瓦小歌手唱《梦中的额吉》

这一路醉眼朦胧
跌跌撞撞的我
把家乡从怀里掏出来

又放进去,小心翼翼地

小心翼翼地,跟着你的音调
回到家乡,回到洮儿河
光亮的河湾,就听见奶奶
用三十岁的清亮
唱《梦中的额吉》

真实情况是,我的奶奶
她年轻时就失去了丈夫
一直到老
总在唱好多好多
东蒙老家的歌儿
唱着唱着,围在她身边
我们姐妹们
就和她一起流泪
想象着我们的老家
和老祖父的模样

那时候小啊,和你现在一样
小乌达木
一边流泪一边还笑呢
根本不知道,那些歌儿
到底在唱什么——
奶奶的心滑过她家的草场
到达一个叫呼和的淖尔边上
湖水粼粼,一如我远去的
泪光和歌

察哈尔歌谣（组诗）

2015 年获第十一届内蒙古自治区文学创作"索龙嘎"奖
蒙根高勒

一 代 人

一代人的梦
凝聚为独特的光源
它会穿透时空

带着狮子的吼声
暴风雪平息后的寂静里
青铜的山峦间
一代人的音容
比血的芳香
渗透得更深

梦　没有赝品
它摆脱了
修辞学的纠缠

拥有朴素的婚姻

恣肆的白云

让你灵魂激荡
呈现一次美丽的飞翔
在察哈尔　我的马蹄会弹琴
在万千云空　我的鹰翅会歌唱
天地悠悠　古朴的风
吹拂起白云的走向
轻轻地一只手掌
以乳酒的流韵
浣洗出丝绸般的目光

超凡脱俗一匹马
从冷色向暖色奔驰
在察哈尔　天空
是白云的牧场
在察哈尔　万千云朵
是以乳汁的姿态
舒卷　恣肆汪洋的
梦想

轻，如羽毛

一只鸟
飞成一群鸟
一群马

走剩一匹马

生命的时序

疾行于无人的旷野

远方的城镇

灯火林立

我是其间的一盏灯

夜　扑朔迷离

夜　五光十色

而我没有丝毫倦意

请记住这个时间

天空中　风儿在轻轻呢喃

寄托给希望的

还会再生

在灵魂的风景线上

扶助　一匹

孤独的马驹　竭力

抹去怀疑的阴影

听日月起落于

哲学的高度

永流不尽的充沛水源

纯净的生命倾吐

简单到直剖心腹

淙淙飞泻

任一切渴意　五体投地

静息的树梢上
飞翔的鹰眼
警卫着垒卵的爱巢
请记住这个时间
天空中的羽毛
让一颗心壮志凌云

我轻如羽毛的灯
照不见一匹马驹
和它忧郁的眼神
在春日的美景中
神魂颠倒的意识形态
是何等的豪华气派
朴素的本质
已不能出手为礼物

震颤的欲的贪婪
将发光的手指法术优美地
置于腥臊的秘密处所
米洛斯的维纳斯给人间留下的
唯一遗物
手和手之间的剧情　绘声绘色

奇异的果实
消夜的狂喜
夜总会心花怒放
不夜城训导不夜镇
请记住这个时间

天空中的星群
已被人间欲火
夺去了静美的光焰

我轻如羽毛的灯
如坐针毡
我置身于不夜城的马驹
张皇失措　它蜷卧在人行道上
绝望的嘶鸣
只有冷月仿佛听见

那嘶鸣是鲜红的颜色
马驹在嘶鸣之后
设想到会吼出一条奔涌的血路
马驹以它燃烧的血气
来追寻　不止千里万里的归途
我将我轻如羽毛的灯盏
骑立在马驹的背脊
请记住这个时间
天空中羽毛在轻轻低语
马驹的形体
多么热情的曲线

远离　不夜城渐远
马不停蹄
驮我　轻　如羽毛
灯盏　在灵魂
隐逸的风景线上

一匹马

走成一群马

为时不该太远

站在高原的脊背上（组诗）

2015年获第十一届内蒙古自治区文学创作"索龙嘎"奖

高朵芬

一朵云的背后

怕什么，躲在一朵云的背后不肯出来
我轻轻唤你的乳名了
我们共同回到前世
一起高歌敖包相会

对面的山冈上
飘来你的长调
把一个连着一个的小丘缠绕
我端坐的影子与白云的另一端起舞

羊群和马群
跑远了
河水绕过草地又绕过山冈
飘带一样伸向远方……

心灵呼唤

风从草地走过时
我像个趟过一夜荆棘的驼羔
听到亲切的驼铃轻唤时
眼睛犹如明净的湖水

渴望的眼神源于对湖水的眷恋
让我蘸着一滴泪水
在北纬四十度的高原
标上一枚蓝胎记

我想用深情的赞歌呼唤一群大雁
飞回来吧
我还想借你的一双翅膀
将视线举到天空

下 马 酒

来吧,用银碗斟满烈性
干!
最好把我的心也融入酒里
一起干掉!

草原绿了
那就将草原披在身上吧
我血管里流淌的
像是江河之水奔腾不息

苏鲁锭的长矛
好威武啊
我的马镫
就停靠在阿爸的膝下

腾格里塔拉雨雾蒙蒙
我的歌声被彩虹驮走了
大地之门徐徐敞开
蓝色的哈达已经飘入云端了

我的安达
三碗五碗下怀
都不会醉的
云里雾里任你
畅游

启明星渐渐亮了

大地的睡姿
像查尔呼大叔的脊背一样弓着
启明星正在升起
天色已调好了水墨

羊们
靠拢在栅栏的角隅依偎取暖
门前的小河
继续着奔跑的姿势
细碎的浪花互相咬合颈部

谁都不会松口

牧羊犬
枕着台阶睡了
远山
呈现出离奇古怪的轮廓

黄昏的仪式

丰润的像羊背一样的草原
收录进苍茫之中
晚霞淡出视线的过程
魅力如同古老的传说

我想，黄昏
这是一个多么悲壮的名词
我的视线里
你总是慢慢地将黑推向深渊

苍穹沉淀出满天繁星
一片残月投来冰冷的眼神
而后，再慢慢隐退
直至黄昏的仪式完全结束

阳光的味道

露水打湿我的鞋子
花从梦中醒来

带着草叶的芳香

一定是阳光的味道

你站在对面的山冈上等我

等我插满菊花时候的舞姿

等我的笑脸和歌声

等我叙述梦中的传奇……

原始森林即景

多么惬意

你是我美丽的女神

在这逼仄的山道上攀登

溪流湍急而下

我和你的美景相映成趣

花丛蝶舞蜂飞

我和你的情感互相慰藉时

联想叠套在深远的思念里

不肯走下山冈……

一边嗅觉潮湿的气息

一边从隐秘的渴望中张开双臂

我将用山林对话的方式

让千万条翠枝撩开神话般的传奇

作为一位匆匆过客

左边有光斑的唇齿舔舐我和我的影子

右边是细碎的浪花咬合卵石的足迹

蒙地诗篇（组诗）

2015年获第十一届内蒙古自治区文学创作"索龙嘎"奖

广　子

新敕勒歌

阴山下的一小片平原，背叛了群峰
又一无所获。只看见青草在飞
没有马蹄响应，那为雷霆报信的马蹄呢
风一吹再吹，草一低再低
新生的水泥不认识它的兄弟石头
石头不认识山，羊不认识青草
你不认识我，我们不认识阴山
风吹草动，背叛的平原一无所获

美岱召，与爱情有关的一座庙

角楼凭空跃起，像是在沉思
又像是回忆。穿过东北带围廊的
灵堂里还挂着簇新的壁画
再古老的庙都不会比爱情更久远

如果谁能够跟随画像上，一个女人
镀银的容颜，返回到四百年前
就可以在土默川的秋风里
迎面遇到茂盛的松柏，山腰上的白塔
但史料太保守了，只图歌颂一介
乱世王者，不惜断送千古佳话
那又如何？当暮色收起飞檐
白塔隐于雾霭，沉重的院门合上
幸运的诗人也许会撞见画像上
走下来的女人，宛如生前一样美丽
历史原来可以修复得如此温馨
香火可断，庙可拆，而旧情必将复燃
比如一包打开的骨殖，重见光明的
木梳，完好如初的钻石耳环
一具遗骨佩戴的，肉体也曾佩戴过
如今仍在我们爱人身上叮当作响

哈素海其实并不是海

天鹅是会飞的眼泪，溅到海面上
溅起一片幽蓝的惦念。深处的芦苇荡
围着初冬的阳光闪耀。在岸边
我同时投下三只铁钩，不是想钓鱼
只是急于了解，哈素海的水有多深
夏天约好的鱼还会不会准时游来
胆小的鸭子不懂芦苇的风情
风一吹就到处乱飞的芦絮
也猜不透天鹅的心思。同样是飞

一个那么轻盈,一个那么轻浮

说到轻,鱼钩再轻也不可能浮出水面

我在岸上想,如果游泳是在水里飞

流泪的鱼,能在海底掀起什么样的浪花吗

波浪一层层退去,我坐在岸边

看着天鹅飞起又落下,像被海水

击落的芦絮花,轻盈又轻浮

我知道,夏天的鱼也许不会来赴约了

哈素海太小,它其实并不是海

乌拉山的山

把草赶下山坡,告诉羊群

春天的难处。把岩石上的风

召集到火车站,去体会吹拂的压力

把埋藏了一万年的金子从地下

挖出来,放在阳光的掌心称一称

选一个没有争议的早晨或傍晚

把所有的人都请到田埂上来

让他们望着对面的发电厂

在尘埃里,只需将视线抬高一寸

就可以看到山顶的树影,灰暗的鸟

划过飞翔的脊背。这一天早已

到来:山上山下,山里山外

我们的朋友狍子不知去向

我们喜爱的酸果越来越像柠果

如果连最年长的大理石和花岗岩

也弄不清牟那山住过的神灵

与乌拉山飞过的鸟人，哪一个
离天更近？那我们索性不如
把眼前的青草和羊群，阳光和金子
与胸中压抑的野兽一起埋入深山

召烧沟岩画

我一眼就认出了你们
古代的兄弟，在召烧沟朝阳的
坡面上，骑着高头大马
神灵在前面领路，太阳戴着
石刻的面具。如果把岩石
翻译成原始的草地，倒退三千年
我们就可以加入祖先的生活
男人出门狩猎，女人在篝火旁跳舞
在日落时分，支起一架野猪头
哦，欢乐始于古老的祭奠
而野蛮的初衷今天仍在我们的
脉管里流传。我憋着一腔热血
在召烧沟，像最后一幅岩画
等待风剥雨蚀，面貌逐渐
变得模糊。而石头上遥远的
刻痕却越来越清晰、生动
让我惊讶的还不止这些
仿佛这神奇的造化，唯独隐瞒了神

让我们和苜蓿一起来跳舞吧

傍晚，一天中最寂寥的时刻
苜蓿低着头，一朵朵沉思的花
嘴唇发紫，伸着碧绿的腰
四月还太早，如果到了五月
在田埂边或小路旁，苜蓿会挽起
羞涩的叶子，邀请自私的蜜蜂
共进晚餐。时光是寂寞的
晚霞一点点儿褪去，暮色里
苜蓿像一盏盏幽暗的灯笼
为迟归的奶牛带路，给灌浆的
麦苗送去芬芳的晚安。一天中最
寂寥的时刻降临，作为苜蓿的
伙伴，我们和麦苗一起盼望
风的琴声响起，请这牧草之王
挽着露水的胳膊，昂起紫色小脸
来吧，让我们一起来跳支舞吧

四合木独白

四月，青山的靠椅看起来
并不怎么舒服；沙砾和碎石的脚

也无助于行走。但陶冶了荒漠
寂寞的根开出孤独的黄花

天生的丑态，七千万年沉睡
古老堪比恐龙；古怪好比大熊猫

还有一身的刺，从骆驼嘴里
挑出养肥的虫子。没见过这么

奇葩的植物。不朽的枯枝
除了砍刀，牛羊见了都犯愁

还是叫我油柴吧。生于蒺藜
死于灌木。遇到火就着魔的命

乌兰木伦河

一条多么孤僻的水
曾经也是汹涌的
直到流量越来越小，渐渐褪去两岸的
灌木和柳林，在沙漠怀里干涸
乌兰木伦，终于等到这一天
我们才在你风干的眼泪里
找到苍鹰的灰烬，犀牛、野马和巨驼的化石
我们的祖先取暖时烧过的
他们的祖先的骨头
每当我在河床，捡起一块石头
俯身敲打另一块石头
乌兰木伦，我就能听到你
在高原上哗哗流淌

苏尼特(组诗)

2015年获第十一届内蒙古自治区文学创作"索龙嘎"奖

戈三同

春　风

渐渐地,风似乎也累了,也慢了
风把扛了一冬的云朵
放在山巅。转身,放低自己

返青的大地,翡翠一样颜色渐深
风,伸手接过来
通过摇晃的花草,一直提着

提水的女人

那个手提袍襟
走向河边
提水的女人
一弯腰
就把这个湿漉漉的早晨

叫醒了

她身后
卧盘的羊群起立
把这个时辰
往高抬了一寸

那一刻
她是多么奢侈
仅仅因为一桶水
就动用了一整条河流

满都拉图镇印象

黄沙,淹没了
旧旗的脚踝
抽脚,落下一座新城

回望
似一片遗址
压住风

城边,几峰骆驼
像刚从岩画,走出来
蹄下
垫着苍茫

暮色中的马

那一匹
低下头的马
用嘴巴，压低风
用一串响鼻，把几颗星子
打上天幕

那一刻
没有什么力量，可以阻止
一匹马，用眼神
灭掉黄昏

用最后几根草
放稳草原

打 草 场

打草机在草地上转了几圈
这个秋天
就被放倒了

那些捆扎起来
码成垛的草
站成这个季节最结实的部分

大地终于腾出地方

让几只麻雀
驮来天空

故　乡

关于故乡
我又能说些什么

一些人死去，一些人诞生
一些道路变窄，一些道路加宽
一些村庄矮去，一些愿望长高
一些事物消失，一些事物重现

一些事情可能发生
一些事情不会发生

或者这般
或者那般

远方是我的故乡
我是故乡的远方

一条歌的河流

2009 年获第九届内蒙古自治区文学创作"索龙嘎"奖
刘志成

没有葱葱茏茏的山,没有清清澈澈的河,亦无啁啾的鸟鸣和自由自在的漫漫牧马,只有那荒原,茫茫苍苍,散漫而无度。唯一有生机的是那些点缀在苍凉中零星的枯柳,疏落的人家,还有稀稀拉拉的内流河了。

这就是陕北高原,我的坚强,我的痴气,我的真性情与灵泉涌动的生命厚土。我以为陕北这个"圣人布道此处偏遗漏"的地域,正是基于历史上战争纷乱而沉淀的太多的艰难和辛酸,那座座光秃而苦焦的丘梁,才揭开了令人心酸眼涩的丰厚辽远,耸起触人肤热的文化骨架,为我们幸运地完成了一份万世的敬仰;那宛若军帐中的巾帼花木兰般美且刚烈的酒曲和荡人心魂的野不溜溜山曲,才构成了陕北人精神的根基和记录陕北的一部浩瀚史诗。陕北民歌生长的过程,就是高粱、糜谷们成熟的过程,它长在河洼洼,崖畔畔,长在陕北人的骨髓里。它饱含了粮食的精华和泥土的芳香。如果没有这些质朴无华的"音乐文学",陕北高原浑厚的生命况味就会顿失光色,陕北人在精神田园里的耕耘就会付出更多的眼泪和心血。

我翻过有关陕北地域的各种文献,查知这里上古时曾是一个气候温和湿润、森林茂密、河流湖泊星罗棋布的地方，适宜于远古的人类居住、狩猎、采集和发展农耕。

到了公元前 5 至公元前 3 世纪，这里先后出现了獯鬻、鬼方、猃狁、默和戎、狄的氏族与部落。他们在政治、经济和文化方面，不但继承了无定河、孤山川河流域积淀下来的仰韶文化与龙山文化的精髓，而且汲取了中原文化的淳厚、晋文化的精细、北方草原文化的豪放，使陕北这块古老的土地成了独特的畜牧文化与农耕文化的交汇点。

同时，这些氏族与部落，为扩张自己的领域，在殊死的拼杀与掠夺中，战胜者和战败者同存活了下来，并再塑出一个新的形态（这个形态也就是文化上的交融）。由此逐渐形成一种粗犷、古朴、浑厚与执着的独特文化，放射出了璀璨炫目的光彩。

公元前 215 年，一统六国的秦始皇为了加固他的大秦帝业，令大将蒙恬率 30 万大军北击匈奴，收复失土"河南地"（今鄂尔多斯、陕北一带）。匈奴在秦军强大的攻势下，节节败退。秦就在匈奴的弃地设置郡县，并把中原山西一带的民众迁移到河南地屯垦。

公元前 121 年，西域龟兹国归附，汉武帝共迁部族降众定居榆林一带，并在其古城滩置"属国都尉"治所。

公元前 119 年，"冬关东贫民徙陕西、北地、西河、上郡（今榆林一带）、会稽凡七十二万五千口"，同时安置了归附匈奴及其他少数民族降众军屯。

公元前 111 年，汉庭令"上郡、朔方、西河开官田，斥塞卒六十万人戍田之"。

公元 419 年，攻下长安的大夏赫连氏强令一批被俘的所谓吴人定居统万城。

公元 764 年，唐朝将归附的党项族拓跋朝光部迁至银州（今陕北米脂县西北）、夏州（今陕北横山县西）东部居住，号平夏部。

公元 1472 年至 1501 年，明朝先后从云南、两广、福建、浙江等地清解"不服水土不肯去实边"的军人和"情重罪囚"至陕北榆林一带屯垦；同时还从陕西西安、潼关、山西蒲洲、河南南阳、颍上直隶宁山抽调"轮班官军"驻守拓荒。

合上陕北触目惊心的历史巨卷，我们就不难想到当时那些内迁来的军民，因思念故土，常邀三五好友把酒弄弦浇愁；不难想到他们将故里的"丝竹韵音"

同本地在战争中孕育的豪放、率直的音乐相融合,从而唱出了一支在华夏史上独树一帜的歌。就在那种苦难、苍凉的环境里,陕北酒曲才越来越生活艺术化,逐渐完璧无瑕成"清新庾开府,俊逸鲍参军"的至纯至美:

　　芦花公鸡窗台台上卧
　　不图喝酒图红火
　　酒曲曲出在心里头
　　抖搭上几声声解忧愁

　　词平句淡,至纯至美的味儿会在哪里呢?我之所以这样说这首酒曲,源自老家一个牧羊老汉的歌声。老人老伴去世早,一个儿子在一次车祸中也成了植物人。老人后半生都在远离村子20里地的沙地牧羊,长年难得见上一个人。那年,我的一个堂哥结婚,抽空回来赶亲事的老人的歌声嘶哑苍凉,像暴雨泻下岩石。一屋划拳、嬉闹声全戛然而止,都在静静地听。当我穿过人丛的目光触到老人紫黑紫黑的脸庞时,一下子愣住了。随即释然:闷在心里的声音久了,爆发了能没有神性的能量吗?而没有苦难浸泡,陕北酒曲会不会像割下来的韭菜渐至变黄?凝视着老人浑浊的目光,咀嚼着老人如苦瓜一样清肝润肺的歌声,我心里有一股难以抑制的酸楚在升起……
　　另一方面,陕北高原温差极大,素有"早晨皮袄手套,中午汗衫草帽,下午风镜口罩"那种蓄满无奈的愁苦之说。春漫来时,风也多了,时而大了起来,在沙尘漫天频卷之后,瓷了眼了吧,大而灰蒙蒙的高原准会浮出一腔触目惊心的惨痛:稼根裸露的吹蚀区不再是绿意的流动,禾苗埋没的堆积区也残忍地堆砌出一种粗拙的不屈。十年九旱的高原,在冰雹踩躏的肿胖不瓷里在寒流四月八还能冻死黑豆荚的恶劣气候里昭示着大艰难与大魅力的高原,因这些自然因子,农作物的收成大大地打了一个折扣,人们只能悲苦地在一种颗粒无多的年景中煎熬。面对泪水浸泡的日子,压抑的高原人为融解心中的疙疙瘩瘩,喝酒、放歌便成了医治神经痛楚的麻醉剂。1996年,我在横山党岔采风。当我听到离乡政府30里地有一个唱民歌的光棍老人时,我抑制不住内心的激动,借了辆自行车一个人晃晃悠悠地骑着去了。在老人家门口，我听见屋内嘻嘻哈哈，好像正在举行宴席。迟疑了一下，正想敲门，有撩人的酒曲飘了出来：

　　安下桌子乌木呀儿红
　　捕来的野物味儿醇
　　怀抱上琵琶手抓上筝
　　抖起嗓子听的也是音
　　金盅儿斟满了竹叶青
　　咱放宽个心红火到大天明

　　那声音像山泉在岩石上淌过，像彩蝶在花朵上翩翩。聆听着歌声的我，忘了敲门，只觉得那歌要流进心里来。后来进屋，发现老人是一个人自娱，我惊讶得张大了嘴巴。半天怔怔地呆看着老人，忘了说话。

　　当我的思绪触摸到遥远岁月里那悲惨的血痕和郁垒的压抑时，心被绞疼了。我以为正是这种特殊的环境，才使酒曲成了先辈们苦中作乐的精神慰藉。也许，从祖先们沙哑的嗓子里流出的那些音符，已被残酷无情的时间给剥蚀了，可剥蚀不了陕北人那种特有的苦难情结，和子息们灵魂的净化、升华。与现实中膨胀的欲望无缘的我渴望这种悲风千里、苦情汹涌的无奈。我觉得只有陕北高原的荒凉、沉闷才能容得下自己一颗骚动的灵魂。

　　朋友，倘若你农闲季节到陕北做客，主人会摆出丰盛的茶饭，热情地招待你，陪你大碗地喝酒。酒至半酣，说不定谁就会杀出这么一段助兴：

　　野地萝卜辣得也是葱
　　黄叶白菜过了时辰
　　人说是小葱韭菜生得也是俊
　　黄瓜菜绕球眼昏
　　芫荽菜桌儿上抖起精神
　　请起亲亲连喝三盅

先喝三杯竹叶青

再喝三杯状元红

人说是烧黄二酒生得也是俊

葡萄酒绕球眼昏

熏黄酒盅儿里抖起精神

请起亲亲连喝三盅

这宛如清笛悠扬、又似黄钟轰鸣的曲子，在一定程度上融入了江浙文化的灵秀，也渗透着河套文化的粗犷，形成了自己独特的韵制。陕北人唱酒曲，为使吐字行腔气息控制流畅，增加曲儿的音乐色彩和力量，喜欢在曲中随口加一些诸如"哎哟"、"呼嗨"、"那个"之类的衬词。有一年，我在靖边农村陡然听一个老汉唱这首酒曲时，猝不及防地被击中了。老汉唱时，酒曲中的装饰音一律用"呀"来代替。行腔润色因了这个"呀"字婉转回旋，舒展开阔。每一声"呀"字捎带出来，咏唱速度就缓慢下来，像在朗诵在抒情，又像是心情激荡、紧张，激动情绪全含在了一个"呀"字上，一个"呀"字贯穿始终，整个曲儿因之而恬静含蓄，热烈奔放，音乐形象更加鲜明。像春风拂过冻土，又像是泉水叮咚山涧，让我怔怔地在一种回味无穷的音乐圆润里长时间拔不出来。为破译那千回百转的艺术密码，多年来，我常常一个人有意无意地将那些歌子哼出来，妄图抓住融化过我、消解过我的激越，但怎么也进不了那种如轻风掠过在心湖掀起千万层白花花细浪的感觉。后来，才明白酒曲其实是一种心情的宣泄，只有恣意地唱，才能倍感舒畅。

对于主人殷殷地劝酒，你只有端起碗一饮而尽。几碗下肚，老乡们的酒歌也多起来了，又是什么"烧酒本是糜子水，喝在肚里养身体"，又是什么"羊羔羔吃奶双膝跪，我想和朋友碰杯杯"，这曲不迷人人自迷，调不醉人人自醉，韵如阳春白雪，境似高山流水，听得你犹如肺腑里注入一汪纯美甘泉，余韵回荡。

倘有主人的男亲家在场，这摊场会越发的热闹。泼辣的女主人傍了亲家，白嫩嫩的绵手手端起酒盅，抛个馋人的媚眼，向亲家递去。亲家乘势将手一捏，喜滋滋地说要听亲家老婆的奴声气呢。女主人不免耳热心跳，面起桃红，有心戏亲家几句，可儿女在身边呢，只得故作一本正经地嗲声嗲气唱了起来：

初五十五二十五
姐弟二人磨豆腐
磨的豆腐稀糊糊
这盅盅烧酒洗屁股

静听着这意趣横生的酒歌，朋友，你的神经因长途奔波虽未松弛下来，但你的心神，你的情感，你的整个精神世界和灵魂，似乎注入无穷无尽的欢乐。对你的猜想，其实还不如说是我自己的感觉。我不理解我怎么就叫它牢牢吸住了，仿佛自己就是一句清俊的歌词，在做一个甜蜜的梦……有时几天里听不到这种歌声，我只会觉得清寂得很。

而我们现在听到的酒曲，历经久远年代的浸泡，变得更加淳厚了，它已由单唱发展到了对唱，由围绕酒的圈子发展到了不拘格式和体裁：

什么人四岁把梨让
什么人七岁称大象
什么人十二当宰相
什么人十二领兵将

孔融四岁把梨让
曹冲七岁称大象
甘罗十二当宰相
周瑜十二领兵将

这虽是一首由古代聪明儿童的事例编成的对唱酒曲，但也宣泄出陕北人决心干一番轰轰烈烈事业的远大抱负，张扬出他们骨子里内在的人性色彩与神秘无边的生命张力。我以为这种宣泄生命的勇毅，把岁月的苦寒织成了一种扶扬正气的温暖。它是粗犷的，像汹涌的江河激情张扬，有一种撄动人心的洒脱。我的声音中虽然缺乏这种亢奋，但不会因此而自卑得低声下气。如果还有什么积攒下的事情要做，那就是弄清这片土地的全部。土地的事情就是我自己的事情，我会一个人默默地干下去，不因孤独而放弃，使孩子的声音中也不乏这种亢奋……

我们再听听气韵同样宛然天成，可意味却相当隽永的另一类酒曲吧：

  什么上来一点红
  什么上来像弯弓
  什么上来成双对
  什么遮球了个黑洞洞

  太阳上来一点红
  月亮上来像弯弓
  织牛星上来成双对
  乌云遮球了个黑洞洞

这是陕北人对自然界丰富经验的累积，仅这足可窥见其心细如发的脾性了。这份不可或缺、不可分离的一份精神食粮里，渗透着他们的泪水与汗水。他们在它的透明中浸泡了自己，酿造了劳动的芬芳。它在他们的生命里像瓷砖、钢筋、水泥装饰城市一样洗去了大自然的冷峻，让他们在凄风苦雨的攀缘里回归宁静，扎稳了自己的脚跟，促成这块土地上盛产的软糜子般柔韧的性格，用玉米面酿做的黄酒般恬美的情怀。那一年，我去神木县西部一个名叫大保当的小镇采风。酒摊场上，主人唱了这首酒曲要我对，那天，恰主人的拜识也在场，他拿过烧酒盅子斟满接上茬口，趁机谑浪了一回：

  小妹子嘴唇一点红
  细细的眉毛像弯弓

年轻轻男女成双对

红缎被子遮球了个黑洞洞

那时,我的心情被调动起来了,借着酒劲,跟着主人忘情地唱。第二天,女主人说我那夜醉得手舞足蹈地吼喊着不睡。而我清楚自己很清醒,只是用歌声把平日里淤积在心头的压抑吐净。这个情节,一直无法忘掉。我清楚在乌烟瘴气的现代都市里,这种回味是使自己平静下来的唯一慰藉……

"酒曲曲好比没梁梁的斗,装在咱的心里出在咱的口",像这样的酒曲,在陕北是随处可以听到的,即使有三五个大出版社整理,也出版不完。它优美的旋律,精妙率真的语言,个中情味的真挚朴拙,意境的高远雄浑,无不令人心弦上紧,沉浸难拔。古人有"三月不知肉味"表达人沉溺于艺术氛围中的感受,我虽不能用准确的词形容,但知道能听到这些原汁原味的歌就足够了。时间虽淘汰了一些酒词,但并未淘汰了它的精华。它是父辈们用老镢头镌刻在黄土高原上的不朽史诗。它的痛苦欢乐都是酒,都是精血和元气,都是从水中酿浸的高粱、玉米的毛孔中飞翔出来的唐诗宋词,和柔韧而刚强的民俗民风文化作坊。

当你刚从醉人的酒曲里醒来,朋友,你又会被那酸不溜溜甜格丝丝的山曲所勾去。山曲就是信天游,信信然然地唱,环环复复地飘。这种悦人的山歌,同酒曲一样,起先也与军队战争有着密切的关系,沈括在《梦溪笔谈》里记载:"边兵每得胜回,则连队抗(亢)声凯歌,乃古之遗音也。凯歌词甚多,皆市井鄙俚之语,余在鄜延(今陕北甘泉、富县及洛川一带)时,制数十曲,令士卒歌之……"可见,它根植在陕北人繁衍的茫茫黄土高原之上,历经历代人民精心的施肥,才长成今天这种风格独特的民乐奇葩。它是特别孤独的古典五言、七言诗,很吻合这个多山地域的大空旷。或许因润了迭词、模拟词、衬词等,它让人感到亲切得很,为那股泥土气息的芳香陡添激动,心时常浸在至纯至真的大山情调里平伏不下来;或许因长了赋、比、兴和连锁、双关、反复等一根根沟通人心灵回归纯朴的肋骨,它让人痴迷在朴素的风土人情里,感受到一颗颗无助的心灵,对着最亲近的大山,把自己全部交给民歌,抒发闷在胸腔里的那种凝重的悲凉和激愤；或许是因渗了乐府调的韵脚，并不用或少用角音（mi），那种悲怆的令人流泪的声音，在疾徐有致的节奏里，跳跃着一种旷世的痛苦和柔情，令人不能抑制地总想跟着抖两嗓子哪怕是跑调的音腔。充满浓酽酽生活气息的陕北民歌，以物托情，以情赋声，高亢地张扬出艺术的雄浑热烈，沟通了无数寻找真实与纯净的心灵。它浓浓的野味，给人的感觉不是粗俗，不会听上几遍就觉得厌烦，相反是一种永远滋养精神的艺术享受。它只有在老实巴交的陕北人的嗓子里扎根，才能疯狂激荡地旋出一个真切悠远的艺术世界。他们心头有爱，心底有伤，苦处唱它甜处唱它，也难表述尽万千的情意。一旦唱起来，往往溶溶忘我，进入天人合一要死要活的境界，令听者为之心动神摇，血澎脉涨，余音袅袅，绕心三日。文友马丽华在《走过西藏》序言中说："我之所以热衷于牧区，藏北，正是基于对那种游牧生活以往全然无知。"我知道我不是，我的血管里流淌着陕北民歌的血浆。我是从《东方红》里逃出来的那一句（我不知道那一时期像刘姥姥在大观园吟得诗一样纯朴、自然的陕北民歌一下子萎缩，刮起这样一股赤色的风，是历史的进步，还是历史的悲哀和残酷），是由村落延伸的鬼神境界里属于激情的压抑的那一句，是合于天道，融于自然的那一句。多少年了，每听到那些像黄土一样朴素的歌，我的灵魂就被那种神性的精神硬度给紧紧拽住——

你听一听山坡上的蒿草丛里抑或河边的柳树林中飘漾出的一声声甜美的情歌吧：

　　阳婆婆出来照西墙
　　爱妹妹的心思一肚肚装
　　手拿上刀刀磨石上处
　　你不信我就豁开肚

歌者是一个俊格丹丹的陕北后生。他正面对着朝阳，真诚地以生命的力量，喷射出心海里恒久、炽烈的爱火，真心真意地去煨热姑娘的芳心。但正是这种"青杨柳树活剥皮，掏出良心爱妹妹"的感情冲动，才使我们更深刻地了解了陕北人那种"荞面咯坨羊腥汤,死死活活相跟上","郎情妹意一辈辈,枪子儿穿心不后悔"的情爱自由性与神圣性。我在商风熏人的城市里,就是用粗犷的信天游在一个酒摊场上挽住了我的梅。如果没有歌声,恐怕永远也走不进她的世界。从此,我看到了那些音符的能量,把孤独逼出门外,剪雪成诗……我由此而失去了衰老的理由。

小伙子大胆而爽朗的土性歌声,也许,像我一样说不准就煨热了哪一个暗害相思的姑娘的心。急骤而来的兴奋令她几乎昏眩,甚至连周围美丽的旷野也吞噬了。她,抿了抿额前垂下来的几缕秀发,随之那甜丝丝、沙悠悠的音符便振荡在空旷里:

　　纸糊顶棚苇子绑
　　我也时常把你想
　　既想就该来
　　单怕我娘嚷

这些姑娘们意真情实的风流野唱,系紧了男人们那颗沉甸甸的"撂下村村撂不下人"的心,使他们在这块穷困潦倒的土地上,躬耕不止,繁衍不息。对于我来说,跑出那块盛产爱情的土地,当初孤单地站在远处眺望那些"心里有谁就有谁,哪怕狗日的跑断腿"的陕北姑娘,心里真不是滋味,觉得让裆里的家什闲置着,真是太可惜了。我年轻的时候,那东西肯定给面子,让人自豪不已。到我老了,它就不肯巴结了,开始欺侮没力气的我。从那块板结的土地上逃出,我真不知道是幸运还是不幸。

哦,朋友,若说这些抒发爱恨情缘的山歌,是陕北人满腔澎湃热血酿成的甘洌的艺术之酒,那么,以独具时空的意念和心襟穿越历史迷雾的歌词,则流淌着"大江东去浪淘尽"的万丈豪情,流淌着"怒发冲冠"的悲壮美,流淌着一种能令人听之而心境拓展的无岸宽适:

　　杨家那个父子哟英雄将

> 一口刀来哪七杆杆枪
> 北国里有个天庆王
> 金沙滩前哪哈哟呀摆战场
> 锣鼓哪齐不隆咚咣咣咣
> 旌旗哪花花一花扬
> 得球得球哪哈一咳忙
> 七郎催马哟大战那个瘟韩昌

透过这些山曲的神狂气荡，仿佛一下子又将历史拉回了那血光剑影弥漫的岁月。这些声音告诉了我许多年前的那股渗在生活里的血腥，告诉了我什么比什么更有价值。虽然悲愤的呐喊声已渗在了越来越远的时空里，但斩不断我敬仰的目光。我曾绕过一个又一个的山山崀崀，沟沟洼洼，倾听过这些声音，它虽然抽得人永远心痛，但我还是要走进去。

当然，情感质朴、乡土气息浓郁的信天游，除了风韵袭人，听之如品美酒香茗而舌苔流涎，除了具有历史、文学、美学的研究价值，对高原人还有"阴沟里的冷泉黄河里的水，人不讲义气不如个鬼"，"水由人改树由人栽，丰收全靠劳动来"的精神、思想方面的浸润，就像唐人吴道子的名画《地狱变相》的传神，令当时京都屠夫改行另谋生计，自有一种撩人心动的魅力：

> 歇时平地歇，不要靠崖头，恐怕崖头倒，压你崖里头。
> 过河坐船舱，不要坐船头，恐怕风摆浪，闪在河里头。

这是一个新婚妻子对走西口的丈夫生离死别时的痛苦叮嘱。我最初对这首《走西口》的认识很肤浅，以为歌子只是渲染了陕北女人丝丝缕缕的深情和牵挂。对它真正认识是从一个足可以做我祖母的陕北女人流泪的声音里开始的。当时，我突然捕捉到从蔫蔫的快要旱死的糜地里飘出的悲苦的音符时，吃了一惊。当看见穿得补丁摞补丁的老人顶着毒辣辣的日头流着泪锄地时，我的心口一痛，掂出了老人泪蛋蛋后面隐藏的是什么。那首歌是我听过的歌声中最凝重的一首。从那一刻起，才知道它不是一般的情歌，它不仅表达了陕北女人对朦胧的陌生的远方的惧怕和向往，更重要的是对一个晚上又一个晚上荒睡时无法抵挡孤寂的另一种恐慌：家园的荒芜，尚能和男人共同承受，夜晚的荒芜，一个人堵在心里，又有谁来分担呢？年轻的时候，那种激情的把夜晚收拾的水灵嫩秀的尖叫和呻吟正旺得很，人却要分开了。老了，即使在一起，它也蔫了，夜晚除了尴尬和干燥，还会有什么呢？

  雪花打墙冰盖房
  露水夫妻不久长

  白云照在茅粪坑
  赌博场上没好人

  这是包含做人的道德与精神气质范畴的一首山歌，它和那个酒肉穿肠的济公游戏风尘的济世妙方有异曲同工之妙，一箭双雕地既起到传唱娱乐，又为人们荒芜的心田拔除了杂草。更重要的是它在探示和涵盖陕北传统文化的价值和意义的背后，深力度地描述、揭示了陕北人重义、重情、敢作敢为、行事大器的心理、精神、性格、人格方面的磅礴大气。这一类的山歌既融进了哲学的辩证思考，又是祖先们另一种方式的现身说法。它经历了时间大火的煅烧，才留下今天刚柔相济的利落老辣。我虽远离了这种陈列在岁月里的神性硬度，但还有一些金属的刚气泛涌在心里。而我的孩子，失去这块土壤之后，能否抵挡得住城市里物欲横流的诱惑呢？我真是担心极了。
  而最激动人心的山歌，还当数陕北人在与民歌的对舞中找到自己旋转飘曳的影子时的那像长风一样悠远火焰一样炽热的乐曲：

  正月里闹元宵，村子里好热闹。
  龙灯狮子跑呀，水船后面摇。
  船里边坐得二袅袅，实实生得好。

是啊，陕北人将原生、超卓之特质，朴素、清新之诗风的山歌，作为返现、完善、发展他们自己的源泉，凭着一种忍辱负重但又狂草人生的豪气傲气，在几千年后的今天，终于找到了自己旋转、飘曳的影子，找到了自己流浪的支点和这个竞争年代里对知识、思维、意志、技能、感情等方面综合竞争的坚硬与冷酷，挺起胸膛站直了腰。此时此刻，子孙们能不敞开胸怀，自豪地吆吆喝喝"三月三的茵陈通鼻鼻香，六月六的曲曲顺心心凉"吗？我当初是担心让一把镢头一张铁锨的事情覆埋了一生，才逃出故土的。可在漠然的人流中，我孤独的旗帜并未飘成什么呼啦啦的风景，吸引什么人。我清楚自己的孤寂不适合城市与人群，只配点缀那些盛产空旷与荒凉的原野。虽走出了故土，但把梦永远留下了。接受苦难是心气旷达的最好抉择，可我已被生活中的另一些事情永远缠住了，即使回归了那块被人改变了的土地，我不知道自己是否还有力气拿得动生锈的铧犁去复活根的葱茏？是否还能找到相依相随过的唢呐悲奏出大地曾经的叹息？

　　许多年来，我在这些歌子里穿行，揣摩着它在壮美或悲怆里所引燃的浩瀚与纯净的艺术之光，心里是一种说不出的激奋与感动，甚至梦中也萦绕着它被高山被历史孤立的生命诗性，它在现实泪影里燃烧的理想欲望和永恒的精神意念，它在大空旷大摧毁的物质世界里舐着我们的熊熊热度。那苦难中涌动的不屈，以致我在哼着它时，不会为自己独守清贫的精神阵地感到后悔，就如冬天里围着火炉时，我们的身体不会感到寒意逼人。我觉得每一首酒曲就是陕北人生活的一剂调味品！每一首山曲就是生活贫困、精神富有的陕北人的一种独嘲自娱、大乐大欢的超然与人生态度之折射。那优美的内涵，那诱人的内容，犹如陕北这块纯朴的土地上生生不息的沙打旺、沙竹一般，年年发芽年年疯长，绿油油、水嫩嫩。它带着暴雨狂风的激越，人生的悲欢，在陕北人的口里久唱不衰，辈辈相传。它的温暖裹紧了脚下这座绵绵的黄土高原的饥寒，它的精神支撑了一代又一代柔韧而强盛的生命。它拍击时间的强音，已成为陕北高原之魂和当代人性灵的憩园。记得是1995年，我在神府煤田的一个乡镇遇到了一位教英语的英国女孩。她说，山隔峁阻的陕北对人有一种说不出的压抑，但听听民歌，虽在异国，一个人一点儿也不觉得寂寞。何尝不是呢？我接触过很多时下流行的歌曲，但那些刻意做作的音律对我确是一种无所适从的痛苦。每当苦闷时，我就会不由自主地吟味起记忆里的那些原生的歌词，想放开嗓子抖出久违了的情愫。每次坐在酒摊场上，我总要重温那渐去渐远的痴迷。尽管粗糙沙哑的歌喉进不了陕北民歌的殿堂，但依然唱得很投入，我不在乎"神经病"、"疯子"之类的雅号扣在头上。

美国记者斯诺曾在《西行漫记》中说："走向陕北，才看到一个真正的民族。"而我想说的是：就是这唱一声千般苦处，歌一句万种感慨的酒曲山曲，用它们史诗般的思索和记忆，在高亢而又飘逸的乐音中化作高原风，世世代代、年年月月、时时刻刻，搂抱着陕北破碎的山梁，梳理着陕北的沟沟岔岔，把陕北的叹惜陕北的雄沉，刻在了陕北人的额头和心里。

但当我又一次走向陕北的山山峁峁，发现陕北人的苦难在商品经济的炽热气焰中已走向了冷落。历经了大艰难与大悲凉的陕北民歌最自由的飘曳和最响亮的吼唱也同这个世界越来越格格不入。面对现实的物欲横流，它做着最后的挣扎，它当初随苦难滋生，现在也正悲哀无奈地随苦难远去，渐渐荒落……

面对陕北民歌里的爱情和理想风一样的远逝，我的心快乐不起来。后来，终于在疼痛中做出决定，抢救那些已临消逝的音符。为此，我像一只鹰，滑翔在陕北的山山峁峁里，在三年多痴迷地搜集中，那望不到头的山梁，时常令我热泪盈眶地看不够。骨子里氤氲着山间大寂静的我，在走访390多位民歌手中，心中总是涌动着一股无法表述的亢奋，一生中，这或许是唯一的一次。后来，我带着那本整理成的《活格睁睁扔下妹妹你走呀》的民歌集，四处奔走，但没有一个出版社愿意无偿接纳。当我负债自费出版了这本民歌集时，还未来得及走出那淡淡的油墨清香，我的梅就拖了缺钙的小儿无奈地哽咽着离开了我。眼泪一下子夺眶涌出，我内心无比沉重。摸着发疼的心口，心中一片迷惘：疲于捞钱的人群中，还有谁在做着向陕北民歌这朵艺术之花最后的瞩望和持守。我想我是一个失败者——虽整理出一本厚厚的民歌集，但整理不出民歌中甜蜜的爱情……

几年后的一个春天，我去了陕北红碱淖。目光和那静静地躺在毛乌素沙漠怀抱里的幽蓝的湖水，和那湖畔沙梁上鸡蛋清一样嫩的绿、梦幻的绿相遇的一瞬间，骤然间惊悸了，灵魂里涌起了一股难言的感动。风中一缕激情悠远的歌声也袅袅飘来，事前毫无准备的我一下子陷入了那种好久找不到的激动里：

  郎在丘上放牛羊
  姐在河边洗衣裳
  郎望姐，姐望郎
  牛羊跑上打麦场
  搓板打在脸盆上

  歌声是沙丘中植树造林的人唱的，在明净的天底下，显得那样地悠远、明快，那样地深情、激越。曾在录音机上听过一些江南民歌，但那些歌子怎么也抓不住我。我是冲着"江南可采莲，莲叶何田田，鱼戏莲叶间。鱼戏莲叶东，鱼戏莲叶西，鱼戏莲叶南，鱼戏莲叶北"那首古典明丽的词听歌的，尽管不知那是一种什么样的感觉，但依然渴望。现在，这种压抑了好久的感觉终于找到了，我的心波动在歌声里，眼前的湖水也在宁静中悠然颤动起来。

  我一下子拨开了一直困扰着自己的陕北民歌在历史与现实里的迷雾：在陕北的民族交融中，在陕北的驻军移民中，为了生存的陕北人，贪婪的眼睛对准了这块曾是"森林茂密，河流湖泊星罗棋布"的土地——伐林、开荒。在远古疼痛的信息里，山变荒秃了，河流走向了干涸，气候也干燥少雨了。恶劣的环境渗进了陕北民歌的骨骼，它凝重、悲怆、荒凉的基因，从此在压抑、贫困的陕北人心头扎下了根。顺着时间的甬道，在陕北人的悲欢离合里蔓延、荡漾了下来。当陕北人挺起腰杆，告别了"苦难"时，陕北的土窑洞逐渐成为历史的经典，搬进宽敞明亮高楼的他们心情舒畅，难怪流淌着凄美、哀怨、痛楚的陕北民歌要随风远逝呢？！认识到祖先破坏了生存环境的同时也为自己酿制了充满血色的荒凉人生的陕北后辈们，把一株株树带进了春天，开始营造一个绿色的梦在民歌中飞翔。我们不难想到，当陕北在子息们的手中还原了远古时的林密草茂、水沛土肥时，定会成为世界的一个经济腾飞的窗口，陕北民歌也定会像陕北在历史上的民族交融发生质的变化。尽管内容我们猜测不出，但调子准像"江南可采莲"那种走进历史的经典一样明朗起来。我断言在几个世纪甚至几百个世纪之后，它的深度会越锻越端庄浑厚，不像我们人体经时间一冲击，精气和血脉就枯竭了，躯体就朽而为土了。

眺望着目力所及的地方，大地与蓝天融汇成绿意茫茫的一片，行走在高原的我，幸福在一束明净辽远的光芒里……

绿色地平线

2009 年获第九届内蒙古自治区文学创作"索龙嘎"奖

伊勒特

一　乌珠穆沁的风

乌珠穆沁的美，不好用什么作比。你仰望鹰在碧空中翱翔，那就是独奏；你看马群在旷野间狂奔，那就是交响。

400 年前，当一支游牧部落从阿尔泰山出发，就开始了乌珠穆沁人在蒙古高原上生活历史的书写。乌珠穆沁是标记，是图腾，是阿尔泰山南麓葡萄山养育造就的神奇部落。无法想象，千里迢迢一队人马，男女老少，无数牧畜，迁徙中经历了多少艰难险阻。所以，今天我们在乌珠穆沁草原上听到天籁之音——长调，看到一代代都荣扎那式的跤手也就不足为怪了。

从现已发现的远古时代的岩画和新石器时期的文化遗存，足以证明在更远古的从前，我们的祖先就开始在这片美丽而广袤的草原上活动、休养生息，创造了史前文明。

人类文明从来不曾割断，每一种文明都是生活在一起的不同民族共同创造的。草原文明、乌珠穆沁文明亦不例外。

凡领略过游牧文明的人都会自觉不自觉地思考，乌珠穆沁草原通过什么来阐释她的美妙，通过什么来滋养她的灵魂，通过什么来弘扬她的不朽。不错，我们司空见惯并且倍感惬意的绿，是造化创造乌珠穆沁时给予草原的神秘赐予。

它操纵时序逆转，变幻色彩，或点或染，或皴或擦，勾勒出乌珠穆沁的大美。春天的嫩绿，夏天的碧绿，秋天的金黄，冬天的银白，不用浩叹挽留什么，来的自然来，去的自然去，美轮美奂，美不胜收，年复一年，周而复始，只是在不同的春里留给人更多的遐想。

草原上的许多声音都称得上天籁。这种声音没有丝毫市廛的喧嚣和嘈杂，不用担心被迫接受什么，即使是空旷里的哞鸣咩叫也会给你些微快意。

土生土长在草原上的人，在热闹的都市里待不了几天就会烦躁、不安、厌倦。草原让人安静，让人不被干扰，让人滤去烦恼。我们想想，眼前全国各地趋之若鹜的摄影家们勾魂摄魄似的沉醉姿态，恐怕就是逃离钢筋混凝土里爆出的驱之不散的声音干扰的快意表现吧！因为是暂时逃离，所以弥显珍贵。松一松每天紧蹙的眉头，让心灵奢侈地享受一下安谧，太好了！"鸟鸣山更幽"的意境，在乌珠穆沁更容易触动你。四万八千平方公里的草原上，你骑一匹快马，突然惊飞几只百灵，美妙的声音，天赐予你，是一种什么样的幽啊？幽得让人心里酥酥的。每次身处这样的情境，我总暗自思忖，闹市中人心的猥琐、欲望、虚伪和贪婪是多么可笑而又可怜。

人群密集的地方，给你的感觉，人永远在跟着物质跑。越大的城市，越是人群集中的地方，给你的这种感觉愈加强烈。而乌珠穆沁不同，人永远跟着风走，跟着绿走，跟着声音走，接近忘我、无我的境界，天人合一。

草原有大美，即使一束不起眼的野花，也在描述着美妙的故事。假若莺飞草长之初，少了它们，一定逊色不少。只是年复一年，习以为常，不太惹眼罢了。可它们就这样，你败我荣地，从春到秋以自己的方式点缀着大美的边边角角。你看草原上的女人，就像那些野花，腼腼腆腆的，面对无论富贵的人，还是贫贱的人，都同样投以微笑。面对这样的微笑，即使是阴险虚伪之人，心灵也会为之震颤一下。

你再看看乌珠穆沁的婚礼，别管谁家的，广袤的草原上，对所有知道消息的人都是喜事。想想那是什么样的场面，歌舞马头琴豪饮通宵达旦，牧人的世界多么的安谧温馨祥和，人心是多么的清纯。即使醉酒人的乱语，也坦诚地让你看透肚肠心肝。牧人一打生下来，与天地万物结合得如此自然而然，毋庸做作伪装什么，悲喜歌哭顺乎自然，纵马春秋随遇而安。

乌珠穆沁宽厚善良的怀抱里，生长着茂盛的牧草，生长着无数牛羊，生长着姜戎《狼图腾》里的狼群。夜晚，牛羊狼群的眼睛与星群在天地间一同闪烁，还有我们人的眼睛，草原的景象因此而丰富多彩，因此而生生不息。

你不熟悉乌珠穆沁，没有关系。只要你亲临其境，不管你愿不愿意，你都会成为牧人。当然不是牧羊牧马牧驼，而是牧风牧美牧灵魂牧心情。传统的文人雅士习惯感受草原的空旷、雄浑、辽远、博大、深邃。其实还有一种幽更撼人心魄。敖特尔是幽，亘古的幽；连接敖特尔与敖特尔的曲径是幽；冬季大雪后牲畜排成一队逶逶迤迤，也是幽。幽，是草原四季流动的苍茫。

有一个少年，面对空茫，在诗中把鹰比作天堂的使者。许多年后一个秋天的午后，带着几分醉意仰卧乌里雅斯太山脚之下，更近距离地与盘旋中的鹰对视，那黄褐色的锐眸如此逼人，闪耀的光芒让长大的少年毫不怀疑它从太阳的故乡来，守护草原。鹰称得上是乌珠穆沁明察秋毫的使者、守护神，哪里发生鼠害它们便云集哪里，其团队精神和灭鼠速度是十分惊人的。

鹰才是自然界真正登临绝顶的高士，可谓高瞻远瞩。苍茫之外还有苍茫，鹰的胸怀里还有什么不能化开，草地里上蹿下跳的几只鼹鼠能有多少作为呢？乌珠穆沁人的风骨，最可贵的内质是用鹰的精神砥砺出来的，所以经得起风雨。

鹰依然在天空中翱翔。我们不知道在鹰眼里，乌珠穆沁草原上奔腾的马群是江河还是海潮或浪花，但可以相信，在鹰的视野里，马从来没有走失过。草原随便一隅，哪里不是牧场呢？就像风雪里迷失方向的牧人，有什么关系，任何可以支起毡帐的草地，不都是家园吗？敖特尔就是演绎人在苍茫中繁衍生息的襁褓。

不夸张地说，乌珠穆沁的马是内蒙古高原上最多的。此时，诗人尾随最优良的种群进入大雪。

不知为什么，诗人的灵感在乌珠穆沁的大雪里，常常如苍狗幻化、云游乌里雅斯太撑起的长天。蒙古人视若神圣的蓝，是沉溺欢乐忧伤、剽悍怯懦、聚合离散的海，深不可测的海。这个海的深处藏着岁月的孤寂，却不收留叹息。

冬天的到来，是以雪的方式开场，雪来得暴烈，高原上的男人自然剽悍。

这时，所有装束与毛皮联系起来，绵羊羔皮、狐皮、狼皮之类，整个冬天热辣辣的。女人们无论长幼，精选的羔皮里外面饰以漂亮的绸缎，再寒冷的日子也红红火火起来。

　　雪大的年份，乌珠穆沁的冬天仿佛格外漫长。攒了一秋膘的马群，无疑是银白世界阳光下活力四射的精灵。听它们的嘶鸣，由远而近，仿佛远古原创的呼麦，无法言说的乐感，带着地气冉动，所有亲临其境的人似乎触摸到万物滋长的冲动。

　　你倾听乌里雅斯太悬壁，在 -40℃里响动。那是乌珠穆沁的一呼一吸，呼吸的声音足可以撼动苍穹。山顶放飞一只岩鹰逐远，冲向太阳采集天籁，利爪钩破残雪的时候，春的讯息便不知不觉地融化在第一杯鲜乳里了。于是，严寒陡然解体，不经意间大地酝酿新生，不知咋的，阳坡上最先一片片鹅黄，然后浅绿，扩散开来，羊群颠颠地朝着远处地平线狂逐。待牧人放眼望去，葱葱郁郁的绿，早已一泻而来。

　　值得警示的是，乌珠穆沁是草原的财富，是中国的绿地，是人类的牧场。我们需要大自然的聪明人类，千万不要透支乌珠穆沁，透支草原。留住绿色，草原一旦失去终将成为绝版。难道，这样的想法算是多余吗？

二　流动的乌珠穆沁

　　乌珠穆沁，除了我们熟悉的之外，除了肉眼凡胎所能见到感受到的之外，还有空灵。空旷里的灵动，如梦似幻，视之不见，听之不闻，造化灿放着精神的光芒，浸润禅意的胜景不单单触动我们的感官，更撩拨人的内心的大爱，成就广泛的真善美的赤子情怀、赤子之态。

　　当我们阅赏摄影家镜下原始美的作品时，心旷神怡。他们捕捉乌珠穆沁美的眼睛和内心真是了得！

　　乌珠穆沁草原美就美在她的原始性，这是上苍赐予我们的财富。中国只有一个乌珠穆沁，人类只有一个乌珠穆沁，要下功夫守住她！有人说："草原从来不依仗人类而存在，但人类却依仗草原而风光。"我们永远值得关注的是，草原怎样才能风光无限!

一组云,流动的云,格外抢眼。流动美本是乌珠穆沁的天然状态,可眼前流动的旋律是我们从前所未发现过的。流动的绿不足为奇,草原的风是在浩瀚之上创制流动的高手。有风吹来,无比的碧翠之中勒勒车、蒙古包、牛羊、马群,还有盛装男女自然流动起来。乌珠穆沁的云是上苍的神品,白没什么新鲜,白里变幻莫测的瑰异才是勾人魂魄的神韵。

姜戎的《狼图腾》,诞生之地就是乌珠穆沁草原。草原关于狼的故事和传说,远比姜戎描述的丰富得多。20世纪70年代中期以前,猎狼还是牧人生产活动内容之一。草原之外的人对狼的好奇,对于普通牧人来说,只是生产生活中略带刺激的谈资而已。你再发挥一下想象力,草原腹地大群大群的黄羊正以时速60千米的速度奔跑;茂草间彤红彤红的草原狐昼夜潜行;原始森林里昂首警觉的马鹿和狍子,还有锦鸡、金雕之类的珍禽。够神秘的吧?乌珠穆沁草原特有的生灵,用它们特有的生命律动,在世界上绝无仅有的草甸草原上演绎着神秘美。如若有幸在乌珠穆沁与这些生灵邂逅,让你的生命融入它们的生命节奏一同律动,那真算得上是有福之人了。

天籁,是大自然生就的东西,就像婴儿落地第一声啼哭一样动听。天籁,不能是掺杂了人类制造的声音。天籁,常常是听而不闻的声音,要用心去听,用安静的心去听,用纯净的心去听。那么,让我们赶快到乌珠穆沁的风里去听,到乌珠穆沁的绿里去听,仔细听,听那流动的天籁正进入我们被污染的生命。

三　静穆的乌珠穆沁

让我们的生命突出物质的重重包围,仰望"蓝蓝的天上白云飘",再遥望"白云下面马儿跑"。乌珠穆沁是如此宽厚宏博,气象阔大。人置身其间,即使一只鸟简单的啁啾鸣啭,也会唤醒情感,撑开我们的心胸,使物化的心灵在崇高之境中宁静和谐。

乌珠穆沁的高天阔地,最诱人的是她众多元素所保留的原始性。万物在这个圈里共存共荣、和谐平衡。人在这里,绝不是主宰,而是元素之一。只不过,人是善于感知美和重要东西的精灵而已。

乌珠穆沁是真正的博爱的原创。神圣的蓝色之光，贯彻万物，使万物充分感受大自然的幸福。于是牧人深入骨髓的大善，无论春夏秋冬怎样变化易序，也会葳蕤常青。

我们每一个有个性的生命，在生命链的长河中是有限的。而大美无限，大善亦无限。乌珠穆沁积攒了足够的欢乐，就是我们的鉴赏能力了。

西人贤哲伏尔泰说过："上天赐给人两样东西来减轻他在尘世的苦难，这就是希望和梦。"这两样东西乌珠穆沁草原都不缺。万物在希望中繁衍，万籁在希望中流泻。希望自然会幻化梦，正是乌珠穆沁孕育的希望和梦，造就领略过她丰美的人生。

尽管摄影家的技巧与乌珠穆沁的内质相较，与大自然的鬼斧神工相较难免逊色不少，但我们还是感受到乌珠穆沁的天、乌珠穆沁的地以及休养生息其间生灵的灵魂和精神所达到的境界。

精神是一种气，一种高贵的气。正是这种气弥散乌珠穆沁所有空间，在我们头顶上和脚下颤动，虽然默不出声，却引领草原上的生灵向上、向上、再向上！

此刻，郁积苍穹的正气，正以静默的方式泻地。敖特尔毡房飘忽的烛火，相依着盛年的安谧和大野的新生，成为牧马人旷世的祈祷。马头琴是天赐的信物，不知什么时候在乌珠穆沁落地生根，如篝火的光焰不绝地释放无边的仁慈。群山之巅，鹰是气之魂。鹰是乌珠穆沁升华了的信念，升华了的宁静，升华了的箴言。

二月的暖雪即将化为清气。万物蠢动，却不喧嚷，倾听一峰白驼庄严的孤独。乌珠穆沁的孤独里，珍藏着无穷的生命诺言。无边的绿不知不觉中冉冉地上升，我们仿佛触到了缕缕清气激起造化的情绪。射出的光芒正由近及远，展开一幅广阔而绚丽的画面。

画面里一团和气。和气是一种智慧。乌珠穆沁人千百年来，得天地之厚，积累的精神财富，正源于这种智慧。和气产生凝聚，凝聚产生力量。草原文化滋润和气，和气又还给乌珠穆沁无穷的快乐和乌珠穆沁欣欣向荣生长的激素。

四 激情的乌珠穆沁

马是乌珠穆沁的精灵。所有进入过草原的人，都会因为极富灵性的马儿惊喜、感叹和遐想。

群马长鬃鬣鬣，或迎着朝阳，或顺着夕照，入涛似浪，在古朴的一望无垠的原野上滚滚流涌。你说，若梦似幻的景观不是人间仙境是什么？

马承载乌珠穆沁，承载草原山的人们，与天地万物组成雄伟豪迈的生命进行曲。乌珠穆沁因马而远，因马而阔。诱人的风土民情、文物古迹和人文景观，与马的神韵相交相合，融为一体，在说不清多少种植摇曳的绿里奇、绝、雄、宕。

亲近草原，亲近绿色，不能不亲近马。马为草原而生，马为绿而来。在乌珠穆沁和谐宁静的美里，牧人悠然跨在马上，喉管颤放出长调、呼麦奇妙的乐声，似飘似流，声音和色彩的旋律融为一体。明快与缠绵，古朴与雄浑，流布苍茫天地间，醉你如仙似佛。

乌珠穆沁湛蓝的天空，与春天的鹅黄、夏天的碧绿、秋天的金黄、冬天的银白里的马相映成趣。而其中数马灵动，像交响乐队的指挥，调动鼓舞着万物生机无限。

反映游牧民族生活的岩画，马是亘古不朽的意向。岩画内容所涉及的狩猎、游牧、祭祀、战争、生殖崇拜、车辆弓箭等都传递着与马有关的符号信息。马是乌珠穆沁人亲密的伙伴。有草原在，马就不会从人类生活中消失。

想一想，假如有一天我们骑在马上，仰望天空再也看不到鹰翱翔的影子，草原将是怎样肃杀的光景。想一想，真的有一天鹰从地球上销声匿迹了，还有多少物种留下与我们人类相依为命、同甘苦共患难。

乌珠穆沁草原上生活着苍鹰、秃鹫、隼、鸢、雕等多种猛禽。金雕，更是敖特尔的太阳。有蒙古人的地方就有金雕。金雕是捕捉草原鼠类的高手。草原的天空因鹰而丰富，乌珠穆沁的大野因鹰而壮阔。

鹰是牧人的朋友。羽毛虽不艳丽却箭拔，体态虽不秀逸却劲健，歌喉虽不美妙动听却气贯苍穹。这就是乌珠穆沁人世世代代之所以追求和赞美鹰的意志和精神的缘由所在。

鹰不似天鹅那样神灵般飘逸，也不似鹤那样绅士般俊秀。上苍赋予它"猛"，猛而不灭，猛而长生。鹰的使命是应对挑战，是拼搏，是战斗，是赢得胜利。鹰不追求安逸、恬静，不追求妩媚、艳丽，战士的风骨，一派豪气扶摇冲天。

鹰的信念万古不变，恪守尽责，万种生命奇观里，最为沉默的隐士，用青铜的筋骨撞碎任何侵扰和损害。

鹰是乌珠穆沁吉祥的图腾。鹰是乌珠穆沁热情的完美释放。

五　永恒的乌珠穆沁

天籁不能是绝响，牧歌不能是绝唱。

远处火红的夕照里，蒙古包上空袅袅炊烟似彩练，舞动着，缠绕着；牛羊散落，驼马啃青，牧羊犬尾随勒勒车朝河边靠近。此情此景，让人的想象蜿蜒起来，抖动起来，像一个愿望，像一个梦，像一只春鸟不停地飞翔。

艺术家深入乌珠穆沁的秋里，自问：草原的意蕴是什么？此时，玄妙的沉默冲撞灵感。啊，沉默之中蕴藉着多么巨大的能量呀！

生命原初，乌珠穆沁早早地先于人类到达那里啦。美、苍茫、四季、万物按照各自的方式展开。人类打开内心，突然发现生命奥秘的瞬间，或惊愕或快乐。表情会是咋样的？下意识地攥紧拳头，会微笑吗，会蹙眉吗？没有创制语言之前人类有声音吗？混沌中的沉默，一定会灿放闪电的光芒。

人类一定是在黑暗中渴望光明，在萧瑟肃杀中渴望生机，在饥饿中渴望粮食。于是，创造的冲动油然而生。

从此，突然有一天，马头琴在寂静中奏鸣，长调在旷野里汪洋。不难想象，人群里第一个骑到野马脊背上的人，是英雄，力大无比，也是后来战无不胜的跤王、部落酋长。就吃，原始畜牧业肇始，人类有目的的野生动物驯化一发而不可收。

沉浸于乌珠穆沁的遐想中，信马由缰，跑远了些。还是让我们从时光中回来，把视野拉到近前。人们为什么对乌珠穆沁情有独钟，远山绿水人文荟萃；人们为什么羡慕乌珠穆沁人，乌珠穆沁人的目光会飞翔，因为高天地阔，因为人在春风和气中。

看乌珠穆沁一只眼（摄影家）不够用，两只眼也不够用。所以一些游客年复一年地勘，国内外摄影人士有机会就来看，诗人作家艺术家魂牵梦萦不请也来看。

乌珠穆沁是无法拒绝重温的草原。即使是草木摇落冰天雪地的牧场，蒙古包里微火闪烁，手扒肉一盘，烫一壶烈酒，陶脑传出依稀美妙的牧歌，冬顿时暖和了。多么令人神往难忘的时光。

乌珠穆沁在人心里透明，在记忆里透明。牧马人的谈笑幽默风趣，女人的说笑若淖尔中的涟漪，老年人的叙说如春风徐来，让人看见鹅黄嫩绿的草叶。

最难忘的是乌珠穆沁的马。敖特尔夜里那匹曾经骑过的白马，用神奇的嘴唇揉骑手的手背，美得让人不容易梦见。响鼻仿佛是草原最古老的语言，由衷地说着：乌珠穆沁我为你祈祷。

乌珠穆沁的丰厚，是大自然的丰厚，是人类的丰厚。乌珠穆沁的深刻，是生态意识的深刻，是环境意识的深刻。保护草原，保护草原上有声和无声的生命，维护生态平衡，天人合一，才是社会经济与生态协调科学又好又快发展的根本路径。

让我们肩负起人类神圣的天职，让乌珠穆沁在时间上和空间上周而复始地演绎地球上特有的美成为永恒。

祝福你，永恒的乌珠穆沁。

马头琴上的琴弦

2009年获第九届内蒙古自治区文学创作"索龙嘎"奖

姚　广

琴　师

早先，一闻到马特有的气息，就心旌摇荡，像挨近初恋的情人。直到品尝过五脏被摔得错位的滋味，而马不知去向的时候，我才明白，自由是马的天性。

在陈巴尔虎草原，我曾幸福地看到过足有三四百匹的蒙古马群。那时正值绿草丰茂的夏季，马群在草原上被惊动的时候，就像被风惊动的水。两三岁的小儿马，紧裹着浑圆的身子，桀骜不驯地尥着蹶子，把后蹄扬上了天。稳重的老骒马踏着稳健的步子，护着在马群中弹来跳去的小马驹儿。响亮的嘶鸣声和喷嚏声、低沉的喘息声和儿马的咴咴声不绝于耳。我正为波涛涌动的马群惊叹的时候，身旁的包哥突然对我说："快看，那匹马！"说话间，一匹个头高大额上带着一块白点的骝色马，从马群中风一样刮了出来。耳朵尖直，颈首高昂，胸膛宽阔，胸肌鼓得宛若倒扣的两个大碗，小腹像被束住似的紧收着，四蹄如雪。"那是一匹三河马，"包哥惬意地深吸了一口烟说，"在草地上，我们的越野车跑不过它。"包哥曾是巴尔虎草原的牧马人，他说话的时候，眼神还在穿梭，溢满蒙古人自信的神采，这话远胜过夸赞自己的爱车。

巴尔虎草原实在太辽阔了，马群自由游荡在这天赐的土地上。蒙古马群像是行者，心无羁绊地在草原上食草、休憩、行走或者奔跑。奔跑起来的马群，像暴风雨来临时的风云，狂躁而突然，像草原上激越、流畅的旋律，一泻千里，在平坦处奔放无阻，在山峦处随风起伏，在河流处激情四溅，在风起处蹄音无边，马群用肌肉与骨骼，用血液与精神，把草原的个性张扬得淋漓尽致，让每一个来到草原的人心灵震撼，让草原上的人把目光放得很远很远。

一匹马也足以让你永生难忘。五年前我穿行于阴云密布的草原，偶然瞥见火车窗外的一匹马。雷雨将至，白杨树叶翻飞，树枝凌乱，樟子松林摇晃不止，像绿浪般随风伏来涌去，其势骇人。白马站立如垠，虽鬃飞尾扬，却有一种说不清的静气从容。闪电划过，青黑的天幕下碧草无垠，白马若神。我不知它是什么原因来到这里，在无疆的旷野中岿然独立。这匹凝神的白马一定在追寻什么，否则它为什么毫不在乎暴风雨的打击，而在苍茫的天地之间聆听壮美的天籁呢？

在草原上，我不止一次地听人讲起马头琴的传说，不止一次地听人拉起马头琴。传说中的那个牧人与那匹白马，让后人无限感慨，让马头琴无限忧伤。于是，那匹暴风雨中让人心神俱动的草原白马，一次次走进梦里与我相遇。我似乎就是那个年轻的牧人，一次次与神奇的白马对话。

拉马头琴的时候，胸中得有一匹马，一匹能静守天地，任天地纷扰亦不乱怀极具定力的马，一匹能纵情骋怀奔踏于天地之间的马。这马有长嘶夜空划破草原的霸气，也有低头回颈的温婉柔情。

就听见一个声音从耳边拨起，盘旋至峰顶，再从峰峦坡处徐徐滑下，流入草原上平缓的河流，声音的曲线折叠回环，在一个长长的行程中，充盈饱满，绵绵不绝。似乎是发自胸中，经唇鼻而出，那丝丝缕缕都染着绿色，散发着草原鲜活生灵的气息。像初升的太阳升起，草尖还衔着清晨晶莹的露珠，牧羊犬还倦睡着，蒙古包的炊烟轻轻地散发着牛粪火的温暖，在一个远远的地方，似乎有一位拉着马头琴的歌手，悠悠地唤起昨夜酣梦的草原。在这个年轻的马头琴手身边，陪伴着一位美丽的姑娘。琴声缓慢处，琴手时而双手如悠然勾缰信步徐行，时而弯身至膝或移身后怡然陶醉其中。他幸福地拉奏着马头琴，嘴角含着笑意，时而看一眼他身旁的姑娘。那徜徉的情思在一对年轻的恋人与马头琴之间奇妙地传递，让这个空间温情脉脉无限美好。

陈巴尔虎草原上有个叫斯日古楞的马头琴手，他演奏的《万马奔腾》让人热血翻涌。这位长发飘扬的马头琴手，双腿紧夹着马头琴，像是骑手紧紧夹着马腹。那琴上的马嘶鸣歌唱，惊动了草原上安静的马群。万蹄共踏，尘埃飞扬，像海潮澎湃而来，铺天盖地，从草原的一边涌向草原的另一边。似乎有一种极大的气势充溢于你的胸间，你深呼着气，你的血液也奔腾起来。你好像就是它们中的一员，激烈地叩响大地，奔向辽阔草原。鬃毛飘然，马群奔向了那轮红日，马驹子撒着欢，尥着蹶，骒马、骟马叩蹄摇颈，噗噗打着响鼻。那匹精壮的儿马，长鬃至膝，光亮耀目，宛如神驹一般，仿佛听懂那弦上之音，仰天嘶鸣，飞蹄绝尘。

琴师似骑手贴伏在马背，蹄音隆响，追风呼啸。琴师每一根头发都在飞扬，每一根神经都在跳跃。他微眯双目时拉时弹，娴熟而富有激情，右手的跳弓、连跳弓、击弓、打弓、抖弓……左手的弹音、挑音、打音、颤音、双音、滑音、揉弦、拨弦……在瞬息间就变了多种方法，琴师的肩、手、腕、指与腰、腿、脚不断地变化以及耳边响起的惟妙惟肖的马嘶声、叩蹄声、喘息声……让人目不暇接，叹为观止。好一会儿，马群便放慢脚步，四蹄矫健舒展地踏将起来，像移动的云一样轻盈，像弥漫的雾一样四散。琴声戛然而止。琴师汗水淋漓。

琴师把自己的心都交付给一把琴，弓弦如缰，那心里得有一片无边的草原。一把琴可以让人置身于万马之中，这就是马头琴的神奇力量吗？

我站在近百把的马头琴群中，宛若站在了百万匹骏马奔跑的马群之中。一把把马头琴，就是一匹匹真实的马。马头或雄健或秀美，也有很多曲颈瞪眼如狮如虎雄壮威武的。马颈曲线自然，肌肉分明，颀长的马颈似乎把马的筋骨、血脉都蕴在那有力的伸展中。马颈形象逼真，将马的飘逸和俊美表达得淋漓尽致，它被艺术家染上了审美的眼光，随同那尖尖的马耳，圆睁的双眼，大大的鼻梁鼻孔，浓缩成马的精神。马头与马颈连同细长的琴杆、梯形的琴身、柔韧的弓弦一起构成一件艺术品。马头琴被奏起的时候，那曲调似乎就是从那马的内心嘶鸣出来的。马，不可替代地被蒙古人世代地吟唱。马头琴就是蒙古人为马而做的神器，与马对话与自己对话的一座桥。

我深深地被那些绝美的琴和琴声吸引。

我终于明白，原来这些琴师也是牧人。当马群在草原上奔跑的时候，当白马在风雨中伫立的时候，马就放牧在他们的心里。这些流着蒙古人血统的琴手，天生就有一种对马、对草原的理解力。无论身处何地，他们只要一拿起琴，就会见到马，回到草原。

蒙古男人

蒙古男人骑上一匹马什么也没说就走了。

自从春末下了场透雨，陈巴尔虎草原就没湿过地皮。本来一到6月中旬，草就长得老高。然而今年的陈巴尔虎草原却像秋天的草场，黄多绿少，草地像被打草机打过了一般，光秃秃的。草原像着了火，渴得要命。草蔫人也蔫，蒙古牧人嘴上也打了泡。要知道，牧民也是靠天吃饭，夏天牲畜没有草吃，秋天没有草打，冬天没有草可存，那牲畜就得眼瞅着活活饿死！这让草原上的人一提天气就直摇头。直到6月末，陈巴尔虎草原开始下雨，这雨一下来就止不住了，一天三遍。草像一下子就被催了起来，几天的工夫就绿得醉了。草原上的人知道这是长生天的恩赐，就像额吉用她一次次捧接乳羔的手，用她一次次捧挤牛奶的手，用她紧紧捧抱过婴儿的手，一次次扬起汤勺，一次次扬起乳白色的汁液，把奶香、茶香、炒米香弥漫在蒙古包周围的草原。

蒙古人，就是这样年复一年，在这块土地上真实地酿造着有些香甜又有些咸涩的生活……

周而复始一岁一枯荣的野草，实际上是草原的主角。野草随千万年的风云变幻和马嘶，像一个神话，把一张无边的地毯铺开。野草用数万年的根系，丰富着土壤，汲取着水分，用四季的针脚细密地编织成美丽丰富的大地。从历史中走来的蒙古男人站立于绿野无极的草原之上，野花芳香着自己的马靴，头顶穹庐的青天大帐，幸福而高大。假如，蒙古男人离开草原，他会泪如雨下，哪怕今生再也回不到草原，他也永远是一个草原的牧人。他的生命被染成了绿色。只是思念像雨，淅淅沥沥地浇灌着故乡，渗入这片大地，滋润盛开的花朵，流入像莫日格勒河那样多情的河流，永远充沛。

蒙古人，蒙古包，蒙古的奶食，蒙古的高原，蒙古男人相信这里的牛羊也会有更多的幸福，马儿会有更多自由的天性。而河流呢，也早被这草原熏染得从容，悠然地盘曲回环，悠然地体味这里的宁静和安详。这河流带着草原的芳香，牛羊的气味，蒙古人走过的强壮的倒影。这草原上的河流，仿佛就是草原的血脉。这片草原一定在某个地方像心脏一样强有力地跳动，让这草原的血脉连通，让血液汇聚。

蒙古男人一个人骑着马，走在草原的中心或边缘。没有陌生的野草，因为走到哪里都是家园，草就像自己家的牛羊一样，熟悉得再不能熟悉。河流也是一样，曲折着绕在马蹄的周围。尽管这样，一个人与一匹马走得久了，也会感到孤独。于是就唱起那忧伤的长调，把天空与草原、河流与山峦、毡包与奶茶，把草原男人的柔情都唱给这草原，唱给胯下的马，唱给自己的心灵。长长的腔调，绵绵的气息回荡在草原的上空，于是马惆怅了。蒙古男人累了，知道马也累了。他下了马，卸去马鞍。

蒙古男人像一座山站在那里。宽大的蒙古袍覆裹着壮硕的躯体，蒙古男人气度从容地站在那里，腆肚挺胸，双手叉腰。那一刻，无论谁站在那里，都比不过蒙古男人幸福自信的目光。草原无边地在蒙古男人眼中徜徉，山的每一处褶皱，河的每一处转弯，草在哪里茂盛，花在何处鲜艳，马群在哪里奔跑，牛羊在哪里采食，都装在蒙古男人的心中呢！他把手探进怀里，拿出一瓶酒，躺在松软的草原里。马在身边"沙沙"地捋吃着青草，草香再一次在蒙古男人的鼻息间浓郁起来。他仿佛看见了马幸福的笑意，牙床被染成绿色，新鲜的绿汁顺马的下唇流下来，喉咙被一阵阵美妙的滋味陶醉。

蒙古男人闭上眼睛，想起自己的朋友，想起自己挽着缰绳，骑马趟过的每一处丰茂的草场，想起每一个守护自己家人和畜群的狗，想起他放牧过的每一只牛羊。原来的花茉莉（白马），四蹄一撑，像个板凳，走起来碎步像雨点，屁股后面放碗奶子不会洒一滴。那达慕上得了大红花的花茉莉，粘住那么多牧人的眼睛，也粘住了那个漂亮姑娘的心。没多久，他就把那个叫托娅的姑娘带回了家，如今自己的巴特尔已长成大小伙子了。可现在身边的花茉莉也老了。

还有，都说蒙古狗凶，可他们不知道，咕勒格，多好的一条狗啊！十几年前，在好朋友孟和家喝酒，自己说现在的羊不好放。孟和说，外面有一窝呢，你挑吧。他一眼就盯上了咕勒格，孟和狠狠心说，你拿走吧！自己没看错，一年的工夫，喝牛奶啃羊骨的咕勒格长得像个大牛犊子。一岁半就敢跟狼撕咬，把那条糟蹋了好多肥羊的独狼咬了几个血洞，瘸着腿再也不敢回来，从此巴尔虎草原都知道了咕勒格。有了咕勒格，就可以放开肚皮喝酒，牛羊晚上也睡得打呼噜呢！可咕勒格没有了，再也见不到它了。真的，再也见不到它了。咕勒格……他举起了酒瓶。他和巴特尔找遍了附近的牧点，接着又找遍了几百里之外的牧场，人们都说没有看见咕勒格，有人说是不是让外面来的人用药给迷住，拉走了。一听这话急得巴特尔差点哭了。转场的时间到了，没办法只得最后一个从夏营地迁到最近的牧场。过了十多天，自己就骑马回来寻咕勒格，却发现咕勒格趴在自家蒙古包留下的圈痕外，瘦得像春天没草吃的羊，咕勒格的眼神亮了一下就不行了……咕勒格是在等自己啊！

咕勒格……他舔一下嘴唇，有些咸。他觉得有些渴，他看着天上的星星，想起自己漂亮的托娅端上的白花花的银碗银杯，银碗里装着乳白的奶子，银杯里盛着火一样的酒。

他有些迷糊了。可这没什么大不了的，明天走一会儿就会看见山顶的敖包，它可帮自己找到方向，找到托娅的。用奶子和酒祭过的敖包，从小到大，都记不得祭过多少个，也记不得祭过多少次了。可每次都穿上最漂亮的蒙古袍，穿上最好的马靴，骑着最漂亮的马去。怀里揣着酒和奶子，带上些羊油炸的果子，再揣上一块石头，太阳没冒头就出发了。到时候把那块许过愿的石头，还带着自己体温的石头摆上去。

外面的人说这些都是诗，敖包像谜。诗，对，是像诗，自己年轻的时候也写过诗。蒙古包像永远敞开的怀抱，一颗热腾腾的心就在那儿呢，从不上锁。只要你想留下，你听说草原上的人有赶人走的吗？可……草原的故事，唉，只有草原上的人知道啊。

蒙古男人突然有了个奇怪的想法：假如，这草原没有了牧人与敖包，会怎么样呢？

最后一抬手的工夫，那瓶烈酒的最后一滴就在胸中了。

蒙古男人，头枕着马鞍真的沉醉在巴尔虎草原上了。

绿色情缘

2009年获第九届内蒙古自治区文学创作"索龙嘎"奖

舒　正

在我生命的长河中，流淌着一份绿色情缘。在诗人赞美的绿色里，我建立了自己的家庭，在乡下，度过了整整十个春秋。因了这情缘，我得到了幸福，也尝尽了苦涩，那个幸福，那个苦涩啊——

一

我是在20岁的时候，投入了绿色的怀抱的。这天，晨曦中，我对着镜子穿好了衣服：蓝底白花衬衫、黑灯芯绒外套、母亲做的布鞋，然后将柔密的乌发梳理成一个蓬松的辫儿。镜子里的我朴素、淡雅，宛若春光里一枝淡淡的花儿。

全家人都出来为我送行。母亲流泪了，弟妹们用不谙世事的目光看着我。我的肘弯里夹着一件半新的咖啡色人造棉棉袄，那是为预防北方初夏的寒意，母亲特意让我带着的。爱人手里提着一个彩线编织的网兜，里面是一个脸盆，一只漆茶缸。就这样，我离开了生我养我的家，向着另一个家走去。

迎着初升的太阳，我和爱人踏上了铺满绿色的路。天仿佛一块晶莹剔透的蓝宝石，云彩一丝儿都不见，风也不知跑到哪儿潇洒去了。这是初夏一个少有的好天气，情暖、温馨、亮丽。不知什么时候，路两旁的树已经放叶儿了，这是北方的初夏的新绿。我的溢满甜蜜的心在绿色里徜徉。

"喳喳喳——"路旁，一棵高大的杨树上，树冠的缝隙间淌出一串喜鹊的叫声。喜鹊也知道今天是个好日子，一早便为我送行来了。忽然，一颗雨星落在我手上，亮亮的，凉凉的。我仰起头，湛蓝的天空，不见一丝云，雨却像金丝一般落下。啊，太阳雨！苍天为我们洒下了甘露，上帝在为他的一对儿女祝福，刹那间，我的心头涌起无限惊喜！

眼前仿佛有一乘花轿走过，红盖头下，美丽的姑娘光彩照人，摇醒了我甜蜜的遐想。哦，要是有辆车多好啊，哪怕是一辆驴车、牛车也好。可是，没有，什么车都没有，只有两条腿，靠着它们我要走完20里路到乡下的婆婆家去完婚。长这么大我还是第一次步行走这么长的路。儿时我常常去河边玩儿，到地里摘香瓜、掰棒子……从村里到这些地方只有半里路，还坐着舅舅的马车。上小学时，家与学校邻着墙，不经意间就融合在轻松和快乐里。可是今天是我的新婚，却要走20里的路。但心里没有一丝感伤，因为我的眼前一片亮丽。

乡间绿茵茵的草地间，马兰花开得正艳，浓底坎上的蒲公英也仰着笑脸儿，向我们传递着祝福。花草的芬芳浸染着我的身心。绿色流泻处，炊烟袅袅升起，小村笼罩在轻纱薄雾中，海市蜃楼般的幻觉。

到家了吗？

还差一半路呢。

肚子里开始蠕动了，我不由地去看那个搭在爱人肩上的网兜，可是，网兜里，除了脸盆和那只漆茶缸以外，再也没有什么东西了。饥渴将我的心带回到母亲身边。"多吃点，20里路呢。"早晨梳妆后，母亲曾经劝我说。笼屉里，白生生的糖包冒着腾腾热气，可我只吃了一个就放下筷子了。那一刻，甜蜜已经占据了我的全部身心。

太阳偏西了。

忽然前面树林里钻出一个骑自行车的人，淌着满脸的汗水，看见我俩急忙下了车，笑着说："家里等不及了，让我来接你们。"这是爱人的哥哥。原来，村里吃喜糕的人吃罢喜糕都走光了，还不见我们回去。婆婆以为出了什么事，就让哥哥赶来了。

"快走吧，咱妈急坏了！"哥哥催促着。

三个人，一辆破自行车，相跟着继续开始朝前走。一粒沙子蹦进鞋里去了，硌得脚生疼，我只好弯腰脱鞋倒沙，一看，千层底磨得几乎像张纸了。唉，母亲在油灯下千针万纳的千层底，今天却变成了这个样子。我不敢多想了，套上鞋子继续赶路，期待着意想中的另一个村庄出现。

　　前边横着一条小河，清澈的河水没过沙石、树根，在村边哗哗流淌。河边洗衣服的女孩儿，嬉戏着筑起一道彩虹，咯咯的笑声飘过水面跃进草丛里。彩虹的尽头立着一位大嫂，她好像悠闲自得，又好像满世界地寻觅着什么。绿绸似的河水在眼前跳动着，我抬脚试试，又将脚轻轻地落在浅绿色的草滩上。忽然，一个大嗓门穿越水面飘了过来：快背她过去呀，要不湿了人家的鞋袜……说话的正是那位嫂子。爱人跨过河那边，踩牢一块河卵石，向我伸出强有力的手：来，抓好。我们的手握在一起，双双一用力，倏忽间，便飘到了对岸……

　　终于到家了。几棵老榆树旁边，是三间土屋。

　　河边大嫂先我们走一步，迎在了门口："啊呀呀，走累了吧？"她的大嗓门仿佛是向地球上所有的人张开的。

　　大嗓门嫂子话音未落，屋里哗啦一下子挤出一群女人来，嘻嘻哈哈、叽叽喳喳地：

　　"啊呀呀，总算回来了。"

　　"呀，真俊！啧啧！"

　　"快进家！快进家！"

　　……

　　而我的目光还停留在门前那几棵老榆树上，缀满榆钱儿的枝条正在微风中摇曳着。我经过它时，长长的丝绦便落在头上，仿佛向我打招呼似的，又像是亲切的问候，欣喜而有神的姿态，向我传递着一种乡间朴素而自然的爱，让我怦然心动。

　　我被一群人簇拥着，向着那几间土房走去。这是几间至少度过了将近半个世纪的老土屋，灰色的屋顶上长满了蓬蒿，像一片很有生机的生荒地。墙壁表面，随处都裂着缝，走进去，是一堂两屋。我坐在只有半块席子的土炕上，吃着山药蛋和疙瘩白的绿色组合——我的新婚大餐。周围是一片让我感觉到既善良又亲切的目光。

土炕的温暖使我疲乏的腿脚开始灵动，可是，新婚的晚上还没有褥子。爱人说，咱们去买吧。买褥套的钱是亲戚们当场凑起来的，角币、分币、硬币，花花绿绿，林林总总，一共是4块3毛钱。供销社里，我腼腆地把那块包着钱的手绢递给售货员，他眯着眼睛数了半天说对了，然后，递给我们一个用纱线罩着的棉絮。回到家里，把一个棉套从中间剪开，缝好了两块褥子。这就是我新婚的褥子，上面是我和爱人把一捧一捧荞麦皮装在里面的两个枕头，但这并不妨碍什么。

油灯亮起的时候，婆婆就煮好了面，让我俩吃。粗瓷大碗里，面条又细又长，那大概是表示和和美美、天长地久吧。不久，月亮升起来了。月光里，姑娘、后生、小媳妇、孩子们趴在窗户上，仿佛闹窝的山雀儿，叽叽喳喳的。他们看啊，看啊……一双双好奇的、火辣辣的眼睛瞅得我筋疲力尽，繁星满天了还不散去。从他们疑惑的眼神里，我知道这并不是在闹新房，而是在追寻一个对他们来说永远都揭不开的谜底：她，一个城里姑娘怎么会来到这儿呢？这可是三间连椽檩都很难承受的老屋啊！

爱人心疼了：她太累了，今天走了20多里路呢，大家散了吧。听他这么一说，不一会儿，人们就都散去了。我即刻躺在了土炕上，不一会儿便走进了梦乡。

咱孩子的书没白念，找了个好媳妇。看这盏灯油才耗了这么一点，以后日子肯定会过好的，您就放心吧。朦朦胧胧中，听见有人和婆婆小声说着话。那就好，那就好。婆婆说，我这辈子只盼孩子们好，他们好了，我就放心了。说罢，长长舒出一口气。我睁开眼睛一看，夜已经走向黎明。

待那位长辈和婆婆出去以后，我急忙爬起身来，好奇地朝大锅里瞅去。锅里，一只筛子扣着一盏油灯，橘黄色的火苗跳动着，火苗上，一圈圈光环朝着四周泛动着，给老屋注入了无限生气。

后来我才知道，在乡下，村上谁家娶媳妇，都要在新娘的屋子里点一盏灯，让它亮一夜，等天亮时看灯油耗去多少，以此来判定新人往后的日子过得好还是坏。苦惯了的庄稼人，都盼望自己新婚的儿子洞房里的灯油能耗得少一点，这样，今后的日子就会过得舒服一些，婆婆当然也要这么做了，耗去的极少的灯油让老人家如愿以偿，也在那片苍老的心田洒下一片温馨。婆婆没有什么东西送给我们，只希望这盏油灯的光晕，能昭示我们以后光明的前程。于是便赶在太阳露头之前，急急地来观察她内心渴望着的东西。面对闪耀着的油灯，苦了一生的婆婆，脸上终于绽开了灿烂的笑容。

婆婆是地道的乡下人，看上去好像有70岁似的，其实当年老人只有50多岁，却满头银丝，腰经常弓着，过早地衰老了。大概因为平时很少舒展，脸上的皱纹又多又深，可是今天她却乐呵呵的。太阳出来了，古老的院落充满了喜气。老屋活跃了许多，婆婆也年轻了许多。

二

以后的日子会过好的。那位长辈的话，余音绕梁般地在耳际回旋着。这时，我的目光下意识地向土屋四周扫去，歪斜斑驳的墙壁，酥得简直像豆腐渣，就在我欣赏它时，它的身上还不时地往下掉着泥土。小相框里，装着我和爱人的黑白结婚照，我拿起来，想把它挂在墙上，可是试了几次，都没有成功。细而弯曲的柱子吃力地支撑着屋顶，仿佛能听见它不堪重负的呻吟。屋里仅有的一只小木柜子，外面的漆大多已脱落，打开来，里面盛的是面，这些面最多够全家人吃一两天。纸糊的方格子窗户，多处都透着风，热的时候，那是蚊蝇蚂蚁们很好的通道，冷的时候，便是雨雪直入的大门。最寒碜的是土炕上的那张席子，已烂得像棋盘上的道，仅剩下几条纵横的纹路。几块碎布头裸露在烂席下面，不用问那是用来补衣服的。烂席的边上叠着两床被子，其中一床还是向邻居借的。剩下的就是那口大铁锅了，锅台将小土屋占去了五分之一。它的厚实，大概会使它承载起够多的重负：煮猪菜、淘粮食……还用它来洗衣服，甚至当脸盆。唯一的一片亮色，是我俩从县城带回来的那个脸盆和那只茶缸。此刻，它们正沐浴在土炕上的一角阳光里。

这就是我的家——我的新婚之家。我是从县城里来到这个家的。

我在这房子里住了40多年了，当年我来的时候，它就老了，现在它更老了……婆婆慈祥地坐在跟前，向我讲述着老屋的故事，语调苍老而深沉，多皱而布满衰老的脸上，分明显现出朴实、坚强的品格。看着慈祥的婆婆，回味着老屋的故事，我没有怨言，更没有气馁，只有一脸真诚，一脸坦然，一脸安详。在这苍老而破旧的土屋里住多久，住到啥时候，我也没去多想，压根儿就不想。我将目光投向身旁的丈夫，他年轻的脸庞透着一种坚强，坚强中折射出明显的睿智和聪明，与这老土屋是那样的不协调。土屋，古老而陈旧；爱人，韶华正烈，血气方刚。我想，他怎么也不像这老屋的主人，抱守着这废墟一样的居处，默默地打发着贫苦的日子，他会重建的，就在这片废墟一样的房屋上。

怀着这样一种信心，我开始了新的人生。在这片古朴、陈旧但却充满生机的绿色里。

三

然而，婚后的生活艰难而困苦。首先是吃的问题，一个月的口粮，是上级救济的每人20斤红薯干。好不容易熬到秋天，粮食却歉收，来年仍旧无米下炊。我们只好到田里寻找收割完庄稼后遗留下的穗子。麦穗、莜麦、谷穗、黍子、糜子混合在一起，我和婆婆把它们匆匆揉搓出来，炒熟的颗粒等不及磨成面，就被围在盆边吃掉大半。土豆也成了金贵的东西，一顿饭轮到每个人没几颗。土豆吃光了，婆婆就用皮给我们熬糊糊，可是不久皮也吃光了。怎么办？那就吃野菜吧。婆婆真的发愁了。可爱人却说：不用愁，走，咱们扎荒杠（挖田鼠窖在洞里的粮食）去！然后拎起一只袋子，找出一根铁棍出了门。空旷的田野里，秋风簌簌的，随意而潇洒。我疑惑地看着爱人，不知道他要做什么。快看，一个大鼠洞！爱人高兴地招呼着我说。接着用铁棍在鼠洞四周围扎了起来，尔后用力一摇，里面露出了均匀干净的胡麻桃。看着这满窖的胡麻桃我先是呆了，既而又像是得到了宝贝似的，内心的喜悦是无法形容的，白嫩纤细的手指即刻便拨去表层的土，伸到里面去掏粮。我们不停地挖啊，挖啊，急了眼的老鼠吱吱地叫，用瞪得圆圆的眼睛恶狠狠地盯着我们，但又无能为力。不管它，继续掏。掏着，掏着，偶尔握住一只，手里绵绵的，赶忙松开手，心"扑通""扑通"地跳个不停。掏着，掏着，一只大鼠忽地从手背上蹿过，身上即刻抖抖的。

我看看爱人，俩人都会心地笑了。这一天，我们收获甚丰。当婆婆抚摸着饱满的胡麻桃感叹而惊喜的时候，我倒对老鼠感激起来，因为打这以后，我们又从鼠口里夺回好多粮食。我们用那些胡麻换回几十斤油，因此过了一个好年，挖出的粮食也吃了整整一年。这时，我们便常常和老鼠打交道了。鼠窖里的粮食，确实为我们解决了大问题。我佩服爱人扎荒杠的技巧，操作精到、准确，命中率高。他自豪地告诉我，说这一招他早学会了，是和村中的聋二大爷学的。聋二大爷看他苦，就教了他这手"绝活儿"。

那时候，我们既没吃的又没烧的。我便和爱人携手同行，到田里拾柴火。顺着翻过的地垄，抖麦茬、谷茬。凉飕飕的秋风裹着沙土，不断地扑在我的脸上身上，鞋里也灌满了沙土，硌得脚生疼。可是不管怎么苦也不能停下来，因为午饭还等着柴烧呢。粮、柴没有，更没有钱花。婚后几年来，我和爱人一直未添置过一件新衣，我仍穿着当年穿着的蓝底白花儿衬衫，黑灯芯绒外套，母亲做的鞋。寒风刺骨的冬天，没有炉火，我们的衣服又单薄，就用捡回来的柴火烧热锅、烧热炕来取暖。临睡前喝几碗白水，吃几口咸菜，然后打发漫长而难熬的夜。

生活如此艰辛，然而我没有逃避，而是用善良、朴实、勤劳去面对苦难的人生。这需要一种信念。我执着、用大气、韧性，糅合在一起，组成信念，注入原本柔弱的体内，赢得了舒心和快乐，从而赋予了生活以真正的意义。人，要勇于争当生活的强者。绿色情缘让我学会了坚强。

就在这时，我怀孕了，婆婆既高兴又惆怅，天天糠菜充饥，大人将就着，可肚里的胎儿呢？一次，村里有一户人家杀了一口猪，婆婆急忙为我赊回来2斤猪肉。猪肉做好了，香味四溢。婆婆坐在那里，看着我吃。我让婆婆吃，婆婆犹豫了一下拿起筷子，可只吃了一块就把筷子放下了，接着说："人老了，牙不好，哪如你们年轻人。"我知道婆婆的心思，老人是想让我多吃，所以才那么说的。婆婆很长时间没吃过一口肉了，现在把做好的肉放在儿媳妇的面前，自己只是做个样子尝尝，哪里是什么牙的问题。婆婆就那么看着我，就那么劝着让我吃。嘴里吃着老人为我亲手做的肉，鼻子酸酸的，内心的感动向眼眶边涌动。多好的老人啊，为了儿女，用爱心力所能及地付出，丝毫都不顾及自己。

如今，婆婆已故去多年，老人生前没吃过好的，穿过好的，只是一心盼着儿女过上好日子。当年的那些情景，至今都记忆犹新。今天我们过上好日子了，可老人却不在了，婆婆啊，您让儿媳妇怎么想您呢？

因为爱着你的爱，所以苦着你的苦……在我们新婚的日子里，我和爱人一同劳动，一同睡土炕，一同吃野菜，一同喝糠菜糊糊。但我们有的是快乐，有的是安慰，有的是激励，因为我们都还年轻，尤其是爱人，坚毅、果敢、睿智、才华横溢，他会改变一切！一切艰难苦涩都被甜蜜所融化，我们就那样安心地互相牵着手，执着地向着未来。清晨，我踏着小河的浪花，随着村里的人们向田里走去，晚上，披着彩霞回到家里。翻肥、挑粪、锄地、间苗、拔麦、打谷……什么活也干。当我的肌肤贴着土地，抚摸着丛丛绿色，辛劳付出的时候，感到一种从未有过的和谐、自然、亲切。当我累得腰酸腿疼、汗流浃背的时候，是绿色给了我最大的安慰，那满眼的勃勃绿色，让我疲劳的身心有了寄托。

单调而苦涩的生活，虽然平静得像一泓清澈的水，但却泛动着爱的力量。在它的驱使下，我走进了村里的绿色试验田。我把土地平整好，把畦子整好，把豆子、玉米、小麦、豆子、黍子……一样一样地播进去，还试种了一些花生。不久，芽苗出土了。阳光下，芽们蓬勃着，跳跃着，把一串串结实的希望带给了我。一场大雨过后，试验田里一片葱绿，我被淹没在了绿色的海洋里。开始除草的时候，我怕踏坏禾苗，就倒退着锄。秋天，试验田一派丰收的景象。公社书记特意来试验田参观，肯定了我们的成绩。说这是一次成功的试验。我和爱人被金黄色的麦子簇拥着，记者一按快门，将我们的情影永远地留了下来。为此我参加了公社召开的先进代表大会。

这一年，上苍好像特别慷慨。庄稼都长得齐胸高，沉甸甸的穗子把秸秆都压弯了。湿漉漉的田地里，捆好的庄稼个子堆得像连绵的小山。我带着未出生的女儿用力地搬着沉重的庄稼捆，丈夫怕我累着，就和我合伙搬一个。秋后，粮食打溢了，够几年吃的。在粮仓周围，黍子、糜子从仓里一个劲儿往外流，招来猪狗鸡兔不住劲儿地闹，人，好像大方了许多，也不去撵它们，任它们吃个饱。第二年，家里的主要粮食是黍子、糜子，用新米做的糕又黄又软又精到，做一盆，天天吃，怎么也吃不腻。糜子做成的捞饭、摊花、发面糕……花样多，新鲜，也可口。婆婆整天笑呵呵的，说多少年了也没见过这么多的粮食，没吃过这么饱的饭。这一年，除去还了借别人家的粮食，还用黍子、糜子换了许多好东西。村人对婆婆说，娶了个好媳妇，好日子一下子就来了。婆婆乐呵呵地说，可不是嘛，好媳妇，福全家嘛！这以后，老人走起路来，腰直直的，掉了牙的嘴整天都合不上。

当全家人沉浸在丰收的喜悦中时，我的女儿降生了。女儿出生在土炕上，唯一的一件衣服还是旧的。这件衣服，不知多少个婴儿穿过，现在又穿在女儿身上了。在我坐月子期间，没有什么好吃的，更没有肉，有时还吃冻山药，仅有的一点饼干是母亲给我准备的。虽然我的奶水不少，但营养不够。而且由于缺钙，我的手抽搐得很厉害，丈夫十分焦急，急忙借钱为我买药。女儿出生在贫瘠的土地上，婴儿时，吃着没有营养的奶水，长大后，吃着粗茶淡饭，却白嫩如雪，像天使一样可爱，纯洁得自然美，无须点缀修饰。爸爸给女儿起名：囡囡。甜甜的名字，笑笑的女孩儿，可村里人却叫她豆豆，那是因为女儿有一双黑芸豆似的眼睛。女儿很小的时候就跟着妈妈经风雨见世面，天天触摸着绿色。她的出生给全家带来了无尽的快乐，她的小名给整个家族带来了幸福与美满。以后，我们又有了一个女儿，取名笑一。这双女儿是我们永远的骄傲。

在漫长的绿色岁月里，我和爱人携手同心，度过了生活中一段最艰难的日子。

四

此后，沿着生活的自然轨迹我和爱人开拓到了县城。离开绿色，两个人手中都有了一支笔，我用这支笔，在校园里不断地耕耘着，哺育了无数花朵；爱人用手中的笔，权衡定夺着老百姓的事情，描绘着事业的蓝图。自此，我们将在乡间的勤劳用在了工作上。这当中，我还像在乡下那样，勤劳、朴实、执着，这都源自那片绿色。这片绿色，组成了我人生厚厚的积淀，是我一生享用不尽的财富。

以后，生活在不断地提高，可我却常常想起那段日子，每当想起它的时候，就会感慨万端。步行的婚礼,绿色的婚宴,田间的快乐,生活的艰涩……一幕幕在我脑海里轮番着,清晰着,就像镜子映出的图像,不时提醒着我,让我明鉴人生的要义。10年,就那么过去了。期间,没有大起大落,也没有什么名利,只是于平淡中显现着亮丽,一如绿色里的晨露,辉映着我普通的人生。在乡下,我仍然像绿色里一枝淡淡的花儿,就那么迎着劲风,走向未来。时光在不经意中悄然逝去,但那段绿色情缘却始终陪伴着我,给我温馨,教我思辨。

当年,我是知青,丈夫高中毕业后当了农民。我们结合了以后,有人说我嫁了个农民,修理地球去了。不错,我的确是修理地球去了。那是因为,地球上有绿色,绿色里有我的爱。

若干年后,我当教师了,丈夫调到了县里工作。这时有人又说我俩是天配姻缘,天配姻缘我不懂,但我们的结合纯属缘分,这倒是真的。

又过了若干年,我当干部了,丈夫当了县长、县委书记,人们说,看人家命多好。也有人说,还是眼窝子好嘛。其实,哪里是什么命好,我的眼窝子浅得很。是执着、坚韧和耐受,造就了我们。

当然也有人说,有苦才有甜。这话很有哲理,因而给了我很大的慰藉。

当年我能当农民,能修理地球,那么,我就可以修理我的人生。修理人生难,享受人生易。几十年的人生沧桑,靠的是什么?是绿色情缘的铺垫,是真正的爱情力量,是人生信念的支撑。

在我离开农村,走进城市以后,生活好了,连吃土豆都成了奢望。可我却常常想起过去的艰苦日子。因此,要想得到真正的快乐和幸福,就得开掘,在艰难中开掘。但这需要勇气。

许多年以后,我才发现,无论行色匆匆,还是夜阑人静,我的心头始终闪亮着一种东西,叫我不能忘却,那便是绿色情缘。我的勇气就来自这里。

所以,这些年,每当我和爱人回到绿色的怀抱,环视无边绿野时,心头总是波澜起伏,跟着,一幅幅绿色的画面便穿越时空,清晰地浮现于眼前:播种、锄地、割麦、打场……那情,那景,那一个个眼神,一声声笑语,一阵阵歌谣,带着无限的爱意,在我们的心头涌动。于是,我们便将带来的东西与大家共享、共用,一切都像绿色那样自然、纯洁、和谐。

这年，我和爱人、两个女儿一同回到了村里，一进村我们就直奔小土屋，但是眼前已是一片废墟。我们深感遗憾，还未来得及在老屋前留个纪念，它就没了。但遗憾之余，却又感到分外充实，因为那份绿色情缘还在。

　　正是这份绿色情缘，给了我在困难中开掘的信心。

　　正是这份绿色情缘，给了我在开掘中战胜的勇气。

　　正是这份绿色情缘，给了我良好的人生心态，使我始终微笑地面对着未来。

　　这就足够了！人生一世，还有什么能比这些东西更重要、更可贵的呢？

　　曾经的田园生活，平淡、自然、朴素，但也充满了艰难。然而，真正的快乐和幸福恰恰就深藏在这艰难中。

　　曾经的田园生活，宛如远逝的云烟，但它却是一张永不褪色的人生底片，虽然我无力将它复制，然而它却永远留存在我的心底。

　　啊！我的绿色情缘！一段永远抹不掉的神圣的记忆。

梦幻家园
——西拉木伦河散记

2009年获第九届内蒙古自治区文学创作"索龙嘎"奖

陆文学

谨以此文献给家乡爱我和我爱的人们。

——题记

回忆一条河流,在她干涸的时候,怀念一泓泉水,在她消失的日子,总会令人有些悲凉。而我,不能不再一次想起她,因为我又来到了她的身边。西拉木伦河,我故乡的河,虽然,在我的眼前,今天已经没有一滴水。

曾经,我站在壶口瀑布,看黄河自天而下;我站在朝天门码头,望长江滚滚东流;我曾在春花初绽时,静观过西湖那一汪深碧,也曾在秋叶新红处,纵览过天池那山影的嵯峨。就像多少人曾在童年的记忆里留恋自己门前的小溪、村边的荷塘;就像多少人曾在人生的旅途上,难忘那荒野上的枯井,雪原上的冰川,我,永远忘不了我家乡的西拉木伦河水。

西拉木伦河是西辽河北方的源头,蒙古语意为"黄色的河",历史上曾称之为饶乐水、潢水、辽水、大潦水。《吕氏春秋》、《淮南子》把它列为"中国六大川"之一,郦道元在《水经注》中也对它有过记载。发源于大兴安岭余脉红山北麓,与老哈河汇合于通辽市苏家堡枢纽上游,往下便被称为西辽河。西拉木伦河上游穿流于深山巨谷之中,河道弯曲,水流湍急,千回百转之后,河谷渐趋开阔,河流注入冲积平原。几千年来,河水哺育了两岸的生灵,赫赫有名的契丹族就发祥于这一流域,他们建立的大辽国的国都临潢府就在西拉木伦河河畔,而临潢府就是因为城市临近当时的"潢河"而得名。在我的家乡,人们习惯上把西辽河也称之为西拉木伦河,在闻名天下的民歌《嘎达梅林》中唱到:北方飞来的大鸿雁,不落黄河不起飞,歌中的"黄河"即是我家乡的西辽河,其实际是指那条"黄色的河"。

而今天,我家乡的西拉木伦河,河床上只剩下翘起的鱼鳞状的泥皮和一些枯木鱼柴,还有那些车轮凌乱的辙印。站在西拉木伦河与老哈河交汇处,望着黄沙漫漫的河床,想象着当年人们在歌唱母亲河时的欢畅,忽然感到那悠扬的长调中流淌出了失落的感伤,召唤着牧歌中已经消失的清亮。科尔沁草原风沙骤起,于是便有了另一个名字——科尔沁沙地。目前,科尔沁草原沙化土地已占到总面积的一半以上,因而西辽河也就真的变成了"黄河"。

然而,从前,西拉木伦河绝不是这个样子。

在科尔沁草原,当杏花冲破残冬的边沿,第一次在枝头为人间送来阵阵惊喜,当山坡上大放异彩的野花装点一片片姹紫嫣红,还有那草原上默默开放的萨日朗,无一不受到西拉木伦河的爱抚。

迎着朝阳,你会看到牧场里马莲花瓣上那莹莹滚动的露珠,还有草叶上的一片濡湿的露水,以及白杨枝头那每一片拂动的深绿和柳树丛中那千丝万缕悠悠垂下的枝条。那在茫茫荒原上雄立着的古榆,那在荒凉的碱滩里迎风招展的沙棘,无一不受到西拉木伦河的青睐。从千顷溢香的麦穗,到百里青青的草浪,还有那挂满枝头的累累果实,以及那满山遍野的芳香和成熟,无一不是因为有了西拉木伦河水的无私的眷恋和默默的深爱。

千里沙原上迎风而立的"沙打旺",茫茫沙漠中一丛丛红柳,最早迎来北国的燕舞莺歌。可是科尔沁草原所有的繁茂,是来自那个千折百曲的河流,在沙漠的深处,无处不在地脉动着。

永生难忘,西拉木伦河浪花的微笑。人世间有许许多多的笑,因为没有水而最终枯萎。只有水的微笑才是最美的微笑。当你伫立于西拉木伦河之侧,你会看到她层出不穷的波纹,久久地缠绕着你那孑然一身的孤影,给你送来万千柔情和无数笑窝。当雁阵望断云影难寻的时候,只要你不离开水,水便会永远地厮守着你,并始终如一地给予你无尽的柔婉和含满深情微笑的注视。在漫漫的沙尘中，那条在无边无际的荒原里迂回曲折，在雨云的涌动中时而现出时而隐没的烟波浩渺的影子，笑得那么柔润，仿佛一整个平静无波的湖，在彩色的晨雾中绽开。

西拉木伦河是我童年的摇篮。我的童年充满了与西拉木伦河嬉戏的记忆。忘不了西拉木伦河畔的天空，那新年唢呐吹亮的晴朗，欢快的秧歌队，蜿蜒游过河滩，那大红大紫、大吹大擂、大呼大叫，是乡亲们释放的狂欢，是生命呈现的激情。舞龙人那一掬浅浅的笑，成了河岸上最生动的风景线。缀满民谣和古朴的西拉木伦河啊，那深邃的韵味里，藏着亲切的乡俗，甘醇的乡情，醇厚的乡音，让人在快节奏的生活里反刍生命的滋味，是人生抽长的一条春天的藤蔓，给浮躁的市井一丝生活的亮色，给疲惫的心一次滋润，给冷漠的灵魂一次洗礼，西拉木伦河，是心灵的一剂上好的良药。解读西拉木伦河，使我永远保持着人生翠绿的诗意。

西拉木伦河是我跋涉的见证。我的青春花朵，是在西拉木伦河畔绽放的。当我在命运的驱赶下为温饱而忙碌时，多少次过往这条奔腾的河水，不过有时是坐船，有时是淌水。撩一捧河水洗去满脸的热汗，仿佛西拉木伦河在与我亲吻。

西拉木伦河是我梦幻的家园。我大半生的时光都在为着这个河边的故乡而奋斗。从它的下游郑家屯逆流而上，一直到通辽，我客居的地方，我几乎是追逐着西拉木伦河的浪花而奔走，直到我步履蹒跚。

这一天是 2004 年 5 月 18 日。整整 5 年，西拉木伦河由滔滔巨浪而涓涓细流，这一年，终于从地面上抹去了她的踪影。

西拉木伦河即将成为一份遗产。那是地球对人类的又一次警示。遗产者，弥足珍贵又极其脆弱。不是吗？集中华民族北方历史遗存和民族传统文化之大成，与黄河、长江一道孕育了中华民族古代文明的西拉木伦河让中国古代文明史提前了 1000 年。如今，他风风雨雨走到 21 世纪，跌入了重重危机：流域萎缩，流量锐减，最终在他的故乡流失。让世界惊艳的中华民族"祖母河"，在故土留下了无比的凄清。

回望人类的文明史，应该说，是智慧使人类成为万千生物之长，但是其中一些对自然环境的自作聪明的干预也最终造成了人类自己的灾难。

历史曾经深深铭刻下那些企图"创造性地再造自然"而导致的恶果。19世纪中叶，当美国鼓励向半干旱的中西部大草原移民开荒，中西部成为美国的主要粮仓的时候，过度掠夺性的垦牧造成了沙尘暴的源头。20世纪30年代，沙尘暴渐成气候，1934年，震惊世界的黑风暴裹挟着大量新耕地表层黑土3天中横扫了美国2/3的地区，把3亿吨肥沃表土送进了大西洋。农田水井道路被毁，小溪河流干涸，一年之内16万农民被迫逃离家园，使美国农业倒退10年。还有比黑风暴波及更广、持续更长且已绵延至今的白风暴：苏联在土库曼东南部修建运河，调水灌溉沙漠南缘约10万平方公里的新垦棉田和草场；在锡尔河上也修建了多个水库，将河水截留用于农田灌溉，超过80%的河水被两岸的新耕地"吃干榨尽"，使下游的咸海水位急剧下降，成为孕育"白风暴"（含盐尘的风暴）的温床。从20世纪80年代中期起，每年几十次的白风暴导致了不可逆转的生态灾难。

大自然为我们提供着唯一的生命支持，使我们悠游其中而浑然不觉。当人类以自作聪明的开发方式，破坏了生态平衡，自然环境只有请出灾害作为代言人，让人类尊重它。要真正尊重自然，必须了解自然。即便是为了生态恢复而实施的生态建设工程，如果不透彻了解并遵循自然规律，也会致灾。例如"二战"后苏联实施的大规模造林工程"斯大林改造大自然计划"：大量打深井提水以确保成活率，同时在林带内大规模发展灌溉农业。起初这个工程确实效益明显，但随着地下水位的不断下降，生态用水被挤占的后果日益显现：到20世纪60年代末，只剩2%的防护林幸存，新垦农田中有20%沙化，成为这一地区沙尘暴的尘源。

事实告诉我们，与历经亿万年变迁的自然生态系统自身调控相比，不满300万岁的人类想对46亿高龄的地球指手画脚，是幼稚而可笑的。在人们对自然还有那么多未知未解之时，根据已经掌握的规律进行适度的生产，通过生态恢复进行生态建设，才是最好的策略。无数的教训已经说明：要避免对自然环境的种种自作聪明的干预，最好的生态建设就是让生态自己建设，否则，我们就很可能不会再有下一个五千年文明。

站在西拉木伦河岸边，看人们如干鱼般在河床里奔走，我的心不住地战栗。河流系着民族之魂、历史之根，尤其这条历经岁月打磨的西拉木伦河，生长着民族的智慧情感和生生不息的精神血脉，她让我们成为自己而非别人，决定着我们最终能走多远。

西拉木伦河干涸了。人们的生活已经无法与她的涛声共鸣。抢救西拉木伦河，这绝不仅仅是一句空洞的口号，而是在挽救自己的家园。也许我们不可能重现西拉木伦河大红大紫的旧日风光，但是有责任让她拥有与其价值相称的活力与尊严；也许我们不指望所有人都成为西拉木伦河的知音，但是有理由期待越来越多的人了解她，能够从中汲取营养、收获自信。

西拉木伦河的涛声并未走远，西拉木伦河的美丽并没有消亡，西拉木伦河的灵魂还活着，她游荡在干涸的河床之中，等待着一场甘霖来圆她的澎湃之梦。这，也许是大自然最后的遗存。珍惜这份幸存，让她哺育一个坚守根脉、根深叶茂的民族，大步走向世界，从容拥抱明天。

也许，这就是一条干涸的河流带给人类的无尽的思考。

繁华，不过是一掬细沙

2009 年获第九届内蒙古自治区文学创作"索龙嘎"奖

杨 瑛

公元 1275 年，马可·波罗怀着惊奇感，来到元大都——现在的北京。700多年后，我周围的一些人也充满期待地漂移到北京。他们不是马可·波罗式的旅行者，北京对他们来说也不是东方的神秘，而成了梦想的代名词。

这些人，我和他们的生活有着天壤之别，我并不能深层次地去体会他们，只能用感知到的表面去述说，去平静地表达出我所看到和想到的。

伤花怒放

徐钢是我们高中毕业时在级生中唯一一个考取本科的人，那时大学的含金量是很高的。

徐钢大学学的是金矿开采，毕业时，分配到了一个离家有几百里的偏远金矿。虽说专业对口，可那是个管理很混乱的企业，刚刚毕业的徐钢像块废铁一样被丢弃在墙角。他是块金子，却不能闪光，毕业时的壮志渐渐变得消沉。幸运的是，徐钢在那里得到了爱情，一个美丽纯朴的当地女子，是他灰暗生活的亮色。

在这样的单位呆待久了，就会沉闷。徐钢有时会想从这种生活中突破点什么。从沉闷到犹豫，两年过去了，徐钢的女儿也快两岁了，这又成了新的阻力，看着孩子天地初开的小脸，他犹豫又犹豫。

如果命运就此停留，徐钢也许会时而烦躁不安，时而知足常乐，碌碌无为地一直过下去。可徐钢的单位却在沉闷中走向了破产，仿佛是一夜之间，他就开始面临下岗的命运了。

他决定把女儿放在妈妈家，和妻子一起去北京。

来京前，他们带了一些积蓄，做好了各种思想准备，可在北京的"难"依旧超出了他们的想象。

他们辗转于北京的大街小巷，从二环到四环，从东城到西城，在人群、车群、楼群中奔赴一个又一个的公司。他清晰地记得在北京的第一天、第一顿饭、租的第一个房子、找到的第一份工作，后面的就都忙得模糊了，甚至记不清半年内是搬了9次家，还是10次家。

30岁的人了，在北京一无所有，重新开始，困难可想而知。但徐钢相信，当人在谷底的时候，只要坚定地抬脚走，就会走向高处。好在，他在金矿工作时和那些平凡的矿工成了朋友，这使他在"北漂"的生活中更容易满足，而有了感恩的心态。他总是轻易地忘掉受的苦，却记着别人一点一滴的好，这使他的工作和生活都渐渐变得顺畅起来。

他终于谋到了一份自己比较满意的设计图纸的工作。一张接一张的图纸，像永不停下的流程，虽然辛苦，可他干得很舒心，因为那些图纸里包含着他的青春和能量。每天傍晚，拖着疲惫的身子从公司回到10平方米的蜗居，能吃到老婆做的可口的饭菜，他觉得很幸福。

只是，他们现在还依然过着不断盘算着房租费、饭费、车费、电话费的日子，还没有太多的奢求。他希望能用自己现在受的苦，去换一个好一点的未来，至少能让家人过得比现在好。

我想起了《金蔷薇》的故事，想起沙梅为了使苏珊娜得到可以带来幸福的金蔷薇，每天都把从手工艺作坊扫出来的尘土收在一起，因为在这些尘土里有一些首饰工匠锉掉的少许金屑。沙梅把这些金屑筛出来，铸成一块小金锭，又用金锭子打成了一朵小小的金蔷薇。

其实，每一个忙碌而琐碎的日子，每一个生活的瞬间，都是生活中的无数细沙，是金粉的微粒。我知道总有一天，徐钢也会把生活的金色碎片，铸成一朵给家人和自己带来幸运的金蔷薇。那浸透着他所有辛苦和伤痛的花，一定很美丽。

今年春节，徐钢回来过年。同学们聚到一起，我看到徐钢还依旧是大大的会忽闪的眼睛，大大的会思考的脑壳和一点淡淡的书呆子气。上学时，他在思考问题的时候总是习惯用手指绕着一撮头发，所以，好多时候，他的头上都会有很多竖起的"小辫"。一场酒下来，徐钢的头上又竖起了很多"小辫"，只是不知道这依然丛生的"小辫"里，是怎样的人生思考了。

燕子飞时

燕是徐钢的老婆，是一个没读过多少书的温柔漂亮女人。丈夫和孩子，是她生命的主题。

她从未想过，有一天要去北京，可徐钢选择了北京，她也就义无反顾地跟了去。因为他不会照顾自己，因为他喜欢吃她烧的菜。

她不觉得北京有什么好，她很想留在婆婆家的孩子，她感到了高楼带来的压抑。可她的丈夫说北京能实现一些理想，她也就觉得北京好了。甚至，这个简单的女人有着一个简单的愿望，要把女儿接到北京上学，要让她的外孙成为真正的北京人。

她看出了徐钢的辛苦，却又帮不上他，只能自己也一样地辛苦。她打着几处零工，去饭店洗碗，去制衣厂缝衣服，能找得到的活，能不拒绝她的活，不论轻重，不论价钱，她几乎都接过来。她也不知道自己哪有那么大的力气，她不觉得累。她纤细光洁的手，天天泡在洗碗盆里，早早就变得粗糙了。她天天替人缝漂亮衣服，自己却还是从家乡走时穿的那一身。一个为生存忙碌的女人，哪里顾得上爱惜美丽呢。

是不是巧合呢，她的名字竟叫燕。

有一种紫燕，每年春天从大洋彼岸飞到此岸的丛林和沼泽地产卵孵雏。到深秋时，所有的小燕子都学会了飞翔，但只有她们的母亲知道，雏燕的飞行能力只有大洋横宽的一半,而这一段洋面没有小岛,没有一处可以歇脚的地方。

做了母亲的紫燕在孵育一季后所剩的体力也仅仅只够抵达彼岸,再无余力去帮助雏燕。可如果把雏燕继续留在丛林和沼泽地里,它们就会被寒潮冻僵。

所以,当紫燕群开始飞渡洋面的远征时,每一只紫燕妈妈的背上都匍匐着一只雏燕。老燕驮着小燕强行起飞,负载着接近自己体重的分量横渡大洋,背上的雏燕消耗了母亲本来可以继续飞完另一半路程的气力。

当横渡大洋剩下雏燕们所能胜任的一半路程时,千百只雏燕从母亲的背上飞起来,而同样数量的老燕们由于耗尽了体力却先后坠入海中,歪歪斜斜地栽进温柔的水里。

燕子飞时,就是母爱和生命的传递;燕子飞时,就是母爱在困难的境遇里耀亮出的辉光。

燕虽没读多少书,但这个道理她最懂。她每天拼尽全部的力气,也只是为了她的孩子过得好。她的脑海里总浮现着刚上小学一年级的女儿,背着沉沉的大书包,坐在奶奶的自行车后架上,而步履蹒跚的婆婆挤在匆匆来去的人流中去送孙女上学。想到这些,燕就更加努力地工作。她努力着,她不知道,要到哪一辈,他乡才能变成故乡。

与书俱老

蒙古族散文家冯秋子也住在北京,她刚到北京的日子也很艰苦,甚至在一篇文章中说,我慢慢明白艰难跟我们一生是什么样的关系了。我很喜欢她的一段话:蒙古人心灵自由,不愿意被具体事情缠住,他们活着就像是一只沉重的船,可是他们不觉得沉重,他们唱着歌,四处飘游……蒙古人的家在每一个他想去的地方,一旦去到那里,又想回家。他们永远从老家眺望远方,在远方思念家乡。

简枫就是这样一个蒙古族女孩。

7年前,她曾跑到敦煌去住了1个月,她说那是最接近艺术的地方。如果可能,她想在那住一辈子。6年前,她跑到了北京,她说在那里最能实现梦想。

可现在，她却突然决定回来了。

我对北京的了解，很多缘于她。

她说，故宫展示出古老的威严，前门述说着岁月的沧桑；在王府井，可以感受现代的绚动，在中关村，可以畅游数字的空间；可以欣赏上千元一次的演出，也可以花10元听到大师级的讲座；可以在顺丰吃饭一掷千金，也可以在簋街的大排档喝几元一瓶的二锅头。

她说，在北京可以找到一些你原来找不到的东西，比如一些旧书和碟，也有机会和梦想。在三里屯，汇聚了来自四面八方的自由寻找者，寻找着连他们自己一时都不能明白的真理或信仰。在北影厂门前，每天清晨，都有几百个"北漂人"在等待着成为赵薇，可她们常常是连做一名一天20元的群众演员的机会都很少，一些人连简陋的地下室、农民房也租不起，但她们美丽的眼睛里充满了对未来的期望。

在北京，任何一个个体无论是辉煌还是平淡，都会被北京的大所湮没。北京是一个让人找到真实的地方。繁华是一种真实，凄凉也是一种真实。

简枫初到北京的日子也很凄凉，但她是天性乐观的人。她说，歌星孙楠刚来北京时也租住地下室，孙楠自己做饭时想，一次把米洗完了多方便啊，他就把20斤米一次全洗了，除了做了一锅饭，剩下的全发霉了。别人也许会觉得可笑，但简枫却觉得，只有对梦想执着，全身心投入的人才会做出这样的事情来，只有在那种几近疯狂的状态下，才会有意想不到的精彩。

简枫工作起来也是几近疯狂的。她在一家文化公司工作，给书画封面、插图，做广告策划，也写稿子。她会为工作兴奋得彻夜难眠，在半夜时分为一个突然闪现的灵感而高兴得手舞足蹈。曾有一次，电脑因系统错误，硬盘里的资料全部丢失了。离交文案还有一个星期，简枫几乎是拼命了。当几万字的文稿和相关的图片交上去后，简枫却怎么也睡不着，那之后她患上了失眠症。

失眠了，她也不急。老北京人说："穷忍着，富耐着，睡不着眯着。"有很多北漂人，被理想折磨得失眠，即使有的人成功了，他们又希望能突破自己的现状。简枫却眯着眯着就治好了失眠。

那之后，简枫的艺术感觉非常好，而且越做越顺，并在她的领域混得小有名气，处于"接近名人"的状态。她说，运气也就光顾那么三四年，我不能和它擦肩而过。

现在，简枫却突然决定回来了，在状态最好的时候，在离成功只有1%的时候。面对我的迷惑，她只简单地回答：再过一个月，房子就到期了，一个月刚好可以用来结束。

走的前两天，她才告诉在北京的朋友。那一晚，她和几个朋友聚在酒吧。从酒吧回来后，她发了封 E-mail 给我：

童话，再过两天就可以见到你了。

我刚从酒吧回来，和几个朋友。心中也不免有些感伤。6年多了，最值得珍惜，最不舍的就是这几位朋友了。一件事做成功需要很多因素，每个人都有最适合自己的做法。但有一点是相同的，一个人的成功是背后太多人帮你撑起来的。我虽然不是成功者，但在最困难的时候，是这些人帮我撑过来的。

你曾问我为什么在这时候离开，我也反复地问过自己。有人对我说过，凡事只要你能静下心来坚持7年，定会有所收获。我来京已经6年多了，如果这时候不回去，可能就难回去了。

刚才在酒吧，听一个歌手唱歌，有一首原创的歌，很好。可以说比起很多专业人士来说，一点儿也不差，甚至超出很多人。对于他们来说，水准已经不是最重要的了，重要的是运气了。回来时，在车上听130.9 MH，说起在北京搞音乐的"北漂"有10万人，分很多种类，包括创作、演唱、表演等等，按照这个数字来衡量，在北京和文化艺术有关系的"北漂"，应该不下百万了。漂泊的生存似乎已经成为一种期待的神秘。那个每一次在地铁站口遇到的，怀抱着一把吉他，弹出一支忧郁乐曲的北漂人，他可能为下个月的房租发愁，却每一天都豪情万丈地活着。

北京，我曾如此走近这个城市，看见了里面的生活。饮食男女在此之中四季轮回，万家灯火在此之中明明灭灭，我的来和去，惹不起它的一丝尘埃。

发一组图给你,那些图曾告诉我,繁华之后,我们还是要独自地走在路上。

对灯长坐一夜,明早就走了。漂泊的人,讲的都是一个随缘。该散时,也就散了。人散后,一钩淡月天如水。

简枫写于离开北京前。

我点击开她给的网址,是一组照片,标题是《繁华,不过是一掬细沙》,图片中,是两个制作沙画的僧侣,他们历时2个月,用七彩的细沙,制作出了一幅精美繁华的佛教图画。在图画完成的那一刻,他们又把细沙收起,由他们精心创造的辉煌在瞬间化为乌有。两个僧侣走到河边,把彩沙倒入河水中,细沙融入河水,静静流走。那波澜不起的宁静,才是生活的主流。一切的辉煌只不过是过眼烟云。

其实这个道理许多人都懂,只是很难去把握。人很难有勇气让自己处于归零的位置。简枫却是个智慧的人。我想起电影《甜蜜蜜》中,在片头和片尾,出现的是同一列火车,相同的起点和终点,终点涵盖了起点所没有的积淀和过程。

来时简单的行囊,走时也不要背负太多。简枫只带走了最喜欢的一些书。王小波说:"人生是一条寂寞的路,要有一本有趣的书来消磨旅途。"

从此,与书俱老。

大哥,你不该我不甘

2009年获第九届内蒙古自治区文学创作"索龙嘎"奖

王 晖

可终归是留不住啊,留不住你跳动的心脏,温热的体温,奔腾的思想,炽烈的才华,留不住你的声音,你的知觉,你的视野,你的味道,你的呼吸,留不住你沸腾的热血像退潮的海水……

大哥,你不该我不甘

我知道这个世界什么事情都可能发生,可我唯独不知道大哥你会这么快告别人生。你真的就这样撒手人寰让我们肝肠寸断无以慰藉了吗?

上帝给了你美德,给了你才华,给了你善良,给了你宽厚仁达,给了你追求真理的意志,给了你明辨是非的眼睛,给了你应对各种事物的能力,可就是没给你一个健壮的体魄,没给你一个顺坦的命运。它给你的是让你用来面对它没给你的,让你用五十年的人生,体验一百年的经历,用一百年的经历,演绎五十年的人生。用五十年的长度横跨一百年的宽度,用一百年的跨度浓缩五十年的岁月。大哥,无论在天上还是人间,你都是丰富的饱满的,是完美的是永远的,是不可多得的。

大哥,有你的日子我过得是那么的踏实,有事找大哥,天经地义。你就是我们家的擎天柱。有多少人羡慕我有一个好哥哥,我在外界几乎快没了自己的名字，每有场合介绍我时，都要加一句：这是王燃的妹妹。我曾为此自豪，也曾为此烦恼，我高兴我也抗议。在你的盛名之下，我既有被保护的安全又有被淹没的渺小，每遇此事我就说：能不能翻过来介绍，王燃是王晖的哥哥。可不管我如何不平，我怎么能盖过哥哥的名气呢？我始终在你的光环里在你的羽翼下。做你的妹妹真好，下辈子我还做你的妹妹，我会让大家永远都记住，我是你的妹妹。

大哥，你还记得吗？是你送我出嫁的。寒冬腊月的早晨，是你用自行车把我送到火车站，我一直哭得稀里哗啦乱七八糟，说不出的难过，是对即将失去的青春落泪，是对未来生活的不确定性落泪，是对离开生活了25年的家落泪，是对还没报答父母就匆匆嫁人的不孝落泪。那种复杂的说不清道不明的酸涩像泉涌一般。我当时多想听你说一句：不高兴就别去，咱回家。可你却说：别哭了，走吧。就这样我踏上了西去的列车。

大哥，也许你不知道，你从小就是我心中的偶像，你12岁就去大串联，走遍大江南北，还给我们带回北京面包，那时能吃上北京面包是莫大的口福。你15岁就上山下乡，现在十四五岁的孩子上学还需要家长接送，而你那时都单枪匹马独挑社会了。你在家享有特权，可以自己独占一个写字台，抽屉里放着自己大大小小的笔记本，对你的特权我从不敢说什么，可对你的笔记本我就不客气了，经常翻看，上面抄录的诗词警句歇后语谚语甚至难写难认的字，不仅滋养了你的青年，也偷偷地滋养了我的少年。我在学校办红小兵报，你教我刻钢板，并题写报头，我还用你的字当字帖模仿。你对我的影响是直接的，心甘情愿的，无法抵御的，我宁愿把你当成楷模，亦步亦趋，哥哥的形象远比那些高大全的英雄更让我敬畏，其实那时的你只不过是一个普通的工人，后又成为一个普通的团干部。前几天我和嫂子一起整理你的东西，坐在你的书房里，到处弥漫着你的气息，到处摆放着你的照片，我又看到了那些我熟悉的笔记本，还和以前一样，我又看到了哥哥眉宇间透出的英气，看到了哥哥眼神中透出的睿智光芒，在这间书房里有一种气场，让人感到你的存在，还和以前一样，你温和的声音淡淡的笑，在缭绕，在回荡……

大哥，我特怕你说我"不"字。尽管你很少说我"不"，我总想在你面前表现得好些，就连考大学我都有一个激励自己的办法，就是想证明给你看，我是百里挑一的（当时大学文科录取率百分之一）。我考上了辽宁师院，你高兴地说送我一个半导体收音机。那时你在中央团校学习，临走时给我买了一个"熊猫"牌的袖珍半导体，只可惜你还没等拿回家就让别人偷偷拿家去了，你还为此很恼火，回到家时嗓子都是哑的。为了这个没得到的礼物，我今天要说一句谢谢。因为要从你工资里拿出一半的钱再到商场里精挑细选，这个过程已足以看到你对妹妹的奖励。

在大连上四年大学，我从没下海游泳，只是因肩上有一块胎记而羞于见人。一个姑娘的虚荣心让我一下拒绝一项运动十几年。一次我们一起去游泳，我正是初学乍练，换气成了一大难关。你说，记住我给你讲的要领，先在水中吐气，再抬头吸气，我保护你。我怕你说我笨，就一头扎进水里，只听你大喊，吐气，抬头。我灵感一来，一下就把动作做对了。你说，对，好，继续。我就在水里游啊游。你总得意地说是我教会你游泳的。是的，你教会我很多东西，会与不会之间其实就隔一层纸，不会时却觉得那是一堵墙。大哥，有很多事情都是你为我把复杂的东西变得简单，把模糊不清变得清晰透明，有你的扶持和引领，我少走弯路或不走弯路，从某种意义上讲，你不只是我的哥哥，更是我的良师是我精神的教父。有了你，我才觉得这个世界不再可怕，有了你我才觉得这个世界不那么冷漠，有了你这个世界我并不孤单。

我很顺利地走上文学创作的道路，不仅仅因为我是中文系毕业的，我知道我是深受你的影响。我第一次获自治区文学奖那是和你合作的，你是获奖专业户，证书不计其数，而那个奖对我来说很重要。那时我刚毕业不久，记得当时你在人大科教文卫委员会工作，对赤峰有些地区的地方病有所了解。你建议我写一篇东西，你说：你写的东西小资情调太浓，下到农村去看看，你根本不了解农村人的生活，过几天要开一个全自治区的防氟改水现场会，你可以跟会采访看看。于是我搜集资料并跑了几个旗县，写了上万字的报告文学，经你的画龙点睛，一篇很像样的东西发表在《百柳》文学杂志上，并被推荐到自治区评奖直到获奖。这个过程我获益匪浅，不仅仅是获奖，而是获得了自信，开拓了创作的视野，它引发我日后写了大量的报告文学。

你对我的评价是：聪明有余，功夫不足。大哥，我们同是父母所生，一奶同胞，可你的天赋，你的韧劲，你的勤奋执着，让我望尘莫及。你与你热爱的文学浑然一体，自然天成，你写的诗、歌词、散文、杂文、随笔、政论文章样样都棒，你写的书《说话乱弹》、《说话乱炖》、《新潮语汇闲品录》，在团委工作时你写了一部《团干部修养漫谈》，在人大工作时你写了一部《青春随想曲》，在宣传部工作时你写了一部《宣传工作二十四法断想录》，在报社工作时你又写了一部《荒漠绝响——赤峰生态建设绿皮书》，你涉猎的门类之全面，你创作的激情之澎湃，你表现的语言之灵动，人生观察之透彻，针砭邪恶之犀利，想象之奇妙，构思之独特，展现给人的情感、智慧像大河一样奔流的冲击力，以及贯穿其中的忧患良知，都说明你是用生命诠释你创作的纯正、尊严和美丽，叩响了多少人心灵的大门。你并不是专业作家，你仅仅是因为热爱，喜欢业余创作就能做得这么好。同是打对调，你就能悟出其中为人处事的道理，你就能写出《对调辞典》，一度成为报社的卖点，因为是连载，有的人一期看不到就向报社索买索要。你大概早就知道，你不需要任何头衔来展示你独特的魅力。一个人的权力可以过期，一个人的地位可以消失，一个人的生命可以结束，一个人的名字可以被忘记，但一个人的著作却可以流芳百世，一个人的歌可以被世代传唱。那些被固化了的东西，就是一个人永不消亡的灵魂。

大哥，你一向做事认真谨慎，有条有理，热爱生活，热爱家庭，可你咋就不爱自己，咋就忘了自己是一个做过大手术的病人呢？嫂子出差你不忘给她发短信：高兴别忘你单位，幸福别忘你老公。老爸八十大寿你不忘操持一个隆重的宴会，不忘一次次地告诫我们：老爸八十啦，七十不留宿，八十不留饭了，没事多回家看看。上大学的女儿返校，你无论多忙也要到车站送送。我病了，正赶上"非典"时期，无人敢进医院，而你坚持去医院接我出院。你做好本职工作外还要做好兼职工作，什么都要求尽善尽美，为真理和美德而工作，不要名利，不要地位，不要回报，从骨子里自珍自重，你什么都不要，总该要健康吧？你什么都不忘，就是忘了你自己，忘了检查身体，忘了找一找你日渐消瘦的原因，忘了家人对你的健康是多么的担忧。你有过一次与死神亲密接触的经历，你更知道这个家从老到小从妻到子对你的依恋、依靠和依赖。你整天忙，在你的笔记本里有这样两句话：往日崎岖曾记否，路长人困蹇驴嘶。你是感到太累了吗？你是太疲惫了吗？你只知时间宝贵，就不知生命更珍贵吗？

大哥，知道你有病的那一刻，我真的有一种不祥的预感滑过。我使劲地打了几下自己的脸，来惩罚自己这可怕的想法，我在心里一直默默地说：不可能，不可能。这不可能包含了太多的意思：一是不可能得这病，二是不可能那么重，三是不可能没法治，四是不可能治不好。从那一刻起，我的心就杂乱无章暗无天日了。

大哥，在北京住院的日子是我们俩在一起时间最长说话最多的日子，我们都有一个信念支撑，病魔并不可怕，我们一定能战胜它。我看到了你神情中的坚定信心，而不是魔爪下的衰颓、哀伤、无可奈何。朋友们来看你，你笑得是那么的率真开心；同事们来看你，你们还在讨论单位的事情并为此操心；有人劝你以后别再写东西了，太累，你说："喜欢写就是一种乐趣，去掉工作时间、应酬时间，就只能挤自己的那点休息时间。"我听到这话心中一震，我的大部分时间都浪费了，而你一直都在争分夺秒。你以前总是以加速度运转，真的没有浪费光阴。佛说：人生的长度就是一呼一吸之间，善于利用时间比善于利用财物更重要。——你就是领悟了佛的真谛的人。

但是面对疾病我们都感到了它的威逼和重压，感到它潜在的黑暗和可怕。每项检查的结果都不容乐观，持续的高烧和消瘦让大夫不明就里，快速的消耗体能，直到消耗得连吃饭都成了"体力活"。因为高烧而推迟了两次手术的机会，所以我们拼命给你用酒精擦，用冰袋敷，一个小时记一次体温。我挽着你去做CT，我们穿过那长长的走廊，每一串匆匆从身边走过的脚步，都带给我们力量、勇气和能量。我真的想通过我的手臂把我的生命的活力传递给你。哪怕今后的日子就让我这样挽着你走，别让你的手臂从我的手中滑落就好。

你手术的那天，我看到你毫无惧色，从容面对术前的各种准备，只是听说不知情的老爸在四处打电话找你时，你的表情凝重了，眼睛湿润了，一丝不易觉察的伤感，一缕对家人对生活的留恋，对生的渴望，对所有往事的酸甜苦辣的感觉，汇聚成丰富饱满却无法言说的情感，让你抬手掩面，半晌无语。看着你受苦受罪受折磨而又无法替代，我不能在病房里待下去了，我不能让你看见眼泪。你带着希望，带着家人和朋友的祝福，平静地上了手术室来接你的手术车，就在禁止家属入内的电梯口，你和嫂子的手紧紧抓在一起迟迟不肯松开，那一幕让所有在场的人心痛欲绝。

我们心里都清楚：让你去接受这么大的手术，无疑是一场生死的较量和考验，但这又是唯一的选择，你是唯一上战场的战士。不得不拼的时候就带有宿命的赌博的成分，一半的希望对一半的幻灭。

手术室外的家属等候区里，我们在不安而焦急地等待着，10多个小时过去了，深夜一两点里的医院弥散着来苏水的味道，心里充满驱不散的紧张和惊恐，我一直在心里祈祷，佛祖保佑，上帝保佑，各路神仙保佑，掌管生命机构的人保佑，让王燃平安回到我们中间来，他从不伤害任何人，甚至一草一木，这样的好人就让他平安吧，就让他少受一些罪吧，就让他躲过这一难吧，就让他多活几年吧。等候区里一片肃穆，我相信在这等候期间，一定是每个人的内心都会对生命有了一番新的审视和领悟。宽爱他人，更要善待自己。爱自己就是爱家人。只要我们活着，就要努力为我们所爱的人的快乐着想。夜深人静，突然喇叭里传来让我们去电梯口等候的声音，我们执意要求看一眼手术切下的肿瘤，我清清楚楚地看到了那个令我憎恶痛恨的东西，那个让我永远都不会忘记的"仇敌"。

你从手术室被推出来的那一刻，我看到你浑身插满了管子，有七八条之多。我一下想到了那些都是上帝之手，是神灵之手，我揪心的感觉才平缓一些，我们一路小跑追逐前行的车子，一口气跑到10楼监护室门口，眼看你被推进去，那扇大门就没再让我踏进过。

大哥，就在这扇门外，24小时都有人陪伴你，你的亲朋好友都在为你各尽所能，大家为一个人一件事一个目标齐心协力，这种场面感动了医护人员，但是却没有感动上帝。你的手术是成功的可也是意外的，术后24小时本应该出监护室，可出现了术后并发症。你的血压体温脉搏吸氧浓度，每一个数字都牵动着我们的神经。本不让家属进的监护室，医护人员也破例让进去一个探视。我们选出老夏当代表，他本身是医生，他能知道你需要什么。他告诉你：一定要坚持住，全靠你自己，我们都在等你，我们都在为你努力。你虽然不能说，但你听懂了他的话，你对他点头，你们握手加油。你知道你并不孤独，所有爱你的人都在盼你康复。就连孩子们都一下变得懂事了，他们坚决要求值夜班，去走廊里陪你。医护人员再三劝说，你们回去吧，在走廊里陪没有用。我们也知道没有用，我们就想让哥哥知道，我们爱你，我们永远和你在一起，所有的难关我们一起闯，所有的困难我们一起担，所有的痛苦我们一起承受。

那些日子谁都不敢脱衣睡，谁都不敢关机，谁都害怕敲门声。一会儿传来好消息让我们振奋，一会儿传来坏消息让我们沮丧，恐惧像在身边出没的狼，噬咬着我们的神经。从情况不太好到有点危险到很凶险，医生不断加重语气，最后老主任被我们找得不断给家人和朋友作揖：对不起，让你们揪心了，我们也尽了最大的努力。话说到这份，一个专家权威束手无策。但只要有一线希望我们都会做百分之百的努力，从别的医院请来专家会诊，两位专家经过几小时的诊断，给出新的治疗方案，但最后对我们说：奇迹不是不可能出现，但家属应该做好准备。这是什么意思？我们真的不明白，也真的不想明白。就像被雷电击中了一样，万箭穿心，天旋地转，人在塌陷。

面对这些残酷的无情的现实，大哥，对不起，原谅我们没有回天之力，原谅现代医学发展的水平还不能拯救你的生命。十天十夜的真情陪护加十天十夜的真情呼唤再加十天十夜的真情挽留，想必你也都知道了，感受到了。嫂子每天都进去和你说一阵话，她握住你的手，告诉你所发生的一切，她抓住你的手，就想抓住你对这个世界的无限眷恋，留住你渐行渐远的脚步。可终归是留不住啊，留不住你跳动的心脏，温热的体温，奔腾的思想，炽烈的才华，留不住你的声音，你的知觉，你的视野，你的味道，你的呼吸，留不住你沸腾的热血像退潮的海水……

我们回家了大哥，你再看看山看看天看看开阔的原野，看看你最热爱的大自然，看看你亲自参与精心打造的新城区吧，20年前你写了一首歌叫《草原上有一座美丽的城》，20年后你为草原建一座美丽的城而付出心血，这城里到处开满你的智慧，不过今夜，所有的灯都开满忧伤，把你回家的路照亮。那些自发来接你的车绕城一周，一路护送你平安到家。那么多的人在等着你，惦念着你，虽然你静静归来，却把这寒夜踏响。不知是天冷还是心冷，多日来压缩的悲痛变成浑身的颤抖，看到你那么多的同事领导和朋友，我的心像被千刀万剐。把你这样地带回家，真的是对不起，大哥，你真的是不该这样地回家，不该这样匆匆地离去，我也真的是不甘啊！我们不求你不朽，只求你不走，大哥，只求你不走不行吗？

再多的惋惜换不来你自由的呼吸，再多的赞誉堆不起活生生的你，你就这样无声无息地走了，带走了我们的欢乐和几近疯狂的思念。这将是我永远的痛，是我一生的叹惜。我不知该怎样向老爸交代，我不知该怎样让他接受这个现实，他怎么能想到他再也见不到他的儿子了呢，你是他最心疼的孩子呀，他80岁的心脏怎么能经受这样的摧残，他还在等你回家过年。

尘世苍茫一厚土，从此魂牵梦绕人。

大哥，我知道你现在在天堂每天过着极乐的日子，你会不会忍不住偷偷地看看我们，就像我们每天忍不住要偷偷地想你。

陕北，陕北，歌悠悠

2013年获第十届内蒙古自治区文学创作"索龙嘎"奖

刘志成

一

在北京鲁迅文学院读书的日子里，一次酒摊场上，同学们要我唱陕北民歌。面对着一张张期待的面孔，从没见过世面的我紧张得手心都出汗了。我试着调整了一下心态，闭了眼豁出去地吼出了一股陕北的磅礴之气："朝前了妹妹天有点雾，朝后了妹妹山堵住；远远地瞭见不敢吼，扬了把黄土风刮走。"我是用一贯在家乡神木之北的那个小村唱民歌时的民间节奏唱的，是用带着风声、带着水声、带着山野清新之气的手势，扭秧歌一样且歌且舞。闭上眼的那刻，我的紧张就没有了羁绊，像天空中自由走过的流云和沙蒿林中惊起的飞鸟一样随意。我感觉到我是面对着陕北的山和水在唱。我觉得这样唱着就是幸福的、宁静的。

民歌有时候真像一件远古的器物，它带着泥土的痕迹、爱情的痕迹、山和水的痕迹，带着人类童年时期的痕迹。我唱着唱着想起了陕北那块土地，想起了儿时的一些事情……我出生在陕北信天游的故乡，神木县一个偏僻的小山村。听母亲说，那个7月的早晨，正值一轮红日冉冉升起在沙丘尖上时，"哇……哇……哇……"我的一声动听的声音打破了这个不知沉寂了多久的小山沟！乖乖，好大的嗓门！有种。来了——他来了——我爷爷按捺不住期盼已久的喜悦，一个人蹲在门槛上"吧嗒，吧嗒"抽着他那老旱烟嘴，口里还不停地嘟囔着，嘟囔着嘟囔着就开怀地吼出了信天游："太阳哟、出来哟，一竿子高噢，我照见——我的格孙孙他来了……"这最美妙动人的信天游，也许那时我根本就没听见，也许就是打那时候起，信天游就在心里扎下了根。

在农村，每年整个正月是闹社火的日子。"吃饭端个黑老碗，粗布衣衫身上穿，锣鼓唢呐一哇哇的声，扭秧歌拧烂脚后跟。"扭秧歌只是腰鼓、霸王鞭、踢场子、水船、龙舞、狮子舞、打花秆等一百七八十种陕北民俗舞蹈中的一种。古书上记载"秧歌"的"秧"是"阳光"的"阳"，同时，"秧歌"的"秧"也是"插秧"的"秧"，这说明秧歌与生产劳动有关，是老先人在做务庄禾、寻常过日子中创造并发展起来的。秧歌舞步简单，基本动作有"十字扭"、"扭腰步"等20多种，虽然形式简单，一看就会，可舞起来却丰富多彩，其乐融融。它的基本形式有集体性活动的"扭大场秧歌"、"敬神秧歌"、正月十五晚上表演的"转灯秧歌"（也叫转九曲）等10多种。 打记事起，每年正月整个乡村燃起的都是熊熊的热情之火，几百几千人的队伍踢踢踏踏地过来了，人没有到，遮天蔽日的黄尘先来了，漫天飞扬的黄尘把日头燃成了一片金黄，把乡村的历史也燃成了一片耀眼的金黄……"对对锣来对对鼓，对对唢呐叫号头"，"四十里响声三十里炮，五十里路上好热闹"。汉子们头系的白羊肚手巾迎风飞舞，黑红黑红的脸上汗珠挥洒而下，扑簌扑簌地落在脚下的土地上，他们张嘴呐喊，声震天宇，惊飞了枝上落着的鸟儿；他们绽开的笑，宛如这土地上随意生长的植物，朴素、自然，却又给人希望和力量。几百条汉子迎风而立，手端冲天的唢呐，古铜色的脸上是充满力度与纯朴的开怀之笑，腮帮子一鼓，惊天动地、如泣如诉的唢呐声响起来了，汉子们的双眼眯缝着，豆粒大的汗珠扑扑而下，古铜色的脸庞真如天人下凡了，真像西北大地上迎风矗立的箭杆杨，给这大地上增添了充满力量的一景。

"一圪嘟葱，一圪嘟蒜，一圪嘟婆姨一圪嘟汉，一圪嘟秧歌满沟转，一圪嘟娃娃就撵上看。" 我的堂哥是闹社火的鼓王。这让我幼小的心灵深处涌起了莫大的荣耀感。我跟在队伍的后面，肩挎着与自己极不相称的大腰鼓，跟着跳、跟着敲、跟着叫，俨然一个小鼓王。红绸子飞舞着过去了，扳旱船的摇摆着过去了，踩高跷的大踏步过去了。后面跟着的我也眯着双眼，跟在这雄壮的队伍后面扭着。我的眼里，燃起了一片扭动的火焰，漫卷着风声、漫卷着人们的呐喊和跳跃，席卷了整个心灵。

　　那时，村里每年都要请戏班子来唱戏。这是乡村盛大的节日，对于村人们来说，这意味着大家又可以见到十里八乡的熟人、亲戚。人们扶老携幼，全家老小都来了，他们站在戏台下，手搭凉棚，望一望远近周围有没有相熟的人，一旦看见了，大家便惊喜地凑在一起，家长里短的开始拉起来。戏台上下是拥挤的、热闹非凡的。老人们神情凝重，耐心地等待着节目的开始；俊俏的后生和漂亮的女子们则交头接耳，你扭我一下，我掐你一下，场地上不时传来小伙子爽朗的笑声，再看时，一朵红云飞到了姑娘们的脸上，她们把头一低，两手缠搅着衣角，还不时地用脚蹭一下地，然后又着急地抬头望望台上，盼着演员出台。盛会是大人们的节日，更是小孩子们的节日，看那些半大小子，还有那些唇边坠着鼻涕的碎娃娃们，他们满场跑来跑去，绕着大人们的腿，一会儿在这边，一会儿在那边，有的踩了大人们的脚，青皮脑瓜会被啪的拍一掌，他们不在乎，反正好玩就行，照样儿疯跑疯跳。小商小贩们的吆喝声此起彼伏，各种风味小吃的味道缓缓地钻到了人们的鼻子里。有人实在没有耐心等了，就蹲在摊边儿，要一碗凉粉，撒一层通红的辣椒面儿，埋头吸溜一阵儿，鼻尖上就渗出一层密密的汗珠，那个痛快劲儿。小孩子们成群结队逛来逛去，跳着、叫着、闹着，像过年一样的快乐。每当这时，别人在玩，我却着急地站在戏台下，等着开始。炸麻花的香气、凉粉汤的香气、姑娘们的脂粉气，这么多的味道都往我鼻子里钻。可最打动我的味道，还是戏台上那些角儿们身上穿的、嗓子里散发出来的味道、锣的味道、鼓的味道、梆子的味道、钹的味道，这些欢乐的味道，最令我心动。终于等到戏开场了。台下的人们把等待的那股劲儿都用在了鼓掌上。场中叫好声会不绝于耳，好像旱地惊雷，响彻全场。站在前面的人不停鼓掌，站在后面的人看不见了，纷纷跳起来，探头探脑。有人踩了别人的脚了，有人碰了别人的头了，吭一声；孩子们以为台上发生什么事了，哭叫着让大人把他举过头看。遇到演文戏，我就和着锣鼓的节奏，摇头晃脑，仿佛在品一碗老也喝不够的黄酒。台上的演员伸出双手十指乱抖、须发散乱，台下的我也咿咿呀呀，手之舞之、足之蹈之。武戏开始了。孩子们不再满场乱跑了，他们开始争着抢着往前挤，跳起来看。台上热烈绚烂，台下人声鼎沸，台上台下一片热烈欢腾的气氛，一片欢乐的海洋。我也目不转睛，看演员们穿着的厚底官靴，看他们的龙袍玉带、冠冕堂皇。台上演绎的那些奸臣害忠良、秀才找姑娘的悲悲喜喜，在我的心灵深处折射出无数神奇而绚丽的光芒，在我幼小的心灵里深深地扎下了根。在前台看还不满足，顽皮的我就钻到后台去，掀起帐篷，将头伸进去，看人家化妆，一招一式都看得很仔细，有时候看得出神会忘了是在人家的后台上，人家几次喊让我下去，都像没听见一样，所以经常被戏子们用细棒条打肿额头。看完戏，我回到家就开始自己唱戏，先是一个人打扮成各种角色：老生、小生、武生、小丑、花旦等，有板有眼、有模有样地吼上一气，次日是和小伙伴们一起唱。没有服装、道具、锣鼓器乐，就自己想办法制作。田野里生的长的那些植物就成了我们最好的道具。玉米缨子成了老生的胡须，将向日葵杆子连根拔起，用斧子劈掉侧根，再把主根劈成扁状，把杆子削光滑了，就是猛张飞的丈八蛇矛点钢枪。到干木匠活的邻居王二那里央求王二用废木片子削成刀或剑，再用烟盒的锡箔纸一粘，那刀、那剑锃光瓦亮，与真的一样。再将向日葵盘子做成冲锋陷阵的头盔，拿着刀剑，挥着长矛，扮演武生，就彰显出十足的威风，满身的豪气。接着把破床单一披，就唱上了："北关当马杨门将……"有时甚至连家里人纳鞋底的衬里也长在了帽子的两边，成了七品芝麻官的乌纱帽翅；"苏三起解好凄凉……"起初害羞，只是小伙伴们自己玩或唱给家里人看，家里人乐呵呵地看，觉得自家的孩子唱得还真是那么回事，有板有眼的。后来，村里人也知道我会唱戏，纷纷来看，看得有滋有味，说这孩子唱戏是把"好刷子"哩……

小孩子爱热闹是天经地义的事儿，可我爱热闹却爱得和别的孩子有点不一样，热闹完之后，一定要把这热闹重复一遍。村里有时来个耍猴的，我第一个冲出去看，猴子往哪儿跑，我往哪儿跟，猴子跳，我也跳；猴子颠，我也颠，之后就开始学，学什么是什么。有时候，学校里排练一些诸如《兄妹开荒》、《赶牲灵》之类的小演出，我大老远跑去看。学生们在台上正式排练，我就站在底下暗暗地学。孩子们有时候成群结队出去玩儿，玩着玩着就恼了，恼了就开始打。可打归打，我从不恃强凌弱，很仗义，总是帮着那些弱小的孩子去打那些大孩子。小小年纪毫不示弱，打胜了就欢呼雀跃；打败了，一个人疯跑一气，跑到河边，独自伤心一阵，有时也掉眼泪，但过一会儿就忘了，忘了就又高兴起来，对着高高的山崖开始喊"崖洼洼"。我喊一声"哇哇哇哇哇——"，山崖也向着我回应"哇哇哇哇哇——"。这一下我更高兴了，索性开始对着山崖唱大戏，唱信天游，把自己从戏台上学会的词挨个儿唱一遍，山崖同样回应我一场演出。唱完了，就默默地对着缓缓流过的河水想心事。最后，喊累了，也玩够了，站起来，对着山崖撒一泡长长的尿，跑回家去了。

在辽阔的陕北大地上，丰富多彩且有着悠久文化传统的各种民风民俗的种子总是随风飘扬，并在每个角落生根发芽。我的七叔是说书迷，也擅说书。说书，这不仅是一项单纯的技能，更是困苦之时人们赖以生存糊口的一项技艺。至今都很清楚地记得，我曾跟着七叔去外村说书的情景。那是在一间普通的窑洞里，一群人或蹲或坐，围绕着炕上盘腿而坐的七叔。伴着老旱烟那种辛辣的味道，七叔声情并茂地讲开了："那武松武二郎在酒馆里一口气喝了十八碗酒，头戴毡笠，手提哨棒，摇摇晃晃走上景阳冈来。只见红日西坠，玉兔东升，呜的一声狂风过后，'啊噢'一声虎啸，好似晴天一声霹雳，说时迟，那时快，忽然从松林里跳出一只吊睛斑斓猛虎……"七叔绘声绘色地讲述，听众们凝神息气地听着，两眼瞪得老大，两耳竖得倍儿直。老者忘了磕旱烟锅里的烟灰，旱烟早就熄灭了，还在用嘴吸着。我的鼻涕流出老长，忘了吸溜，毛眉竖眼，惊恐万状，老想往大人身边圪凑。窑洞内气氛紧张，就好像那猛虎马上就要扑过来一样。说到哀婉处，听得我禁不住泪光闪闪。七叔可以极为流畅而又神形兼备地把一个个传奇中的人物栩栩如生地表现出来，让我时而高兴、时而悲伤、时而紧张、时而轻松，时常让我听得如醉如痴。从此，我喜欢上了听书。在我的心灵深处，听书不仅给了我莫大的乐趣，更因为说书中的英雄人物的喜怒哀乐、悲欢离合在心里打上了深深的烙印，在得到快乐的同时，我时常学着七叔给家里人说书，家里人每听到关键处，我头一摆：要知后事如何，且听下回分解。这句说了百年、千年的套话，直教弟弟、妹妹们着急万分，却又无可奈何……

歌唱完了，来自五湖四海的同学们都说我的身体像一台振鸣箱，歌声中有山的影子，有水的喧哗和山间的风声过耳。从此，我的陕北小调就成了鲁院每次文学沙龙中的一个保留节目。同学们说我每次虽然是唱同一首歌，出来的味道却不一样。可他们哪里知道，我每次之所以唱同一首民歌有不确定性，是因为我知道唱歌就如一只自由的飞鸟，它的舞台在天上，在云间，它演唱的角度是俯瞰大地、仰望苍天，而不是猥猥琐琐的表演，它是唱给世间万物的，唱给自己的心灵听的，把太多的牵挂和羁绊放到自己的歌唱里面，美丽的歌声就不能如火中的凤凰、镜中的水月而自由自在……

我想，我对唱歌的理解（也可以说是文学的理解）来源于童年所经历的一切，来源于1998年前一直生活在那块土地上的河流、沙丘、朴实的乡邻、鸡鸣狗吠，这些最接近自然的事物。尤其是民歌和民俗舞蹈，给我烙下了深深的印痕。

二

陕北民歌《信天游永世唱不完》里有一句："背靠着黄河面朝着天，陕北的山来山套着山。红崖圪岔胶泥地，谁不说这是金疙瘩来银疙瘩。"的确，神奇的陕北大地，创造了无数神奇。在起起伏伏的山山梁梁，秦长城和明长城的遗址像长龙般蜿蜒，向世人展示着世界建筑史上的伟大奇迹。号称天下第一台的镇北台就在榆林城北不足10公里的地方。世界上第一条"高速公路"——秦直大道经陕北毛乌素沙漠、横山山脉、白于山东支脉、子午岭而过，至今，它仍具有世界文化遗产的资格，对沿途交通、旅游、生态事业有综合利用的价值；像一头巨兽静静地横卧在连绵起伏的沙海中的统万城，它的险峻，它的沧桑，像院子里的鸡鸣在我们童真的心地上植入了一粒充满了诱惑的种子。延川县有个伏义河村，据说原本是叫伏羲村，传说这里正是伏羲的生存之地。站在一座叫讲经台的山冈上向下望去，黄河和两岸的大地刚好就构成一幅生动的太极图，令我们不能不对大自然的鬼斧神工发出啧啧赞叹。而在离此不远的上游，白云山道观作为西北地区出名的道教圣地之一，每天在晨钟暮鼓里，向人们诠释着道家的真谛。再往北行进，有一望无际的沙漠内陆淡水湖红碱淖，一幅裸露在现实之上的蓝色意象画，会将旅人的心扩展成一脉清水的……皇天后土，养育了这一方人、这一方水、这一方土。你只有到过陕北,才能知道天底下有如此多延展不尽的山峦,沟壑纵横不能尽揽的峰岚,空旷、荒漠的丘磊,你也才能感觉自己的微卑与矮小。常年无雨的干燥,冬季如刀割般的寒冷,广种薄收的无奈,与外界相隔的大山,滚滚无尽的黄河,造就了陕北人不屈、坚毅的性格,"麻柴秆来豆柴火,三口两口吹不着"般渴望柔情、渴望宣泄的情怀。那天籁般的音色、奔雷般的鼓声、婀娜的扭姿和信天游里该柔则柔,该刚则刚,该粗则粗,该细则细,该泣则泣,该笑则笑的韵律节奏,不仅能让你读懂自然,读懂地域,亦能读懂它所具有的文化、民俗与风格,更能读懂人性,人性的压抑与奔放,人性的柔绵与宽纵……

山是雄伟的象征。生活在"山套着山"的陕北人本身就是一座座大山。陕北男人最忌讳说他松包、没出息的。陕北男人无论做什么,个个都是壹顶壹。壹顶壹在陕北方言里是能干的意思。明代吕坤《续小儿语》曰:"做第一等人,干第一等事,说第一等话,抱第一等识。"这话好像是专为陕北男人写的。陕北男人的自信和自豪就是"仰不愧于天,俯不愧于人"!出生在陕北的人文始祖轩辕黄帝是陕北的一座大山,也是中华民族的一座大山。轩辕黄帝的出现,才有了中华民族五千年文明的出现。从衣食住行说,《世本》说:"黄帝作旃冕。"《古史考》:"黄帝始蒸谷为饭,烹谷为粥。黄帝作瓦甑。"《白虎通》记载:"黄帝作宫室,以避寒暑。"《汉书》载:"黄帝作舟车以济不通。"黄帝对农工商也做出了贡献。《路史》记载:"(黄帝)命西陵氏劝蚕稼。"《拾遗记》记黄帝伐尤时"炼石为铜,铜色青而利"。关于文字、图画、弓箭、音乐等的发明,则有"仓颉作书"、"黄帝门户画神荼、郁垒虎"、"黄帝作弩"、"昔黄帝令令伦作为律"等等。自黄帝之后,强壮而剽悍的英雄像桥山上的一株株轩辕柏般一茬一茬地生,一茬一茬地长,他们的体内流淌着高傲不屈的血液。这与陕北的民族大融合有关。陕北这块地方,从来就是中原农业汉民族与西北游牧民族长期战争、杂居、融合之地。先后有猃狁、鬼方、白狄、楼烦、羌、氐、稽胡、鲜卑、女真、蒙古、高丽、龟兹、粟特、匈厥、党项等20多个少数民族在这里奔突、厮杀,而后融入汉民族的河流。公元5世纪初期,匈奴族单于赫连勃勃从内蒙古草原旋风般挥兵南下,于公元481年一举攻克长安，并且在陕北兴建起都城，命名"统万"，国号大夏。公元 1038 年，从陕北米脂出生的党项族首领李元昊再一次崛起，建立起党项民族的大夏国（后称西夏）。金戈铁马、烽火连天的宋代，陕北更是英雄辈出，神木出了精忠报国的杨家将，绥德出了一代名将韩世忠，保安出了刘延庆、刘广世，清涧出了李显忠、王左桂、赵胜，安塞出了高迎祥，定边出了张献忠，而米脂的李自成则叱咤风云，竖起一面闯字大旗漫卷天下，差点儿建立了中国历史上的一代王朝。到了如火如荼的革命时期，武将依然层出不穷。保安出了刘志丹，安定出了谢子长、阎红彦，横山出了高岗，佳县出了张达志，神木出了贾拓夫、李子奇、李智胜、王兆相、张秀山。陕北的子长是有名的将军县，一下子涌现出了 9 位将军。加上国民党方面的，米脂还出了杜聿明。

武将济济，文豪亦然。远如绥德汉子马汝骥（1493-1545），他的《西子集》选收入《四库全书》，为我们留下了一份弥足珍贵的精神食粮；近有榆林张季鸾，他是中国新闻界的一代宗师，"对时代有大影响"（于右任语）的报刊政论家，孙中山就任临时大总统时发布的一大批文告，就是他的手笔。后来，他在担任《大公报》总编辑的主要岁月里，围绕爱国的抗战，几乎每天写一篇社论和一簇短评，每天都拨动着国人的思维。神木出了王雪樵，其书法名列陕西第二。在 1936 年北平笔会中，其书法又名列全国第六。《陕西志》称其："幼有神童之誉，时与李裳、于右任齐名"；吴堡出了柳青，试看《创业史》营造的曾使无数读者疯狂倾倒的全新艺术，哪个同代作家可以与之比肩？清涧出了路遥，他的《平凡的世界》获得了中国最高小说奖茅盾文学奖。延安出了刘成章、史小溪，刘成章的散文集《羊想云彩》获得了国家最高散文奖鲁迅文学奖，作品入选了中学语文课本；而像牧师布道的史小溪，从 20 世纪 80 年代迄今的中国散文的跨度史中，一直保持着第一流散文家的气度和个性，在陕北，在大西部空白的散文领域，建起了意象的堡垒，绘出了西部散文本体意义上的首次巨大革新与走向的线路图，重续了继 20 世纪 30 年代后中国断代散文史的辉煌，作品入选了大学、高中、初中语文阅读课本，使后学悉悟了散文用笔墨法之道，由他主编的《中国西部散文》（上、下卷），被中国散文界誉为 1998 中国散文十大事件之一。佳县出了高景德，他是我国留苏学生中出现的第一个博士，高压输变电专家,清华大学第24任校长,中科院院士。这样的科技精英,在满目疮痍的陕北这块土地上冒出来了。而那些经陕北皇天后土滋润而出的名人则更是不胜枚举。毛泽东在陕北闹革命13年,是憨厚的陕北儿女用小米饭和南瓜汤养育了中国革命。

　　日出而作、日落而息的生活方式,塑造出了陕北人民勤劳、朴实、淳厚、容忍的个性。在陕北人的心中,"马驹驹撒欢羊羔羔跳,哪达也不如这山沟沟好"。在陕北人的眼里,这里的男人是世上最好的男人,这里的女人是世上最好的女人:"陕北的山陕北的沟,好婆姨好汉就出在这沟里头。男有闯王举义旗,女有兰花花盖九州。陕北的婆姨陕北的汉,要多风流有多风流。"歌声成了一条充满信心的路途,伴着风声雨声,从拥有生命的日子开始,充满了阳光味道的信天游就已经孕育在这片厚实的土壤里。在起伏的山峦之间,在奔腾的黄河之畔,人是那样的渺小,但又是那样的伟大。人们面对的是干燥,是寒冷,是广种薄收的无奈。在与世隔绝的世界里,他们面对的只有给他们雨水、日头、干旱、苦难的苍天。"荞麦辣子菜籽油,老婆娃娃热炕头"成了陕北人人生追求的最高境界。但黄河与黄土地,造就了他们钢铁的意志、如水的情怀、如天的阔大、如地的苍远。哭就哭,笑就笑,生就生,死就死。这是一种活法,更是一种精神。在歌声面前,所有的语言都是多余的,所有的崇拜都是软弱的。因为它来自一方水土深处,来自这方水土上生活着的人们心灵深处……我的一个堂哥是一位很优秀的民歌手。但因长年在城市里的歌厅那种乌烟瘴气的地方当歌手,常陪人喝酒抽烟,引发了扁桃体发炎,不得已做了扁桃体手术。手术后他的嗓子竟然失声很严重,不要说唱歌了,就连平时和人说话,别人也要很费力才能听清说什么。他就买了一架旧钢琴,回来老家勤奋地投入到练习发音中,不停地练、近乎疯狂地练。窑洞里,经常能看到他孤独的身影。一边弹着琴,一边用鼻音练习发声,一个音符、一个音符,一个音节、一个音节。刚开始的练习无异于白搭功夫,练了半天,发出的声音还是喑哑而无力,还是听不清。堂哥当着我的面流下了痛苦的泪水:歌唱对于我来说意味着什么?意味着生命、精神的食粮,意味着我这个人做人的生命价值和尊严,意味着今后的道路。为安慰他,我就经常陪他一块练。 堂哥为了练嗓子,饭吃不下,觉睡不好,人明显地瘦了、憔悴了，情绪也不好，常常唉声叹气。我就经常给他说宽心话，鼓励他。堂哥仍处于一种痛苦和无望的状态。像一个黑暗中的舞者，在寂寂的夜色中孤独地起舞，像一只折断了双翼的天鹅，无法在自己心仪的天空自由地飞翔。在村里的秃尾河边，我陪着堂哥时常在那坐着冥想，有时黑漆漆的夜色洪水一样漫卷了乡村的天空，直到那些树木的枝枝权权几乎看不清了才回去。在河边坐着坐着，堂哥的泪水就簌簌地落下来，一粒一粒，敲打着地面。每每此时我心里也特别难受：难道堂哥真的就这样消沉下去，一了百了，从此与歌唱艺术道别吗？堂哥还是努力练了下去，人练瘦了，树练黄了，孤独的窑洞里照旧还是孤独的他，单调的音符从钢琴里迸出来，暗哑的声音从嗓子里挤出来。只有坚定的信念在陪伴着他。人练瘦了，树练绿了，单调的音符从钢琴里淌出来，有些响亮的声音从嗓子里唱出来。有一天，突然从琴房里听到嘹亮的歌声的我跑到窑洞里，看到堂哥沉稳地坐在钢琴边，双手十指有力地按下去，优美的声音从琴间流泻而出，堂哥张开嘴，一串更加优美的歌声从他的嗓间流泻而出。我不相信：揉揉自己的眼睛，的确只有堂哥一个人在唱。堂哥一会儿唱民歌，一会儿唱流行歌。唱得汗如雨下，唱得泪如雨下。半天，堂哥才转过头对身边的我说：我又能唱了……

"土里头埋着金疙瘩，珍珠玛瑙满山洼"（陕北民歌《陕北是个聚宝盆》）。陕北高原是华夏大地上一片充满野性和力量的村庄，也是生长纯真和厚道的黄土地，不论什么样的种子，落到这片土地上，总会以最具个性的姿态和力度，把人从歉收的梦中唤醒的。让人惊奇的是盛产贫穷的陕北，同时却藏着愣多的宝贝疙瘩。名彻寰宇的神府煤田，开采出了一代代布衣的梦想；世界级的靖边气田，也延延绵绵地逸满了机声的惊喜；府谷圪里圪崂的高岭土折射出七彩的光，昭示着这块雄性的高原阳刚的内力。陕北人乘风破浪的背后蕴藏着"东亚病夫"这个民族不屈不挠的精魂所在，我相信这种恢宏的音符曲调能够合着激涌腾飞的鼓点起舞，亦能随着奔瀑不息的黄河气势讴歌坚韧不拔、永不屈服。给我最真切的感受是2006年9月10日的那一次陕北中国首届榆林民歌艺术节。那时，我的好友，一个浑身上下洋溢着激情与浪漫的民歌手、中国东方歌舞团独唱演员赵大地给了我几张票，说有他的演出。我们一家三口前去观看。回到久违的生长爱情、收获民歌的这片黄土地，又是熟悉的风土人情和山川河流，又是四面八方熟悉的乡音，许久都不曾看过这样隆重与热闹的我，眼泪哗的一下下来了。偌大的体育场里，是人的海洋、人的浪潮。此情此景，使我又想起了少年时那偌大的山野场地上人挨人、人挤人的热闹情景。眼前的荧光棒像一片茂密生长的森林，不停地闪烁出大家内心的激情与期盼。那天，好友赵大地唱的是自己创作的陕北新民歌《陕北人》："都说咱陕北人是座山＼出门是山＼在家是山＼陕北人说话都带着山"，一嗓子冒出，好似三伏天的一瓢山泉水兜头扬下来，观众爆发出一阵热烈的"欧"、"欧"的声波，像海浪一样席卷了全场，荧光棒挥成了一片彩色的海洋。大地的歌声是有根的，而这粗壮的根就深深地扎在陕北这块大地之上。他是像平时乡人扭秧歌一样且歌且扭的。大家尽管第一次听到这首歌，但依然情不自禁地跟着哼了起来："男人真＼女人憨＼陕北人祖祖辈辈爱大山＼说也是山＼唱也是山＼陕北人就爱喊大山＼站着是山＼躺下是山＼陕北人生来他就是座山＼山连着山＼山套着山＼龙的故事代代传＼山连着山＼山套着山＼黄土地儿郎个个是好汉……"许久都不曾有过这样的激情与澎湃了！大地的歌声将我俘虏到生我养我的那个村，这种感觉是写意的，泼墨一般浸润了记忆的宣纸……我不由得鼓起掌来。我知道大地是一个充满了传奇色彩的陕北汉子，前总书记胡锦涛曾在2006元宵晚会上听完他的陕北民歌演唱后，亲切地拉着他的手说："小伙子我认得你，你来自黄土高原，你是陕北人，你叫赵大地吧，你的高音很厚重，很高，不错！不错！"陕北民歌实现了赵大地的人生梦想，让他站在了民歌的巅峰，让他从陕北的山乡之间，走向了世界艺术之旅的舞台。他唱出了陕北的形象——新时期陕北的形象。现在流行"代言人"一词，我想，大地就是陕北的代言人，用自己的歌声为陕北大地上这些祖祖辈辈勤苦劳作、生生不息的人们代言，还有我身后的黄河和陕北。

"面打的糨糊糊比不上个胶，油点的灯瓜瓜比不上个电灯泡"，"大囤子圪堆小囤子满，新窑箍的齐崭崭"。是的，陕北这片高天厚土告诉人们，这千沟万壑将有着怎样的未来；一代又一代的陕北人，将在未来悠远的日子里，用自己跳动的心灵，编织属于自己的梦想，用自己的低咏徘徊、用自己的仰天高歌，和千千万万的中国人一样，诉说同一个故事，演唱激荡人心的同一首歌。我想，这种精神不仅仅是陕北的，它也是全中国的。它塑造着欢乐、塑造着"东亚病夫"的中国走向世界的民族之魂和盘古开天地的冲云豪气……

三

道德经说：道生一，一生二，二生三，三生万物。"一"表示调和而均匀的整体。无疑，陕北人就是一个竖着大写的"一"字与"二"字的组合。陕北的人与歌都可以用一个"土"字所概括。土得清新，土得可爱，土得热烈。陕北这块黄土地，不似江南水乡小囡的灵秀甜雅，但有巴山蜀水中马帮的豪爽亮直，即使不相识的人，他们也会做到"对面的好汉你过来，咱好吃好喝好招待，大碗举、那个小碗端，杯杯满、咱盅盅干，酒喝完再斟满，今朝不醉咱不还，扭一扭咱抖一抖，抖一抖就扭一扭，划拳喝酒交朋友"（陕北民歌《酒汉子》），他们会用"滚滚的米汤热腾腾的馍"，"红豆角角熬南瓜"招待你的。

是的，陕北是一块憨厚的土地。陕北人的纯朴像是站在田头地畔招手张望的二妹子，悠扬婉转、缠人、动人。延安，曾是春秋五霸之一的晋文公重耳母亲的故乡，当年晋国发生内乱，沦为丧家之犬的重耳四处碰壁，甚至连农夫也用泥捏的馒头戏弄他时，是延安接纳了他，并一留便是12年，使他得以东山再起，做了中原霸主。公元755年，安史之乱爆发，延安也深受其害，人口由开元年间的100048户锐减为938户，就是这样凄苦不堪的陕北，当颠沛流离的大诗人杜甫挈妇将雏来到富县羌村时，陕北母亲依然默默无言地接纳了他。

"石榴榴开花石榴榴红，我实心心留红军哥哥你不盛"，"红军来了滚下一锅水，小日本来了埋下铁地雷"。1935年10月，中国工农红军以敌报上偶然披露的消息，一路烟尘来到陕北。这时的红军队伍在敌人的围追堵截和二万五千里的长途跋涉下，由出发时的8.6万人锐减为衣衫褴褛的区区6000人。陕北，这位贫困潦倒的母亲依然敞开胸怀接纳了这些远道而来的游子，一留就是13年。1947年，国民党投入数十万兵力，对陕北根据地进行空中轰炸和疯狂的地面围剿，人民领袖毛泽东率中央机关在陕北佳县驻留98天，这个贫瘠的小山城根本就拿不出多少粮食来，毛泽东问当时的佳县县委书记张俊贤：这么多军队吃什么？张俊贤回答：粮食吃完，还有1000头大牲畜，1000多只羊。毛泽东感动万分，欣然挥毫：站在大多数人民的一面。

就是在儿时，中国因在搞"文化大革命"，整个国家处于极端贫困状态的时候，陕北人的纯朴依然如旧。那时，吃粮按定量，到食堂吃饭要粮票，穿衣服要布证，大部分人都吃不饱。我至今清楚地记得家里每个月总有几天会断顿无粮的。每当遇到锅底朝天这种情况，还有点粮的邻居会毫不吝啬地借给母亲。遇到村里断顿无粮，母亲就无能为力，只能眼瞅着锅碗发呆。我则不然，当看到母亲发呆的时候，就一声不吭地拿上大黑碗，拿条红柳棍，走七八里山路，到别的村子去乞讨。我乞讨的方式是进了人家院子，先打招呼，很有礼貌地爷爷、奶奶、叔叔、大爷、婶子、大娘甜甜地叫着，然后亮开童音，唱几声山曲。其实那时大家都在挨饿。但厚道的乡亲们可怜我，就从自己的牙缝里省一些剩饭剩菜，或果子枣子等给我。要上了，赶紧回来和家里人一起吃。有时候天气不好，不能出去要，就只能饿着、挺着，坚持到下月能买粮为止。一次给生产队干活，母亲响午回去喂猪，6岁的我将分给母亲的一铜瓢和菜饭一个人就吃完了。母亲回来了没吃的，是邻居巫家婶婶给了自己家的一块窝头。

在我5岁那年，只有10多岁的堂姐饿得实在受不了了，离家出走，杳无音信。为此，婶婶得了精神病，有时候，她一起来脸不洗，头不梳，走出家门，逢人便问："你看见我的女子了吗？她穿着半新的红袄袄，绿裤裤……"不管碰到什么人，她都重复着那句话。有时她会反复唱着"干石板上栽葱扎不下根，我女子走了影无踪。心上难活对谁说，半夜抱住个枕头哭。洋铁桶桶担水爬不上坡，尘世上的苦命人少有我。"婶婶的声音中始终弥漫着一种烫人的液体。唱音低时，如泣如诉，藕断而丝连；唱音高时，裂帛断金，悲号之声斥人耳鼓。那声音是物质的、是可感的、是可见的、是充满画面感的，勾得村里的婆姨们常常一个劲儿地抹眼泪。伯父怕婶婶走丢，就让我们一帮小孩子跟着照（跟踪），但我们跟着跟着就玩去了，婶婶会疯走出几十里地去寻堂姐，往往是邻村人看见了送回村里来。有时候，婶婶听到天上有飞机飞过，她会兴奋地飞身奔出窑洞，像个孩子似的张开双臂，对着天空大喊大叫："噢！快来看啊！我的女子当大官了，她坐飞机回来了！是我的女子回来啦——"飞机早飞没影了，她还叫个不停，不论哪个邻居婶婶看见了，都会过来劝说好一阵，让她平静下来。

　　我上了小学后，生活依然困苦，可活儿却很多。乡间总有许多做也做不完的活儿。我人小力气大，打连枷、扬场，许多农活做起来有板有眼，毫不落后。那时，村里遇到谁家春种秋收没完，做完营生的乡亲们会主动过来帮忙。1990年，我上了初三，假期家里箍窑，匠人们只管施工，工程用水要到一里地以外去一担一担地挑回来。一挑水160多斤，我一天要挑50多挑。可边挑水，边和相帮的乡亲们讲笑话、唱山曲儿。晚上，家里摆上摊场，辛苦了一天的乡亲们会自娱自乐一翻："大碗大碗咱摇一摇，大发大财么么么笑。咱哥俩划拳讨了一份情，二人相好讨了一份情。六六大顺讨了一份情，你输了，我赢了，这盅盅烧酒算你喝了，喝完这烧酒咱拳来了。"富有层次感的划拳声一浪一浪涌来，像是夏日温暖的水波漫过人的心房，逐渐浸润，让人的内心变得明快、变得浪漫。那歌声是一种金属质地的声音，仿佛太阳的碎片，掠过金色的天空，为漫漫长途中的跋涉者高悬了明亮的航标，让一天的疲劳在拳来拳往中如礼花一般绽放……

　　1995年，高中毕业的我在河湾的一个村子当民办教师。那个地方两边是沙梁，中间夹着一条窄窄的平川，川里散居着几十户人家。学校坐落在村子中央的一排破土房，不远处还有一间破旧的土地庙。全校十几名学生，就我一个教师。那个地方的蛇特别多，有的蛇毒性很大，而且还主动进攻人，说不定什么时候，草丛中、屋梁上窜出一两条蛇来，吐着红红的舌信子，瞪着狰狞的圆眼睛，叫人毛骨悚然，浑身起鸡皮疙瘩，我特别怕蛇，有两个高年级学生就主动来跟我住在学校里。遇到上厕所，他俩的手里常拿着一根红柳棍子，一蹦一跳地在前面开路。一旦遇到毒蛇，他们也不怕，红柳棍不抵事，就搬起石头砸，砸中了，蛇必死无疑，砸不中，也能把它吓走，就这样，他们成了我的贴身小卫士。村里的农民也相当厚道，不管是家里有没有学生在学校读书，锄地回去路过学校时，总会热情地给我丢下两苗白菜或是几掬豆角、几颗山药蛋。

　　这些生动的情景日日夜夜以恍恍惚惚的方式不停地栖息在我的梦境中，以至于我情不能自已。时下虽然是物质的时代，但陕北人的纯朴一如黄河水平静而汹涌地流过，到过那里的人都会感到黄河的水汽，淡而无味，淡而有味。那纯朴让去过的人有如春风拂过面孔。乡亲们表达出的热情是那样的细腻，表达方式和所要表达的内容在他们的歌声里达到完美的统一……从1998年后，走出陕北的我听过好多舞台上的陕北民歌，但演唱者都是在表演，千篇一律地罩着白羊肚手巾，穿着羊皮袄，对着话筒唱，没有一点儿活泼性。每每这时，我的思绪像枝头的飞鸟，会以迅捷的方式忽拉拉飞翔在思念的天空，飞回到故乡亲人的身边。我仿佛又走进了安塞腰鼓那扇门，走进了陕北高原的内部。我又看见了那种生命中的张扬——在尘土飞扬的斜坡上，几百条汉子铿锵有力地起舞了，白羊肚头巾衬着红腰带，黝黑的脸膛洒落着明晃晃的阳刚，嘴里发一声喊，瞬间就似几百株箭杆杨戳向了头上的那片天，腰间那晃荡的腰鼓如同战鼓，响彻了整个高原……

　　信天游是吼出来的，信天游更是像水一样流出来的。是的，有些时候，唱歌并不仅仅是唱歌，一首民歌也并不仅仅是由词和曲组成，在这之外，还有很多东西，是人们所忽略和很难把握的，这就是歌曲的地域色彩、它的成因、它的表现手法的随意性等。如果不了解这些因素，那仅仅只能是张开嘴、发出声，歌者和歌曲之间是两张皮，无法很好地融合在一起，达到纯熟完美的表现的。但有谁会注意山野间的清唱，是陕北人骨子里的东西呢？有谁会注意陕北山野的每首歌就是一条河流呢？

四

　　"白格生生胳膊巧格溜溜手，人里头就数二妹妹风流"、"白格生生脸脸太阳晒，苗格条条手手拔苦菜"。陕北民歌里的这些"白格生生"、"巧格溜溜"、"苗格条条"词儿都是赞美人貌美的。人体美是美中之至美。罗丹在《艺术论》中说："没有比人体的美更能激起富有感官的柔情了。"马雅可夫斯基也说："世界上没有更美丽的衣裳，像结实的肌肉与新鲜的皮肤一样。"中国古代就有西施、王昭君、貂蝉、杨玉环四大美女，享有"闭月羞花"之貌，"沉鱼落雁"之誉。而"闭月"，就是形容陕北米脂姑娘貂蝉的容貌之美。

是的，"米脂婆姨绥德汉"，陕北人的美，首先是形象之美："我妈妈生我人人爱，长头发剪成短毛盖"、"说你好来本来一个好，走起路来水上一个漂；白布衫衫来黑夹一个夹，爱的哥哥哟一个没办法"。陕北人早在生殖完成养育伊始时，就是以他们的文化观念希冀使人的头部美化的。在处置婴儿的头型上，陕北人和中原人大异其趣。中原人头后部都有突出的一块，俗名"脑勺把子"或"后脑勺"，谁没有此一块，则被讥为"平脑"。所以婴儿一落地，便令其侧卧，禁绝仰睡。经过挤压，后脑勺自然形成。陕北人正好相反，最忌后脑突出，讲究"板脑"或"圆脑"。如果谁脑袋后部不平、不圆，则又被讥为"梆子脑"，意即此突出的一块恰似旧时更夫的梆子，只能任人敲击。陕北人为达头部平、圆之目的，婴儿一落地便给予特殊的处置，控制其睡姿，保证其仰卧，主要的器物是沙袋。沙袋呈长条形，长约60厘米，直径约10厘米。两头装上纯净的细沙，中间空起来，搭在婴儿胸腔上，装沙的两头紧挨置于婴儿两侧的炕上，因中间是虚而松的空袋，没有压力，不影响胸部的发育和肺部的呼吸。婴儿一旦思动滚翻，由于两头的控制和中间的牵扯，不易反侧。同时还在正对婴儿头部高处挂一个大而鲜艳的悬浮物。这也是避免婴儿斜视和侧卧而采取的一种积极诱导办法。婴儿和母亲睡的位置也是或一天，或两天，周期性调换，以免形成"偏脑"。中国古代讲究"天庭饱满，地阔方圆"，陕北人在长期的观察和摸索中，注意到这全与太阳穴的充盈与否有关。仰睡有助于通过挤压，使肌肉前移，两鬓和两腮丰满，颧骨收缩，呈"富态相"。陕北人希冀使人的头部美化观念体现了中国人对头面美的理想追求。

"满天星宿一颗颗明，十三省挑下妹子一个人"，"三苗苗白菜一苗苗高，人里头挑人就数妹子好"。在陕北，美女就是土豆萝卜，产量相当可观，用"人间春色"四字形容毫不过头。她们不像南方美眉有一种小猫样的温柔，隐隐地散出一种淡淡的、慵懒的、休闲的味道。也不是《西厢记》中崔莺莺那种"淡白梨花面，轻盈杨柳腰"， 更不是《红楼梦》中林黛玉那种"娴静似娇花照水，行动如弱柳扶风"。那些婆姨、女子不会浓妆艳抹，甚至连轻描淡画也谈不上。她们的皮肤细腻而白净，凝脂一般。那毛花眼眼若月临水面，静而不荡；那红嘴唇唇如山野间的山丹丹花素而不俗；那小巧鼻鼻似沙梁梁上野生的沙奶奶匀而不隆；那眼眉像春蚕曲而不滞，完全符合"一看眼，二看嘴，三看鼻筒四看眉"的评美标准。她们身材窈窕，天生丽质，一见就让人有一种惊艳的感觉，过目难忘。在第56届世界小姐选美赛中国赛区，米脂姑娘杨冉就获得了最佳仪态奖和最佳上镜奖两项国际大奖。我在2006年9月的那一次陕北中国首届榆林民歌艺术节上见过一次杨冉。"二妹子好像一盆盆花，迷的个年轻人回不了家"的杨冉的确是"天然去雕饰"的原生态之美，用曹植《洛神赋》的句子形容毫不为过：

其形也，翩若惊鸿，婉若游龙。荣曜秋菊，华茂春松。仿佛兮若轻云之蔽月，飘摇兮若流风之回雪。远而望之，皎若太阳升朝霞。迫而察之，灼若芙渠出绿波。秾纤得衷，修短合度。肩若削成，腰如约素。延颈秀项，皓质呈露。芳泽无加，铅华弗御。云髻峨峨，修眉联娟。丹唇外朗，皓齿内鲜，明眸善睐，靥辅承权。瑰姿艳逸，仪静体闲。柔情绰态，媚于语言。

杨冉亭亭玉立，高洁如荷、如梅。用陕北方言讲，那真是"坐有坐相，站有站相"。虽没开口说话，但站姿就表现了她内在的精神。举手投足，气质优雅，给人无限遐想。在这样的纯情和活力面前，任谁都无法躲避，任谁都无法遮掩自己的感动。目光停留在她"樱桃口口鹅眉眼"、"鸡蛋眉脸白生生牙"间，我恍若梦中，仿佛涉过黄色的荒野，倾听那些逝去的季节里山丹丹花开放的声音和热情拔节的姿态。从此，我落满尘埃的记忆，就有了生命中的那次灿烂的郑重摆放，直至"醋意大发"的妻子在背后扭了我一下，我才尴尬地收回风筝线一样长的惊讶。

"要穿蓝来一身蓝，倒像个吕布戏貂蝉"。是的，貂蝉是陕北米脂姑娘，而吕布也是陕北绥德的汉子。陕西作家肖云儒对陕北人的美有着十分确切的见解。他讲到陕北汉子的英武：那颀长、魁雄，在微卷的头发和疏密恰到好处的连鬓胡髭环绕中，中原汉人面部柔和的曲线不见了，全部化为充满力感的折线，而平滑的曲面则被一块块起伏有致的具有力感的棱面所替代。挺拔的鼻梁支起额头上微微的斜面，支起高耸的眉棱眉骨下略呈黄褐色的眼珠。眼光那么有神，那么有穿透力，每每使我懂得了，为什么黄色车灯被选为雾中行驶的专用灯。那年，我的一个高中同学、民歌手乔振丰去宁夏参加一次全国民歌手大奖赛，我去助威。振丰一嗓子冒出："白布衫衫哟白又白，你把你的白脸脸调过来；白布衫衫哟新又新，白脸脸带笑怪惹亲"时，路过赛场的游人纷纷止步，站在远处看他唱。振丰的歌声是灼人的、诱人的、烫人的，仿佛进入了梦境，梦境中的人，思维是无拘无束的、是天马行空的、是可以无限辽远而阔大的。在这样的境界中，振丰的歌声进入了一个高度自由的状态（这是艺术的状态和灵感迸发的状态），他的歌哀而不伤，充满了粗犷之风，他把一个陕北汉子的风采深深地烙在那里人们的心间。人们听了他的歌声情不能自已，他们热泪盈眶，他们心神激荡，他们欢呼雀跃……当晚的篝火晚会上，主办方安排了一个小小的插曲，就是让一个在当地工作的壮族姑娘抛绣球，而这个绣球安排好了是抛给观众席上的一位领导。这位壮族姑娘手捧鲜红的绣球，她甜甜地笑着，乌黑的大眼睛扑闪扑闪的。她把手中的绣球端起来，人们屏住呼吸，盯着她。我和振丰也不例外，我们目不转睛地盯着鲜红的绣球。她微笑着，顾盼之间，用力把手中的绣球抛了出去，人们一片欢呼。然而令人意料不到的结果出现了，这个绣球稳稳地落在了台下站着的乔振丰怀里。全场顿时一片安静，但仅仅几秒钟之后，全场爆发出了更为热烈的欢呼，中间还夹杂着人们开心的笑声。这个结果是振丰也没有想到的，他在那里愣怔了片刻，激动得傻了。抬头看去，那个姑娘正含情脉脉看着他笑呢。这个陕北汉子"刷"的一下脸就红了，多少大舞台上他也没有这么害羞过，他抱着绣球站在那里不知所措。后来还是主持人及时站出来打圆场，说这位陕北后生歌唱得太好了，都把我们壮族姑娘迷倒了，大家快来，娶亲闹洞房哩……振丰穿上竹鞋，穿上壮族衣服，背着新娘跳，击出"咔咔"、"咔咔"的声音，大家尽情地欢乐。进"洞房"时，振丰忘了低头，在门框上"当"地撞了一下，额头上碰起了一个包，疼得生眼泪珠都出来了。但他激动得忘了疼，背着"新娘"乐。"抢红蛋哩！"随着主持人的一声喊叫，人们便争先恐后地涌向洞房，争抢礼品，抢到红蛋的人一一地向"新人"祝福。临别时，"新娘"依依不舍地送了"新郎"一个手绣的壮族挎包（在壮族，那是姑娘的定情物）……

五

  我的民歌手朋友赵大地兄来鲁院看我。席间敬酒，他唱了那首已成为中国民歌经典的陕北民歌《三十里铺》。大地兄情发自内心，气出自丹田，音随情走，情真意切，悲怆的曲调，节律中顿挫分明的哽咽，时而高亢昂扬，时而又柔细如丝的低吟，时而像奔流不息的黄河的咆哮。歌声响彻充满温馨之气的雅间，音域起伏跌宕，惹得服务员都跑进来听。那种不带任何功利色彩的纯情，让只会重复"I LOVE YOU"的摩登女郎绝对的自惭形秽。跟随着大地那种金子般回响的歌声，我仿佛又回到了陕北，走在了故乡幽远而质朴的路径上：

  提起个家来家有名，家住在绥德三十里铺村。四妹子儿爱上一个三哥哥，他是我的知心人。三十里铺来遇大路，戏楼这拆了修马路。三哥哥今年一十九，咱们二人没盛够。三哥哥今年一十九，四妹子今年一十六。人人说咱二人天配就，你把妹妹闪在半路口。叫一声凤英你不要哭，三哥哥走了回来哩，有什么话儿你对我说，心里不要害急。洗了个手来和白面，三哥今天上前线，任务摊在那定边县，三年二年不得见面。三哥哥当兵坡坡里下，四妹子儿崖畔上灰塌塌。有心拉上两句知心话，又怕人笑话。

  歌声在雅间里回荡，歌声中有一种冥冥的神音在对我说：天之高远，地之厚重，承载诞生养育了这样一个民族，孕育着这种恒长、绵远的一种情爱精神。歌声带着泥土的清香味道，泛着铁青色的光芒，像是沾染了神的灵气，在向普天之下的爱情召唤，要人们看到爱情神秘而欢快的光。那年高中毕业的我去尔林兔吧吓采当村姑姑家，路过一个大草甸子。我边走边哼着信天游，唱着唱着，总觉得有什么地方不对劲儿，好像有一双眼睛在有意无意之间老是盯着我看。带着略微吃惊的心情抬头，没看见有人，只有一群黑白羊子在低头吃草。

可正当又唱时，又觉得有人在看。这种感觉很奇怪，我能感觉到这目光中有探寻，有追问，有好奇，也有仰慕。当我再看时，原来是一株柳树后有一个拖着长辫子的女孩子探出头正向着我的方向看过来。这时，我心中突然一震，一种略微异样的感觉从心底深处一点一点升腾起来，像是一种暖流，又像是一股清凉，我觉得自己的手在微微发抖，心跳的节奏也有点不一样了，忽快忽慢的，就连草甸子上羊的叫声也忽然从我耳朵里消失了，世界在一刹那间静下来，静到只能听见自己心跳的声音。我觉得自己的额头上沁出一层细密的汗珠，腿也在微微发抖。耳边响起一阵炫目的声响，像是小时候在老家听到飞鸟一掠而过的声音，又像是隔山传来放羊人的山曲，一丝一丝传过来；我有一种不知所措的感觉，不知道自己怎么了，我有些害怕，以为自己病了，快要倒下了，甚至听到了河水的声音在头脑里哗哗作响。就在我发愣的工夫，我突然听到那姑娘在喊，唱呀，怎么不唱了？回过神儿来，发现那姑娘正在看我呢。我有些不相信似的揉揉眼睛。她正注视着我，眼睛里带着轻微的笑意，仿佛也在催促，你怎么不唱。那一刻，我鼓起勇气喊出了一嗓子：

　　这么长的个辫子辫子探呀么探不上个天，／这么好的个妹妹呀见呀么见不上个面。／这么大的个锅来锅来下呀么下不了两颗颗米，／这么旺的些火来呀烧呀么烧不热个你。／三疙瘩的石头石头两呀么两疙瘩瘩砖，／什么人呀让我心呀么心烦乱，／什么人呀让我心呀么心烦乱。

　　既然唱开了，就什么也不想了，我的心里就盛满了歌声。她在短短的时间内就盛满了我的心，仿佛西天上的那轮夕阳，深藏在心底，让我通体清澈；忍不住回头看她，看到远处站着的那妹妹像是一株兰草，或是一支芙蓉，气质高雅，神态恬静，秀美的长发缀满飘逸，明亮的眼睛闪烁着聪慧。我仿佛是一个虔诚的信徒站在阔大的教堂里，听到了长长的赞美诗……第二天下午，我去村里的小卖部买烟，卖货的竟然是那个牧羊姑娘。那时，那个叫梅的姑娘在西安外语学院进修，假期刚回来，说读过我的散文集《魂牵梦系黄土地》。在这令人激动落泪的时刻,我孤独跋涉的心终于进入了长长的雨季,甜蜜的爱情就在这时带着天使一般的翅膀降临了……

我的心随大地的一口陕北方言而波动。有如清香的茉莉花茶,细细咀嚼,从舌根至双唇之间的清香便会散发开来。我知道《三十里铺》既是一首情歌,又是一首革命民歌。让人唱起就心里酸酸的《三十里铺》,现在常在电视里被歌唱家们演唱,但很少有人提及这首民歌的作者常永昌,也几乎没有人知道这首歌的产生背景:1937年,只有30户人家的三十里铺村,有一对年轻人四妹子王凤英与三哥哥郝增喜自由相爱了——"三颗颗荞麦九道道棱,人世上就看见三哥哥亲","半碗黑豆豆半碗米,泪珠珠掉到饭碗里;墙头高来妹妹低,照见墙头照不见你"。这在"父母之命,媒妁之言"的传统习惯面前,无疑是一种过头的举动。他们最终还是"满天的云彩风吹散,咱俩的婚姻人搅乱;脚踩上石头手攀墙,眼泪珠珠滴在布鞋上"。郝增喜的父母坚决不同意儿子同凤英来往。郝增喜被迫与父母包办的另一女子结了婚。增喜与凤英两颗相爱的心并没有因此而改变,但他们只有在心底默默地相爱。1940年,已属解放区的绥德县征兵,增喜当兵走时,凤英站在自家的硷畔上依依不舍,流泪为他送行,增喜也是一步一回头。此情景被村里擅长编民歌的常永昌看到了,他根据这一情景编成了《三十里铺》这一民歌。之后,常永昌又邀请了另外几位长工,你一言我一语,改改唱唱,最后仍由常永昌配曲,用男女声对唱的形式编成了最早版本的《三十里铺》。从此,《三十里铺》就流传开来。它那像绵延的黄土塬一样悠长酸楚的曲调,向人们娓娓诉说着"三哥哥"的善良,叹息"四妹子为三哥哥受了凄惶"。

陕北人从不禁讳谈情说爱,他们敢恨敢爱,敢做敢当:"不挑丑不挑俊,单挑那实心的有情人"。但直至现在,陕北依然还有那种"父母之命,媒妁之言"的传统习惯。我就差点成了《三十里铺》里的三哥哥。那时,梅的家人知道了我们的事情后,就开始出面阻挠。据梅说,她父亲曾苦口婆心地劝她:"如今找对象不时兴门当户对,更不能父母包办,讲的是自由恋爱,这些我们也很赞成。这自由恋爱,双方的条件也应大致相当,不应相差太大吧?经我们调查了解,小刘这个人倒是不错,但他无职业,他本人及家里的经济条件实在是太差了。他文凭也不高，将来有甚出息？他的父母是农民，自古到今'穷农民'，能有多少积蓄，将来自己能养活自己就不错了，肯定给你们也贴补不了多少。这样，将来的生活肯定也好不到哪里。现在是经济社会，物质年代，虽说钱不是万能的，但没钱可是万万不能的。你有大学文凭，不愁有称心如意的工作，为什么要降低标准，找一个各方面都有不如自己的土棒子后生呢？"梅还告诉我，她母亲也用同样的内容开导教育她，母亲以过来人的身份，从正反两方面列举了许多生动的事例，其情真意切、用心良苦简直无与伦比。但不管岳父岳母如何施展他们的才能，梅就一个总主意："我看中的是他那纯朴敦厚的秉性，善良诚实的心地，而不是其他。我觉得他有责任心，有责任心的男人才是我将一生相托的伴侣……"我的岳父岳母见他俩劝说无效，就叫亲戚们轮番劝说，并分头四处给梅物色他们认为的好后生，今天你引来一位漂亮的小伙，让梅相看，明天他带来一个英俊的后生，要梅去会见，但梅始终不为所动。梅给我说这些时，我深深为之感动。为了这份美好而纯真的爱情，我决心和碌碌无为告别，立志在文学上有所作为，有所成就。我决定为梅写一本书，越想写，越是写不出来，连一点儿感觉都没有。我索性放下笔，来到无人的秃尾河对面长满沙蒿的沙梁上。一个牧羊人的歌声飘了过来：咱地方是个聚宝盆，祖祖辈辈挖不尽。那声音像从遥远的地方一点一点慢慢升起，像朝阳初升的情景。先是一种灿灿的光芒，然后是温暖的色彩，像条丝线，从高远的天际一点一点被抛出来，然后越来越近，越来越近，哗一下到了你的眼前，真有黄河之水天上来的气势与感觉。我忽然心里一动，觉得民间的东西不就是很好的书写题材吗？于是，一本《塞北风情录》的民俗散文集在我脑海里开始构思……一年后，我带着写完的书稿，想拿去给梅看，可那天梅不在家，我就把书稿留给了梅。翻了书稿，梅安慰我说："放心，我决不会离开你的。我当初看中的不是其他，就是你这个人。你的眼睛告诉我，和你这样的人将来生活在一起，能让人有依赖感。我从你的眼睛里就能看到大山的影子、大河的影子，能看到一个坚定、踏实、有上进心的男人的影子。"听了这话，我觉得无比激动，为自己能够找到这样一个好恋人而感到由衷的喜悦。我们俩就这样拖着，从不轻言放弃。我们的诚心感动了梅的家人，经过一番周折，我们俩最终幸福地走在一起。

因为大地的歌声，回到鲁院302那个房间后，我又上网查了民歌《三十里铺》的资料。我这才更清楚地知道三十里铺村位于陕北绥德县城东部，因距县城15公里而得名。《三十里铺》里的主人公郝增喜参军走后的第二年，同样是由父母做主，凤英嫁给了绥德辛店乡黑家洼村的一位农民。之后，"把妹剁成八疙瘩，魂灵也要跑到哥哥家"的凤英仍然进行过抗争，但最终她都没能与她钟爱的"三哥哥"走到一起，它唱尽了天下的缠绵悱恻。爱情能到了"盘畔子韭菜清水浇，泼上性命咱好到老"的忠贞不渝，我无法想象和体会，四妹子和三哥哥在面对人生这两桩绝难融合的事物时，是怎样的心境。不经意向窗外看去，就看见了托在远楼顶上的半钩弦月。我关了灯，月光凄清而孤冷地射了进来。《三十里铺》里的风花雪月、风清月白随着万籁俱寂的月光流进了我的心里。增喜与凤英离别的身影，像孤寂的树木缠绵在月影里。在瞬间，爱情在歌声里舒展、开放。这种悲怆之中的欢愉，带着泪花在欢笑……

六

周末晚饭后，同学们在鲁院餐厅自发组织去跳舞了，因我不会跳舞，就一个人在校园中那个仅有二三亩地的小花园里心情萧索地散步。餐厅里的卡拉OK声一浪一浪地涌来，尽管他们那种潇洒、那种浪漫叫我心驰神往，羡慕不已，但不太喜欢流行歌的嗜好还是排斥我去接近。后来，音乐突然转成了陕北民歌《兰花花》：

青线线（那个）蓝线线，蓝格英英（的）彩（即蓝得发亮耀眼），
生下一个兰花花，实实的爱死人。五谷里（那个）田苗子（庄稼苗），
数上高粱高，一十三省的女儿（呦），就数（那个）兰花花好。

歌声尽管是稍有些陕北的味道，但我的人在小花园里站着，心却早已飞到了故乡那块土地。我知道兰花花是一首十分动人的反封建情歌，是陕北民歌中流传最广的典范作品之一。民歌里的兰花花不甘于封建势力的压迫，自找了

"情哥哥"，并信誓旦旦地宣布："咱们俩死活长在一搭（一搭：陕北方言，即一起）"，其实就是陕北人对性生活毫不忌讳，行为放纵的体现。他们骨子里豁达乐观，是把人生视为行乐的。我曾在解读陕北民歌的一篇文章里谈到这方面的认识："《走西口》不是一般的情歌，它不仅表达了陕北女人对朦胧的陌生的远方的惧怕和向往，更重要的是对一个晚上又一个晚上荒睡时无法抵挡孤寂的另一种恐慌：家园的荒芜，尚能和男人共同承受，夜晚的荒芜，一个人堵在心里，又有谁来分担呢？年轻的时候，那种激情的把夜晚收拾得水灵嫩秀的尖叫和呻吟正旺得很，人却要分开了。老了，即使在一起，它也蔫了，夜晚除了尴尬和干燥，还会有什么呢？"是的，性爱是爱情的最高境界。在陕北民歌里，这种境界表达得淋漓尽致："只要和妹妹搭对对，铡刀剁头不后悔"；"一疙瘩云彩朝后走，谁要丢谁瘟神爷收"，就像不敢背叛天上的太阳，谁敢背叛这样的歌声和爱情呢？

"食色，性也"，食和性是人类生存的两大要素，陕北人的活动最基本的就是生产活动和性活动。陕北人对性交的崇拜绝不是像现代人所认为的猥亵、下流和"色情狂"，而是能使人享受其他任何事物都难以替代的一种快乐："我要拉你的手，你要亲我的口，拉手手，亲口口，咱俩山圪落落里走。圪落落里走，胸前的白馍馍没揣格够"。性，人们往往趋之若鹜，这可以说是人的一种自然本性。陕北人本身就有一种欢乐和活泼的本性，他们常常是直率地表露自己的情欲，追寻生动而强烈的快感："一搭死来一搭里埋，一搭里咱上望乡台"、"走不完的大路过不完的河，快刀也斩不断你和我"。

在中国古代的语言文字中，常用"阴"、"根"泛指男女的生殖器，如男阴、女阴，男根、女根。"阴"有时专指女性生殖器，而"根"则明显地具有崇拜的意味。在《聊斋志异·林氏》中，林氏要求丈夫和她过性生活，笔语曰："凡农家者流，苗与秀不可知，播种常例不可违，晚间耕褥之期至矣！"陕北多山，陕北人的"根"崇拜就是"山"。陕北人也是以田地象征女阴，以种子象征男精的，把男女性交称为"播种"、"耕褥"，习惯于把某人的子女说成这是他的"种"。陕北人认为如果男人不同婆姨交配，婆姨就不会生孩子，男人对创造一个新的生命享有完全的荣誉。胎儿完全是由男人的种子形成的，婆姨只为它的发育提供了一个场所，就像一个植物的种子植入大地可以生长一样。陕北人讲究吃啥补啥，把子女多视为男人性功能好的一种炫耀方式。性爱对于陕北人来说，不仅是快乐，而且是为造就财产和血统的继承人，发展生产力。陕北人在精神上和心理上倾向于把子女看作一种自我复制品和自我延续。这种男欢女爱是黑暗中的舞蹈，虽然舞姿谁也看不见，可是黑暗看得见，夜色看得见，夜色中的那些精灵看得见。即便是真的在自己手上没有实现理想，他们也会把希望寄托在子女身上。陕北人对生殖和性的崇拜，使得性文化深深渗透在了每一个领域。陕北的大唢呐就是一个男人的阳具形状。唢呐吹起来的确高亢悦耳，尖利直达天宇，有一种男人的气魄。没有这种气魄，吹出的声音是缺乏钙质的，无法站立，更无法行走，在城市的水泥地上摔一跤就骨折。那些吹唢呐的汉子，将唢呐高举在手，眯缝着双眼，鼓起腮帮子，用尖锐的语言，虔诚地祭拜着头上的苍天。娶媳妇儿时，他们用唢呐迎回一个新的希望和开始；埋死人时，他们用唢呐送走一份哀婉和孤独。悲也吹，喜也吹，他们用唢呐和先人的灵魂交流，他们用唢呐向身边的黄土地释放自己满是汗味和尘土的能量。

　　餐厅里的乐声在热烈地漫来："手提上（那个）羊肉怀里揣上糕，拼上性命我往哥哥家里跑。我见到我的情哥哥有说不完的话，咱们俩死活呦长在一搭。"那词让我听得有一种张开臂膀、拥抱高山的冲动。这首歌太能彰显陕北民歌的气派了，它向人们打开了一扇通往陕北的真正大门。农人的多少粗糙的真诚、带着热血的呼喊在时光流逝中浓烈而炽热地涌来。我感觉出这歌是一种注解，是对生命快乐的深刻注解。我是在1994年为我的梅写那本《塞北风情录》的民俗散文集去采风时知道兰花花的创作背景的：1919年出生于延安南川临镇街的兰花花原名姬延玲，小名叫叶子。她从小就心灵手巧，长得俊秀，到十五六岁时已出脱得端正水灵，像雨后马兰花一样惹人喜爱，人们给她送了个绰号叫"兰花花"。当时，红军中有个搞宣传工作的战士与兰花花一见钟情，偷食禁果。因红军过山西东征，红军战士只得和兰花花难分难舍地暂时告别。兰花花与红军战士相爱偷情的事被张扬开来。兰花花的父母认为女儿败坏了自己的门风，便托媒人把17岁的兰花花许给临镇后街富户任老五的小儿子任小喜，兰花花不从，在父母的威迫下响吹细打抬进了任家。任小喜长得很小，吃喝嫖赌无所不为，后因在宜川抢劫杀人被处决。第二年，兰花花又被父母强迫嫁给了临镇一个姓石的富户人家。石家的小子生得十分丑陋，满脸大麻子，他看上了兰花花的美貌，不惜花钱把兰花花买去。兰花花在石家受尽折磨，她日夜思念自己的红军情人。因精神过于苦闷，终于在1942年正月病死，死时24岁。红军战士东征胜利后回到陕北，得知兰花花被迫嫁人，非常难过，但又怕给兰花花带来麻烦，故也没敢去看望兰花花，只有苦在自己心里。以后又听到兰花花病亡，悲痛欲绝，一病不起。在医院治疗中暗自构思怀念兰花花的相思之歌。出院后，他恰好又转业到固临县（今延安市临镇）。他还朝思暮想兰花花，便把在住院时编的兰花花歌曲整理出来（全长84句），把任家改为周家，教人们演唱、传诵。《兰花花》很快在全国传唱开来。从20世纪30年代唱至今天，受到几代中国人的喜爱，家喻户晓，久唱不衰。

《兰花花》对心灵的召唤、对爱情的召唤是含蓄的，又是热烈的。歌里涌动着一方百姓的苦闷、欢乐、满足与期盼，如同那绵延千里的黄土高原一般深厚。爱情的影子若有而若无，爱情的呼唤那样微弱而渺小，胜过死别的生离，令人无可奈何的、悲怆而深情的呼喊。这样的表达胜过多少捶胸顿足、胜过多少仰天长嚎呀。走在小花园环形的石板小径上，我的心里是沉甸甸的：今天的陕北，就像一年后鲁院将要搬迁的别处，不再拥有这块小花园一样，不会再有产生做爱一样痛快的民歌土壤了。物质的冲击，让一拨一拨的年轻人都涌向了城市，一个又一个村子都快成了废墟：过去上千人的村子里只能见到几个颤颤巍巍的老年人。我知道是那块贫瘠土地上的闭塞与沉闷使人性中自我表现、感情抒发等受到了压抑，而人们又无时不在寻求机会来宣泄情绪，体现自我意识，喊、唱和做爱的方式才形成了特定条件下陕北人的唯一选择。他们只有俯下身来，攥住一把黄土，捧起一掬水，歌声从心中飞出，像自由的飞鸟，不受任何羁绊，就以温柔的身姿和锐利的速度，到达相爱着的男女心灵深处……

我知道陕北民歌像文学一样已经越来越边缘化了。鲁院毕业回去后，我想，自己应该为民歌的传承再做点什么了。

七

梦境是人类留给自己的一块私人空间,陕北人的梦境就是经由民歌这条小径释放出的。对陕北人来说,民歌是奔腾的大河之水飞溅而起的浪花、大山之脊为人们立起的精神的坐标。"一声信天游,八尺的汉子热泪流,出嫁的婆姨也回头"。陕北男人的特点是粗犷,女人的特点是细腻。唱起歌来,男人站得稳,挺得直,吼得响,拉得长,顺风势歌声可达十里之外,在那沟里梁上荡漾不息,回荡着陕北空旷的独特凄凉与悠长……

20世纪90年代初,我曾有过一次长达3年之久的走村串户的采风。我走访了陕北榆林地区的12个县。关于这次刻骨铭心的记忆,我曾在一篇写陕北民歌的散文里说过:"我像一只鹰,滑翔在陕北的山山峁峁里,在3年多痴迷的搜集中,那望不到头的山梁,时常令我热泪盈眶地看不够。骨子里氤氲着山间大寂静的我,在走访390多位民歌手中,心中总是涌动着一股无法表述的亢奋,一生中,这或许是唯一的一次。"是的,一生中,这或许是唯一的一次。那些隐藏在民间的艺人,他们朴实而厚道,他们面色黧黑,深如刀刻的皱纹里藏着如海深、似山高的民歌宝藏。可他们又是腼腆的、藏而不露的,面对着我热诚的目光,他们面色发红,木讷无言。可他们的眼神分明是热烈的,是跃跃欲试的。那天,我在瑶镇乡黄土庙村采风,走近那个村子时,正是黄昏日落之时,黄尘弥漫的沟壑间,一种极具穿透力的声音伴着姹紫嫣红的彩霞,迷漫的暮霭扑面而来,飞进了我的耳朵:

好事难成咱功夫缠,最难不过的是光棍汉。
满身的灰土一脸的汗,再熬也得自个儿做饭……

唱歌的是位30多岁腿有点瘸的羊倌,他边走边唱,浑厚高亢的男中音带着风声、带着土声、带着水声、更带着心声。那来自天籁的声音,宛如在我眼前摊开了一幅朴素的铅笔画,凸现出很强的质感。听着歌,我进入了一个澄明的世界。我分明觉得瘸腿羊倌是一个行吟诗人。他在怀念世世代代生于斯、长于斯，在这片土地上奋斗、歌唱、流血流泪的陕北人，怀念一群在歌声中延续生命，在苦难中咀嚼苦难，在黄河之畔、高山之巅唱响欢乐之歌的、有着坚韧质地的伟大的歌者。

当晚，我就借宿在羊倌的家里。热情豪爽的羊倌用黄米捞饭、炒鸡蛋款待了我。饭罢，羊倌又拿出一瓶老白干，捞了一盘淹苦菜，两人盘腿坐在炕当中的小桌旁，开怀畅饮……羊倌告诉我，他的妻子，曾是一个容貌俊美、温柔贤惠的媳妇，前几年因难产去世了。心灵受到难以抚平的创伤的他只有用唱山曲的形式来表达自己对妻子的怀念，来宣泄心中的苦闷：

前半夜想你睡不着格觉，后半夜想你泪圪蛋蛋泡。
想妹子想得迷了窍，抱柴火跌进那山药窖……

月光如水，泄在窗格上。歌声如树生长，仿佛从时间的起点出发，一路春风相伴，一路驼铃相随。我听到了动人的爱情满山绽放，看到旺盛的生命漫天漫地而来。在陕北，女人就是男人的月亮。在莽莽苍苍的高原之间，月亮至上，它照亮高原上每个孤寂的夜晚。歌声像这片宁静的山村中所有的风景和人，朴素纯洁一如原始，一如村边的秃尾河滔滔而去，每天的太阳喷薄而出。但在爱情的天空中，它划破了那片空蒙和宁静。我知道，只要陕北男人们心里有一轮山里的明月，这歌声就不会衰老，一直会伴着他走到生命的尽头。

那羊倌是标准的男中音，嗓音浑厚高亢，音域宽广优美，山曲儿唱出来，有的借物抒情，有的直抒心意，有的哀婉倾诉，余音袅袅中，我享受了一顿别开生面的民歌艺术的美餐。羊倌上过中学，才思也很敏捷，肚子里装得尽是山曲。他和我谈一阵，唱一阵，凌晨4点多两人才睡，几乎唱了一夜，可唱了这么多，那羊倌也没唱过重复的。

第二天，热心的羊倌又让我去相约20里的早早沟村找一位姓王的民歌手。翻过一个又一个沙梁，我被毒辣的日头晒得喘不过气来。就在我绝望地想往回返时，我突然看见了一汪水，强打起精神，冲了过去。一看，原来是个只有两米方圆的水洼，洼里的水浑浊不堪，水面上漂浮着一些来路不明的生物，呈现出灰黄的颜色。太阳光强烈地照射在水面上，发出阵阵难闻的气味。最令人感到不可思议的事情是：这样的水里竟然有两条金色的小鱼，在微微地摆动着身躯游来游去。举目四望，沙梁周围基本看不到一星半点儿的绿意，虽然才是五月的天气，但这里的灼热已经让人感到难以忍受。就是在这样一个地方，竟然有这么一片水洼还没被晒干，在这没被晒干的水里竟然还有两条鱼在游。水洼里剩下的水也不多了，这两条小鱼在水中呼吸困难，金红色的身躯微微摆动，嘴巴一张一合，吐着一个个的小气泡，眼看是不行了。可即便是在这样的情况下，两条鱼还是用嘴巴互相碰着，安慰着，仿佛在为自己的同伴打气，又仿佛在发出阵阵无声的哭泣。我是个好动感情的人，看到这里，眼眶不禁有些湿润。我不忍心再看下去了，我被两条小鱼之间这种相濡以沫的深厚感情所打动，我为自己打退堂鼓的想法羞愧。我想起了做出收集民歌决定前和爷爷的那一次谈话。

那一天，在家门前的那株三个人都抱不过来的老柳树下，私塾出身的爷爷和我闲谈。你说艺术对于一个艺术家来说，究竟意味着什么？我想了想说，对于一个艺术家，那就是他的生命，他的全部。爷爷笑了笑说，你只说对了一部分，那不仅是他的生命，而且是他生命的延续。你想啊，历史上有多少搞艺术的人，在他们死了之后，他们的艺术还被后人代代相传，他们的事迹还被人们津津乐道，这是为什么，就是因为他们的艺术，他们的成就；这就是文化的传承与积淀的功能。他们活着叫名家，死了叫丰碑，这样的艺术生涯才令人无憾哪。否则，人死了以后就连这遍地的石头都不如，多少年后，石头经过风吹雨敲会变得更加坚硬，人就烟消云散了，在世上什么痕迹也没有了。总的一句话，你娃娃记住：人活得要比石头强。这一席话给我的触动太深了。我一个人来到绵延不息的秃尾河边，望着流淌不止的河水，陷入对人生、对艺术深深的思索之中。我觉得自己在很长一段时间以来，变得有些疏于读书写作了，成天忙于一些琐碎的俗事，惰性开始一点点侵蚀自己曾经无比坚强的意志。人的生命不过是短暂的过程，不可能像这河水一样万古奔流，怎么样才能抓住这短暂的一生，做一些自己感兴趣的事情，这才是最重要的。我知道一个作家的写作资源就是他的根。就像河与岸的关系，失去了岸的制约与引导，河水只能四散漫开，像脱缰的野马，最后只能不知所终。我的根在陕北。陕北是龙山文化的发祥地，但其丰富、深厚的民俗文化，由于受经济旋涡中泛起的虚无主义、实用主义、享乐主义的冲击，许多民俗事项和民歌正在传承中逐渐消亡。我觉得该为这块土地做点什么了……

终于到了早早沟村。但那个汉子听说我是来采风的，腼腆地不敢唱。我就出来买了酒去拉话。几杯酒下肚，胆子壮了，话也多了。他朴实的面容也像外边的那些树一样，绿意盎然，迎风飘摇。如水的音乐先是慢悠悠地漫出来了，继而如火一样燃烧起来了，把每个人的脸膛都烧得红扑扑的。我就把随身带的小录音机偷偷开了：

羊肚子手巾哟，三道道蓝，咱们见了面面儿容易，哎呀拉话话难。一个在那山上哟，一个在那沟，咱们拉不上那话儿哎呀招一招手。瞭见那村村哟瞭不见个人，我泪个蛋蛋儿抛在沙蒿蒿林，我泪个蛋蛋儿抛在沙蒿蒿林。

在浩如烟海的陕北民歌中，这首歌算是一首老牌的情歌了。也正因为其老，才更具有了如此的魅力。那个姓王的汉子唱得宽放豪纵，又能够如细水柔流。该高则高，该喊则喊，该哭则哭，歌声像老家闹社火时的鼓点，一声一声都敲打在人的心底深处，医治了我一如现代都市人在压抑、紧张、激烈、茫然的氛围中的那种浮躁。我觉得我的内心已经被喜悦盛满，被陕北大地的风声、梦想和音乐盛满。我把自己听成了一道风景、听成了一朵绽放的诺言，萦绕于怀，久久也不能散去……

在陕西有个说法，不曾学得两句《三十里铺》，不曾听得一曲《走西口》，乃枉去陕西一遭也。从前陕北经济落后，农民生活艰苦，男人成群结伙到外省给人揽工，即"走西口"。丈夫临走之前，妻子多方叮咛，娓娓动听，情意绵绵，抒情色彩极浓："走路你走大路，／莫要走小路。／大路上人儿多，／拉话解忧愁。／住店你住大店，／不要住小店。／小店里贼娃子多，／操心把你偷……""走西口"的人一去几年不回，家里的妻子想起丈夫时，或手摇纺车，边摇边唱，或立于门前，低吟浅唱，抒发他们对远方亲人的眷恋之情。这首歌我是在经过一块糜地时听一个老妇人唱的。那声音是流淌出来的，如丁香一般动人和委婉。老人边唱边流泪。那声音像驶在水上的犁，犁开了黄河这无始无终的泥浪，犁开人生这无边无际的苦难。听着歌，我仿佛看到眼前飘扬着一面旗帜，红得夺目、黄得耀眼，仿佛在眼前打开了一坛陈年的老白干，喝一口，就像喝进了一堆火，在瞬间燃着了胸膛。我知道《走西口》是一首通体透明的诗歌。如一轮圆月，用自己清冷冷的光芒映照着心上人的眼睛，让所爱的人心如大海、通体澄澈。老人的一曲《走西口》，萦绕在我耳畔的是爱情的召唤，是斑驳的道路，是充满生机和活力的愉悦在飞奔而来，是深沉的节奏在耳畔回响。在一种尽情地宣泄中，遥远的西口变得触手可及。它是妹妹的红衣裳，它是哥哥的白羊肚手巾，它是满山摇曳的山丹丹花。它是思念、是距离、是追寻、是满足、是宁静、是奔放、是天真、是纯朴，是我们今天的年轻人无法企及的梦想。

　　这片动人的梦想漫过黄河、漫过草原、漫向大青山。想到小妹妹在那遥远的那一头，哥哥心头能不泛起黄河波涛一样惊天动地的情愫吗？发一声喊，那声音能不赛过声势夺人的安塞腰鼓吗？我知道这是生命在燃烧、是爱情在开放、是可供我咀嚼一生的粮食。我仿佛在歌声中看到怜悯，看到无奈、凄凉，看到无穷的思念，如水一般涌来。多少奔波流离的爱情在歌声中相聚，多少望穿秋水的眼睛在歌声中复明，多少躁动不安的心在歌声中变得清凉。远在千里之外的家乡，因为有了爱情的召唤，似乎一日就可以回还。这是只能在黄土地上生长起来的歌声，只有黄河水才能养育出的歌声。这是风和帆，这是云和月，这是浪和岩、叶和花。歌声和陕北高原的沟沟壑壑依依恋恋、恩恩怨怨，是倾吐、印证、寻找，是撕心裂肺。老人的声音是跃动的，又是宁静的。跃动的是生命，宁静的是心态。动静之间，摇曳生姿。隔着歌声，我听见了寂寞中的喧闹，为爱跋涉千里的冲动，若隐若现的美丽。老人的声音也是敞开的、阔大的，只有这样的声音才配得上纯洁的爱情。老人天籁一般的声音在向我们昭示，等待不是一种形式，等待就是爱情、就是忠诚、就是生命的本质，就像一股清凉的泉水注入干渴已久的土地，让人心变成绿叶，让世界变成春天……

　　那些日子，我急步流星地奔走在乡间，一次又一次聆听了黄河水日夜不息的声音，仰望了大山深处那些流云一样飘过的民歌，一次又一次地参与到家乡的闹社火等活动中，热火朝天地扭秧歌，英姿勃勃地打腰鼓……在跟陕北民俗艺术及民歌老艺人们请教民间艺术、人生信仰等一系列的东西中，我重新审视和认识了陕北这片充满神奇与魅力的土地上长起来的民歌——这一伴我长大的事物的内在精髓和神韵。让我深深领略到了这片土地之上风土人情之美妙、民间文化之厚重、人性之淳美善良。我觉得在我和陕北民歌之间存在着一种天然的默契和缘分。从前陕北民歌好像在远处默默等待自己的一位知己，现在，我们终于相遇了，相遇在家乡这片圣洁而又充满热烈的土地上。

八

《东方红》是一首充满了色彩的歌：赤橙黄绿青蓝紫，绚丽夺目，光彩照人。这首歌以陕北黄土地的历史变迁为脉络，以陕北生活为背景，从纵横两个方面着力表现陕北民歌的大苦大乐、大喜大悲、大情大义，它的惊人魅力产生了史诗般的效果，达到了弘扬黄土文化、弘扬民族精神的目的。

这来自高原的天籁之音，这阳刚的、粗犷的、充满了质朴和剽悍的气息，这充满了魔力的精灵，早在孩提时爷爷的无数次如月亮般阴晴圆缺、如海水般潮起潮落的歌声里，就打湿了我的心房。1994年的那次采风中，在陕北佳县，我找到了《东方红》词作者李有源的孙子李景鹏。这个中年汉子很热情地告诉了我举世闻名的《东方红》产生的大背景：20世纪30年代，中国大地上卷起了一场特大的"风暴"，那就是中国共产党领导的土地革命。这场风暴也毫无例外地席卷了陕北高原，它把那里的社会彻底翻了个个儿，把"世事颠倒了"。社会的激烈动荡、变革，为陕北民歌的演变和发展谱写了新的一页。我的爷爷李有源出生在佳县城北五里的张家庄，我们祖上家贫无田，三辈佃户。老爷爷（李有源的父亲）常年给地主当长工，家境非常贫寒。为了一家老小有个安身的地方，全家人一块块地打石头、背石头，才箍好了一孔窑洞，老爷爷终因生活贫困、劳累成疾而死去。老娘娘（李有源的母亲）带着三个孩子挣扎在死亡线上。爷爷他老人家从幼年就担负起了全家的田间劳动。他老人家仅上过一冬冬学，但生活的重担并没有阻挡他念书识字的愿望，炕上、地下、河边、山坡都是他学习的课堂，说本、唱本都成了他学习的课本。经长期自学，他竟能看书写字。1940年佳县民主政权建立以后，爷爷翻身得解放，满怀激情编创了许多民歌、快板、小剧宣传革命。但他总觉得自己的歌还没有把自己和劳动人民对共产党毛主席的深厚感情充分表达出来，他朝思暮想要创作一首歌颂党和毛主席的好歌。1942年冬天的一个早晨，爷爷担着桶到县城去担粪。此时一轮红日从东方冉冉升起，霞光万丈，浑身顿觉温暖起来，他心中一动，兴奋地自语道："对！把毛主席比作太阳最好不过了。"党和毛主席的英明伟大，正像这东方升起的太阳，红光普照着大地，温暖着每个劳动人民的心房，引导人民永远向前进！想到这儿，他不由得笑起来。然后，甩开大步，继续向县城方向走去。到了城里，又见到"毛主席是中国人民的救星"的标语。晚上，他在土窑洞的煤油灯下开始构思一首新歌，经反复推敲，他套用陕北著名的民歌"骑白马"的优美曲调，完成了一首新歌《东方红》：

　　东方红，太阳升，\ 中国出了个毛泽东。\ 他为人民谋生存，\ 他是人民的大救星。

　　在李景鹏的叙说里，我开始还原李有源创作陕北民歌《东方红》的场景。我想，李有源的表情一定像是原始部落在举行一场盛大的庆典时一样虔诚。是啊，这些朴实的农人，他们在一年之初，是要向着供给他们雨水、温度、大风、雪花的上天顶礼膜拜；是要向着供给他们粮食、丰收、喜悦、爱情的土地顶礼膜拜；是要向着让他们翻身做主、挺起腰杆做人、抖开嗓子高歌的党和人民致谢。李有源胸中满溢的是无尽的喜悦、无尽的感激。他这种朴素的情感让他的身上充满力量，让他的歌声充满力量，让他的舞姿充满力量。

　　陕北民歌《东方红》原曲有几种版本，我曾听爷爷唱过：

　　A. 蓝格英英的天飘来一疙瘩云，三哥今天要出远门，红豆角角双抽筋呼尔嘿哟，谁也不能昧良心。（东方红原曲）

B. 骑白马，跑沙滩，你没有婆姨我没有汉，咱们俩好比一圪嘟嘟蒜，到死也分不成个瓣。（白马调）

C. 骑白马，挎洋枪，三哥吃了八路军的粮，有心回家看姑娘，打日本就顾不上。（骑白马挎洋枪）

D. 山川雄，天地兴，送咱亲人去延安城。（移民调）

这让任何具有生命的生灵都战栗不止、啼泣不止的音符，同样以那难以名状的奥妙留给我一种特殊的美感享受。尽管爷爷的嗓子是嘶哑的，但异常炽热、丰富、复杂的感情透露、冲奔出来，明快直接的倾吐，给人以更加强烈、有力的感受影响，灌注生命和寄寓着一种和传统文化联结的悠长人生的色彩。并且让我窥视到陕北人怎样去爱情和仇恨，怎样去繁衍和生育。但有谁会知道像河水一样缓慢而悠长的信天游，竟然承载起了那么久远而厚重的性历史，那么朴素而动人的乡土爱情呢？

我知道《东方红》的几种版本，是陕北大地上响彻耳鼓的高音。它是用心、用血写成的，它是用来唱的，它更是用来诉说和起舞的。它有着横扫一切的气势，它又有着伏地而拜的虔诚。刚与柔、歌与舞，一切力量和气势都蕴含其中。听着这样的歌声，我们只能被其中耀眼的光芒和灼人的温度所热血沸腾、所慑服感染、所潸然泪下。

而《东方红》则是用如椽的大笔绘就的一曲绝唱和心音。从产生之初到现在，许多位艺术家不知唱过多少遍，每个人的演唱都取得了很大的成功，都唱出了自己的特点。一首好歌固然可以久唱不衰、魅力无穷，但是随着时代的发展，也应该在其中注入新的元素，以此来适应人们新的欣赏品味。而我的好友，被誉为新一代西部歌王的赵大地就做到了传统与时尚并存，城市与乡村共融。我曾在全国七大古都艺术节上听过大地的演唱。那天，天气正好有些阴沉，灰雾雾的。他像洪荒时代的猿人，头顶日头、脚踏黄土，站在古拙的长城垛上，面对着黄灿灿的土地，他张嘴一吼：我说东方你就一个红、太阳你就一个升。一嗓子刚抖出去，就惊起了附近树上的一群鸟儿。他不仅是在唱，更是在演。他起舞，伸手之间带来了陕北高原上呼呼的风声；他跳跃，飞扬的身姿让人看到了黄河的影子。他的一举一动、举手投足间都是浓浓的陕北味儿。他刚把"东方红、太阳升"两句唱完,太阳竟然穿过云层,慢慢地升起来了,眼前就晃动着一片耀眼的红。这首歌在赵大地的口中唱出来,仿佛变成了一匹色彩绚烂的丝绸,哗一下展开在观众眼前,不仅对人的听觉是一种震撼,对人的视觉也是一种极大的冲击。在耀眼的日头下,赵大地赤裸着自己的灵魂,用充满蛊惑的身姿翩翩起舞,他的声音像风拂过无垠的田野,像梦悄然降临在失眠之人的眼里,像印记深深地烙上了陕北这块充满苦难、充满野性、充满希望与力量的大地的胎记……

《东方红》经由赵大地唱出来,如高山之巅的一株兰草,生长在多雨的季节,美不可言。和这歌声比起来,河水的声音太弱、流沙的声音太弱、时间的声音也太弱。歌声中有一颗光彩夺目的心灵,耸然站立在蓝天的鼓舞里,歌中的一切,像一首古老的歌谣,被闪亮着青春的脸时而低咏、时而高歌;一种怀想、一种渴望,在期盼辉煌的日子,像是一句庄重的承诺,期盼它能像晨曦中的朝阳,冉冉升起在心的海洋,让炽热的生命在乐观与向上中盛开。在扭秧歌那样一种充满动感的氛围中,他完成了对陕北那片土地的演绎和歌颂,完成了对伟人近乎顶礼膜拜的虔诚仪式。他的声音具有强烈的画面感,仿佛不仅是用来听的,也是用来看的。深情款款的浅吟高唱,直叫人泪下。李有源的一首老歌谣,在他的歌喉里流出来就有了闪亮的青春,有了生命的开屏。他的歌声有物质的、朴素的引领精神,我仿佛看到了羊群、爱情、谷物、黄土,这些让人魂牵梦绕的事物。

《东方红》成了唱给阳光和雨露去听的歌声。1943年春节闹秧歌时,由叔父李增正在佳县山城第一次演唱出去,李景鹏的声音打断了我的思绪。1944年春,叔父任佳县移民队副队长,带领我们村农民到延安开荒种地,走一路唱一路,传到了延安,经文艺工作者加工整理,形成后来的《东方红》,唱出了中国人民的心声,唱红了全中国,成为不朽的传世之作。在李景鹏的叙说里,我听得悠然神往,并对《东方红》有了一个更加深刻和全面的认识。

李有源是陕北的第一代歌王,陪同的佳县宣传部部长插话说。那第二代呢?我禁不住好奇地问。第二代陕北歌王是李治文(1931-1994)和马子清。

李治文是绥德县城关镇人，被誉为"黄土高原的歌王"。他7岁开始学唱民歌，嗓音特好，能编善唱，很有才气。20世纪50年代初入中央农民歌功颂德合唱团，一时唱红大江南北。三年困难时期，返乡务农。他多次参加了地方和全国会演并多次获奖，还曾为《人生》《黄河谣》《巍巍昆仑》等影视片配唱。李治文很有创作才能，《拉骆驼》《跑旱船》《天下黄河九十九道湾》等许多陕北民歌经他加工再创作，格外增辉，妙趣横生。《天下黄河九十九道湾》是不是咱闹秧歌里的那首歌词？我问。是了。《天下黄河九十九道湾》的作者是我们佳县荷叶坪人李思命，他家贫无地，弟兄四人皆以扳船为业，长年奔波于包头至潼关的黄河惊涛骇浪之中。李思命性格豪放，才思敏捷，嗓子特好，是佳县当地出色的民间艺人，也是唱秧歌搬水船的高手，深受当地群众欢迎。1920年左右，他与张士铭同演"扳水船"，李思命以老船工与陈姑娘对歌的形式，唱出了《天下黄河九十九道湾》和《扳船难》，观众纷纷叫好。后经著名学者李绍华记录整理，词曲基本固定下来，很快流行于陕北和晋西北各地，同时也成为陕北闹秧歌的传统曲目。您接着说，我忍不住插话说。在我的催促里，那位佳县宣传部部长又开始了他的介绍：李治文的演唱独树一帜，以情带志，声情并茂，体现了朴实、自然、真切的美学原则。权威专家称他是"真正的中国民歌演唱家"。同时代的歌唱家马子清，她是绥德县人（1935年生），天生一副好嗓子，从小爱唱民歌。1953年入中央歌舞团民歌合唱队任领唱。后到陕西省歌舞剧院歌舞团合唱队。她演唱的陕北民歌质朴无华，独具风韵，有创造、有改革。尤其是她演唱的《三十里铺》《兰花花》《走西口》《红军哥哥回来了》等，影响甚广，唱片、录音带很受欢迎。她还为电视片《万里长城》《黄土魂》《黄土舞诗》等配唱了民歌。可以说马子清对陕北民歌的普及和提高有突出的贡献。第三代陕北歌王是贺玉堂和王向荣。贺玉堂是安塞县人，1948年生，他继承传统又不断改革创新，是极负盛名的陕北民歌改革者、演唱家。他曾把《走西口》《摘南瓜》等很多传统民歌进行修改提高，形成自己高亢、宽野、深沉的独特风格，多次在地方和全国比赛中获奖，被中宣部授予"全国民歌大王"的光荣称号。他曾为《黄土地》《黄河》等影视片配唱，震撼了音坛，发行的磁带深受欢迎。而王向荣是1952年出生于府谷县一个父母都是民歌手的农民家庭。他从小跟着大人学唱民歌，上学时已显露了唱歌的艺术才华。他因生活拮据而中途辍学。在掏炭、烧砖、赶牲灵、跑口外的艰苦生活中，他结识了许多陕北、山西、内蒙古的民间艺人，向他们学会了许多山曲、蒙汉小调和二人台曲目。他在国内外演出很受欢迎，曾荣获过全国优秀节目奖，并参加了《黄河在这里转了个弯》《悬崖百合》《泥土芳香》《陕北民间艺术》等电影、电视片的摄制和配唱，引起强烈反响。他擅长编山曲、改民歌，老歌经他一唱便有了新意。他音域宽广，真嗓假声变化自如，给陕北民歌增加了新的光彩和时代气息。《你把哥哥心扰乱》《一年四季浪里钻》《十对花》《上香》《参神》等旧民歌，经他修改再创作而演唱，热情奔放，神韵独特，轰动了国内外歌坛。听着那位部长的介绍，我陷入了深深的思索，我知道陕北民歌这一艺术奇葩，是黄土地的母语和精神家园，更是黄土文化的特色和精粹，但更应该成为各种文化腾飞的羽翼。

一个成熟的艺术家，总是在艺术之路上做着不断的思索和总结，总是把生活中的所有感悟、所有历练，都化为艺术的动力和有效成分，最终变为一种艺术的高度自觉。我开始重新揣摩《东方红》这首歌。我觉得《东方红》是一首起航的高歌。我终于理解了好友赵大地歌声里为什么会有生长饱满的谷物的香气，会有漫天飞舞的黄土气息……

九

"千年的老根黄土里埋"，"黄河畔上灵芝草"。听民歌，知民风，陕北是民歌的世界，民歌的海洋。民歌就是深扎于这块土地上的千年老根，是乡亲们心中的一棵灵芝草。有什么心里话，他们总是说给它听；有什么愿望，总是讲给它听。他们的生命像燃着的大火，他们的歌声就是供这大火熊熊燃烧的木柴、河炭。他们的歌声更是旗帜和力量，是乡人们的血气和魂魄、尊严和奋斗。

记得童年时，无论是站在高山头，还是走在弯弯曲曲的山道里，或者行进在一马平川的大路上，到处都可以听到顺风飘来的悠扬歌声。匠人们用土生土长的歌声来装饰那单调的石夯声："头一下轻，二一下重，三一下就把那土打定（打夯歌）"；农民们用歌声来驱逐寂寞和忧愁："青草开花一寸高，唱上个山曲解人焦"；赶牲灵的人将那悠扬的歌声洒满崎岖的羊肠小道："白脖子哈巴朝南咬，赶牲灵的哥哥过来了"；多愁善感的小媳妇用如泣如诉的低婉吟唱倾吐心中哀怨："太阳临落放着个火，因推上抱柴瞭哥哥"。就是日常生活服务中，也能听到民歌的倾诉。货郎用歌声来叫卖："打开一包明朗朗，赛过王贵和李香香；打开两包明晃晃，赛过孔明诸葛亮"（《卖针》）；农民用歌声来祈雨："咚咚咚，雨点点，龙王想吃个揪片片；咚咚咚，雨点点，扁豆捞饭献卷卷"；逢年过节时用歌来庆祝、娱乐："单品定宰，双耳又挂铃，鹿鹤定同春。七巧八马，底洞有九门，冷酒一口吞。五魁首呀两眼红"；男婚女嫁用歌来举行仪式，用歌来讲述历史故事，用歌来搞社交，用歌来记叙重大历史事件，用歌来记叙新人新事，甚至上坟哭灵也以歌代哭。

那时小孩子嘴馋，没一点儿油水的饭怎么能填饱正在发育的我的肚子。我和小伙伴们跑到田野里捡骨头，一边捡一边唱："骨头也能换钱哩，一换换下半簸箕"，捡够一定的数量，就去小卖店换零食，和小伙伴们一起分享。小孩子嘛，也没觉得有多么艰苦，多么辛酸。那个时候，因为嘴馋，更因为饿，一群孩子走在外面，想得最多的总是怎么能弄到许多好吃的东西。扫视一圈，没找到什么可吃的东西。最后一群小孩把目标锁定在我爷爷的果树上。怕被认出来，我们找来湿泥巴抹在脸上，像猴子一样爬在树上，边吃边乐："出哩出啦（快的意思）爬上树呀，大红果果摘下来呀，你一颗哟我一颗哟，倒叉叉（衣兜的意思）就鼓起来呀。"我虽说吃不饱，但精神很好，不愿在家里待着。大人一不注意，就出去玩了。陕北黄土高原，一出门不是山就是沟，我跑出去不是上树摘果子、掏鸟蛋，就是下沟底的小溪里捉蝌蚪，夏天要经受风吹日晒，冬天则会冷寒受冻。如果不小心掉下悬崖，更是九死一生。另外，由于爷爷是地主成分，我也受到牵连，出去玩，邻家的孩子就欺侮我，骂我是"狗崽子"，有时还追着打我取乐。有一次，有一个半大小子端着半盒滚烫的开水，硬把我的手按到滚水里说洗我的"狗爪子"。那天母亲正好在家，是她听到了我没命的号哭，才赶走了那个愣小子，将我被烫伤的手放到冷水里浸泡了一会儿，又给涂抹了几次鸡油，才没脱皮，但留下了永久的疤痕。

不久，我又不幸得了黄疸肝炎，家里没钱送去医院治疗，略懂医道的爷爷就搜集了一些民间偏方，利用当地出产的草药给我治，60多岁的爷爷，走遍了村子周围的山山岭岭、沟沟岔岔，采来了阴陈、麻黄、艾叶，给我服用了2个多月，病情开始好转，3个月以后，黄疸肝炎被彻底治愈。只是吃了3个多月的中草药，我非常虚弱。一贯调皮聪慧的我显得无精打采，还有点木讷呆滞的样子。爷爷为了让我的身体强健起来，又常常到山上逮刺猬，捉半翅，捉到了给我烧着吃。这样吃了几次，我的身体果然好多了。

爷爷年轻时有炸麻花、烙月饼、做糕点的技术，那一年，爷爷在家私下制作了一些麻花，逢集赶会，每次走都把我带上，一是为了锻炼我的体力和毅力，二是让我帮忙。这样，我跟着爷爷走山路，身子骨越来越强壮了，几十里山路，我活蹦乱跳地跟着爷爷，比走平路还快。

稍大些时，冬季一到，如果下了雪，一大帮孩子就到山地里套野兔或野鸡，套的办法是我从爷爷那里学来的。买一根指头粗细、10多米长的尼龙绳子，再买点细米丝（铁丝），用细米丝制成带有活扣的圈套，把这圈固定在尼龙绳上，再把安有圈套的尼龙绳固定在兔子出没的小路上，然后几个伙伴绕远了，咿咿呀呀地唱着瞎编的词："下了格这边坡坡哟，过了那边河。撵起格大灰兔兔哟，美美地吃顿那个肉。"从四周围赶轰兔子或野鸡，赶起的兔子路经埋绳子的小路时，百发百中地被套住，大家就能美餐一顿兔肉。有一次，我只叫了一个同学去套兔子。那天运气好，套住一只肥大的公野鸡，我俩兴奋地争着去解那只野鸡，我抢到了，只顾高兴，一不留神，脚底一滑，滑倒在地，并顺着山坡滚下去。同学连忙来拉我，不想也被带倒了。俩人一路滚，刹也刹不住。那可是陕北高原上的山坡，摔下去是什么后果，谁都不敢想象。但我一只手死死地抓着野鸡不放，惹得野鸡叫声呱呱惊起，撒下一路。惊出一身冷汗的我经过一团被雪覆盖的植物时，不由自主地探出双手去抓。那是一株柠条，因滚势太猛，抓住的两枝柠条被连根带起，套来的野鸡也跑了。值得庆幸的是，半山腰上恰好有一棵树，这棵树正好拦在路上，我只觉得腰间一痛，就停了下来，树在同一时间也晃了几晃，摇落了一树雪花，落在了脖子里，冰凉冰凉的。正想站起，随后滚下来的同学又撞在了我的身上，惹得树在同一时间又晃了几晃，摇落了一大片雪花。这棵树救了我俩的命。我们站起，才看到雪地上留下了一片多么令人心有余悸的痕迹。这时，我才发现手已被柠条刺扎得稀烂，满手是血。我俩的衣服都被滚破了，滚湿了，寒风一吹，冷得直打哆嗦。

童年关于民歌的记忆，让我更加相信在这块土地上的确是"女人们忧愁哭鼻子，男人们忧愁唱曲子"。歌声里有躁动、有期盼、有分离、有相聚，有缠绵悱恻、有向往。乡人们的喜、怒、哀、乐每一种情感，都是用民歌的形式来表达，朴素、自然、大方，充满了原生态民歌特有的那种风味。乃至丑闻千里，以歌传之；奇人怪事，以歌颂之。陕北的地域、民俗，让人震颤。陕北民歌之所以有力而又绵软多情，是因亢奋坚毅的曲调同独有的陕北地理、民风、文化结合在了一个完整的体系里。

"东山的糜子西山的谷，咱黄土里笑来黄土里哭；山曲儿好比没梁子的斗，甚会儿想唱甚会儿有。"我知道信天游是由浓厚的陕北味道组成的歌。苦难的味道、欢腾的味道、挣扎的味道、奋争的味道、黄河的味道、黄土的味道，流淌在心灵漫漶而成了歌。在城市待久的我，已很清楚地认识到陕北民歌那种民间艺术特有的可贵品质，在奢华旖旎的流行城市里无疑是一阵清新自然的大风，它不仅为我吹散了那种软绵绵的、毫无力度和美感可言的流行音乐里不好的因素，更让我重新审视到一个毫无遮拦的、朴实无华而又凝重大气的陕北。

十

傍晚，我站在鲁院那棵参天的银杏树下，咀嚼着"越是民族的越是世界的"那句话陷入了沉思……陕北是我的故乡，那片高原让人真的有一种魂牵梦绕的思念，二妹子思念三哥哥一般。盘腿坐在炕上纳鞋底，将绵绵的思念和恩爱全都纳在厚厚实实的千层层鞋底里，灯花花一跳，赶牲灵的三哥哥回来了。这是盘旋在我脑海中抹涂不去的一幅图景。"三春的黄风数九的冰，心难活不过人想根；心里头想来心里头念，睡在半夜还梦见。"这片高原到处都在生长阳刚的呐喊和撩人的思念，山丹丹花一般，长满红艳艳的野性和风姿。陕北汉子的歌声最适合长在陕北的厚嘴唇里，栖息在陕北的咽喉里。这种呐喊、逼人的张扬,气势恢宏,非陕北汉子们不能发出。在电视中,只能听到掺着颜料和糖分的信天游,陕北高原是无法移植到别处的,人工是造不出壶口瀑布那份飞扬的气势的,城市喧嚣的子宫是无法孕育出高原的沉静和厚重的。我想,这也是信天游里为什么会有一种浑然天成、不事雕琢的大气之美。

德谟克利特曾说:具有一个好灵魂的故乡,就是整个世界。我知道我的成长与陕北浓厚的民间文化气息和丰沃的文化土壤是分不开的。灵魂的战栗必将要有一片生长的土壤,从拥有生命的那一天开始,我的生命就已经和这块土地结下了不解之缘,文学道路上所产生的文化之痕、教化之痕、艺术之痕的影响是深远而不可估量的。我的文学梦想将与大地、森林、河流和天空一起,寂静而又热烈地活在美丽而舒展的陕北民俗舞蹈之梦里……

银杏树已落光了叶子。枝丫间黏着的几片,也已枯黄微卷。冬天的寒凉与萧飒一如我此刻的心情。我想,从鲁院回去后,我的创作该到了真正在民歌中寻找穿凿民族灵魂、骨骼和精神的时候了。

天上拉萨

2013年获第十届内蒙古自治区文学创作"索龙嘎"奖

侯伊玲

拉萨那高原万山环抱中的古城，使多少人为之魂牵梦绕，只能以回忆或想象的形式存在着。而今，当我驱车行进在天高云阔的青藏高原，站在喜马拉雅山脉上时，感到离天居然如此近，近在咫尺的拉萨已不再只是一个遥远的梦。

如果生命真的有轮回，我相信我的前世一定和西藏的这片土地有着深厚的渊源。

我常想，1000年以前，我是不是曾经翻越万水千山，随着文成公主进藏？或者，我是一只随着季节迁徙的黑颈鹤，曾经在雪域高原湛蓝的天空和清冽的风中翱翔或翩翩起舞。"日光城"拉萨，唐朝，文成公主远嫁吐蕃，清朝活佛转世须由清廷金瓶掣签……小时候，对西藏的印象来自于课本。世界屋脊到底有多高？那里离我们到底有多远？所有的好奇都只是在脑海里一闪而过。西藏，只不过是课本里两个没有生命、冰冷的铅字与读音而已，而西藏从此便封冻在我的印象中。

成年后，对于西藏，我总是怀着几许敬畏，它的至高、至远、至大，它的莽莽苍苍，它的深沉、圣洁、庄严、雄浑、庞大、坦荡、野旷、原始、神秘……常常在不经意间牵动着爱好旅行的我，灵魂中的某个部分，在力所不达的情况下，我所钟爱的文学便补偿了我旅行的那份无法抵达的缺憾，是文学延伸了我旅行的脚步。

从此，我爱上了《尘埃落定》《不要对我说你到过西藏》这样的小说。工作之余，开始收集像《小活佛》这样的电影，见到有关西藏的书籍、画册，我总是爱不释手，一本接一本地往回买。一部《红河谷》的电影首映足让我连续看了两遍才释然。而电影那全景式的蔚为壮观的雪山，浩浩荡荡的雅鲁藏布江，奔腾万状的牦牛群久久在我的脑海中定格着。我被电影中宏大的场景，气势磅礴的景象所深深感动着，而那凄美、悲壮的故事情节更是感人至深、让人荡气回肠……"我想去西藏！我要去西藏！"我内心的声音越来越强烈，也越来越清晰。

"五一"长假，我终于坚定了要去西藏的旅行。《回到拉萨》那首旋律优美的歌曲，早已在我心底熟稔、盘旋了许久。冥冥之中，我觉得西藏是离太阳最近的地方，大概也是离天堂、神灵最近的地方，从那里飞下来的音符也好像有一种特殊的力量。

"要么抵达，要么在路上"的旅行信念，让我这个身体素质不很强壮的女子驾车3天半，行程近3500公里，竟然把车子开上了唐古拉山。当汽车在翻越青藏高原最高海拔5243米的唐古拉山口时，车子都因为高原氧气稀薄的原因陡然间降下了速度。我降下车窗，想透一口气，霎时，一股强烈而刺眼的亮光直射进来，与此同时一种太阳的味道扑鼻而来。这就是我多年前憧憬过的西藏的味道吧！我心里自语道。

走出车，一阵风扑面而来，我想这风只有这块高原才有，抬起头，眯着眼睛，我长久地仰望着天空，你能看到别处无法看到的蓝天，这天蓝得让人难以置信，这天蓝得如此真实，如此透彻，这天蓝得几乎让人心醉。我开始在心里大叫："西藏，我终于来了！"

蓝天的背后加之皑皑的雪山的映衬，你会觉得天地间一切都显得如此渺小，如此静谧，如此简单。此时，那近在咫尺的白云仿佛可以触手可得。洒在你周身火辣辣的太阳，让你油然感到全身有一种力量存在着，这便是拉萨被誉为"日光城"的由来吧！于是格外蓝的天、格外白的云、格外碧的水、格外圣洁的雪山交织成带有东方神秘色彩的西藏便呈现在你眼前。雅鲁藏布江宽阔、宁静、安详地缓缓流淌，蓝天白云下，苍山如海，直达天际。可可西里那善于奔跑有着小鹿般健美身躯的藏羚羊被长鸣的汽笛声打断，蓦然回首，久久地凝望着打破高原宁静的远方来客。仿佛童贞般的大自然，伴随你一路奔跑走向拉萨。

行进在壮美的高原，在通往拉萨的道路，大凡有路可达的高原山口上，都列列招展着红、黄、蓝色彩强烈而鲜明的经幡，并以高山之石堆砌成一定高度以之为崇拜的玛尼堆。对此，让人感到陌生，也感到新奇。这种高原的经幡向每一个人昭示着生命的伟大，并同时默认面对死亡的坦然。

在西藏这块被视为人类生命禁区的土地上，让人感叹藏族的生命历史就是一个奇迹。而红、黄、蓝三大基本色也正是太阳的三原色，这色彩强烈的大色块，在藏族的服装中、经幡中及饰品中让人感悟到西藏那种太阳般坦荡的胸怀全部呈献给你。西藏人因更接近太阳而显得灿烂。西藏人的性格大概也因地势的凌空高越，使人格变得高拔雄奇。

极目远眺，拉萨城近在眼底。走近拉萨，拉萨明朗清澈，丝毫没有烟笼寒水月笼沙的暧昧，坐落在群山怀抱中的拉萨轮廓分明，如同生活在这高原上的人们一样，一切的一切都充满了明媚的阳光。拉萨河由东向西流淌，周围则是绵延的群山。群山之外，依然是群山，让人真正知道了什么叫山外有山。一片片金灿灿的油菜花和处处红彤彤耀眼的格桑花孕育着高原奇迹般的生命。

走进高原古城，南腔北调、衣着各异的人们，上至国际政要，下至平民百姓，操着自己各自的语言，自由自在地穿行在拉萨的大街小巷，体会着高原古城独特神奇的风韵。

庄严、神奇的布达拉宫吸引着无数不远万里来自世界各地的朝圣者的脚步。所有来到拉萨的旅行者，都要去朝圣那红衣摇曳、香烟袅袅的寺庙——布达拉宫。沿石阶而上，站在浩大的朝圣者人群中，仰视眼前这座山一样的宏大的建筑群，你会感到自己的渺小。布达拉宫则巍然屹立在拉萨城，这座寺庙依山建筑在佛教圣地拉萨的红山之上。红山又叫普陀山，这是一座典型的藏式建筑宫殿，分有红白两宫。在这座山城一样的寺庙里，据说是由数千吨黄金、珊瑚、翡翠、绿松石、红宝堆砌雕饰而成，还有无数的艺术珍品、历史文物、众多的藏经。透过楼檐比邻、法气弥漫的佛楼，在此才真正感受到西藏文化博大精深。在这里终年香火燎烧不断，1000多年来，不知有多少善男信女留下他们虔诚的膜拜。

在这里没有人不会发自内心为这千年古城默默祝福。

走出布达拉宫，当我再次回首观望红衣摇曳中那庄严的寺庙，小喇嘛们依然静坐在那里，同样清澈无辜的眼神，一如既往的淡定，远离当今这个喧嚣都市，任一群陌生的游客用不惑的目光通身打量着他们，猜测着他们。只是，他们自己的样子安静极了，内心安静极了，好像根本就听不到尘世里的纷乱杂音。

究竟是一种什么样的力量，让这芸芸众生，抒宣着一种同样的信仰。这也许就是雪域高原的宗教所特有的神圣力量与定力吧？

平静地走在八廓街上，走在远道而来的朝圣者、观光客和生意人熙熙攘攘的人群里，让人有一种跟随这个城市缓缓流动的感觉。在这种流动中，感到这些人对时间和阳光的消费有些奢侈，你也会发现昨日才在内地大城市，甚至国外兴起的一些时尚，今日也一样在这个城市流行。与此同时，你必定会对那些纯粹手工绘制的唐卡，那些羊毛制品，以及那些五光十色的旅游纪念品留下深刻的印象。在这里，你可以和那些精明的商贩讨价还价，你可以低价购进一件心仪已久的古董，同样也可能是高价买进一件一文不值的赝品。

八廓街历史悠久，准确地说它是为建大昭寺，并与大昭寺一同发展起来的。这里是西藏物质社会的集结地，也曾是西藏社会本来面貌被表现得最为深刻、最为突出的地方。即使现在走进八廓街，你仍然能够触摸藏族先民保留至今的浓郁生活方式和传统习俗。

八廓街准确的概念，不仅是这个环形的街道，而是围绕着大昭寺这一浓郁生活气息的藏民族街区。在这个多达3000多个店铺的街区之中，曲径通幽，街巷相连，那一座座略显不同的石屋、石楼，依傍古寺，给人以宁静祥和之感。

他们用自己的方式，演绎着人类社会多姿多彩的画面。

到了西藏，如果你喝不了青稞酒，喝不惯酥油茶，你等于没到西藏，等于不了解我们的藏族同胞。因为青稞酒与酥油茶中传递的是热情与真诚。尽管他们为你敬酒的双手还沾满了和酥油的粘粑，还没来得及洗，可他们会把自己封冻了一冬的风干牦牛肉炖熟给你端上来，让你分享。这就是他们的坦诚。

"要么就请喝酒，要么就请唱歌，

任你挑一个；

请听吧，文成公主

请唱吧，伦布噶瓦，

你就是当今的西藏人。"

这是一首藏同胞为你敬酒时唱的一首歌，这是一首包含了丰富历史内涵和浓浓民族风情的歌。唱会了它，你会觉得自己抓住了藏族文化的核心内容，了解到藏族同胞的真实性格特征了。

这时，藏族同胞用他们夹生的汉语对你讲述着文成公主与松赞干布，这都是西藏历史上和酒有缘的故事。文成公主进藏时带着酒匠与酿酒技术，那酒浆不知给他们这对夫妻带来多少欢乐……

在西藏，你能感受到酒是语言的源泉，灯是黑夜的眼睛。

藏族对酒有着独特的青睐、了解和认识，为西藏酒文化的发展指出了一种思维走向。在西藏，人们大概喝了酒便找到了语言，于是就手舞足蹈围着篝火唱起了歌，跳起了舞。夜晚来临，你会惊奇地发现，这里夜晚的天空，仿佛是蓝墨色的天鹅绒。盘子般的月亮和比世界任何地方都要硕大的星星镶嵌在夜空中。那星星颗颗都耀眼，颗颗都璀璨。这些闪烁的星光于篝火晚会上，我所看见的十几双眼睛照相呼应。那眼睛黑白分明，大、圆而亮，镶在只有喜马拉雅山的儿女才会拥有的黝黑脸庞上。他们在夜色中一闪一闪，像启明星一般，让城市浮躁的霓虹灯黯淡无光。

关于灯，所有的文明中都是和光明相连的，西藏离天最近，离太阳最近，当他们找到灯时，光明就从佛陀的智慧中找到了藏民的现实世界，找到藏民的性格。

在西藏，酒其实已经不再仅仅是酒，而是一种载体，一种人与人交流的媒介，一种情感，一种表达，一种宣泄，一种抒发。

酒与歌已无法分开，歌借美酒，酒乘着歌。每到这种时候，藏区绝对是一片欢乐的海洋。在藏同胞看来，生活中如果没有酒没有歌，那生活便是没有盐巴的白开水。

这歌与酒"酿造"出一个最为勇敢、乐观的民族。只是他们把生活的苦难和苦行的教义装在生命的另一面。

如果说青稞酒给了藏族人一份精神的分享，那么酥油茶便给了人们忙碌生活之余后的闲暇与消遣。在西藏，酥油茶馆变成了人们生活中的别样风景线。

走进酥油茶馆，让人发现这里是拉萨社会的缩影，是拉萨民间的信息中心。人们把各种信息汇聚到这里，又从这里传播出去。在这里大到国际社会里的各类消息，各国政要的各种传闻，小到某人的花边新闻，个人故事轶闻，都有人在这里绘声绘色地描述。在这样的场合中，你的听力、口才和想象力将会得到极致充分的锻炼。你经常会在这里听到一些言之凿凿但又未经证实的传闻，就像来自乡间野花野草散发出的原汁原味气息，但又若有若无。在这个民间信息会馆，传闻的真实无论有还是没有已经不重要了，而是每天来茶馆饮茶、品茶已形成的一种习俗，已成定式便难以改变。

在漫步西藏的旅行中，我们有幸遇见一位周游世界的旅行家阿里克斯，他留在拉萨久久不愿离去，他用夹生的汉语深情地说："如果世界上除了你的故乡之外，还有让你流连忘返的地方，那这个地方就是你一生该去的地方，西藏就是这样一个地方！"

冬天，西藏大雪纷飞、银装素裹，整个世界像走在童话里，烤着炉火、翻着书稿，累了就在这个雪域高原冬眠上整整一个季节，期待着春天。

春天的脚步虽然缓慢但却坚定，在这份等待中寂静了一个冬天的冰雪开始融化，有了春天的温暖。

夏天，格桑花开遍青藏高原，一年中难得的葱绿漫山遍野、美不胜收。

秋天的西藏步履匆匆，林中的树叶五彩斑斓，你还没有看够，它便一闪即过。秋日的最后一抹余晖，在一场霜过后，候鸟们很快就消失在天边的云隙，飞走了！而旅行家却长久地留下来了。是西藏奇异的景色让他旅行与流浪的脚步在此驻足，而且这一驻就是8年。

这座1300多年的古城拉萨，竟如此让人难以忘怀，她像一部读也读不完的书，像一幅赏不尽的画，给人风云漫卷的回味……

顺着盘山往复的高原公路，我踏上归程，身后的拉萨古城背负着1300多年辉煌历史，沐浴在高原明媚的阳光下，布达拉宫依然静静地矗立着，远处大昭寺的诵经声若隐若现。八廓街依然是古老的，但却为今天的拉萨编织着一派繁华。

历史与现代，宗教与世俗，安宁与躁动，竟如此和谐地统一在这座高原古城中。以回忆与想象的形式漫步在拉萨高原古城，你会感到这里独有的古典与淳朴。

我想，我灵魂中的某个部分一定随着我的前世，在离天堂最近的地方，离地最近的天堂口，长久地驻足过。

拉萨——这令人魂牵梦绕的高原古城。

国 歌 赋

2013年获第十届内蒙古自治区文学创作"索龙嘎"奖
赵云东

壮哉,国歌!"起来,不愿做奴隶的人们……"诞于抗日硝烟烽火,一曲同仇敌忾之歌。成于公元一千九百三十五年之岁月,适逢四万万五千万中国人救亡图存之时刻。回肠荡气,田汉奋笔填词;玉盘珠落,聂耳呕心谱歌。抒中华民族誓死不屈之心志,振文明古国力挽狂澜之气魄。上溯百年,积贫积弱;物华天宝,涂炭列强魔爪;利炮坚船,迫启鸦片先河。血雨腥风,赤县唯余萧瑟;疮痍遍体,巨人罹患沉疴。一朝神龙见缚,怎敌东洋战车?壮哉,国歌!最后的吼声,冒着敌人的炮火!雄狮仰天长啸,怒吼还我山河!浴血疆场,青山处处埋忠骨;九死不悔,残阳缕缕染血色。多少英雄儿女,于今无名可索;多少义勇忠魂,难觅青春几何。壮怀激烈,凤凰浴火;慨当以慷,永志开国。领袖庄严提议,政协推敲定夺。岁在新中国奠基之前夜,《义勇军进行曲》遂成共和国之国歌。由是矣,国旗伴国歌猎猎迎风,国徽共国歌熠熠生色;由是矣,屈辱之历史一去不返,民族之尊严屹立巍峨。

壮哉,国歌!"把我们的血肉筑成我们新的长城……"诞于家园铁蹄踏破,一曲血肉凝聚之歌。堂堂中华家庭,民族五十六个。五千年血脉交融,五千年携手开拓;五千年休戚与共,五千年同心同德。雅鲁藏布之惊涛,伊犁河畔之村落;南沙送归舟唱晚,北疆拥银装朔漠;白山黑水林海松涛,宝岛椰林妩媚婀娜。地灵人杰,盗寇休逞奴役;锦绣鱼米,窃贼岂容分割!壮歌既起,鼓角相和；壮士戎装赴死，贤达锦囊献策；四海金兰结义，八方铁马挥戈；玉汝于成，赴汤蹈火；戮力同心，匹夫有责。壮哉，国歌！海纳百川之襟怀，众志成城之气魄。

壮哉，国歌！"中华民族到了最危险的时候……"振聋发聩，资治警册。事成于勤勉，业败于骄奢；外祸起于内乱，贪腐必致亡国。"进京赶考"，言犹在耳；励精图治，借鉴前车。鞠躬尽瘁，当以先天下之忧而忧；卧薪尝胆，切记后天下之乐而乐。居安思危，颠扑不破；常思此理，千秋立国。壮哉，国歌！洪钟大吕之绝响，筚路蓝缕之鞭策。

壮哉，国歌！文质表里，大气磅礴。曲贯黄河长江之壮美，词秉三山五岳之雄阔。其歌发乎心底，其韵天成平仄。彰显万众一心之气概，砥砺坚贞不渝之品德。壮哉，国歌！民族曲式，中国风格；铸吾傲骨，孕吾性格。斯为大美，日月同辉；斯为大美，天地镌刻；飞扬于健儿之赛场，回旋于浩瀚之银河；流淌于游子之血脉，萦绕于华人之心窝。"起来，起来，起来……"，莫忘国史，齐唱国歌；任重道远，高唱国歌；民安国泰，永奏国歌；国歌永奏，和谐家国！

河　流

2015年获第十一届内蒙古自治区文学创作"索龙嘎"奖
杨　瑛

生和被生，是一种奇妙的渊源。

两棵树，赤着脚，站立在河的两岸。河水经过庞大的根系，穿过树枝，穿过树叶，流进叶脉，在每一片树叶上画出一张水系图。

生命发芽生根，如岸边的树和草一样朴实无奇。

我听到我的血管里的另一重水声，它不是来自西拉木伦河，不是来自母亲和我的出生地，而是来自祖父祖母和父亲的辽沈方言，淙淙地流进了我的骨缝，成了一种水土。

乡愁与生俱来。

41年前，父亲大学毕业，从辽河之滨来到内蒙古。之后，我的祖父祖母被连根拔起，迁移到西拉木伦河畔。一同迁徙的还有一种叫毛葱的植物，红色的皮极薄，祖母把它的种子带到了异乡。

我断续零散地接收到我的另一半生命的讯息。一个父亲读大学时用的柳条箱里，一片浆过的红布承载着家谱，一张20世纪60年代的黑白照片，三个年轻人，写着"大学时代"四个字，中间的人是我的父亲。

关于故乡，父亲不肯多说。一次在讨论教育时，他说，内地30年前就这样了。无意中说出来，没什么语气，突然沉默了。而我体会到，父亲是一个年轻时来支援边疆的人，被风华正茂的理想留在了草原。40多年间，父亲只回过两次沈阳，再回去时，他不能说地道的家乡话，已成了故乡的异乡人。

《水经注》有"大辽水出塞外"的记载。我生命里的两重水声，是这样的渊源。

9月，我有了一个这样的行程，寻找西拉木伦河的源头，沿着河流的方向，流向辽河，流入渤海，流向我的老家，我的故园，我生命的主根。

西拉木伦河是草原上一条普通的河流。银子般的河水，缓慢且安心地流淌，河道迂回曲折，悠缓出江山的温柔。水波里，我遇见我的童年。很多年前，在西拉木伦河的源头，有七眼泉水。如今泉水消失了，只在沙上蔓延细细的水线，像中国象形字的"水"，留存了水最简单的脉络。

西拉木伦河在《唐书》或《辽史》地理志上叫"潢水"，河上的桥叫潢水石桥。

在我的家乡，因桥在巴林右旗境内而叫巴林桥。又因石桥在清朝时由下嫁的固伦淑慧公主重新修建，也叫 "公主桥"。

淑慧公主是皇太极和孝庄文皇后的女儿，小名阿图，是一个普通的女孩子的名字，在满语中的意思是"母鱼"。

摇篮里躺睡的小女儿，谁曾想过她会嫁远方。阿图12岁时，肩负和亲大业远行。不到一年，额附去世了，她又回到盛京。待到17岁，阿图第二次踏上了茫茫远嫁路。

从盛京出发时，二月微风拂杨柳，青青依依。长长的陪嫁队伍缓缓而行在去往巴林右旗的路上，渐渐荒草寒烟。

随公主出嫁的，除宫女外还有300户陪房，他们多数是工匠，银铜匠、铁匠、木匠、皮匠、瓦匠，七十二行都有。陪嫁的工匠，在茫茫荒原兴建王府殿宇、寺庙、土木住房，排街列巷，种田种菜，生养儿女。

修了桥，他们觉得离京城近了，离故乡近了。

巴林右旗查干木伦苏木的珠腊沁村，先民是"固伦淑慧公主陵"的陵丁，蒙古语"珠腊沁"意为执祭灯者，是为固伦淑慧公主陵点佛灯的人。如今公主陪房中挑选的40户守陵人，繁衍成四个自然村落，300多年珠腊沁人每天守陵点佛灯。在珠腊沁村，一片平均树龄300多年的沙地古榆树群，传说公主去世后这些榆树在珠腊沁拔地而起，站成侍卫。西拉木伦河最大的支流查干木伦河由东北向西南流淌，河水在珠腊沁庙西南与锡巴尔汰河汇流向南弯转流过。

300年间，公主陪房的孩子们，一代又一代地长大，他们从西拉木伦河出发，从公主桥出发，各赴他乡。"珠腊沁"人的后裔乌　纳钦重回了紫禁城，在北京读博士，问学于河流和文本之间，写下了一本厚厚的博士论文《口头叙事与村落传统：公主传说与珠腊沁村信仰民俗社会研究》，字字都是故乡。由他创作歌词的《蓝色的蒙古高原》，后来成了巴林右旗的旗歌。

西拉木伦河独自流淌，穿过一个又一个村庄，与老哈河汇流成西辽河。去两河汇流处的路上土质很松，风把它吹扬起来，车在满是尘土的路上跑得疲惫，河流好像离我们远了。

到了翁牛特旗大兴农场，土路上，一位老人说："你们说的是干河滩？"这是在路上听到的关于两河汇流处的描述。与我们想象的水势浩荡完全不同。老人不明白，为什么一群人如此执着于一个干枯的河滩。

6月，流来第一汪水开始，岸边的沙棘和野草一一复活，树的根须继续向大地延伸，河底有了游鱼。有了水，大地有了生命力。

9月，几棵树横竖错乱地倒在岸上，已经干枯。其他树依然站立着，一部分裸出的根须悬在空荡的河床，与大地里的另一部分树根，支撑着一棵树的生命。岸边留下几篷野草，留下几行牛羊浅浅的蹄印。神秘的河底成了荒滩。

我蹲下来，把手深深地插进河底，祭祀般地握住一把干裂的淤泥土。我听见遥远遥远的水声。我看到一川河水离岸。

是安详还是仓皇？

先是风声，空旷地刮着，还有阳光，垂直地照上河面，空气的干燥和水利工程的截流，河流还没有洞察。它已是一条燃烧的河流，坚持着水的样子，残存着一口沉缓的气息。直到她听到生命的每一瞬正在哗哗地消逝，听到了内心巨大的恐慌。它不过是比一根水草还纤细的命，如一滴水一样微弱。

深蓝的沉默之后，它认清了必须放弃以水的形式存在。是非、顺逆、得失、冷暖，无所从来，亦无所去。这是命运，无处逃遁。此刻的它，安静、认命：生是一种奢侈的交换，付出原初的爱和柔软。它不知道该去向何处，只能变形地活着，它的战栗，水色生烟。

在河流消逝的地方，大地如此沉静。

河流

游鱼不知消失在哪里，只剩下了四尾，重新游回了半坡文化的彩陶瓶，以不同姿态环绕成一条河流。

一条河，蒸发成一朵朵云，背负着大地在天空中流浪。失去了两岸的河流，天空，是它的第三条岸。

河流，在第三条岸上飞翔，在天空上飞翔，不是远行也不是逃离，它还是蓝色的，还是流动的，蓝色已成为沉积在她内心和精神的颜色。湛蓝清寂，大地和天空原来是如此浑然的水云间。

你就是自己的蓝色，你就是自己的流动，你就是自己的河岸！她清楚地看到了自己的内心，看到了那些纵横交错、时隐时现的水纹，它们的明亮和灰暗。

原本可以一直蓝下去，蓝成一片行云。

看到天空下的河流平静宽阔、清澈深沉、稻香两岸，它放弃了做一朵蓝色的行云。它必须为自己增加重量："大地，我如此爱你，这是我存在的意义。"庄重的情感和理想，低低地向大地压下来，在寥廓云天间无声地、无边无际地涌动，生命呈现出新的意义。整个天地等着那愈积愈厚的力量。

闪电的形状就是河流的样子。一条条想复活的河流在天空上闪烁，在云与云之间，云与地之间咆哮或呐喊。天空变成了一张巨大的水文图，一条条分支很多的河流如影随形地跟着云移动，重重的云里含满了它的泪水，雨滴从空中跌坠下来，碎在大地上卷起的尘土里。它又变成了水，变成了大地上的河流的一部分，流动，变形，飞翔，陨落。它已不再是原来的它，河流里的水已相忘于江湖。它是失乡的人，带着故乡的伤口在大地上流浪，孤独和寂寞没有故乡。

那片干河滩，不惜干裂出一条条空洞的纹，等待着那一川河水，被迫离开岸的水，变形的水，还乡。

站在路边尘土里的老人始终坚持认为，河水认识故道，总有一天它会回来。河边的玉米已经丰收了。玉米叶子在风里哗啦哗啦地响着。人们依然日出而作，日落而息，炊烟照常升起。苍老的父母在昏黄的灯光下，念叨着在外的儿女。

行至西辽河辽宁境内，两岸是另外的风貌，不再是九月的草原上已捆起的牧草。我看到了稻田，金黄的稻田，闪动着光芒。

一群日出而作日落而息的儿女沿河而居，在如水的时光里，**慢慢懂得**，在泥土多深的位置埋下种子。太阳在大地上投下一道又一道光影，植物的根汲着河水，植物的叶照着太阳，一茬一茬的稻田，弥漫金黄。初生的小婴儿，正在茁壮成长。

"天地之大德曰生。"

河水哺育着人、庄稼、草木以及牛、羊、山鼠和苍鹰，河流从不因它们的不同，而待它们不同。一脸古铜色的老人，已把自己当作一棵庄稼。农闲时，老人喜欢讲古，河流一样绵长，惊蛰谷雨芒种有顺序地流过，他们的方言俚语丰富明丽，老人从河流的水向、从大地上生长的粮食里获取节奏和诗意。

车在稻田中穿行。稻穗在风中沉甸甸地成熟，在阳光下河岸边铺开金黄。日益被人类工业化的土地，沉默中依然生养着物种和记忆。人是一个弱小的生灵，所有的变异，只是为了生存。本雅明道出天机："人类区区数万年的历史不过如同一天24小时最后的2秒钟。"一个微小的时间量，一个微渺的族群，不会令大自然慌张。荒诞和异化，环境的无依，精神的无根，是人类自身的伤痛。

农民沉默着，面对丰收后荒凉的大地，他们没有悲伤。田间遗落的稻穗，值得人们一次又一次地弯下腰去。一个拾穗者，一个稻田里的农妇，谦卑地躬下身子，人类凝重的身躯在大地里寻找零散、剩余的粮食。田里，稻穗如金，天上，鸟雀绕飞，一位粗肢肥臀的农妇，挎着篮子，舞蹈，收获，祈祷，她的脸稻谷一样饱满得丰腴。尘世间洁净清暖的稻香，使她微笑。

世界都静着，又极其明亮。明亮的是水，它说，世界的真相就是透明。一个水珠般的女孩，在河边汲水，头顶陶罐，缓步而行，摇曳多姿，走向河岸上的村庄。陶罐是泥土在火中烧制而成，它的色彩是青青的稻田。罐里是千年的水声，盛满了最古朴的情怀，是无边无涯的时光，是苍凉的民谣，是清淡的乳汁，是亲切的家园，它只是一罐水，承载着所有的想象。

《尔雅》曰：水别流曰派，风吹水涌曰波，大波曰涛，小波曰沦，平波曰澜，直波曰径。水朝夕而至曰潮，风行水成文曰涟。水波如锦文曰漪。水行曰涉，逆流而上曰溯洄，顺流而下曰溯游。

在水的波涛涟漪中，在辽河与渤海的交界处，生命的泥委弃在地上，生长出野草。

野草的名字叫芦苇，在《诗经》里叫蒹葭。

绿色的苇叶，微风中轻晃的白色的穗，疏朗的清秋，河水清澈、流淌，河岸转折了好几个弯。初生的芦苇、未秀穗的芦苇在岸上渐渐白了头。沿着河岸，逆流而上或顺流而下，道阻且长，百转千回。那样的等待是憨稚的，是久藏在平凡日常中的神圣之光，盈润着简单的生涯。佳人、理想、故园，或是一个朴素的关于稻香的心愿，是否会涉水而来，已经不重要了。以清澈朴素之心，用足够的孤独去甘愿等待，这份诚意才是最动人的。

《诗经》里一条条没有名字的河流，记载了古老的爱情与农事，河水清且涟漪，三千里蒹葭，依旧苍茫。

一条河流的故事，是生命本能自然的流响，本该用宁静而缓慢的方式讲述。辽河与渤海有一种天生的默契。如同一条鱼归海，沉静、游动。

辽河的支流中，有一条草原上的河流，流淌着长调和传说，蕴含着青草和奶香。它像荒原上的一匹骏马，轻轻地抬蹄，就向前飞奔，莫说那路途遥远。

为了抵达大海，那些深夜落在海面上的雨水，那些各有起源的支流，彼此相融。云朵和河水的抵达，无法说清谁更艰难。各自经历怎样一种真诚高贵的生命历程，经历怎样的羁旅，怎样一路用心灵倾听大海的方向。一滴水流入行云、江河、大海；流向有形、无形、广袤、静远。它们在大海里相遇，无所谓彼此是谁，从哪里来，到哪里去，流浪者与流浪者相遇，一抬眼就心灵相通。

"所有的水都会重逢"。站在辽河入海口，站在河与海的界点，我是一个还乡的人吗？我的故乡是我的出生地，还是父亲的出生地？那些不同的蓝色流淌在一起，一个人的乡愁，一条河流隐忍不言的伤，缓缓地流进了大海。

当地人说话的辽沈口音，把 zh，ch，sh 说成 z，c，s，于我是那么亲切。渐老的父亲，乡音又浓重起来，他在沈阳出生、度过童年，读中学，读大学。他在西拉木伦河畔娶妻生子，从青年到中年到老年，两边都是一半的山水，在父亲的心里，一样的沉重。

三十几岁，我去大学读书，离家3年，身为妻子、母亲和长女，真是一件难事。

"我要妈妈。妈妈你能再陪我一会儿吗？妈妈不在家，那多么可怕。"第一次开学，女儿这样说。以后与女儿的话别总是很简单。我上学走时，女儿的眼圈微微一红，不肯流泪，不再纠缠。只说一句"妈妈，早点回来"，却从不肯让爸爸去车站送妈妈，两个人都要离开会令她更恐慌。小小的孩子，没有离开故乡，而每次分别都使她伤感。

父亲默默地等在楼下，拎着母亲为我准备的糖炒栗子。看到我一个人出来，执意要送我去火车站。我说，打车很方便，不用送。他说，我帮你拎包。我说，包不重。父亲继续坚持："女孩子晚上一个人去车站，不放心。"

车站，码头，渡口，都是充满乡愁的地方。

一本《山海经》，纸质薄软，色黄，字墨黑，小楷体，竖排，是已故去的祖父的书，现在父亲的书桌上。在人生地疏的异乡，乡关何处的空旷和生命的隐忍，如海水一重一重袭来，祖父读着《山海经》，万水千山尽在眼底。古旧的书卷默默地化解一个垂垂老矣的失乡人的精神苦闷。

退休后的父亲，常常坐在电脑前"百度"着"沈阳市第八十三中学"和"沈阳农业大学"，一遍又一遍抄写着《山海经》，一本一本的墨迹，像一条蓝色的河流，从西拉木伦河流向辽河。

两条河流在我体内流动，我发现，一片叶脉盈满了水的树叶，一棵树的根须和枝丫，我的血管，河流入海，这一切惊人的相似，所有的路径，都是一张古老的水系图。我看到了生命的源头，它的繁衍如此郑重，充满了苍茫的时间感。

时光如水漫过。水是水的样子，时光像时光一样默默地流淌。这些平静的生命在路上等待什么呢。一个人的等待，一条河流的等待，一片大海的等待，也无非是等待着，时光湮没了他们的伤痕和等待。如万物入海，汹涌时汹涌，平静时平静，赤条条来去，本应无牵挂。

河流入海，是一个朴素的信仰，一路抵达精神家园。而我们缺失了其中的缓慢和宁静，缺失了笨拙的执意和古老的单纯。灵魂的去向，才是故乡。

今夏在北京的天文馆，和女儿一起玩"找自己"的游戏。巨大的电子屏幕上是宇宙，是无限的时间和空间，一个个闪烁的星光，像大海上的渔火，像一只只萤火虫。我们点击着屏幕上变幻的光点，寻找银河，寻找太阳系中小小的行星。

一颗叫"地球"的行星在宇宙深处流浪。

在行星的北半球，一个几千年的文明古国，一条叫西拉木伦的河流，在茫茫人海。从天文馆回来，女儿画画，画太阳，画木星，画月亮，她在画纸上写着：太阳是一颗星星。下面又注了一句：太阳只是一颗在白天升起的小星星吗？

星空，倒映在凡·高湛蓝的眼睛里。他用一种从未有过的光亮，画出宇宙的形成，画出星辰的流转和变化。他画的夜空，像流淌的河流，和世界一样古老的河流，每一个水波深邃神秘，栖息着无数的星辰，闪烁着爱。

在凡·高画出《星空》81年后，美国乡村民谣歌手Don Mclean看到了这幅画。

他看到凡·高，在《星空》上用一双温暖的眼睛，注视着这个世界，深情地抚慰Don Mclean生来就有的孤独。Don Mclean写下一首同名的歌："星夜下，你的爱依然真实存在"，简单的吉他伴奏，缓缓唱来如同旧友。一种最原始最本能的珍惜，目光凝注处爱怜的一瞬间，使我们勇于直面无依无根的命运。

夜行船缓缓驶来，水鸟沉默地飞翔。我看见星星，月光，渔火，波涛，也看到海滩上凌乱的礁石。我与我所看见的，都是天空和大地的孩子，与万物一起，依偎在无边的时空。

草原文学
精品选编

2007—2017

诗歌、散文 ❷

内蒙古作家协会 ◎ 编

远方出版社

额嬷格

2015年获第十一届内蒙古自治区文学创作"索龙嘎"奖

艾 平

我们的草场不交给不心疼草原的人

我亲爱的额嬷格（蒙语，奶奶），你真的老了吗？

你的身体是如此筋骨嶙峋，被一层牛皮纸般粗糙皴皱的皮肤紧紧包裹着，你的两条盘在鬓角上的辫子，沾满了岁月的霜雪，已经像纯银那样洁白；你的脸上覆盖着阳光的烙印，只有在舒展眉头的时候，才会露出一缕缕皱纹深处的肤色，像从脸上流淌下来的奶汁。几十年马上生涯留下的老风湿，使你已经不能直立起身体，只能弓着身子，左右倾斜着重心，艰难地在草原上晃着前行。你从来不在人面前穿脱靴子，因为那样你就得撩起蒙古袍的下摆，露出两条弯成半圆形的腿。

人们看到你，总是想起乌尔逊河边那棵历尽沧桑的老榆树。

马背之上，你像钟一样端庄沉稳，轻轻一抖缰绳，随着马蹄起伏的节奏，身体里的那个老钟摆有条不紊地开始移动。你英勇无畏地穿过风雪雾霭，把碧绿的年华留在了草原的岁月里。

现在，你和我一起站在自家的草场上。你紧紧握住我的手，你身上的温热已经传入了我的心。

我们家的草场就在呼伦贝尔大草原的腹地。宝格德乌拉山上的吉祥之光从南方来，透过满天的云霞，铺在绿茵茵的原野上。美丽的小河像银色的长调，在草丛中蜿蜒流淌，到了我家草场上绕成一个半圆，洁白的天鹅在水中展翅起舞，撩起无数颗水晶，在阳光中旋转。马蹄嗒嗒近了又远去，像是大地的心在跳动。青草淹没了春天生的小牛犊，淹没了粘满花粉的马尾巴，只露出马群的脊背，仿佛鲫鱼在碧涛里摆尾游动。到处鲜花盛开，黄花菜金黄，莎日朗橘红，蒲公英鹅黄，野韭菜花淡粉……虽然草原生长的都是毫不炫人眼目的小花，却开得茁壮又勤勉。每天早上推开包门，就像长生天在我们睡觉的时候撒下来一层的小星星，在一望无际的草原上笑。

我家的草场冬有避风的山洼，夏有凉爽的风口，紧挨着湿地和一连串的碱泡子，饮马饮牛饮骆驼不用往远赶，是一块水草丰美的好草场。山坡、平地和草甸子上，长着牛马羊最喜欢吃的羊草、冷蒿、多根葱、黄芪、草木樨、柴胡和大针茅、小叶锦鸡，还有许多我无法用汉语说出名字的牧草和骆驼爱吃的柳树毛子。到什么季节有什么草，每年选一块地方留草库伦打秋草，一冬一春喂牲畜便富富有余了，遇上白灾、黑灾都能挺过去。

到草尖上的露珠被太阳烤干的中午，一个有钱人会来取我们家的草原使用证，接收我们家的草场。

额嬷格，为了给妹妹敖登高娃治病，你同意以50万的价格，把我们家的草场使用权流转出去5年时间。妹妹生来就不能像常人那样站稳，走路不走直线，身体向右倾斜，说话总是含混不清，医生诊断为轻度脑瘫。旗里、市里的医院都说可以治愈，可是我们家把卖牛卖羊的钱全花了，治疗效果却并不明显。网上有信息，北京和上海的医院可以通过综合疗法，治愈妹妹的病，费用要得挺高，时间也要两三年。

你说："雏鹰耷拉着翅膀，连小鸡仔吃剩的食物也抢不到嘴里，有一天我们都走了，叫她张嘴接天上掉下来的雨水活着，咱们的眼睛怎么能闭上啊！"你和阿妈把全家一年四季的衣服，还有使用了一百年的铜盆、刻着蒙古吉祥八宝图案的奶豆腐模子，装进了勒勒车。我们蒙古人的家当本来就简单，现在除了四口人和即将到手的50万元钱，就只有这些东西了。

政府早就鼓励我们流转草场，那样我们家作为贫困户，可以到蒙古大营去长久居住，在旗里吃低保。蒙古大营就在旗里的镇子边上，一座16个哈那（蒙语，蒙古包的分段连接起来的木墙架）的大包和几十个人家的小包，像旅游点那样排成整齐的方阵。在那里，看不到黑灾、白灾和旱灾，日夜有电，有自来水，大营门口的拴马桩旁没有马，停着会叫的摩托车和汽车。在那里，孩子们上学和老人就医十分方便，额嬷格和阿妈无须起早贪黑地放羊、挤牛奶，也不用起羊粪砖，捡牛粪盘儿，每天看看电视，打打扑克，给来参观的游客唱唱长调就行啦。过年过节政府还会送来白面、食油、月饼和鲜红的春联。至于年轻人，政府会安排我们去学汉文，然后到油田、矿山做工人，或者到宾馆当服务员。

你曾经告诫劝我们进城的干部——蒙古包不能扎在没有草的地方，我们不能离开自己的三个母亲：一个母亲是生我们的阿妈，一个母亲是保佑我们的宝格德乌拉山，还有一个母亲就是为我们养育五畜的大草原。我们家不离开，要世世代代留在草原上放牧。

牛和马的影子越来越短，我和你的影子变成了一个人的影子。草原上没有一丝风，你紫色的袍裾却在不停地抖动。额嬷格，你别忧愁，我知道这满地羊草野花是咱们家的姑娘和小子，这芦苇丛中的银鸥白天鹅是咱们家的贵客，牛马羊和骆驼是你孙子的兄弟和姐妹，还有天上的苍鹰和洞里的狼，那是和咱们处了1000年的邻居。

我懂得骏马在楼房的森林里找不到回家的路……

他来了，是个没有被太阳晒过的年轻人，脖子上的金链子像马嚼子那么粗，开着橘红色的福特皮卡，他手里的皮带上拴着一头名贵的德国黑贝，他的司机给他拿着照相机和一只长筒望远镜，他的女人用高跟鞋把草场扎出一个又一个细细的鼹鼠洞。

他们三个人买了我们家的一只羊，在河边的柳树毛子里扔下一地没啃净的骨头和一堆花花绿绿的易拉罐。他们躺在青草的地毯上，看够了天上白云变幻的图案，起身跟我们说流转草场的事："我给你们加点钱，你们再遭几天罪，我从岭东雇佣的羊倌到了，你们再走行不行？"

额嬷格说："呼如嗨，基呀嘎呗（蒙语，你在干什么呀）……岭东来的汉人？割了一辈子谷子的汉人，能看懂烈马和骆驼的眼神吗？在火炕上住了一辈子的汉人，能拉着蒙古包跟着羊群走敖特尔（蒙语，游牧场）吗？他们会在我的草场上，挖地基，盖房子。天冷的时候，蜷在火炕上猫冬，春草发芽的时候，在房前开地种豆角。他们恨不能在每一棵草上放一头羊，密密麻麻的羊会把土里的草根翻出来全吃光。等到5年之后，给我留下一个秃了头发的大院子。我们的草场就不是草原了，成了沙子的家了。"

自从长生天把我们蒙古人送到草原上，就让我们懂得了——享受的欲望不能超过天地的恩赐。一片草原成了沙丘，苍天不会再给你第二片，一条河流弄脏了，苍天不会给你第二条。如果我们一只手获得了草原的恩赐，另一只手就要向草原敬上奉献。

我们按照天空的样子做成圆圆的蒙古包。我们的蒙古包有60根乌尼亚（蒙语，木栅），太阳的光线一分钟走过一根，我们便知道已经到了什么时间，知道了牛要饮水，马要睡觉，人该喝茶。

当我们把蒙古包像一片白云那样卷起来，放在勒勒车上的时候，我们知道冬天什么地方牛羊有草有雪吃；当我们把马群放到山下的时候，我们知道马在哪里把草籽踩入土地，到了春天那里就是一片更茂盛的草场；草原干旱时我们看到鼹鼠的眼睛在一个个鼠洞口骨碌骨碌转，不会惊慌失措，我们知道鼹鼠的尸体也是有用的东西，在雨天之后可以变成草地的肥料；我们看到冰雪的硬壳将大地封闭，知道雪壳下面有一个和雪原一样大的苗圃，春草正悄悄返青；我们牧养的牲畜不一定多，但五畜要全，草原几百种牧草要分给不同的牲畜吃，它们踩踏和拨弄过的草地，种子易发芽，泥土的营养更丰富。

额嬷格说："庄稼人放羊就像蒙古人打鱼，不在行，你们找巴尔虎的牧人来，咱们的合作才能达成。"

有钱人说："您老人家这是给我出难题。"

他的确很难雇到巴尔虎牧人，如今草原空巢家庭很普遍，牧民的孩子一出去上学，就喜欢上了城里有暖气的房子和昼夜不停的电视连续剧，虽然想念草原上的手把肉，却再也不愿意回草原放牧了，草场上只剩下做父母的在放牧。

买主说："那我就不养牛羊了，养牧草，年年打草卖。没有牲畜吃的地方，牧草肯定长得高，那是无本的好买卖。"

额嬷格说："要是那样我们的合作就更没有办法达成了。今年这块草场留草库伦了，明年就不能再留，一定要叫牲畜吃，如果把一块草场连年留作草库伦，不让牲畜进来边吃草边搅动，这块地方的草就会发疯一样往高了长，把地里的血吸干，以后这里的草原就会像干涸的湖底那样死去了。"

买主说："您老人家的意思我明白了，是让我再多加钱吧？"

额嬷格说："年轻富有的客人啊，我的意思你不明白。让我清清楚楚告诉你，我的意思是，虽然生活有难处，我们也不敢得罪长生天，我的草场不交给不心疼草原的人。让我和孙子留在这里，精心在意给你们放牧吧，1亩草场养1只羊，再配上30头牛、30匹马，我保证，年年交给你们最肥的羊肉和最醇香的奶汁，工钱和别人一样就行了。5年之后我亲手把完好如初的草场收回来。"

他是笑着听阿妈说话的好儿子

1990年，人们用铁丝网把呼伦贝尔大草原分割成无数块大小不一的私家草场。传统的游牧领域被无情地缩小了，一家家的敖特尔被固定成为草原上的小村庄。当然，看上去大草原依然是无边无垠的辽阔原野，只是马儿所向披靡的日子不在了。

额嬷格说，云飘来，下一场雨走了；水流过，喂饱了小草和大雁走了；马来了，吃完草尖走了；羊来了，留下半截草走了；春天来了，留下满地的羊羔和牛犊走了；马背上的牧民，蒙古包里的家，不用等到狼皮褥子底下的小草倒下，就搬迁了。为的是让草场留在长生天的眼睛底下慢慢长，怎么能像割牛肉一样割成一块又一块，变成我家的你家的他家的呢？怎么能把牛马羊像笼子里的小鸡那样圈起来，原地打转转呢？也不想想长生天高兴不高兴。

我们嘎查（蒙语，村）分草场的那一天正赶上羊群转牧场，额嬷格和阿妈忙着拆蒙古包装车。别人家都是全家去嘎查开会，盼望自家能在五颜六色的嘎拉哈箱子里，抓到幸运和吉祥。我们家就去了阿爸一个人。

我阿爸是个远近闻名的好牧人，他给公社放牧十几年，在草原上走敖特尔游牧，羊不混群，马不裂蹄甲子，牛不生蝇，骆驼峰不塌架子，他放的畜群多冷的冬天也能保住八成膘。额嬷格说："你的阿爸最听党的话，党领导叫干啥就干啥，分草场的时候，他是最后抓的阄儿，当他手里举起那个红嘎拉哈的时候，他的脸比红嘎拉哈还红。我那走远了的儿子啊，我那好心肠的儿子啊，他想的是自己抓到了水草丰美的好草场，没抓到有水草场的人家可怎么办？"

因为河流在我们家的草场里打了一个弯，额嬷格和阿爸便在草库伦里留了一条通道，不论谁家的牲畜都允许由此通道去河边饮水。别人家的牲畜顺路吃光了我们家草场上的小草，把通道踩成了起沙尘的土路，心疼得额嬷格和阿爸直叹气。他们母子俩在路边垒起来一座小敖包，供上牛奶和白酒，祈求长生天把这里的绿色帮我们找回来，却从不曾有过把这条道封死，禁止邻居的牛羊由此去河边饮水的想法。如今这条通道已经保留20多年了，周围牧户家的草场几经流转，换了好几家主人。新来的牧户总是很奇怪——不戴笼头的马，看马印知道是谁家的，有主人的草场怎么会不围铁丝网呢？

到了春风把遍野积雪吹化的时候，额嬷格把一串毛茸茸的羊耳记，挂在哈栅上。我们家有了100只羊、2匹马和5000亩草场。我也像草的种子一样在阿妈的肚子里慢慢成熟了，伸胳膊蹬腿地要出来。额嬷格接完了最后一只集体的羊羔，还没有来得及摘下包在头上的白毛巾，擦擦脸上的羊水和汗水，我长满浓密黑头发的小脑袋瓜已经迫不及待地出来了。额嬷格双手把我托起，阿爸用铜盆温热了雪水把我洗净。额嬷格说："你这蹄甲透亮的小马驹啊，你这羽毛柔软的小雏鹰啊，你虽然降生在铁丝网围起来的草场里，我也要让你喝上大兴安岭流来的泉水，跑遍太阳下面的草原。"

分到草场以后，额嬷格和阿爸在自家草场的中心位置扎下了蒙古包，还建起了羊圈和牛圈。每天出牧就以蒙古包的位置为圆心，像钟表的指针走扇面那样，一天天地轮转，不让牲畜吃回头草，也让牧草永续生长。额嬷格主事稳妥，阿爸日夜辛劳，阿妈处处勤俭，我们家的日子过得越来越好，到了我2岁的时候，家里的羊达到300只，小牛犊子不算，出奶的大牛就有了6头，还养着不指着它们赚钱的马和骆驼，任它们自由自在地徜徉在我们家湿润美丽的草场上。

额嬷格给我讲，过了春节，草原的天气好像专门与渴望温暖的人们作对，反而更冷了。那下午的天空有阴霾，额嬷格想到了晚上会变天，也想到了羊圈里刚刚出生的小羊羔，就在蒙古包门框上拴了一根长皮绳。有了这根结实的长皮绳，去羊圈的时候，即使暴风雪把人埋在里面，也可以拽着这绳子回到蒙古包。

阿爸醒了，到包外面方便，发现起了暴风雪，蒙古包的门，已经快被雪掩住了。阿爸把拴在门上的皮绳子的另一头系在自己的腰上，进了羊圈，只见羊群已经叠成一堆，小羊羔在大羊的挤压下，软弱无力地叫着。阿爸奋力扒开羊群，一趟抱起三四个小羊羔，把它们送到蒙古包里面，缓着冻僵的身子。

额嬷格说，呼如嗨，大雪要连天了。

阿爸再次冲出去，抢回来几土篮羊粪砖、牛粪盘儿，还没忘撮了些引火的马粪末子。

全家人都穿上了毛朝里的羊皮裤子、毡疙瘩，预备好了厚实的狐狸皮帽子。阿妈把我放在袍子里面的胸口上捂着。全家人不敢睡，围着炉子坐着。外面的风雪打倒了陶诺（蒙语，蒙古包天窗）上面的炉筒子，炉里的火慢慢熄灭了，额嬷格把包头的手巾撕成条，每个人四根，预备着紧要关头，把裤筒和衣袖扎起来，捂住自己身上的热气。我们牧民应对暴风雪有经验，知道坚持度过这一宿，政府就会拨开雪路来救援。

就在小羊羔开始往额嬷格袍子襟上拱，舔上面的牛奶味儿的时候，额嬷格忽然想起一件事：今天来包里喝茶的汉人邻居不是新来的吗？他们会不会在暴风雪里出门看护羊？他们本是大兴安岭东面的农民，因为草原上先富起来的那些人，不停地从困难的牧民家买草场，雇他们来到草原上当羊倌。他们可不知道暴风雪多厉害，白玻璃渣一样的冰凌往人脸上扎，两个人的鼻子尖不撞上，站在对面彼此看不见，人骑在马上连自己的马头都看不见。五尺高的牧人，六尺长的马，迎风顺风都一个劲儿原地乱打转转。到处都是看不见的手，直往你不想去的地方推你，你拼尽力气也难扛住它。人一出门，片刻就辨不清方向，回不到家，要是摔个跟头爬不起来，几分钟内大雪就能把你埋住，加上嘎巴嘎巴的冷，就是长生天伸出手来也救不了人的命啊！

汉人羊倌的蒙古包，离我们家3里地远。

额嬷格给阿爸递过来马鞍子，又套上了皮达哈（蒙语，羊皮大氅），说：

"我的好心肠的儿子啊,咱们家的老马眼睛里有甘珠尔庙大殿里的长明灯,它会替你认路,你要两腿夹紧马肚子,你要两脚踩住马镫,如果风雪把路变成了山,你就拽住缰绳往回返……"

额嬷格流着眼泪讲给我听——你的阿爸,我的好儿子,他是一个总笑着听阿妈说话的好孩子,他从不因为我的嘱咐像勒勒车后面的羊肠小道那么长,就嫌我唠叨,怪我啰唆。他穿着达哈,戴着狐皮大帽子不能回头,就转回身来冲我笑了笑,跟我说:"我的好阿妈啊,你就放心吧,把你的嘱咐留下一点,等我回来慢慢听……"赶紧抱着马鞍子出了门。你阿爸和马的身影我看不清,只听见咱们家老马的蹄子在雪里咯咯响,我那心爱的儿子啊,就这样再也没回来。

阿爸排除万难,终于来到汉人羊倌家的蒙古包,看到蒙古包已经变成了一座大雪堆挤成的山。羊圈的柳条栅栏已经被暴风雪推出去十几米,冻死的小羊羔被风抛弃在大雪中,有的露出半个脑袋,有的露出两只蹄子,大羊拥挤成了一个毛毛团,最外层的羊还在往里头扎,里面的羊被压得嗷嗷叫,几只正临盆的母羊早产,血和羊水淋淋漓漓地从羊堆底下溮出来。

从雪地上留下的痕迹看,阿爸应该是从羊圈里找到了挑羊草的叉子,试图扒开蒙古包上的雪,救出里面不知道如何抗御雪灾的人,也许是他用尽了最后一丝力气,也许是暴风雪冻僵了他的最后一根血管,他死在那座小雪山的跟前,我们家的老马也死了,只见它冻僵的身子蜷成一个半圆,卧在阿爸的身后为他挡着风雪。

阿爸他不知道,邻居的汉人羊倌小两口,一直在他们的蒙古包里睡得很踏实,到第二天早上醒来的时候,他们才知道蒙古包的门已经推不开了,外面的暴风雪在他们的蒙古包上堆起了一座山。汉人羊倌半夜不起来看羊圈,因为羊圈里圈的不是他们自己的羊;汉人羊倌不会烧牛粪,一入冬就拉来一车扎赍诺尔的大头煤。大头煤一块一块在包里搭成了床,他们就睡在煤上面,他们的蒙古包外面垒了一层砖,日夜烧得暖烘烘,外面的风雪不碍他们什么事,好像和他们没关系。他们不知道,也不敢相信,有一个蒙古额嬷格的儿子,放下家里白发苍苍的母亲和咿呀学语的孩子,顶着暴风雪赶过来救他们,付出了自己的生命。

他的背上有一朵要下雨的云

额嬷格一夜白了头，变成了冬天的宝格德乌拉山。

草场上的羊多了少了没人数，满山的秋草没人打，牛群晚上不回家也没有人去找，我们家的日子不知道怎么过。

哀伤像冰雪一样积在阿妈的心里不融化，使她渐渐染上一个女人不该有的酒瘾。她躺在草原上流眼泪，额嬷格走过去拽她起来。她说："阿妈啊，是你给了他马鞍子，是你把他送进了暴风雪……"

额嬷格的手顿时无力地松开了，两腿像踩入了无底的旱獭洞，身体坍塌成松散的沙子往下漏……世上还有谁比失去孩子的母亲更痛苦，额嬷格的心上日夜插满了会搅动的刀。世上还有谁比思念孩子的母亲更受煎熬！额嬷格的双手被冰碴子割掉一块又一块肉。她两只手插在雪地上一层层地拨拉，终于捧起一块黄色的冰。那是阿爸留在世上的最后一泡尿，浸在蒙古包后面的雪地里。额嬷格将它用祖传的鋈银铜盆扣在拴马桩旁边的雪地上。在早上别人看不见的时候，一个人伏在铜盆上，久久嗅闻里面儿子留下的气味，她忘了自己煮的奶茶已经溢出锅，她用来擦眼泪的袖口冻得像冰冷的铁片……

我的额嬷格摔倒在草地上，却不撒开拉着她儿媳的手。"呼很（蒙语，姑娘），呼很，你这可怜的人啊……你哭够了，就起来挤奶吧，你丈夫把5000亩草场上不会跑的小牛犊子留给你了，你丈夫把5岁的儿子留给你了……"额嬷格不知道劝慰了阿妈多少遍，阿妈还是不能从酒里走出来。

50岁的额嬷格上马了。50岁的额嬷格在马上担起了阿爸留下的苦日子。50岁的额嬷格，你是包里每天第一个起来的人，你两腿夹着奶桶，膝盖顶在草地上挤牛奶，因为要是坐在小木凳上，你劳损的腰会疼得更厉害。接着你用袍大襟兜回牛粪，用马粪末子引着炉火，熬好奶茶，揉好面，给全家蒸一锅喧腾开花的大馒头；匆匆吃完饭，你舍不得时间喝透奶茶，赶紧去打开圈门，吆喝着羊群往山坡上放。羊闻到草香跑得快，你一路小跑跟着羊群数头数；你还要去送牛奶，砸豆饼，挑来十几筐干净雪倒在水槽子里融化，以备牲畜饮用；

你还要爬上高高的羊草垛，把一捆捆包扎结实的草散开，再一撮撮挑到羊圈里。你的眼睛能看到哪只羊的屁股里长了蛆虫，能发现哪匹马的蹄子掉了掌，你用个小镊子把羊屁股上的蛆虫一条一条往下拿，你牵着那匹掉了掌的马，徒步走到嘎查重新挂掌……半夜睡觉，你要像瑙嗨那样支棱着耳朵，草原上有一丝异样的响动，你就会呼的一下坐起来……夏天的时候你要张罗给羊洗药浴，秋天的时候你要去雇人打贮草，你的手头总是有九十九桩没干的活儿，你的心里总是有九十九件要办的事。夜深了，全家人都在你亲手盖上的绵羊皮睡袋里进入了香甜的梦，你才有工夫坐在昏黄的电灯下，从袍子大襟里掏出镶着阿爸照片的小相框，擦了一遍又一遍……

额嬷格呀额嬷格，把忧愁踩在马蹄下的额嬷格，把眼泪埋藏在心里的额嬷格，一年又一年，无论日子过得多么难，你都默默无声地扛起来。在别人的眼里，你的脸上总是带着无声的笑，就像绸子那样轻轻流动在草原上。

阿妈找不到额嬷格藏起来的酒，就骑马上了公路，回来的时候吐在马身上的秽物，把马熏得直晃荡脑袋打鼻响儿。额嬷格总是给她洗给她擦，倒一碗酸透的马奶子给她解酒。"可怜的呼很啊……你睡觉吧，睡着了就不知道难受了，就会看见一千匹马把达赉湖上的冰踩碎了，马群里最能跑的马儿有一匹，那就是你思念的丈夫回家了……"

有一天我们家的小黄马孤零零地回来了，额嬷格撇下手里正搓着的马鬃绳子，撩起袍子大襟往草场外面跑，心里悬着七上八下的马蹄子。阿妈她又一次醉成一摊泥，送她回来的是一个靴子上边没穿袍子的蒙古男人，男人的手机不停地唱着欢快的歌，开着一台破旧的皮卡车。

同样的事情发生了第二次。额嬷格把草叉子扎在那个男人脚下的草地上，两手把袍子的大襟攥成一团麻。她的眼睛一寸一寸往前移，那不穿袍子的蒙古男人不敢抬起头。

男人的名字叫巴雅尔，他没有什么可说的话，拔下草叉子就上了草堆，把我们家散乱的牧草垛成了一座塔。在草原上，人们远远看到这么整齐的草垛，就知道这个家里有勤快的好男人。第二天出牧的时候他一边看羊，一边打秋草；第三天他把牛圈的草棚顶换上了雪花铁。

阿妈的眼睛里有了天上的星星和月亮，额嬷格留在包里熬好了酸奶子，把洁白的奶豆腐在一块纱布里挤净了水，从车厢里取出老模具，压成带吉祥八宝的图案。

"草原上马的故事讲不完，赞扬马的歌儿唱不完，草原上的小子不骑马，就不知道自己的家乡多辽阔，不知道蒙古人的祖宗多威风！"这是巴雅尔到了我们家以后说得最长的一句话。

巴雅尔牵来威风凛凛的大红马，搂着我坐到了马鞍上。

额嬷格总是叮嘱我要做一个阿爸那样心胸宽广的玛拉沁（蒙语，牧马人）。可是我说不清阿爸他长的什么模样，说话是快还是慢，唱歌是高还是低。我在梦里遇到他，他的脸上总是遮着一块缭乱的云，让我看不清他的眼睛是不是像露珠一样反射着太阳的光。这一回在巴雅尔的马鞍上，我仿佛变成了一张薄薄的纸，被阿爸的大手贴在了他暖和的胸膛上。我不怕，也不动，不知道走出去了多远，下马时，前胸是他手里的热汗，后背上是他胸膛里的热汗。这么一种结实可靠的温度，让我靠近了梦中的阿爸。

巴雅尔身上的衣服里有一股阿爸的味儿。

额嬷格却说他的背上有一朵要下雨的云。

巴雅尔终于离开了我们家的草场。那一天羊群已经一窝蜂地进了圈，阿妈正等他回来吃喷香的蜇麻子（草原上的野菜）肉汤和野葱牛肉馅儿包子。在他应该关好了圈门，走进蒙古包，坐在正中的位置上端起酒杯的时候，他的踪影不见了。我们想起了今天他到河边拉了满满一车水，忙着给小牛犊剪了耳记，又换掉了生锈的炉筒子，把羊耙子撞坏的圈门钉上新木板，就知道他不可能回来吃阿妈做的蜇麻子肉汤和野葱牛肉馅儿包子了。他应该回到了他背上那块云下雨的地方。他那辆破旧的小皮卡车，歪在我们家蒙古包的门口，冬天落满雪，多雨的夏天，车厢里有乱蹦的小青蛙。

妹妹降生在河边的柳树丛中。她睁开浅绿色的小眼睛，天上的太阳正在河水里洗濯金色的翅膀。阿妈抱着她往深处走，河水冲刷着阿妈血迹未干的身子，渐渐地浸过她的下颚，眼看她们娘儿俩就要被吞没，突然一声"我的呼很啊……"，额嬷格焦急的呼唤像一把套马杆从阿妈的身后甩过去，死死拽住了阿妈的心。

阿妈一回头,看到了额嬷格手里端着桦树皮小摇篮。这个一头往上翘的摇篮,曾经挂在我们家的哈那上,摇大了阿爸,摇大了我。额嬷格踩着潮湿的塔头墩子,奔向她满心忧伤的儿媳妇,脚步像是戴上马绊的老黄牛,一连摔倒了好几次。她顾不上伤痛,赶紧在没膝的草丛中站起来,继续踉跄着扑向河边。风把她洁白的包勒特(蒙语,包头巾),刮落在一片茂密的针毛草上。

"我那如金似玉的小孙女啊,你是乌兰泡苇塘里的白天鹅孵化出来的,你就像小鸟那样在额嬷格的手心上跳舞吧⋯⋯"额嬷格把新挤出来的羊奶子煮熟,一碗端到阿妈的跟前,一碗兑些水,用奶瓶喂妹妹。妹妹闻到额嬷格手上的奶味了,妹妹知道转过头来够着奶瓶要奶喝了,妹妹的眼睛可以随着额嬷格的手指头转了,妹妹芬芳的小脸一天天胖起来了!额嬷格把妹妹放进摇篮里轻轻地摇,妹妹渐渐睡着了,额嬷格站在摇篮的旁边给她轰蚊子,妹妹在襁褓中做着甜甜的梦,阳光从陶诺(蒙语,蒙古包的天窗)里射到额嬷格的脸上,额嬷格满脸的皱纹笑成一朵绽放的萨日朗(草原山丹花)。

接羔季节是额嬷格最劳累的时候。她不分昼夜地守在羊群旁,观察母羊分娩的状况,遇到难产,她便用温水暖好了自己的双手,慢慢地从羊的产门里往外轻轻拉羊羔。母羊走着走着就停在草原上,伸直了头颅,翘起上唇,开始生产,往往几次使劲还产不下来,额嬷格就在寒冷的野外用自己的身体挡住风,在刀割一般的冰冷中,去接羊羔。每年的接羔时节,额嬷格的双手总是带着一道道皲裂的血口子。产后虚弱的母羊需要进食休息,小羊羔还趔趔趄趄地站不起来,如果不让它们母子尽快通过吃奶亲近,母羊就会变得冷如冰霜,对自己的孩子置之不理。额嬷格一会儿数羊,一会儿给小羊羔做好记号,还要在焦急和忙乱中,平心静气地坐下来,给母羊劝奶。

偏偏阿妈总是在家里最忙的时候犯病,每年都要住院治疗。蒙古包里是到处乱爬的敖登高娃妹妹,草场上是一地湿漉漉的小羊羔。额嬷格把敖登高娃妹妹揣在胸前的蒙古袍大襟里,只露出一双滴溜溜乱转的小眼睛,便赶紧到母羊的身边,把羊羔往母羊的身边归拢。她从刚刚落地的羊羔身上抹下一把羊水,涂在母羊的嘴巴上,然后把小羊羔贴在母羊的鼻子前。母羊终于开始接近自己的孩子了，亲亲热热地给羊羔喂完奶，还伸出柔软的舌头舔羊羔的小屁股。额嬷格高兴得低头亲一下怀里的小孙女，说一句："不怕了，不怕了，找到你的阿妈就不怕了……"

接着额嬷格把那些始终不听话的母羊和它的孩子圈在一起，一边嚼碎奶豆腐喂到敖登高娃妹妹嗷嗷待哺的小嘴里，一边开始唱起古老的劝奶歌："呔格……呔格、呔格……呔格……"额嬷格的肚子里有唱不完的长调和短调，可是她只有到了劝奶的时候，才会把各种柔肠百转的曲调用"呔格"两个字唱出来。她的歌声悠长缓慢，仿佛没有任何固定的音节和模式，只是一种由衷的倾诉和呼唤，她的歌声带着一辈子的孤独和凄苦，别说母羊听着会渐渐从冷漠中醒过来，变得无比慈爱和怜悯，就连我这个粗犷的玛拉沁，听着也会不知不觉地抹眼泪。

未满1岁的妹妹在额嬷格的胸前醒来了，她把小手伸向空中，花瓣一样的小嘴蠕动着，额嬷格以为她饿了，谁知她竟然发出一声"呔格……呔格……"的歌声，额嬷格不信自己的耳朵，就俯身学了一句，还不曾开口说话的妹妹又清晰地唱了起来："呔格……呔格……"我们全家都惊奇了，敖登高娃妹妹是一个聪明伶俐的小百灵！

可是妹妹竟然是一个病孩子，到了2岁的时候只会唱一句劝奶歌，到了3岁的时候还站不稳。额嬷格换上紫红色的蒙古袍，扎上洁白的包勒特，赶着勒勒车带着妹妹出发了。

她去的地方是巴尔虎人大聚会的那达慕。碧蓝的天空下矗立着金色的苏鲁锭，还有五颜六色的旗帜在飘扬。额嬷格在熙熙攘攘的人群中，找到了开出租汽车的巴雅尔。巴雅尔一眼就发现了额嬷格肩上的敖登高娃，刹那间眼泪从眼眶里涌出来。额嬷格让他坐在勒勒车下的草地上，敖登高娃就像昨天刚和他分别似的，一点儿没有陌生感，径直爬到他的怀里摆弄起他怀表上的银链子。

额嬷格告诉巴雅尔，老牛的乳房里还能挤出最后一滴奶水，我能养起自己宝贝的小孙女。我来找你不是为了钱，我是想让这个可怜的孩子不比别人少什么。求你做我开汽车的儿子吧，每个月到我们的包里和她说说话，把她放在你的马鞍子上跑上几里路，当她在草地上摔倒的时候你伸出手来扶一把，当她遇到月黑头的时候你告诉她有你什么都不用怕，求你让她像刚出壳的小鸿雁那样栖落在你的怀抱里，求你轻轻地告诉她，她也有阿爸，虽然不能每天和她在一起，但是每天都在想着她。

巴雅尔果然做了额嬷格开汽车的儿子，常常在明月皎洁的时候从远处带来一阵喜悦的风。每当门前的草尖一抖动，敖登高娃妹妹就会斜移着身子走出包门。"开汽车的阿爸回来了……"她喊出的声音突然变得嘹亮又清晰，额嬷格便乐颠颠地把孙女放到了巴雅尔的汽车上。

可是，我们家 300 头羊的羊群卖得只剩下 80 头羊了，勒勒车上箱子里的白面只有一袋子底儿了，刚领回来的奶资到手就花出去了，妹妹和阿妈的病却总也治不好。羊奶羊汤把妹妹喂得像一头小肥羊，可是她的两条腿依然像面条一样发软。阿妈终于戒掉了害人的酒，可是她的肚子每天胀得像鼓那样砰砰响。

我在夜里听到了额嬷格来回翻身的声音，也睁着眼睛到天亮。

一个骑马的男人到我们家，给我带来的不是什么喜讯，他要出 60 万元买断我们家的草场，说是如果你们认为不合适，还可以再加一些钱。我把他拦在大门外，因为我不愿意看到额嬷格眉头挂上一把锁，草地上的人卖掉自己的家产是蒙羞的事情。

额嬷格开始教我放牧。当我上了马背，她把头羊系在我的缰绳上。马腿趟过一路的紫花苜蓿草，驱赶着羊群走在起伏的原野上。她教我把羊群散在草原上，像满天星星一样均匀；她教我把羊群从低处往坡上赶，羊群就变成一个大扇面；牧归的时候，她教我把羊群拢成一朵挂在我袖子上的云，乖乖跟着我回家。

我想把所有春羔都养得肥又壮，我要把每一头牛喂得奶汁丰沛，我要驯养出能追赶上雷电的黑骏马，在呼伦贝尔的那达慕上披红戴花。我不让亲爱的额嬷格夜里坐起来叹息，我要让阿妈有力气背着妹妹去上学，我想让妹妹像小羊羔一样健壮，能够和骑牛犊的孩子们一起清亮亮地唱歌。我要成为一个像阿爸那样的好牧人，即使满天的暴风雪覆盖了所有的道路，冻僵了所有的河流和马蹄，我也要给这个家的蒙古包里一片有阳光的天。

春天来了，大羊卧着打盹，不知道累是什么的小羊羔，在草原上一个搭在一个的身上连成一行，远看就像一条象牙链子在绿色的天鹅绒上摆动；小牛犊跳跃起来就像矫健的大猎狗，从小羊羔的链子上越过去；探头探脑的旱獭子，被牛犊踩痛了身子，嘭的一声弹起来，在半空中翻个跟斗又落下去，小牛犊全然不顾自己搅动起的喧闹，继续没有目标地向前冲；肥硕的银鸥展开长长的双翼在低空蹁跹，美丽的翅尖掠过额嬷格鬓角的白发。在这安详而生动的草原上，额嬷格解开蒙古袍的银扣子，让我帮她脱下一年四季不离身的骆驼绒线衣。

在额嬷格左胳膊的腋根处，有一道深陷在皮肉里的红色光芒映入了我的眼帘。啊！这是什么？难道是正在疼痛的血？

这是一串在额嬷格身体上藏了74年的珊瑚佛珠。当额嬷格令我取出插在靴子里的猎刀，割断了被她热汗浸透的牛筋绳，那些熠熠生辉的珊瑚珠子扑啦啦散落在草叶上，额嬷格的胳膊上显出一道青黑色的凹痕。

一个遥远的故事展开在我眼前。

额嬷格喝过一百个阿妈熬的奶茶

1968年的春天比冬天还要寒冷。天地的呼吸冻僵了，只剩下额嬷格的马蹄声在空旷的世界里飞。从乌尔逊河到中蒙边界线，额嬷格走遍每一个丘陵和河套，黑天白天找了4个月，直到5月20日，大地上的冰雪化成的一汪汪水，在边境线的铁蒺藜旁边，找到了她"爱喝酒的弟弟"松布勒。可怜的年轻人死去多日了，他的身子蜷成一个团儿，浑身上下到处是伤痕，看上去像是雪壳中露出的一块青紫色的玛瑙石。

额嬷格说，我的大孙子啊，你看见了草地上的影子，不一定能说出天上鸿雁的模样，虽然我的弟弟松布勒留下的是爱喝酒的名声，却有天下最好的心肠。我不知道他的生日和忌日是哪一天，等到我睡倒在草原上不再醒来的时候，你不要忘了每年5月20日，代替额嬷格给他和他的父母敬上一条哈达和一碗酒。

巴彦（蒙语，富）阿爸，巴彦阿妈，"爱喝酒的弟弟"松布勒，是永远留在额嬷格心里的人。

额嬷格出生在一个平常的牧民家庭里，家里养着20只羊、2头牛、2匹马。

她的阿爸和阿妈在严寒的草原上游牧，落下一身的风湿病根，前五个孩子全都流产没站住，额嬷格是这个家庭的第六个孩子，生下来的时候就像一只刚出蛋壳的小雏鹰，除了一把骨头没有多少肉。4岁的时候她出疹子，脸上一层黄水泡。阿爸和阿妈到甘珠尔大庙点亮24盏酥油灯，磕了36个头。喇嘛说这个孩子命中注定不是你们家的人，留也留不下，取个名字叫敖道乎（蒙语，下一个是小子的意思），佛爷保佑你们下面生个小子留下去！额嬷格说，阿妈和阿爸的眼泪打湿了我的小摇篮，长跪在地上不起身，许下五匹骏马一头骆驼的贡献。在经幡里面打坐的大喇嘛睁开一只眼，从手上褪下这串珊瑚佛珠，放在我摇篮里的小被子上，告诉阿妈和阿爸三句话。第一句是，你们要是想留住这个小呼很（蒙语，姑娘），下面就不会有生养。第二句是，这个孩子15岁之前不能吃自己家的饭，要到草原上100户人家讨饭吃，才能留得住。第三句是，这串佛珠保佑她吉祥平安一辈子，千万不能离身。从此父母赶着勒勒车，拉着自己的女儿过上了要饭吃的苦日子。

在草原上讨饭不是一件遭人白眼的事情。蒙古人自古以来不放弃一只没有奶吃的羊羔，草原上有一句大人孩子都会说的话——谁也不能把家背在身上出门。巴尔虎人家的女主人，每天起来的第一件事，是熬好奶茶到包门外向天上敬几勺，要是天上有南来北往的大雁，还要给它们撒几把炒米和肉渣。男主人每天早上起来的第一件事，就是出包门看看外面的天和地，看看有没有马匹牛羊从门前经过，要是有，得记住它们是多少头，毛皮的颜色是什么样的，从什么方向来，又往哪里去了，预备着找牲畜的人来打听的时候告诉人家。要是有人从家门前经过，那就要给来人问个好，问问他家里的亲人可安康，问问他家里的牛羊可肥壮，问问他有什么新鲜见闻带在身上，还要请他到包里坐一坐。进入了蒙古包的就是客人，要是客人坐下了就上奶茶，要是客人喝过茶还不走，那就给客人煮肉做饭，要是客人吃过了饭还不走，那就给客人在地上铺毡子皮子留宿。草原上家家的蒙古包长年累月没有锁，主人出牧不在家，路过的人进了包，便自己动手烧茶做饭，像在自己家一样。这是在地广人稀的草原上代代相袭的老规矩。

额嬷格在勒勒车上，走遍了草原，喝过100个母亲熬的奶茶，吃过100个阿爸剔的肉，到8岁的时候开始一个人骑马讨饭吃。老乡们远远地听见她的马蹄声，就赶紧往炉子里加上牛粪，烧热奶茶，说是一百家的小呼很又渴又饿，蒙古袍里面装着一肚子的风雪来了，哎呀，可怜啊……回家的时候额嬷格的马背上总是挂着装满了肉渣和碎骨头的羊肚子，还有大大小小的奶坨子。

巴彦阿妈和巴彦阿爸的家在呼伦湖畔平坦的草原上，白毡子做的蒙古包摆成一个大大的蘑菇圈，家里的敖包上天天供着美酒和酥果子，勒勒车里装满了冻肉和奶干。他们家的马群在甸子里吃草，多得数不清到底有多少匹；他们家的羊肉卖给苏联人，在满洲里装车就用了一整天。

小呼很在湖边上见到一群马，玛拉沁的毛呢斗篷上补丁摞补丁。他说你就是那个一百家的小呼很吧？跟我回家吃饭吧！牧人把一百家的小呼很领进了蒙古包排成的蘑菇圈，替她把马拴在包前就不见了。地上开小黄花的婆婆丁、矮矮的车前子像刚刚从达赉湖里洗过那么干净，上面坐着一个白白的阿妈在做奶干，她嘴里衔着一根马尾，一片一片地切割奶豆腐，她把最后一片奶干晾在干净的小草上，拉着一百家的小呼很走进了宽敞的大包房。

那个穿补丁斗篷的牧人就是巴彦阿爸，吃饭的时候他换上一件古铜色的蒙古袍，镶嵌着绿松石的蒙古刀吊在他的靴子上。他们家的乌日沫（蒙语，奶皮）上有一层亮晶晶的白砂糖，他们家的羊胸口像达赉湖边的玛瑙石那么油亮。富裕的日子靠的是勤劳和勤俭，巴彦阿妈的袍子大襟上有牛粪味，巴彦阿爸的两手不离套马杆。那时候有钱的人都是自己放牧，他们家的钱就是靠放牧慢慢挣来的。

放一个小呼很在大草原上讨饭吃，阿妈嘱咐了一遍又一遍：进门先鞠躬，说声"赛因白努"，再说"吉祥如意的阿妈和阿爸，长生天让地上的小羊羔都活下去，给你们的小羊羔一碗喝剩的茶吧！"要记住，讨饭的时候再饿也不能给人家下跪；人家吃剩的东西给了才能往回带；门口的狗叫了五声还没有出来人的人家不能进，因为他们家不是没有人，就是不在意远来的客。一百家的小呼很记住了，说什么也不要巴彦阿妈给的没有剔过肉的羊大腿，说什么也不要巴彦阿妈塞在手里的马板肠。

巴彦阿妈的双手总是热乎乎的，好像刚放下滚烫的奶茶碗。每当她握着小呼很在缰绳上冻僵了的手，走进他们家供着佛像的大包房，小呼很心里的冰雪就化成了一碗滚烫的茶。过了15岁，不用讨饭了，小呼很有了空闲还往巴彦阿妈家跑，给累得直不起腰来的巴彦阿妈烧上一锅茶，帮她炸果子，熟皮子，纺羊毛线，搓马鬃绳子，缝蒙古皮袍……巴彦阿爸杀冻羊的时候，她便帮着巴彦阿妈，把卸成碎块的羊肉，装进羊肚子里面封起来，预备着第二年的春天吃。样样活计她都能做得好，叫巴彦阿妈和巴彦阿爸夸了一遍又一遍。巴彦阿妈总是恋恋不舍地把她送到山冈下："雪化的时候你来吧，接羔的时候你来吧，天鹅在湖边梳妆的时候你来吧，萨日朗绽放的时候你来吧，秋草垛在云彩里的时候你来吧，杀冻肉的时候你来吧，一年四季你来吧，阿妈家门前的拴马桩上总给你的马留着地方。"

巴彦阿妈坐着漂亮的胶轮马车去海拉尔买呢子，回来的时候，她的宝贝儿子也回来了，他就是额嬷格"爱喝酒的弟弟"松布勒。他常年住在海拉尔的木刻楞房子里，每天到中学里面学汉文，不知道为什么后来变成了一个贪恋喝酒的人。"爱喝酒的弟弟"穿着一双没有靴筒的黑皮靴，露出半截白袜子。他不穿巴尔虎的蒙古袍，把3米长的腰带变成一条细细的红缎子，扎在脖子上。巴彦阿妈的眼光总是在他和小呼很之间飘，要是遇上小呼很的眼神，阿妈就叹口气，转开眼睛。

1951年，巴彦阿爸到海拉尔卖掉了木刻楞苏联房，拿出700万内蒙币捐给国家抗美援朝，成为草原上第一个在和平公约上签上名字的牧民。党的领导让他上台讲讲话，他说汉语不会说，让他儿子替他讲。"爱喝酒的弟弟"那一天没喝酒，显得聪明又伶俐。他说我的阿爸早就说了，就因为毛主席和共产党来草原给牧民驱梅毒这一条，叫我干啥都愿意！我们的男人没有鼻子受不了，我们的女人没有孩子受不了。那时候草原上的性传染病非常严重，老百姓饱受其害，很多家庭不生育，医院里常常看到鼻子只剩下两个黑洞的性病患者。他这一番话，说得人们想笑又想哭。后来巴彦阿爸又带头搞起了合作社，把所有的牛马羊放了苏鲁克（中华人民共和国成立初期牧区实行的委托放牧方式，成果按一定比例分成，解决了没有牲畜的贫困牧民的生活来源）。到了1955年，牧区的形势大变样，消灭了梅毒性病的草原，果然人畜两旺。那达慕大会上，政府表彰80个英雄母亲，平均每个母亲生育6个孩子。巴彦阿爸卖掉了最后一车牛皮，把钱援助了最困难的几个英雄母亲家。可是他自己家，还是只有一个"爱喝酒的弟弟"，没能添人进口。巴彦阿爸和巴彦阿妈都走得早，带着真诚的感恩和希望，安息在达赉湖畔视野开阔的高坡上。

"文革"期间的一天晚上，额嬷格和额布格（蒙语，爷爷）刚睡下，远远地听见敲锣打鼓的声音传来，不一会儿，门口的瑙嗨大声叫起来。额嬷格和额布格赶紧穿上衣服，把《毛主席语录》拿在手里，心想又有最新指示来了，最新指示什么时候到，就得什么时候起来念。蒙古包门开了，一个人"扑通"一声被推倒在地上，是额嬷格"爱喝酒的弟弟"松布勒！原来是造反派在各个敖特尔游斗大牧主的黑崽子，来逼额嬷格用实际行动把这个阶级敌人打翻在地，再踏上一只脚。

"爱喝酒的弟弟"松布勒，不等吓蒙了的额嬷格讲话，就举起手来喊口号："打倒牧主的狗崽子，叫他永世不得翻身！要扫除一切害人虫全无敌！"然后就在地上爬，不停地说着："我是狗崽子，我是狗崽子。"

造反派说："苦大仇深的贫下中牧敖道乎，你在她家干的是牛马活儿，吃的是猪狗食，报仇的时刻到了，你马上检举揭发！"

额嬷格说："你说的这事我怎么不知道啊？"

"爱喝酒的弟弟"在额嬷格面前磕头如捣蒜："贫下中牧，我该死，我有罪，我的牧主阿妈剥削你，让你在饥寒交迫中当奴隶，剪羊毛，熟臭皮子，用放羊的鞭子抽你的身，我给你家当牛做马行不行，我一定低头认罪，吃瑙嗨剩下的饭，把我欠你们的还回去。"

额嬷格一时蒙了，赶紧俯下身子要扶起"爱喝酒的弟弟"。一旁的额布格却已经看得明白，他一个箭步冲到"爱喝酒的弟弟"跟前，拎起他的衣领子说："一提起来，我们就熊熊怒火胸中烧，当年你们怎么对待贫下中牧，今天我们就要怎么对待你，你给我滚到羊圈里去起羊粪，起不干净我们誓不罢休！"

额嬷格赶紧拉着"爱喝酒的弟弟"去了羊圈，额布格忙着给造反派杀了羊灌了酒，就这样把"爱喝酒的弟弟"留在了自己家。额嬷格说："我的'爱喝酒的弟弟'啊，你沾一沾嘴唇就行了吧，咱们每天少喝一点，多喝几年行不行?"在草原深处,大雪封路,没有人出去给他打酒,松布勒这个爱喝酒的人,渐渐地忘了翻姐姐家的勒勒车找酒瓶子,穿上了毡疙瘩、皮达哈,跟着额布格去山坡底下照看公社的羊。公社的羊群大得很,不喝酒的松布勒脑袋够用,他把羊群按大小分成三拨,一早一晚喂不同的草,每天跟着阳光出牧,使得羊群保住了膘。一连三个月,大雪封住了草原上的每一条路,一家三口人过得挺安静。额嬷格说,盼到羊草发芽,我们就什么都不怕了。

春节前,为了四月接羔时候喂牛羊,家里准备到满洲里去买豆饼。松布勒说自己留下看羊,姐夫和姐姐一起去吧。额嬷格给弟弟留下挂面和肉干,还有一桶玉米面:"你自己对付吃几天,记着千万别喝酒,睡觉之前给炉火压羊粪砖。风雪大了别出牧,到圈里给羊撒点羊草就行了。"松布勒说:"姐姐呀,小瞧弟弟是不是?喝酒的弟弟是条鼹鼠,不喝酒的弟弟是一只好瑙嗨,把你的唠叨挂在马笼头上带到满洲里去吧,回来的时候再往下说。"

可是当额嬷格回来的时候,她的"爱喝酒的弟弟"已经在草原上消失了。

额嬷格和额布格赶着马车到满洲里买了豆饼,准备往回返。额布格想剪剪头发,就进了理发店。理发员看看他身上的蒙古袍,递过来一面镜子让他照,镜子上写着蒙古文字:"看什么看,你就是个'内人党',坦白从宽,抗拒从严!"原来挖肃"内人党"运动开始了,草原上一夜之间抓起来好几百个"内人党"!

松布勒在海拉尔上学的时候参加过内蒙古人民青年团,后来和他一起的团员们都继续革命加入了中国共产党,只有他这个爱喝酒的人,稀里糊涂地忘记了这回事。造反派把松布勒从草原又揪回"群专"(当年所谓群众专政办公室,实际上就是造反派搞逼供的据点),让他交代都发展了哪些"内人党"。造反派拟就一个黑名单,额嬷格的名字排在第一个,额布格的名字排在第二个,还有松布勒当年的同学和好友,名字也都被写在上面。造反派给松布勒穿上两腿不能打弯的毡疙瘩,套上两张羊皮做的皮裤,穿上六张羊皮做的袍子,还扣上了羊剪绒的大帽子,让他站在火炉子跟前烤着火低头认罪。松布勒实在难以坚持,就接过黑名单说:"比谢……比谢……比谢呀……(蒙语,不对),还是我来给你们写出来吧。"造反派拿着松布勒交代的名单,到草原上找来找去好几天，也没找到名单上的四个人，原来松布勒写下的是生产队的两只骟嗨和两匹马的名字。松布勒用这种无可奈何的方法，让额嬷格、额布格和亲朋好友躲过挖肃"内人党"这一场浩劫，自己却活活被打死在"群专"里面。造反派把他的尸体埋在边境线边上的雪堆里，欺骗四处寻找的额嬷格，说是松布勒已经叛逃蒙修（当时称蒙古共产党为蒙古修正主义政党）了。

额嬷格和额布格把带着鞭挞、火燎、骨折等一共37处伤痕的松布勒，装在勒勒车上，一直找到旗里的"群专"办公室。空荡荡的院子里，他们的声音震撼着布满阴霾的天："在我们巴尔虎草原上，没有人随便杀一只小骆驼，我弟弟这活蹦乱跳的一个年轻人，谁杀的？你给我站出来！"

5月20日那一天，一会儿晴，一会儿雨，后来变成了雨搅雪。额嬷格在雨雪里站成一棵满头冰霜的树，也没有人回答她的话——毛主席啊，毛主席，您老人家看见草原上的冤情了吗？

额嬷格和额布格，解开了蒙古袍的领子扣，把毛主席像章别在肉身上，鲜血浸透了羊羔皮的蒙古袍，他们心里似刀剜痛！他们把松布勒蜷曲的尸身装进新鲜的牛肚子里——这本是蒙古人冬天储存肉食的老办法，一个羊肚子可以装进一只羊的肉，一个牛肚子可以装进一头牛的肉，可以保鲜一个冬天。真是作孽啊，苍天血红，草原乌黑，如今这方法用在人身上了！他们带上四匹马，带着弟弟，日夜兼程奔向北京，要见心中最红最红的红太阳，说一说牧民的心里话！两天的路程他们一天就走完了，到大兴安岭的樟子松林边上，当地的解放军拦住他们，说是毛主席批示的文件下来了，内蒙古的挖肃运动扩大化了，让他们赶紧回去落实政策。

额嬷格和额布格把"爱喝酒的弟弟"松布勒埋葬在巴彦阿妈和巴彦阿爸的身边。一年年，淡红色的凤毛菊和漫天的雪花被风吹走又回来，额嬷格的心一直陪伴这一家三口善良的人。

你要是离开草原将变成另外一个人

额嬷格在晚霞灿烂的时候跟我说,你要是离开草原将变成另外一个人。你的双手将变白,你的力气将变小,你的眼睛将变亮,你的眼界将变窄,你的房子会更保暖,你的身子却不抗寒。我的马背上长大的孙子啊,你5岁骑马,你10岁放羊,18岁成了远近闻名的玛拉沁。500只的二岁子羊顶架,乱成一团白色的麻,你甩出一串鞭响儿,乱麻立刻变成一朵朵散在草原上的芍药花;100头的牛群顺风跑出20里地,你把套马杆横在草地上,俯身听,就知道它们在什么地方哞哞叫;你知道牛羊做梦的时候梦见了白花花的碱泡子,你懂得每一个季节牛羊的舌头眷恋什么草;冬天你知道哪块冰面下的河水最温暖,春天你知道哪个山谷保存着一尘不染的雪;伸手不见五指的夜里,你薅一把小草在嘴里尝一尝,就知道自己走在啥地方,离家有多远;马在水里游,你在马背上抱着小羊羔过河,马蹄子陷进壕沟急刹车,你能从容地越下马头不受伤……我的孙子呀,草原上人人夸赞的玛拉沁,你是否懂得额嬷格的心?

额嬷格呀额嬷格,我的心里有一个庄严隆重的上马礼,我怎会不懂你的心?

那时"文革"的阴影没有被驱散,草原上的古老的风俗和礼仪,都藏在巴尔虎人的梦想里。额嬷格第一个把"上马礼"从记忆深处找出来,亮亮堂堂地展示在阳光下。

过去草原上的父母给男孩子办上马礼,一般都是在孩子七八岁大的时候,杀羊置酒,由孩子的父亲或者舅舅,把孩子扶上一匹漂亮的马,在浩特(蒙语,营地)里走上一圈让大家看一看,便开始请乡亲们喝酒唱歌,为孩子献上美好的祝福,就算礼成了。我5岁10个月的那一天,你把我举在马背上,我的腿够不到最小号的马镫,你就用红缎子把我捆在马鞍子上。一条蓝色的哈达在我胸前飘,你手牵着马缰绳在前面走。从晨雾中出发,到星星眨眼的地方,你一连走了三个浩特,腿肿得到家褪不下靴子。你带我拜见了三个可托付的人。你说的话,我当时不知道有多重,现在每一次想起来,虽然脸上带着笑,眼泪还是忍不住。

"我把这没有阿爸的孩子交给他的好叔叔了，请你教给他套马的本领吧！我把这没有阿爸的孩子教给他的好舅舅了，请你教给他养牛的手艺吧！我把这没有阿爸的孩子交给他的好姑父了，请你教他当一个勇敢的男人吧……"你在勒勒车里放了两只新杀的羊，在每一个敖特尔摆了一遍酒。

额嬷格呀额嬷格，如今我的手臂比马的双腿还结实，比猎隼的双翼还坚硬，我是你亲手抱大的小牛犊，怎么能不懂你的心？

我记得放暑假那天早上，我闻到了你锅里喷香的奶茶味，睁了睁眼睛，又闭上。你说我的小马驹呀，你赶紧给我打个滚儿爬起来。你把我拎出蒙古包，一直带到牛栅栏前。你两膝抵着地，腿夹奶桶开始挤牛奶。你让我去把半个月大的牛犊子抱过来撞撞奶，只要它在母牛的乳房上吸吮几口，母牛的乳汁就会像饱满的山泉一样喷出来。

小牛犊在草原上抻开四条腿，飞奔起来像一条肥壮的黄鳎嗨。我追上它，却拦不住它，我拦住了它，却抱不住它，我抱住了它，却抱不走它……我一个趔趄没站稳，那小牛犊已经蹿到了母牛的身底下，叼住了母牛的大奶头。

你脸上往日的慈祥变成了冰，抱起小牛犊，就像抱起一只小狗崽那么轻松，撒在草原上，让我再去抓，直到我把小牛犊抱到母牛的身底下，你紧锁的眉头才舒展开。我就这样在草原上抱着牛犊子跑，过了一夏又一秋，过了一年又一年。一头头小牛犊长成了棒小伙，我也练成了臂力强壮的少年摔跤手。

我在那达慕大会上参加摔跤比赛，获得了第一名，奖品是一头三个月的小骆驼。一个骆驼专业户哥哥，买走了我的小骆驼。我用得到的钱，给你买了一副带银边的老花镜。你忙不迭地戴上，乐呵呵地说，喝茶的木碗裂缝了，袍大襟上的牛粪末落在羊肉面的汤碗里了，红蚂蚱跳在草心里，露珠的眼睛在花瓣上……你说你都清清楚楚看见了。你说你今后不会把帽子上的皮子缝歪了，敖登高娃妹妹再把不肯吃的药片倒在炒米里你也能挑出来了，你说这阳光真是太亮了……我看见你的眼泪把眼镜涂上一层霜，急忙低下头去，解开袍子的大襟往外掏给敖登高娃妹妹买的跳跳糖。

额嬷格呀额嬷格，我还记得有一年春天里，你为什么两天没跟我说一句话，看我的时候眼睛在冒火。我怎么能不懂你的心?

小草在冰壳子下面冒出了嫩绿色的芽,春天的信息和闹人的小羊羔一起来到了白亮亮的草原上。咱们家包里的干草上,趴满了刚接下来的小羊羔。你把羊群交给了我,一遍遍嘱咐我:"遇到事情不要慌,那几头大肚子的母羊要生,你就远远地看着它。如果遇上有难产的母羊,你就慢慢地帮着它。"我有点不耐烦:"我亲爱的老额嬷格呀,你都说了三遍了,难道你的唠叨是雪花,要从早晨下到黄昏?"

上午羊群很安详,几头待产的母羊一个冬天都没有闻到新鲜的冷蒿味了,忙不迭地用蹄子拨开已经酥软的冰碴子,吃得入迷不抬头。直到吃歪了肚子,才卧倒歇一歇。中午天气一暖和,羊群立刻欢腾喧闹起来,尤其是那些二岁子羊,淘得没有边了,又是跳,又是互相撞,有的竟然跳到空中打 360 度的大跟斗,落到同伴的身上,叨扰得待产母羊,拖着臃肿的身子直往一边躲。我看见一头母羊正在分娩,第一次使劲,没动静,第二次使劲,终于生出来一对小羊蹄,可是不知道为什么,小羊蹄吊在母羊屁股上不往外出了。我按着额嬷格教给的办法,用中指和食指顺着产门,夹紧了羊小腿往外拽,果然一头湿漉漉的小羊羔就在我的手里诞生了。我满怀喜悦地把它放在草地上,不一会儿,它就站起来吸吮着母亲的奶头吃奶了。

不一会儿,又有一头母羊生出了一头黑脑袋瓜的小羊羔。

我正想把羊群拢起来往回走,发现那头小个子母羊也有了生产的迹象。也许是头一次生产,它显得十分惊慌,一个劲儿在原地打转转,就是不知道背风。我帮它转过身体,可是它还是不生,直到它把自己累得气喘吁吁,只生出一点点小蹄子甲。天色暗淡下去,羊群仍然散漫地撒在草原上,老雕出现了,它可能是闻到了母羊生产的血腥味,在羊群边上盘旋着,如果不是看见了我的大红马和我这个跑来跑去的人,可能就要动嘴了。我的耐心消失了。当我使着劲儿把小羊羔从它妈妈的身体里拽出来的时候,我听到了母羊一声异常的叫。我看到小羊羔安然无恙,并没有发现母羊的子宫已经被我给拽脱落了。由于那母羊一声声接着叫,我才发现它的屁股后面耷拉着一团黑乎乎的东西,拿手一摸是一团肉,开始还热乎乎的,很快就凉了,还沾上了不少草屑和泥土。

当我回家求助你的时候，你说"呼如嗨！基呀嘎呗！"赶紧放下给敖登高娃妹妹熬的羊肉粥，倒满一桶温水，推着小车就到了草场。你让我按住那头母羊，自己轻轻地托起母羊的子宫，用水冲洗干净，一点点送回母羊的腹腔。你又令我提起母羊的后腿，往下顿了几下，最后还在母羊的下腰上系上了一条皮带，然后把母羊放在车上拉回家。这一招真灵得很，第二天，那只母羊就像一切都没有发生那样开始吃草和喂奶了。

额嬷格，你两天没有给我一个微笑，第三天的时候，你一边给我系紧长长的袍子腰带，一边耐心地告诉我，好牧人是会和牛马羊说话的人，牲畜冷了，你也冷；牲畜饿了，你也饿；牲畜疼了，你也疼……

我还记得你教导我要善待天下一切生灵，你说它们和我们一样都是草原的孩子，不能互相使用鞭子。我还记得十分清楚，那个冬天的第一场雪，没下多长时间，雪花却像白蝴蝶似的漫天飞舞，然后慢慢地落在了草的间隙中，衬托得遍野的牧草黄金般灿烂。早上一推开包门，我就看到了那只大母狼。它离我们的蒙古包不到50米的样子，支着脑袋，冲着我们趴着，看到人，好像并不害怕，一动不动。

敖登高娃妹妹不知道什么时候出来了，摇摇晃晃往那狼跟前走，含糊不清地喊着"狗、瑙嗨、狗……"那狼眼看着敖登高娃妹妹从它的眼前走过去，还是一动也不动。

的确是一条狼。我急忙操起套马杆，翻身上马，准备发起袭击。我的心里有谱，知道自己抛出去套马杆，就可以套住它的脖子，然后拧紧套子，拖着它，在草原上跑出几里地，它将变成一堆血淋淋的肉。就在我要抖马缰绳的时候，我的肩膀被你甩出的放羊鞭子击中了。亲爱的额嬷格，你不让我去擒拿这只闯入我们家的狼。

额嬷格，我从一个满地爬的孩子在你的手里长成了跑遍草原的玛拉沁，跟你学会了数不清的谚语和格言，没有听过你说一句骂人的话，我看见你几次被发疯的牛群气得掉眼泪，没见过你舍得抽牛一鞭子。这可是我有生以来第一次挨打，也是我有生以来第一次看见你打人。你？我菩萨心肠的老额嬷格，这是为什么？

它掏你的马群了吗？

它叼你的羔子了吗？

它向你发出凶狠的吼叫了吗？

它阻挡你赛马的道路了吗？

额嬷格，你的眼睛是最明亮的镜子，夜里能看透每一颗云里的星星，白天能抓住每一丝马鬃上的风。你告诉我这条狼不是来祸害人的，它肯定是遇到难处了。

细看，那头狼虽然两只眼睛瞪得很大，耳朵竖立着，精神头挺足，可是它吃力的呼吸和凌乱的皮毛，分明显出了它的虚弱。瑙嗨，冲到了它的跟前，汪汪地叫，试图要赶走这头狼。只见这狼眼睛里装满了紧张和警惕，还是趴在原地不肯离开，一动不动。

你唤回来瑙嗨，也不让我和妹妹靠近，自己拎着一只羊小腿，走到离那只狼五六米远的地方，把羊小腿往狼跟前一扔，就退了回来。

狼只要站起身，就可以够到那个新鲜的羊小腿，可是那狼依然一动不动。

草原的夜晚，每一棵草摆动的声音都显得非常清晰。我的心跟着那头狼的呼吸在跳。它为什么不离开？趴在我们的草场上要干什么？狼为什么不吃羊肉？

你在等着，我也在等着。

"嗥……嗥……"，那条狼终于发出了微弱的嚎叫，那声音像个苟延残喘的老者，甚至你拴在羊圈前的瑙嗨都没有被惊动。这时候，你已经走出了蒙古包，我也赶忙跟了出去。清冷的月光下，地上只有两个影子，一个是你佝偻的背影，一个是站起来的那头狼的身影。突然，我听见狼微弱的嚎叫声被放大了不知多少倍："嗥……嗥……嗥……"，那声音凄厉又高亢，在空旷的草原上，像雪亮的探照灯一样，打破了万籁俱静的夜空，幽幽地升起，又固执地向远方传去。我定神一看，啊！竟是你，我的额嬷格，你在帮着那狼大声地叫着！瑙嗨发现了，犬吠四起，在空旷的天空下，愈演愈烈。

这时，我看见了三对绿色的狼眼睛，正像小灯笼那样，在夜色里越来越近。显然是母狼的伙伴听到了它的呼救声，赶来了。这时母狼把头低向起身的草丛，叼起一只小狼崽。接着，每一条狼都叼起一只小狼崽，飞快地离开了。原来，那母狼一直一动不动地卧着，是为了守护身底下刚刚出生的孩子，在人类的威胁面前，它冒死从早晨坚持到夜晚，才敢召唤同伴来救助，可是它太虚弱了，几乎发不出声音了。幸运的是，它遇到了你，我的额嬷格，草原万物的母亲，你知道如何帮助它。至于它为何把小狼崽生到了我们家的门前，就成了每天喝茶之后，我们全家人猜不完的谜。

事实证明你说的对，这群狼果然是咱们家的好邻居，它们的家可能就住在周围的草场上，可是它们始终没有伤害我们的牲畜，也没有让我们看见它们留在草地上的影子。

我亲爱的额嬷格，你就这样一点一点把草原交给了我。

你说："我活到今天也累了，累得夜里难合眼，老是看见自己走在一个视野开阔的高坡上，彩虹就是我脚下的桥，桥的下面是湖水一般的亚如圭（蒙语，指开蓝色花朵的植物）；累得我吆喝牛羊的时候，嗓门像甩不出响儿的旧鞭梢；累得我拣地上的牛粪盘儿时，要先蹲下身子才能伸出手；累得我扳住了马鞍桥，就踩不住马镫，踩住了马镫，就扳不住马鞍桥；累得我下不了三尺高的勒勒车，爬不上宝格德乌拉下面的女人山。我要最后跟你出一回牧，看看今年的碱草长势好不好，看看下雨打雷之后，肥硕的大白蘑是不是在绿草中撑起了小雨伞，看看黄嘴丫的小天鹅是不是飞出了芦苇荡，看看那水晶一般闪光的蓝蜻蜓落在了哪一片萨日朗的花瓣上……"

绿野上的羊在慢慢倒嚼，我为你把雨衣铺在山坡上，卸下了马鞍子给你当枕头。歇歇吧，我亲爱的额嬷格，闭上你的眼睛，让草味的风贴近你的胸怀，让手掌一般的阳光温暖你的身体。

你伏在草丛中，伸出手，把散落的珊瑚一粒粒捡起来，郑重地放在我的手心上，我看见它们就像一枚枚透明的野玫瑰果那么好看，纵缠横绕的生长纹闪动在牛血一般的红色包浆里，柔润光泽，璀璨夺目。

额嬷格啊，额嬷格，在我 5 岁的时候，你给我一副马鞍子，让我知道只有在马上才能看明白，自己的家在苍天和大地接壤的地方；在我 8 岁的时候，你给我一把拾粪撮子，让我懂得天寒地冻的季节，自己去找取暖的方法；在我

10 岁的时候，你给我一条云锦缎的蓝哈达，让我懂得敬天敬地敬长辈敬朋友；在我 12 岁的时候，你给我一根套马杆，让我去品尝胜利和失败；在我 14 岁的时候，你把畜群交给了我，使我成为一个离开马背上的汗味就会生病的人。

如今你把保佑了自己一生的老珊瑚交到我手上，我知道你的心思有多重！可是我不能接受你如此贵重的馈赠，那是你的吉祥和长生。

额嬷格说："可怜啊，我的好孙子，这条珊瑚的串子托长生天的福，保佑我平平安安地活到 78 岁，我还有什么不知足的？该是把它的福报传下去的时候了。让你明亮的双眼在电视的房子里找到比草原还辽阔的海洋，让你学过的汉字从电脑的窗子走出去，和天南海北的朋友说话，让你的雄心壮志像雄鹰那样高高飞上天，永远把翅膀的影子留在故乡的草原上，才是我要办的最大的事。"

我被你说服了，那年轻有钱的客人也被你说服了。

我把阿妈和妹妹送到满洲里的飞机场，抬着头望着她们坐着鸿雁一般的飞机，飞快地追上了踮跶的云朵，渐渐向南方去了。我回来的时候，带着用你 74 年没离身的老珊瑚换来的电脑和电视。

额嬷格啊，额嬷格，你安心地在蒙古包里听着下雪的日子吧，大地凝固了，河流入睡了，牛羊马脚步迟滞了，银鸥和鸿雁都远远地离开了，只有长生天不离开我们，她用一个大银盆，把我们的家装在里面了。额嬷格啊，额嬷格，你舒心地在蒙古包品尝香甜的明天吧，觅食的牛羊前头是踏破冰雪的马群，干旱的柳树丛中有一眼潺潺流动的泉……

额嬷格啊，额嬷格，把你的希望放在孙子的手里吧，让我们一起走过这条五年长的路，回到自己的故事里。

消失的家园

2015 年获第十一届内蒙古自治区文学创作"索龙嘎"奖

陈　刚

一

生我养我的东达乌素村是去年——公元 2010 年冬季的一天忽然消失的。这虽然是我意料之中的事儿，但没想到来得如此之快！

我的同村好兄弟小娃告诉我说村里彻底搬走的那天全村只有 4 个六七十岁的老人，有他大（父亲）、他妈、他四爹和羊换大叔。小娃说完后，我的大脑里顿时变成了一片空白。许久，我明白了——我那可爱的小山村终于消失在遥远的达尔罕草原上了。

一个已经走过百年历史的村子的人走空了。

我在第二故乡——呼和浩特骑着自行车沿着繁华大街狂奔了好一阵。她曾经是那么的可爱啊！她此时的消失又是那么的伟大与悲壮啊……

几天后，当我一个人又回到她的怀抱之中，不由得想跪下来向她磕上几个响头。我的故乡，儿子今天回来看您了，儿子今天更加想念您了！我从自己家的窑洞开始，触摸着每一个院落的墙壁、门窗、椽檩、石头、小树、水井……当走到儿时栽下的那几行榆树林里时，一下就上去抱住了那棵最粗的榆树，噢，它比前些年我和儿子回来搂抱时又粗了许多，如今没有两个人是搂不住了。抱着这棵榆树，我想起了这些小榆树是我 26 年前栽下的。是啊！26 年，又一代人都娶妻生子了。时光就是这样飞速前进的。抱着我儿时种下的大榆树，脑际忽然想起著名诗人贺敬之的经典诗句："几回回梦里回延安，双手搂定宝塔山。"贺敬之当时是为中华民族和劳苦大众的解放事业而情感发挥到了极致。可我今天搂着大榆树又能做些什么？我又想做些什么呢？当年，凭着"人活着就应该有点精神"的信念，我背起行囊，告别了可爱的小山村，向远方走去，走去……如今，小榆树已经长大，我仍然走在远方的路上。

二

东达乌素，是蒙古语"中间有水"之意。在我祖爷爷和爷爷从山西代县走西口到现在已经有100多年的历史了，我们在东达乌素村已经生活了六代人。祖爷爷和爷爷当年是以擀毡子耍手艺为生，他们深受当地牧民的欢迎，所以就留了下来。在他们到来之前，东达乌素村已经有了郭姓人家，在他们到来的同时，相继又出现了王姓、李姓、冀姓等。听父辈们讲，当时东达乌素水草丰美，牛羊肥壮。就一个几百亩的美丽的西河滩，年年的碱草、碱葱、涝莲、油芍芍、芦苇就够全村的牲畜一年四季的食草量了，坡上的柠角（灌木）和牛粪足够全村人的生活燃料了。几年的光景，祖爷爷和爷爷就刨闹得不但有了过百头只的牛羊，还挣下百亩良田。爷爷迎娶奶奶时一下就拿出100块大洋、20担小麦和15头牛。光景过得十分滋润，同村别的姓氏也如此。但日本鬼子横扫中国大地之时，我们村也没逃过那一劫。日本侵华之前，受害最惨的是我的同村好兄长王海宽的祖爷爷王恼亥齐。我们村董成宝爷爷生前常常说，王恼亥齐是从山西走西口来到东达乌素村给蒙古族牧民德日布放牧种地起家的，后来很快就变成了地主，养了不少长工短汉。其中，明安滩的武家锁就是长工之一。武家锁喜欢抽大烟，靠当长工挣的钱根本不够云呼。有一年夏天，他忽然萌发了一个邪念：掌柜子王恼亥齐的大走马是方圆几十里有名的坐骑，如果偷出去，估计能卖个好价钱。一天夜里，武家锁抽足了大烟之后，摸黑在西河滩找到了王掌柜的大走马，便一个鹞子翻身骑了上去。

当快走到包头时，忽然良心发现："不行，不行，王掌柜这些年对我一点儿也不薄，我怎能办这种没勾头（没意思）的事呢？"于是他又返回来将大走马偷偷摸摸放在西河滩，就算物归原主了。但此事已激怒了王恼亥齐，而且得理不饶人的态度使人见了他就骨软三分。武家锁被五花大绑起来，吊在房梁中间，用水蘸麻绳就是一顿毒打。打得武家锁昏死过去，就用凉水泼过来再打，反复无数遍，打得武家锁皮开肉绽，体无完肤。王恼亥齐已经是一个赤裸裸的暴发户了，他就打就骂："你个小王八蛋，你也不看一看马王爷长得几只眼？竟然敢偷你王爷爷的马？哼，偷你王爷爷的马就是对你王爷爷的不忠不孝。"从房梁上放下武家锁来，王恼亥齐的指头就像雨点子一样又指着武家锁骂道："告诉你，姓武的，从今以后，你给我立马滚出此地，再也不要让我看见你。否则，我会扒了你的皮，抽了你的筋。"武家锁被几个长工短汉抬到饲养员房子里，用盐水简单地擦洗了一下伤口，便连夜离开了东达乌素。用盐水擦洗伤口的时候武家锁就像杀猪一样嚎叫了好一阵，连长工短汉们都心疼得流下了眼泪。而此时的王恼亥齐却躺在上房里一个劲儿地抽大烟。

三

恶有恶报，善有善报。两年后，武家锁在大青山一带混了个土匪小头头。也就是1928年初夏之际，武家锁带了十几个土匪，一下就包围了东达乌素村。而王恼亥齐还满不在乎地坐在炕上抽大烟，他根本梦也没梦见像武家锁这样的人会当了土匪回来报复他。可他的弟弟有点儿害怕，想出去打听一下，结果一出门就碰在了武家锁的枪口上了，枪声一响，就一命归西了。就在同一时间，王恼亥齐的窗口上也捅进黑森森三支枪，枪口全部对准了王恼亥齐。武家锁大摇大摆地走进屋里，神气十足地说："没想到吧？王恼亥齐，你也有今天？"王恼亥齐正要破口大骂，窗口上的三支枪同时开火。可怜王恼亥齐连最后一句话也没有说出来，就被打死了。

更残忍的是1930年正月初八，小山村又发生了一起惨案——武家锁再次来到东达乌素将王恼亥齐的一家人杀的只漏下一个小儿子，也就是王海宽的爷爷，同时还误杀了阳湾村王恼亥齐的结拜兄弟白八愣四。白八愣四当时听到外面枪声一响，吓得赶紧卧倒在炕头上，把一件老羊皮袄裹在头上一动不动。白八愣四，也就是距离东达乌素西边八九里地以外的乌兰忽洞村大地主白老生的三哥，更巧的是白八愣四同时也是武家锁的结拜兄弟。为此，武家锁还抱住白八愣四热乎乎的尸体号啕了好一阵子："三哥呀，你咋蒙住头不说话呀？我只以为是王恼亥齐那狗日的又活过来了……"之后，武家锁还放在白八愣四身边一杈子现大洋，以作丧葬费和精神损失费。

白八愣四遇害后，他的弟弟白老生对土匪武家锁怀恨在心，一心想除掉武家锁。白老生凭借自己在后山地区的势力，再加上和傅作义将军是结拜兄弟这一特殊的关系，给他打探消息的人非常多。抗日战争爆发前夕，白老生终于找到了武家锁的下落。于是，他和傅作义的剿匪部队取得联系后，部队在哈教村活捉了武家锁。状告到百灵庙王府上，百灵王依据法律规定，下令斩处了武家锁。

四

土匪横行刚过，日本鬼子就进村了。说实在的，武家锁虽然是土匪，但没有抢过东达乌素，包括王恼亥齐的财产。因为武家锁出生的地方明安滩距离东达乌素也就七八里地的路程，还算是有点儿乡亲仗义的一个灰人！那时，东达乌素的骡马牛羊和粮食可以说够本村人三辈子吃了，但鬼子一进村就遭殃了。听说一个团的兵力盘踞了三天，全村的牲畜所剩就寥寥无几了，连下蛋母鸡和猪娃子都没有放过。

当时，在鬼子进村之前，幸亏我奶奶等一批年轻媳妇、闺女把锅底黑灰抹在脸上钻进了山药窖里，才免遭了鬼子的欺负。但男人们和男孩子们算是遭了大殃了，我爷爷白明黑夜给鬼子遛马，我大爹才12岁也同样与爷爷去为日本人应差，我二爹才6岁，我大大（父亲）仅仅3岁。住在我们家的是一伙汉奸，俗称二日本。一天晚饭时，我大大饿得爬在炕上一个劲儿的哭，二日本们嫌他哭得麻烦，兜肚一脚就把他踢在了地下。爷爷赶紧赔着笑脸向二日本表示道歉，并偷偷地把他的小儿子抱了起来。这一切，我大爹都看在了眼里，也怀恨在心中。后来，大爹长大当兵进了傅作义的骑兵部队，他英勇善战，很快就成了一名抗日杀敌的好士兵。傅作义起义后,他又被转为中国人民志愿军,复员后娶妻生子,为新中国的建设在东达乌素又赶起了大马车。遗憾的是他的妻子——我大妈只和他一起生活了4年就撒手人寰了,留下一个幼小的孩子,他又当爹又当娘的总算把孩子拉扯成人了。然而,在他72岁那年,他唯一的儿子,也就是我的叔伯大哥抛下了妻儿老小一大家人撒手离去!年迈的大爹又经历了白发人送黑发人的巨大悲痛。经过这两次丧妻丧子的磨难之后,大爹一下子就老了许多。还好,有政府对志愿军每年几千元的补贴,使大爹晚年的生活有了保障,他最后病逝在当地的敬老院,享年78岁。我大爹能为中国人民的解放事业做出他应有的贡献,这是我们全村人值得骄傲和自豪的。

我们村是一个自古以来都没有超过百人的小村庄,遭受的苦难却都难以计数,可想而知我们整个中华民族的苦难呢?

五

"文革"时期我们村斗得不算厉害,虽然"土改"时产生了几户地主,但实际上也是几个小土财主,反倒受了不少冤枉气。那两户地主就是小娃他爷爷和他二爷爷。那时定地主的标准放得比较低,我爷爷奶奶解放时只有一犋牛(两头牛)、一头驴、60多只羊、100多亩土地,曾经农忙时雇过几个短工,按原则上讲基本也是地主成分。但爷爷奶奶的为人一直不错,定成分时,给他们帮过工的人主动站出来说话了:"老陈秃两口子虽然雇我们帮过工,但一分钱也没有克扣过,而且只有多给,没有少给,我们掏良心说,那时候我们是困难阶段,他们应该是帮了我们的大忙,没有剥削……"于是,上面的工作组调查后就给我爷爷奶奶划了中农成分!

爷爷奶奶的优良品质一直都在我们子子孙孙的血液里流淌着。

由于我们村村小、人少,从历史上就相互友好。王恼亥齐之所以能保留住最后的一个儿子,那就是村里人当时把孩子偷偷藏在了山药窖里才幸免于难的。实际上王恼亥齐其人脾气不好,但心术还不算太歹毒,当年收拾武家锁纯属虚荣心作怪。王恼亥齐的孙子王亮小也是脾气不太好,但心地非常善良,"文革"前后一直任生产队队长,从来不克扣社员工分,尤其到了分口粮时,对贫困户、五保户更是特殊照顾。特别令我感动的是他们老两口看见同村的米存山先生(过去是教书先生)老两口膝下无儿无女,于是就商量决定将二小子王海宽送给他们。起初他老伴不太同意,可他眼睛一瞪说道:"咱们毕竟还有5个孩子呢,可米老汉两口子无儿无女,精神生活多单调呀?你这人真自私!"此时,王亮小的脾气真有他爷爷王恼亥齐的样子呢!而王海宽就更别说了,他的性格虽然有时也是火冒三丈,但他和全村所有的人都是"亲戚"。他有相当一段时间在乌兰忽洞乡中学当老师,但村里有个大事小情,总会来帮助,张三的孩子找工作呀,他就会到处找人;李四的儿子找对象呀,他就会帮助筹借彩礼;王五的闺女出嫁呀,他就会代东、跑腿。还有村里的老人买不回米面粮油盐糖醋,他都会骑上摩托车从乌兰忽洞办理好再给送回去。村里的人们总想把土特产卖个好价钱,也会来找他。后来合乡并镇,镇政府迁到30里以外的乌兰忽洞后,他给人们办事,无数次把打的费也自掏腰包了。给我们家帮的忙就更多了,由于我离别故乡多年,父母二老的身体都不太好。早年的时候家里连个电话也没有,有个大事小情,我总要麻烦人家海宽哥。因为我俩的关系一直不错,我从15岁开始就经常与他在一起玩,一起劳动,一起住,还经常吃他家的饭,有一年我在他家一住就是一个夏天。因为他所住的东屋也就他一个人——方便!那个基础奠定了后来我们亲如兄弟一般的关系,无话不谈。后来我们相互办理婚丧嫁娶、生日满月都要相互捧场,在外人眼里根本看不出不是亲兄弟。他去外地进修教师我赞助,我娶媳妇他送整羊不说还要下厨炒菜、洗盘、刷碗。我的父亲去世后,母亲一个人独居在乌兰忽洞,我住在呼和浩特。我看望一次母亲比较困难,母亲耳朵比较背,连起码的电话也很难听明白。海宽哥说:"只要二哥在一天乌兰忽洞,你就放心吧!你的母亲就是我的母亲,我会替你照顾好的。"于是,二哥经常下班后会骑摩托车或步行去母亲家探望,感动得我们全家不知如何是好。他的探望不光是看一下就了事,而是假如我母亲患了感冒之类的小病,他都会带到乡卫生所治疗;大风把电线刮断了,他就会找电工接线;吃的没有面粉了,他就会给买回来,这不光是人力,有时还要贴点钱。时逢佳节通常都会母亲买点好吃的东西。记得有一年父亲还在世,冬天杀了一头猪，我正好也回到了家中，母亲用菜刀割下一块猪肉说："这块是给你海宽哥的。"我一下陷入了沉思——噢，人世间就是这样的，一来一往，而且越来越亲啊！能把第一块肉割给海宽哥，而没割给我，我敬佩母亲的慈祥与善良和对大道理的明白。后来我告诉海宽哥这件事，他听了后感到老人家的这句话比真正吃了猪肉还高兴！母亲的言行，永远是我忠实的教科书，扩散出去应该也是值得人们去学习的。

海宽哥的人格魅力值得人们去尊敬他。有一次他下班回到家中，他夫人开玩笑地对他说道："哎，这回你的老妈妈也下世了，陈刚他妈就是你妈了，你可得好好去看呀！"此话传到我的耳朵里时，我特别感动。二哥的品行居然习惯了二嫂的生物系统，这就说明二哥的品行是日积月累地影响了二嫂的。

我和二哥同生在我们那个可爱的小山村。他长我6岁，"文革"两年后他上小学，"文革"结束时我上小学。我们在小山村生活和劳动的历史都不下20年，对故乡的每一寸土地都充满了热情和爱。在我儿时的记忆中，每逢清明、七月十五、十月一、过大年，海宽哥总会给已故的米老汉夫妇去坟上添土和烧纸的。村里的人们也会不由得发出感叹："唉哟，海宽这孩子，米老汉老两口当年可是没白务义（方言：养育的意思）。"

村里甚至有人说海宽的闺女之所以考上上海的外语硕士研究生，那是因为她是有"德行"人家的孩子！

六

我们村——东达乌素真正实施改革开放应该是1981年的夏天，村里人习惯性叫"包产到户"。记得春播时还是全村分为三个小组种的地，而夏锄时节就将青苗分到各家各户了。牛马羊、犁耧、拉动、杈耙、扫帚、筛子、马车也如此。在所有人的眼里觉得把从前习惯性的东西一下转型到了另一个世界，昨日的文化符号，今天一下产生了翻天覆地的变化，从大集体彻底变成了个体。倒是参与劳动的人多了起来，比如：儿童、妇女、老人都力所能及地参加农业生产劳动。连我5岁半的弟弟也参加拔麦子了，而且是非常自觉的。再不用像以前队长每天早晨喊大家去地里干活儿了,这是我们东达乌素的进步。东达乌素的进步,就是人类的进步!怎么说呢?那年全村人再不像以前了,人人"三百六",你吃了我没有。而现在是家家户户都丰收,想吃多少,吃多少!肚子完全有保证了,包产到户的伟大举措,非常深入人心。东达乌素的田野、山坡到处充满了生机,水草丰美,牛羊肥壮,人畜兴旺。全村不但没有向外迁出一户,反而在包产到户之前还从河北、巴彦淖尔迁来两户。为什么呢?因为东达乌素能吃饱饭。善良好客的东达乌素人都伸出了热情的双手接纳了远方来的朋友。这时候,东达乌素的人口通常保持在90人以上。在总面积将近1万亩的土地上,有耕地近2000亩,山川、草原、河流近8000亩,养育着90多口人真还不错。如西河滩的碱草、油勺勺、涝莲、苦菜、地柳柳、灰菜,郭二壕的寸草滩,老雷海卜子的碱葱、沙蓬、蒿子,还有大西梁和大东梁的柠角、锁胡,一亩高可把村里的千只羊、百头牛马驴骡和几十头猪!孩子们夏天有水耍,冬天有鸟套。那时候,我们村绝对是儿童的乐园。

可是,包产到户的12年后,生态却发生了严重变化。就拿我家的那块二等地来说吧,刚包产到户这块地仅有两处裸露石头的地方,可12年后就增加到了14处,平均每年递增一处。我常想,我们村从包产到户往前再推七八年一直都是风调雨顺、水草丰美的小山村。如今却一下变成了水土流失、严重干旱、黄沙弥漫的地方。于是,人们年年植树造林,保护生态,但对整个地球来说,我们的父老乡亲尽管付出百倍的辛劳,也难以影响整个地球。相反,地球影响我们却是一时三刻的工夫就见效了!但善良的人们依然以负责的态度来抢救和保护自己的家园。栽树、种柠条、打拦河大坝,从来都没放弃过。

当我用了16年时间走过中国28个省、市、自治区再次返回故乡的时候,村里有一半的土地已实行了"围封禁牧"。我站在高高的山冈上,放眼望去,童年的记忆中"风吹草低见牛羊"的优美而辽阔的景象又出现在了眼前,这次生态改革,从战略上到战术上都是科学的、先进的,实实在在保住了水土流失和土地荒漠化。然而此时全村的人数仅剩4口了。

七

　　随着社会经济、文化、教育的不断转型，我们村向外迁出或转移是势在必行的事了。因为年轻人在外或大或小都有了自己的事业，而小孩子就必须得跟着大人在城市里念书，这样一来基层的乡村学校就没有生源了，因此只好关门，这个现象不光是我们村，全国都是这样，北方尤其突出。我们村地处包头市达茂旗南部，与固阳县毗邻。如今全旗8个乡镇苏木，乡下只有2所小学了。而老年人渐渐丧失了劳动能力，也只好跟着儿女进城。

　　我们村的老年人没有一个愿意进城的，进城都是为了妥协儿女甚至孙子辈的。甚至像羊换大叔和四女大叔，都是反反复复好几次走出来又回去，回去后又走出来，过着那种不稳定的"漂流"生活。

　　母亲曾经来呼和浩特市住过好多次，按理说与儿孙媳妇住在一起那是享受天伦之乐的一件大好事啊！可是母亲的难言之处太多了——白天我们上班的上班、上学的上学，把她一个人留在家里无事可做，就觉得无聊。

　　如今，我们村在方圆万亩之内已经变成了无人区，当我今年再回去的时候，小山村已变成了门前榆树长成林，满山遍野绿草茵茵，柠条也有一人多高了，画眉、百灵、喜鹊、沙鸡、老鹰满天飞，野兔、狐狸、黄鼬遍地跑。

春风已在广场西

2015 年获第十一届内蒙古自治区文学创作"索龙嘎"奖

陈慧明

我待在 0.99 平方米的小铁车里。小铁车停在 1 万平方米的广场里。广场溶在漫无边际的夜色里。

7 年前的那个年夜,留在我记忆中的,是一张黑白照片。

的确只有黑白。心情黑白,心情之外所有的物事也都黑白了。

傍晚时两个儿子曾来劝过我:"妈,回吧,年三十还受这个罪啊。"

我说:"就多受点罪吧,省事。"

省事,省的是什么事?我没说但我心里明白,自从两年前我的三儿子永舢遭车祸身亡,年就没有年味儿了,我就不再想回家过年。

"妈,回吧……"儿子在坚持。

"我嫌来回搬东西麻烦,你们赶紧回吧。"

"以前不都是这么搬吗?"

是,以前都是这么搬的。一到年三十下午,三个儿子就都来了,老大老二把车里的大小货物装箱搬回家去,老三把空车拉走。次日初一,三个儿子再把小车拉出来,把东西都倒腾进去,我的买卖继续。

我扫了一眼胜利路。

我的小车摆在广场西头,往前不到 10 米,在胜利路与广场的交界处,遭了车祸的永舢就倒在那里。当时路灯和车灯都向他聚光了,我清楚地看到他的头发在抖动……

"都走吧,让鲨鲨去跟你们熬年。"我真生气了。

他们走了,带着鲨鲨。我松了口气。

我知道儿子们的心思,是因为儿子们知道我的心思。我们母子永远都不会忘记:永舢就在广场。他们坚持让我回家过年,是怕我耽在这里独守悲苦。其实这件事是全家人的灾难,并不只我一个人在扛。小孙子鲨鲨失去爸爸时才6岁,就低着头走进了我的屋檐。

这会儿,看着鲨鲨频频回头,不想走的样子,我也很无奈。我不能让他陪着我待在这个阴影里。他只有9岁。

我在中心广场做小买卖,已经16年了。我用的小铁车,是在脚蹬三轮车的平板上,扣了个1米多高的、安着玻璃的四方架子,就像大街上卖煎饼的流动小车一样,只是车里边装的是烟酒零食、方便面卫生纸之类,当然也得装上我。车里的窗口下边支着一块七八寸宽的横板,是用来看书写字的。作家老鬼见过我这个小铁车,说我是"全世界唯一在不足1平方米的小铁车里写出长篇小说的作家"。我在农村种了20多年的地,1987进城后,先在菜市场卖了两年菜,之后就开始靠这个小铁车讨生计、讨文学了。我曾用皮尺精确地测量过,小车的底面积是0.99平方米,于是我认为0.99是我的幸运数字。

我不知道这0.99平方米的"写作间"是不是"世界唯一",也不知道自己写的小说及不及格,更不敢自诩为"作家"。但这不足1平方米的地方,实在也算是我栖息精神和焕发精神的所在。

巴彦淖尔的老作家杨若飞先生,他在世时经常骑着自行车来看我。他在小铁车外边站着,让我坐在里边,说是不能耽误买卖。于是我就隔着小窗听杨老师谈文学,讲我的哪篇文字有哪些不足。讲解时,每每会突然被一个买东西的顾客打断:"来,给我拿一包'三塔'。"连拿东西带找零钱,这个过程至少需要3分钟,我带着尴尬和歉疚,赚到了几毛钱。杨老师却仿佛什么也没有发生,待顾客离开后,又继续中断的话题。

我从这狭小的窗口中感受到暖意,也领教了阅世的快慰,包括令人哭笑不得的世间百态。比如整条的好烟面对面就被骗子换成假烟;比如睡到半夜突然被流浪的疯子把车拉走，我在"的楞——的楞"的车轮转动声中被惊醒，只得打开小窗大呼救命。

一年365天。据说更准确的说法是：一年有365天6小时9分10秒。为了谋生，那时我恨不得连那6小时9分10秒的余数，也都待在这0.99平方米里。但在一年只有一次的年夜，我还是一定要逃回家去的。家里有着我的儿孙满堂。看到我的归来，他们欢实得像一窝待哺的鸟儿。看着他们，至少我找到了自己活下去的理由。只是后来年夜的家里，已经没有永舢了……没有永舢的第一个第二个年夜来临之前，我都曾决意守在广场，但结果却由不得我。儿子们来了不跟我说话就直接搬东西拉车。我知道他们的意思，他们怎么能够在这个时候把母亲留在空寂的夜幕里？我再憋屈也不能再说什么。但到了第三个也就是2004年的春节，我想这次誓死也不能离开。几个月前我忽然发现这个售货小车裂了轮胎，随后又断了车轴。我认为这就是来自天意的启示。不管旁人怎么提醒，我一概不修，直到它最后无法挪窝。

儿子们来了，看着我无法挪窝的售货车，好像明白了什么。

我对儿子们说，人老了都很怀旧。

他们一定也听到了广场即将清理的传言。他们一定也知道，这个年夜，或许就是我们的摊位在广场的最后一个年夜。我们母子在这里风风雨雨打拼了16年，没有发财，却也一天一天地好了起来。16年发生过多少事情啊，所有的事情都像冰糖葫芦一样穿在了记忆里。

我们之间都有一句没说出来的话：我的儿子、他们的三弟——永舢，他也在广场待了9年啊，从卖烧饼卖凉皮到出租自行车搞冷饮，最后他把命都丢在了广场。

冰糖葫芦眼看就要化掉了，我在广场待一天少一天了，待不成就把永舢丢在广场了，以后永舢就孤单单一个人了。是的，这个年夜说什么我也不能回家。

儿子们领着鲨鲨，终于消失在暮色里。

在永舢身上，我宁可相信灵魂是存在的。我曾站在他的坟前说过：永舢你千万别转生，就等着和我见面。否则我们就谁也找不到谁了，永远都找不到了。说这些话的时候，我没有眼泪。

influ影剧院广场由于紧靠市中心的胜利路，平常日子有一千种声音在轰响。更加上广场里谋生的 300 多号买卖人，大家随时都会因同行占走了几厘米的领地而发生激烈争吵。

说起来还有几分好笑，我也有几次被人欺负，忍了又忍才没有参与其中。好歹也是一个写文章的人呀，想想自己何以变成争食的鸟儿一般。而现在的广场，寂静而寥廓。

今天广场只是我一个人的了。

不不，还应该有永舢。我心里问空寂的广场——永舢你在哪儿？

永舢不答。

定了定神，我知道他是不会回答的。

永舢，咱们在这儿"住"了16年，广场应该就是家了。妈妈就在这儿等着你过年呢。我还想告诉你，广场就要把摆摊儿的清理走了，再不来，明年咱娘儿俩哪儿见呢……北风打了个旋儿，我忍不住一颤，把手揣在袖筒里。此时却忽然看见从空荡荡的火车站方向走来一个人——此刻我虽然恍恍惚惚，然而却未曾相信过真有鬼神。见到有个身影由远及近，心里不能不扑通扑通狂跳起来。

他不是神灵。年龄介于而立与不惑之间。当他发现小铁车的窗子里有一部电话时，竟喜出望外，急走两步冲了过来：哎呀谢谢你哩大婶！

他谢谢我。

这个自称姓江的年轻人外出打工一年，戴着个断了舌的帽子，又没有手机，所以我猜到他盆也不满钵也不满。

小江之所以看到话机就说谢谢我，因为他总算找到了能跟媳妇儿通话的地方。

接电话的却是邻居大嫂。她告诉小江，他媳妇儿一个下午都在等他的电话，半小时前才被娘家弟弟接走。她是来给炉子添煤的。

小江顿时黑了面孔。他说工钱到手已是腊月二十九下午，他就顾了挤火车都没时间去找电话亭。自己给媳妇儿买好了一身新衣服，还想赶回去让她穿上过年呢……撂下电话，我看小江木木地站在那里，原以为他要步行八里路赶回去呢，现在他泄了气。

我不能不同情他。世间男子，大多会为人夫婿吧。而像小江如此真情实意的，能占几成？我想到了自己维持了20年、最终巢倾卵碎、人去楼空的婚姻……

"进来暖一暖吧，能坐下两个人。"我温和地邀他。

小江仍然站在那部电话前不动，但他那呆呆的目光中，却忽然闪出了一丝疑问："大婶，大年三十的，你怎么一个人守在这里？也没人来买东西啊……"

我愣住了，我想不到他会突然这么问。

他看我这样，也愣住了，也许觉察到了自己的冒失吧，他轻轻地打开小车的门，坐进来了。

大年三十，车子外面，是凛冽的寒风，我们就这样面对面地蜷缩在0.99平方米的空间里。小江是我的不速之客，他出现在我对永舢的呼唤里，他来和我一起熬夜了。不知怎么，这使我的幸福感渐渐升腾起来。小江脸上那些黑色的遗憾渐渐褪去了，但心思却仍在原处徘徊。他说他媳妇儿常年一个人在家种地，是个特别能吃苦的女人。而且她待奶奶很好——小江随口曝出隐私：他母亲拒绝赡养他89岁的奶奶，而父亲却只能沉默。为此小江和母亲闹翻过好几回，最后直接把奶奶接到自己家来了。走时他恶狠狠地对母亲宣布："你现在不养奶奶，我以后也不养你！"

我知道他这是气话，但我当场为他这气话拍手称快。我还夸他找了个难得的媳妇儿，我说："孝敬婆婆已经难得，还孝敬婆婆的婆婆，真好！"我最为感动的，是小江说到自己给奶奶洗"三寸金莲"时，满脸都是怜惜："奶奶的脚，竖着能放进水杯，横着能放进饭碗。她走路特别费劲，但是在我小时候，她每天都拉风箱烧火，帮我妈煮两锅猪菜。"

难得小江对我这个陌生人推心置腹，我也给他掏了心窝子。我告诉他做小买卖的艰苦和辛酸，也告诉他人心的贪婪和险恶，我甚至告诉他，在羊肉涨价时，个别卖羊肉串的架子上挂着羊头，炉子上烤的却是蘸了羊油的猪肉。我也和他说到永舢，告诉他我的三儿子在广场做了9年买卖，出车祸也是在广场。那段时间我心情恍惚，有天望着窗外的风沙自言自语：阳间世上一刮黄风，就没意思了，当时就把老大和老二都吓得变了脸色。即使这样，我还得一天天地抚养小孙子长大成人……

"大婶，我明白了……"小江的眼里忽然充满了怜惜，他明白了我为什么一个人守在广场。

年夜被我和小江熬得像腊八粥般的稠实，赶天明就熬成了忘年交。开春以后他有几次办事路过广场，都过来和我说会儿话才走。他说今年继续外出打工，但一定要计划好了回家过年，而且一定要买个手机，随时跟媳妇儿通话。他还说下个年夜我如果还这么过，他一定骑着自行车来跟我熬两个时辰，一定。

他说了好几个一定，于是我也说："是呀你一定得来，到时候我最想见的人，一定是你。"

一定。我们俩不见不散。

但是3个月后，广场拒绝了所有的小商贩，当然也拒绝了我。

或许我独自过的那个年夜让儿女们备受"伤害"？此后的年夜都一窝蜂来陪我。他们根本不知道我的愿望是一个人到广场去。这个愿望每临年夜都在心底呼之欲出，却又无法倾吐。今年终于有了一点儿变化：儿子们大概以为既然广场已经拒绝摊贩，他们的母亲至少不会到寒风中守望了吧？何况他们又承诺了要去陪陪爱人的父母，所以夜半钟声一过就都走了。鲨鲨在2个小时前就走了，他说约了同学去看"拢旺火"——街面上许多商号门前都燃起大火"接神"。已经17岁的孩子，正是好热闹的年龄。

窗外的风势不像往年那么猛，应该算是在刮春风吧。记得有位古人感慨过：春天来不远，只在屋东头。而我的春风，只在广场西头。

我有7个年夜没出门，竟不知时过境迁和事过境迁。那时的生意人为了省电，一过八九点就都漆黑了店面。再者当时人们很讲究合家守岁，大街上反倒显得冷清。现在不然了，到处火树银花，满街的人们似乎都在一片欢娱声中东奔西跑。

我走到广场西头，来到自己曾经摆过摊位的位置上时，心忽的下沉了。这方寸之地，曾留下我为一分一角而算计的心酸，也曾留下我遭遇剜心之痛时的眼泪。我一动不动地呆望，呆望了好长时间。我想到16年摆摊的风雨，也想起陪我熬过一个年夜的小江。即使小江一年只路过广场一次，也早已发现我的小车消失了。相信他路过广场时,也会想起我们说了那么多"一定"的约定。

意外的惊喜是不能复制的。有一次,应该已经知足。

当然,想得最多的,还是我的永舢。我似乎听到永舢在抱怨:妈你都好几年不来看我了,我还等在这里干吗?

循声望去,却什么都望不到,或许是因为灯火太耀眼了吧。目光只有触及黑暗,才会深远。

回家去吧,这一趟跑出来非但什么都没遇到,反而发现种种过往在悄悄地被时间删除。这个想法一露头,心便一滴一滴地往外渗泪。刚开始还能忍的,后来就不行了,而一旦忍不住了,我就想放声大哭。

大年大街,此时此地,我真不能号哭。

我压着自己,从小江曾经走来的路走向火车站。看看大钟已指向凌晨1点半,在站台的音乐中,竟也有旅客进出。人生确有许多遗憾,不可思议地就被搁在半路了。

"奶奶。"回头一看,是鲨鲨。

"你没去?"我记得他说跟同学去看旺火的。

鲨鲨没回答,目光逃向别处。哦,我明白了,他也想一个人出来走走。

心里说,孩子,你为什么也这样?

我不知道是代沟的隔膜还是性格使然,我觉得鲨鲨和他的伯伯们截然不同。我一直斥责鲨鲨不懂得跟我相依为命,对亲人和家庭老是一副局外人的模样,也没有小孩子常有的活泼天真,动辄蔫头耷脑的令我气短。

但是有朋友说:你注意到小孙子没?他的眼神里有一股子忧伤。对了,鲨鲨的班主任也跟我说过,鲨鲨的目光一闪,就有忧伤。

鲨鲨的性格难以捉摸,他在小学二年级时就有过两次夜不归宿,而且次日一整天都不到校上课。当我慌急落泪时,他回来了。

"昨天晚上哪儿去了?"

"就在小区门房子、窗台下边。"

"为什么不回家?"

"……"

"今天咋不去上课？是不是去网吧了！"

"没，就在玉米地边坐的了。"

"胡说！一整天你吃什么？"

"……领你去看。"

我不信，就跟着他到小区后边。玉米地埂上果然有个清晰的小臀印，旁边是一个纯净水瓶子和一个方便面袋子。

后来我曾问过鲨鲨：那次你是怎么想的，谁也没打你没骂你，你为啥跑到玉米地边儿坐了一整天？但他似乎比我更疑惑，眨着忧伤的眼睛，什么也说不出来。此时我就想起他在七八岁那年，跟一群同学去照大头贴，他选择的所有背景图案，都是荒漠。

我沧桑六十年我喜欢荒漠我有一千个理由，你始龀七八岁你喜欢荒漠你有几个理由？

然而今夜，此刻，我开始恨自己，十年前为什么要对这个没了爹妈的孙子倚老卖老。

……回吧。我对鲨鲨说，快2点了。

嗯。

一路上我们都没说话。虽然是前后脚，但我知道，我孤独，他也孤独。

记得与几位美女作家去爬山，一个说写作是孤独的，我也说写作是孤独的，而另一个说，不写更孤独！

是的，不写更孤独。所以写作陪我30年了。

到家了。年夜跟着我们，也到家了。

"奶奶，咱俩都别睡了，就熬到天明吧。"鲨鲨忽然说，黑暗中，他的眼睛里满是快乐——他也开始"扛"了？

永舢，你看见没？看见鲨鲨了没？

我的心里有根火柴被擦着了，很光亮。

蒙古密码

2016 年获第十一届全国少数民族文学创作"骏马奖"

特·官布扎布

自 序

我总是认为,在一个震惊过世界的民族背后必有一段非同凡响的奋起故事,更有后人必去解读的历史密码。

在曾经的 13 世纪,让人类和世界大吃一惊的一个民族就是当今蒙古人的祖先。那么,他们来自哪里?他们是如何冲出古时蛮荒?他们走入历史的最初理念是什么?他们经历过怎样的聚散离合?是什么使他们曾经跌入败落的谷底?他们是以怎样的生存形态进入成吉思汗时代?成吉思汗是如何把他们拉上马背,又一同走向复兴和崛起?古代蒙古人和成吉思汗版图认同的密码是什么?是怎样一个必然的历史规律使他们完成了古时中国生存版图完全的无障碍对接?成吉思汗的陵寝究竟在哪里,究竟以怎样的形态存在于大地人间?从蒙古民族匆匆走过的历史行程中,我们能看到怎样的成败得失,能够得到怎样的智慧启迪?……应该说,这是历史对我们的提问,也是我们应该去解读和回答的命题。

我不主张戏说历史,也不喜欢板着面孔说历史,同时又不欣赏对历史的扁平化讲述,而是愿以最大众的方式表达自己对历史及其风云故事的心灵认知!这部作品就是本人对蒙古民族历史行程的激情解读……

卷一　蒙古人来自哪里

我们总爱回头，总爱探究昨日的究竟。

在昨天，在那个并不遥远的13世纪，一个以游牧为生的、不见经传的民族，从一个不为人知的神秘背景下突然出现在人类面前，在不到百年的时间里不仅完成了民族的形成，更是创就了冷兵器时代的霸世奇迹，进而又实现了这个民族与历史进程的对接与融汇。

这个民族，就是蒙古民族，就是一群群向着太阳、向着吉祥迁徙不休的蒙古人。

蒙古人，把奇迹留给了后人的记忆，把身世藏进了历史的深处，促使人们不断地追问：他们是谁？他们来自哪里？

是的，他们究竟是谁？究竟是从哪里来的呢？

岁月深处的祖先

岁月深处是祖先居住的地方。蒙古人的祖先就居住在她迷雾缭绕的一隅。

关于蒙古人的祖先，长久以来流传着一个看似神奇却很荒唐的说法。"一天生的苍色的狼与一白色的鹿相配了。生了一个人，名叫巴塔赤罕。"于是，这个叫巴塔赤罕的人就成了地球上出现的第一个蒙古人，而那苍色的狼和白色的鹿自然也就成了蒙古人的兽祖。随着这一说法绵延不绝地流传和演绎，它不仅成了人们解读蒙古民族族源的信以为真的传说，进而也成了一些缺乏历史知识的族内外人士操弄狼崇拜、狼图腾、狼性文化的兴趣之源。

那么，蒙古人的祖先究竟是谁呢？他们是一对恩爱的狼鹿，还是一些跋涉在历史深处的男女之人？

要回答这一问题，要想得到这一问题的答案，我们不得不走进岁月的深处，不得不走进一部神奇的图书。这是一本被誉为"奇书"、"天书"的图书，是一本蒙古人的祖先留给其后代和世界的，能够解答包括祖先之谜在内的蒙古民族形成、发展之密码的神奇著作。这本著作曾被联合国教科文组织认定为世界经典著作,曾被专家学者评价为"蒙古民族的创世纪"!

这本书,就是《蒙古秘史》!

《蒙古秘史》的神奇,不仅在于她是所有涉蒙话题的内容母体,也在于她独一无二的珍贵性。

《蒙古秘史》开篇即写道:"成吉思汗的根祖是苍天降生的孛儿帖赤那和他的妻子豁埃马阑勒。他们渡腾汲思水来到位于斡难河源头的不儿罕山,生有一个儿子叫巴塔赤罕。"迄今为止,这是关于蒙古人及成吉思汗祖先的最原始、最清晰、最权威的一段叙述,也是引发过许多关于蒙古人的兽祖与图腾话题的一段叙述。

据此,有人认为这就是关于蒙古民族起源的传说,于是就有了含情脉脉、恩爱相视的《苍狼白鹿》图;还有人认为,这就是蒙古人以狼为兽祖的记录,于是就有了唯恐莫是的强化论证;也有人认为,这就是蒙古民族崇拜狼图腾的历史印迹,于是就有了蒙古人和成吉思汗虔诚地向狼学习,终于成就了惊世奇业的文化推论。很显然,这是对蒙古古代历史的一种误读。而导致这一误读的根源,便是明代文人对《蒙古秘史》开篇之句的错误翻译。不知是什么缘故,明代译者把本为:"成吉思汗的根祖是苍天降生的孛儿帖赤那和他的妻子豁埃马阑勒"的句子译成了:"当初元朝的人祖,是天生一个苍色的狼,与一个惨白色的鹿相配了。"于是,使络绎不绝的后人在以讹传讹的路径上兴致勃勃地忙碌了几百年之久,险些把一匹神秘威猛的狼和一只温顺美丽的鹿强加给天下的蒙古人。

关于苍天降生的孛儿帖赤那和他的妻子豁埃马阑勒,史学界经过百余年的研究已经给出了明确无误的解答。那就是:孛儿帖赤那和他的妻子豁埃马阑勒系成吉思汗二十二代远祖,是蒙古乞颜部落的头人。他们以动物之称取名,约生活在公元8世纪中叶。其对应的译文词意便是苍色的狼和白色的鹿。

对于孛儿帖赤那和豁埃马阑勒的种种误读,《蒙古秘史》研究世家传人,著名的《蒙古秘史》学专家阿尔达扎布先生颇为不耐烦地写道:"蒙古人向来就有以动物命名的习惯。《蒙古秘史》原文中明显地写有'孛儿帖赤那'的'格儿该'（妻）为'豁埃·马阑勒'，'豁埃'又是妇女的美称，说明两者都是人名，无疑。"我虽非专家，也非学者，但极其认同阿先生的话意。但愿我逝去的祖先不再被误读困扰，但愿他们在岁月深处的长梦永远平静、安详。

我曾经说过这样一句话："对祖先的猜想是每一个民族无法割舍的寻根情结。蒙古民族也不例外。"事实的确也是这样。有一天，当我正为现代汉语版《蒙古秘史》北京签售会准备吉祥哈达时，有位年轻人来到了我的办公室。他说自己是唱歌的，刚从兴安盟乌兰浩特演出回来。这位与我不曾相识的年轻人，从一个信封中小心翼翼地拿出两张照片后递给了我，并说："你译的现代汉语版《蒙古秘史》我读过了。这是我从乌兰浩特成吉思汗庙里拍下来的，也许对你有用。"我接过照片一看，一张是成吉思汗元祖孛儿帖赤那的画像，另一张就是他的妻子豁埃马阑勒的画像。年轻人没再说什么，留给我两张照片和他那憨厚的微笑及没有说完的话，卷起青春的朝气回头走了。我的眼睛停留在照片上面久久不能移开，似乎看见了岁月深处那炽烈的太阳和银白的月亮，以及在旷野密林中艰辛跋涉的老少祖先……

是的，这就是猜想的结果，就是孛儿帖赤那和豁埃马阑勒在蒙古民族心中的形象记忆。现在，我把它奉献给本书的读者以及所有关注蒙古族历史与文化的人们。愿它能够荡去长久以来人们对他们的种种误读和猜疑！

秘境寻踪

熟悉江河的人总爱把历史比作一条长长的河，而眷恋草原的我却喜欢把它当作绵延弯曲的漫漫长路。放眼望去，它那伸向岁月深处的一端总是隐没在无尽的雾霭之中，不禁使人浮想联翩，思绪满怀……

蒙古人的历史就是这样，越往岁月的深处，越是雾霭浓浓。这不是岁月的过错，是记录缺失的无奈。

随着蒙古民族早期祖先孛儿帖赤那和豁埃马阑勒身份、地位的明确，也随着他们在蒙古民族心目中的形象特征的显现，我们不得不触及更为复杂的一个话题。那就是：他们来自哪里？他们的祖先又是谁？一句话，他们是从哪里起源的？

是的，孛儿帖赤那他们那先于史乘的祖先们究竟是从哪里来的呢？这个问题有趣而又复杂，使史学家们执着探寻不已。面对岁月茫茫的远古，面对印迹全无的空旷，惯从文献说话的学者们终于不惜代价地提出了关于蒙古民族族源的种种推断。

一些学者认为，蒙古人是古代匈奴人的后裔。也就是说孛儿帖赤那和豁埃马阑勒他们是古代匈奴演化而来的蒙古人祖。其理由有二：一是"古匈奴语言上通例，与今蒙古语言之通则不相违背"；二是"匈奴与蒙古住地相同"。故认为：匈奴是蒙古人古时族名。也许，这一说法线条简捷，易于流传，蒙古诗人们也曾津津乐道地写过"自那匈奴古时祖先居住的地方，是我众民百姓安居乐业的故乡"的美丽诗句。

另一些学者认为，蒙古人源自突厥。中国南宋时期一个叫赵珙的人写有一部《蒙鞑备录》的著作，其中他写下了"被称为鞑靼的'蒙古'处于沙陀别种，故于历代无闻焉。其中有三：曰黑、曰白、曰生"的文字。因"沙陀"系突厥，所以就有了"蒙古之先出于突厥"的说法。更为蹊跷的是，突厥传说中有人狼交配的记载，而《元朝秘史》中又有误译而出的"狼鹿相配生人"的记录，因而使这一说法拥有了天然合一的印证。

还有一些学者认为，蒙古与吐蕃同源。也就是说，诚信佛祖的蒙古人原本就是与印度、西藏的天国信民同源一家。有一本很为著名的著作，学者们认为约成书于明朝末年，书名叫《蒙古黄金史纲》。不知作者为谁的这本著作记有这样一段有趣的文字："吐蕃国王有三个儿子，长子叫博罗出，次子叫锡巴罟持，幼子叫孛儿帖赤那。由于内部失和，孛儿帖赤那北渡腾汲思海，至浙忒的地方，娶了一个叫作豁埃马阑勒的处女为妻，在浙忒地方定居下来，是为蒙古部落。"这是一个多么奇妙的族源链条啊！有了这样的链条，曾为萨满信徒的蒙古人信奉起佛教来不就回归本真了吗？！

又有一些学者认为，蒙古源于东胡。学者们坦言，东胡是中国古代的北方少数民族之一，约在公元前3世纪与大名鼎鼎的匈奴同时兴起于北方大地，后被匈奴击破，部众逃散，其中主要的两支分别逃到了乌桓山和鲜卑山，从此以后便以乌桓、鲜卑的族称出现在史册。与此同时，这个叫东胡的败者之族的旧称便从史书上消失了。随着时间的推移，这个败逃到鲜卑山的，已被称为鲜卑族的后人中分化出了一个叫室韦的群落，而在这个叫室韦的群落中恰好有一个叫"蒙兀"的人群。细心的学者们从《旧唐书》的《室韦传》中发现这个记录后，进行了认真的比对研究，终于提出了蒙古源自东胡的论断。

与此同时，也有一些学者提出了"蒙汉同源"说、蒙古与"东胡、突厥、吐蕃混合"说和"白狄起源"说。提出这些观点的学者们都各有使自己深信不疑的理由，也各有其让他人频频点头的说道。很是壮观啊，具有蒙古祖先嫌疑的一群群远古男女从多个方向向我们走来。真不知，我们该以怎样的心情迎接他们，也不知该以什么样的目光与他们对视。

我一向认为，学者们那深邃的目光能够望穿悠悠的岁月，能够辨明远古旷野上的风吹草动，能够使我们的羡慕免遭劫难。也许，我错了。也许蒙古人祖的演化过程就是这样复杂，复杂得让人永远看不清真正的源头。

祖地记忆

面对学者们提出的莫衷一是的，关于蒙古人源头的种种说法，作为大众百姓的我很难选择其中的一个作为我们这蒙古血脉的源头。如同寻找江河源头的探险家，又如同充满好奇的天真少年，为弄清这个常被提起而又总是说不清楚的话题，我花了不少钱，买了不少书，而翻阅后的结果却让我越发失落，越发迷茫。

那么，关于自己民族的族源，蒙古民族有没有自己的记忆呢？回答是肯定的。这是一个古老的记忆，这个记忆跟随蒙古民族走过了一个又一个红日当空的白昼和白月朦胧的夜晚。后来，被中古时期的波斯史学家拉施特记入了他的通史之作《史集》之中。这段古老的记忆是这样的："大约距今三千年左右，北方草原上的各部落之间，发生了一场震天动地的鏖战，一连打了七七四十九天。结果被称为蒙古的部落被另一些叫突厥的部落打败了。叫突厥的那个部落对被称为蒙古的部落进行了大屠杀，最后只剩下了两男两女。一天夜里，这两男两女借着月光，逃进了一座深山。这座山悬崖峭壁，高耸入云；山上林木茂密，连吃饱的大蛇也难以通过。

"这两对逃难的青年男女四处攀寻，终于越过了天险，找到了草地和清泉。于是他们就在这里住了下来，并给这座山起名为'额尔古涅昆'。后来，这四个年轻人结成了两对夫妻，建起了两个帐篷，猎取野猪、麋鹿，驯养野马、山羊。几年后，他们就有了成群的马儿和羊儿，积蓄了许多财富，还生养了几个儿女。

"这两户人家，一户叫涅古思，另一户叫乞颜。过了若干年，涅古思和乞颜两家的人户越来越多，这额尔古涅昆山已经不能容纳这么多的人了。于是，他们打算离开这里，向外发展。但是，他们祖先上山的路已经被草木阻塞了，而且那么多的马、牛、羊也带不过去。怎么能翻过这座险峻的山岭呢？他们试用了各种办法，最后终于发现了一处铁矿，便决定化铁铸剑出山，返回祖先的故土。

"两族人在一个老人的率领下，砍倒了一片森林，准备了成堆的木柴，又杀了七十头牛马，剥下它们的皮，做成了七十个皮囊式的风箱。然后，他们一起动手，用这七十个风箱鼓风助火，使那里的铁矿全部熔化。他们从那里得到了无数的铁，铸成剑后，开辟了一条通道。

"于是，乞颜氏和涅古思氏离开了那个狭窄的土地，回到了他们祖先生活过的地方。捕鱼儿海、阔连湖畔的辽阔草原上遍布了他们的人。"

这段神奇的传说就是深深地珍藏在蒙古民族心目中的起源传说。它经久流传，不被忘记。在我很小的时候，我那不识字也不善言语的爷爷就给我讲过这一传说。基本要素大致相同，只不过有些细节被夸大或增减了。我想，传说的流传也就这样，随着讲述者的能动介入都会有一些细微的变化。但要件是不会变的，只要不去故意篡改，比如本传说中的涅古思、乞颜、额尔古涅昆、牛皮鼓风箱、熔山炼铁、捕鱼儿海、阔连湖等从未被其他名称代替过。也许，这就是后人对先人的纪念，也许，民间传说的珍贵就在于此。

在这些保持了原生态本质的信息中，那个叫乞颜的姓氏就是成吉思汗那个家族的姓氏，那个叫捕鱼儿、阔连湖的湖泊就是当今内蒙古呼伦贝尔市辖的贝尔湖和呼伦湖，而那个叫捕鱼儿海、阔连湖畔的草原也正是如今闻名遐迩的旅游胜地——呼伦贝尔大草原。

巧合是偶然的，但有时它就是命中注定的。当我正搜集、翻阅与蒙古民族起源有关的图书资料时，《内蒙古日报》蒙文版发表了一则惊人的消息。那是 2006 年 5 月的报纸，消息披露了中国社会科学院考古研究所一项重大的考古发现。消息称：1998 年夏末，考古人员在海拉尔河流域的谢尔塔拉草原上发掘了 10 座古代蒙古人的墓葬。墓葬中出土的不仅有大木弓、铁镞、桦树马鞍、玻璃球等百余件文物，还有保存较为完好的 10 具尸骨。经人种学家鉴定，这些古墓中尸骨的人种属于北亚蒙古人种，又经碳 14 测年，其时代为公元 9 世纪左右，再结合考古学和有关历史文献记载，确定墓主人为室韦人。消息进一步推论说：据文献记载，室韦人是蒙古族的祖先。公元 9 世纪初，室韦人中的一支从额尔古纳地区森林中出来，并且来到森林西部平坦的草原地区，这些人被称为"原蒙古人"。

这是一条字字千金的消息呀！它证实了《旧唐书》对室韦的记载，又吻合了《蒙古秘史》中孛儿帖赤那渡腾汲思水西迁的记述，更印证了蒙古民族对自己族源记忆的真实性和可靠性。而且，它也为蒙古源自东胡的论断提供了如山铁证。就此，我可以收起案头上的资料了，也不再去四处打探我们这一民族的起源之说了。也就此，我们可以为这个名叫蒙古的，朴实、坦诚、不善言辞而内心丰富、豪放、果敢、珍视情义而性格倔强的，被他人称作强悍、善战的民族描绘出一条她发源、繁衍、发展、壮大的路线图了。

那就是：在远古年代，蒙古人作为东胡这一狩猎游牧群落的后裔，长期繁衍生息在呼伦贝尔草原的山林与大地，并在这里孕育了民族的雏形。然后，随着人口的增加和时局的变迁，约从公元 8 世纪中叶逐步向西漫延而去。再经过孛儿帖赤那所属的乞颜部落和其他诸部落几百年的发展壮大，最后在成吉思汗时代完成了这个民族的崛起和最终的形成。

卷二　成长的足迹

人类的历史绵延流长，不断发展，其最大的收获就是文明。

文明是初春的太阳，它融化野蛮的冰雪，使民族万众向着它竞相成长；文明更是生存发展的终极广场，它充满着共荣的希望，使人类万民从四面八方走向它的怀抱。

每个民族的身后都有一条曲折坎坷的来路，那是他们向着文明成长的记录。这是一条没有路的路，是一条冲破蛮荒的生命指向。民族的祖先们一代接一代用生命和智慧开启了一个又一个文明的天窗，保佑各自的民族在这蓝色的星球上茁壮地成长起来。

蒙古人的祖先也一样，在冲破蛮荒的征途中，他们为后人留下了一个又一个值得回味的传奇故事。

铿锵起步

我们多么希望能够一眼望穿历史，能够一语道破世界民族盛衰成败的玄机奥秘，以便为各自国家民族的崛起和昌盛不衰找到一条便捷正确的路径。应该说，这就是我们对历史研究的功利考量，也是历史研究备受关注的原因所在。

一个民族的发展与壮大，无疑是各种因素相互作用的结果。但是，在那些发挥推力作用的因素中，有些因素是软性的、次要的、辅助性的，而有些因素则像那执掌枯荣的季节气候，带有绝对的根本性和关键性。通过探寻蒙古人的古时足迹，我们已经知道，他们是在呼伦贝尔草原的山林大地间孕育了民族的雏形后，逐步向西部草原蔓延开去的。时间约为公元8世纪中叶。也就是约从这个时段起，一个被称作蒙古的男女人群进入了史乘，继而又有了一个叫孛儿帖赤那的部落头领率领他的部群迁徙到斡难河源头的不儿罕山一带繁衍生息的《蒙古秘史》记载。迁徙到不儿罕山一带后，头人孛儿帖赤那的部群和后人在经历了一段时间的蹒跚繁衍后，突然得到了快速、迅猛的发展壮大，不久便一跃而成威震草原的强大部族，为成吉思汗成就惊世霸业奠定了坚实的基础。那么，在这个部族的发展史上究竟发生过什么，它如何使这个发端不久的部族得到了快速、迅猛的发展？

在蛮荒年代的历史框架下，观察一个民族发展壮大的过程，首先关注的应该是这个民族与大地自然的相互关系和这一关系的变化情况。也就是说，要观察这个民族繁衍发展的生存形式。

从中国海拉尔河流域谢尔塔拉草原古墓中发现的"原蒙古人"是我们迄今已知的最早的蒙古人了。他们也许就是率部西迁的头人孛儿帖赤那的故地祖先或族亲兄弟。从已公布的出土文物看，居住在这里的"原蒙古人"应该是尚未进入游牧生活的狩猎人群。而率部西迁到不儿罕山一带的孛儿帖赤那和他的后人们似乎也延续了较长时段的狩猎生活。记述他们创世纪足迹的《蒙古秘史》也为我们留下了这方面的鲜活信息。

《蒙古秘史》在记述孛儿帖赤那第九代子孙孛儿只吉歹篾儿干时写道："合儿出的儿子叫孛儿只吉歹篾儿干，其妻是名为忙豁勒真豁阿的女子。他们的儿子叫脱罗豁勒真伯颜，娶孛罗黑臣豁阿为妻，拥有名为孛罗勒歹速牙勒必的家奴和叫答驿儿、孛骡的两匹马。"这是一段有关我那古代祖先家庭财产状况的记录。被称为伯颜（富足人家之意）的脱罗豁勒真因有一个家奴和两匹马而成了史书记录的富足之人。在那时，这位被视作富足之人的人，如果有成群的牛马、遍地的羊群，那么，作为记述祖先功业的《蒙古秘史》绝不会视而不见，避而不谈的。由此可见，他们仍在延续着祖先传下的狩猎生活方式，而他所拥有的两匹马只不过是用来狩猎的先进工具罢了！

蒙古先祖孛儿帖赤那的后人们似乎仍在坚守狩猎为生的神奇生活。《蒙古秘史》在记述孛儿帖赤那第十一代子孙朵奔篾儿干生活情况时写道："有一天，朵奔篾儿干在脱豁察黑温都儿山上打猎时，遇见了一个正在树林里烧烤猎物内脏的兀良哈歹人，便说：'把肉给我吧！'兀良哈歹人听罢，取下鹿头、皮子和肺，其余全部给了朵奔篾儿干。朵奔篾儿干驮着鹿肉赶路时，又遇见了一个领着孩子的穷人。朵奔篾儿干问：'你是什么人？'

"'我是马阿里黑伯牙兀歹人,现在极为饥饿。请把鹿肉给我吧,我把这孩子送给你!'

"朵奔篾儿干依照那人的请求,把鹿肉的一条后腿分给了他,之后领着那人的孩子回到了家,把他当作了自家的佣人。"

多么侠义、凄凉的生活情景啊!我那生活在中世纪岁月里的祖先们,如有其他的果腹之物,如不是只靠捕猎来生存,怎会发生俯首乞求他人猎物的无奈,怎会发生用自己心爱的孩子换取一条鹿肉后腿的悲哀呢?

蒙古先世们的生活就这样艰辛地继续着。而就在这个时候,一个使蒙古这一古老血脉得以迅速发展壮大的内在变化悄然发生了。这个变化是从一个叫阿阑豁阿的女子的生活经历中显现出来的。阿阑豁阿是蒙古先世慧眼识认的神奇女子,是蒙古后人崇敬有加的伟大圣母。《蒙古秘史》在记述孛儿帖赤那十一代子孙都蛙锁豁儿和他弟弟朵奔篾儿干时写道:"都蛙锁豁儿的额头上有一只独眼,能看清三程远的地方。一天,都蛙锁豁儿和弟弟朵奔篾儿干登上不儿罕山。都蛙锁豁儿从山上看见向统格黎溪走来的一群百姓,便说:'在那迁徙而来的人群中,有一女子坐在黑色车子的前头,她是个不错的女孩。如未出嫁,将她娶给朵奔篾儿干弟弟为妻吧!'"

不知古人说话为何会有这样的自信,陌生女子阿阑豁阿果真成了朵奔篾儿干的结发妻子,并生养了不古讷台、别勒古讷台两个儿子。《蒙古秘史》接着写道:"生活如此继续着。后来,朵奔篾儿干去世了。朵奔篾儿干去世后,他的寡妇妻子阿阑豁阿又生下了叫不忽合塔吉、不合秃撒勒只、孛端察儿蒙合黑的三个儿子。

"于是,朵奔篾儿干所生的别勒古讷台、不古讷台两个儿子感到大惑不解,便背着母亲议论道:'咱的母亲,在既无丈夫又无房亲兄弟的情况下生了三个儿子。家里只有来自马阿里黑伯牙兀歹的佣人,这三个孩子是他的儿子吧?'不久,阿阑豁阿觉察出了孩子们的这般议论。"

遭到孩子们的非议对于一个母亲来说该是何等巨大的不幸呵!阿阑豁阿怎能不伤心,怎能不痛苦?!于是,这位大智大慧的母亲要向孩子们说明其中的一切。经过缜密筹划,有一天,她终于端出了让孩子们,也让所有关注蒙古历史的人们都应为之一震的美味。

对此，《蒙古秘史》写道："春季的一天，阿阑豁阿煮熟风干羊肉，让五个孩子吃饱了肚子。"

风干羊肉，这个让阳光晒干的，让野风吹干的，如今已为不值一提的平常之物，在岁月深处的那个年代出现时，它就有着绝对的珍贵性和划时代的意义了。他的出现充分标明了蒙古人的生活正在发生深刻的变化，标明了一向通过捕杀桀骜不驯的猎物来获取大地滋养的蒙古人就要用驯养了的牲畜向大地索取需要的滋养了。啊，这是一个何等重要的转型啊！我一向认为生命维持与繁衍的唯一依靠就是大地自然的滋养。狩猎是我们人类最古老的生存方式，也是获取大地自然之滋养的古老手段。然而，猎物毕竟属于桀骜不驯的山野生灵，所以人们能够猎获的猎物数量总会有限，进而它所能养活的生命总量也总是有限的。与之相比，游牧生活则是用一群群头数众多的牲畜来收集大地自然的滋养。之后，根据需要，随时提取和食用。这样，获取滋养的效率高、数量大，能够承载的生命总量自然也就更大了。农耕生活获取滋养的方式更为便捷，它直接利用大地自然的身体培育和收割生命所需的各种滋养。它所能获取滋养的效率更高，能够承载的生命总量自然也就更大更多。在古代原始的生产条件下，这就是使民族人群发展壮大的最大原因。所以，对当时的蒙古部族来说，这是一个重大的变化，是关于生存发展形式的一大调整。这种调整，如果符合一个民族生存发展的内在要求，它就为这个民族带来青春的活力，就会使这个民族迅速储备巨大的冲击力和爆发力！

事情果真如此。就从这个时候起，艰辛生存的古代蒙古人一跃跨入了姓氏繁衍的活跃期。据《蒙古秘史》记载，从此时起仅从孛儿帖赤那十二代到十八代子孙中就衍生出了28个之多的各种姓氏。

在古代，一群群艰辛生存的蒙古人就这样向着未来铿锵起步了。这是他们调整自己与大地自然的关系的结果。随着生活的游牧化，蒙古先世们所占用的草原更加辽阔了。这需要他们分散去占有，分散去管理。也由于游牧生活逐水草而行的特点，迫使他们用新的管理模式掌控族人和草原。于是，新的生产力集体——姓氏就应运而生了。姓氏的大量出现和繁衍，不仅体现了游牧生活给古代蒙古人带来的快速变化，也预示着新旧权力模式的完结与交替。果然，在那些繁衍而出的众多姓氏中，孛儿帖赤那十二代子孙孛端察儿所开创的孛儿只斤氏后来就成了古代蒙古新的权力中心，成了统领蒙古民族几百年之久的黄金家族。成吉思汗就出自这个姓氏。

精神制造

真是感谢至高伟大的长生天，感谢我那勇于开拓的无畏祖先。在那历史深处的岁月里，在那世界各民族竞相调整自己与大地自然的关系的时候，我的祖先如果沉湎于狩猎生活的神奇，如果没有拉近自己与大地自然的关系，那么如今的我还不知在哪片山林中贪婪地寻觅着猎物的踪迹。

好在一切按着应该的方向发展了，使得我从容自豪地发表着历史的感慨！

人与大地自然的关系就是这样默契、神圣。蹒跚跋涉的古代蒙古人就这样通过调整自己的生存方式，通过拉近自己与大地自然的关系，很快跨入了迅速壮大的历史岁月。随着族群人丁的迅速壮大，一个创世纪的精神制造活动也随即开始了。回望历史，我们可以觉察到，一个民族的精神制造活动往往是以某一宗教的发端与兴盛来完成的。而古代蒙古人的精神制造活动则是在破解生存难题的过程中完成的。因而，所制造出的精神更具直接的感召力、亲和力和凝聚力，也更容易成为这个民族奋发进取的不竭动力！

那么，诞生于蒙古民族开始勃兴的历史时期，又为这个民族的发展壮大带来巨大效应的究竟是一些怎样的精神理念呢？

天生理念

天生理念是古代蒙古人对祖先身世的梦幻解读。他们认为自己的祖先是从上天降生到人间的尊贵之星。这一理念的初始源头应该来自原始、古老的萨满教。它的出现早于蒙古人开始勃兴的年代，曾为蛮荒中跋涉的早期蒙古人提供过长久的自豪。这个流传在许多草原民族历史中的传说，被勃兴之初的蒙古人迅速加以提炼，很快成了这个民族打造尊严、自我认知的专有理念。

应该说，人类的诞生是我们这个星球生命进程的一大奇迹。对于他的起源，每个民族都以自己的方式进行过诠释。蒙古民族也不例外，也为这一话题留下了自己的见解。被称为蒙古民族创世纪记录的《蒙古秘史》这样写道："成吉思汗的根祖是苍天降生的孛儿帖赤那和他的妻子豁埃马阑勒。"这就是蒙古人对天生理念的初始解读。这一解读经过较长时段的沉淀，被勃兴之初的一位神奇人物引入了日常生活，从而使它成了这个民族打造尊严、自我认知的专有理念。这个人就是孛儿帖赤那第十一代子孙朵奔篾儿干之妻阿阑豁阿，就是因丈夫过世后又生了三个儿子而遭到孩儿们非议的那个不幸的母亲。为了消除孩子们的疑惑，阿阑豁阿煮熟风干羊肉，让孩子们吃饱肚子后说道："别勒古讷台、不古讷台两人对我又生三子以及其父为何人一事充满了怀疑和猜测。你们的怀疑有道理。但你们有所不知的是，每到深夜有一发光之人从天窗飞进屋内抚摸我的腹部，其光芒都透入我的腹内。待到天亮时，才同黄狗般地爬将出去。你们怎能乱加猜疑！由此看来，他们必为上天之子，怎可与凡生相比？待将成为万众之主时，人们才会明白的呀！"

多么玄妙的解释呵，它不仅向上应合了苍天降生孛儿帖赤那的天生理念，又成功地将高悬在万物之上的苍天请进了蒙古人的日常生活，使之成为打造尊严、振奋精神的心灵伙伴。这样，孩子们不仅接受了母亲的解释，后代蒙古人更将它当作了身世高贵的记忆遗传。

一个空洞的说法就这样涅槃了。从此，一个叫苍天的神灵开始入住蒙古人的心灵深处，并与他们并肩走向了成吉思汗时代。到了成吉思汗时代，这一理念更被演绎成了保佑这个民族兴旺发达的至高神灵——长生天！

随着科学对人类起源的深入诠释，人们已经不再相信古代人的任何杜撰。但是，蒙古人曾经崇信的这一理念却好像深深地融进了后代人的记忆深处，无论放牧迁徙、说话行路，还是放歌起舞、欢宴娱乐，使他们总是持有一种莫名的自信、从容、大度和略显高贵的举止神态。

团结理念

团结是一切事业得以发展的人本基础。如果没有这一基础，再好的事业都将成为夭折的对象。历史，已经用他沉重的叹息一次次地见证过这样的事实。

团结是生命与生命的焊接，是意志与力量的聚合。所以，它对于既面对恶劣的自然环境，又面对刀光剑影相互劫掠的古代蒙古人来说，可谓是保全生存的最大需要。在一次次的欢笑与悲伤中，对团结这一神奇之物已有切身感悟的古代蒙古人也念念不忘地对它进行着理念化的努力。这一努力，终于又被那位神奇女子阿阑豁阿推向了极致，成功地将它打造成了凝聚自我、维系发展的重要信条。

阿阑豁阿，就是那位感光生子的神奇女子，那位将至高天尊请进白色毡房的蒙古圣母。据《蒙古秘史》记载，阿阑豁阿讲毕感光生子的原委后，让孩子们并排坐到了一起。然后，她给每人发了一支箭，并令他们折断。孩子们很容易地折断了各自的一支箭。接着，她又把五支箭捆到一起交给孩子们去折断。孩子们费了半天大劲，最终都未能折断那捆在一起的五支箭。于是，阿阑豁阿对孩子们说："你们五个全是我生的，若不齐心，会像单支箭那样容易被人折断，如能协力，就会像捆好的五支箭一样不易被人对付！"

看吧！一个生活在蛮荒年代的妇道人家，一个不懂得策划为何物的古代女性，竟以这样绝妙的方式诠释了一条永恒不朽的生活真谛。是的，不齐心，不协力，不把生命和力量焊接到一起，在那全然无序的掳掠年代怎能保证族人的平安，怎能应对游牧化过程中行将出现的种种纷争？所以，勃兴之初的蒙古人就这样响亮地提出了团结的理念，为族人的凝聚提供了切身的理由。

应该说，这是古代蒙古人用泪水和血水总结出来的一条重要理念。这一理念，经过阿阑豁阿这位圣母级人物的形象演示，逐渐变成了蒙古民族传统家教的黄金典故。在成吉思汗年少时，他的母亲也曾用这一典故训斥过刚愎有余的少年成吉思汗。

演化是事物发展的必然结果。如今，这一理念演化而成的团结共存、和睦相处的生存准则，像一条长长的哈达绵延在蒙古民族的心灵深处，成了他们处世生活的吉祥信条！

秩序理念

一个有志向、有抱负的民族，在他走向历史舞台的时候必须对人类社会固有的、已有的和应有的生存秩序做出自己的回答。而这个回答将决定他在历史舞台上能走多远的问题。

古代蒙古人自然不会懂得这一点，也不会有这样的历史自觉。但蛮荒年代里的离乱迷茫，漫无终日的纷争悲欢，还是让身陷其中的蒙古人对人间秩序有了自己的看法。那么，千余年前的蒙古人会有怎样的看法呢？我们继续讲述那位神奇女子阿阑豁阿和她孩子们的故事。

《蒙古秘史》生动记述阿阑豁阿五箭教子的故事后，接着写道："不久，母亲阿阑豁阿去世了。

"阿阑豁阿过世后，因兄弟五人不合，由别勒古讷台、不古讷台、不忽合塔吉、不合秃撒勒只四人分掉了马群等家产后过起了各自的日子。兄弟四人嫌孛端察儿蒙合黑愚拙，不把他当作兄弟看待，没分给他任何家产。

"既被亲人抛弃，何以留在此地！孛端察儿愤然跨上骨瘦如柴的青白马，抱定'死就死，活就活'的决心，顺着斡难河水走了下去。走到名叫巴勒谆岛的地方后，他才搭起草棚子住了下来。此间，孛端察儿见一雏鹰正在捕食黑野鸡，便用青白马的尾毛做成套子，套住雏鹰后把它带回家养了起来。

"衣食无着的孛端察儿常常靠射杀被狼围困在山崖间的猎物或拾拣被狼吃剩的片肉残骨充饥，并且把捉来的雏鹰喂养起来。这般艰难地熬过了冬天，待到春暖花开雁鸭飞回的时候，他纵鹰捕来的猎物已挂满了林间树枝。

"此间，一群百姓从都亦连山后迁到了统格黎溪边。孛端察儿每天将鹰放飞后，走到他们中间讨喝酸马奶，傍晚时才回自己的草棚子。那群百姓曾向孛端察儿讨要过他的鹰，但他没有给。他们互不探问对方的来历，相隔不远地过着各自的日子。

"孛端察儿的哥哥不忽合塔吉因惦念弟弟，顺着斡难河向着弟弟走去的方向出发了。他走到统格黎溪边，向那群百姓打探弟弟的消息。那群百姓说：'有一人，每天来这里喝酸马奶。他的相貌和马匹与你说的完全相同。他养有一只猎鹰。他究竟住在何处，我们也不知道。每当刮起西北风时，都会飞来满天的羽毛。由此看来，他的住处就在附近。不一会儿他就会过来，请你稍等片刻！'

"不一会儿，果然有一人向统格黎溪边走来。走过去一看果真是孛端察儿，于是，哥哥不忽合塔吉领着弟弟孛端察儿向斡难河上游急奔而去。

"孛端察儿跟在哥哥的后面，大声说道：'兄长，兄长，身必有首，衣必有领啊！'对此，走在前面的不忽合塔吉未予理睬。接着，孛端察儿又重复了一遍，但不忽合塔吉仍未答话。当孛端察儿再次说起时，他哥哥问道：'这句话，你为什么反复唠叨？'

"孛端察儿回答道：'统格黎溪边的那些百姓是一群散民。他们不分大小，不分贵贱，也没有头领。如此游民，我们应该去掳获！'

"不忽合塔吉说：'那好，我们回家与兄弟商议掳取的办法。'

"回家后，兄弟五人商定了掳取的办法，并派孛端察儿打头。

"打头的孛端察儿先抓获一孕妇，问：'你是什么人？'孕妇答道：'我是札儿赤兀惕·阿当罕·兀良合歹人。'

"如此，兄弟五人发起攻击，轻易地征服了对方。他们不仅缴获了牲畜，又将那些百姓带回家中奴役了下来。"

真是一个不小的收获呵！曾受阿阑豁阿母亲现身说教的孩子们终于收获了团结的果实。他们不仅俘获了用来奴役的百姓，也为日渐游牧化的生活掠来了成批的牲畜。更为重要的是：为他们自己，也为开化中的族众收获了对生存形态的把握尺度。

事情的确也是这样。一个群体化、社会化的生活怎能不分大小、不分贵贱，更怎能没有头领、没有规矩呢？所以，孛端察儿，这位阿阑豁阿感光所生的孩子，这位被兄弟视为愚拙的人，在讨喝人家酸马奶的过程中敏锐地发现了这一点，并且形成了自己独到的见解。

"身必有首，衣必有领！"一个具有古代草原认知特点的秩序理念就这样被提出来了。

人之身躯必有头颅，衣之边周必有领子。形象，且也朴素，但却蕴含着强大的双向张力。对内而言，它是一种必需的规则，而对外，它却充满着规范他人行为的霸道之气。果不其然，这一理念一经提出，就变成了兄弟五人第一次的对外征服行动！

从此起，"身必有首，衣必有领"的理念便慢慢变成了古代蒙古人规范自己也规范他人的秩序尺度，曾为风云多变、沉浮无常中步履蹒跚的这个部族带来过快速的勃兴和几多自豪。同时，也让他付出过太多的代价和过量的元气！

必须看到，我们当今的生存秩序是各种秩序理念长久以来碰撞、融汇、提升的结果。和谐是它潜在的、正在显现中的基本色调，历史将不会舍弃这具有终极意义的思想成果。而在这秩序理念向前演化的过程中，蒙古古代那"身必有首，衣必有领"的秩序理念渐渐失掉了尺度功能，如今已演化成了蒙古民族尊老爱幼、注重礼仪的文化内存！

孕育黄金家族

我们正在分享着历史发展的成果。这些让我们舒适、快活而使生命充满尊严的进步成果是世界各民族的祖先共同带给我们的。回望各民族一步步发展进步的历史，我们总能看到一些贡献巨大的英杰人物和发挥过灵魂作用的家族身影。作为个体生命，那些英杰人物们已随历史离我们远去，而那些曾为各自民族的发展进步长久效力的传世家族，至今被文明了的制度以各种形式敬重着。因各民族勃兴发展的时间不同，这些家族孕育形成的年代也各不相同。而蒙古民族的这样一个家族，则是在这个民族勃兴而起的过程中被孕育形成的。

蒙古人称这样的家族为黄金家族。他不是因开掘金矿或买卖黄金而得此称呼，而因长期主导了蒙古民族历史发展的方向而赢得了这样的尊称。开创这一家族历史的第一人就是那位反复唠叨"身必有首，衣必有领"一语的孛端察儿。

孛端察儿是阿阑豁阿感光所生的孩子，是蒙古部族步入勃兴时期的关键人物。《蒙古秘史》记载，兄弟们曾视他为愚拙无能，迫使他弃家流落。而就是这位被视为愚拙无能的人，不仅回头整合了兄弟五人的力量，更是成功导演了《蒙古秘史》记录中的第一次征服行动。这样，孛端察儿在证明了自己的智勇而非愚拙的同时，也赢得了令人尊敬的身份地位。《蒙古秘史》接着写道："那位孕妇跟随孛端察儿后生了个儿子。因是札惕百姓之子，故名为札只剌歹，后成札答阑氏祖先。札只剌歹的儿子叫土古兀歹，土古兀歹的儿子叫不里不勒赤鲁，不里不勒赤鲁之子是合剌合答安，合剌合答安的儿子便是札木合。由此，他们成了札答阑氏。

"那妇人又为孛端察儿生了一个儿子。因其母亲是掳来之人，故给他取名巴阿里歹。巴阿林氏的祖先便是他。巴阿里歹的儿子叫赤都忽勒孛阔，因他娶妻众多，生下儿女如云，故成了篾年巴阿邻的先祖。"

好壮观的创世纪景象呵！古代蒙古游牧化的重要标志——姓氏的分化就这样开始了。一个祖祖辈辈在乞颜部落名号下生息繁衍的孛儿帖赤那的后人们，就这样从他十二代起纷纷走出部落旧称，各自创立起了一个个崭新的姓氏组织。这是一个时代的结束和另一个时代开始的标志。就在这新旧递嬗之际，在原本被称为蒙古的人群中出现了一个叫"主干蒙古"的新群落。这个群落就是出自圣母阿阑豁阿贞洁之身的孩子们和他们所创立的各个姓氏人群。而被后人称为黄金家族的那个人家，就是在这个时候，就是从这个被称为主干蒙古的人群中脱颖而出的。《蒙古秘史》写道："别勒古讷台成了别勒古讷惕氏创世祖先，不古讷台成了不古讷惕氏创世祖先，不忽合塔吉成了合塔斤氏创世祖先，不合秃撒勒只成了撒勒只兀惕氏祖先，孛端察儿成了孛儿只斤氏创世祖先。"

一个身世不凡，富有传奇的家族就在这里出现了。那就是，在兄弟五人中孛端察儿所创立的那个孛儿只斤氏！

由于记录的缺失，我们无法细谈孛儿只斤勃发腾达的每一个细节，但从以上已知的情况，我们仍可以看出孛端察儿那大大高于他人的雄才与谋略。在同比竞争中，才能与谋略的这一优势必会创造高于他人的功业是自然的。关于这一点，史学家们也给予了充分的关注，并认为自征服统格黎溪边的那群百姓起，孛端察儿就登上主干蒙古君主的地位，取"成吉思汗"名号，开始主导了蒙古部族历史发展的方向。

关于孛端察儿的"成吉思汗"名号，《蒙古民族通史》说："孛端察儿所以号称成吉思汗，是因为'成吉思'是乞颜贵族的守护神，以此来证明自己是属于乞颜氏贵族的正统，以示自己身份的显赫。"就这样，孛端察儿和他所创立的孛儿只斤家族牢牢握住了主干蒙古的权力缰绳，并开始传向后世。据《蒙古秘史》记述，孛端察儿的传人是合必赤，合必赤的传人是篾年土敦，篾年土敦的传人是合赤曲鲁克，合赤曲鲁克的传人是海都，海都的传人是伯升豁儿多黑申，伯升豁儿多黑申的传人是屯必乃薛禅，屯必乃薛禅的传人就是统治了全体蒙古的合不勒汗。

一个带有天生的光环，持有高贵的身世和长时间地掌握了蒙古部族兴衰大权的庞大家族就如此这般繁衍世袭了。到13世纪的成吉思汗时代，这个家族因支撑了一个民族的形成和崛起而受到了后人的广泛尊重和爱戴。直到许久的后来，这个家族的后人也都分享了来自各方面的尊敬和仰慕！

卷三　初入纷争

一个民族的发展壮大，必会是一段很长的路。这段路上充满着激情、冲动、诱惑和变数。能否充分享受发展的快乐，能否充分延续发展的路径，能否使发展转化成为每一个族民生命质量的养分和整体族民生存权利的保障，关键在于如何把握发展的方向，关键在于如何掌控发展过程中必会出现的冲动、诱惑和变数。这是考验一个民族智慧、胸怀以及文化成熟度的一大课题。

翻开人类的历史，我们不难看到这方面的一个个事例。一些民族，由于未能正确地把握发展的方向，未能正确对待发展中出现的冲动、膨胀和各种变数，曾给自己和他人制造过巨大的灾难。这归咎于方向的主导者，归咎于他们本无历史的自觉！

那么，在10世纪左右已经步入勃兴阶段的蒙古部族和他的权贵们是怎样把握了发展方向，又为后人留下了怎样一个历史的思考呢？

一起中世纪时代的医疗事故

虽然我那视力为1.5的聚光小眼已经昏花，但借助文献史籍我还是能够看到祖先们走向勃兴的匆匆脚步。尽管对习惯了的狩猎生活眷恋难舍，尽管对心爱的弓箭难以放下，但我那勇于进取的祖先们还是纷纷拿起牧羊鞭，纷纷树起姓氏的彩旗，赶着一群群的牛马羊驼走向了水草丰美的四方草原。

应该说，这是一次艰难的转型。转型中无疑包含着观念层面的种种分歧，也无疑包含着形形色色的行为冲撞。因为，据史学家说，狩猎人曾经是较为鄙视游牧人的。《史集》作者拉施特写道："他们视牧羊为一大恶习，以致父母骂女儿时，只消说：'我们把你嫁给一个让你去放羊的人！'她就会悲伤透顶，甚至悲伤得上吊。"这便是一种生活方式对另一种生活方式的不理解。写到此，我突然想起当年我离开农村进城时一位农民伯父说的话。他得知我将要离开农村时极其遗憾地说道："真是糟践了一个好庄稼人呵！"话语间不也流露着对庄户生活的欣赏之情吗！

尽管如此，我那远在千年之遥的祖先们还是成功地进行了转型，从已流露出游牧气息的阿阑豁阿时代算起，到"统治了全体蒙古"的合不勒汗时代，蒙古人至少走过了八代人，一个世纪半之久的游牧生活道路。况且，放牧牲畜的活计，对身为草原住民的蒙古人来说并不会是陌生难为的。因为有匈奴人、鲜卑人、柔然人等草原先民的游牧生活遗存，当蒙古人拿起牧羊鞭时，游牧生活的内容和形式肯定有了长足的进步。这样，它必会带给蒙古部族更多的利益，必会加快他们发展壮大的速度。果不其然，待到12世纪中叶，"统治了全体蒙古"的合不勒汗时代，在辽金两朝更替之际，蒙古部族已经发展成了威震一方的强大部族。据拉施特说："如果将他们的人数统计一下，将达一百土绵以上。"土绵是万的蒙古语表述，'一百土绵'的汉语等同词便是"一百万"。对这一数目，《蒙古民族通史》认为"有夸大之嫌"。但对这一时期蒙古部族的势力，它却明确地说道："蒙古部族的势力超过了塔塔儿、克烈亦惕、乃蛮等各强大部族的势力。"

对于几十亿之群的当今人类而言，一个一百万的人口量并不说明什么。但对于年代蛮荒、人烟稀少的古代草原来说这应该是一个令人生畏的数目。随着游牧生活结构链条的不断延伸，壮大起来的蒙古部族势必需要用更多的牲畜养活不断增多的人口，需要用更大的草原放牧更多肥壮的牲畜。然而，草原虽然广袤无垠，但它毕竟不是无主的野地。当时，在蒙古部族住地的东边是强大的塔塔儿部，西边是威猛的乃蛮部，西南是剽悍的克烈亦惕部。所以，生存空间的进一步拓展势必将导致蒙古与其他部族的纷争和冲突。这是相邻各方都应谨慎对待的问题。否则，悲剧随时都有可能开演！

也许一切都是天意，也许一切都是人类智慧的不及所至，不该发生的却偏偏就要发生，应该珍惜的却偏偏被轻易忽略。不幸的是，强壮起来的蒙古部族还是重蹈了他人的覆辙，开始了与塔塔儿部族百年之久的深怨血仇。而怨仇的起因，则是一起不大不小的医疗事故。

不知为什么，《蒙古秘史》没有记录这起医疗事故，而拉施特的《史集》对此进行了详细的描述："由于以下原因，塔塔儿部族和蒙古部族之间产生了古老的血仇：在合不勒汗作蒙古汗的时候，合不勒汗的妻子弘吉剌惕部人合剌里忽的兄弟赛因的斤患了病。为了治疗赛因的斤，请塔塔儿人派来一名叫察儿乞勒讷都亦的萨满。他来施行了一次巫术，赛因的斤却死了。萨满被痛打了一顿，才被打发回了家。后来，赛因的斤的兄弟们又去杀死了这个萨满察儿乞勒。因此，塔塔儿部族同蒙古部族成了仇敌。……他们一再打仗。"

真是怪极了！人病了，自己又未能治愈。请了人家，人家也来了。至于能否治愈都应理智地对待才是。而必须做的则是：给予对方部族间交往的礼遇。可是，"统治了全体蒙古"的合不勒汗和他的部下们却把人家杀死了。这怎能不是强壮后的狂躁和无所顾忌呢？

在古代，萨满教是草原狩猎游牧民族的共同崇拜。作为苍天和人类间的联络者，萨满巫师都备受人们的敬重。作为部族间派遣的萨满，察儿乞勒在塔塔儿部族中肯定享有崇高的地位。所以，曾经是草原霸主的塔塔儿人无论如何也不能容忍来自蒙古部族的这一挑衅。为了维护萨满乃至部族的尊严，塔塔儿人毫不犹豫地向蒙古部族举起了复仇的战刀。这样，一个由部族上层挑起的，并带有整体利益性质的冲突就此开始了。拉施特说:"双方无论何时一有可乘之机,他们就彼此屠杀和抢劫。这些战争和纠纷长年持续。"的确,这场你来我往、周而复始的仇杀,还有那寒光闪闪挥舞不休的战刀,谁能说清它涂炭了多少生灵,踩躏了多少美丽,击碎了多少个阿爸阿妈对生活的美好祝愿……

回望历史,我们每个人都应是一个硕大的问号。虽然,我们没有能力,也无法改变曾经的一切,但我们还是有必要知道它为什么是这样的本质原则。也许,这才是历史留给我们的最大诱惑!

在昔日的草原上,在千年之遥的那一天,在由一起医疗事故引发的部族间的冲突中,亏理且有过错的显然是蒙古部族。但蒙古部族执意而为的事情背后还是有一定战略意图的。那就是:新兴的,已经很是强壮了的蒙古部族不再畏惧塔塔儿人了,并且开始谋求草原霸主的地位了。那么,蒙古部族几代人的勃兴成果将会迎来怎样一个未来呢?

莽撞的草原来客

水是一个聪明的家伙。自冒出泉眼的那刻起,它就会准确地选择于流动的方向。而人,远远没有水的聪明。

蒙古,这个从一个险峻狭隘的地方发端而出的部族,经过几代人的努力,借助游牧经济的张力朝着快速发展的方向,走到了"统治了全体蒙古"的合不勒汗时代。正当草原的历史需要蒙古部族的智慧的时候,合不勒汗却把他引向了与塔塔儿人的冲突。两个强大的部族开始兵刃相见了,草原上的力量格局就要发生变化。于是,已经接替女真人主掌了北中国江山的金朝皇帝对草原上的这一动态迅速做出了反应。

拉施特的《史集》记录了《蒙古秘史》没有记述的这一历史事件:"合不勒汗的事迹很多。在蒙古部族中,他的名声昭著,很受尊敬。合不勒汗是自己部族和属民的君主和首领。

"因为他和他所有的儿子都很勇敢和能干,所以关于他的传说传到了阿勒坛汗(金朝皇帝)的国家和他的异密处。因为在阿勒坛汗的心目中合不勒汗是一个值得尊敬的伟人，所以他想同他接近，想在双方之间开辟出一条团结友好的大道，便派了一些使者去邀请他。当合不勒汗到达那里时，阿勒坛汗很尊敬他，端来了各式各样美味的食物和无数可口的饮料。因为乞台人生性狡猾，不讲信义，常阴险地偷袭强敌，下毒害人是出名的，所以合不勒汗感到担心，认为他们在食物里暗中下了毒。他借着出外松快松快的名义，不时走到外面来来回回地走动。因为天气炎热，所以他沉到水里，仿佛是为了解除暑热。他能够在水底下潜伏吃完一头羊那么长时间。现在，他就按自己的习惯在水下潜伏着，将吃下的东西全部吐出，然后再到阿勒坛汗处，继续吃了许多食物，喝了许多酒。乞台人惊奇地说道：'最高的主，把他造成了一个多么幸福和结实的人啊，他根本吃不饱，喝不醉，而且老不呕吐。'合不勒汗走到阿勒坛汗面前，拍手而舞，并抓住他的胡子，戏弄他。异密与怯薛丹见他举止粗野，并且高兴得失了分寸，便说道：'他对我们的君主太无礼了！'随即全向合不勒汗扑过来。合不勒汗见阿勒坛汗高兴地笑了，便走上前去逢迎他说道：'我举止失态，粗野无礼！我没能克制自己，干出了这些事！听凭阿勒坛汗惩罚我或留我一命！'阿勒坛汗是一个有头脑、能克制自己的君主，他知道合不勒汗有部落和属民，如果为了这么一点小事将他杀死，以后他的长幼宗亲就会出于仇恨而起来为合不勒汗报仇，他们之间的纷争和敌对关系将会长期绵延。因此，他把这一举动当作开玩笑和友好的嬉闹，压下了怒火，宽恕了他。接着，阿勒坛汗命人从国库里取来许多金子、宝石和衣服赐给他，并极其尊敬和彬彬有礼地将他送了回去。"

　　一个强大部族的首领和当朝皇帝的见面就这样结束了。在那个年代，在蒙古部族称霸草原的欲望开始膨胀的当口，这是一次充满玄机的君臣会面。尽管合不勒汗的举止不无鲁莽和失礼，也尽管由此险些酿成大祸，但阿勒坛汗的大度、宽容和对草原来客性情的理解，总算平安地结束了一朝君主和一方首领的初次会面。这样，历史似乎给蒙古部族提供了一个不错的机会。虽然，蒙古部族已经挑起与塔塔儿部族的冲突，但有了与朝廷的某种默契，他们将为部族的生存获得一个较为宽松的历史空间和区域环境。无论是过去还是现在，一个和谐宽松的社会政治、经济环境，对发展中的民族都是至关重要的。所以，睿智灼见的领袖们都应为自己的国家和民族争取和营造更多有利于发展的历史空间。那么，蒙古部族的时任首领合不勒汗，为他还在发展中的部族营造了这样的空间吗？我们继续解读拉施特的《史集》。

"合不勒汗走后，异密们对阿勒坛汗说道：'不该忽视他的举动，将他放走。'于是，阿勒坛汗立即派遣使者去追他，让他回来。合不勒汗对使者说：'我们和他之间的会谈已经结束，我们是在他的允许下离开的！干吗又要我们回去呢？'他不听从使者的话，还说了好些粗话。使者回去了。阿勒坛汗再次派出了一批使者来找他。合不勒汗没在家里。他的妻子们对使者说道：'他去接儿子、媳妇们去了。'使者们便回去了。他们在路上看到合不勒汗同几个那可儿（伴当）疾驰着。他们认出了他，便将他捉起来带走了。在路上，合不勒汗路过了自己的义兄弟撒勒只兀歹的住处。当撒勒只兀歹知道了是怎么回事时，他说道：'毫无疑问，把你叫回去不会有什么好事，他们是要谋害你的！'撒勒只兀歹有一匹跑得很快的白肚马，他将这匹马给了合不勒汗，说道：'必要的时候你就用鞭子抽打马，赶着它跑。骑着它，他们是追不上你的！'

"出发时，使者们粗暴地把合不勒汗的双脚塞进到马镫里。有一天，他得了一个好机会，便放开缰绳，赶着马疾驰而去。一直到他的家为止，使者们都没能追上他。使者们紧跟着他奔驰而来。他有一个从豁罗剌思部娶来的儿媳妇叫马迪，有座新制的帐幕。他为使者们搭起这座帐幕，将他们安顿在那里。接着，由于儿子们都不在家，合不勒汗对自己的儿媳和仆役们说道：'我将你们聘娶过来，供养这么些仆役和家仆，是要你们大家在这种生死关头与我一条心，我们要杀掉这些使者，如果你们不干，我就杀死你们。当乞台人来攻打我时，我就活不成了。但我要先除掉你们。常言说得好：大家在一起，一死何足畏！'于是他们同意了，同他一起袭击阿勒坛汗的使者，杀死了他们，平安地摆脱了这场灾难。过了一些时候，合不勒汗生病死去了。"

这样，拉施特的《史集》就把《蒙古秘史》没有记录的这段故事讲完了。从故事的直接结果看，大富大贵的合不勒汗平安地摆脱了生平最大的一场灾难，并且按着自然规律病归苍天了。但是，作为一个部族的首领，一个已经挑起与塔塔儿部族冲突的领导人，合不勒汗未能处理好与战略后方的关系，也远远未能给拥戴他，并寄予他厚望的蒙古部族营造一个本应需要的历史环境，反而将已于塔塔儿部族开始冲杀的蒙古部族置入了腹背受敌的危险境地。

是呵，在历史的那一刻，关系到一个部族兴衰大事的机遇和命运就这样和蒙古人擦肩而过了。一个本来以铺就团结友好之路为目的的会面，由于一方的鲁莽和较欠战略智慧的举止及另一方尚欠心定的多虑短见，导致双方同时失去了各自所需的战略机遇，从而拉开了蒙古部族与金廷政权百余年的战争序幕。

那么，这样的膨胀和毫无顾忌将给蒙古部族带来怎样的后果呢？

短命的领袖之才

这样，合不勒汗就把蒙古部族带入了变数无限的纷乱年代。

随着合不勒汗的安然病逝，一个叫俺巴孩的人接过了统治全体蒙古的权力缰绳。史书上称他为俺巴孩可汗或俺巴孩汗。俺巴孩是根据合不勒汗的生前安排当上蒙古部族第二位大首领的。对此，《蒙古秘史》清楚地写道："合不勒汗虽有七个儿子，却选定想昆必勒格之子俺巴孩为蒙古可汗。"

合不勒汗，这位挑起与塔塔儿人冲突时的无所顾忌者，这位在与阿勒坛汗的周旋中尽显莽撞与欠考虑的人，为何没从自己的七个儿子中选定一个接班人，而去选择了他堂叔的孩子俺巴孩呢？有人说，这是古代蒙古选贤择能的典范。又有人认为，这是合不勒汗全然无私、开明大度的表现。我倒觉得，事情远没有这么简单，这更像是这位蒙古部族第一任大首领内心活动趋于复杂的产物。

且不论其中有何玄机，俺巴孩就此登上了统治全体蒙古的可汗宝座。俺巴孩是在蒙古部族的历史开始逆转的时候接过权力缰绳的第二位大首领，其责任使命的重大是可想而知的。但他留给后人的故事并不很多，《蒙古秘史》仅用以下文字介绍了他的非常人生：

"兀儿失温河连接着贝尔湖和阔连湖。这里居住着阿亦里兀惕、备鲁兀惕等塔塔儿百姓。俺巴孩将女儿嫁与塔塔儿人，并亲自送去。塔塔儿人趁机将他捉住后交给了金国的阿勒坛汗。俺巴孩追悔莫及，即派别速惕氏巴刺合赤回去，并嘱咐道：'告诉合不勒汗之子忽图剌和我的孩子合答安太石：身为国君人主，不应亲送女儿出嫁，要以我为戒。我已被塔塔儿人擒获，你们一定要报这个仇。直到磨尽指甲，十指流血！'"

另据《史集》讲，塔塔儿人如此将俺巴孩擒获后，又把他交给了金朝的皇帝。而金朝皇帝把他残酷地钉到木驴上杀死了。

《史集》的这个记录把俺巴孩汗的送亲活动写成了挑选美女事件。这是明显的误记，因塔塔儿不是俺巴孩部属，所以他是绝不可能随意去挑选美女为妻的。

这便是俺巴孩汗留给后人的全部故事，也是现今有关成吉思汗的影视中大加渲染的一个情节，更是成吉思汗誓死寻报的血仇之一。

那么，我们不禁要问，作为一个强大部族的首领，俺巴孩为什么将女儿嫁给仇家塔塔儿人呢？又为什么亲送女儿前往？而塔塔儿人又是为什么要擒拿带着善意而来的尊贵亲家？又为什么把他交给金廷阿勒坛汗？尤其是，金廷阿勒坛汗更是为什么那般残酷地杀害了他？

应该说，这是一个必须解读的历史谜案。如不解读它，不回答它为什么会这样的内在原因，那么，蒙古部族的这段历史就将成为令人费解的一场闹剧。遗憾的是，我们至今没有读到关于这一谜案的任何解答。也许是史料缺失的原因吧，学者们都谨慎地回避了它。而我无法回避它！因为此时，我揪心地感受着合不勒汗的尊贵和冒失把该作写到这里，自然对受命于危难之际的俺巴孩汗产生了莫名的期待。的确，俺巴孩汗也绝对不是可以轻易忽略的权力过客。反而，他却是一位古代蒙古具有领袖智慧和政治谋略的领导者。他对蒙古部族当时的处境有着清醒的认识。由于合不勒汗的无所顾忌，当时蒙古部族已经陷入了来自塔塔儿部族和金廷阿勒坛汗的双重打击之下。在这种情况下，如何保证族人的平安和保持部族的发展，是身为首领的俺巴孩必须面对和解决的问题。于是，为了缓解部族面临的压力，消解来自东边的冲击，他首先向塔塔儿人伸出了和解之手。他采取的具体措施就是：将自己的女儿嫁给塔塔儿人，以此结束先前的怨仇，重修两个部族和睦友好的关系。为表示自己的诚意，他亲自把女儿送嫁过去。应该说，在古代东方这是一个极为灵妙的政治举措。汉朝与匈奴的和亲，唐朝与吐蕃的和亲都为当时的所属百姓换来了较长时段的和平与安宁。也由此，这两代和亲之婚就成了万世传颂的政治佳话。睿智的俺巴孩汗也想用这一办法打造一个平安的草原。可惜的是，俺巴孩汗这一浓浓的善意与美好的愿望被塔塔儿人利用和亵渎了。当满怀希望的俺巴孩汗亲自将女儿送嫁到塔塔儿营地时，狡诈的塔塔儿人就毫不犹豫地把他抓起来，并移交给了已把蒙古部族当成打击对象的金廷阿勒坛汗。而因使团被执杀而恼怒不已的阿勒坛汗也就理由十足的残酷杀害了蒙古部族的新任首领俺巴孩汗。

这便是我对那段历史的还原思考。由于没有史料记载，对我的这一解读任何人都可以嗤之以鼻。但在历史的那一刻，俺巴孩汗肯定是这样去做的。否则，那些一个接一个饥饿的问号永远得不到合理的回答。

这样，合不勒汗的继位者，蒙古部族的第二任大首领就壮志未酬身先死了。关于他的事迹，史书上虽然没有太多的记录，但我们从他极其短暂的政治生涯和颇有远虑的举止看，他是一位有思想，善思考，且也富有冒险精神的领导人。只可惜，在那缺乏历史责任感和毫无诚信的纷乱年代，他过快地离开了草原，离开了历史的舞台，也别无选择地留下了"你们一定要报这个仇。直到磨尽指甲，十指流血！"的旷世怒仇！

非常英雄

随着俺巴孩汗的残忍被杀，蒙古部族的历史进入了风雪交加的蹉跎岁月。由于未能理性把握勃兴发展的正确方向，未能睿智地克服发展过程中的膨胀情绪，更由于领导人的轻率和对战略机遇的无端丧失，终于使蒙古部族付出了巨大的代价。可以坦率地说，这是蒙古民族留给世界的一大教训，只不过未被人们很好地总结和吸取！

俺巴孩汗死了，化干戈为玉帛的可能性随即也死了。面对得理得势又不饶人的塔塔儿部族和金廷阿勒坛汗的残酷打击，蒙古部族除了团结齐心、全力抗争之外已无其他选择了。然而，个体生命和个体生命所本有的种种欲望，在属于某一整体的同时更有着属于其本体的特征。生命本体的这一双重特征，随着历史条件的变化会有此长彼消的变化。当整体利益尚未变成整体自觉的时候，一有危难本体特征就会随时显露它利己的本质。就在危难开始降临的时候，蒙古部族整体自觉尚未成熟的缺陷开始显露出来了。

据《蒙古秘史》等史书记载，俺巴孩汗在临死之前已经确定了合不勒汗之子忽图剌为汗位继承人。但是，尽管汗位已经有主，尽管险恶的处境多么需要内部的团结和齐心，然而围绕"可汗"这一尊贵之位，一场只顾本体利益的阴谋还是上演了。

著名的《史集》详细记述了这一情节："过了一段时期，他（俺巴孩）的亲属们、儿子们和泰亦赤兀惕部的异密们会聚在一起，要推举一个人代替他继承大位。会议举行了好久，但没有公推出一个人来。……到了秋天，他们终于在某一天会聚在一起推选君主。他们对他们的一个堂兄弟，部落首领和酋长秃都儿必力格说道：'在这件事上你有什么话说呢，你认为谁适合当君主呢？'秃都儿必力格说：'让塔儿忽台乞邻秃黑说吧！'塔儿忽台是阿答勒汗的儿子，是他们的叔伯兄弟。塔儿忽台说：'我能说些什么呢？！让马秃浑薛禅说吧。'马秃浑薛禅说：'我说些什么呢？！我不会像麻雀一样往圈套里跳，让圈套拴住我的腿。黑燕飞到松树顶上，不会落入圈套。我是一个低贱的合剌出（平民），有什么权利讲话呢？你们，君主们，发表你们贤明的良言吧，好让我们合剌出像吮食两头母畜的小马般吃饱喝足，自由自在地过生活。如果你们互相商量好，联合起来，一切事情都将按照你们的意愿解决，众人们也都听你们的。如果你们不团结，那么种种不和与混乱都将降临到你们的兀鲁思（国家）。'他还念了许多这方面的押韵的格言、谚语和箴言，然后哭着离开了会场。在这次聚会上，谁也没有被确定为他们的君主。"

聚会推举汗位继承人的这帮人是蒙古部族泰亦赤兀惕部落的大小老爷们，是已故可汗俺巴孩的亲戚们、儿子们和异密们。这些人试图改变先汗遗志的阴谋就这样无果而终了。令人费解的是，决意篡位的泰亦赤兀惕部大小老爷们几经商议而未能提出继承人选不说，也没有一个人敢站出来挑起这拯救蒙古部族于水火的重任。尤其令人深思的是马秃浑薛禅的一席话和他所透露出的复杂信息。马秃浑说，他愿"像吮食两头母畜的小马般吃饱喝足，自由自在地过生活"。他又希望那些影响历史进程的老爷们要团结，不要分裂。所以，他说："如果你们互相商量好，联合起来，一切事情都将按照你们的意愿解决，众人们也都听你们的。如果你们不团结，那么种种不和与混乱都将降临你们的兀鲁思。"

是的，在金廷阿勒坛汗和塔塔儿人的轮番打击下，蒙古部族的内部团结已经开始瓦解，维系族人心灵的奋发理想已经开始动摇，整个部族开始进入了动荡不安的纷乱时期。喜欢吃饱喝足自由自在地生活的马兖浑预感到了这一点。而亲身体验这一纷乱之痛的人，就是蒙古部族第三任大首领忽图剌汗。

因为泰亦赤兀惕部的篡位企图终未得逞，忽图剌还是依据俺巴孩汗的提名成了全体蒙古第三任大首领。对此，《蒙古秘史》写道："根据俺巴孩汗被捉时的提名，蒙古各部和泰亦赤兀惕人在斡难河谷聚会，推立忽图剌为蒙古部可汗。蒙古人好以歌舞、酒宴欢庆。推立忽图剌后，与会众人在河边川地的一棵大树底下欢宴，舞得天旋地转，跳得地动山摇。"

危机四伏，内乱始起的艰难时刻，蒙古部族终于迎来了领导他们的新君主。所以，他们怎能不舞得天旋地转，跳得地动山摇呢！

蒙古部族的忽图剌汗时代就这样开始了。由于俺巴孩汗发出了"你们一定要报这个仇。直到磨尽指甲，十指流血！"的号召，当时的蒙古部族实际上已经深陷恨仇图报的怪圈。尽管有篡位的阴谋，也有对未来的不安和担心，但仇恨是他们共同怀有的。他们无暇反思曾经的冒失和莽撞，也不总结这个部族在政治方面的得失，而将部族遭受的耻辱化作了对塔塔儿部族和金廷阿勒坛汗的满腔仇恨。为了报得仇恨，这些笃信长生天，相信奇迹的族人极其希望有一个盖世英雄带领他们发泄心中的愤恨。根据《史集》记载，忽图剌汗正是他们所希望的盖世英雄。《史集》介绍说："在合不勒汗的六个儿子中，忽图剌汗当上了君主。……虽然他的兄弟们全都是把阿秃儿（英雄），但他的力气和胆量比他们都要大。蒙古诗人们写了许多诗颂扬他，描写他的勇敢大胆：'他的声音洪亮极了，以至他的喊叫隔开七座山也能听到，就像是别座山里传来的回声。他的手犹如熊掌，他的双手抓起一个无比强壮的人，毫不费力地就能将他像木杆似的折成两半，将脊梁折断。据说，在冬季夜里他把整捆木柴放到火堆上，躺在它的旁边。燃起的火堆中有几块烧红的炭掉到了他的身上，烧着了他，但他对此毫不在意。当他醒过来时，他以为是虱子在咬他，他搔了搔身子，又睡着了。他每餐要吃整整一大只三岁羊和一大碗酸马奶，但仍未吃饱……'"

　　这是一个何等神奇的英雄形象啊！这样一个盖世英雄不正是当时急于复仇的蒙古部族所期待和盼望的人吗？！事情正是这样。忽图剌汗，这位神奇的英雄被推立以后立即带领俺巴孩汗的长幼宗亲及蒙古部族的众人踏上了复仇的征程，从而开启了蒙古部族与塔塔儿人，与金廷阿勒坛汗周而复始、不知休止的复仇战争的序幕。从此，仇恨像个无处不在的幽灵，遍布蒙古高原的平原与高地，充斥在大漠南北的空气与心灵。无论是强者还是弱者，都被这貌似正当的理由扭曲了心态，并一同开始接受其生命所不应承载的任何后果。据《蒙古秘史》记载，忽图剌汗继位后仅与塔塔儿人就开战13次，但仍未能报得俺巴孩汗被害之仇。与此同时，另据《史集》等记载，忽图剌汗还和金廷阿勒坛汗开战几次，虽有局部胜利，但总体上也未能报得俺巴孩汗被杀之仇。

　　我不知该怎样表述"仇恨"一词的本质概念，也不知其他兄弟族人对它有怎样的定义。在我看来，它是伴随了人类历史几千年的一大怪物。由于它或明或暗或深或浅地持续存在，使我们人类的历史变成了罗马斗兽场般千疮百孔的记忆，使我们后来者的心灵承载了太多的苍凉和悲怆。仇恨，因一方对另一方的伤害而生成，更因另一方的还击而循环，绝对不是一来一去便能结束的简单程序。无论是一个人，还是一个团体，或是一个民族，一旦陷入仇恨的怪圈就等于把自己放入了不知停转的绞肉机里，欲罢不能地付出下去，而胜利只会属于仇恨这个怪物。其实，我们的人类有足够的智慧去化解它，根本没有必要去做仇恨这一怪物的聪明奴隶。

卷四　败落谷底

　　智慧和理智是天赐人类的锐利武器，无论在什么时代，无论科学技术如何发展，任何一种先进武器都不能取代它！
　　在生存发展的过程中，尤其在族群化、国际化的生存环境中，我们的人类更应该用高远的智慧、精深的理智来解决和处理面临的各种问题和矛盾，以免将自己和他人拖入实无必要的灾难之中。

我们常说，历史是一面明亮的镜子。的确，在她那深不见底的胸襟中记录着一桩桩智慧和理智被欲望与冲动击垮而导致的惨痛事例。其中，也有蒙古部族用血泪写成的一笔。

那么，在800余年前，走入历史困境的蒙古部族究竟经历了怎样一个败落之痛呢？

断裂，从心灵开始

在我们这个地球上，最不该播种的是仇恨，最不该放大的也是仇恨，最不该追报不止的还是仇恨！仇恨是一堆血光之火，它的燃烧必将导致热血生命的不断毁灭。然而，曾经的王者们似乎明知山有虎偏向虎山行，任意地制造和放大了很多仇恨，不仅使生命付出了几多代价，而且在一些地方遗留下了纠缠至今的纷争之根，使人类美好的愿望遭遇一次次的尴尬和无奈。

如今，曾经的王者们带着各自的满足或遗憾纷纷归去了。我们该把这当今世界的美好祝愿寄厚望于人类的领袖们了！

无法改变的是，在800余年前的草原上，仇恨这一最不该放大的东西被放大了。在这被放大了的仇恨之中，角逐的三方都以巨大的付出继续着相互杀戮的态势。在这场旷日持久、你来我往、周而复始的循环仇杀中，蒙古部族虽以百万号称，但在强大的塔塔儿部族和金廷阿勒坛汗的轮番打击下，一步步退入了落败的境地。如果说，心灵的凝聚是一个民族坚不可摧的力量之源，那么，一个民族的败落同样也从心灵链条的断裂开始。不论是抗击来袭，还是出兵还击，蒙古部族都需要各个部落、各氏家族之间的紧密团结和协作配合。但是，随着杀戮的反复和取胜希望的日益幻灭，蒙古部族维系族众团结的心灵链条断裂了。部族家庭中的一些部落和家族，纷纷退出追逐仇恨的行列，开始走向了各保自安的分离生活。这种分离不仅严重削弱着部族的势力，进而在部族的内部也将引发新的矛盾和冲突。蒙古部族的第三位大首领忽图剌汗和他的兄弟们首先遇到的就是篾儿乞部落与他们的无情背离。

为了报取俺巴孩汗被杀之仇，也为抗击塔塔儿部族和金廷阿勒坛汗的频频来袭，忽图剌汗需要蒙古部族全体成员的团结与联合。也许他们曾经忽略了篾儿乞部，也许篾儿乞部已经开始懈怠。《史集》记述了这样一个令人痛心的情节："合丹太师（《蒙古秘史》写为合答安）派了些使者去通知篾儿惕部的秃都儿必勒格赤斤说：'让我们彼此结成联盟，一起去践踏辽阔的高山，驶过国中的大道，让我们互相团结起来吧！'使者将这些话带到秃都儿那里，秃都儿没有作答，却动手磨起刀来。使者问道：'义兄弟那颜，你磨刀不回答我们是什么意思呢？'秃都儿说：'我磨快刀子，好用它来挖出合丹安答（合丹兄弟）的那只独眼！'"好一个尴尬冷漠的场景啊！秃都儿的答话不仅使人冷战，也透露着复仇战争的惨状。在史料中，我们从未读到合丹太师生来独眼的记录，这里却被秃都儿说出了他独眼瞎盲的内情。显然，合丹太师的那只眼睛是在复仇的战乱中受伤失明的！

《史集》接着写道："他们回来后，将这些话转告给了合丹把阿秃儿。合丹说：'让这句残忍的话作为内讧的开端吧！在此以前我们不希望战争，他们却把它挑起来了！'接着他又说道：'如果我在被毒害的情况下把你显现出来，我将是个什么人？'于是，割下自己的一匹跑不快的马的鬃毛，扔掉了它。接着，他从左翼派人到其兄忽图剌汗处，又从右翼派人通知了自己的亲家阿里黑赤那。第三天，他们兴师出征，生擒了秃都儿必勒格赤斤。秃都儿的儿子脱黑台（《蒙古秘史》写为脱黑脱阿别乞）在这次战斗中九处负伤，同父亲的右翼军一起逃跑了。

"合丹太师对秃都儿说：'义兄弟，前天你说要挖我的眼珠，今天我要用手来挖出你的眼珠！'于是挖出了他的眼珠，将他杀掉了。"

本应需要团结齐心的同族兄弟就这样兵戎相见了。从此，身处塔塔儿部族和金廷阿勒坛汗夹击下的蒙古部族更陷入了自相残杀的内讧之中。合丹不是说要让秃都儿的那句话作为内讧的开端吗？现在它开始了，而且不见终日地继续着……

"过了三年，脱黑台的伤痊愈了，他便装备好自己的军队，派遣使者到合丹处，说：'迄今为止，蒙古人作战总要预先指定战场和作战日期。现在我们也按照这个规矩作战吧。'脱黑台的使者到时，合丹太师召集了自己的全体异密，摆出了许多酸马奶。在这次忽里勒台（会议）上，他说道：'异密们，好好地想一想，商议好了以后给使者们一个答复吧。'没有一个人做出答复。合丹说道：'我隔离开了幼畜，将母畜身上的奶全部挤了出来，拿来给了你们，你们向使者说话回答吧！'他们仍不作声。他又用另一些话来表达说：'使者们从兀鲁思里来，对他们做出一定答复吧，因为我召集这次大会为的就是要这个意见。'他们依然没有回答。"

真是难以作答的问题呀！以直爽、骁勇著称的蒙古人，面对搏杀的战邀从未这样踌躇过。他们胆怯了吗？应该不是；他们怕死了吗？也应该不是。他们怎能不知手足相残的不幸，怎能看不出内讧带给部族的灾难性后果。但是，他们有什么办法呢？他们没有能力，也没有权力改变已经发生的和正在发生的一切。所以，作为君主权柄下的顺从工具，异密们除了沉默还能做出怎样的答复呢？然而，在三年前宣告着内讧的开始，又毫无顾忌地杀掉秃都儿的合丹太师，这时也许有了一些始料不及的感觉。所以，他也犹豫了，不那么理直气壮了。但事已至此，除了应战，合丹也没有其他好办法了。这样，已无退路的合丹不得不装腔作势地作答起来——

《史集》接着写道："……合丹听了这些话后，就对急使们说道：'你们去转告脱黑台吧，两只斗羊互相厮斗时，不到其中一只受伤和战败，是不会解开的，日后重遇，它们又会角斗起来，直到其中一只受伤为止，你的处境也是这样：你想为父亲复仇，但是你能有什么作为呢？我的左翼有我的英雄长兄忽图剌汗，他出自魔鬼所住的忽儿忽塔思地方，高山的回声比不上他的嗓音洪亮，他的胳膊的力量胜过三岁的熊掌，他的攻击的猛烈可使三河的水翻腾起来，他的打击所造成的创伤，使得三个母亲的孩子们都要哭起来。在我的右翼，有亲家阿里黑赤那。他在密林里行猎时，曾抓住灰狼的爪子，将它打倒在地上。他曾咬下豹的头和掌，打碎它的头颅，并曾折断虎颈。他出自魔鬼所住的阿答儿主不儿地方。在中军里，有个名叫合丹太师的人，如果他向山上和山坡上进攻，他的手不虚挥，脚不踩空。我们三个人合在一起，就能把脱黑台从他的国土和营地上驱走,使他同他的一家人和仆役分离。现在，虽然我的话已经拉得很长了，但是我还要添上几句：你们，奉使来此的孩子们，由于你们是全兀鲁思中最机灵和光荣的人,他们才派遣你们来。你们不要忘掉这些话,把这些话重述给派你们来的人吧。现在我们就要像说过的那样行动起来了,我们将要作战!'"

合丹太师话中有话。他一面描述着两只羊角斗之后的可怕结局,一面又夸大其词地炫耀着自己的强大无比,同时还表达着前去战斗的决心。他想干什么呢?是不是在间接地规劝脱黑台不要内讧了?是不是想用力量的对比打消脱黑台复仇的打算?也许什么意思也没有,只是一个说话的习惯;也许就是这样一些意思。但木已成舟,内讧的幕布已被拉开,合丹已无能为力弥合渐趋扩大的心灵裂痕。于是,内讧的交战如期开始了。

从此,篾儿乞部落与蒙古部族的心灵版图彻底决裂,走上了与蒙古权贵家族互为仇敌的杀斗之路,从而将这个部族推入了更加艰难的历史境地……

遭遇抢劫的大首领

蒙古部族和他的首领们正在经历着败落的悲壮。那么,在最需要团结战斗的时候,已经经历了背离之乱的他们,在接下来的拼杀中还将遭遇怎样的不幸呢?

《史集》记录了非常英雄的忽图剌汗与金廷阿勒坛汗的一次战斗经历。战斗自然是为了报俺巴孩汗之仇而进行的。《史集》写道:"……他们到了那里,厮杀起来,击溃了阿勒坛汗的军队,歼灭了大量乞台人,并进行了劫掠。夺得的无数战利品在军队之间进行分配后,他们便回来了。忽图剌汗轻装行进,带着鹰在途中打猎。朵儿边部看到了他们轻装行进,他们乘机集合起军队在路上袭击了他。他的军队和那可儿们溃散了,他逃跑出来,直到到达一个大的烂泥水洼时才算逃脱了他们。他驱马向前,陷进了烂泥里。忽图剌汗将一只脚踏在马鞍上,跳到了水洼的边上。跟踪追来的敌人们到了水洼的另一边,对他喊叫道:'一个蒙古人丢掉了马,还能有什么作为呢?不如回来吧!'他没有理睬他们的话,向他们射了几箭,将他们赶跑了。他重新走进洼边,抓住马的额鬃,不费力地将它从烂泥里拉出来,扔到平地上,立即上马驰去。敌人们则仍留在水洼的彼岸。

"忽图剌汗还没有到家之前,他那些逃出来的军队和那可儿们已回到了家里,因为他没有跟在他们后面赶上来,他们以为无疑地他一定是被杀害了。也速该把阿秃儿准备了食物,送交给了俺巴孩汗的人们——合丹太师、秃带以及忽图剌汗的妻子,为的是将讣闻传给他们。他们收下盛有祭食的碗。

"当也速该把阿秃儿将讣闻传给他们时,合丹太师和秃带大声号啕起来,忽图剌汗的妻子却说道:'当年幼的宗亲们走进来,彼此吵吵嚷嚷,张皇失措的时候,我很惊异,他们遭到了什么不幸?现在,我听到了究竟是怎么回事,但我不相信!无论出自何人之口,我不相信这些话。我大概是在睡梦中看到这样的事,因为忽图剌汗是人们所说的声音响彻云霄,手掌犹如三岁熊掌那样的人。无疑他不是朵儿边部落所能杀害得了的人!上天保佑,他正在忙着干某件事,他会突然回来的!'

"就在这时,忽图剌汗将马从泥潭里拉出来,向前走着,他对自己说道:'这些下贱的家伙这样对付我,我怎能不从他们那里带走些东西,就空手回去呢!'他又折了回去。那里散放着朵儿边人的若干马群。他抓住一头驯良的公马,将一群母马赶在自己前面奔跑起来。因为正是春天,他在这个草原上找到了些鸭蛋。他身边没有带装这些鸭蛋的东西,便从脚上脱下靴子,在靴子里装满了鸭蛋,拴到马鞍上,自己光着脚骑在公马上。他用缰绳牵着自己的马,将母马赶在前头,一直赶到了家里。这时,也速该把阿秃儿已把食物拿来给了忽图剌汗的亲人们,他们正在哀悼他。当他们看见了他,全都高兴起来,喜气洋洋,哀悼变成了欢庆。他的妻子说道:'我不是说过吗,不是随便一个人就能把他杀死的!'"

《史集》关于这场战斗的记录就这样写完了。作者拉施特写这段文字的目的是为了说明忽图剌汗那令人惊奇的英雄本色。所以,字里行间充满着虔诚的敬畏。也许是叙说角度的不同吧,这场蒙古部族与金廷阿勒坛汗之间的战斗经历,不仅使我难以振奋,反而使我感受到了蒙古部族败落下来的历史之痛。一位大首领,不顾个人的安危,前去与部族的仇家开战,其成员不仅不去助战,却在疲惫归来的路上抢劫和袭击了他。这样,纵使忽图剌汗如何英雄,除了能把一匹马从泥潭里拉出来之外,他绝无可能将他的部族从败落的泥潭中拉上岸来。因为，部族的心灵堡垒已经解体，整体的利益目标已趋暗淡，复仇的目标越来越成为当权家族的孤单追求！如此境况，草原怎能依旧神奇？历史怎能因果不清？只是我们未去细细品读它而已。

这样，忽图刺汗回来了。庆幸的是他没有被自己的下属部族杀死，为自己留取了还可生存的一条英雄命。而让人心痛的是，作为一个部族的最高领导人，他又像个草原上的江湖好汉一样，顺手偷走了朵儿边部落的马群。更让人联想不已的是他那捡拾回来的满靴的鸭蛋。在我的感觉中，他所捡回来的简直就是一个个结束文章的句号，结束着蒙古部族第一次勃兴而起的历史，也结束着他作为部族首领的历史记录，此后，忽图刺汗这位蒙古部族的第三位大首领便从历史记录中消失了……

群龙无首的草原

开写本书的目的，就是想通过品味《蒙古秘史》留给我们的非凡故事，解读和诠释蒙古民族盛衰成败的背后密码，以便总结和归纳他留给人类世界的历史启迪。但是，由于《蒙古秘史》没有详细记述成吉思汗之前蒙古部族起伏沉落的历史足迹，所以只好用《史集》等其他文献的相关记录加以补充和解读。

在成吉思汗时代的崛起之前，蒙古部族就是这样坎坎坷坷一路走来的。在他每一步的成功或失误中，我们都可以听到这个民族向着人类历史的潮流蹒跚走来的喘息声。由于他勇于开拓，积极进取，主动拉近了自己与大地自然的距离，得到了冲破蛮荒的第一次大发展；由于他称雄心切，未能理性把握发展过程中的膨胀情绪，无所顾忌地挑起了与他族的冲突；由于他英雄豪迈，骁勇善战，别无选择地接受了仇恨的角逐；更由于仇恨这一怪物不能成为全体部族的利益目标，蒙古部族的头领们不得不退入落败的困境……

于是，忽图刺，这位俺巴孩汗钦定的汗位继承者，蒙古部族的第三位大首领，带着他捡到的鸭蛋回家去了。并且，从此开始便从历史记录中消失了。他是继续担任了蒙古部族的可汗，还是从宝座上退位让贤了，抑或发生了怎样的不测，《蒙古秘史》《史集》等都没有任何的终极交代。这样，我们就不得不面对一个没有首领的蒙古部族和一个群龙无首的草原了!

在蒙古民族激情走来的历史长路上,这是一段最难书写的篇章了。史学家们没去解读它,凡写蒙古史的著作也都没有记述和介绍它。但是,我不能,也没办法避而不谈它。因为,这是成吉思汗奋力崛起的历史基础,是蒙古部族将涅槃为蒙古民族的黑暗前夜!

忽图剌汗销声匿迹了,蒙古部族也没有再选出新的君主。这样,象征着部族联盟团结与统一的,维系着族群成员心灵志向的,体现着部族大众利益目标的,统领着蒙古勇士那步调行动的,搭建在每一个蒙古人心灵圣地上的古老而尊贵的建筑轰然倒去了。它的倒去是那样的水到渠成,是那样的悄然无声。但它是真实的,它宣告了一个时代的悲壮结束和另一个时代的缓缓启动!

那个已经结束的就是蒙古部族激情成长的时代,这个正在开始的便是这个部族解体分离、割据互斗的悲情时代。

那个已经结束的时代在蒙古草原上大致延续了两个世纪之久,期间约有十代蒙古人完成了生命的旅程。在这个时段里,蒙古这一来自额尔古涅昆的神秘人群从一个浪迹山林的古老猎民转变成了经略草原的英雄牧人,进而从一个氏族部落发展成了支系众多的庞大部族;同时,他们也收获了足以照亮后世子孙的精神文化成果。尤其值得一提的是在这一时段里,他们自始至终地表达了欲与历史潮流融汇的炽烈激情。只是,历史战略的失误使他蓬勃向前的脚步缓缓停歇了!

那么,在正在开始的这个时代里,蒙古草原将要经历怎样的变故呢?关于这一点,已知的历史不需要我做事后的诸葛亮。所以,我们还是用曾经的史实来一同去品味它吧……

蒙古草原经历的第一个大变故就是蒙古部族的迅速解体。随着忽图剌汗的销声匿迹,可汗之位在这个部族中消失了;随着可汗之位的消失,维系这个部族统一形态的组织结构坍塌了。于是,已经不堪复仇杀戮的他们纷纷脱离君主世家,或以部落或以家族为单位在各自的住牧地上立起门户,过起了自主生存的分离生活。如篾儿乞部、朵儿边部等更将他们当成了新的仇人。后来,手足相亲的泰亦赤兀惕部也抛下成吉思汗母子,走上了与之敌对的道路。这样,部族联盟解体了，继而草原上就出现了部落林立、各自为政、群龙无首的局面。那么，第二个大变故就是利益目标的异化。因为部族解体了，共同的利益目标不复存在了，各自为政起来的部落们就去追逐自己的利益了。由于势力不等，地域有别，他们的利益目标自然就各不相同。但有一点是同样的，那就是为保生存抢掠财物。这样，昔日盟友间的相互劫掠就在所难免了！第三个大变故就是族众心灵的裂痕。联盟的解体催生着利益目标的异化，利益目标的异化又诱发着相互间的不断劫掠。这样，原本相投的族众心灵就随着利益争夺的加剧不断地疏远起来，并且开始走向对立、冲突的阡陌之路。就此，古老的蒙古草原进入了《蒙古秘史》所描述的：

"星空旋转

诸国相功

厮杀掳掠不休

使人无暇入睡……"

的无序和混乱之中。

太阳，在草原上沉落了。昏暗中，有一堆篝火依然顽强地燃烧着。那就是蒙古根脉的后继子孙，合不勒汗、俺巴孩汗、忽图剌汗的家族宗亲和他们的部落臣民。其主干是以忽图剌汗的侄儿、成吉思汗之父也速该为首的孛儿只斤家族和以塔儿忽台为首的泰亦赤兀惕部落众人。据《史集》记载，这群守望祖业的人们由成吉思汗的父亲也速该统治和管理着……

照亮历史的一次抢婚

草原的天空总是那样的蔚蓝，天空上的云朵总是那样的洁白。但白云下的草原并不总是那样的安详和宁静。相反，有时也会出现风沙飞旋、大地翻滚、灾祸横生的动荡和混乱。公元12世纪中叶的蒙古草原就处在这样一个混乱动荡的历史年代。随着部族联盟的解体，利益目标的分化对立，那些散落而去的部落和氏族们很快进入了各争其利、互不相让、互相抢掠、彼此为敌的纷乱之中。草场、马群、物财，甚至是女人，每一个生存所需的东西无一例外地变成了争抢劫掠的对象。于是，你偷我抢、烧杀抢掠似乎成了各个部落、各氏家族的另一种生产方式，不知上演了多少幕聚散难料、夜梦昼碎的危情悲剧。我有时想，蒙古人那走马天涯、寻享自然的文化意识是不是在这样的环境条件下孕育生产的？！《蒙古秘史》记录了那些烧杀抢掠事件的一部分，其中记录了一起令人惊奇的抢婚事件。

这是一起发生在蒙古部族两个部落之间的抢婚事件。一方是娶妻归来的篾儿乞部落属民也客赤列都，另一方是乞颜部落孛儿只斤家族的头人也速该。《蒙古秘史》是这样记述其过程的：

"……也速该把阿秃儿在打猎途中遇见了自斡勒忽讷惕氏娶妻而来的也客赤列都。也速该窥见此女美丽无比，便回家伙同其兄捏坤太石、其弟答里台斡惕赤斤二人赶来。

"也客赤列都见势不妙，便抽着黄马向山坡快速逃去。见三人追来，他加速绕过山头后又回到了马车旁。坐在车上的诃额仑劝他说：'你可看出他们三人的来意？他们的形貌可疑，要害你性命！快逃吧，只要保有性命，何愁女人难找。你若挂念我，将来再娶后用我的名字呼她便是了。快来闻我身香，然后去逃命吧！'说罢，脱下外衣送给了也客赤列都。也客赤列都接过外衣后发现那三人已绕过山头急追而来。也客赤列都急忙抽着黄马朝斡难河上游逃去。

"也速该兄弟三人继续追赶。他们将也客赤列都追出七座山冈后才折回来带诃额仑回家。路上，也速该牵着车缰绳，答里台傍着车辕走，捏坤太石则在前面引路。见此情景，诃额仑大声哀呼：

　　'我的丈夫赤列都啊
　　在吹乱乌发的野风中
　　在漫漫无际的荒野里
　　你将如何熬过
　　那形单影只饥肠辘辘的日子啊

如今的我

　　长发两辫前后分

　　此苦此难怎度过？！'

"诃额仑哭得伤心欲绝，震撼山野。听罢，走在车旁的答里台劝说道：

　　'搂抱你的汉子

　　已越过重重山岭远去

　　挂念你的男人

　　已涉过道道河水离去

　　任你如何哭叫

　　再也不能回来

　　荒野山岭重重

　　归来之路难寻……

　　闭嘴吧！'

这样，也速该把诃额仑带回家，当作了自己的妻子。"

　　这样，美丽的新娘诃额仑转而变成了也速该的妻子。这是一起在混乱无序、劫掠肆虐的背景下发生的抢婚事件。它是那样的突然而粗暴，无端地将他人已娶的妻子强行夺去，当作自己的老婆。有人认为这很有诗意，便把它演绎成了英雄救美的浪漫故事；有人认为这是一种习俗，蒙古人自古就有抢婚的习俗，并认为这是为了避免近亲结婚的弊端而采取的有效办法。真是天神知道啊！传统蒙古族婚礼中确有一段"抢姑娘"的娱乐，但我不敢相信它就是由此演变而来的欢娱形式。但谁能知道呢，那交织在历史深处的真真假假究竟有着怎样的关联。比如说这起抢婚事件吧，谁能料想它竟照亮了败落谷底的孛儿只斤家族和深陷黑暗的蒙古历史！

卷五　血脉在困境中延续

每个民族的历史都是向着人类历史的发展潮流前赴后继的记录。因为潮流是发展的融汇，而发展是生命本有的永恒向往。所以，自古至今一切民族的历史都是向着这一方向画就的多彩图谱。但是，由于历史条件的差异、所处环境的不同和开化起步有别，在向这一目标迈进的过程中，有的民族走在了前面，而有的民族落在了后面。走在前面的自有在先的造化，而落在后面的更有他坎坷曲折的原因。

蒙古部族在奔向这一目标的路途上重重地摔了一跤。他遍体鳞伤，痛苦呻吟，那猛然扑向历史潮流的急促脚步突然停止了。那么，正在经历离乱之痛的这个部族如何完成根脉的延续，又将如何重启向前的脚步？

握血降生的婴儿

当今世界的民族是过去世界的民族分化融合的结果。常识告诉我们，民族的分化和融合是一个漫长的历史过程，并有它自己的规律和成因。关于草原游牧民族的分化、融化以及族称演化，《史集》作者拉施特曾写下这样的文字："……在此之前，塔塔儿人成为胜利者时，一切其他民族都曾被称为塔塔儿人。甚至现在塔塔儿人在阿拉伯、忻都斯坦和乞台也还享有盛名。"拉施特的这段话，不仅证明着塔塔儿人曾经的强大，也阐释了草原游牧民族族称演化的一般情形。也就是说，一个各有自己族称的氏族或民族，在他处于弱势或自身难保时，就有可能融合到其他强族的族称之中。

在仇恨角逐中渐渐败下来的蒙古部族，随着联盟的解体和分化已经进入了充满变数的年代。那自额尔古涅昆发端而出的族种血脉虽然流淌在那些分离而去的部落、家族的人群身上，但那曾使他们引以为自豪的蒙古这一族称已经走到了易被异化的危险境地。那时，如果出现了一个强族，如果对那些离散而去的部落和家族进行了征服，那么今天的我们也许就读不到一个叫"蒙古"的神奇族称了。

就在这样一个困难情况下，蒙古族种的根脉仍还顽强地搏动着。虽然，为俺巴孩汗报仇的事情变成了孛儿只斤家族和泰亦赤兀惕部落两家人的事情，但他们还是竭尽全力地坚守着复仇的目标。公元1162年4月的这一天，仍在坚持复仇行动的也速该从战场上擒来了帖木真兀格、豁里不花等塔塔儿人。恰巧，就在这一天，也速该那抢婚娶来的妻子诃额仑为也速该，为苦守蒙古祖业的孛儿只斤家族，也为纷乱不堪的草原生下了一个婴儿。关于这个婴儿的降生，《蒙古秘史》是这样记录的："正当参加复仇之战的也速该从战场上擒回了帖木真兀格、豁里不花等塔塔儿人时，夫人诃额仑在名为迭里温孛勒答黑的地方生下了成吉思汗。出生时，成吉思汗右手握着一块大如髀石的血块。因恰在擒来帖木真兀格时出生，故起名为铁木真。"

这个握血降生的婴儿就是后来大名鼎鼎的成吉思汗；就是历经千辛万苦创造了无数奇迹的成吉思汗；就是生前铁马风暴擎天一柱，逝后陵寝难寻而又无处不在的成吉思汗！

这个后来成为伟大的成吉思汗的人就这样出生了。关于他的出生，后世的文学家们营造过很多天地感应的神秘征候，不过那都是并无史据的善意编造。其目的只有一个，那就是：加大旷世伟人成吉思汗出生时的神秘度，以便让它呈现出强烈的象征意义。但历史的事实并没有那么多的神秘，反而在并不神秘的一点奇特中似乎更在显露着时代的无常与不幸。一个婴儿握着凝血出生了，这对吉凶之兆极为敏感的草原民族而言，是一个极为不寻常的现象。是吉，还是凶，草原人的种种预言和诅咒就像一杆杆套马杆都将甩向这无辜的婴儿。如果说，这是一种可能的不幸，那么他一出生就遭遇的不幸就是被起得铁木真那个名字。一个初生的婴儿，族种根脉的延续者，完全可以从他父辈那里赐得一个吉祥豪迈的名字。而他没有这样的幸运，他取得了一个被俘的敌人，一个被征服者屈辱的名字。尽管它有"精铁"之意，也尽管有着纪念胜利的含意，但对这个无辜的生命都是不公平的。

然而这就是蒙古根脉在多难境地中真实延续的情形……

被仇恨射落的海青鸟

蒙古人的心灵天空蔚蓝深远。

有人说那里供奉着狼图腾；有人说那里奔驰着一匹骏马；而《蒙古秘史》说高高翱翔在那里的是一只永不下落的白色海青鸟！

我们不知道海青鸟什么时候飞上了那里，但我们却能感知到当蒙古人的历史正在谷底喘息时，它却高高翱翔在族人心灵深处的神圣与高贵。由此，我虽然不能武断地说海青鸟就是蒙古人的图腾，但我却坚信矫健的海青鸟就是蒙古祖先们虔诚崇信的古老神灵。

在海青鸟翱翔的天空下草原依旧混乱不堪。劫掠在继续，杀掳在继续，仇恨虽然已无规模，但在也速该执掌的蒙古本家与塔塔儿人之间仍还继续着。就在这样一个纷乱的环境下，那个握血降生的婴儿，那个后来成了成吉思汗的小孩已经九9岁了。据《蒙古秘史》介绍，这个出生时就握着一块难知吉凶的凝血的小孩到9岁时已经显露出了"目中有火，面上有光"的非凡气象。他的父亲也速该为了能让这个气象非凡的儿子早日找到未来的媳妇，便跨上马背，领着儿子，向夫人诃额仑的斡勒忽讷惕部落营居的地方走去了。

有时候，愿望往往被现实原因改变。人们说那就是命运，是被注定了的。也许，成吉思汗真的没有娶斡勒忽讷惕姑娘为妻的天命。当他跟着父亲走到半路时，一个叫德薛禅的翁吉剌惕部落的人与他们不期而遇了。于是，一桩关乎蒙古民族崛起的婚事就悄悄拉开了序幕。对此《蒙古秘史》记述道：

"铁木真九岁时，也速该就带他前往母舅亲斡勒忽讷惕人住地说亲。当走到扯克彻儿山与赤忽儿古山间时遇见了翁吉剌歹氏人德薛禅。

"德薛禅：'也速该亲家要到哪里去？'

"也速该：'到斡勒忽讷惕百姓处，去给儿子说亲！'

"德薛禅：'你这儿子可是个目中有火，面上有光的孩子啊！也速该亲家呀，昨夜我做了个梦，梦见一只白海青抓着日月落在我的手上。日月乃是用眼观望之物，可那白海青则抓着它落到了我的手上。我对人讲过，不知此梦是什么吉兆？如今，你领着儿子来到了这里，我的梦便有了答案啊！原来是你乞牙惕（气颜的复数）的神灵来告诉我的哟。'"

真是一个奇妙的梦，一个奇妙的解梦之说呀！德薛禅，这个普普通通的蒙古好汉，在距今800多年前的那一天把草原人对吉凶之兆极为敏感的风俗演绎到了极致，并且按照梦的指引将也速该，这翱翔在乞颜部落心灵天空的海青鸟请到家里，信心十足地开启了这个家族与蒙古帝王家族的联姻序幕。

德薛禅说话很为艺术："我们翁吉剌惕百姓自古如此，从不袭扰外族他乡。我们翁吉剌惕人，赶着黑骆驼驾的车子，载着貌如鲜花的姑娘送给那众人敬仰的可汗！"自我介绍、部落的特点等被表述得极为清楚。"我们翁吉剌惕自古美女多。所以，我们一直以外甥之貌，女儿之色生活。"让人心动的诱惑，也速该不得不考虑一下了。"男人生来守营地，女儿则要出嫁到他乡。也速该亲家，我有一小女，请到家里看看！"主题突出，盛情难却。于是，德薛禅成功地改变了也速该的去路，并领着他朝自己家的方向走去。

天命注定的事情，真是顺之又顺。也速该到家里一看，德薛禅的女儿果然貌美秀丽。她名叫孛儿帖，比铁木真大一岁，那年正好10岁。于是，德薛禅这位释梦专家和他梦中的海青鸟就为未来的成吉思汗和他的夫人定了终身。不知是习俗，还是创意，也速该为未来的儿媳妇留下了一匹马作为定亲礼。而德薛禅目标明确："将我女儿许配给你的儿子吧。请把你儿子留在我家便是了。"

很是耐人寻味。德薛禅为什么要留下未来的女婿呢？一听这一问题，有人马上会说，这是古代蒙古的婚俗之一，叫赘婿。并且还会引出许多古之又古的概念加以说明。好在生活本身不是概念，我们也不是概念先行的生活解读者。所以，在我的眼里这是一个极其务实，非常人性化，又符合情感发展规律的合理安排。让两个从未谋面，不曾相识的童年男女成为未来岁月中的恩爱夫妻，没有从相识到相知的基础能行吗？没有从形体到心灵的了解能行吗？所以，德薛禅的安排不仅务实而合理，且更彰显着古代人办事的灵活与随意。

铁木真的父亲也速该没有理由不同意这一要求，于是把儿子留给德薛禅家的同时，也留下了对儿子的一句深深的关心："我儿自幼怕狗，请不要让狗惊吓着我的儿子。"可谁能想到，也速该这句关心的话竟然变成了他向亲家德薛禅，向纷乱动荡的草原，向所有生前亲朋关于儿子的最后托付。就在也速该留下儿子，独自回家的路上，他被如影随形的仇恨毒害了。仇恨依然来自塔塔儿人，依然来自不知休止的循环仇杀。事情是这样的：在回去的路上，也速该在经过扯克彻儿草地时遇到了正在欢宴的塔塔儿人。《蒙古秘史》说："因口渴难耐，也速该下马走去。塔塔儿人认出了也速该，边说'尊贵的也速该来了'，边把他安排到了宴席上。塔塔儿人念起旧仇，密谋一阵后，就把毒药放进了也速该的碗里。也速该走出后不久便觉恶心不适，苦行三日勉强回到了家中。"弥留之际，也速该安排了两件事：一是向管家老头的儿子托付了家业、妻儿；二是吩咐手下快去接回铁木真。之后，他就撒手人寰了。

随着也速该的不幸早逝，蒙古部族的历史就进入了政治上短暂的无主题时代……

最后的分离

胜利是一杯美酒，可以一饮而尽，也可以是一种心情，转瞬即逝。然而，失败则不仅仅是如山而倒那么简单，它简直就是倒开去的多米诺骨牌，必将导致所有立姿的彻底消失。在历史的那一天，这倒开去的多米诺骨牌效应正蔓延在蒙古草原上，吞噬着蒙古部族一个接一个的生存坚持。

自从追逐仇恨的战场上败退下来之后，蒙古部族首先受到的打击是部族联盟的解体和可汗建制的消失，接踵而来的便是族众心灵的离散和利益目标的异化。这样，一个号称百万之众的，自感强大无比的庞大部族萎缩成了两个家族的小组合。接着，这个小组合又受到了领导人也速该被毒死的打击。至此，多米诺骨牌的效应仍然没有结束，仍然继续着它的程序。那么，已陷灾难深渊的蒙古草原上还将演绎怎样的悲哀呢？

人类的一大嗜好就是爱听好话，我们蒙古人好像更是这样。人家说蒙古民族如何如何的英雄，我们就飘飘然起来。而且，我们最爱说最常说的更是那些神奇和辉煌。其实，身子的后面就是影子，神奇和辉煌的背后就是平常和丑陋。所以，一个率真睿智的民族不仅能够展示其神奇，也应会展示其丑陋。也许，这可能就是一个民族已经成熟的标志。

自从也速该被世仇塔塔儿人毒死之后，他所统领的孛儿只斤和泰亦赤兀惕两个家族的小组合就成了蒙古部族在政治意义上的最后存在。由于英雄的男人们一个一个地死去，他们的遗孀就成了这个组合中说话算数的人。也就是说，蒙古部族的历史就此进入了女人当家的年代。于是，这些失去了男人的女人们就演绎出了如下的故事：

"那年春天，俺巴孩汗的遗孀斡儿伯、莎合台二人前往祭祀祖先的地方，举行祭祖仪式"，《蒙古秘史》写道。举行祭祖仪式，可不是非当家者可为的事情。这样，蒙古部族第二大首领俺巴孩汗的两个遗孀就以当家人的身份出现了。《蒙古秘史》接着写道："诃额仑因迟到，未能分得祭品食物。诃额仑深感不满，便对斡儿伯、莎合台说：'以为也速该死了，孤儿寡母无能，连祭品食物都不分给我们了？当见不见，起营时也不打招呼了！'"

"斡儿伯、莎合台毫不相让，愤愤地说道：

'没有请来相分的道理

只有前来享用的权利

没有送去供用的道理

只有前来分享的权利！'

"接着还说道：可悲呀！俺巴孩汗死后，我们竟听到了如此不恭的话！赶紧起营离开他们吧，让他们留在这里！'二人怒斥诃额仑，并提出丢下他们迁走。"

在神圣、庄严的场合上，在蒙古祖先的众目睽睽之下，她们就这样争执起来了。孰是孰非，难究一责。有一重要的蒙古历史著作，其中写道："因也速该的去世，泰亦赤兀惕部首领塔儿忽台更加嚣张，为争夺汗位，处处排挤铁木真母子，祭祀祖宗时不通知他们，诃额仑赶去参加，但不分给'荣饭'，以表示不承认他们是同族，实际上已开除出贵族的行列。"如果不主观，如果能够看到蒙古部族联盟已经解体，可汗建制已趋消失的历史事实，我们就不会得出这样有失公道的结论。在我看来，仅在这件事情上斡儿伯、莎合台二人没有什么过错，不是祭祀祖宗时没有通知诃额仑她们，而应该是通知了，只是诃额仑她来晚了，没有吃到祭祀仪式上的荣饭。身寡之人的疑心是最大的，诃额仑就把事情想得非常之严重，把话说到了对方难以接受的程度。于是，话引话，气生气，很快导致了蒙古部族所不能承受的结果：

"第二天泰亦赤兀惕氏塔儿忽台乞邻秃黑、脱朵延吉儿帖便撇下诃额仑母子迁离斡难河下游。晃豁塔歹氏察剌合老人见状难忍，前去劝阻。'深水已涸，明石已碎！'脱朵延吉儿帖不仅不理睬，还向察剌合老人的脊背刺了一枪，说：'叫你劝阻！'

"察剌合老人受伤回家后，铁木真前去探望。'当你贤父属民散去时，我前去劝阻，被他们扎伤了。'老人话音刚落，铁木真满含泪水地走了出去。闻此消息，诃额仑跨上马背，举起缨枪，去追散去的部众。经诃额仑努力，虽有部分百姓回到了营地，但不久又纷纷离开，投奔泰亦赤兀惕而去。"

真是一个令人心疼的场景啊！感受着这分崩离析的疼痛，我们该责怪谁，又该怎样去责怪呢？是俺巴孩汗的遗孀斡儿伯、莎合台吗？是也速该的遗孀诃额仑吗？还是那个塔儿忽台乞邻秃黑和脱朵延吉儿帖？责怪他们危难时刻不团结？责怪他们将个体的尊严放到了部族尊严之上？或是责怪他们亲手拆掉了蒙古部族最后一处政治存在？

罢了吧，还是让我独自品尝历史深处的那碗苦水，独自倾听那多米诺骨牌啪啦啦倒去，且推不倒最后一个坚持绝不结束的脚步声吧！但我应该表述清楚的是：随着塔儿忽台等泰亦赤兀惕部落人按斡儿伯、莎合台的倡议迁离诃额仑母子之后，蒙古部族自合不勒汗开始的政治存在终于消失了。

沦落荒野的高贵人家

草原是神奇的，她不仅是一种景色，更是一种思想。多少年来，人们不断去认识她，品味她，也不断用各自的感受诠释她。

1000多年前，草原骄子鲜卑人说："天苍苍，野茫茫，风吹草低见牛羊。"

自豪之情穿彻千古。1000多年后，一个在草原上工作生活了几十年的汉族作家说："美丽的草原我的家，风吹绿草遍地花，彩蝶纷飞百鸟唱，一湾碧水映晚霞……"很美，就是略显浅表。还有一位异地出生，异地长大，并且已不能用母语诉说了的蒙古族诗人说："父亲曾经形容草原的清香，让他在天涯海角也总不能相忘。母亲总爱描摹那大河浩荡，奔流在蒙古高原我遥远的家乡。如今终于见到辽阔大地，站在芬芳的草原上我泪落如雨。河水在传唱着祖先的祝福，保佑漂泊的孩子找到回家的路……"真切，刻骨，无法抵挡的草原向往。凡此种种，关于草原的文字俯拾即是。

近日，我在一本蒙古文杂志上看到了一段文字。写者是一位汉族专家，在内蒙古搞了几十年的生态科研，他说："……在蒙古歌曲中为数最多的是赞美母亲的歌。为什么呢？因为，他们唱的不仅仅是自己的生母，故乡是他们的母亲，草原是他们的母亲，是他们的生命之源。其歌词大意可以理解为'宇宙母亲''地球母亲''生命之母'等等。"这篇文章很长，也很好，尤其是这段文字使我欣慰。于是，我直接把它节选下来用在此处。他说得很朴素，也很在理。蒙古人就是这样，一向把草原看作是自己的母亲。因为，草原慈祥，博爱，千古如一。她爱惜所有的生命，所有的儿女，甚至爱惜天空飘过的每一朵白云。她的心总是平静如水，不论是得意者或是失意者，不论是英雄豪杰还是妇孺败弱，她都以母亲的慈爱去拥抱和接纳。

就在这慈祥、博爱的草原上有一户人家开始了孤独落寞的艰辛生活。这户人家没有了男人，没有了属民；也没有了牛羊，没有了食物来源。但家的主人，那位曾经被抢过来的新娘，曾经贵为蒙古族最后一个政治首领夫人的诃额仑没有被眼前的一切压倒，而以柔弱的女人之身扛起了一个部族败落而去的所有重负。《蒙古秘史》说：

"贤能机智的诃额仑夫人
穿起长袍系紧了带
腰上别着长袍的襟
沿着斡难河上下奔波

拾来野菜野果

　　艰辛养育己儿女

　　度日如年艰又难……"

　　挖野菜，摘野果，抓河鱼，捕飞鸟，养活饥肠辘辘的一家老少，别说在游牧为生的草原上，就是在农耕环境下的乡村里也都是难以想象的。但是，在中世纪的草原上，在遭族人抛弃的境况下，诃额仑就是用这些自然的恩泽，为后代的蒙古人和人类世界养育了成吉思汗与他英杰的兄弟姐妹。多么伟大的一位母亲啊，如果在宗教创建的年代，她不就是千古崇拜的圣母吗？！只是因为在中世纪，因为宗教制造活动已趋结束，她才永远地留在了人界。

　　母亲的辛劳一天接一天，孩子们的成长也是一天又一天。《蒙古秘史》接着写道：

　　"诃额仑夫人养育的孩子

　　个个长成英雄模样

　　英雄的孩儿报母恩

　　端坐河边钓鱼儿

　　钓来鱼儿养母亲！"

　　真想长长地舒一口气，真想好好地描绘一下这户孤寡之家在风霜雪雨的荒原上相濡以沫、相依为命的非凡意义。因为，他们是消失而去的蒙古部族最后的遗存，是将要涅槃重生的蒙古民族之第一家庭。可是，接踵而至的事情不容我有片刻的安稳和自在。

　　就是在诃额仑母亲的艰辛养育下孩子们一个个茁壮成长的时候，一件意想不到的事情就在这户人家发生了。《蒙古秘史》如实地记录这一奇特事情的经过：

　　"一天，铁木真、合撒儿、别克帖儿、别勒古台四人钓得一条鲌鱼时，别克帖儿、别勒古台硬是抢了过去。回家后铁木真、合撒儿向母亲告发说：'别克帖儿、别勒古台抢走了一条上钩的鲌鱼。'诃额仑听罢深情地说道：'你们同为也速该的儿子，为何那般争吵呢？应该明白，如今我们举目无亲，形单影孤，这样下去如何向泰亦赤兀惕人报仇呢？为何又像阿阑豁阿母亲的五个孩子一样互相不和了呢？你们可不能那样呵！'"

纠纷就这样发生了。一方是铁木真和合撒儿，是英雄也速该与夫人诃额仑所生的孩子；另一方是别克帖儿和别勒古台，是也速该与另一夫人所生的孩子。值得品味和深思的是诃额仑母亲的一番话。尽管食物奇缺，尽管一条鱼应该就是难得的一顿美餐，也尽管自己的儿子们占着理，但诃额仑，这位具有战略胸怀的母亲还是以全家的生存大局为重想要化解孩子们之间的这一纷争。她所采取的方法就是转移仇恨的方向。于是，泰亦赤兀惕人就成了这户人家首要的仇恨对象。在当时的情况下事情是那样的自然，然而对后来的蒙古民族来说，这便是战略目标调整的开始！

那么，稚气的孩子们能够懂得这么大的道理吗？

"铁木真、合撒儿毫不听劝，'昨天抢了一只鸟，今天又把鱼抢走了。这般下去怎样共同生活？'说罢起身而去，门被摔得嘎嘎作响。

"此时，放马的别克帖儿正坐在土丘上休息。他见拿着弓箭的铁木真、合撒儿一前一后包抄过来，便说：'泰亦赤兀惕兄弟欺辱我们的仇尚未报，你们为何把我当成眼中钉、肉中刺？已是举目无亲，形单影孤，为何还要这样呵？你们不要毁了炉灶，害了别勒古台！'说毕，端正了坐式，任由铁木真、合撒儿射杀。"

悲剧还是发生了！有人说，这个别克帖儿是为兄的；也有的说，他比铁木真小。不管它了，让专家们去继续研究吧！只是非常之可惜，一位可能的大英雄就这样夭折了。有人说，这是铁木真除掉竞争对手，谋求家庭霸权的举措；也有人说，这是争夺父位继承权的结果。真是丰富的想象力呵！明明是稚气未脱的几个孩子，明明是生计难为的绝贫处境，怎会有那么复杂深远的政治考虑呢？因为，对于我们这个人类世界而言，物质利益是一切矛盾冲突永远的根由！

诃额仑母亲怒不可遏，痛骂铁木真道：

"害尽骨肉的你

吃尽同伴的你

从我热腹中出生时

握有一块凝血的你

如同

撕扯肋骨的黑狗

如同

冲向悬崖的雄鹰

如同

愤怒暴跳的雄狮

如同

活吞生灵的莽魔

如同

自冲其影的猛禽

如同

凶猛残暴的野兽

又如

咬断羔驼脚跟的公驼

雨天猛扑羊群的饿狼

又如

捕食幼子血肉的暴鹘

袭击邻里异群的豺狗！

"你这如狼如虎又如猛禽的孩子呀，我等影子之外无同伴，尾巴之外无甩鞭，为报泰亦赤兀惕欺辱我们之仇而愁思之时，为何干出这等事来？！"

真是痛心疾首啊！一个部族败落而去后，他的后人竟过着这样的日子……

卷六　绝境中的抗争

曾经的蒙古部族远去了，带着他那未酬的壮志和败落的伤痛……

草原民族又一次的兴衰轮回就这样结束了吗？曾记得，虎狼匈奴雄起草原，与大汉帝国干戈许久，然而垮败下来云随风去，不留展痕。鲜卑人接踵而至激情崛起，他们开国立朝威震南北，但败落下来如潮退去，影踪全消。更有契丹勇士冲出东北跃马中原，把一个偌大的宋朝撕扯得体无完肤，但是随着女真人的兴起，不可一世的契丹人就烟消云散，音讯不再……

蒙古部族也以百万之众磅礴之势一时雄起，与塔塔儿人和金朝打打杀杀几十年，但他还是败下战场，并且萎缩成了沦落荒野的一户人家。那么，蒙古人就这样完成了兴衰的轮回吗？如果不是，那沦落荒野的这户人家还将遭受怎样的磨难呢？

来自手足的磨难

铁木真射杀别克帖儿的悲剧就那样演过了。好在诃额仑母亲的正确干预，把全家的注意力成功地转移到了共同的仇恨目标之上，所以没有在嫡出和庶出间形成新的仇恨。

但是，还没等诃额仑母亲和她的孩子们向泰亦赤兀惕人报还仇恨之际，他们曾经的手足，曾经狠心地弃他们而去的泰亦赤兀惕人又来制造新的仇恨了。其全程抄录如下：

"过后不久，泰亦赤兀惕人歹念又起，认为诃额仑的孩子们已经长大，该去打击了，便组织人马奔袭而来。惊恐有余的诃额仑带着孩子们躲进了山林。别勒古台折来树木做成了栅栏，合撒儿与泰亦赤兀惕人对射着，将合赤温、帖木格、帖木仑隐藏到了山谷中。泰亦赤兀惕人边追边喊：'交出铁木真来，别的人都不要！'听到此话，他们便让铁木真向密林深处逃去。泰亦赤兀惕人紧追不舍，铁木真急忙钻进了高山密林。泰亦赤兀惕人未能穿入林中，无奈之下包围了密林在四周看守着。

"铁木真在密林里匿避了三昼夜。当他欲要走出密林，牵马前行时马鞍突然脱落了。回头一看，攀胸、肚带依然系着，鞍子却落到了地上。

"'虽然肚带可以脱落，但系着攀胸的鞍子怎能脱落呢？莫非是上天阻止我出去？！'铁木真又匿避了三天。当他再度出去时，一块大如帐房的巨石挡住了走出的路。'莫非是上天的暗示？'铁木真回到原处又待了三天。连续九天粒米未进的铁木真再也无力坚持，心想：如此默默地死去，还不如出去的好！便用刀子砍出一条绕过巨石的路，牵着马儿走了出去。他一走出密林即被泰亦赤兀惕人抓去了。

"塔儿忽台将抓去的铁木真惩治一番后交给属下百姓轮流看管。入夏首月十六日，晴空灿烂，这天泰亦赤兀惕人欢宴于斡难河之岸，直到日落时才散去。宴间，他们把铁木真交给一个弱童看守。宴散人去后，铁木真用手上的枷锁击倒看守，跑进斡难河边的树林里藏了起来。后又怕被发现，便跳进一处水潭躺了下去，只把脸露出了水面。

"'被抓的人跑了！'看守苏醒后惊叫起来。闻声，散去的泰亦赤兀惕人又聚拢过来，在明亮的月光下向斡难河边树林搜去。此间，速勒都孙的锁儿罕失剌正要过水潭时看见了仰面而卧的铁木真，便说：'水不留痕，天不留迹，你这般躺着很对。正因为你有这样的智谋，且又目光炯炯，灵光满面，所以，泰亦赤兀惕人才如此妒害你呀！就这样躺着吧，我不会告发你。'说完便走了过去。泰亦赤兀惕人商量接下来搜寻的办法，锁儿罕失剌说：'咱回头循着各自的来路及周围再搜查一遍吧！'众人听罢，齐声同意，便寻着各自的来路寻查而去。原路返回的锁儿罕失剌从铁木真身边经过时勉励道：'泰亦赤兀惕兄弟正咬牙切齿地找你，你就这样躺着，一定要坚持住！'

"没有找到铁木真，泰亦赤兀惕人又商议再行搜查的方法。锁儿罕失剌说：'咱这些泰亦赤兀惕后人，光天化日之下都没能把人看住，在这黑灯瞎火的夜里还能找得到吗？我们还是循着原路再搜一遍，然后回家，明日再集中搜寻吧。他一个戴着枷锁的人能跑到哪里去？'众人觉得有理，便纷纷返回原路去寻找。

"锁儿罕失剌又到铁木真跟前，提醒道：'搜过这边后，我们就回家了，决定明天再来搜查。待我们散去后，赶紧去找你的母亲和弟弟们。如果遇到别人，不要说我见过你。'待他们散去后，铁木真心想：前几日他们让我轮帐住宿。轮到锁儿罕失剌帐房时，他的两个儿子沉白、赤剌温不仅同情我，睡觉时还给我卸去手上的枷锁。现在锁儿罕失剌又发现我而未去告发。由此看来，他们也许会救我！于是，铁木真朝着斡难河边锁儿罕失剌家直奔而去。

"锁儿罕失剌家与众不同的特点是彻夜不停地调制奶食。铁木真根据这一记忆，循着捣奶时发出的声响，找到了锁儿罕失剌家。'不是让你去找你的母亲和弟弟们吗？怎么到我这里来了！'锁儿罕失剌很是惊怵。可他那沉白、赤剌温二子却不以为然：'被鹰追袭的小鸟如果躲进树丛，树丛会护救小鸟的。如今人家投奔我们来了，怎能说这样的话呢！'他们一边埋怨父亲，一边砸下铁木真手上的枷锁，然后把他推进装羊毛的小篷车里。并派他们的妹妹合答安收拾好羊毛车，还跟她说：'不得告诉他人。'

"一个戴着枷锁的人能跑到哪里去呢？第三天时，泰亦赤兀惕人疑惑起来。'莫非我们的人把他藏起来了？搜查一下营内各户人家！'于是，开始搜查营内各户。搜到锁儿罕失剌家，翻箱倒柜，床铺上下找完之后，又走到后院羊毛车旁。当掏出口子上的羊毛，铁木真的脚尖就要露出来的一刹那，锁儿罕失剌大声说道：'天气如此酷热，活人能在羊毛堆里待得住吗？'众人听罢觉得有道理，便跳下马车，搜查下一户人家去了。

"等待搜寻者走远之后，锁儿罕失剌对铁木真说：'你险些毁了我的家呀！这就找你的母亲和弟弟们去吧。'他让铁木真骑上自家的口白马，带上羔羊熟肉后，又给他带了一张弓两支箭，便急匆匆送他上了路。

"铁木真离开锁儿罕失剌家，来到曾用篱笆围过的旧营地后，再顺着草丛中的车辙，逆斡难河而上，走到了潺潺东流的乞沐儿合溪边。从乞沐儿合溪边又逆行至别迭儿山嘴的豁儿出恢小山时，遇见了母亲和弟弟们……"

一次大的磨难就这样过去了。铁木真，这位日后的成吉思汗，这位握血出生而刚刚射杀过手足兄弟的少年从此成了仇家们重点打击的对象。那么，泰亦赤兀惕人为什么要打击已被他们欺辱得奄奄一息的也速该一家遗孤呢？史学家们斩钉截铁：为的是蒙古汗位的继承权！可我这笨脑怎么也理不出事情背后的这一玄机。因为，在这个时候，需要可汗的部族联盟已经解体，旧有的政治构架已经消亡，所以汗位也应该没有了所谓的继承问题。假如说还有，泰亦赤兀惕人凭借其强大的势力和俺巴孩汗后裔的身份完全可以立头人为汗而行使权力。在我看来，这只是泰亦赤兀惕人试图消除仇患的举动，所以才显得那样的轻率和随意！

失而复得的八匹骏马

有一幅画，蒙古人家家挂在墙上。甚至，有的把它挂在神佛之位，致以虔诚的奉祀。那是一幅画有乳黄色八匹马的图画，称"八骏图"。蒙古人喜爱它，欣赏它，长年累月地把它挂在仰目之处。这不仅仅是装饰之需，更是在祈求势如骏马腾飞的好运！如今，蒙古人祈召吉祥好运的这一形式已被民族间的文化交流活动不断放大，一幅吉祥八骏图正在成为更多民族和人民的文化饰品。

那么，这形象俊美、神态各异、安详且可奋蹄腾飞的八匹骏马来自哪里呢？它们既不是来自神话，也不是来自幻想，它们就是铁木真家那失而复得的八匹骏马。

如上节所述，铁木真从泰亦赤兀惕人的手中成功逃出后很快找到母亲和弟弟们，并为躲避泰亦赤兀惕人的追寻，举家走到一个叫桑古儿的小溪旁边过起了捕食獭儿、野鼠的生活。远离了仇人，远离了纷乱。这样，铁木真一家就能过上不用心惊肉跳的安稳生活吗？怎能呢，一个生活在纷乱年代的社会人生怎能摆脱那飞沙走石的时代之灾！很快，灾祸又来敲门了：

"一天，劫匪从铁木真家旁掠走了他们的八匹马。别无他马可骑的铁木真，只好让匪贼们赶着马群扬长而去。当天，别勒古台骑着秃尾黄马出去打猎，傍晚时将猎杀的旱獭驮在马背上，自己牵着马儿走了回来。'我家八匹马被劫匪掠走了。'别勒古台一听这话，急忙说：'我去追！'

"'你追不回来，还是我去追吧！'在旁的合撒儿劝他弟弟道。

"见此情景，铁木真说：'你们都追不回来的，还是我去追为好。'说罢，跨上秃尾黄马疾驰而去。他顺着八匹马踏出的蹄痕追赶了三天三夜，一天早上碰见了在马群旁挤马奶的一少年。寒暄后，铁木真向他打探八匹马的下落。那少年说：'今早日出前，有人赶着八匹马经过这里。我去指给你！'还放走铁木真的秃尾黄马，给他骑上了自家的黑脊白马。然后，他没向家里打招呼，找一处阴凉地放好奶桶后跨上了自己的淡黄快马。'看来，你正在遭难。男人的苦难是一样的，我来做你的朋友吧！我的父亲叫纳忽伯颜，我是他的独生子，名孛斡儿出。'"

《蒙古秘史》就这样叙述着事情的经过。真是一个神奇的境遇呀，遭难之中的铁木真竟遇到了这样一个人！他傻吗？不是；他愣吗？也不是；他有企图吗？更不是！他在这里所表现出的正是蒙古男人特有的男子汉情节。敌对厮杀，刀枪无情，而在平日总怀男人心疼男人的莫名之情。无条件，无目的，更无功利。正因满怀这一情节，孛斡儿出要助铁木真一臂之力了！

"孛斡儿出边说边与铁木真并肩出发了。二人追踪八骏的蹄迹走过三天三夜后，在太阳将要落山时来到一群百姓营地旁，并在营帐附近发现了正在吃草的八匹马。'好朋友，你在这里等我，我看见自己的马了，去把他们赶过来。'铁木真话音刚落，孛斡儿出当即表示反对，说：'我是来做你朋友的，怎能待在这里？'于是，二人飞奔过去，赶着八匹马离开了这里。

"营帐里的人发现后陆陆续续追了过来。一个骑着白马，手拿套马杆的人眼看就要追上来了。孛斡儿出忙说：'快把弓箭给我，我来射他。'铁木真不肯：'怎能让你替我吃亏，还是我来射他'，边说边拿起弓箭射击起来。那骑白马的追赶者被射得无法前行，只好挥着套马杆远远地落在了后边。不久，追赶者虽然赶了过来，但是天色已晚，他们无奈地看着铁木真他们慢慢远去。

"铁木真、孛斡儿出二人赶着八骏彻夜疾行，第三天时走到了孛斡儿出家附近。铁木真对孛斡儿出说：'你帮我把八骏赶回来了，说吧，你要几匹？'孛斡儿出当即拒绝，他说：'好朋友，我是见你很辛苦，才自愿做你朋友的。并没想分到什么！我是富足之人纳忽伯颜的独生子，父亲的积蓄足够我享用一辈子！'

"当二人走进纳忽伯颜家时，正为儿子失踪而焦急万分的纳忽又气又喜地说：'告诉我，儿子，究竟出了什么事？'孛斡儿出说：'我见这位朋友为寻找丢失的马艰难起来，便同他走了一趟。现在回来了！'说罢，急忙去把放在野外的奶桶拿了回来。纳忽伯颜给铁木真准备了肥羔羊肉和饮水，并嘱咐道：'你二人今后要好好交往，不要相互舍弃。'铁木真自那上路后又走了三天三夜才回到了桑古儿溪边的家。见铁木真归来，诃额仑母亲和合撒儿弟弟等都很高兴。"

《蒙古秘史》就这样讲完了铁木真家八匹骏马失而复得的经过。从此，这八匹骏马也从草原走入了画框，给真爱它的人不断昭示着吉祥、奔腾的好运气！

用智慧包裹的貂皮斗篷

细细一想，我们人类的历史不就是一部生存竞争的悲喜长剧吗？多少情仇多少恨，多少荣辱多少梦，不都是这部长剧的瞬间情节吗？是的，这部长剧有始无终，源远流长，其核心旋律就是历代人生的起起落落，盛衰成败！那么，我们不禁要问：导致这起落不休，成败轮回，盛衰更迭的背后因素究竟是什么呢？那就是智慧，那就是一个人、一个团体、一个民族的智慧！

不论在什么时候，不论在什么地方，也不论在什么样的情况下，只要有智慧，只要用智慧，人就能在残酷的生存竞争中保全自己，发展自己，也能极大地放大和实现自己的理想和抱负。但必须明确的是，这里所说的智慧绝非是小聪明，绝非是尔虞我诈的臭把戏。

铁木真，这位落败之族的不幸遗孤，在他懵懂的少年时代承受了不该承受的种种磨难。但是，他以稚嫩而天生的智慧安然度过了一个接一个的生死难关。当曾经是同盟的泰亦赤兀惕人前来抓捕时，他在深山密林中一再感悟到"上天的暗示"，上演了不进粒米而坚持九天的生命奇迹，完美诠释了精神对生命的特殊功效。在开始逃跑的第一阶段，在河畔林中的水潭里，戴着枷锁的他仰卧在水里，只把鼻子露在外面用来呼吸。如若是他人，如若就是我，那定会是大面朝下将后背和臀部留给搜寻者，待人家刀棍一扎翻转身来乖乖跟着走。而仰卧着，且把鼻子露在水面，这样既能把身体藏到水里，也能自由呼吸，更能观察地面的情况，并便于拔腿逃去。如不是天生智慧，这般举止很难在草原上出现的。尤其在逃生的机会来临之际,他没有慌忙地逃去,而是待夜深人静后轻轻推开了对他充满同情的锁儿罕失剌家的门,并在他们的护救下终于摆脱了泰亦赤兀惕人的妒害。这是天意吗?是长生天在佑护铁木真吗?"也许吧!"在难以说清的情况下,我曾也这样默认过。但后来我才明白,这是当事人在有意无意间极大地刺激和放大了同情感的结果。

就这样,铁木真化解着一次次的生死劫难,并在劫难中磨炼成长着。如今,他从劫匪手中夺回了自己的八匹马。这表明,他已经长大了,成人了,已经有一定的抗争力了!

人最大的麻烦,就是需求的不断产生。长大了,成人了,娶妻生子的需求随即产生了。《蒙古秘史》接着写道:"当铁木真九岁时,与德薛禅的女儿孛儿帖定亲,此后二人再未相见。时下,铁木真、别勒古台决定前去寻找孛儿帖,便直奔客鲁涟河下游而去。仍在扯克彻儿山、赤忽儿忽山一带游牧的翁吉剌惕氏德薛禅见到铁木真兄弟二人十分欣慰,便说:'我知道,泰亦赤兀惕兄弟一直在妒害你,所以特别担心。现在见到你也就放心了。'遂将女儿孛儿帖嫁给了铁木真。

"铁木真带着新婚妻子孛儿帖启程回家。德薛禅把他们送到客鲁涟河岸一个叫兀剌黑啜勒的地方后返回了家。孛儿帖的母亲搠坛却一直把女儿送到了铁木真家的住地——桑古儿溪边。"

没有隆重的仪式,没有烦琐的礼节,铁木真的婚事就这样办完了。这是蒙古人的婚礼吗?不是说蒙古人的婚礼是如何如何的讲究,如何如何的隆重吗?尤其是现在,在舞台、荧屏或书籍上一说起蒙古人的婚礼,就大谈特谈考究的递进程序、热情的环节礼仪、奔放的迎娶形式。歌舞美酒,狂欢嬉戏,天地醉动更是不可或缺。而且都会点明这是蒙古祖先创制的亘古必循的传统习俗。的确,蒙古人的婚礼较为隆重考究,较为喜庆奔放。但这绝非是远古定制的必循程序,而是一代代人根据婚礼这一喜庆主题不断增添新内容的结果。我倒觉得,婚礼就是婚礼,应以完成两个人的结合为基点,至亲挚友们聚到一起办一下祝福的仪式就应该可以了。没有必要搞得那么奢侈、铺张,也没有必要扩散到其他层面的关系上,以亵渎友情和其他。但我们办事恰恰相反,功利考量日益明显，把喜事一步步地演化成了友情的负担！

还好，在古代人尚还很朴实的时候，铁木真的婚事就那样简单地办完了。沦落荒野的孤寡之家娶来了新媳妇，这是多么令人高兴的事情啊！从此，这个家才有了家的样子，才有了血脉延续的希望！我真不知历经沧桑的诃额仑母亲用她那褴褛的衣袖抹去了多少喜悦的眼泪。是啊，对铁木真他们来说这样的一个家是多么的重要和珍贵，多么的值得去欣喜。可是，劫难重重，自命难保的他们能够维持这个家的安稳吗？不能！于是，确保家室安全的需要就凸现在铁木真他们面前。

铁木真的智慧之门又一次敞开了。《蒙古秘史》接着写道："一日，铁木真、合撒儿、别勒古台三人拿着搠坛母亲送给她女儿孛儿帖的黑色貂皮斗篷，前去拜见父亲也速该的生前好友王罕。'父亲的朋友，就应同我们的父亲！'铁木真如此企盼着，不久便找到了正在土兀剌河岸密林里营居的王罕。'您如同我的父亲一样。如今，我娶了媳妇，特来送您一件貂皮斗篷，以示孝敬。'铁木真边说边将礼物敬献上去。王罕甚喜，便说：

'为回报你貂皮斗篷的情谊

我为你收复那

四处离去的散民！

为回报你貂皮斗篷的孝心

我为你重振那

支离破碎的家园！

让那肾置其腰间

让那痰置其腔间！'"

一件貂皮做的衣服，现在很是昂贵，但在800多年前，在狩猎游牧的生活中不一定就是稀罕。可它一经铁木真的智慧包制，加上一番唤醒旧情的语言渲染，它就升值成了使王罕甚喜的珍贵礼物。王罕是什么人？他是兵强马壮、雄霸一方的克烈亦惕部落之首领啊！能有他的同情，能有他的庇护，铁木真一家不就有了安全保障吗？！这是铁木真拜见王罕的根本目的，可王罕却出人意料地夸下了帮他重振家园的海口。多值啊，一件貂皮斗篷就这样无限升值了！

如果自己是一位画家，如果自己是一位雕塑家，我一定要把这一典故加以物态化，并题《皮衣复国》之名，给世人以智慧生存的启迪。可惜，我哪个都不是！

卷七　拯救，始于家业

在我的办公室放有一幅蒙古文书法作品，是一位书法人写给我同学的。因有别字，同学没有把它拿回家。于是，我就有了不请自来的一幅书法！

书法内容是一句成吉思汗箴言，译意是"能治家者就能治天下"。成吉思汗是否说过这样的话，我们已无法考证。但这句话显然是蒙古古训"治己，治家，治天下"之句的内容延伸。治己，就是修治自己，使其能与生存环境相适应。治家，就是修治家业，使其能够兴旺发达。治天下，则就是治己、治家本领的政治化放大。

磨难中完婚成家的铁木真已经步入了修治家业的阶段，并且也已为自己风雨飘摇的家庭找到了强大的庇护。那么，命运坎坷的铁木真将怎样拯救起自己的家呢？

仇人又来了

找到了强大的靠山，铁木真一家的安全就有了理论上的保障。于是，铁木真迎来了两个年轻人，一个叫者勒篾，另一个就是帮他夺回八匹马的孛斡儿出。孛斡儿出是应铁木真之邀前来做安答的，而者勒篾是铁木真家原属民的儿子。当铁木真落难时，他们流落山野，如今父子二人寻主归来，并且父亲把儿子者勒篾留给铁木真，叫他为铁木真出门备马，进门掀帘。

铁木真拯救家业的行动就这样悄然起步了。但是，在仇恨泛滥，灾祸横飞的那个年代，他的计划能够得到顺利实施吗？怎能呢，昔日的仇恨又来复仇了：

"一天拂晓时,诃额仑母亲家使唤的老妇豁阿黑臣听到了震天动地的马蹄声,便急忙跑进帐里说:'母亲,母亲,快快起来!马蹄声正在震天动地,泰亦赤兀惕人可能又来袭击我们了。'

"诃额仑母亲边起床,边令侍妪叫醒孩子们。铁木真他们猛然被叫起床,并抓来了各自的马匹。铁木真、诃额仑、合撒儿等每人骑上了一匹马,年幼的帖木仑被母亲抱在怀中,又将一些急需品驮在另一匹马上出发了。如此下来,夫人孛儿帖却没有可乘之骑了。

"铁木真及兄弟们向不儿罕山急速行去。留在家中的女佣人豁阿黑臣将夫人孛儿帖藏进坚固的帐车里,套上腰花牛,驾车逃向统格黎溪上游。天亮后,一群兵士从对面驰来,厉声问道:'你是什么人?'豁阿黑臣说:'我是铁木真家属民,来主家剪羊毛的。现将分得的羊毛拉回家去。''那铁木真在家吗?他家在哪里?'兵士们接着问。豁阿黑臣回答道:'他家离这儿不远,不知铁木真是否在家。我是从他家后院出来的。'

"兵士们疾驰而去。豁阿黑臣心急火燎,猛抽腰花牛想要赶紧走开,可不幸的是车轴却"咔嚓"一声断了。无奈之下,二人欲向密林深处逃跑时,那些兵士们抓获别勒古台的母亲后又折了回来。他们让她叠骑在马上,双脚下垂,任其挣扎。'车里装的是什么?'追来者问。豁阿黑臣说:'装的是羊毛。''兄弟们下去查看一下!'其中一个长者说道。众人应声下马,前去拉开帐车闭门,发现了躲在车里的孛儿帖夫人。他们将孛儿帖拉出车后与豁阿黑臣一起驮到了马背上,就循踪向不儿罕山追赶铁木真去了。

"他们追踪到不儿罕山后绕山搜寻三遍,但未能找到铁木真。他们并不甘心,决定进山细查。可没走多远,却被无底泥潭和饱蛇都难以钻行的密林挡住了去路。这样,他们袭击铁木真等人的目的无奈地落空了。"

真是祸从天降啊!铁木真拯救家业的计划刚刚起步,家境状况稍有起色的时候,仇恨的打击就这样又一次降临了。那么,汹汹而来的这些人究竟是谁?他们与铁木真家有何冤仇?他们汹汹而来的目的又是什么?来者既不是老妪豁阿黑臣所想的泰亦赤兀惕人,也不是劫去过八骏的匪贼,而是在蒙古部族第三位大首领忽图剌汗时代强行脱离联盟体系,自动撤出仇恨战场的那个篾儿乞部落的人们。自从撤出仇恨的战场，这个部落就很少被史书提起。后来，这个部落的一个贵族到外地娶亲，在回来的路上新娘却被也速该抢去了。那个新娘就是铁木真的母亲诃额仑。如今，篾儿乞人为报当年的那个仇气势汹汹地过来了。

这是怎样的一个仇啊？学者们不是说抢婚是一种习俗吗，不是说蒙古人自古就有这样的习俗吗，不是说蒙古族传统婚礼中的"抢姑娘"一环就是抢婚习俗的遗存吗？如今，篾儿乞人为报20多年前新娘遭抢的旧仇气势汹汹地过来了。如果是习俗，它能转化成仇恨吗？如果是习俗，新郎一个人的不幸能够演化成篾儿乞人群体的仇恨吗？如果是习俗，时过境迁的20多年之后他们还来讨报这不该成为仇恨的仇恨吗？但是他们来了，就为讨报那个仇恨气势汹汹地过来了。他们那充满仇恨的马蹄好像在说："玩去吧！我们还不知道什么是习俗，什么不是习俗？净拿我们瞎说！"

就这样篾儿乞人来了。他们虽然没有抓到铁木真，但还是有所收获地抓到了铁木真婚娶不久的新娘和他弟弟别勒古台的母亲。于是，那些篾儿乞人就商量道：

"此来，为的是报诃额仑被抢之仇。今却抢到了他们的妻媳，也算仇已报了。"便掉转马头，归家而去。

"篾儿乞惕人把抢去的孛儿帖夫人交给了赤列都（20多年前被也速该抢去新娘的不幸之人）的弟弟赤勒格儿。躲在山中的铁木真对此一无所知。为了了解来袭者的去向，铁木真将别勒古台、孛斡儿出、者勒篾三人叫到身边，说：'不知篾儿乞惕人撤走了，还是埋伏在山下？你们仨跟踪三天三夜了解个清楚！'派他们下山后，铁木真独自走到不儿罕山，捶着胸脯虔诚地说道：

'全凭豁阿黑臣那
金鼠般敏锐的听力
逃过了仇敌的袭击！
跟着野鹿的蹄迹
踏过崎岖的山路
全凭豁阿黑臣那

银鼠般超凡的视力

躲过了恶魔的袭击！

顺着崎岖的山路

住着柳条小屋

保住了性命啊不儿罕山！

当仇敌袭来的时候

如遇鹰鹫的鸟雀

顺着野鹿的蹄迹

穿过险恶的小径

跑进了不儿罕山的怀抱

盖起柳条的小屋

保住了热血的性命！

不儿罕山啊

你用密麻的树木

庇护了我弱小的生命

使我这如虱的身躯

未受伤害！

救护我们于仇敌之手

保佑我们躲过劫难的

高昂尊贵的不儿罕山啊

为感激你如天的恩德

我将天天祭你月月祭你

世代相传地祭拜你！'

"说完，即把腰带挂到脖颈，一只手持着帽子，一只手放到胸口，向不儿罕山行了九跪九拜之礼。"

何等凄凉的声音啊！父辈留下的仇恨就这样无情地转到了铁木真的头上，就这样无情地毁掉了他刚刚建起的家和拯救家业的努力。铁木真，这位败落之族的不幸遗孤，这位多灾多难的智慧青年，这位日后的成吉思汗将怎样去拯救被篾儿乞人毁掉了的家业呢？

伸向远方的求救之手

大众阅读版《蒙古秘史》出版后，有位朋友对我说："这本书，我一口气读完了，用时不到两天。大名鼎鼎的这部书原来就是一本仇恨循环的记录啊！"话说得虽有些尖刻，也有点片面，但我觉得他已经深入到了历史背后一些本质性的东西。所以，我没有反驳他。于是，我们的话题很快超出了《蒙古秘史》本身。

"其实，我们人类的历史也就是一个仇恨循环的过程。"他说着，用一个潇洒的手势肯定道。

"从这个角度上说，我倒觉得我们人类的历史更应该是化解仇恨的进程。"我吸一口烟，紧盯着他的眼睛说。他摇摇头，随手翻了两下报纸："仇恨易结，不易解呀！如果都化解了，历史上就不会有那么多的你死我活，就不会有那么多的血腥战争。"他睁大眼睛，也紧紧盯着我说。

"那正是化解的过程，也是和平诞生的过程。否则……"

"否则就否则吧！这不就是鸡和蛋哪个先有的问题吗？走，我请你吃鸡蛋炒柿子！"他站起身来，下班的铃声随即也响了起来……

吃不吃鸡蛋炒柿子无所谓，遗憾的是我们的话题就这样结束了。

回家的路上，我的脚步很沉重。我反复地问自己，是不是把话说得太主流、太虚伪了？可我怎么也不能认为自己的话有半点儿虚伪。我真是这样去认识和理解历史上的仇恨和它的走向的。

在蛮荒的年代，人类的生存条件极为恶劣，获取生存物品的手段极其笨拙。所以，生命所需要的一切用品极端短缺。在这样的情况下，个体生命的行为自觉难以形成，团体人群的政治理想发育缓慢，于是生存用品的直接争夺和粗暴抢掠自然就成了人们难以克服的行为目标。这样仇恨就产生了，并且周而复始地循环开来。利益争抢的仇恨往往由个体行为引发，然后变成团体或群体的行为目标。这个时候，仇恨丛生，积怨遍地，生命以最简单的方式完成着生死的轮回。随着团体人群的政治理想开始发育，仇恨循环的形式也随即发生了变化。在这个时候，团体人群的整体利益日益显得重要起来，个体的仇恨开始被整体的利益有所忽略或有所选择了。于是，一些与整体利益无关的仇恨开始走入了化解程序，开始被具有政治意味的仇恨代替了起来。再随着团体人群政治理想的成长，仇恨越来越被政治战略所代替，而各种各样的体制、制度和获取利益的行为准则就成了化解仇恨、相互依存的根本保障。这就是我对仇恨的产生、循环以及它历史走向的简单理解。所以，我们人类的历史应该是一个仇恨化解的进程！

由于，团体人群的政治理想尚未成熟，成吉思汗崛起前的蒙古草原正处在个体仇恨集体化讨报的历史时期。所以，仇恨循环的时间长，相互讨报的形式激烈，对生命造成的伤害也非常巨大。那么，蒙古草原上的仇恨循环就在这么简单的层面上继续下去吗？它何时才能被整体利益所忽略或选择呢？更是何时才能被政治战略所代替呢？我们一同来观察铁木真家族与他人之间的仇恨演化。

新婚不久的妻子被仇人抢走了。无力自救的铁木真没有消沉，没有默认天命，也没有回避仇恨循环的险恶，他立刻想到了一年前用貂皮斗篷换下的重大承诺。于是："苦难中的铁木真与弟弟合撒儿、别勒古台前往土兀剌河林地，请求王罕出来相救：'趁我不备，篾儿乞人突来袭击，并掳去了我的妻子。今望罕父出兵解救！'王罕听罢，立即答道：'去年，当你送来貂皮斗篷时，我曾许下过诺言。现在我来兑现那个诺言！

  为回报你貂皮斗篷的情意
  我将
  灭尽那可恶的篾儿乞惕人
  救出你夫人孛儿帖！
  为回报你貂皮斗篷的情意
  我将

剿灭那可憎的篾儿乞惕人

救出你夫人孛儿帖！'"

真是一言九鼎的诺言啊！王罕没有食言，也没有犹豫，毅然决然地承担起了替铁木真复报仇恨，拯救家业的重任。王罕，这位执掌克烈亦惕部落生死存亡的大头领，他为何不顾与篾儿乞人为敌的危险，为何不去权衡部落和自己的利弊得失，毅然决然地承担起替铁木真复仇的重担呢？他无法推托了吗？不是。他不能回避了吗？也不是。他有重大的利益考虑吗？更不是。那么，是什么使他欣然且毫不犹豫呢？那就是草原人推崇至今的一则信条：言而有信！

言而有信，说话算数，一言既出，驷马难追，这是草原人非常突出的品行之一。"蒙古人特别实在！"这是我在外出时候经常听到的一句话。蒙古人的实在主要在于纯朴、憨厚、说话算数，对信誉比对利益更重视。所以可信、可靠，所以显得实在。那么，蒙古人为什么那么实在，为什么对信誉比对利益更重视呢？这是蒙古人独有的品行吗？是其他民族所不具有的品质吗？显然不是。言而有信、严守信誉是人类进入英雄主义年代的重要产物，是人类各个民族都曾忠实推崇的行为信条。随着英雄主义时代的相继结束，人类交往的行为开始复杂起来，利弊得失的考虑开始明显起来，进而使人类交往的行为进入了患得患失的多样化时代。由于英雄主义时代在蒙古草原上延续的时间比较长，信誉为重、言而有信的信条对人们的影响比较长久，所以它就成了草原人世代相传的心灵记忆，直到现在还让他们很为实在，很为信用。但必须看到的一点是：功利化的社会必将不断冲击蒙古人的这一传统信条！

就在英雄主义盛行的年代，王罕便那样毅然决然地承担起了言而有信的神圣义务。那么，王罕将以怎样的方式解救铁木真的妻子，拯救铁木真那落败破碎的家业呢？《蒙古秘史》接着写道：

"王罕让铁木真转告札木合：'札木合弟在豁儿豁纳黑川地居住。从这里，我带两万兵勇出发，做右翼，请札木合弟带两万兵勇配合。相约会师的日期、地点，由札木合弟弟来定。'

"铁木真谢别王罕回到家后，马上派合撒儿、别勒古台两位弟弟前往札木合的住地，捎话说：

  '仇人篾儿乞惕突来袭击
  刺痛了我的心扉
  掳走了我的妻子。
  可做我后盾依靠的
  同族兄弟的你们啊
  替我报一下仇吧！
  今我伤心欲绝
  请你替我报那
  妻子被掳之仇吧！'

  "合撒儿等又把克烈亦惕首领王罕答应出兵两万做右翼，并请札木合出兵两万做左翼的计划和请札木合决定会师之约的意图等如实转告了札木合。
  "札木合听罢这些情况，说道：

  '今知铁木真兄弟
  身受此般苦难
  我心痛之极
  我愤然之极！
  此仇此恨孰可忍之
  誓将灭掉篾儿乞惕
  抢回我友被掳的妻子！
  踏平篾儿乞惕林立的营帐
  让夫人孛儿帖回到家中！……'"

  叫札木合的这个人就是这样带着他满腔的怒气大步走到了复仇队伍的行列之前。他与铁木真年龄相仿，是主干蒙古札答阑部年轻的部落头领。这个部落的创氏祖先和铁木真所属孛儿只斤氏创氏祖先的开世父祖就是那个反复唠叨"身必有首,衣必有领"那句话的孛端察儿其人。不同的是,札答阑部创氏祖先是父祖孛端察儿掳来之妻所生的儿子,而且是她在被掳来时已有身孕所生的儿子。所以他们虽然不是一人之后,但也有着肉断筋连的关系。铁木真称他为"同族兄弟"的缘由就在这里。札木合这个人是蒙古古代史上真正的不解之谜。他的所思所想,他的所言所行,他的出现和消失,他的才华,他的能力,他的性格与品行像一片冬日遗云永远地留在了历史的天空。多少目光深邃的学者,多少品说世界的哲人至今都未能对他做出贴切合身的公允评价。所以,也令我们不得不频频回头,再三打量札木合这个迷雾一样的人。如今,他仗义豪迈,怒气冲冲地走到了复仇队伍的前列,也开始走入了我们的视野。札木合没有辜负铁木真和王罕对他的期待,不仅答应出兵一万,而且也承担起了指挥这次武装解救行动的重任。

那么,札木合指挥的这次解救行动能够成功吗?救人心切的铁木真将会看到怎样一个情景?

重逢,在月光下

在铁木真的运作下,复仇的队伍终于组建起来了。这支临时的队伍兵力三万,由札木合指挥。在集结时,王罕和铁木真一方让札木合在集结地等待了三天。对此,札木合取笑王罕说:"我们不是用蒙古语说定,要'宁可淋雨,不可失约'的吗?不是说要免掉迟到者的资格吗?"这是友好的责备,误约的王罕很是过意不去地说:"误约三日,是属大过。我等甘受札木合弟弟处置。"《蒙古秘史》记载:"误约之事,他们就这般笑谈了之了。"

之后,他们出发了。《蒙古秘史》接着写道:"他们自孛脱罕·孛斡儿只联合出发,乘莎草小筏渡过河之后直击住在不兀剌野地的脱黑脱阿别乞家门,并毁掉了其祭拜的神灵,夺取了他们的家室妻女。袭击中,他们本可活擒睡梦中的脱黑脱阿别乞,但在抢渡勤勤豁河时被这里的渔民、猎民发现,让其提前获得了消息。脱黑脱阿惊恐之际,即与兀洼思篾儿乞惕的答亦儿兀孙带几个人顺薛凉格河逃进了巴儿忽真地区。

"篾儿乞惕百姓大乱，彻夜顺着薛凉格河逃散。铁木真的联军也紧追其后通宵抢掳。铁木真穿梭在逃散的百姓中间，边走边呼孛儿帖的名字。混在人群中的孛儿帖听出了铁木真的声音，便下车与豁阿黑臣一起跑到铁木真的跟前，抓住他的缰绳。在月光下，铁木真认出了孛儿帖，便下马与她相拥而见。铁木真即派人转告王罕与札木合：'人已找到，今夜可在此收兵扎营。'"

我的手开始有些抖了，一轮草原上的明月仿佛照亮了我梦的天空，仿佛把我推入了800多年前的那个不眠之夜。这一夜，在东方大地的这片草原上，在今俄罗斯布里亚特共和国南端的这片川地上，喊杀声、马鸣声此起彼伏，睡梦中惊醒的人们尖叫着、哭喊着，扶老携幼四处逃散着。而置他们于水深火热的那几个头人，那几个挑起事端而不敢承担责任的头人们却抛下他们逃之夭夭了。就在目睹了这全部罪恶的那轮明月下，铁木真终于和受难的妻子相见了。这一刻，铁木真怎能不备感庆幸，孛儿帖怎能不备感庆幸，然而有一个人却特别惶惶不可终日。《蒙古秘史》写道：

"当初，兀都亦惕篾儿乞惕部脱黑脱阿、兀洼思篾儿乞惕部答亦儿兀孙、合阿惕篾儿乞惕部合阿台答儿马剌三人带着三百人马进犯铁木真，目的是要报脱黑脱阿之弟赤列都的新娘被也速该抢去的旧仇。由于铁木真躲进了不儿罕山，他们绕山搜了三遍而未能捉到。所以，抓去了铁木真的夫人孛儿帖，并把她交给了赤列都的弟弟赤勒格儿。此后，孛儿帖一直住在赤勒格儿家。如今，仓皇逃出的赤勒格儿悔恨不已地哀叹道：

'不识为命食残皮
却想吃到天鹅肉
如同卑贱的乌鸦鸟
胆敢与其去争斗
无能下贱的赤勒格儿我
不识自己命运薄
却去冒犯孛儿帖

招来灾难深又重

将毁篾儿乞惕全族众!

如今趁夜急逃命

无处躲来无处藏

只好钻进崖缝间

可惜将丢己性命

乌发头颅要落地……'"

赤勒格儿,这位懵懂的篾儿乞男人就这样带着他无尽的哀叹逃命去了。在月夜里,他逃命的蹄声是那样的急促和慌乱,他远去的身影是那样的匆忙和暗淡。然而,就是他这暗淡的身影如同一块久久不愿化去的冬冰,在日后的历史中发挥出了阵阵的寒气。由于孛儿帖被抢去后强制性地被安排在赤勒格儿家居住,所以由此引发的成吉思汗长子的身份之争不仅影响了后来权力继承的走向,也对日后的蒙古草原留下了阵阵的不和谐。

具有古代特色的一次武装解救行动就这样结束了。这是一起由父辈引发的,转而延续到子辈身上的抢妻之仇。它由开始时的个体怒仇,逐步被篾儿乞的头人们放大成了整体的仇恨。再经铁木真绝地反击的运作,它就变成了草原上几大部落的力量角逐。篾儿乞惕,这个最先撤出部落仇杀的大战场,最早退出部族联盟权力中心的部落,因为无端地放大了抢妻这一个体的仇恨,最终招致了部众毁灭的灭顶之灾。《蒙古秘史》在总结战果时写道:

"将其杀得儿孙未留

使其家国灰飞烟灭

掳其妻女役为家奴

择其美人搂进怀抱!"

强悍的篾儿乞部落就这样被毁了。我们站在历史的这端不能不为那些无辜遭难的老少百姓心痛难忍。我们该怪罪什么呢?是仇恨吗?当然应该!是古代那种不分青红皂白的掳掠形式吗？当然也是应该的！然而，我们更应该怪罪和责备的就是那几个毫无政治思量、战略胸怀和利益取舍智慧的昏庸头人。无论是过去、现在，还是将来，一个单位、一个部门，乃至是一个民族，如果遇上如此这般的头领，大家的利益、民众的幸福怎能逃脱遭殃的命运呢？！

篾儿乞人以部落的毁灭验证了放大仇恨的错误，而铁木真则以放大同情的能力修复了被毁的家业。如今，铁木真已把振兴家业的希望粘贴到了王罕、札木合这两支强大力量的身上。那么，王罕和札木合将怎样帮助他振兴起他那落败已久的家业呢？

卷八　重生，在长生天下

在蒙古人的心中有一尊至高无上的神灵，那就是伴随他们走过沧桑巨变的长生天。长生天，原本是古代萨满教神灵体系中的一员，学者们称他为天神。这尊高悬在九天之上的古老神灵，经过一代代祖先们的个性化打造，终于在成吉思汗时代将他塑造成了蒙古民族命运的守护神。

在我看来，政治和宗教原本是一体同生的产物，是随着人类智慧的出现为解决生存秩序等问题而出现的一些理念和规制。后来，随着人类智慧的不断成长，其中具体、务实的部分发展成了政治，而那些虚幻、玄妙的部分则发展成宗教，浮上了人类心灵的上空。虽然这样，宗教从来没有放弃过对世俗地位的占有，同样崇信它的人们也从来没有停止过对它的理想化打造。天神，就是在这一过程中演化为长生天的。

长生天，无形无影，然而很具体；长生天，威猛无比，然而很亲切。长生天，不仅有宗教的含蓄，也有神明的威严，更有蒙古人予以添加的政治理想的光灵！那么，长生天将在草原上演绎怎样的神奇呢？

短暂的安达情

解救铁木真妻子孛儿帖的行动胜利结束了，参加解救行动的王罕、札木合就要各回自己的营地了。那么，虽有名誉上的营地，但常遭袭扰而四处漂泊的铁木真带着他惊魂未定的一家老少和几个伴当又将回到哪里去呢？

要回自己的营盘吗？那里有他父亲的足迹和童年的记忆，也有那被同族兄弟遗弃的伤痛和沦落荒野的苦难经历，更有那难以预料突来追讨的莫名仇恨。如果回去，随时可能的仇袭又将会摧毁这刚刚被护救的、尚无抵御能力的多灾人家。要留在当地吗？这里有尚未散去的浓浓硝烟和久将回响的喊杀声，也有那惨遭杀戮的无辜篾儿乞百姓深深的伤痛和挥之不去的莫名怨恨，更有那仓皇逃去的篾儿乞头人们随时杀回的危险和其家族宗亲必将寻报的仇恨冲动。如果留在当地，孤零零的铁木真一家随时都会被寻仇的刀枪所吞噬。那么，这家人该到哪里去呢？

《蒙古秘史》接着写道："铁木真、王罕、札木合三人在斡儿罕、薛凉格二河间的林地上分手。铁木真、札木合二人一路向豁儿豁纳黑川地退去。王罕顺不儿罕山山麓，经诃阔儿秃林川，再经合察兀剌璞秃·速卜赤惕、忽里牙秃·速卜赤惕等地，边打猎边赶路回到了土兀剌河边的黑林地。"

啊，原来是这样。铁木真一家既没有回到自己的营盘，也没有留在当地生活，而是随着同族兄弟札木合的队伍，向他的营地缓缓走去了。看来，这是利弊考量的最佳结果。应该说，王罕、札木合、铁木真等对铁木真一家的下一步去向进行过认真的研究。并且经过权衡利弊的考虑，做出了铁木真一家暂随札木合行动的决定。于是，铁木真一家随札木合的队伍，向他的营地缓缓走去了。

札木合，这位年轻的部落头人带着铁木真一家踏上了回营的路。那么，札木合将怎样完成保护铁木真一家安危的任务？而铁木真又将怎样度过客居他处、衣食无忧的清闲生活呢？他们的生存需求、利益要求能够融合到一起吗？

《蒙古秘史》接着写道："铁木真、札木合在豁儿豁纳黑川地合营驻扎，叙说旧情，增进友谊。当二人初结安答时，铁木真才十一岁。那时札木合赠铁木真一只鹿踝骨，铁木真也将一只灌铜踝骨赠给了札木合，二人在斡难河冰上打着踝骨结为安答。翌年春天，二人一起玩耍时又互赠箭器结为安答。这是二人两度结为安答的经过。

'听先世父老之言

　人若结为安答

　不仅己身得益

　又能互相照应！

　　"'牢记先世之言让我们更加友好吧！'铁木真将掳自脱黑脱阿家的金腰带系到了札木合的腰间，并让札木合骑上取自敌方的海骝马。作为回赠之礼，札木合也把掳自兀洼思篾儿乞惕家的金腰带系到了铁木真的腰间，又让铁木真骑上了取自敌方的小白马。这样，二人三度结为安答，并在豁儿豁纳黑川地上，忽勒答合儿山前的一棵大树下备宴相庆。从此起，二人睡到了一个被窝里。"

　　一个多么滑稽、有趣的情景啊！两个20多岁的男人因不断升温的友情竟然睡到一个被窝里去了。对各有身份的他们二人，尤其对身为部落头人的札木合来说，这是多么的不可思议呀！这真是曾经的亲情、童年的友情、重结安答的热情，使他们忘记了年龄，忘记了身份，也忘记了地位，使他们全然回到了天真无邪的童年时代！

　　那么，我们不禁要问，安答是什么？做了安答就必须要睡在一个被窝吗？在蒙古人的生活中，"安答"是人际间的一种特殊关系，它有别于亲情，更不同于恋情，它是特意构建在朋友关系之上的特殊的友情关系。它与汉族的"结拜兄弟"类似。在当今文本的解读中，"安答"是忠诚信义理念的具体体现，结成"安答"的人在彼此间必须履行"性命般不相舍弃"的义务。也就是说，"安答"关系如同是肉体与性命相依而存的关系，所以永远不能相互舍弃。这是何等神圣，多有承担的一种关系呀！如果有了这样一个关系，人生的旅程就会快乐许多的。可是，友情的肩膀会有那么大的承载力吗？是不是我们对友情的要求太有些功利了？我想这是毫无疑问的！友情，其实就是心灵与心灵的靠近，它的源头也许就是早期人类对血亲关系的一种延伸或突破，其原因应该是为了消除心灵的孤独。如此产生之后，友情这一血亲之外的和善关系便在人类的社会化生活中逐渐被扩延起来，成为人们消除心灵孤独，增加和谐因素的一种人为努力。"安答"、"结拜兄弟"等就是在这一关系的基础上发展起来的更为紧密的友情关系。就在这友情升级的过程中一些功利的内容悄然地走进了友情的世界。再经世俗先生们的功利化宣传，这种特殊的友情关系就变成了"不求同年同月同日生，只求同年同月同日死"的荒诞关系。这是谁之过，又是谁之错呢？我们无法怪罪任何人，也无法责备欲望的贪婪，我们只能惊叹世俗功利的无孔不入！然而，友情毕竟就是友情，无论怎样的功利化打造也很难改变它心灵伙伴的基本形式，也很难使它完成超越现实的功利义务。

蒙古人崇尚的"安答"关系也是这样，它不可能也不应该完成"性命般不相舍弃"的义务，而应该按铁木真所表述的"不仅己身得益，又能相互照应"的心灵伙伴的关系来把握和解读。因为这样，他们才那样天真、那样顽皮地睡到了一个被窝里！

两个大男人在一个被窝里睡觉，会是非常的滑稽和逗乐，也会是非常的贴心和温暖。同样的是，在如同抵挡风寒的被窝般抵挡着仇袭危险的札木合之力的保护下，铁木真一家的生活也会是非常的安全和稳定。充满安答情意的生活就这样开始了。铁木真和他那饱经袭扰的家也开始过起了平静安稳的日子，尽管客居他处的生活有诸多的不自在。《蒙古秘史》接着写道：

"铁木真、札木合二人在这里亲密无间地生活了一年半。一天，二人商量迁徙事宜，并于初夏首月十六日迁出了驻牧一年的营地。当二人并肩走在车队前沿时，札木合说：

'铁木真、铁木真，我的好安答！
靠座山坡扎营吧
好让牧马人有行帐！
找个河岸扎营吧
好让牧羊人充其腹！'

"铁木真没能听出札木合的话意，也未做任何回答，沉默无语地停了下来，等后面的车赶过来后，对母亲诃额仑说：'札木合安答对我这样讲：

靠座山坡扎营吧
好让牧马人有行帐!
不知是否?
找个河岸扎营吧
好让牧羊人充其腹!
行来无束!

"'我既没懂,也未作答。所以,现来请教母亲。'没等诃额仑开口,孛儿帖抢先说道:'听说札木合安答极易厌倦,现在是否已到厌倦我们的时候了?札木合刚才的话,可能是比喻我们而说。我们不必扎营,而应彻夜前行远远地离开他札木合。'

"孛儿帖的看法得到了铁木真等人的赞同。他们彻夜前行,并顺路袭击了泰亦赤兀惕人。毫无防备的泰亦赤兀惕人仓皇而逃,即夜投奔了札木合。"

因一句模棱两可的话,亲密相聚一年半之久的两个安答就这样悄悄地分手了。没有相送的目光,没有离别的拥抱,更没有牵挂的祝福,有的只是铁木真那悄悄离去的莫名心情。札木合为什么说了那样一句模棱两可的话?而聪明绝顶的铁木真怎么就没能听懂它呢?这是一个谜题。有的人认为,这是一句阶级划分之语,认为"牧马者"指的是贵族阶级,"牧羊人"指的则是平民阶级,故推论札木合的话就是分手的暗示。有的人认为,喜新厌旧是札木合的一贯性格,与铁木真共同生活一年半之后,他就开始厌倦了这位安答。所以,他的话有明显的逐客倾向。也有的人认为,这是极其通常的草原人关于营地选择的商量,并无明显的分手之意。更有的人认为,这是"一山不容二虎"的必然结果。

真是仁者见仁,智者见智啊!我惊叹史家、学者们的精细与高深,然而我更惊叹发生在铁木真一家身上的重大变化。那就是:铁木真在离开札木合的路上,对强大的泰亦赤兀惕部发动了突然袭击,迫使他们仓皇而逃,连夜投奔札木合。那么,不久前仍还形单影只毫无自卫能力的铁木真,刚刚还任篾儿乞人抢去爱妻而无力解救的铁木真,怎会在短短一年半的时间就有了顺路袭击泰亦赤兀惕人的强大力量?对此,我们只能说,铁木真在与札木合的安答生活中虽然得到了安全的保障，但未能找到利益的共同点，也未能融入札木合的利益目标之中。所以，一心拯救家业，图报被辱之仇的铁木真就以札木合安答的特殊身份不断地培育和发展了自己的力量，并以他非凡的智慧和能够放大有利因素的谋略不断地扩大了自己的影响力。进而，使安答札木合进入了"请神容易，送神难"的尴尬境地。如此下来，不论札木合的话意是否暧昧，不论安答情意如何深厚，日益有别的利益目标已将他们推入了分手而去的历史之路！

于是，一段情意浓浓的安答生活结束了，铁木真带着他的家人，带着他刚刚培育起来的队伍向草原的深处匆匆走去了。就在这安答分手的岔路口，蒙古草原的历史也随铁木真的脚步悄然踏上了全新的发展方向！

成吉思汗

史学家们坦言，铁木真和札木合的分手是在公元1181年的事。公元1181年或者说12世纪末期是中国历史上怎样的一个年代呀？从政权分布的角度说，在山清水秀的南部中国有走向衰败的宋王朝；在蓝天白云的北部中国有病入膏肓的金王朝；在沙漠绿洲的西北有纲纪趋乱的西夏国，在他的西部、西南部还有西辽国、吐蕃国、大理国等等大小不等的王朝政权。从版图变迁的层面说，自秦汉隋唐以来已趋形成的中国这世界东方一体相连的生存版图被这些大大小小的王朝政权分割得七零八落，使她已经经历了近300年之久的割裂之痛。一方整体版图的形成是长期以来的历史进程、民生流向、生活经验、生存需求及共同的政治理想对天然存在的一体相连的生存版图进行反复确认和检验的结果。她的统一性，她整体的不可分割性，远比任何一个人、一个团体乃至一个民族狭隘的生存利益更为重要。所以，她统一一体的形态，整体不可分割的尊严应该成为该版图内所有居民的最高崇拜，也应该成为版图之内有志之士、团体组织、政治力量和民族精英们的历史自觉和行为理想。然而，在历史的那一天，各方诸侯们把本该一体的神圣版图分割成了几个大小不等的敌对王国，不仅使黎民百姓遭受了不该遭受的苦难，也把这方辽阔的版图推入了认同变异的危险之中。因为，长时间的割裂生活会在政治走向、经济运行、文化生活、风俗习惯等方面衍生缓慢的变异，进而危及人们对版图一体的历史认同。那么，中国这一世界东方一体相连的生存版图还将继续经历割裂的磨难吗？她统一一体的风采谁来恢复？她整体不可分割的尊严谁来再现？在12世纪末的那个年代，那些割据王朝的帝王们已经失去了这个能力，那些游移在山野的江湖势力也没有承担这份义务。同样，草原上的那些自感强大的部落和他的头人们也没有将它当作利益目标的终极追求。如今，铁木真离开札木合，向另一个方向走去了。他未能找到与札木合共同的利益目标，也未能融入他的部落体系。所以，他走了，向另一个方向走去了。他走去的那个方向是不是恰好朝向了中国版图一体统一的历史期待？是不是也让我们的目光找到了那个时代的真正主题？

铁木真带着队伍彻夜前行，到天亮时才放慢了脚步。这时，在微微发亮的晨光下，铁木真看到了令他惊奇的壮观场面：在他缓缓停下来的队伍的后面，还有一只长长的百姓队伍尾随而来，他们或赶着车或骑着马，驮载着帐房和全部的家当，也驮载着追随铁木真的坚定信念。其中有倾巢而至的氏族部落，也有脱离家属举家前来的百姓人家，还有抛家舍妻结伴而来的热血兄弟。这些人就这样趁夜色朦胧纷纷离开札木合投奔了铁木真。那一夜，这般投奔过来的共有21拨人。随着这些人的纷至沓来，铁木真从一个无力自保的多灾之人一跃变成了拥有一支队伍和相当数目属民的头领人物。对于短时期之内的这一变化，学者们认为，这应与铁木真的人格魅力、远大志向和他所开展的争取民心工作有关；也与札木合对属民冷暖不一、亲疏有别的待人态度有关，甚至还与某些人心怀各异的利益目标有关。学者们还认为，这更是铁木真利用宗教人士制造舆论的结果。那么，这是怎样的一个事情呢？《蒙古秘史》接着写道：

"前来投奔的豁儿赤对铁木真说：'我等生自圣祖孛端察儿掳来之妻，所以，与札木合有一腹同胞之缘，本不应脱离札木合。但天神让我看到了这样的景象：一只草黄母牛走过来，绕着札木合及房车冲顶不止。经一阵猛冲，黄母牛折断了一只角，于是它边吼"还我犄角"边向札木合刨土。还有一只黄秃牛拉着一辆帐车，沿着大路紧随铁木真的后面，大声吼着：

天地相商确定

立铁木真为国主

　　令我前来传言!

　　"'天神让我看到了如此情景,所以,我过来投奔你。铁木真你若成国主,将如何回报我这预言?''若我能做国主就封你为万户长!'铁木真话音刚落,豁儿赤接着又说道:'我预言了如此重要的天下大事,封个万户长算什么。这样吧,你封我万户长的同时,再授我挑三十美女为妻的权力!再者,凡我所言,你必须倾听!'"

　　好一个权色皆贪的萨满啊!他用这样一个瞬间的幻觉换取了满足欲望的可能权力。同时,不仅给极欲自强的铁木真带来了聚拢民心的神秘光环,还使他充满了对未来地位的莫名向往。天神旨意就这样一传十、十传百地传播开去,而笃信天意的人们也纷纷离开札木合,络绎不绝地来到铁木真的身边。

　　何等及时,多么神奇的天神旨意呀!这真是天神在冥冥之中的暗示。还是人神在生活中的有意运作?我们不得而知,也无法左右他人的理解。但有一点是可能的,它也许既不是天意的显露,也不是人为的有意运作,而可能就是神职人员对幻觉现象的时政化解读!因为,人在放松、无念、静心的状态下会产生各种各样动态连贯的幻觉现象,就像一个个电视短片掠过眼帘。由于本人在20世纪80年代末的气功热潮中也痴迷地演练过放松、无念状态下的打坐,切实感受过很多美妙的幻觉。由此可见,那些时常处在练功状态下的神职人员怎能不有包罗万象的美妙幻觉。但这绝不是天意的象征或神明的暗示,而只是潜意识和形象意念的自由组合运动。所以,豁儿赤萨满所窥见的那个天机,应该是他众多幻觉中的一个,只是他把这种幻觉与正在进行的铁木真和札木合的分手联系了起来,使之演化成了预示蒙古草原政治走向的重大天机。就是这个"天机",对铁木真跨马起程的事业带来了实实在在的吉祥之气!

　　吉祥之气仍在吹拂着。很快几个特殊的人物又离开札木合来到了铁木真这里。他们就是蒙古族第一任大首领合不勒汗的后裔撒察别乞、泰出,第三任大首领忽图剌汗的儿子阿勒坛,以及铁木真的叔叔答里台等部族联盟时代的政治后裔。《蒙古秘史》就此写道:

"阿勒坛、忽察儿、撒察别乞等人商议,要立铁木真为罕,便对铁木真说:'铁木真,我们商定要立你为罕。立你为罕后,我们将冲锋陷阵不惜生命

掳来美女夺其宫帐
献给可汗铁木真你!
袭击征服外族百姓
掳来美女夺其战马
献给可汗铁木真你!
在猎杀狡兽的时候
将其追来供你射杀!
在捕杀野熊的时候
将其赶来供你射杀!
在围猎山鹿的时候
誓要为你
追将使它精疲力竭!
誓要为你
逼将使它气绝而亡!
在那沙场鏖战时
如违你铁般的号令
请你灭我们家门九族
使我们头颅滚落荒野!
在那安稳和平时
如违你任何的派遣
请你掳我们属民与妻女
使我们流亡他乡无家归!'

"他们就这样商议、立誓,把铁木真立为可汗,号称成吉思汗。"

就这样,于公元1189年,年仅28岁的铁木真被人们推举成了成吉思汗。

一个响亮的，历史永记的，注满风云密码的名字就此诞生了！

那么，"成吉思"是何意之词？"成吉思汗"又是哪般寓意的尊号？人们为什么冠以铁木真这样一个汗号？学者们认为，"成吉思"本是蒙古语词汇中的一个单词，因成吉思汗的出现而成忌语，其意后被淡忘。但学者们还是没有气馁，他们踮起脚尖从历史学、语言学、民俗学和宗教信仰的小窗口窥见了它可能的词意。有的说，它就是"海洋"的蒙古语表述词"亭吉思"的旧读；有的说，它是初期萨满教对天神的总称呼；有的说，它是铁水瀑布的表述词，表示勇猛和刚毅；也有的说，它本身就是纯粹、刚强、勇往直前的同义词。还有一些窥见了其他意义的，但以上几种流传最广。那些推立铁木真为可汗的人们可能寄托了其中的哪个意思呢？也许都有可能，也许另有它说。但有一点是清楚的。据《蒙古民族通史》讲，铁木真的十世先祖孛端察儿曾用"成吉思汗"名号统领过主干蒙古，所以铁木真的汗号是这一称谓的再度使用。其政治用意应该是：以先世祖先曾经的汗号，感召四处游散的百姓之心，以重振蒙古人衰败已久的神威！

愤怒的安答

有些事情的发生可以是悄无声息的，也可以是无关大局，然而一个政治实体的产生绝不可能落地无声，绝不可能与世无争。一个由成吉思汗领导的，以其家族成员为核心，以萨满法师为顾问，以伴当兄弟为骨干的政治实体在纷乱不堪的草原上呱呱坠地了。它的出现，它的生存和它日后的发展壮大，必将影响已有的势力格局，必将影响他人的利益所得，甚至还要危及他人已有的霸主权威。所以，成吉思汗和他所领导的这一政治实体必须首先得到王罕和札木合的理解与支持，以赢取相对宽松的生存发展空间。否则，扼杀将会随时来临。于是，深谙其理的成吉思汗马上派出两路使者，向王罕和札木合通报了自己被推举为成吉思汗的情况。

王罕的表现极其大度，他对来使说："立我儿铁木真为罕，你们做得很好。蒙古人怎能没有首领呢？望你们：

牢记这共同的约定

维护这相互的友情

遵守这立下的秩序

相扶相助走到永远！"

在历史上的政治利益集团间的交往中，这是何等大度的表态呀！没有利益的要求，没有政治的忧虑，更没有复杂的战略考量，有的只是长者对晚辈的关心和祝福。王罕这一宽宏大量的态度，可能与他非蒙古族属的身份有关，也可能与当时的利益争夺活动主要都在部族内部进行的常态情况有关。而与王罕的态度比，札木合的表现则就复杂多了。

听完情况通报，札木合对铁木真被推举为成吉思汗一事未做任何的表态，只是让来人捎去了对此事的策划者一番意味深长的话。札木合对前来通报情况的二人说："回去转告阿勒坛、忽察儿二人：'你二人为何用戳腰刺肋之计离间我和铁木真安答？为什么当初我俩在一起时不立铁木真为汗？而今立他做汗又是怀了何意呢？阿勒坛、忽察儿你俩要说话算数，让我安答放心，做我安答的好助手！'"

札木合为什么不表任何的态度？他为什么责备阿勒坛、忽察儿离间了他和铁木真的安答关系？又为什么告诫他们二人要说话算话，要让铁木真放心，要做他的好助手呢？人们无数次地拷问过这个问题，也无数次地得出过同样的结论。那就是：札木合一直觊觎蒙古可汗的宝座，故对铁木真的称汗极为不满。好一个学术版的千古冤案啊！真不知在部族联盟已经解体已久，支撑可汗职位的政治构架不复存在的那个年代，札木合还能觊觎它什么呢？应该清楚的是，旧有体系已被打破，新型组合兴起正酣的那个情况下，札木合如想称汗那该是易如反掌，唾手可得。只不过，当时的政治格局已定格于札木合的认知世界，泯灭了他挑战存在的本能欲望，使他习惯了当一个部落头领的权势和奢华。所以，他也不会去做拯救蒙古部族衰微的奢侈之梦！这样，札木合的态度就不能不暧昧，不能不复杂。

一切按着它本有的规律发展着。《蒙古秘史》写道："其后有一天，牧营于札剌麻山前斡列该泉旁的札木合之弟给察儿从萨阿里野外劫走了拙赤答儿马剌的马群。拙赤答儿马剌见其同伴不敢去追，便只身策马连夜追到马群旁边。他趴在马鬃上，悄悄接近给察儿后猛力一射，便使给察儿腰断而死。这样马群被追回来了。"

拙赤答儿马剌是成吉思汗的牧马倌，而给察儿则是札木合的亲弟弟。一个新兴利益集团和老牌利益集团的利益纷争终于不可避免地发生了。这样，成吉思汗精心营造的那个较为宽松的生存发展环境迎来了第一次的危机。这个由安答情分支撑的战略环境还能继续存在吗？被杀害了亲弟弟的札木合还能为"性命般不相舍弃"的安答义务克制满腔的怒火吗？《蒙古秘史》接着写道：

"当时，成吉思汗正在连勒古山一带驻牧。亦乞列思氏木勒客脱塔黑、孛罗剌歹二人前来急告：'为报弟弟被杀之仇，札木合率扎答阑十三部，合为三万骑，越过阿剌兀惕山、土儿合兀的山，讨伐成吉思汗而来！'成吉思汗获此急报，即组织十三营地三万兵马，赶到答阑巴勒主惕之荒野迎战札木合。"

安答的情分终于被兄弟的情谊打败了，奢侈的耐心终于被利益的纷争终结了。当铁木真从他的属民中拉出一支队伍的时候没有恼怒的札木合，当铁木真立起山头被推立为成吉思汗的时候没有反目的札木合，当成吉思汗以安答情分赢取生存空间的时候也没有出手扼制的札木合，终因弟弟被杀怒不可遏地举起了战刀。札木合没有先礼后兵，也没有最后的通牒，直接率领所属十三部三万兵马前来突袭成吉思汗了。而对年轻的成吉思汗来说，这一变故是突然的，也可能是致命的。因为这样，他为自己的政治实体苦苦营造的生存环境被破坏了，而且对他初建的政治实体也可能带来灭顶之灾。事前，成吉思汗并不知道发生的一切，这是他的那个叫拙赤答儿马剌的部下擅自行动惹下的祸。我们无意谴责古人什么，但也不能不看到一个人，一个个体生命的行为与整体事业的盛衰成败是多么的紧密相关，也不能不看到背离战略指向的微小行为对整体利益带来的巨大损失。不论是过去，还是现在，或是未来，一个整体利益的组成人员如不把整体的战略变为自己的行为自觉，那他就会失去本体系成员的所有价值，甚至将带来反面的效应。800多年前的那一天，那个拙赤答儿马剌就扮演了这样的角色。所以，被触怒的札木合举起战刀，带着队伍前来讨伐了！

那么，势力尚弱而毫无准备的成吉思汗将怎样应对这突如其来的打击？他和他那个新生不久的政治实体又将面临怎样的命运？

败退，但队伍在壮大着

有一首歌，在如今的草原上很为流行。歌中唱道：

> 因为我们今生有缘
> 让我有个心愿
> 等到草原最美的季节
> 陪你一起看草原
> 去看那青青的草
> 去看那蓝蓝的天
> 看那白云轻轻地飘
> 带着我的思念……

虽然不会唱歌，但我非常喜欢这首歌曲。歌声一起，心情随即也澎湃起来，也立即升腾起陪着远方的朋友去看那蓝蓝的天白白的云的遐想。是啊，这片草原，这片正在消瘦的草原多么需要人们去深情地注视和认真地解读呀！因为，她不仅有蓝天和白云，不仅有美酒与牧歌，更有让我们蓦然回首的历史积淀。这里有匈奴的出现和消失，有鲜卑的盛兴和嬗变，更有成吉思汗绝地雄起的风云密码。比如说，成吉思汗与札木合的这次交锋，就给我们留下了至今众说纷纭的历史空间。

就在历史的那一天（1191年或1192年），得到急报的成吉思汗仓促地迎战了札木合。《蒙古秘史》写道：

"战斗中，成吉思汗不敌札木合，被逼躲进了斡难河畔哲列捏大峡谷。见此，札木合说：'我们已将他们逼入了峡谷，就此回去吧！'便率人马归去。途中，他们用七十口大锅煮死了赤那思氏所有的青壮年，并砍下捏兀歹·察合安兀阿的头，拖在马尾后面扬长而去。

"待札木合率众回营后，主儿扯歹、忽亦勒答儿等长老率兀鲁兀惕、忙忽惕氏部众，离开札木合前来投奔成吉思汗。晃豁坛氏蒙力克父亲，跟随札木合至今，现在，他领着七个儿子也离开札木合来投奔成吉思汗。"

一个让人至今都迷惑不解的事情就在这里发生了。这场战斗是成吉思汗在成就霸业的征程上第一次独立指挥的战斗，史称"十三翼之战"。虽然规模不大，也非经典战例，但史家们十分重视这一战事，并把它当作蒙古族历史、蒙古族战争史上的一件重大事件来描述。为什么会这样呢？因为，一些学者认为在战斗中成吉思汗并没有败退，而是取得了胜利，他们据《史集》的类似记述得出了成吉思汗是没有打过败仗的百战百胜的军事统帅的结论。所以，有必要去做专门的介绍和分析。也有一些学者认为，成吉思汗和札木合基本上是打了个平手，虽然成吉思汗略占下风，但损失不大并在道义上占取了优势。还有一些学者认为成吉思汗虽败犹胜。这批学者的观点非常之明确，他们认为成吉思汗虽然战败了，但由于他重义气、讲情义，能够笼络人心，又能重用和提携最底层的民众，所以在战败的情况下也迎来了一帮帮的投奔人群。是啊，一个打了败仗的人为何没有品尝战败的苦果，反而收获了胜利的果实呢？败者的队伍为何没有溃散，反而迎来了众多的投奔者呢？

那么，在历史的那一天，在北方的草原上究竟发生了什么？为何一反胜者为王，败者为寇的常规，出现了胜者受损，败者获益的奇特战果？是因为札木合残暴，而成吉思汗大度仁慈吗？是因为札木合靠的是贵族上层，而成吉思汗则与民众为伍的缘故吗？也许吧，我们不可以忽略学者们寻到的试图阐明缘由的任何一种可能。但是，我们也不能不看到，在那个纷乱不堪、杀戮盛行的年代里，对以生存安全为最大需求的大众百姓来说，一个败军之将的义气和亲民会有多大的吸引力？尤其是，在那个弱势的个体生命们纷纷被一些大大小小的头人、长老和贵族们掌控的情况下，底层的百姓们怎会有任选其主的广泛自由呢？所以，我们应该看到，那个时代的聚散离合主要是在大大小小的势力集团和他们的头人之间进行的。这次也不例外，前来投奔成吉思汗的就是那些各有属民的长老和头人们。那么，是什么使这些人抛弃胜者札木合而奔向了败者成吉思汗呢？在我看来，其缘由应该就是天意的诱惑和"成吉思汗"这一神奇的名号！不论是人为的运作，或是萨满法师的偶然幻觉，选定铁木真为国主的天神之意不可能不让那些笃诚的头人们谨慎向往。在这样一个让人不能全信而又不得不信的冥冥前提下，"成吉思汗"这一旗帜般的名号就成了人们弃去札木合，投奔铁木真的最大内动力。"名称只不过是个符号而已"，这是我们常说的一句话。然而，有些符号的演化和发展是不可能用"而已"来忽略的。比如说耶稣基督，这原本是纯粹的人名，而因为他为人们建构了美妙的心灵世界，进而演化成了充满神奇之光的宗教符号，至今吸引着无数虔诚者的心灵。又比如，圣人孔子、佛教创始人释迦牟尼等等，这些曾为朴实、真切的人名，因为给人们留下了深邃的智慧或理想的天国，所以在后来的日子里就演化成了人们纷纷投奔其怀抱的神圣符号。同样，"成吉思汗"这一名号在古老的草原上也已完成了符号的演化过程：早在200多年前，铁木真十世祖孛端察儿时期，被誉为天光之子的孛端察儿曾用"成吉思汗"名号统领过主干蒙古部落。随着时间的推移，也随着天光之子孛端察儿的不断被神化，到铁木真这一代时，天光之子曾经冠用的"成吉思汗"这一名号定会演化成具有强大的凝聚力和感召力的领袖符号。而且，它对深陷纷乱和落败之苦的人们，尤其对盼望复兴的大小头人们来说都会有莫名的吸引力和感召力。所以，在800多年前的草原上才出现了胜而受损，败而获益的奇特战例。

那么，收获了领袖符号之神奇功效的铁木真果真完成了从一个政治头目到政治领袖的身份转换吗？他的气度、他的胸怀、他的智慧已被提升到了领袖人物应有的高度吗？他考虑问题、处理事件、掌控全局的能力果真达到了领袖人物应有的水准吗？是的，在现实生活中，我们常常能看到一个人的行为与其职位的要求大相径庭的现象，也往往会碰到角色转换远远慢于职位升迁的尴尬。这是因为，职位的升迁可以是瞬间的，而角色或是职责能力的转换则不可能是一蹴而就的。它不仅需要时间，更需要升迁者的身心修炼。如不这样，耻笑和失误将会如影随形。那么，铁木真会例外吗？当然不可能。正当草原上的人们向成吉思汗这一领袖名下集结的时候，铁木真就显露出了尚未完成角色转换的弊端。《蒙古秘史》这样写道："见到这些人从札木合那里来到自己帐下，成吉思汗高兴不已，便与诃额仑母亲、合撒儿、撒察别乞、泰出等在斡难河边的树林里举行宴会庆贺。开始，成吉思汗敬诃额仑、合撒儿、撒察别乞各一杯。接着，他从撒察别乞的小妾开头往下敬酒。对此，豁里真夫人、忽兀儿臣夫人大为不满：'为何不先敬我而先敬她？'借故鞭打厨子失乞兀儿一顿。失乞兀儿满腹委屈，大声哭着说道：'只因也速该和捏坤太石不在了，我才遭此毒打呀！'

"该宴席由成吉思汗方面的别勒古台和主儿勤方面的不里孛阔二人主持。席间，别勒古台又负责看管成吉思汗的坐骑。这时，一合答吉歹氏人从成吉思汗的马桩上盗取缰绳时恰被别勒古台抓住了。不里孛阔出面袒护盗缰者，便与别勒古台打起架来。别勒古台因酷爱摔跤，时常露右臂于袖外。于是，不里孛阔用马刀砍裂了别勒古台的右肩。别勒古台虽遭刀砍，仍不动声色地淌着血照料宴席。坐在树荫下饮酒的成吉思汗见此情景，前来问道：'是谁把你砍成这样？'别勒古台若无其事：'一大早就这样了。不要因为我，伤了兄弟和气！我不妨，伤得很轻。诸兄弟聚到一起不易，千万不要为我而相互怪罪。'

"成吉思汗不顾别勒古台的劝阻，折下两旁的树枝，抽出撞乳杵与主儿勤人厮打起来。成吉思汗人多势众，很快制服了主儿勤人，拿下了他们豁里真、忽兀儿臣两位夫人。主儿勤人见大势已去，便提出了重新和好的请求。成吉思汗接受了这一请求，放走了豁里真、忽兀儿臣二位夫人。"

多么戏剧性的一幕啊！举办宴席的初衷是那样的合理正当，然而宴间的打斗又是那样的无聊和非理智。不论是老妪对敬酒礼节的挑剔，还是贼行引起的砍伤事件，比起集结力量的宴会活动，那会是多么微不足道的小事啊。如果，年轻的成吉思汗真正成了为人领袖的成吉思汗，如果他完成了从一个智慧青年到民族领袖的角色转换，那么河边树林里的那场宴会绝不会有这样的结果……

我们不是常说，伟人也是人，应该允许他们犯错误吗？其实，伟人们犯错误，根本由不得我们允许或不允许。那都是他们未能按着事业发展的要求及时调整角色感应的结果！那么，年轻的成吉思汗将怎样调整自己的角色感应呢？

具有战略意义的一次出手

"该出手时就出手",这是我们中国男人非常爱说,也非常爱唱的一句歌词。那么,什么样的手是该出的手,什么样的事情是该出手的事情,什么样的时间是该出手的时间呢?一个人的出手不能是随意的、乱来的,也不应该是盲目的、热血来潮的,更不应该是有损于事业和大局的。出不出手,如何出手,都应该服从人生与事业的最高追求!

在历史的那一天,年轻的成吉思汗在不该出手的时刻,在不该出手的事情上大打出手一次,不仅延缓了力量的集结,也给后来者留下了危险绕行的政治路标。那么,古代蒙古人那部族复兴的梦想又将破灭吗?成吉思汗又将以角色转换的不到位毁掉他事业发展的前途吗?这是有可能的。回望历史,我们会看到很多英雄豪杰在事业发展的道路上,因未能完成角色转换而纷纷败去的惨淡背影。庆幸的是,成吉思汗没有重蹈他们的覆辙,反而有意识地加速了从一个政治头目到政治领袖的转换。当公元1196年到来的时候,发生在中国北方的一大历史事件为成吉思汗带来了史诗性的机遇和挑战。公元1195年,一向与金国朝廷配合默契的塔塔儿部族突然举兵抗金,将自己与朝廷的关系推入了兵刃相见之中。为镇压塔塔儿部族的叛乱,公元1195年金国朝廷派丞相完颜襄亲率大军征讨。完颜襄丞相千里跃击,很快击溃了塔塔儿叛军。于是,被击溃的塔塔儿叛军为摆脱朝廷大军的追剿,就向蒙古部族占据的中部草原狂逃而来。对此,《蒙古秘史》是这样记述的:"金国的阿勒坛汗派完颜丞相发兵讨伐抗命不从的塔塔儿部篾古真薛兀勒图。完颜丞相直捣塔塔儿腹地,并继续追击逃向浯勒札河方向的篾古真薛兀勒图之主力。"

时局的这一变化,对草原上的每一个政治实体都是一次重大的考验。他们对事态的认识、态度和反应,无异就是历史对他们政治分量的一次大体检。在那时,摆在他们面前的有几种可能的选择:一是事不关己,高高挂起,做一个轻松的历史看客;二是路见不平,拔刀相助,与塔塔儿人并肩反击深入草原的朝廷孤军;三是深明大义,承担使命,协助朝廷剿灭塔塔儿叛军。对蒙古部族和成吉思汗来说，塔塔儿和大金朝廷正是他们仇恨史上的两大仇家。所以，他们完全可以袖手旁观，做一个轻松的历史看客。但是，正当草原上的政治头目们纷纷亮出事不关己的牌子时，成吉思汗却做出了一个惊人的抉择。《蒙古秘史》写道："得此情报，成吉思汗说：'昔日，塔塔儿百姓杀我父祖，是我们的世仇。为报父祖之仇，去协助完颜丞相剿杀他们！'

"如此定夺后，成吉思汗即派使者告知王罕：'金国的阿勒坛汗派完颜丞相讨伐塔塔儿人。现在，他们正向浯勒札河这边追剿篾古真薛兀勒图而来。请王罕父亲速来帮我，去迎战杀我父祖的塔塔儿人！'王罕听罢此言，当即说道：'我儿所言甚是！去迎击他们！'便在三天头上带着兵马来与成吉思汗会合。接着，成吉思汗、王罕派人邀主儿勤人撒察别乞等前来参战。二人苦等六天后，见主儿勤人仍无来意，便挥师攻向浯勒札河迎击塔塔儿人。"

就这样，一场惨烈的战斗开始了。尽管负气而去的主儿勤人未来参战，但成吉思汗在王罕军队的大力配合下最终战胜了塔塔儿叛军，活捉并杀死了他们的头目篾古真薛兀勒图。我们不知这场战斗的参战人数和具体规模，也不知双方的伤亡情况，但有一点是明确的，那就是：成吉思汗取得了这场战斗的完全胜利！

成吉思汗的胜利不仅在于军事上，更在于政治和战略上。曾记得，通过拉近与大地自然的关系，迅速强壮起来的蒙古人，在第一任大首领合不勒汗时代无所顾忌地挑起了与塔塔儿部族和大金朝廷的冲突。不仅失掉了继续发展的战略空间，也使自己陷入了不见终日的仇恨旋涡；曾记得，一任任的首领们举刀上战场，欲用热血和蛮力闯出一条不可能的发展之路，从而最终导致了自命无保，部族命运日渐衰微的悲惨情景；曾记得，部族联盟轰然散去，聚散离合了无方向，在茫然不见尽头的迷途上蒙古人踉跄连连的昨日背影；也记得，在纷乱不堪的草原上，只见各为己利的头人们互相抢掠的惨烈，而不见把部族的命运与历史的方向结合到一起的任何努力……

如今，这一切就要结束了。《蒙古秘史》写道："成吉思汗、王罕即报完颜丞相：已杀塔塔儿人篾古真薛兀勒图。完颜丞相大喜，当即封成吉思汗为札忽惕忽里，封王罕为王。……行毕封赏，完颜丞相又说：'你们帮我杀掉逆贼篾古真薛兀勒图，为大金皇帝立了大功。我一定向皇上请功，请皇上给予成吉思汗更大的恩赏。'"看吧，历史总有它自然的公平。不论当时的金朝怎样的腐朽，推动历史的能力如何的欠缺，但他们维护版图安全的努力是没错的。应该说，这是他们对历史，对东方这块一体相连的生存版图应尽的义务。就在这样一个历史的大是大非面前，成吉思汗自觉地把个人的追求和历史的方向结合到了一起，从而获得了比一场战斗的胜利大得多的丰厚回报。

我们不知，大金朝的权力体系中"札忽惕忽里"是怎样层级的官职，学者们对此也是雾里看花莫衷一是。但不论是高是低，是大是小，它都代表着朝廷对成吉思汗的亲善和认可，也意味着成吉思汗由此拥有了具有朝廷背景的民族领袖身份！这样，成吉思汗的政治时空一下子海空天空了。角色转换中的这一跨越，不仅使成吉思汗完成了从一个政治头目到政治领袖的转变，也把蒙古部族的复兴理想与历史的发展方向紧紧地结合到了一起，更为他事业的发展壮大考取了正大、合理的政治驾照。

于是，成吉思汗出发了，高举着部族领袖的神圣苏鲁锭，搜索着历史发展的必然方向出发了。尽管草原还很破碎，人心还很杂乱，利益人群的纷争也很无序，但成吉思汗就要用他的理想和抱负一一去整合了。这样，第一个被整合的就是那个只顾自己的情绪，而置部族的利益与历史需要于脑后的主儿勤人。我们不能不说，历史在草原上发生重大变化时主儿勤人的反应是愚蠢的，甚至是不可原谅的。在欢庆集结的宴会上，当主儿勤人负气而去的时候，我们无不责怪成吉思汗角色转换的不到位。然而，在剿灭塔塔儿叛军的战场上，当主儿勤人不顾成吉思汗与王罕的联合邀请拒不出兵参战的时候，我们也不为他们历史责任感的缺乏而遗憾。尤其不可原谅的是他们继而做下的一件蠢事。《蒙古秘史》接着写道："哈澧漓秃湖曾是成吉思汗后方家眷的营地。主儿勤人趁成吉思汗出征塔塔儿人之际，偷袭了他的后方家眷，不仅剥走了五十余人的衣物，又杀死了十个人。"这样，背叛了成吉思汗，背弃了历史责任的主儿勤人就成了成吉思汗强行整合的第一个对象。成吉思汗很快征服了他们，并活捉了他们的头领撒察别乞、泰出二人。

"还记得我们从前的盟约吗？"成吉思汗问曾立他为可汗，并誓要"如违你铁般的号令,请你灭我们家门九族,使我们头颅滚落荒野"的撒察别乞、泰出二人。二人无言以对,只好说:"未能履行盟誓的诺言,现在让我们兑现吧!"二人人头落地,一个被称为"拇指上有力气,肝胆里有毒汁,肺腑里有霸气,唇舌间有怒气的"主儿勤人彻底被成吉思汗整合了!

卷九　浴血草原

一项事业绝非是一件事或几件事的简单组合。它是一种理念的行为化形态,是随着理念的延伸和升华不断持续的行为链条。一个好的理念可以开启一项事业,但它不可能孵化成事业本身,而是通过其倡导者艰辛的行为努力,它才能转化成有声有色的活态事业。之后,它就需要践行者们不断去发展它,壮大它,甚至用毕生的精力、能力,乃至用鲜血和生命使之走向最终的成功。

成吉思汗振兴家业的最初理念,几经升华已经变成了复兴蒙古部族的强力追求。如今,他不仅拥有了民族领袖的身份,也拥有了较为强大的兵马勇士,并且已经开始了政治版图的强行整合。那么,他的整合行动能够顺利进行吗?那些反对他,利益目标与它不同的部落势力能够任由他强行整合吗?

安达举起了战刀

"蝴蝶效应"不仅是自然界的,更应该是人类社会的。如同轻薄的蝴蝶翅膀能够带动气流的变化一样,生存竞争中任何一方的举手投足都会带动关联各方面的行为调整。铁木真　成吉思汗的快速崛起,尤其是他对朝廷官职的获得和由此确立的政治领导地位,不可能不引起蒙古草原政治气流的"蝴蝶效应"。

那么,面对成吉思汗的步步崛起和开始进行的强行整合,那些曾经仇视他、蔑视他,于他不屑一顾的大大小小各色不等的部落、氏族和利益团体将会做出怎样的反应呢?

《蒙古秘史》写道:"于鸡儿年(公元1201年),以巴忽搠罗吉为首的合塔斤人,以赤儿吉台把阿秃儿为首的撒勒只兀惕人,以合只温别乞为首的朵儿边人，以阿勒赤、札邻不合为首的塔塔儿人，以土格马合为首的亦乞列思人，以绰纳黑·察合安为首的豁罗剌思人和翁吉剌惕人迭儿格克、额篾勒，乃蛮人古出兀惕、不亦鲁黑罕、篾儿乞惕人脱黑脱阿别乞之子忽都、斡亦剌惕人忽都合别乞、泰亦赤兀惕人塔儿忽台乞邻勒秃黑、豁敦斡儿长、阿兀出及属众，聚于阿勒灰不剌阿营地，商议决定推举札木合为罕，并宰杀儿马、骒马，相誓为盟。随后，顺额儿古涅河下行，行至其支流刊河岸边下营行礼，将札木合推上了可汗宝座，取号古儿罕。"

草原历史上的"蝴蝶效应"就这样产生了。在成吉思汗与王罕的间接作用下，昔日打打杀杀互不相让的这些部落、氏族和他们的头人们终于走到了一起，并且成立了跨地域、多部族的庞大联盟。

这个联盟共有12个部落成员，既有蒙古部族的，也有塔塔儿、乃蛮等其他部族的，其地域之广阔，人口之众多，势力之强大，成吉思汗和王罕是不能与之同日而语的。但是，他们的关系非常复杂，利益目标也不尽相同。其中的塔塔儿人，不仅与成吉思汗世仇加新仇，也与札木合等几个蒙古部落素有杀其前辈的旧仇。篾儿乞人的情况也差不多，这个最早退出蒙古部族大联盟的非常人群，在与成吉思汗有着夺妻之仇的同时，也与札木合存有切齿的仇恨。如果没有札木合的参与和指挥，当年的篾儿乞人怎能遭到袭击，怎能让铁木真抢回他的妻子呢？还有朵儿边人、乃蛮人等等，这些各为己利，自为尊大的部落、氏族和他们的头人们也无不有过相互碰撞的经历。如今，他们放弃前嫌走到一起了。他们不仅组成了一个庞大的跨部族联盟，也推选出了他们的最高领导札木合·古儿罕。

那么，"古儿罕"是个含意何为的名号？以古儿罕为首领的这个联盟又是有着怎样一个政治理想和利益目标的组织？他们将在草原的历史上演绎怎样一幕故事？"古儿"是蒙古语词汇中的一个单词，具有普遍、全体、普天之下等含义。"古儿罕"的汉译对应词就是"普天之下的可汗"。由此可以看出这个联盟要作天下的老大了，他们不仅要称霸草原，还要称霸更大的天下！于是，他们开始制定行动计划了。

《蒙古秘史》写道："将札木合推举为古儿罕后，大家便商议起讨伐成吉思汗与王罕的办法。"事情已经非常清楚了。这个貌似强大的跨部族联盟,只是一群毫无政治战略的江湖斗士。作为一个风云变幻中的力量团体,他们既不分析草原历史的风云走向,也不检讨联盟组建的政治必要和存在形式,又不构建联盟运行的体制规则,更不确定应对危机的战略策略,一经会盟就急忙做出了讨伐成吉思汗与王罕的行动选择。很显然,这不是做大事、成大业所应该的做法。然而他们很自信,据《蒙古秘史》研究专家称:"他们齐声高喊着:

'不是说铁木真山般的坚固吗

让我们去阉割将他踩到脚下!

不是说铁木真石般的坚硬吗

让我们去击碎将他一一分下'

的豪迈誓言,踏上了讨伐成吉思汗与王罕的战场。"

札木合,这位成吉思汗昔日的安答,这位曾经救助过他,也曾经兵刃相见但也手下留过情的人,终于在一片懵懂中向成吉思汗举起了战刀!

风雨阔亦田

在一项事业的成败中总有几件关键的事情。即将开始的阔亦田之战,就是成吉思汗整合蒙古部族进程中的关键一战。

阔亦田之战是成吉思汗与王罕的同盟与札木合跨部族联盟间进行的战略大决战。开战地点是当今内蒙古自治区呼伦贝尔市奎腾河畔的阔亦田之地。我没去过这个地方,也不知它的地形地貌,更是无法想象当年双方的兵力部署和战术设计。好在学者们一直在研究这场战事,为我们提供着了解当时情况的各种可能性。

有一本名为《蒙古族古代典型战例》的书,书中对这场战争的描绘是这样的:"时铁木真在古连勒古山,先得其岳父翁吉剌惕人德薛禅之密报。后又得豁罗剌思之豁里歹,派人来告此征伐之谋。铁木真获悉,遣使告知王罕。王罕获悉后，立即起兵，疾来会铁木真汗。

"铁木真汗与王罕会军后，两人沿着怯绿连河东进，准备迎击札木合之联军。铁木真汗以阿勒坦、忽察儿、塔里台三人为先锋。王罕以桑昆、扎合敢不、必力格别乞三人为先锋，其先锋军又各出侦骑视巡还报，并向阔亦田地区疾进。札木合联军以泰亦赤兀惕部、篾儿乞惕部、塔塔儿残部，合击铁木真的北面。札木合率领其他诸部进击铁木真的东面，以阿兀出巴阿秃儿、不亦鲁黑、忽秃、忽都合别乞为先锋，从根河向西挺进。双方对进，相遇于阔亦田，双方侦察兵已经接触相遇。'交绥而语，会日莫，各还大营'。双方开始布阵，铁木真汗和王罕军转移辎重于他所，依托金长城外边堡长城，迎击敌人。桑昆领其军后来，占领高地结营。这时，乃蛮之不亦鲁黑、忽都合二人认为'彼军散漫，可骤而歼也'，率军顺风雪袭来。可是，突然大风暴变向，反吹逢迎彼军，登时天昏地暗，目眯不得进，纷纷滚下坍沟，死者甚众。趁此机会，铁木真汗命兀良孩人忽鲁浑乘风纵射，敌不能抵，战志顿馁，而齐向后退。铁木真汗与王罕分军追击。这时，札木合率师来应，以孤注一掷之情，进攻王罕军。于中道闻其西方联军已被铁木真汗击破之后，乃大叹'天不佑我！'不顾其他诸部之战斗，而率其本部退走。为摆脱追击，抛弃所有辎重而逃，因途中断供，为解决部众之雪地缺食，行掠立自己为汗之部落，竟下令掠夺合答斤部和翁吉剌惕之牛、羊为食，引起两部落之不满而脱离札木合。王罕探知札木合单独退走，顺额儿古涅河追去。札木合在王罕军的猛追之下，全军溃败，札木合穷途末路，只好向王罕投降……"

还有一本叫《蒙元王朝征战录》的书，这本书的描述是这样的："札木合同盟商议出兵的消息被豁罗剌思人火力台密报给铁木真，铁木真又一次求援于王罕。王罕即率军来到铁木真的驻地古连勒古山与其相会，他们合兵一处，顺怯绿连河而下。当铁木真和王罕联军的先锋部队抵达兀惕乞牙，准备扎营下寨时，得到瞭望前哨的报告，札木合同盟军的先锋部队也已到来。双方因天色已晚，即约定明日会战。

"次日，双方对阵于阔连湖与捕鱼儿湖之间的丘陵地阔亦田，沿着山坡'或上或下，相移纷聚，各整其队'。交战之前，札木合同盟军的先锋自认会施法术，能呼风唤雨，刮向对方，他们祭起札答石念念有词，果然风雨大作，却偏偏反而扑向自己一方，风雨如箭，寸步难行。札木合同盟军无法顶风冒雨爬山作战，有许多人从高处摔了下来，他们认为'天不佑我'，队伍大乱，纷纷溃退。同盟军败退，札木合作为盟主非但不组织策应救援，反而趁势掠夺同盟部落百姓的财物，然后顺着额儿古涅河逃走了……"

又有一本名气很大的书，叫作《成吉思汗与今日世界之形成》。书的作者是美国人杰克·威泽弗德，他说自己是在用一个夏天的时间沿着突厥部落在古代迁移的路线行走的基础上，检阅"十二种语言的最重要的第一手和第二手"文献资料而写成这本书的。有人说，这是关于成吉思汗的最好的图书之一，这本书对阔亦田之战是这样描述的：

"当札木合的军队与克烈亦惕人为敌的时候，王罕和铁木真显然具有人数上的优势。铁木真成员中受人尊重的萨满巫师所具有的心理优势，加强了他的地位，特别是在一场雷电交加的大暴雨突然降临之后，双方都认为这归因于上述萨满巫师的魔力。札木合的部众惊恐地逃散了，这迫使札木合撤退。王罕让自己的部众去追逐札木合及其主力部队，并且命令铁木真去追击正向斡难河方向逃窜的泰亦赤兀惕人……"

类似这样，试图还原阔亦田之战真实情形的著述还有很多。其中，与可能的历史情形偏离最大的就是杰克　威泽弗德先生的这本书了。看起来，先生走的那条"突厥部落在古代迁移"的路未能使他踏上13世纪蒙古草原的风云之程。

那么，草原历史上的阔亦田之战究竟是一场怎样的战事？《蒙古秘史》写道："两军会合后，成吉思汗与王罕商定，要迎击札木合，便率人马向客鲁涟河下游进发。与此同时，成吉思汗派出了阿勒坛、忽察儿、答里台三人为一组的先锋，王罕派出了桑昆、扎合敢不、必力格别乞三人为一组的先锋。在先锋的前面又派出了几组前哨，一组部署在附近的归列秃一带，一组部署在稍远的彻克彻儿一带，一组部署在更远一点的赤忽儿忽一带。当成吉思汗派出的一组先锋赶到兀惕乞牙一地准备下营时，从赤忽儿忽前哨传来了敌人将至的消息。得此报告，阿勒坛等先锋们欲探更为准确的敌情，改变计划，连夜前行，不久便与敌方先锋迎面而遇。经大声相问，便知他们是札木合派出的先锋蒙古部阿兀出、乃蛮部不亦鲁黑、篾儿乞人脱黑脱阿别乞之子忽都和斡亦剌惕部忽都合别乞四人。双方先锋相见，见天色已晚，决定第二天开战。于是，成吉思汗的先锋赶回大营休息。

"次日，双方在阔亦田一地对阵。双方或上或下移动，各自布阵。不亦鲁黑、忽都合二人精通札答之术，能向对方阵地刮狂风，下骤雨。当二人摆开架势施起妖术时，狂风骤雨却肆虐了他们自己的阵地。见满地泥泞，无法行走，他们大呼：'天怒我也！'随即溃散而去……"

让学者、研究家们苦思冥想，努力去勾勒厮杀情形的阔亦田之战就这样结束了。从《蒙古秘史》的记述中，我们看不到札木合从北面和东面合击成吉思汗与王罕的兵力部署，也找不到桑昆领其军，占领高地结营的具体线索。《蒙古秘史》说得很清楚，两军是在相互开进中不期而遇的，在互不掌握对方行动计划的前提下很难进行有针对性的兵力部署。所以，他们只好在开战时的当日"或上或下移动"，看着对方的动作，调整着各自的阵型。布好阵型后，激烈的厮杀就应该开始了。但就在这个时候，跨部族联盟先天不足的政治缺陷突然暴露出来了。面对布阵已就的成吉思汗与王罕，那些说大话说空话的头人们，不仅突然发现了自己的珍贵，也不愿冲锋陷阵牺牲自己了，于是，匪夷所思地施起了呼风唤雨的法术。随着一场并非唤来的暴风骤雨，他们找到了摆脱战阵的好理由——"天怒我也"。这样，阔亦田之战就以不战之战的形式结束了，跨部族联盟随即烟消云散，蒙古草原从此进入了成吉思汗与王罕双雄的时代！

恩怨苦涩情

一阵暴风骤雨，一场不战之战，阔亦田之战永远地结束了。我欣赏学者、研究家们还原战场情形的种种努力，更有兴趣倾听古今人们关于那个用来呼风唤雨的札答之术的解读。有古人曾经说："蒙古人有能祈雨者，辄以石子数枚，浸于水盆中玩弄，口念咒语，多获应验。"在我们民间也有许多类似的说法。怀旧的人们虽然知道有些荒唐，但他们还是愿意相信这是曾经的真实，于是就

蒙古密码

感慨，就发出文化习俗遗失殆尽的哀伤。其实，我们大可不必这样哀伤，因为人类是不会遗忘有益于生存的任何一种习俗，只要历史不断层，人类忘记的只会是那些无须保留的陈风旧俗。比如说蒙古人的正骨术，虽然显得有些神秘，但人们不仅没有遗忘它，反而不断用它解除着更多人的痛苦。所以，人类记忆的原则是明确的，它不一定按着我们的某些意愿改变其宗旨！

蒙古草原的风云走向也是如此，当成吉思汗的同盟占尽了生存与发展的历史方向，占尽了政治与战略的合理理由时，跨部族联盟就不会有顽强坚持的存在基础了。于是他们匆匆集结，又匆匆散去了。接着，成吉思汗的同盟就跨步进入了新一轮强行整合的征途。

当跨部族联盟的札木合·古儿罕退出阔亦田战场，"洗劫立其为罕的百姓后，朝额儿古涅河下游退去"时，成吉思汗同盟的王罕即掉转马头尾随追去，最后降服了历史风云变幻之中麻木已久的札木合这个人。就在这时，成吉思汗也毫不懈怠，尾随溃退的泰亦赤兀惕人向斡难河方向追击而去了。在存在形态的转换中，一方存在的消失必将影响另一方的存在形式。跨部族联盟消失了，成吉思汗与王罕的同盟还能如旧吗？如今二人分头追敌去了，让我们跟随成吉思汗一步步地观察事态的后续发展吧！

溃退的泰亦赤兀惕人回到大本营时，成吉思汗的队伍也尾随而至了。于是，双方的生死决战就在斡难河的彼岸打响了。泰亦赤兀惕部落和成吉思汗家族的乞颜部落曾经是何等亲密的兄弟呀，他们曾经并肩参与蒙古部族的第一次奋起，又共同承担过因战略失误导致的惨痛代价。当部族联盟的成员纷纷逃离恨仇战场时，他们曾经以两个部落的组合苦苦支撑过部族联盟的政治构架，也曾以鲜血和生命联手抗击过塔塔儿部族与金朝的打击。只因也速该的殒命和部族联盟的解体，泰亦赤兀惕人变心了，他们不仅没有照顾好铁木真孤儿寡母一家，反而视他们为累赘狠心地遗弃而去。之后，又怕铁木真长大报仇，将他抓去无端折磨，好在锁儿罕失剌一家的介入未能酿成更大的悲剧。如今，泰亦赤兀惕人不仅不考量历史的走向，又组织起旨在消灭成吉思汗的联盟。不料，一阵风雨，联盟消失了，泰亦赤兀惕人只好选择生死决战了。

《蒙古秘史》写道："两军相遇，激战骤起。双方肉搏至傍晚，难分胜负，便就地扎营过夜。躲避战乱的百姓们乱作一团,也与战士们一起扎营过夜。"

多少恩怨多少情,多少往事多少梦,就在这一天,就在这一刻,化作了战刀砍去的力量,化作了利箭射出的愤怒。英雄们奋力地搏杀着,无悔地倒去着,成吉思汗也未能幸免。《蒙古秘史》接着写道:"在当天的鏖战中,成吉思汗颈脉受伤流血不止,傍晚时疲惫不堪地留在了战场上。者勒篾守在成吉思汗身旁,用嘴吸着凝固在伤口中的血块,满脸涂血,不信他人,独自守到深夜。经者勒篾大口大口地吸出瘀血,半夜后,成吉思汗慢慢地恢复了知觉,开口说道:'我血已干,现在渴得厉害!'一听此言,者勒篾脱掉鞋帽衣服,只穿内裤,赤身跑进敌方营地,爬上后面的民用小车寻找酸马奶。但因逃散的民众未挤马奶而没能找到。找不到酸马奶,者勒篾转而抱上一坛奶酪回来了。来去两趟路,者勒篾没被任何人发现,真可谓苍天保佑了!者勒篾搬来奶酪后,又去找来一些水,兑到奶酪里,给成吉思汗喝了下去。'感觉好多了!'成吉思汗间歇三次喝完兑水奶酪后,边说边起身坐起……"

没有随队的军医,也没有萨满巫师,这个叫者勒篾的人竟用赤胆忠心和不可思议的方式救活了任何可能都会有的成吉思汗。

统帅受伤,队伍散落,这叫胜利还是失败呢?有人告诉我,这既不是胜利,也不是失败,这是直面肉搏战最困难的时刻,谁能坚持,谁就可能是最后的胜者。真是说对了,《蒙古秘史》接着写道:"天已大亮,又一个白天开始了。人们发现,在这里下营过夜的敌方人马已在夜里逃了个精光。而扎营过夜的百姓们因无法随军退去,仍停留在这里。去收拾那散民百姓吧!成吉思汗从过夜的地方起身前去……"

坚持就是胜利啊,成吉思汗以"我血已干"的代价,终于收服了恩怨已久的泰亦赤兀惕部落,将蒙古部族这一重要的部落整合到了自己的政治版图之内。

不知王罕对札木合的征服是福还是祸,而成吉思汗对泰亦赤兀惕的收服绝对是惊喜连连的收获。他的第一个惊喜是:见到了曾经的恩人锁儿罕失剌一家。《蒙古秘史》写道:"当他们正清理散民时,有一红衣女人大声哭叫:'铁木真!铁木真!'成吉思汗颇感意外:'谁的女人,如此哭叫?'便派人前去探问。见来人问话,那女人说:'我是锁儿罕失剌之女,名合答安。你们的人抓走了我的男人，并要杀他。我是喊铁木真来救我男人！'"成吉思汗一听此话，随即跃马前去，紧紧抱住了合答安。但就在此前，她的男人已被大汗手下杀掉了……"就这样，在泪花与血光里成吉思汗与阔别已久的恩人一家团聚了。

成吉思汗的第二个惊喜是遇见了一个名叫者别的，终生伴随他冲锋陷阵的著名战将。《蒙古秘史》的描述是这样的："成吉思汗转而对者别说：'我们在阔亦田一地鏖战时，是谁从山头上射来一利箭，射伤我战骑口白黄马的脖颈？'者别答道：'那射箭的人便是我。'"

者别怎能不记得这一箭不是在阔亦田，射伤的也不是口白黄马的脖颈，而是就在昨天，射伤的恰恰就是成吉思汗的颈脉。同时，他也怎能不知道这一箭可能带来的灭顶之灾。但他没有推脱，没有隐瞒，没有撒谎，而是选择了坦诚的表白和勇敢的承担。他说：

"您若欲想杀掉我
请您举起大战刀
尸首倒下血巴掌
腐烂散去能几日！
您若赐我一条命
我将倾尽毕生力
冲锋陷阵走在前
为您踏平山水险！
誓让河水翻起浪
誓让坚石碎成粉
戳破敌人肝和胆
为你立功又立业！"

不是说千军易得，一将难求吗？不是说人才难得吗？其实，人才对事业的需求，事业对人才的需求，都有其自己的规律和特点。不仅打天下与治天下所需的人才类型是不同的，就一项事业不同阶段的人才需求也是不同的。所以，精确把握事业发展的需求，准确配备类型适当的人才，不能不说是一个领导者必须具备的职业素养。正在打拼天下的成吉思汗没有恼羞成怒，他若有所思地说："作为敌对之人，都会隐瞒自己的害人行为。可你毫不隐瞒地讲出了自己的害人之事。你这人可交啊！"从此，一个叫者别的率真、骁勇的无敌战将就走入了成吉思汗创就大业的核心行列……

忠义青年纳牙阿

惊喜还在继续……

丢下百姓属民，精光逃去的泰亦赤兀惕兵勇们，显然不是有组织地撤退的，也没有再度集结，而是趁夜色各自逃命去了。新的一天开始后，那些一朝成为散兵游勇的人们纷纷向成吉思汗归降过来。逃出的兵勇中有个叫失儿古额秃的老人，他有英雄模样的两个儿子，小的叫纳牙阿。看来，失儿古额秃老人很有点头脑，他想搞一点特殊，想在这个时候获取一点什么，于是策划了一起特别的绑架。

《蒙古秘史》写道："失儿古额秃与其两个儿子阿剌黑、纳牙阿一起捉住了躲藏在密林里的泰亦赤兀惕首领塔儿忽台乞邻勒秃黑。由于他过于肥胖不能骑马，失儿古额秃父子就把他绑在车上送往成吉思汗营地。"这是一个多么贵重的礼物啊！塔儿忽台，泰亦赤兀惕部落的这位头人，这位胖得无法骑马的肉墩包，成吉思汗有多少恩怨需与他了却，有多少旧账需与他清算，有多少愤恨需向他发泄啊！可是纳牙阿他们能将他顺利押送到成吉思汗面前吗？《蒙古秘史》接着写道："得知此事，塔儿忽台乞邻勒秃黑的弟弟们、儿子们急速赶来解救。见他们直追而来，失儿古额秃老人便把胖子塔儿忽台乞邻勒秃黑仰面推倒后，骑在其肚皮上拔出了腰间的快刀，对着他的喉咙大声说道：'你的弟弟们、孩子们要抢你回去。如今，我虽然没有杀害你，但因冒犯自己的君主，也会被杀死的。还是一命还一命，你来做我的垫背吧！'"

不好，老人就要撕票了！古代草原上的一场政治绑架就要以两败俱伤结束了。"见此，塔儿忽台乞邻勒秃黑哭喊着对其弟弟们、孩子们说：'失儿古额秃要杀死我。他若将我杀死，你们抢回一具死尸又有何用。趁他未杀之前赶快回去！铁木真不会杀我的。当铁木真被遗弃在野外荒地时，我见他目光炯炯、神色不凡，便领到家里像调教野驹般地调教过他。那时，我虽能轻易将他杀死，但我还是以宽厚之怀抚养了他。我想，心如明镜的铁木真肯定记着我这份情义的。他不会杀我！弟弟们、孩子们，快快回去，要不失儿古额秃会杀了我的！'"不愧是一个部落的头领之人啊，在关键的时刻还是做出了稳定事态的决定。于是，他的弟弟们、儿子们按照塔儿忽台的意思掉转马头撤回去了。

　　险情解除了，但这起政治绑架仍还继续着。在古代草原的风云变幻中，这是一起怎样的事件呢？是头领塔儿忽台失尽民心的反应吗？是民心顺向成吉思汗的表现吗？是草原上的百姓们不堪纷乱、渴望统一的举动吗？其实哪个都不是！这仅仅是我们人类生活中仍还存在的政治投机心态的又一种表现而已，是应被成熟的政治家挥手鄙弃的小动作。那么，失儿古额秃老人能够辨明这份事理吗？他那两个涉世未深的儿子能够看出事件背后的危情吗？《蒙古秘史》接着写道："待他们走远之后，失儿古额秃躲在一边的两个儿子阿剌黑、纳牙阿回到了父亲身边。失儿古额秃老人与两个儿子走到一起后，押着塔儿忽台前行到一个叫忽秃忽勒的地方。在这里，纳牙阿说：'如果，我们把塔儿忽台押到成吉思汗那里，成吉思汗肯定嫌我们是冒犯首领的不忠不仁的贱民，不仅不会接纳我们，反而会处死我们。我看不如这样，先放塔儿忽台回家去，然后我们去投奔成吉思汗，并要对他说：现在，我们为您效力而来。本来我们捉住了塔儿忽台，但不忍心把自己的主人押送到这里，所以，在半路上又把他放了回去。自己前来投奔您了！'失儿古额秃父子赞同纳牙阿的看法，就地放走塔儿忽台后，一路急行走到了成吉思汗的营地。"

　　终于可以舒一口气了，古代草原上的一个非分之念在没有酿成恶果之前终于消去了。其实，按着生命本分的需求做人做事并不需要太多的学问，需要的却是一颗远离投机的平常心！在历史的那一天，年轻的纳牙阿把握住了这一点，使自己和父兄三人回到了本来的形态之中。这样，他们三人觐见成吉思汗，并把事情的经过如实地讲述了一遍。成吉思汗听罢说道：

"你若捉来

　　自己的主人塔儿忽台

　　我将以犯上刁民罪

　　灭绝你们的全家族!

　　今你不背弃旧主

　　忠心可嘉

　　准在帐下做事!"

看吧,事情果然如此!如果他们没有守住生命本分的需求,没有守住自己一颗平常的心,滚滚落地的可能不只是三个人的头!好在一切正常,成吉思汗不仅接纳了他们,而且对纳牙阿的忠义之心欣赏有加,并把他安排到了军中的重要岗位上。

惊喜就这样继续着,成吉思汗政治版图的整合活动也就这样继续着。不久,成吉思汗迎来了一位特殊的投奔者。这个人叫札合敢不,是成吉思汗亲密同盟王罕的弟弟。《蒙古秘史》写道:"此后,成吉思汗在帖儿速惕驻扎时,克烈亦惕人札合敢不前来投靠了他……"

恨仇路尽

对于蒙古人,对于成吉思汗,对于史学家们来说,塔塔儿人永远是个沉重的话题!

蒙古人为什么说起塔塔儿人就有小心翼翼的表情?塔塔儿人又为什么说起成吉思汗就有讳莫如深的感觉?史家、学者们又为什么在成吉思汗与塔塔儿人的问题上总是左右为难,欲言又止?

导致这一后果的就是即将发生的一件大事。这件大事就发生在成吉思汗政治版图的整合过程之中。

对塔塔儿部族的整合,是成吉思汗继对泰亦赤兀惕部落进行整合后的又一次大规模的整合。那年是公元1202年。成吉思汗决定对强大的塔塔儿部族进行强力整合。《蒙古秘史》写道："狗儿年秋天，成吉思汗在答阑揑木儿格一地大战察阿安塔塔儿、阿勒赤塔塔儿、都塔兀惕塔塔儿等劲敌之前，颁布了一条严格的战事军令。其中规定：在讨伐敌人时不准贪图财利而延误战机。因为，敌人被征服后，财物将归我们所有，我们随时都可以处置它。如在战斗中需要后退，兵士们则一定要回到出击时的位置。若有不回者一律处死！"

被史家、学者们津津乐道的军事改革措施就在出征塔塔儿部族前夕颁布实施了。有的学者认为，这是一个带有根本性的改革，它不仅改变了长期支配草原生活的一些惯例，也加深了更多的人对成吉思汗的忠诚度。也有的认为，这是成吉思汗着手改变战争目的的努力之一，也是加强可汗对军队统一指挥权的重要举措。事情也许就是这样。一件大的事情必将引发一些大的变化。征讨塔塔儿部族，对成吉思汗和他的政治实体来说绝对是一项具有历史意义的大抉择。塔塔儿，这个强大而善战的古老部族，不仅是成吉思汗家族的世仇，也是本轮次蒙古高原政治版图整合中举足轻重的一大版块。作为整合运动的主导者，成吉思汗和王罕虽然没有进行针锋相对的圈地竞赛，但他们怎能不知政治版图每一寸扩张的重要性。所以，当王罕忙于收拾札木合势力及篾儿乞部落之际，成吉思汗不无思考地挥手指向了塔塔儿部族。然而，塔塔儿部族毕竟不同于蒙古本族的某一部落，他们不仅属于异族他部，更是被认为"以他们人数之多，他们彼此同心同德而敌对，那么乞台人等其他民族以及任何一种生灵，都不能同他们对抗"的强大人群。所以，成吉思汗颁布的两条战事军令应该是为完成此次整合而采取的具体措施。那么，一个部族对另一个部族的整合，仅靠军事方面的准备就可以完成吗？

《蒙古秘史》写道："军令颁布后，即在答阑揑木儿格战溃塔塔儿诸部，并追击至兀勒灰失鲁格勒只惕一地后消灭了他们。……消灭塔塔儿，降服其众百姓后，成吉思汗召集自己的亲族成员就如何处置其家国百姓一事进行商议。"看吧，随着军事行动的胜利，此次整合计划的仓促和不周毫无遗漏地暴露出来了。整合绝不等同于征服，也不可能用征服的手段来完成。征服是统治权力的简单扩张，而整合是统治权力政治理想、生存秩序、历史责任的综合延伸。征服是超越版图的行为，而整合则是对天然一体生存版图进行的重新组合。对成吉思汗和他的政治实体来说，塔塔儿部族和他们所居住的呼伦湖、贝尔湖地区只会是整合的对象。所以，在他们的行动方案中，除了军事方面的安排外，还应该包括组织整合模式、百姓安置方法、利益一体结构等诸多内容。由于这些预案的缺失，胜利后的成吉思汗就遇到了更大的问题。这些抗争过，但现在已经降服的塔塔儿人究竟如何处置？他们的属民百姓究竟如何安置？面对一队队、一群群等候处置的塔塔儿人，成吉思汗不知所措了，于是召开亲族会议进行商议。当领袖的智慧出现故障时，他那刚勇的血亲们能够提出更睿智的建议吗？仇恨焚毁了理智，于是一个荒唐的决定就昭然出台了。

《蒙古秘史》写道："商议时大家说道：

　　'害我父祖的仇人
　　就是这些塔塔儿人
　　为报我世仇家恨
　　应将其永绝于世！
　　要以车轴当量尺
　　足此度者绝杀之
　　分其妻女与家小
　　当作咱家看门奴！'"

没有整合的方案，没有接容的措施，曾经的仇恨使成吉思汗这一冉冉上升的政治实体懵懂地向塔塔儿男人举起了屠刀。然而，事情总有一些特别，总有一些蹊跷，也总有一些在整体的昏沉中保持清醒的人。比如说，成吉思汗的同父异母弟弟别勒古台就是这样的一个人。我不敢妄论别勒古台睿智如何，但我很难忘记童年的别勒古台未因同母哥哥被射杀而记恨成吉思汗的冷静，也很难忘记在成吉思汗欢庆集结的宴会上，被对方人员砍伤肩胛骨的别勒古台为维护大局的和气，力劝成吉思汗勿去打斗的大局主义。而如今，当一起不该的屠杀就要发生时，别勒古台又一次以他鲁莽的失误改变了事件的形态。《蒙古秘史》接着写道："这般商议决定后，大家出门散去。塔塔儿人也客扯连见大步走过的别勒古台，问：'你们商议了什么话？'别勒古台说：'要把你们塔塔儿男人———用车轴量身，决定将身高超过车轴的全部杀掉！'

"也客扯连听罢别勒古台所说，便通知塔塔儿众百姓。塔塔儿人遂立起寨子抵抗。为攻破塔塔儿人筑起的这一防御工事，成吉思汗付出了很大的代价，损失了不少兵士。当成吉思汗的兵勇勉强攻占塔塔儿人聚集的寨子，将其一一用车轴量身处决时，塔塔儿人高呼：'既然要死，那咱各来一个垫背的！'便抽出藏在袖中的刀子展开了激烈的拼杀。为此，成吉思汗又损失了很多兵勇。"

一场赤裸裸的种族屠杀计划，就这样在别勒古台的不慎言语中演化成了短兵相接的格斗，演化成了你死我活的拼杀。拼杀中，塔塔儿男人们英勇地战死了，他们本来是不该死的勇士和臣民，但在那样一个年代，在草率和混乱中，一个个英勇地战死了。他们没有像无语的绵羊，一个个被拖去宰杀，他们像斗士，倒去时坚强守护了生命的光荣！

一次预案不周的整合就这样混乱不堪地结束了，成吉思汗的政治版图从此扩展到了蒙古高原东部的广大地区。对于成吉思汗的这次整合行动，有人认为，成吉思汗对被征服者施行了灭绝性的处理，也有人说那是灭绝种族的屠杀。同时，还有人认为，成吉思汗根本没有必要也不可能把分布在今以呼伦湖为中心，跨中俄蒙三国的辽阔地域里的数十万塔塔儿人全部召集起来杀死。多么可怕的结论，多么勉强的祖护啊！在评价这一事件的时候，我们怎能把整合看成为征服，怎能把计划看成为结果，又怎能忽略因别勒古台泄密而演化成的格斗与拼杀。所以，在我看来，这是一起预案不周的整合带给生命的灾难！由此，我们理应埋怨和责备成吉思汗，但没有必要用莫须有的言辞亵渎我们自己的认知！

女色，生命建设的本分与奢华

生命是美丽的，生命建设的工程是我们人类世界最伟大的工程。我们可以毫无夸张地说："自有人类以来的一切工程都是生命建设工程的必然成果！"

为使生命得以存延，我们远古的祖先学会了获取滋养的种种办法，于是我们这个世界就有了狩猎、渔猎、游牧、农耕等神奇多样的生活模式；为使生命得以安康，我们智慧的祖先发明了医治病痛的各种手段，于是我们这个世界就有了中医、西医、蒙医、藏医等蓬勃发展的医学诊疗事业；为使生命体面光彩，我们心灵手巧的祖先开创了遮体饰身的缝制技术，于是我们这个世界就有了万紫千红的服饰制作行业；为使生命得以生息安居，我们勇于开拓的祖先创就了遮风挡雨的筑巢办法，于是我们这个世界就有了拔地而起或横空四展的建筑行业……

除了物态的建设之外，生命更有其精神与心灵的建设内容。因为生命是孤独的，所以宗教寸步不离地陪伴着她怯懦的灵魂；因为生命是茫然的，所以政治或制度昼夜不分地规范着她行为的秩序；因为生命是枯燥的，所以文学和艺术竭尽全力地愉悦着她烦躁的心灵；因为生命是苦难的，所以哲学以高深的智慧为她探寻着解放的途径……而这宗教，这政治，这文学艺术或哲学等等就是根据生命建设的需要创建起来的心灵化工程系列。

看吧，神奇的生命，万象之需的唯一根源，人类历史一切建设的俯首方向！只因你的存在，我们才有了万象更新的美丽世界；只因你的存在，我们才胆敢断言，迄今为止的人类历史就是一项尚未竣工的生命建设工程！

生命建设的工程是如此恢宏，如此的绚丽多姿，其每一项内容都有其令人震撼的故事。但古往今来最具吸引力，最使人窥探不止而百听不厌的却是她那性爱内容的建设故事。因为，性爱不仅仅是生命繁衍的需要，更是与生命原动力有关的复杂现象。所以，开化起来的人们在分享它的同时，也用抑制不住的好奇去探究和解读它的究竟。于是，一个个脱离了生命建设意义的性爱之说像草原上四处奔跑的小兔纷纷出现了。有的人认为，性爱是生命的原动力，主张给予彻底的解放；有的人认为，它是"禁果"，不能随便偷吃；也有的人认为，它是"销魂"的利刃，应避而远之；更有人认为，它是万恶之源，主张人类应超脱其诱惑等等。就在这本为生命建设的内容之一的性爱被换作用生命去构筑的课题时，它的名称就涅槃成了爱情。于是，就有了爱情是文学创作永恒主题的、通行全球的美丽口号，和数不胜数的、令人感动的贞洁美丽的爱情故事。

真是令人惊叹啊！我们人类就是有这样发达的智慧和创新的能力，竟能把本为生命建设的内容移植到想象的土壤里，且能把它培育成用生命去建设的美丽命题！

　　生命建设的性爱内容就是这样被演化下去的，而且定将被我们后续的人类继续演化和提升。然而，无论怎样去演化，也无论被升华成何等的美丽与浪漫，我还是愿以生命建设的命题去认识它，解读它！也许我是迟钝的，甚至是愚拙的，但人类的性爱生活让我感悟到的就是这样一种形态。因为，繁衍是生命最大的本能，所以两性的结合是它无法省略的环节。然而，在人类化的社会中人们不可能用禽兽的方式去实现它，于是它就不可避免地转化成为生命建设的一大内容。我们无须回顾母系氏族时代的性爱形态，而从父系氏族公社时代起，我们就能看见生命建设的性爱内容被男子所主导和追求起来的漫长历史。由于生产劳动不断地确立和巩固着男人们的社会地位，作为性爱生活另一半的女人们就被推入了自身价值被异化的生存怪圈。于是，在男权主导的社会中，女人们在承担生命繁衍的任务外，还被异化成了会说话的财富、可以馈赠的礼品、政治权力的饰物等各种不该的角色。这样，本该对应而存在的性爱对象——女人们，就成了那些权贵男人们生命建设追求奢华的美丽饰品。我们怎能忘记那些已经遁迹冥冥的历史权贵们，他们虽然在身为百姓时就已有了生命建设所本应的性爱伙伴，但随着腾达他们还像当今的贪官放手敛财一样纵情猎取四方女色的一个个故事；更怎能忘记那些自命天子的帝王们的欲霸天下美色的一幕幕荒唐。应该说，他们怎能不知两性搭配的本该模式，只是权势和财富膨胀了他们欲罢不能的美色欲望。

　　毫无疑问，这是一个畸形的奢华，然而东方的权贵男人们似乎认为这是天经地义的事情，于是一个胜过一个地猎取着天下的美色。腾达起来的成吉思汗也毫不例外，刚刚完成对塔塔儿部族的整合就立刻开始了猎取美色的行动。

　　《蒙古秘史》写道："在处置塔塔儿人妻女、家小时，成吉思汗将塔塔儿人也客扯连之女也速干纳为妃子。"多么难以理解的情形啊，胜利者竟把战败者的女儿搂进了怀里。她可是仇家的女儿，敌人的骨肉，她的父亲刚刚被成吉思汗的手下杀害啊！难道她没有记仇的大脑细胞？难道成吉思汗不忌讳仇人之后留在身边的隐患？难道就像一些学者认为的那样，成吉思汗想以这样的方式抚慰塔塔儿部族那滴血的心灵？莫非这一切都是我们多余的思考，而那时的为女之人已被那纷乱的年代异化成了既无归属感，又没了生命尊严的，只有从属准备的特殊人群了吗？也许情况就是这样，所以成吉思汗才毫无顾忌地将她搂进了怀里。

《蒙古秘史》接着写道："也速干得宠后，对成吉思汗说：'大汗恩德宽厚，将会善待于我。我姐也遂貌美于我，是位堪配大汗的女子。只是不知道她在方才的混乱中逃到了何处？'听罢此话，成吉思汗说：'你姐果真貌美于你，我就派人寻找她。如你姐姐被我找了回来，你愿让出自己的位子吗？''如大汗恩准，找来我的姐姐，我会立即让出这位子！'也速干斩钉截铁。如此说妥后，成吉思汗便下达了寻找也遂的命令。那时，趁乱逃出的也遂正与其夫婿躲在林子中间。发现有人追寻而来，其男人闻声逃脱，也遂却被我方兵勇抓了回来。也速干见姐姐已来，即按原定说法，起身让出自己的座位，坐到了她的下边。也遂果真如也速干所说的美貌无比，成吉思汗便准其坐到了自己的身旁，并给了她夫人的名分。"好一对貌美无比的塔塔儿姐妹呀，竟如此这般地成了成吉思汗生命建设追求奢华的美丽饰品！

让我们说些什么好呢？还是什么也别说了吧！在永不竣工的生命建设工程中，已被制度化的当今富贵们不也以各种形式追求着女色的奢华吗？！

卷十　另类组合

那是我上高中后的第一个暑假，父亲领着我去北村的大漠中摘野杏。回来的路上，我累得走不动了，于是比我还累的父亲为了振作我，给我讲了一个故事：

大地还很年轻，海河还很幼小的时候，天神把两个猎户带到一片山林中，留给他们一些弓箭和猎具后走了。两户猎人就用天神留下的弓箭和猎具开始生活起来。多年后，天神突然回来探看他们。结果一户猎人不见了，另一户猎人正在围猎一只小兔。天神很牵挂那户猎人，于是在山林里寻找起来……

"天神找到他们了吗？"我不安地问。

"没有。"父亲不动声色。

"那户人家是不是被老虎吃了？或者是搬到别的地方去了？"我追问着，

脚步明显轻快了。父亲笑了，他不紧不慢地说："天神没有告诉我。你去想一想吧，他们究竟怎么了？"

是啊，他们究竟怎么了？我想了一路，猜了一路，父亲总是微笑着不肯定也不否定。快到家了，父亲告诉我，这是他从一个阴阳先生那里听来的，他也不知道正确的答案。

多年过去了，父亲也离开我们走了，而我好像悟出了一点什么……

非常父子

经过成吉思汗与王罕一段时间的不无竞争的整合，蒙古草原的中部和东部地区基本归入了这个同盟的控制之下。虽然还有一些部落势力未被整合进来，但只要同盟还能继续存在，其力量是无人能敌的。对于这一点，经历风云巨测，并且一直得益于同盟之力发展起来的成吉思汗是深有体会的，可是，同盟的另一半，一直以来以救助者的身份穿行其间的克烈亦惕部落大首领王罕对此是不是也有心知肚明的体会呢？如果，他只有人情交往的情谊，而没有战略利益的同盟认知，那么这个同盟在敌对力量已趋消失的情况下还能继续存在吗？

《蒙古秘史》接下来就记述了这样一件微妙的事：

"之后，成吉思汗与王罕联手，出兵乃蛮所属古出古惕　不亦鲁黑罕。当联军到达兀鲁黑塔黑一地锁豁黑水时，不亦鲁黑罕不战而退，越阿勒台山逃去。成吉思汗、王罕自锁豁黑水起兵追击不亦鲁黑罕，越过阿勒台，进而将其逼向忽木升吉儿一地兀泷古水下游。恰在此时，敌方哨官也迪土卜鲁黑与联军前哨相遇而逃。联军前哨将他赶上山时，也迪土卜鲁黑因断了马鞍肚带而就地被擒。被逼逃向兀泷古水域的不亦鲁黑罕逃到乞湿泐巴失湖后，被追来的联军歼灭精光。"一次跨越阿尔泰山南北的歼灭战就这样打完了。这里所说的阿勒台就是当今中国新疆与蒙古国接壤地带的阿尔泰山脉，而这个叫不亦鲁黑罕的人就是经常染指蒙古部族事务，策划参与札木合跨部落联盟，誓言要击碎成吉思汗这块硬石的那个人。这个人族属居住于蒙古高原西部地区的乃蛮部族，是这个部族分地割据的一方首领，与王罕也结有击来打去的个人怨仇。作为跨部族联盟的强大遗存，他的存在不论对于成吉思汗，还是对于王罕都是巨大的生存威胁。这就是促使成吉思汗与王罕联手出兵的根本原因。如今，共同的敌人已被歼灭，他们就要班师凯旋了。《蒙古秘史》接着写道：

"成吉思汗与王罕就此班师返回时，乃蛮部族将可克薛兀·撒卜勒黑在联军必经的巴亦答剌黑河之源做好了激战的准备。得此消息，联军迅速摆好阵势，赶到约定的战场。但双方见天色已晚，约好第二天开战，各自就地扎营过夜。夜深人静后，王罕在驻地上点着火堆后，自己却率兵朝合剌泄兀泐河方向退逃而去。"看吧，一个微妙的变化就在这里发生了！自接受成吉思汗貂皮斗篷的礼物以来，无论是长途奔袭解救人质，或面对跨部族联盟的强大兵力，都未曾退却一步的王罕，如今遇到一个不很强大的乃蛮力量却一反常态地退却了。有人认为，这是王罕性格反复无常的表现，他的弟弟们和手下们也曾说他是"常怀歹意和臭肝"的人。王罕的怪异举动果然因为这些吗？当然不是！王罕之所以这样做的关键是：他看不到同盟存在的必要了！于是，成吉思汗对他可有可无了，于是保全自己更为重要了。所以，他就燃起火堆，也燃起自己这突发的奇想，扔下成吉思汗溜走了。然而，王罕万万没有想到的是事情并没有按着他的设想发展下去。

"备战当夜,乃蛮战将可克薛兀·撒卜勒黑发现对方趁夜退逃,便起身追去。被追击的一方不是别人，而恰为王罕一部。可克薛兀·撒卜勒黑在追击王罕的行程中掳取了王罕之子桑昆的妻女、家小与百姓财物，又将王罕追赶到帖列格秃山口，掳得其百姓、马群、食物大半后，才扬长而去。"本想保全自己，反而牺牲了自己；本想借刀杀人，反却挥刀自伤了。已无他人可找的王罕不得不找成吉思汗帮忙了，于是他派人对成吉思汗说："我已被乃蛮人掳去了妻女、家小与财物。望好儿你派军中四杰，帮我夺回妻女、家小与财物及百姓。"《蒙古秘史》接下来写道："成吉思汗立即派孛斡儿出、木合黎、孛罗忽勒、赤剌温军中四杰整军出发，增援陷入困境的王罕。前去增援的军中四杰与所率人马行至忽剌安忽惕一地时，正遇因战马受伤而险些被对方擒获的桑昆一部，便帮其激战，救出了他的妻女、家小，夺回了被掠去的财物……"

一次浅显的思考，一个不该的闪念，险些毁掉了王罕自己，也险些毁掉置其不败之地的战略同盟。好在成吉思汗没有被消灭,好在成吉思汗没有计较王罕的异常用心。王罕得救了,王罕那政治实体——克烈亦惕部落的家国江山也得救了。于是,王罕又看到了同盟存在的必要!可是,同盟已被伤害,成吉思汗也不可能没有一点想法。意识到同盟之重要的王罕将以怎样的方式修复曾经的友情,又以什么样的形式重塑同盟的构架?

《蒙古秘史》写道:"见此情景,王罕感激不已:'昔日,铁木真的好父亲也曾为我收复过失地与属民。如今,我儿铁木真又派四杰英雄,拯救了我濒于灭亡的家国。此恩此德何以回报?愿天地之神保佑我们!'

"接着,王罕又说:

'好安答英雄也速该

曾为我收复过

失去的土地与散去的百姓!

他的长子好儿铁木真

今来拯救我

将要破碎的家国与妻儿!

二人与我肝胆相照

危难之际见真情

这般苦心,如此关怀

为了谁,又为了什么?

当年逾古稀的老汉我

身靠万里青山

头枕大地草木

安详万分地归天之后

谁来主管我的家国山河?

当颠簸一生的王罕我

离开这哈那架起的小屋

住进那修于荒地的石屋

将我一生守护的家国

　　交由谁来看护与管理？

　　虽有亲兄亲弟一群

　　却为无德无能一帮

　　不仅品行不正又歹习

　　常惹麻烦却无远虑！

　　"只有儿子桑昆还算可以。但他是独生子，没有帮他、教他的伙伴。趁我健在，就让铁木真做我儿子桑昆的长兄吧。这样，我就有了两个儿子，将来也就放心了！'"

　　真是冷热两重天啊！当见不到同盟存在的必要时，他把成吉思汗毫不迟疑地留给了强敌的屠刀之下；当又看见同盟存在的必要时，他又毫无顾虑地把成吉思汗认作了自己的义子。这是一个何等快速的变化呀，而就在这一冷一热的变化中，王罕与成吉思汗同盟的性质就被重新定义了。这个同盟已经不是原来的那个友情同盟，也已经不是昨日的那个军事同盟，而已被改制成了父子相称的血肉同盟！于是，他们举行仪式结为父子，并相互许愿：

　　"在讨伐敌人的时候

　　我们要一起去战斗

　　在猎杀狡兽的时候

　　我们要并肩去呼号！"

　　他们不仅这样表心许愿，又为确保同盟的团结，协商制定了增进互信，消除隐患的对话机制：

　　"如有人毒蛇般地

　　离间我们相互间的友情

　　要彼此不疏远

面面相觑而清除其毒害！
若有人齿蛇般地
挑拨我们之间亲密的情谊
要彼此不生疑
相互说明而澄清其原委！"

于是，在13世纪的蒙古草原上，在互为仇敌的敌对力量已趋消失的情况下，一个以父子相称而利益有别的特殊同盟就这样诞生了！

陷阱之约

平安和吉祥是蒙古民族最美好的生活向往。去过草原，感受过蒙古民族文化生活的朋友都会体会到这一点。逢年过节，需要互相祝福一下时，他们最喜欢使用的祝福语就是平安吉祥；迎朋会友，接风洗尘，他们最先敬献的就是象征平安吉祥的哈达；祭祀祝颂，聚会欢庆，他们最先祈求的就是平安和吉祥；乃至求神拜佛，他们祈求的不是荣华富贵，而恰恰还是平安与吉祥！蒙古人为什么会这样？为什么在他们的文化生活中总是充满着对平安与吉祥的祈盼与向往？也许，生命本身的需要就是这样，也许蒙古人经历了太深太深的苦难，太多太多的坎坷，所以他们希望平安地度日，吉祥地生活。

自第一任大首领合不勒汗以来，一直挣扎在生死离乱之中的蒙古部族的劳苦大众们终于在公元1202年与1203年交替之际迎来了可以使他们稍享安宁的政治迹象。这个迹象就是成吉思汗与王罕父子同盟的正式成立。如果，这个同盟能够维持，如果，这个同盟的两位领导人能够把民众的安宁当作各自政治实体的生存宗旨，那么，我那生活在800余年前的父老先世们就会过一段平安吉祥的生活了。可是，封建时代的政治老板们会选择民生吗？会把民众的安宁当作自己或他那政治实体的使命与责任吗？

《蒙古秘史》写道："之后不久，成吉思汗为了巩固和加深与王罕的亲密关系，想将桑昆之妹察兀儿别乞聘与自己的长子拙赤，将自己的女儿豁真别乞嫁与桑昆之子秃撒合，以此建立血肉之盟。"我不能断言，成吉思汗就有超时代的智慧，也不能确定他的这一举动就是为了时局的稳定和民生的安宁。也许他太累了，太需要过几年安宁的生活，也许他饱尝了颠沛流离的生活，所以深知劳苦百姓的需要；也许他牢记着王罕的恩惠，所以总是满怀感恩之情；也许，这一切都混杂交织在一起，使他努力寻找亲密关系，巩固同盟的有效途径。怎能不说这是一个明智的选择呀，自俺巴孩汗以自己的女儿示好塔塔儿人以来，这是蒙古部族的领导人第二次用和睦依存的愿望处理与其他部族关系的尝试！可是，他的对方，同盟的另一半——王罕和他的儿子，能够认同和配合成吉思汗的这一努力吗？

《蒙古秘史》接着写道："当成吉思汗派人向桑昆转达此意时，桑昆妄自尊大地说：'我方女儿嫁到他家，只能站在门旁服侍他们；而他方女儿嫁到我家，则可坐于上方接受服侍。'便以该婚事不平等为由，出言辱说一番后拒绝了。成吉思汗由此对王罕、桑昆二人产生了反感。"好一个似曾相识的情形啊，就像俺巴孩汗的善意被当年的塔塔儿人无情地亵渎一样，如今成吉思汗更加密切相互关系的愿望又被王罕的儿子，未来的汗位继承人借故回绝了。桑昆说这桩婚事不平等，不平等的表现是：他家女儿地位高，而我家女儿地位低！我这笨拙的脑子就像古时的木车轮，无论怎样去揣摩也没有弄清楚这不平等的具体情形，多年研究的学者们也未能给出拨云见日的精当解答。我想，如果有什么不平等，就该是桑昆妹妹辈分的下降吧！可他们怎能不知道，这是一桩政治利益的交换婚姻啊。问题的根由只有一条，那就是：同盟关系的亲密化不符合桑昆的政治利益！于是，这个被他父亲认为还算可以的儿子就这样开始挖起了同盟的墙角。对于成吉思汗的政治宿敌们来说，这是一个多么难得的喜讯啊，他们怎能不欢欣鼓舞，怎能不挽起衣袖动作起来。《蒙古秘史》这样写道：

"札木合得知成吉思汗与王罕之间产生裂缝后，于猪儿年（1203年）春，便与阿勒坛、忽察儿、合剌乞答惕之额不格真、雪格额台、合赤温别乞等谋合后，迁到者者儿山脚别儿额列惕一地，一起走到幼稚的桑昆那里。札木合对桑昆说：'我安达铁木真与乃蛮之首塔阳罕早有信使往来。他这人：

虽在口头上
大说父子情
但在内心里
怀有大野心！

"'还在信赖他吗？若要迟了，结果不堪设想。你们如果出征铁木真，我可从侧翼出兵协助！'

"札木合话音刚落，阿勒坛、忽察儿二人接着又说道：

'我们帮你
除掉诃额仑夫人的孩子们
斩杀其当哥的
绞死其为弟的！'

"听罢此话，合剌乞答惕之额不格真急忙插嘴道：

'我去为你
绑住他们的双手
捆上他们的双腿！'

一阵煽风点火后，脱斡邻勒若有所思地说道：'想尽办法夺取铁木真的百姓。若要失去百姓，他就会奈何不得我们了！'听此妙计，合赤温别乞又说道：'为桑昆你的前程和大业，我愿意走到路之尽头，跃入水之深底！'"

一个可怕的、强大豪华的游说阵容就这样来到了桑昆身边。他们不仅带来了离间同盟的有效理由，也带来了铲除成吉思汗政治实体的大致战略和具体战术，更是带来了愿到路之尽头、水之深底的忠心与决心。这帮前来挑拨的政治乞丐们的头目就是已经归降王罕的札木合先生，而那个誓言要斩杀成吉思汗兄弟的阿勒坛和忽察儿就是14年前推立铁木真，并誓言要为他冲锋陷阵不惜生命的那个阿勒坛和忽察儿。二人在整合塔塔儿部族的战斗中违反军令，受到过成吉思汗的严肃处理，之后他们没有选择改邪归正，却走上了与成吉思汗为敌的不义之路。政治家，这是一个多么响亮的职业名称啊，我曾经认为最能感悟人类历史的发展方向，善于认知大众百姓的生存诉求，并能够将它转换成自己的责任与使命的就该是我们人类中被称为政治家的那些人。这些人能够承载历史，能够把脉生存，能够为大局和民生放弃自我的小利。他们有思想的从容，使命的自觉，总不以自我的得失践踏万众的期待。可是我错了，他们中的一些人总是把自我放在整体之上，得失放在使命之上，利益放在责任之上，一而再，再而三地伤害历史，伤害生活，伤害天下万众的期待。如今，札木合他们也加入到了这个行列，而且怀着必成的决心来到了桑昆这个最佳人选的身边。学者们早已指出，桑昆排斥成吉思汗的原因就是：他担心自己的父亲会把可汗之位传给成吉思汗这个义子。所以他着急、郁闷，又不敢直接说。现在好了，札木合那些人已把成吉思汗描绘成了克烈亦惕部落最危险的敌人。他就可以以家国江山安危的高度游说父亲了。

　　据《蒙古秘史》记述，桑昆先后派出两个心腹游说父亲出兵成吉思汗，但都遭到了拒绝。王罕认为："对我儿铁木真，不应怀有这种想法。如今，我们家国的安宁靠的是铁木真的帮助，如果对他产生这种歹念会惹怒苍天的……"王罕的态度很是明确，可是桑昆的决心更为坚决。见派人不成，桑昆便亲自出马前来说服父亲："如今，您还活着，他已不把我们放在眼里。万一您呛于白奶、噎于肥肉呜呼归天后，他还能让我们左右这忽儿察忽思不亦鲁黑罕祖艰辛创立的家国江山吗？"可谓是一针见血的惊人之语啊，但是他的父亲仍未同意。于是，懊恼至极、失望至极的桑昆就愤愤地摔门而去了。

　　这样，这起破坏同盟，加害成吉思汗的阴谋就该结束了。可是，就在这关键的一刹那，历史的方向突然逆转了。王罕看着自己的儿子失魂落魄地摔门出去，为父之情突然涌上心头，又把他叫回来说道："因怕惹怒了苍天，所以未肯而已！你若有本事，就请自便好了。"在权力的巅峰上，语言的威力是多么的强大呀，王罕一句迁就的话，就彻底摧毁了同盟存在的政治基础。于是，心意已遂的桑昆就急不可待地策划了让成吉思汗这个心腹大患自投罗网的美丽陷附:"愿将察兀儿别乞嫁给你家,前来吃不兀勒札儿吧。"

订婚宴的请帖就这样发出去了,桑昆没有准备这个叫作"不兀勒札儿"的羊脖骨等宴用美食,而是做好了捉拿来客的一切准备……

博弈,在合阑真沙地

在就要讲述成吉思汗与王罕的血肉同盟轰然倒去的可怕情形时,有朋友推门进来看我在做什么。他知道,每个周六日我都在单位写点东西,所以正好路过的他就拐进来看我了。他知道我在写什么之后,站起身来很认真地问我:"如果没有成吉思汗,今天的蒙古人会是什么样的?"问得好突然、好尖刻呀!我被问蒙了,在那一刻竟未能找出一句合适的答案。后来朋友走了,而那个问题没有走,留在了我 286 电脑般的脑子里。

是啊,如果没有成吉思汗,今天的蒙古人会是什么样呢?我欲罢不能地思索和想象起来:圣祖那慈祥而威严的形象在我的脑海里开始模糊了,接着心中的那股历史自豪消失了,接着一个叫蒙古的满怀历史自觉的民族不知去向了,接着东方这块一体相连的生存版图的团圆日无法预期了,接着这个世界的东方与西方赤面相见的情景不见了……至此,思索和想象仍没有停歇,仍还吱吱嘎嘎地运转着。于是领袖毛泽东"一代天骄成吉思汗"的磅礴名句没有了,金庸先生《射雕英雄传》那江湖化的编造没有了,东方与西方一些文人墨客们仅凭想象或捕风捉影的胡编乱造没有了,美国《华盛顿邮报》评成吉思汗为"千年风云第一人"的忙乱与喧闹也没有了……没有了,我运转不停的想象中什么也没有了,让我苦苦寻找的没有了成吉思汗的当今蒙古人的样子终究也未能呈现出来。就在这时,我突然感觉到这是个假问题,成吉思汗明明是真实的,怎会"没有"呢?你看他不正兴高采烈地向王罕营地走来了吗?

是啊,成吉思汗兴高采烈地吃象征订婚的羊脖骨而来了。他对义父这里的变故一点都不知道,一点都不了解,也许他还以为义父是个识大体顾大局的人,姻亲的建立对同盟的巩固是多么的必要啊。他兴奋满意,心情愉快,很快与侍从十人走到了离王罕营地不远的蒙力克老父家过夜。在作家们的描写中,那一夜肯定是没有月亮的，而且应该是乌云密布的。然而在我看来可以是明月高照的，也可以是凉风飒飒的。因为，天人合一不可能是那样的简单；因为，风云突变是草原上常见的事情。对于这一点，深受其苦的蒙力克老父是深有体会的。这个叫蒙力克的老人不是别人，就是成吉思汗父亲时代的老管家察剌合老人的儿子，就是也速该在去世时把孤寡一家托付给他的那个蒙力克。无情的岁月将那个年轻的蒙力克变成了如今的蒙力克老人。由于生计所迫，他虽然未能照顾成吉思汗一家，但随着泰亦赤兀惕部落被整合，他领着7个儿子回到了成吉思汗的阵营里。他的一个儿子叫阔阔出，据说是个法力高深的萨满，我们不久会看到他无所顾忌的惊怵表演。眼下，是他的父亲蒙力克老人在细细品听成吉思汗的此次来由。于是，《蒙古秘史》述蒙力克老父的话道：

"前不久，我们向察兀儿别乞提亲时，他们因看不起我们而拒绝了这门亲事。如今突然邀请你去吃不兀勒札儿，这事有些奇怪。方才还妄自尊大，不把我们放在眼里的他们，怎么突然改变主意要把察兀儿别乞嫁给我们了呢？我看其中必有缘故，吾儿一定要警惕和小心。现在正是初春季节，我们的马群还很瘦弱。可拿此作借口，说待马群肥壮之后再去订婚，较为妥当。"

一段深入浅出的分析，一句进退两全的劝告，立即唤醒了成吉思汗害人之心不可有，防人之心不可无的意识。于是，成吉思汗照蒙力克老父的意图派出通报情况的两名使者后，自己掉转马头回大本营去了。

阴谋的标底是野心，而野心绝不是自行泯灭的欲火。桑昆借喜擒人的阴谋落空了，他见成吉思汗没来，顿觉不妙，便紧急商议决定：因计策已被识破，明日一早就发兵围捕。

真可谓躲得过初一，躲不过十五啊！刚刚躲过订婚陷阱的成吉思汗又面临了绝情的武力围捕。一个真正可怕而关键的一夜来到了草原。成吉思汗虽然回去了，但他不知道这边的一切。而在这边，战马抓回来了，砍刀磨好了，只等夜去昼来，挥旗出发了。这是一个充满变数的一夜呀，这一夜曾经亲密的父子关系就将结束，血肉同盟的炽烈誓言将被遗忘，互帮互助用心建起的政治格局将被打破，而草原的历史要从双雄共掌的平和时段转入一方争霸的烽火年代。如果这一夜平静如故，如果这一夜风声不露，一个叫成吉思汗的人就将结束他传奇的人生。可是，就在这一夜，有两个最平常的牧马人悄悄离开桑昆的营地，向成吉思汗方向急驰而去了。就是这两个最平常的牧马人，让可能成为瓮中之鳖的成吉思汗最终站到了合阑真沙地的战场上。

《蒙古秘史》写道："听完巴歹、乞失里黑（送情报的两位牧马人）的一番话，成吉思汗便通知身边的部下亲朋弃下行囊连夜轻装出发了。队伍越过卯温都儿山阴后，成吉思汗将兀良合歹人者勒篾作为后哨留到卯温都儿后，率领队伍继续前行。队伍马不停蹄地前行，至翌日正午日斜时分赶到合剌合勒只惕（合阑真沙地）歇息。歇息间，阿勒赤歹的马倌儿赤吉歹和牙儿二人择草放马间突然发现了顺卯温都儿山脚，经忽剌安不鲁合惕直追而来的敌方人马扬起的满天飞尘，便急忙赶回马群报告情况。得此报告，大家顺向望去，果真在卯温都儿山前的忽剌安不鲁合惕一带翻滚着满天的灰尘。成吉思汗仔细观察那翻滚的灰尘后，断定是王罕的追兵，便令队伍立即驮好行装急速前行。"

这是怎样一种情形啊！一个本来的突袭围捕行动因风声的走漏就变成了阵脚紊乱的追击行动。前面是慌忙逃去的兵力有限的成吉思汗，后面是计划落空而紧追不舍的王罕部队。原以为突袭抓捕必成无疑的王罕，因过度自信而未作其他的战术安排。于是，始料未及的王罕，面对这出乎意料的变化，不得不再行制定直面肉搏的战斗计划。可是，和谁商量呢？儿子桑昆蛮勇而无智，只有札木合吧，他是草原上赫赫有名的军事指挥家呀！经一阵敌我双方的优劣分析，一个轮番进攻，全歼成吉思汗的战斗计划就在急驰的马背上制定出来了。

《蒙古秘史》写道："王罕听罢札木合的介绍，立即排兵布阵道：'若是那样，我们以合答黑吉为首的只儿斤勇士为先锋前去冲杀，其后派土绵土别干氏阿赤黑失仑们继而冲击，其后再派斡栾董合亦惕的诸勇士去接着进攻。再后，由豁里失列门太石率我千名近卫攻击前行，最后派我方主力与他们决战！'接着，王罕又对札木合说：'札木合弟，我方军队由你指挥吧！'"

一场密集、强力的攻击战，如同这般设计，不久就在合阑真沙地上开打了。令人不解的是，就在两军交锋前的刹那，札木合派人向成吉思汗通报了王罕的兵力部署和战术安排。并说："王罕还叫我指挥他的全军。由此看来，王罕是个平庸简单的人，他没有能力指挥自己的军队。过去作战时，我从来没能胜过铁木真安答，而王罕的本事还不如我。所以，安答你不要畏惧，一定要挺住！"真是谜一样的札木合呀，方才还鼓动他人要除掉成吉思汗，现在又转过脸来暗助成吉思汗了。在前面，我虽曾努力解读过他，但现在实在是找不到缘由了。莫非，札木合那颗自小结有的安答之情的心突然惊醒了？莫非，面对克烈亦惕人来势汹汹的部族吞并，札木合那颗蒙古之心恻隐起来了？莫非，由于他猛然看见了王罕的平庸而更加认清了成吉思汗的优秀和可贵吗？实在是难以言说了，但是就在那时，那样一个情况下，札木合的确做了这样一件事。

战斗进行得极其惨烈，成吉思汗仅以随身的两队人马迎击王罕组织的一次又一次的轮番攻击。好在随身人马个个骁勇善战，且又奋力拼杀，当日头西斜时，他们已经击退了王罕方面四个批次的强力攻击。这时，急不可耐的桑昆未等主力上阵，急率人马直奔成吉思汗而来。可是，没等他接近目标，一支利箭却扎进了他的颧骨，使他跃身从马背上摔了下来。在这一天，桑昆的摔地与日头的落去同等重要，都能成为当日战事清场收兵的必然条件。事情的确也是这样，随着桑昆的摔去，暮色也已渐渐变浓，当天的战斗结束了。

据《蒙古秘史》记述，在当天的战斗中，成吉思汗方面虽然坚持了下来，但遭到的打击绝对是沉重的。所以，暮色一深，成吉思汗就率其残余撤出战场，开始了他创业生涯中最后一次的逃亡生活。而在王罕这边，虽然桑昆受伤，成吉思汗未被抓获，但他们还是做出了"现在，他们已经成了只马单骑，依树遮阳的无家可归之徒。他们如不来归顺，我们前去将他们如拾马粪，襟裹而来"的判断后，也掉转马头豪气十足地回营去了。

这样，在这个叫合阑真沙地上的生死博弈永远地结束了，对打拼杀的英雄们也永远地走进了历史的深处。而那个叫合阑真的草原沙地依然珍藏着盛衰的记忆，绵延在今内蒙古自治区东乌珠穆沁旗中蒙交界一带。这是一个具有开发潜质的古战场景观啊，不知当今的人们和将来的人们怎样去打造它！

责问，悔恨，羞怒

在公元1203年的春天，在合阑真沙地上的拼杀之后，成吉思汗离开他艰辛整合的族众和土地向草原的东部急速逃去了。这样，蒙古这一部族群体实际上已经落入了王罕及其克烈亦惕部落的政治版图。这是一夜间的突然变化，是史书反应未及的瞬间变化。对王罕和他的政治实体来说，这远比他们那个心中的小目标重大深远得多。如果，王罕和桑昆能够意识到这一点，能够集中优势兵力，穷追不舍，一举歼灭成吉思汗，那么我们的史家、学者们就会换一种语调描述蒙古草原的历史了。可是，王罕他们没有从这个意义上理解和把握事态的变化，而仍还站在目标的原点上，仍以往日那克烈亦惕君主的身份畅饮着胜利的美酒。

他们喝着美酒，唱着欢歌，等待着夏日的鲜花为他们绽放，等待着草原的牛羊为他们肥壮，更等待着成吉思汗不堪落魄地归降而来。可是，事与愿违，他们没有等来求饶而至的成吉思汗，而是等来了成吉思汗发自草原深处的一声声责问。责问，是成吉思汗从一个叫统格黎溪的地方发出的。据专家们研究，成吉思汗退出合阑真沙地战场后，几经艰辛转移，并度过人生经历中最为心酸的一段日子后到达这里的。从战略的层面说，这个叫统格黎溪的地方是成吉思汗逃亡生活的终点站，也是集结力量转入反击程序的始发站。所以，作为反击的第一个信号，一声声的责问就从这里发出来了。

在权力更迭的历史上，力量博弈间的争吵是常见的。那些先前的帝王们、君主们，在他们争夺天下的过程中曾经留下过多少相互指责的言辞啊，可是岁月逝过后仍能让人感怀的并无多少。而成吉思汗发自统格黎溪边的声声责问就像是一篇篇散文和杂文，铭记在蒙古人的心中久久不被遗忘。为让读者朋友走进一次成吉思汗的内心世界，品味一下他那天生而来的情怀与才气，在讲述下一个故事之前，我把成吉思汗给王罕、桑昆等人的口信有删减地抄在这里，以悦大家的耳目。

第一篇是致王罕的，口信说道："我们在统格黎溪东侧下营休整，这里水草丰美，我方战马正在长膘。今需向父罕禀告如下：不知父罕因何发此大怒，因何如此将我惊吓？究竟为何吓得您骨肉般的孩子与儿媳们心惊肉跳，夜不能寐？

为何怒摇我那

风雨飘摇的床铺？

为何吹散我那

袅袅上升的炊烟？

又为何害得我

家无宁日，胆战心惊？

罕父啊！我的罕父！

您为何听信那

心怀歹意之徒

离间挑拨的话？

罕父需要明察

必有恶人谗言

离间我们之间的情分！

"罕父啊，我们曾经是如何说好的？就在勺而合勒浑山下忽剌阿纳兀惕土丘上我们是如何说好的呀？不是说好要：

如有人毒蛇般地

离间我们相互的友情

要彼此不疏远

两人相见而清除其毒害！

"如今，罕父您为什么不等两人见面就下起了毒手？我们不是说好要：

若有人齿蛇般地

挑拨我们亲密的友情

要彼此不生疑

双方相说而澄清其原委！

"如今，罕父您为什么不等相互澄清就迈起了疏远之步？罕父啊！我虽寡少，但胜似势众地，虽然弱薄，但胜似强健地支持过您，辅佐过您！一侧车辕如果断了，黄牛怎能将其拉着前行？我不正是那辆牛车的一辕吗？一侧车轮如果坏了，那辆车又怎能独轮前行？我不正是这辆车的一个轮子吗？

"昔日，……我们经兀鲁黑塔黑山莎豁黑水，越过阿勒台山追击古出古惕 不亦鲁黑罕，并追至兀泷古水后，在乞湿泐巴失湖边将其捉杀（指同盟最后一次的联手作战）。自那返回时，乃蛮战将可克薛兀·撒卜勒黑，在我们必经的巴亦答剌黑河谷布下兵马，做好了截击的准备。得此消息后，我们二人立即集合队伍前来与之战斗。但因天色已晚，双方约好翌日再战后，各自下营休息。当夜，罕父您在驻地上点着许多火堆后，独自撤出战场，向合剌泄兀勒退去。第二天早晨，我们才发现已被您无情地抛弃了，就像那被您抛弃的一堆堆篝火！所以，只好背弃交战的诺言，经额迭儿阿勒台之会合处，退至撒阿里沃野下营。这时，乃蛮战将可克薛兀·撒卜勒黑追您而去，掳尽您儿桑昆的妻女、百姓及财物，进而又把您追到帖列格之口，掳去您一部分百姓和牲畜。……于是，陷入困境的您派人向我求助道：'乃蛮战将可克薛兀·撒卜勒黑掳去了我的百姓与财物。望我儿速派手下四杰救助！'我不计较您弃我而去的前嫌，立即派我孛斡儿出、木合黎、孛罗忽勒、赤剌温四名爱将率兵出发。我的四杰尚未到达前，您儿桑昆在忽剌安忽惕一地的混战中，由于战马受伤即将被敌人活捉之际，我的援兵不仅及时赶到救出了桑昆，而且又为他夺回了已被掳去的妻女、百姓及牲畜。那时，罕父您感慨不已地说道：'我儿铁木真派来四杰，为我夺回了失之将尽的家国江山！'如今，我不知做错了什么，让您如此大怒不止？……"

情真理切，句句扣题，这是成吉思汗留给后世的散文遗作呀！就是这篇散文使助纣为虐的王罕无地自容，悔恨不已。《蒙古秘史》写道："王罕听罢成吉思汗捎来的这番话，悔恨地说道：

'唉！
是我背弃了好儿铁木真

也毁了我家族江山的名声
是我背离了好儿铁木真
也闯下了败我家业的祸端！

"'从今以后，我若对好儿铁木真再怀恶意，就让我的血如此流淌吧！'便拿起刀子扎破小指头，将流出的血滴进一个小木盒后递给使者二人说：'把这送给我儿铁木真！'"

第二篇是致札木合的："你心怀不轨，用卑鄙的手段离间了罕父和我。昔日，我俩住在罕父家的时候，谁起得早谁就能用罕父的青盅喝酸牛乳。因我起得早，总能用那青盅喝上酸牛乳，你是否因此而忌妒于我？如今，在罕父身边就你自己了，请尽情地享用那青盅吧。看你能喝多少！"

精短，然而寓意深刻，那口喝酸牛乳的青盅是何等贴切美妙的意象啊！

第三篇是成吉思汗致背叛了他的家族宗亲阿勒坛、忽察儿的："你们二人已弃我而去！是否想要造反起事？还是想借刀杀人？忽察儿你听好了，我曾经念你为捏坤太石之子，立你为罕时，你力辞不从。再说阿勒坛你，你的父亲忽图剌汗掌管我们蒙古时，你曾帮他料理过事物。所以，我们大家推举你做罕时，你没有答应。还有撒察、泰出二人。考虑到他们二人为蒙古勇士把儿坛之后，辈分长于我们而我曾力劝他们当蒙古之罕。可他俩又一一回绝了我。你们一个个不肯出来掌管蒙古之事，反而把我推到前台，叫我做了罕。之后，不仅不相济共事，而且还来加害于我。如果，是你们当了蒙古之罕，我将会：

在那对敌的战场上
冲锋杀敌走在前
在那苍天的保佑下
誓将顽敌尽征服！
掳来美女一群群
献给我那蒙古的罕
夺来骏马一匹匹

献给我那高贵的主！
如到林中猎狡兽
我将驱来供你射！
如到山上围狡兽
我将逐来供你猎！

"如今，事已至此。望你们诚待我罕父。都说你们是反复无常之辈，望你们再不要背叛我的罕父。可要知道，你们是我这札兀惕忽里（金朝对成吉思汗的封号）的家族血亲，要守好三河之源的土地，勿让他人抢占而去！"

寥寥几百字，不仅浓缩了13世纪初蒙古部族的曲折历史，也不乏对主题思想的强化描述。这是一篇脱口而出的作品啊，怎与一些言中无物的美丽呻吟相提并论？

第四篇是致桑昆的，是一首地道的散文诗："我本是着衣而生的孩子，而你却是裸身而生的孩子。罕父对我俩同样慈爱。为此，桑昆你忌妒不已，倾尽所能地离间我们，终于从罕父身边赶走了我。如今你独享父恩，但望要好好照顾他，别让他分心焦虑，别让他忧心劳身，时常要多来看望关心，以慰其衰老的心灵。你要牢记曾经的诺言，在罕父还健在的时候，不要为取其罕位而折磨他老人家。"

邪恶是最需要隐藏的，而这种戳痛其隐秘的言辞怎能不引起对方的怨恨呢？桑昆的回答极其干脆："喂肥战马，树起战纛！"

公元1203年夏日的蒙古草原上，也许长了很绿的草，也许开了很多的花，但那个夏天留给历史的独特风景就是成吉思汗这几篇口述作品。史学家们探究其效果后认定：成吉思汗的口信不仅动摇了王罕的心，也瓦解和破坏了桑昆的阵营，最后导致了札木合兵变失败，离开王罕投奔了乃蛮部！

克烈亦惕人的覆灭

什么是英雄？英雄对我们有什么意义？英雄该怎样影响我们的心灵与行

为？

也许，这不是什么问题，然而它常常让我辗转反侧。词典里说，英雄是"才能勇武过人的人"。而我女儿对我说，英雄应该是为推动历史潮流而大义凛然地做出牺牲的人。我儿子则说，英雄其实就是站在正义与真理的一侧，做了他人所不能做不敢做的事情的人。朋友们却不正经也不耐烦地解释说，英雄就是英雄，就是你所崇拜的那些人！

是啊，英雄就是英雄，就是很难用一个尺寸去丈量，然而总能让你肃然起敬的那些人；就是其行为价值被后人认同的那些人；就是我们记在心中，写在书中，说在嘴上的大名鼎鼎的那些人。他们或以故事，或以传说，或以心灵记忆，或以物化转移的形式长久地和我们生活在一起，无限地丰富着后世人类的精神文化生活。也许这就是文化的自然积淀，不必再去探究的精神存在。对于这一点，我是完全认同的，而且也和世俗的做法一样，对他们的感知基本停留在姓名与功德的记忆之上，形象与精神的赞美之上。进而也认为，这就是发扬和光大英雄精神的可行手段了。看来当今的社会也是这样，都以普及心灵记忆，强化形象打造，突出功德歌颂等形式宣传着英雄们。这样，英雄们的名字和他们的形象正在成为歌曲中的响亮字眼，讲坛上的可靠品牌，书本里的主要内容；进而也在成为大街小巷中的立体景观，厅堂殿馆里的伟岸雕塑和庙宇陵园之中祭拜的偶像。我想，英雄的魂灵会因此而欣慰，后人的心情也因此而安然！

可是，英雄对我们的意义就是这些吗？他们对我们心灵与行为的影响就应该是这样吗？不是的。我们崇拜英雄、仰慕英雄，为的不应是拥有一些精神的摆设，而是为了让英雄的浩气和智慧变成我们呵护正义、成就事业的心灵马达。因此，在光大他们英名的同时，更要观察和感悟他们把不能变为可能，把被动变为主动，把不利因素转化为有利条件的思维方式与运筹手法。比如说，成吉思汗对我们的意义，更在于他那化危机为机遇，化劣势为优势的教科书般的行为实践上。

就在公元1203年的夏天，就在发出对王罕、札木合等人口信的同时，成吉思汗走入了事业征途上最为困难的一段时光。苦心经营十几年的政治实体被打垮了，一步步壮大起来的战斗队伍被打散了，艰辛整合的势力版图失去了意义，精心凝聚的部族人心迷失了方向……可是，成吉思汗没有绝望，也没有放弃，更没有不堪落魄地向王罕降服而去。就在这个时候，从王罕营地中逃脱出来的合撒儿在一个叫巴勒注纳湖的地方找到了居无定所的成吉思汗。这个巴勒注纳湖，史书上又写为班朱尼河，据说在今满洲里以北，离额尔古纳不远的地方。史学家们说，曾在统格黎溪边休整的成吉思汗是在受到桑昆侵扰的情况下迁往巴勒注纳湖的。途中队伍失散，减员严重，到巴勒注纳湖时只有19个人与成吉思汗在一起。于是，成吉思汗与他们同饮浑水，发誓要"与我共饮此水者，世为我用"。这样，一个叫"巴勒注纳盟誓"的政治佳话就流传到了有关成吉思汗的各种著作中。真不知，史学家们是怎样探究出这一细节的，更不知如何判断了成吉思汗不久发动闪电反击的力量基础。按我愚笨的感悟，这种可能是极其微小的。因为反击可以是闪电般的，而败逃中的力量集结绝不可能是闪电般的。尽管情况不至于那样，但落魄的惨状是可想而知的。就在这样的情况下，落难的兄弟相见在他乡，其心情的复杂谁能一一说清？按我们通常的习惯，二人相见后最先探问的应该是母亲与家室的情况和各自的遭遇，然后讨论起事态突变的原因，目前所处的境况及如何应付随时可能的袭击等迫在眉睫的问题。可是，成吉思汗一反常规思维的模式，直接将合撒儿的到来转换成了反击行动的开头。

《蒙古秘史》写道："见合撒儿归来，成吉思汗大喜，立即商定再向王罕派去信使。"于是找来两名可信之人，说完必要的交代后，让他们向王罕带去了以合撒儿口气拟就的一封口信。口信说：

"离开罕父您的营地
我出来寻找哥哥铁木真
虽已走遍深山大川
不见我哥哥的踪迹！
虽已喊破嗓子
不闻我哥哥的回音！
如今我

枕着草墩躺在野外

望着星星独守长夜！

"我的妻儿在罕父营中。如罕父派一可信之人来，我即与其回到罕父身边去。"

这是怎样一封口信啊？走投无路的声声哀叹，落魄不堪的句句呻吟，急于降归的切切恳求！这不正是王罕他们所期待的结果吗？不正是他们想要看到的情形吗？这时的他们怎会看到口信背后那握紧拳头的成吉思汗，怎会知道口信所包含的死亡通知意义。听完口信后，正在摆宴欢聚的王罕很为满足，很为宽容，随口便说："如果那样，就让合撒儿回来吧。作为可信之人，派亦秃儿坚去好了！"

一边是紧锣密鼓的反击准备，一边是不知疲倦的歌舞酒宴，命运就在这样的落差中被改写了。当成吉思汗的使者带着对王罕营地的探查情报，带着派来的受降心腹回到事先约定的地方时，成吉思汗已做好一切必要的准备。于是，成吉思汗和合撒儿先行斩除王罕派来的受降官员后，细细听取了使者对王罕营地的情况观察。使者说："如今，王罕没有任何防备，正搭起撒金褐子帐摆宴狂欢。我们可以立即出发，趁夜袭击他们。"

多么简单的几句话，多么难得的突袭机会啊！如果成吉思汗遵循常规，如果没有进行目标化的思维，真不知如此绝好的突袭机会何时才能到来！《蒙古秘史》接着写道："成吉思汗同意了二人的提议，并派出主儿扯歹、阿儿孩二人做前哨，随后带全体人马趁夜急行，在者折额儿温都儿山前的折儿合卜赤孩峡口围住了王罕的人马。惨烈的厮杀持续了三天三夜，顽抗的敌人在第三天时终于投降了。"三天三夜，别说在历史的长河中，就是在1203年的那个夏秋都是极其短暂的一瞬呀！就在这短暂的一瞬，成吉思汗不仅完成了命运的逆转，更是把不可一世的克烈亦惕罕廷牢牢地踩在了脚下。曾经是何等友善的父子同盟啊，为何非要挑起你死我活的干戈呢？成吉思汗需要知道究竟，需要向王罕和桑昆问个清楚。可是，王罕和桑昆不见了。《蒙古秘史》写道："原来，他们二人是趁夜逃出去的。只是我方人员未能发现他们。三天三夜顽强抵抗成吉思汗的人是只儿斤部勇士合答黑把阿秃儿而已。合答黑把阿秃儿对成吉思汗说：'我不忍心使自己的主子落入他人之手。坚持抵抗三天三夜，全是为了掩护他。如今他已安全逃出，所以我投降了。'"

王罕和桑昆逃走了，胜利变得索然无味起来。可成吉思汗不是王罕，更不是以胜败论英雄的江湖好汉。面对仍有变数的当时情况，成吉思汗既没有派兵追剿王罕，也没有放手掳掠凯旋归去，而是再次启动了自己特有的目标化思维，对克烈亦惕这块强大的政治版图进行了战略意义的整合。《蒙古秘史》写道："征服克烈亦惕部后，成吉思汗将其百姓分给了众家亲信。同时，将只儿斤氏的百余人分给了孙勒都罗氏勇士塔孩。王罕的弟弟札合敢不养有二女，姿色过人，成吉思汗将其姐姐亦巴哈别乞娶为妃子，将其妹妹莎儿合黑塔泥赐给了儿子拖雷。成吉思汗没有掳取札合敢不的属民与家财，而是令他要像帐车的另一支轮子一样相协前行。"

这样，一个叫克烈亦惕的古老部落，一个叱咤草原多年的强壮人群就完完整整地被整合到了成吉思汗的政治版图之中。也因为这样，不论从组织形式到人员管理，成吉思汗彻底消除了王罕他们东山再起的社会根基。

卷十一 中古草原上的"斩首行动"

公元 2003 年，美国发动了对伊拉克的战争。战争一开始，美军用精确制导的炸弹，猛烈轰炸伊拉克总统萨达姆和萨达姆政权高官们可能藏身的多个地点。一时间，伊拉克首都巴格达炸声隆隆，火光冲天，第二次伊拉克战争就这样开始了。随后，美国 CNN 向全世界宣称：在 2003 年美国发动的伊拉克战争中，美军最先实施了"斩首行动"。

"斩首行动"就是通过精准的打击，首先消灭敌方的首脑和首脑机关，以最快的速度、最小的代价夺取战争胜利的一种战术打法。

那么，在我们这个世界上，在人类几千年的战争史上，果真是当今的美国军人最先发明和实施了"斩首行动"这一奇妙的战术打法吗？

会笑的首级

成吉思汗激情坎坷的脚印一步步弥合着古老草原的心灵裂缝。各为其利，互掠不休的蒙古部落一个个被整合了，恩怨重重杀戮至今的塔塔儿、克烈亦惕等其他部族也先后被整合了。这样，蒙古草原东部、中部的广大地区和生活在那里的族种人群全部归入了成吉思汗的政治版图。一个被大大小小的利益势力割据已久的苦难草原就要修成分久必合的历史正果了。这个正果的瓜熟蒂落就差西部那片草原的回首归统了。可是，生活在那里的住民和他们的首领们会有这样的自觉吗？他们会向成吉思汗和东部的草原张臂归来吗？

不会的。那时占据这片草原的是一个叫乃蛮的强大部族。关于这个部族的族属，有的学者认为他们是黠戛斯人的一部分，属突厥语族；有的认为，他们是属突厥语族，但应该是回鹘人的一支；也有的认为，他们的习俗与蒙古相似，应该就是蒙古人。我没有能力为这个部族找到真正的族属，在这里只能说，他们是文明程度较高的，视蒙古人为恶臭的，誓与成吉思汗不共戴天的强悍人群。他们当时的首领叫塔阳罕，是个颇有头脑的领导人。乃蛮部的这个首领不仅不会有欣然归统的历史自觉，反而正以"天下岂可有二罕同时并立"的壮志收罗着反成吉思汗的各路人马。泰亦赤兀惕的残余们来了，失意豪杰札木合也来了。如今，突厥强袭，仓皇逃出的王罕也向这个方向一路跑来了。

《蒙古秘史》写道："王罕、桑昆二人一路出逃到的的克撒合剌附近的涅坤水一地。口渴难耐的王罕走到水边喝水时被乃蛮哨兵豁里速别赤抓获。王罕对豁里速别赤说：'我是克烈亦惕部的王罕！'可是，豁里速别赤既不认识他，也不相信他，便把他杀掉了。"一位让人颇感可爱而又讨厌的古代君主就这样被杀了。他的惨死是因为那反复无常的性格吗？是因为轻信谗言的秉性吗？以前，我曾认同过这种说法，可现在觉得事情并非这般简单。王罕之所以有这样的结局，应归咎于作为领袖级人物的他既未洞察已露端倪的历史新走向，更未把苍生的生息与历史的走向转化成自己利益目标的愚笨认知。因为这样，他无法做到心定，无法做到坚定，更不能选择目标长远的发展战略。所以，他走向了这一结局。他的这一结局，不能不让我们想到一个叫萨达姆的伊拉克前总统……

就这样，王罕半路被杀了。他的儿子桑昆也和父亲一样，在随后的逃路上被他人杀掉了。桑昆的死，犹如羽毛落地毫无声响。而王罕的死去，则像打开了潘多拉魔盒，在乃蛮大地上引发了一个接一个的怪事。《蒙古秘史》写道："乃蛮部首领塔阳罕的母亲古儿别速说：'王罕乃为昔日贵族，年迈的大罕。可将首级取来，如果是他，我们就祭祀他！'于是，派人到豁里速别赤哨所，取来首级一看，正是王罕之首。乃蛮人立即将王罕首级安放在白色毡子上，前面摆好供品，举行了众媳妇执礼，敬酒献乐，敬献供品等祭悼仪式。众人正在祭悼时，王罕首级莫名其妙地笑了一下。见首级发笑，塔阳罕顿生怒气，立即叫人踏碎了王罕的首级。"何等奇怪的一幕闹剧呀！如想验明王罕尸身，派一名见过他的人不就行了吗？怎有必要砍走其首级呢！如想祭奠他的亡灵，可以选择的方式应该是很多的，怎有必要把血淋淋的人头放在那里呢？首级既然取来了，也放上去了，为何不用一些布品遮盖一下，好让人们看不见皮肉萎缩的恐怖脸面。一切是这样的粗糙，这样的不经心，终于让一颗血肉模糊的人头莫名其妙地笑了起来。事已至此，就算是王罕亡灵在天有感了。可是他们又不这样认为，毫无人道地将它踩烂了。他们想要干什么呢？别说是800多年以后的我，就是当年他们带兵打仗的老将也未能揣摩出其中的用意。

《蒙古秘史》接着写道："见此情景，可克薛兀·撒卜勒黑说道：'不应取来死人的首级，更不应如此踏碎它。近来，我们的狗儿叫声有些怪异。早年，先罕亦难察必勒格在世时曾这样说过：

在我年迈白发的时候

夫人尚还年轻的时候

幸得老天保佑

生下了我儿塔阳他！

生来俊秀的塔阳他

年少幼稚无经验

不知能否掌管好

我辈留下的家国江山？

先罕所说甚是，如今

黑狗汪汪

其声怪异不祥

罕母揽权

掌管家国之事

看来塔阳你啊

的确是个庸懦之人！

你除了放鹰狩猎之外，实无其他本事！'

"塔阳罕听罢便说：'听说在那东方住有少许蒙古人。他们以武力相胁，逼死了年迈的王罕老人。难道，他们也想称霸称罕？为使大地明亮美丽，天上有日月二轮生辉。可是，天下岂可二罕同时并立？立即发兵征服他们，并把他们驱赶到我们这里来！'"

看吧，这般折腾的真正用意终于被说出来了。他们虐待一个死人的首级，若有其事地行祭举哀，又毫无顾忌地踩成烂泥，其目的只是为了营造一个讨伐成吉思汗的社会理由，以使自己占去道义与民意的有利地形。如今，罕廷的用意已被亮明了，只是在如何处置蒙古人的问题上他们的意见尚未一致起来。

塔阳罕的意见干脆而彻底，主张要"把他们驱赶到我们这里来"，以根除蒙古人兴风作浪的生存根基。可他的母亲（也说是从他父亲手里承接下来的妃子）则不以为然："没有必要这样做。那些蒙古人衣着脏污，身有臭味，还是离他们远一些为好。只可以掳来其中姿色上好的女子，洗净其手脚后，可以用来挤牛羊之奶！"极其显然的妇人之见，塔阳罕既没有反对，也没有同意，而直奔战略主题地说道："管他怎么样，这就去夺取蒙古人的弓箭！"

乃蛮人攻打蒙古人与成吉思汗的决策就这样形成了。于是，塔阳罕不顾他人的反对，强行启动了讨伐成吉思汗的既定计划。《蒙古秘史》写道："塔阳罕不顾可克薛兀·撒卜勒黑的再三规劝，执意派脱儿必塔失为使，至汪古惕部阿剌忽石的吉惕忽里说道：'东方住有少许蒙古，近来颇为猖狂。请你做我右翼，我们马上出发，去夺取那些蒙古人的弓箭！'"

这样，强大而自信的乃蛮部族和他的首领，把一场可以预料但无法预期的战争强加给了蒙古人与成吉思汗，不给他们片刻的喘息机会……

遍地篝火

我相信，一个远大的理想能够成就一个伟大的人物，但绝不认为成吉思汗是在理想的引领下成就惊世伟业的。恰恰相反，成吉思汗是在不断破解难题和战胜挑战的过程中走向成功的。比如说，少年时期泰亦赤兀惕人对他的绑架，无名劫匪对他八匹马的劫掠；比如说，篾儿乞人抢去他新婚的妻子，札木合率三万人马袭击他的营盘；又比如说，十三部联盟对他的挑战，王罕、桑昆向他发动的强力突袭。面对一而再，再而三的这些劫难，成吉思汗是在马不停蹄地破解和战胜中走到今天的。如今，强大的乃蛮部向他宣战了，他又以怎样的方式应对和战胜这一挑战呢？

在是非纷争的关键时刻，总有一些清醒明智的人。生活在 800 多年前那个纷乱年代里的汪古惕部落的头人阿剌忽石就是这样一个让人钦佩的人。学者们说，这个汪古惕部是沙陀突厥人、回鹘人、室韦鞑靼人、吐谷浑人、党项人和契丹人长期融合而成的特殊部落，他们的驻地就在成吉思汗的南侧阴山以北的地区。接到乃蛮部塔阳罕"请你做我右翼，我们马上出发，去夺取那些蒙古人的弓箭"的战邀后，这个部落的头人阿剌忽石的态度十分明确。《蒙古秘史》写道："'我做不了你的右翼！'阿剌忽石的吉惕忽里送回塔阳罕的使者后，立即派名为月忽难的使者对成吉思汗说：'乃蛮的塔阳罕要夺取你的弓箭。他约我做右翼，我未肯。今我派人告知了你，你要多加小心，可别让敌人夺取你的弓箭！'"

在 800 多年前的那一天，汪古惕首领阿剌忽石以这样的举动显示了他的清醒与深远。在那场乃蛮部强加给成吉思汗的战争中，这位汪古惕部头人的选择绝对是当时社会的道义风向标。看来，乃蛮人打出的"王罕牌"未能得到社会的认可，反而在是非的判断上让人们选择和靠近了成吉思汗。这样，阿剌忽石的使者就来到了成吉思汗这里。使者风风火火到来时，成吉思汗和他的将士们正在兴致勃勃地打猎。看来，这时的成吉思汗是轻松愉快的，甚至是没有什么其他打算的，至少是尚未完成事业发展的升级思考。所以，他才轻松，才有心情去享受着人和动物追逐打斗的天然快乐。有人认为，狩猎是游牧民族的军训方式，是强化其骑射能力的必要手段。所以，他们常行狩猎，以健身心。甚至认为，清朝皇帝们奢华的行猎活动是为保持满族人勇武能力的一种办法。其实不然，这是自然功效与目标功效的认知混淆。狩猎，本是游牧民族曾经的生存方式，是他们获取天地恩泽的神奇手段。转入游牧生活后，它仍以生存的辅助形式长期留存在草原上。此间，它不仅强健了游牧人的身心，更是为了他们集体娱乐的心灵记忆。后来，它那获取食物的需要逐渐被淡化，一步步地演化成了人们享受自然、愉悦身心的娱乐形式。再后来，随着自然条件和社会条件的变化，它的内容和形式不断被虚拟化，最后转型成了草原上的那达慕。无论是当今的那达慕，还是古时代的狩猎活动，都是草原人极其喜欢的娱乐享受。所以，当整合了克烈亦惕而心情愉快的成吉思汗正在享受这一快乐时，一场战争的灾祸又降临到了他的头上！

　　《蒙古秘史》写道："知此变故，成吉思汗召集众将，就地商议对敌良策。众人说：'我方战马尚还瘦弱，眼下没有什么克敌制胜的好办法。''怎能以战马瘦弱为由呢？我的战马是肥壮的！听到此等消息，怎可坐以待毙呢！'斡惕赤斤那颜（成吉思汗弟，名铁木格）如此说道。"面对乃蛮部咄咄逼人的战争挑衅，一场应对之策的讨论就这样开始了。对将士们来说，这场战争的到来实在不是时候。因为，与克烈亦惕部落和王罕进行的从败退、转移，再到歼灭的艰苦战事刚刚结束，他们精疲力竭的劳顿尚未得到缓解。尤其是马匹的瘦弱，直接表示着他们战斗力的薄弱与低下。在这样的一种情况下，他们实在是找不到克敌制胜的好办法。尽管，成吉思汗的弟弟铁木格表达了不同的意见，但也未能讲出解决问题的具体办法。

就在这时，成吉思汗的异母弟弟，令我们颇为关注的别勒古台又开口说话了。《蒙古秘史》写道："别勒古台那颜也颇有同感地说道：

'身为七尺蒙古汉
当视弓箭如生命
如让他人夺之去
活在人世有何意？
双手紧握弓和箭
头下枕着弓箭包
身尸傲骨抛原野
热血男儿何所惧！
乃蛮小主塔阳罕
仗其人多地域广
仗其草美牛马壮
才出欺我疯狂言！
趁他此般狂妄际
我若策马去袭击
其地其人其弓箭
取而夺之极可宜！
今我举兵突袭之
断他无防必乱之
无暇顾及牛马群
只为保命逃将去！
部众属民失管束
将向四处仓皇逃
天赐良机不可失
跨上战马去杀敌！'"

有英雄的气概，坚决的态度，更有对情况的分析和战术的选择，且也有对过程的推理与结果的判断。在一场无法回避的战争面前，蒙古人可能选择的良策应该是只有这样了。于是，在普遍怯战的情形下，成吉思汗选择和采纳了别勒古台的建议，决定对狂傲的乃蛮部进行先发制人的打击。

纵有再好的战术妙计，如果没有一个过硬的队伍来实现，那它只会是一张画在纸上的甜饼。那么，如何把身心疲劳的、充满怯战情绪的、为战马的瘦弱而担心不已的队伍改造成一个精神焕发、斗志昂扬的队伍呢？那就是改革！《蒙古秘史》写道："成吉思汗采纳了别勒古台那颜的此番建议，便撤出猎场。……到达合勒合河畔的斡儿讷兀山前客勒贴该合答下营整军。在整军期间，成吉思汗制定了军事编制，委任了千夫长、百夫长、十夫长及参谋官等军中各级官员。……同时将军队以十人组、百人组、千人组编队妥当，又组建了八十人的宿卫队，七十人的近卫队及贴身侍卫等，并从十夫长、百夫长、千夫长及百姓儿子中挑选出智聪体健者编入其中。"这样，把一个以部落为队、按需聚散的、缺乏整体组织、难以统一指挥的，大有地方私人武装性质的队伍改造成了整体统一、组织严密、直接由成吉思汗号令指挥的职业化军队。从民间化到职业化的转型，从头领到军官的转变，尤其是交错在战斗队和护卫队中的血肉利益关系，不仅提振了人们的斗志，同时也更加紧密了队伍间的责任与承担。一支正规化、职业化的军队就此诞生了。这就是改革的神奇之力啊！同样是原来的那些人，同样是原来的那些条件，组织结构一经更新，利益关系一经调整，他就能焕发出勃勃的生机与无穷的力量。如果没有经历中国的改革，我永远不会理解这一点。

于是，公元 1204 年 4 月 16 日，成吉思汗举行了庄严的祭旗仪式后，挥师向西，踏上了先发制人的打击之路。可是，世间之事瞬息万变，当成吉思汗的队伍就要开进乃蛮地界时，不仅被其哨兵发现，而且又被抢去了一匹套有鞍子的战马。这可是兵之大忌呀！先发制人，贵在先发、贵在突然、贵在趁其不备。可如今一切都暴露了，包括战斗力不强的标志——瘦马。这样，不仅不能先发制人了，反而使自己陷进了一举被歼的危险境地。退吗？前功尽弃；进吗？战机已失。在进退两难的这一刻，究竟怎样才能转危为安，怎样才能扭转战机？

《蒙古秘史》写道："知此变故，已行至撒阿里旷野的成吉思汗立即与众部下商量应变之策。参谋官朵歹对成吉思汗说：'我方人寡，又是一路劳顿而来。因而，应就地下营休整几日，好让马儿吃些饲草。同时将人马分散到撒阿里旷野各处，令于入暮时分每人点起五堆篝火造势于敌。据说乃蛮部人多势众，但他们的主子却是一个未曾出过家门的娇生惯养之人。用遍地篝火威慑敌人，在他们懵然之际，我方马儿将会吃饱饲草。待马儿吃饱后，我们立即发起攻击，直将乃蛮哨兵驱入其主力营地。如此一来，敌兵必乱无疑，我军可乘机发起闪电般的打击。如此可否？'成吉思汗决定采纳此计，便下令道：'照此做去，点起火来！'"

真实态度决定行动啊！无论是怎样的情况，一个积极的态度总是向着成功的方向谋划自己。一堆堆篝火点起来了，一个叫撒阿里的旷野变成了落地的银河，变成了巨大的迷局！篝火激情地燃烧着，它那满天的红光、炽热的烈焰，能够迷惑乃蛮人？能够制止他们一举歼灭的可能吗？

中古草原上的"斩首行动"

乃蛮人果真上当了。

《蒙古秘史》写道："夜幕降临，乃蛮哨兵从康合儿罕山顶望见遍地火种，顿起疑惑：'不是说蒙古人人少势微吗？点起的篝火怎么却多如繁星呢？'便急忙向塔阳罕派人送那匹青白瘦马的同时报告道，'蒙古军已至撒阿里旷野，其营帐满地。且见有增无减，如潮水般涌动不断。其点起的篝火漫山遍野，多如繁星！'"

信息是决策的指南针，情报更是战术的导航仪。尤其是信息与情报的精确与否将直接影响战术选择的对错成败。看来，乃蛮人没有充分认识到这一点。他们的哨兵不仅延迟了第一条情报的送达，而且在没有探明虚实的情况下，把第一条真实的情报与第二条虚假的情报捆绑在一起，与那匹瘦马一同送到了塔阳罕的住地。于是，认为蒙古人少许无几的塔阳罕就根据这样一个真假混淆的情报安排和部署了自己的战术行动。关于塔阳罕的作战部署，《蒙古秘史》是这样记述的："听罢来人所告，塔阳罕派人向其儿子古出鲁克罕说道：'蒙古人的马匹很是瘦弱，所点之火却是多如繁星，可以断定赶来的蒙古人颇多。所以：

　　今若与这丑陋的蒙古
　　交上手来开始厮杀
　　将会很难脱其纠缠！
　　刺其脸颊而不曾眨眼的
　　流其黑血而不曾回头的
　　蒙古大汉鲁莽而又刚硬
　　我方不宜与其仓促交战！

"如今蒙古人的马匹尚还瘦弱。现在，我们须将拖着他们向阿勒台山转移，等到越过阿勒台山后，我们布好阵势等待战机。当蒙古军队被我们拖得精疲力竭地走到阿勒台山脚下时，我们迎击消灭他们！'"

　　我们的文化传统对败者一直是有失公平的。我们总是不爱去正视他们、亲近他们，不爱去感受和分析他们之所以那样的本真原因，反而总是习惯以蔑视的心态、贬低的语言去形容和描述他们。因为我们顺从，更因为过于人云亦云，所以我们就成了"胜者为王，败者为寇"之观的同谋，成了最不负责任的言语者。乃蛮部首领塔阳罕就是被这种评述模式对待已久的一个人。在先前的著作中，在曾经的讲堂里，那些让我们钦佩不已的先生们都认为塔阳罕是个怯懦无能、狂而不智的权力摆设，连《蒙古秘史》也说他是"从未踏越过孕妇便溺的小圈"的懦弱之人。这种一味地贬低，曾使我也产生过足以败之的错觉。其实不然，塔阳罕不仅不是怯懦无能的胆小鬼，而应是一个很有心计的头领人物。如今，他所制定的"拖而歼之"之术就是一个例证。如果，战马瘦弱的成吉思汗被他拖着走，那么阿尔泰山那侧的某一地段可能就是成吉思汗与蒙古军队的"滑铁卢"。可是，塔阳罕的这一战术抉择却被那些短见的英雄主义者们推翻了。第一个出来反对的就是他的儿子古出鲁克。

《蒙古秘史》写道:"对此,他的儿子古出鲁克罕颇为不满地说:'塔阳罕怎么像个懦弱的女子,尽说些泄气的话。蒙古人怎么会那么多?他们的多数随札木合在我这里。

> 从未踏越过
> 孕妇便溺的小圈
> 从未走出过
> 牛犊撒欢的草场
> 懦弱如女的塔阳
> 胆小如鼠无用途!'

"古出鲁克罕不仅没有听从塔阳罕的计划,反而用如上言辞侮辱一番后,向塔阳罕派去了自己的信使。"

这哪像个儿子呀,简直就是畜生一个。而塔阳罕那带兵的手下大将也是有过之而无不及。《蒙古秘史》写道:"他手下的一个大官豁里速别赤说道:'你的父亲亦难察必勒格罕在世的时候,

> 为让敌人见过其
> 负有弓箭的男儿背
> 勇猛杀敌直向前
> 为让战马退半步!

"'如今你为何如此心怯不止?如果早知这样,还不如请你母亲古儿别速来指挥我们战斗的好。可惜呀!自可克薛兀·撒卜勒黑将军老了以后,我们的军纪日渐松弛了。这是天助蒙古啊,我们必吃败仗!……塔阳罕你的确是一个懦弱无能的人啊!'说罢,捶打着弓箭套愤然离去。"又是一个鲁莽无礼的手下!

让人失去理智的最好办法,就是用侮辱的动作、蔑视的目光、过激的言辞嘲笑和刺激。塔阳罕被激怒了,他的理智全然消失,猛一转身却走向了命运的

另一端:"生死一命,痛苦人生,不都一样吗?那就开战吧!"这样,塔阳罕放弃向西移动的计划,转而挥师向东愤然出发了。就在这由西向东的变化中,乃蛮部落命运的方向也被彻底改变了!

草原上的两支队伍终于怒气冲冲地面对面了。一方是人多势众、兵强马壮而指挥系统出了问题的乃蛮大军;一方是战马瘦弱、人数较少而同仇敌忾的成吉思汗军队。有学者说,他们的力量对比是五比一,也有的认为是8万对3万。我不知道究竟是多少对多少,史书信息只是告诉我:他们的实力很悬殊。那么,在冷兵器时代,在面对面搏杀的情形下,一个人少力弱的队伍如何确保不被消灭,且能赢取战斗的胜利呢?就让我们看看成吉思汗是怎样做的!

首先是简短的战前动员。成吉思汗说:"人多者损失多,人少者损失少。"这时一句提振士气的话,也是决战拼杀的号角。接着成吉思汗下达了本场战斗的战术指令。他说要排成山林一样的阵势,形成湖水一样的合力,发动钻孔一样的打击。之后,成吉思汗将中军主力和后续部队交给两个弟弟指挥后,亲自率领先头部队向乃蛮军的统帅部——塔阳罕所在的方向发起了第一轮钻孔式的攻击。塔阳罕指挥部连连后退,很快退到了一个叫纳忽山的南麓摆下了军阵。这时第二轮钻孔式攻击又开始了。本轮攻击是由成吉思汗的军中四杰者别、忽必来、者勒篾、速别额台担任。待第二轮攻势打下来,塔阳罕和他的指挥部又后退到了这座山的山坡上。紧接着,第三轮钻孔式攻击又开始了。这支由兀鲁兀惕、忙忽惕部落勇士们组成的敢死队把塔阳罕和他的指挥部逼退到了纳忽山的山腰上。就在退到山腰上的塔阳罕及其军队阵脚未稳时,成吉思汗亲率其精锐又发起了第四轮的钻孔式攻击。本轮攻击又把塔阳罕及其指挥部逼退到了纳忽山的山口。这时,哈撒儿率领的中军主力开始了第五轮的攻击。塔阳罕及其军队再也无力抗击了,于是纷纷向山顶爬去。成吉思汗一轮又一轮的钻孔式攻击终于见效了。随着成吉思汗幼弟铁木格及其后续部队发起的第六轮攻击,塔阳罕和他的队伍已被牢牢地围困在了这座纳忽山的山顶上。

夕阳,血色浓浓地落下去了。黑夜里被围困的乃蛮队伍终于彻底垮下了。他们不仅不谋划突围的办法,反而纷纷脱离塔阳罕和他的领导逃命去了。被认为蒙古之主部的札木合逃走了,塔阳罕那说大话、反对西进的儿子丢下父亲也逃走了。兵勇们更是乱作一团,在夺命逃去的过程中掉进悬崖死去了。关于塔阳罕和他指挥部人员最后的时刻,《史集》一书写下了令人震撼的一个细节:"塔阳罕身上负了多处重伤。他躲在难以攀登上去的山坡上,豁里速别赤等几个异密跟随着他。他尽管费尽力气想爬上去再战,但由于伤势沉重无能为力。当时,豁里速别赤对别的异密和那可儿们说:'等一等,让我来说几句话吧。我知道,我说的话能让他振作起来!'于是,他说道:'塔阳罕啊,我们在山下,要爬上山坡去。起来,让我们去厮杀吧!'他听到了这些话,但却动也不动。豁里速别赤又说道:'塔阳罕啊,你的哈敦们(夫人),尤其是你所宠爱的古儿别速,全都打扮好了,将斡耳朵(宫帐)收拾好了等着你呢。起来,我们到她们处去吧!'这些话他也听到了,但他一动不动,他爬不起来。豁里速别赤对那可儿们说:'只要他还有半点力气,他总会动一动或回答我们的。现在,在我们看到他死去前,让我们在他面前厮杀吧,让他看到我们战死吧!'他们下了山坡,进行激战,直到全部战死为止。成吉思汗想活捉他们,他们无论如何也不让,直到战死为止。"

就这样,塔阳罕死去了,保持着不容嘲笑的生命尊严。至此,一个叫乃蛮的强大政治实体从蒙古草原的历史上彻底消失了。我们不想探究乃蛮人失败的原因,而只想说:这就是成吉思汗策划、指挥的冷兵器时代的"斩首行动"和它所带来的直接成果。因为,成吉思汗选择和确定了塔阳罕和他的指挥部为唯一的攻击目标,所以在与强大的乃蛮军对阵时形成了局部目标上的绝对优势,这样才以最快的速度、最小的代价取得了这场战斗的胜利!

中古草原上的"斩首行动"就这样演过了。它对我们来说,也许只是一个故事,也许就是用心去提炼和转存的记忆财富!

卷十二 崛起的盛典

公元1181年,当成吉思汗离开札木合,离开庇护他于危难的安答之情,在夜色朦胧中向另一个方向走去时,我们曾深情地回望过被那大小王朝割据已久的古时祖国。那时,我们也曾为那些割据者的利益目标、历史责任及奋发能力表示过深深的失望，同时也对向另一个方向走去的成吉思汗寄予过很大的期待。如今，20多年过去了，成吉思汗抛着头颅，洒着热血，一步步把七零八落的蒙古草原统一到了一起。

饱受分割之苦的草原，终于以一体统一的姿态山连山、水连水、花草与花草们亲切地相拥了。那么，拥有了一个神奇的草原和广大民众的政治实体，成吉思汗将要选择怎样的生存方向，将要走向怎样的历史之路……

铲平最后的裂沟

1987年的夏天，我一岁半的女儿已是脚步蹒跚，牙牙学语了。那生命节奏开始启动的姿势，那心灵感知开始醒来的情形，实在是可亲之极、可爱之极。就在那时，我参加全国少数民族新疆笔会，走一圈下来40多天。因为初为人父，因为心中是女儿，梦中也是女儿，所以回来时买了很多玲珑的饰品和玩具，好让她乐开心花。可是，待我回来后女儿不仅不找我，且还用陌生的目光注视着我，当我跨步去抱起她时，她却恐惧地哭了起来。因孩子幼小，又多日不见父亲，她不认识我了，于我陌生了。当时那个情景，不仅好玩儿、好笑，也让我感到了一丝的心酸。时间是多么可怕的东西呀，它不仅能不停地刷新生活的内容，也能不断冲淡心灵的记忆。是啊，如果一个人，一个团体，一部人群长时间地游离在整体之外，游离在整体的利益、理想和事务之外，那么他对整体的态度、情感、认同等都将缓慢变异。尤其可怕的是与整体的反向游离，就有可能导致部分与整体的对立，就有可能使部分演化成为敌视整体、破坏整体的巨大威胁。在人类发展的历史中，在天然存在的整体被生活反复确证的进程中，这是避而未绝的一种现象。对这样一种现象，我们智慧了的当今人类正在寻找合理有效的解决办法，而且必将继续寻找下去。而在古代，可能的选择并无多少，要么放任而去，要么就强力收统。成吉思汗对篾儿乞部落就选择了强力收统的办法。

在仇恨被无限放大的那个年代，篾儿乞部落不堪仇恨角逐的残酷，是最早从蒙古部族的联盟体系中决裂而去的。之后，他们一直置部落利益于部族利益之上，一直置个体需求与历史需求之上，长期游荡在蒙古草原的统一进程之外。而且还怀着满腹的仇恨，不时地满足着复仇的欲望。近百年过去了，随着乃蛮部族塔阳罕的迅速覆灭，纠集在这里的各部落残余除了札木合之外纷纷归服了成吉思汗和他那统一了蒙古高原的政治实体。只有篾儿乞人大为另类，他们不仅没有转身归统，且还敌意满怀地举部逃向了他处。怀恨逃去的队伍，绝不是自行消散的烟云，而是一把风中起舞的战刀，随时可能砍向成吉思汗和他所创立的统一事业。所以，成吉思汗坚决果断地踏上了追歼篾儿乞的征途，未给自己和敌人丝毫的喘息之机。

《蒙古秘史》写道："同年秋天，成吉思汗于合剌答勒一地打败篾儿乞惕部脱黑脱阿别乞，并将其驱赶到撒阿里旷野，一举掳取了篾儿乞惕百姓、家畜及财物。脱黑脱阿别乞带着忽都、赤剌温二子及手下逃遁而去。"虽然，挟持属民为工具的几个头人逃走了，但作为基本部众的篾儿乞人就这样被强行兼并了。那么，在整体之外游荡了多年的人们，对整体的认同发生了变异的心灵，能否顺利地融合到整体之中？能否平稳地过渡到整体的利益之中？我不敢说绝对不会，但至少当年的篾儿乞人未能顺利地融入进来。《蒙古秘史》写道："成吉思汗一举歼灭篾儿乞惕部掳获其百姓后，将脱黑脱阿别乞之子忽都的两个老婆秃该、朵列格捏中的朵列格捏赐给了斡歌歹。其间，一部分篾儿乞人出逃，到台合勒一地筑起了营寨，负隅顽抗。于是，成吉思汗下令道：'命锁儿罕失剌之子沉白率左翼大军围歼立下营寨的篾儿乞惕！'成吉思汗则亲率一支队伍继续追击仓皇逃走的脱黑脱阿别乞及其子忽都、赤剌温等另一部篾儿乞惕人……"

认同变异导致的反向异化，不得不使成吉思汗分路用兵，彻底铲除这一裂沟。经过半年有余的全力追剿，哗变反抗的篾儿乞人和他们逃向他处的头人们终于被歼灭了。对此，成吉思汗不无感触，《蒙古秘史》是这样记述的："'本想包容并善待他们，可他们又反了！'成吉思汗便将这部篾儿乞惕人一个不留地分给了众手下。"

也许，成吉思汗对认同异化的危害有着清醒的认识，也许就是家室恨仇使然，就这样篾儿乞人强行拖回到了蒙古部族的整体之中，拖回到了统一事业的利益之中。就在这时，一个特别的人也以特别的方式来到了成吉思汗身边，这个人就是札木合。

关于札木合的到来，《蒙古秘史》是这样写的："当乃蛮人、篾儿乞惕人被成吉思汗彻底征服时，曾在乃蛮部栖身的札木合也失掉了所有的族人百姓。慌乱之际，他只与身边心腹五人逃到倘鲁山为盗。一天，当五人烤吃一只猎获的公盘羊时，札木合说道：'今天，谁人的儿子们在如此享用盘羊野餐？'听罢此话，五个同伴将正在贪食无备的札木合捉拿到了成吉思汗住处。"

札木合就这样来了。一个曾经的童年挚友，曾三度结义的亲密安答，曾奋力救助成吉思汗妻子于危难的恩人，也曾为报弟弟被杀之仇而反目成仇的敌人，之后一直与成吉思汗较劲至今的札木合就以这样的形式来到了成吉思汗这里。我曾竭尽全力地想象过札木合这时的心情、神态和模样，但终究未能勾勒出他那本该的情形。也许，让我想起的事情太多太多，事情背后的原因又复杂多样，使我这可怜的想象变得苍白而无力。尽管这样，我无法绕过札木合，无法将他忽略不计。不论史家、学者们如何贬斥札木合，在我看来他就是那个割据纷乱年代的人化象征。他有才干，却没有思想；有能力，却没有政治；有想法，却没有战略；有义气，却没有原则。因为这样，也因为那个割据纷乱的存在形态已在他的脑海中牢固定格，所以，他只能为还原曾经而奔波，只能为守持尊严而奋力，所以也常常是事未成而身先退，志未酬而心先死。一个被时代锁定了性格的人，一个被性格锁定了命运的人，能给我们怎样的启示、怎样的思索？当一个时代临近终结，另一个时代开始起步时，他与成吉思汗别离在夜色朦胧中。如今，那个时代彻底被新的时代取代时，他在灿烂阳光下又和成吉思汗见面了！那么，时运已去的他究竟将如何面对成吉思汗？成吉思汗又将怎样对待他？

《蒙古秘史》写道："札木合被自己的同伴擒来后，对成吉思汗安答说：

'山上的乌鸦

如今捕起了天鹅

卑贱的下奴

>如今擒起了罕主
>可汗安答明断
>此为哪般世道？
>林中的斑雀
>如今捕起了雄雉
>下贱的家奴
>如今围捕了罕主
>可汗安答明断
>此为哪般举义？'"

依然是曾经的认知，曾经的心态！他不知道那个时代已经结束，不知道人心朝向了另一个方向。所以，他要成吉思汗解释和明断。成吉思汗没有解释，可能也解释不了，于是就用江湖的办法满足了札木合的诉求。

《蒙古秘史》写道："听罢札木合所言，成吉思汗下令道：'胆敢冒犯自己的罕主，这样的人如何处置为好？这样的人能与什么人交往？将这些冒犯自己罕主的贱民斩杀勿留！'于是，在札木合的见证下杀死了冒犯他的几名随从。"也许，这是札木合未曾料到的，然而更让他出乎意料的是成吉思汗接下来的一席话。成吉思汗说：

>"咱已分离久
>今再重归好
>望你从此起
>作我车一辕
>莫再起异心！
>同居在一处
>和好如当初
>互陈所忘事
>相唤共寐醒！

虽曾离我奔他去
但却处处见你心
每到生死战起时
你总为我揪着心！
虽曾弃我寻他去
你永远是我安答
每到与敌激战时
你都替我担着心！"

不要求"性命般不相舍弃"，也不计较世事沧桑中的种种不是。成吉思汗体谅了札木合，很想和他"今再重归好"。可是札木合不能了，他知道自己做了些什么，也知道该去怎样的地方了。于是，他说：

"在那远去的日子里
在那美好的童年里
在那豁儿豁纳黑川谷地里
我与你结为了安答！
二人相处形影不离
游戏玩耍总在一起
夜寐共钻同一被窝
日来同思一种心愿！
后来我中谗言之惑
又中他人离间之计
背弃旧情离开了安答
踏上了一条陌生的路！
念起昔日难忘的言语
犹如扒去脸上的薄皮
念起过去笃诚的情意

>犹如撕下面上的表皮
>无颜面对愧心自责
>躲避着走到了今天!
>如今安答又念旧情
>劝我回头重修旧好
>可我不幸失尽良机
>需友之时未能相伴!"

情真意切,而又感人肺腑。只说情谊,只说愧疚,而只字不提曾经的给予,曾经的帮助,札木合想要干什么呢?他说:

>"恐将扰你夜里的梦
>恐将坏你昼里的心
>恐将成你衣中虱子
>恐将成你袖上刺!

"所以,请求安答降恩,赐我速死,以平安答之心。如安答降恩赐死,则求安答赐我以不流血而死!"

尽管成吉思汗念情念意,也尽管不计较一切之过错,但札木合终于宣判了自己!是的,那个割据纷乱的时代已经死了,作为它的人化象征,札木合怎能不随它而去呢?!就这样,在缠绵的情意中,在两个时代完成交接的分水岭上,成吉思汗和札木合也完成了最后的道别。

《蒙古秘史》写道:"札木合即被处死,他的尸骨亦被厚葬入土。"

迎风飘舞的圣白苏鲁锭

当今日的时代成为遥远遥远的古代时,我们这个世界会是什么样呢?在我们曾经生活过的这些山山水水上会有多少个民族、多少个国家和多少种语言呢？这是我们忽而想起，且又想不出结果的未来问题。对于这样一个未来问题，我们已有的思考模式显然是很不合适的。在我看来，欧洲工业革命的兴起和随之而来的殖民主义扩张运动是我们观察国家与民族发展、演化规律之思考模式的分水岭。在此之前，自然的生存利益追求和对天然一体的生存版图的认同是国家和民族发展演化的主要内容。而在此之后，历史发展的这一自然走向被强霸起来的列强们改变了。他们把放大成世界化的个体利益考量强加到国家与民族发展演化的本来内容之中，不仅阻挠和破坏了本来的演化进程，而且又给未来的发展走向增添了几多的不确定因素。这就是我们忽而去想一下，但也想不出结果的原因所在！

而对过去，我们是有感悟的。只要循着民族人群对自然的生存利益追求和对天然一体的生存版图的认同之脉络进行考察和思考，我们就可以清晰地看到那些本真意义上的国家与民族发展、演化的每一步脚印。比如说，我们正在解读的蒙古人，我这深深爱着的古老而年轻的蒙古民族。他们从一个更为古老的异名部族中衍生而出后，在追求自然的生存利益的过程中不断地繁衍发展着，更是在完成对天然一体生存版图的认知过程中不断地演进和壮大着，从一个生命的个体，走向了氏族家庭、部落集体和部族人群。如今，成吉思汗又把他们统一到了他那朝气蓬勃的政治实体之中。那么，成吉思汗将带着这些整合到自己旗下的包括蒙古部族在内的各部族人群迈出怎样的下一步呢？

《蒙古秘史》写道："至此，毡房百姓已被全部平定。成吉思汗与虎儿年（公元1206年）在斡难河源头召集盛大聚会，庄严地升起了九游白纛。在此次聚会上，铁木真被正式推举为成吉思汗，成了毡房百姓的最高君主。"

啊！成吉思汗为他一一整合起来的各部各族人群建立了一个幅员辽阔而一体统一的吉祥家园。这个家园的名称叫大蒙古国，是以它多数主体的蒙古部族的族称命名的古代国家。学者们对这一古代国家诞生的盛况是这样概述的：公元1206年的春天，成吉思汗在他后方大本营——斡难河畔的草地上召开了空前盛大的聚会。参加聚会的人很多，他们都是名声显赫的新兴权贵和部落氏族的长老头人。他们聚集在一起，举行一个叫忽里勒台的推选会议，一举推选成吉思汗为这个新创国家的最高君主。然后，由当时的萨满大师以长生天的名义向草原上的所有生灵宣布：这位新创国家最高君主的尊号是上天赐予的王者符号——成吉思汗！

这样，一个以游牧狩猎为基本的生存模式，以一体统一为根本的利益所在，以圣白苏鲁锭为神圣威徽的蒙古帝国就在草原上诞生了。涉足蒙古史研究的史家、学者们，每当说到这里都会发出一段言辞激昂的慷慨，都会作一番瞻前顾后的评价与判断："大蒙古国"的建立和"成吉思汗"称号的确立，标志着漠北高原各部之间长期的战乱基本结束，受尽分裂、战乱、厮杀、抢掠之苦的漠北各部族民众结成了一个新兴的民族共同体，开始走上了统一的新生道路，并由此开始建立了独立于中原王朝的统治，向统一全国的目标迈进。这不但是蒙古民族历史上的大事，而且是中华民族历史上的一件大事。同时又是亚洲和世界历史上的一件大事，因为这个朝气蓬勃的民族并不满足现有的生存状态，它要有更宽广的发展空间，渴望占有更多土地、人民和财产，于是一经诞生，就开始踏上了进军中原，征服世界之路，不久便改变了亚欧40多个国家，上百个民族的历史进程……

看吧，成吉思汗和他所建立的这个游牧帝国的意义、地位和所产生的影响、作用等一一被说中了。我们钦佩学者们的公正、坦荡和以历史的眼光看待问题的深远。虽然，这样的评价颇有东方本土色彩，但也不失世界史观和全球语境的本该态度。

评价是必要的，它将影响和左右后人的态度。作为一个当今的蒙古人，我非常关注和愿意倾听有关这个帝国的任何一种评说，同时更愿意窥探这个帝国为什么会产生那样大的影响与作用的背后原因。在我们人类漫长的历史过程中各种帝国的建立和消亡是司空见惯的，但他们对自己那个时代和世界历史的影响和作用远远没有蒙古帝国那样的巨大。是因为成吉思汗太伟大、太超凡、太有人类不及的能力？可是这个帝国对中原和世界的真正影响都是在成吉思汗去世之后发生的呀！是因为长生天的佑护和它那威猛无比的神力？可是当这个帝国在后来的岁月中悲壮地衰败而去时，无所不能的长生天为何不去挽扶它一下呢？是因为游牧狩猎的蒙古人太善战、太勇猛无敌？可是这个帝国的后身——大元王朝被朱元璋如稻草人般推倒时，他们那神勇的战力和无敌的强悍又到哪里去了呢?

乍一看，这应该是个大问题，也应该由学者、专家们来解读和解释。但这一问题也绝不会拒绝我们这些凡夫粗人们悄悄地去偷窥一下的。我们都知道，历史上的那些始皇帝、始国王们，一旦完成由凡人到天子的华丽转身后，刻不容缓地着手建设的就是保证其利益与地位的政权体制。而这政权体制的功能考量区别可能就是决定这个王朝或帝国的能力、作用与所为的关键所在。从我们已知的历史情况看，那些开国帝王们所搭建的政权体制都是按着"为我服务"的类型来设计的。他们无一例外地认为，打拼下来的那片天下就是他们自己的，而且也奢望永远都是他们子孙万代的，所以，他们把自己设定为所有利益的流动方向，所有心灵的叩首方向，这样他们所构建起来的诸种衙门和各级权力机构就会成为以帝王服务为最高职责的功能单位。这样一种政权体制，在强固帝王的统治，保障特殊利益等方面应该有不错的功效，但它会极大地抑制这个帝国的创造力、发展力和强盛之力，进而限定了它影响和作用世界与人类的能力。也许因为生长在未很开化的游牧草原，没有用来参考的政权体制之经验积淀；也许因为生活在战乱动荡的年代，没有闲暇研究历代帝国政权体制建造的结构理念，成吉思汗一经完成国君身份的建设之后，立即创建了一个有别于以往类型的政权体制。这个政权体制的根本特征就是，成吉思汗赋予了它完全的"为我所用"的功能性质。"为我所用"与"为我服务"的最大不同是，它不抑制而鼓励帝国之内各层能力的强盛发展，以便让它用来有用、用来有力、用来得力、用来成就理想与事业！这样，这个帝国就会有足够的发展力、强盛力和冲击力，其发挥的影响和作用就可想而知了！

那么，成吉思汗"为我所用"为功能的政权体制是如何搭建出来的呢？《蒙古秘史》写道："见蒙古各部已被完全统一，成吉思汗降旨道：'此次建国，众家兄弟功不可没。现在我以千户为单位，一一委付你们为千户长。'"我们都记得，两年前，即公元1204年，成吉思汗在应对乃蛮部落的战争挑衅时曾经以千人为单位编制过军队的战斗力。如今，这个以千人为单位的组织形式顺势演化成了以千户为单位的政权体制的基本组织。学者们认为，这就是政权体制中的"千户制"。千户由百户、十户的两个层级组成，其15岁到70岁的所属男户民都是出征参战的现成兵力。这种千户很少是由单一部落组成，而是由不同部族的人户混合而成。同时规定各层级单位的属户不得离开所属的基本管理单位，出征时每户一兵的同时还要自备马匹、武器和给养。其千户长就是由成吉思汗委付的集军政、民生为一身的地方性兵营的统帅和领导人。

随着这一构架的搭建形成，协调其运转工作的类中央单位——万户产生了，规范其行为活动的法律条令——"大札撒"出台了，护卫其领袖与统帅，维护其凝聚和齐心的警备部队——"怯薛军"成立了。《蒙古秘史》记述说，"怯薛军"主要是由各级长官的长子和他们领户的智聪体健人员组成，所以它就把领袖的所需和全体属民的命运安危紧紧地连到了一起。这样，一个以成吉思汗为最高统帅的，以千户组织为备用队伍的，以"为我所用"为基本功能的政权体制就搭建完成了。关于这一政权体制，法国人德阿·托隆是这样评价的："铁木真做了成吉思汗后，一举而封了95个千户，指定其中4人为'万户'，气魄之大，迥非合不勒汗等人可及。辽金二国的开创者，甚至汉唐二朝的开创者，就这一点而论，也是难以与他相比的。项羽攻下秦都后，一举而封十八王，其慷慨大方似乎可与成吉思汗相伯仲。然而，项羽没有远见，把土地和人民随随便便送掉了一大半，埋下了杀身之祸。成吉思汗呢？一方面施惠，另一方面又以蓄养千户之子为护卫，由质子加强了对功臣的控制。"看吧，先生是多么的崇拜成吉思汗，尽以中国历史上最伟大人物的欠缺来说明成吉思汗的非凡与了不起。可惜的是，他把创建政权体制的这一举措看成了利益分配的封赏活动，从而就与其背后的功能设置区别之本质越离越远了。如果照此评说下去，元朝那该是怎样庞大的帝国呀？它的强大与华贵历史上的哪个古国能与之相比呢？可是它政权体制的功能类型由"为我所用"逐步转向"为我服务"之后，不也渐渐走向了衰败的末路吗！

天啊，真是一个让人绞尽脑汁也说不明白的问题呀，个中的复杂原因还是让我们的专家、学者们细细去评说吧。我这个半路杀出的程咬金之所以咬着舌头唠叨几句，只是为了摸清我们蒙古这个民族演化形成的大致脉络。因为，一个民族形成发展的过程是与这个民族政治风云的聚散离合密不可分的。我更没有能力把它拆分开来，一一说个清楚。其实，事情本来也就这样，我的那些生活在中古时代的男女老少族众先世们就是被这变幻不定的政治风云裹挟着，一路来到了成吉思汗这个时代。如今，成吉思汗又把他们以"为我所用"的政治体制包裹在一起，不仅使他走向了与草原上的其他部族融汇成为一个民族的发展之路，同时又把这个游牧狩猎的族众人群带到了与人类历史的交汇处。就是从这个时候起，一个叫蒙古的古老部族转身成了闻名世界的蒙古民族！

800多年过去了，落定的尘埃使历史的天空显得格外的蔚蓝。蔚蓝中高高飘舞着一杆圣白苏鲁锭。啊，那是成吉思汗为这个民族树起的神圣威徽呀！让我们祝福它吧，祝福它在日月的辉映下欢快地飘舞吧！

初春里的故事

又失眠了，这让我辗转反侧无法入睡的讨厌鬼又来和我较劲了。有人告诉我，一旦失眠就坐起来看一会儿电视或翻一会儿书。但我就是不起来，就是躺在那里翻来覆去地跟它周旋。又有人告诉我，这种情况下就数数，要从1数到10，再从10数到1，数着数着就能转入梦乡。可我老是刹不住车，一不小心就数到100，再从100数回来时就与睡眠愈发遥远了。每到这时，我就放弃一切入睡的努力，干脆睁开双眼让窗外的世界自由出入我的眼帘。有时候是满天的星星，有时候是乌云朵朵，有时候明月高照让人想起故乡和童年。今夜又是晴空万里，一轮日渐变圆的月亮又让我浮想联翩起来……

是啊，这是一轮从弯眉般的光亮一步步变圆起来的月亮呀！它那渐渐消退的阴影又使我想起了13世纪的祖国大地正在经历的历史变化。当岁月走到公元1206年，那些割据在祖国大地上的大小王朝们依然如故地僵持在那里的时候，成吉思汗却用他亲手创建的游牧帝国表达起了对天然一体生存版图的认同。就在这个过程中，我们古时的祖国版图就像今夜的月亮由亏缺渐渐变圆起来了！

当一些民族人群被一种政权体制包裹之后，他们生命作用的体现形式大致就是这样的：要么通过那个政权体制及其领袖来完成其历史的使命，要么就成为这个政权体制及其领袖表达喜怒好恶的强大力量。随着圣白苏鲁锭的高高树起，从一个部族群体转身成为民族整体的蒙古人就开始用成吉思汗和他的帝国表达起了对天然一体生存版图的历史认同。

《蒙古秘史》写道："将朝政大制安排妥当后，成吉思汗派忽必来出征合儿鲁兀惕百姓。合儿鲁兀惕头人阿儿思阑颇识时务，立即归顺了忽必来那颜。于是，忽必来携阿儿思阑回到大本营，一同拜谒成吉思汗。为奖赏阿儿思阑不战而降之举，成吉思汗赐恩道：'将我女儿许配与你！'"这是合儿鲁兀惕人的版图认同对蒙古人版图认同的自觉对接啊，如果没有天然一体生存版图的自然存在，如果没有对这一生存版图的自然存在，如果没有对这一生存版图的一体认同，合儿鲁兀惕头人阿儿思阑怎能如此欣然地接受成吉思汗的整合呢？据史家们研究，这个被《蒙古秘史》称为合儿鲁兀惕的人，就是唐代的三姓葛逻禄，属突厥语部族。被成吉思汗整合时正在大辽王朝的遗存——西辽朝的辖管之下。因西辽统治暴虐无度，他们就顺势归附了成吉思汗。政治因素肯定是少不了的，但没有固有的那份版图认同事情就复杂多了。

就这样，中古时期人们的版图认同感在成吉思汗的诱导下开始孵化了。不久，畏兀惕首领从天山脚下派来使者向成吉思汗表达了版图一体的自觉认同。《蒙古秘史》写道："畏兀惕之主亦都兀惕派阿惕乞剌黑、答儿伯两名使者前来，向成吉思汗说道：

'如乌云散尽
方见艳阳灿烂
如封冰融尽
方闻河水欢唱

"'闻得成吉思汗大名，我等惊喜之极。今我等愿做您金带之一环，衮服之一缕，做您四子之弟而效力献忠。'成吉思汗听罢所奏，立即复语道：'就做我第五子吧，我赐女儿与你！告亦都兀惕携金、银、珍珠、东珠、金缎、妆缎等献品前来受我赏赐！'闻得成吉思汗嘉纳之言，亦都兀惕立即携金、银、珍珠、东珠、金缎、妆缎等前来拜谒成吉思汗。成吉思汗降恩于亦都兀惕，遂将女儿阿勒阿勒坛嫁给了亦都兀惕。"又一块被西辽统治割据的地域和她的儿女们汇入到了成吉思汗掀起的版图认同活动之中。其过程中，尽管有政治、军事、利益方面的诸多原因，但对今天的我们来说有什么比我们这块生存版图从破碎走向团圆更为重要的呢？！这个自觉表达了版图一体认同的畏兀惕人就是当今维吾尔族中古时代的英雄先民。

就这样，当民族与部族间的版图认同陆陆续续地对接起来时，成吉思汗也向居住在贝加尔湖、叶尼塞河一带的森林百姓表达了历史的认同。《蒙古秘史》写道："兔儿年（公元1207年），拙赤以不合为向导，率右路大军出征森林百姓。闻此消息，斡亦剌惕（森林百姓）之头人忽都合别乞率其万户百姓前来归降了大军……"看吧，又一起既有历史渊源，又有一体基础的认同顺利对接了。经过这次的对接，那些曾被称为"森林百姓"的布里亚特人、卡尔梅克人、巴尔虎人就完成了回归蒙古民族之族称的历史之路。

一次历史上规模最大的版图认同活动就这样起步了。这时，这一活动的主导者——成吉思汗和他的帝国也正在经历着政权体制的磨合。虽然，磨合过程基本上是顺利的，但部件间的碰撞不时也发生着。《蒙古秘史》写道："晃豁塔歹氏蒙力克老父有七个儿子，其居中者是通天巫阔阔出。一天，晃豁塔歹氏七兄弟抓住了合撒儿拳脚相加，猛打一顿。合撒儿被打后，前来跪告成吉思汗。这时，成吉思汗正因它事而恼怒，所以没好气地说道：'你不是英雄无敌吗？怎么败给了他们？'合撒儿委屈之极，满含热泪起身走出了成吉思汗的帐房。合撒儿怄气，一连三日未与成吉思汗见面。就在这时，通天巫前来向成吉思汗说道：'札阿邻天神向我预示长生天旨意：一说是铁木真坐天下，再说是合撒儿坐天下。如不及早除掉合撒儿，将来之事实为难料！'"啊，这是怎样一件事情呀，一看到这里我就不由地想起日耳曼国王亨利四世与罗马教皇格雷戈里之间的一场争斗。

因为权势之争，教皇格雷戈里的代表出言侮辱了日耳曼国王亨利四世。亨利四世不甘示弱，竟针锋相对地破口大骂教皇为恶人，宣告要废掉他。于是，教皇格雷戈里就以圣彼得的代表自命，宣布废除亨利四世的同时，下令日耳曼和意大利的人民不必再以国王待他，不必再服从他的命令。这样，亨利四世的附庸和手下果然都起来反叛他,一个国王的权威就这样被一扫而光了。亨利四世神情沮丧,不得已于公元1077年冬日,赤着双脚,穿着香客衣服,走过阿尔卑斯山,到教皇住所赔罪求和。教皇让他在门外苦等三天三夜后,才准许他觐见谢罪。多么可怕的一幕啊,本该以灵魂与心灵为对象的宗教竟左右起了国家的政权。难道,欧洲大陆上的这一幕,在100多年后的草原上重演?我们不知道,国师级的萨满阔阔出与帝国中坚合撒儿之间究竟发生了什么?学者们也没有研究出事情的究竟,所以我们只知阔阔出兄弟七人拳脚相加,狠狠地打了合撒儿一顿。看来,他们并没有因此而满足,还想以长生天的名义挟持成吉思汗除掉帝国的中坚合撒儿。而成吉思汗呢,被帝位旁落的恐惧驱使着轻易地被挟持了。他一听此话,趁夜出发,前去捉拿合撒儿。好在母亲诃额仑及时听到了这一消息,一场兄弟相残的悲剧才得以避免。

《蒙古秘史》写道:"诃额仑母亲赶忙驾起白驼黑帐车,连夜急行,次日日出时赶到合撒儿住地一看,成吉思汗果然已将合撒儿拿下,且正捆起衣袖,取其冠带而审问。见母亲到来,成吉思汗大为惊骇,躲到了一边。诃额仑母亲怒冲冲地跳下帐车,径直走到合撒儿前,亲手解去其捆绳,又将他的冠带还给了合撒儿。诃额仑母亲怒不可遏,盘腿坐到地上掏出自己的一双乳房,用手托在双膝上,说:'看见了吗?这便是你们一同吮吸的乳房!你这自咬己肋,自噬胞衣的东西!合撒儿犯了什么罪?那时,铁木真你能吸干我一侧乳房的奶水,合赤温、斡惕赤斤二人也不能吃尽我的一只奶。而合撒儿却能独自吸干我两个乳房的奶水,从而使我胸脯得以舒坦。所以,铁木真有心力,合撒儿却有体力。合撒儿能

  用其弯弓之力
  使得敌人陆续来降!
  用其射出之箭
  使逃出者返回乞降!

"'如今,是否以为灭尽了敌人而容不下合撒儿了?'待母亲稍微气平后,

成吉思汗说道：'惹得母亲如此大怒，我很惧怕，很羞愧。我这就退去！'"

一场害掉合撒儿的阴谋就这样被制止了。这是一件什么事情呢？是长生天导演的一幕闹剧吗？是成吉思汗欲除合撒儿而策划的阴谋吗？是萨满阔阔出与合撒儿个人恩怨的升级表演吗？我不否定其中的任何可能，但我更认为这是宗教势力在政权体制中的膨胀。正因为这样，事情并没有就此结束。《蒙古秘史》写道："此事过后，操着九种语言的众人纷纷聚集到了通天巫的住处。其人数，甚至超过了成吉思汗拴马桩的数量。随着聚去的人群，斡惕赤斤（成吉思汗的幼弟）的属民也投奔到了通天巫的手下。斡惕赤斤那颜派莎豁儿为使，前去召回离去的属民时，通天巫不无数落地说：'斡惕赤斤大人倒是派了个大使者。'遂将莎豁儿痛打了一顿后，让他背着马鞍徒步走了回去。第二天，斡惕赤斤那颜亲自到通天巫住处，向通天巫说道：'昨天，我派莎豁儿前来，你却把他打回去了。现在，我来讨回自己的属民。''派莎豁儿为使，你做得对吗？'斡惕赤斤的话音未落，晃豁塔歹氏七兄弟厉声责问着，围了上来欲要动手。斡惕赤斤见势不妙，忙赔不是：'派人不妥，我错了！''知道错了，还不跪下！'气势汹汹的晃豁塔歹氏七兄弟逼着斡惕赤斤面朝通天巫的后背跪了下去。"

何等猖獗的通天巫阔阔出啊，不仅公然蔑视帝国的千户制，肆意抢占他人的属民，还要向帝国的要员——成吉思汗的弟弟们大发淫威。他那狠狠砸去的拳脚不正一拳一脚地打到了帝国政权的胸膛之上！他那无端罚跪成吉思汗兄弟的淫威不正是对帝国权威的挑衅吗？对于这一点，成吉思汗的夫人孛儿帖看得很清楚。当她听到斡惕赤斤泣不成声的哭诉后，泪流满面地说道："晃豁塔歹人为何如此狂妄？前不久，围攻毒打合撒儿，今天又让斡惕赤斤面朝其背而跪！这又是为什么呢？他们在欺负你如同松柏般伟岸的弟弟们！他们今且如此，那在将来

　　若你白云般的身躯
　　随风飘去
　　能让你孤寡家小
　　掌管这江山大业？

若你高山般的身躯

轰然倾去

定将毁掉你这

亲手建造的大业！

"……多么可怕的晃豁塔歹兄弟呀！看着他们如此欺侮你的几个弟弟，你怎能坐视不管呢？"

是啊，成吉思汗为什么坐视不管呢？是不是仍想依靠阔阔出来倾听长生天的旨意？是不是认为这位长生天的使者不必由他来管束？是不是觉得他这点狂妄不算什么！不论怎样，夫人孛儿帖的一席话终于改变了他。《蒙古秘史》写道："见此，成吉思汗对斡惕赤斤说：'通天巫一会儿就来，如何报仇，你自己看着办吧！'一听此话，斡惕赤斤拭泪而出，找来三名摔跤手做好了准备。没过多久，蒙力克老父领着七个儿子来到成吉思汗的住处，通天巫径直做到了酒局右侧的位子。'昨天，你不是让我下跪赔罪吗？现在咱们出去比试比试。'斡惕赤斤一把揪住通天巫的衣领向外拖去。通天巫也一把抓住斡惕赤斤的衣领厮打起来。厮打中，通天巫的帽子掉到了炉灶上。蒙力克老父急忙上前将帽子拾起，吻了吻放入怀中。见他们厮打不解，成吉思汗说道：'你们到外面去比试吧！'于是，斡惕赤斤猛一用力，将通天巫拖出了门槛。这时，等候在那里的摔跤手们一拥而上，'咔嚓'一声折断了通天巫的腰椎，将他扔到了左侧车阵一旁。事毕，斡惕赤斤进屋说道：'昨天，他让我下跪赔罪。今天，我要跟他一比高下，可他却躺在地上赖着不起。真是个狡猾的家伙！'"一场萨满势力在帝国体制中膨胀的企图，甚至萨满巫师对帝国权威的挑衅就这样被民事的方式解决掉了。也因为这样，使我们东方的政治文化继续保持了人文精神主导的光荣传统！

啊！亨利四世的悲剧在中古草原上终于未能重演。这真是值得庆幸的一件事情。我一向以为宗教的神圣在于它的玄妙，在于它对心灵与魂灵的关怀。所以，我也无法认同有些人巧借它神圣的名义，向世俗的政治利益伸手不断的做法。让世界多一份安宁，让生活多一份宁静，不正是我们人类智慧的共同追求吗？

卷十三　远去的历史背影

把过去叫作历史，把未来称为理想，这是我们人类对时光的态度。所以，我们向往未来，也绝不忽略过去……

过去，在那个已离我们很远的岁月里，一个叫成吉思汗的人和他所缔造的蒙古民族就这样从草原的深处走过来了。他们的身后是激情崛起的铿锵脚印，他们的前面是人类历史的广阔舞台。他们将策马扬鞭奔腾而去，那么他们将走向哪里？将用他们英雄的身躯和钢铁的意志去创就怎样的奇迹？

我们没有忘记匈奴人的故事，也还记着鲜卑人的传奇。契丹人的脚印尚未彻底消失，女真人的去路仍还清晰可见。那么，这些民族接踵而去的那条路也会是蒙古人必将走去的方向吗？

解读就是我对历史的态度！

踏上必然的历史之路

自从有了《史记》这样的可靠史书后，北方游牧民族的生存活动一步步地走入了历史的文字。我们不知，走入文字之前的北方狩猎游牧人曾经经历过怎样的聚散离合，怎样的盛衰成败。虽然，那些形状各异的新旧石器和陆续出土的青铜器具不断证明着文明的进程，但它远远不能满足我们的好奇和种种的追问。然而，自从有了《史记》，有了更多关于北方狩猎游牧人生存活动的记录后，生活在久远之后的我们也能清晰地看到他们盛衰成败的历史脚步了。在生存的过程中，那些名称各异大小不同的部族人群们各自发展着、相互竞争着，进而又争吵着、抢掠着，然后又弱肉强食地征服着、兼并着，之后就出现一个雄霸草原的强大民族和他们建立的游牧帝国。再后，他们就以帝国的形式和内容完成与人类历史的交汇相融。

这是北方民族发展壮大的历史模式。从这一历史模式中第一个脱颖而出的就是匈奴人，然后是建立北魏王朝的鲜卑人，之后是大辽政权的创建者契丹人，再后就是缔造大金王朝的女真人和大元帝国的建造者蒙古人，大清帝国的建造者满族人。这些在历史的不同时期先后崛起的民族人群，在他们成为足够强大之后无一例外地策马向南越过长城，或以入住或以掌管的形式完成该民族与中原大地的无障碍对接。

那么，历史上的北方狩猎游牧人为什么一有足够的能力就要无一例外地越过长城向南发展？为什么一有足够的能力就要无一例外地谋求或完成与中原农耕大地的无障碍对接？有人习惯用"侵扰"二字描述这一历史现象。而我不能，也不愿成为某一朝代的代言者。有人认为这是游牧文化与农耕文化的必然碰撞。很学术派，但我不相信古代人能有用鲜血和生命去制造文化碰撞的雅兴。也有人说，这是游牧民族对农耕民族一次次的输血。颇为深刻的论断，但也夹杂着对这一历史的茫然与无奈。其实，我们没有必要那么狭隘，也没有必要过于时尚。因为，历史自有它不以我们而改变的规律，而其规律完全是由生存的自然需求所决定的。如果我们回头走去，走到很遥远的那个古时代，我们就会发现在当时的那个世界上明显存在着几个重要的生存圈。这些生存圈虽然大小不同，形状各异，但都不约而同地由一个中心地域和大片的周边地带所组成。其中心地域基本分布在北纬25°到45°之间的条形地带。位于中心的这些地方气候宜人，冷热适度，既无冰天雪地的寒冷，也无台风海啸的威胁，而且光照充足，雨水丰沛，极有利于农作物的生长和丰收。对于获取生存物资乏术的周边地区来说，这个地方简直就是大地滋养的井喷区。在那个蛮荒而滋养匮乏的年代，中心区域的这种富饶的物产和丰足的生存资源只有与周边贫乏的生存物资融汇在一起，只有做到这些生存资源的共同分享，才能满足生存圈之内所有人群生存发展的需求。以这样的关系连接在一起的大地，就是天然存在的，一体相连的生存版图。而这一体相连的生存版图就该是人们祖国概念的最初形态。因有富饶的物产和丰足的生存资源，每个生存圈的中心区域就会成为周边人们竞相挤进或争取无障碍对接的永恒目标。在欧洲，古希腊就是这样一个中心区域，一部伟大的欧洲历史就是从这个中心开始书写的。非洲北部的古埃及，亚洲西部的两河流域，南亚地区的古代印度，在历史上都曾扮演过这样的角色。而在东方，在中国，黄河中下游的中原大地就是我们中华民族这块生存版图的中心区域。这块神奇的中心区域，自从尧、舜等远古先人们开发成功之后，就被称为东夷、南蛮、西戎、北狄的周边民族开始了挤进而入或实现与她无障碍对接的历史行程。于是，挤入中原，与中原大地进行无障碍对接的需求就成了我们东方各民族版图认同的心灵指向。就在这心灵指向的一次次对接中，一个伟大国家的版图就连接形成了。这就是我们依偎而生的伟大母亲——中国！

当岁月走到13世纪的时候，当那些割据的王朝们已无力完成相互间的无障碍对接时，强大起来的蒙古人就按着版图认同的心灵指向踏步上路了。《蒙古秘史》写道："成吉思汗于羊儿年（公元1211年）发兵金国，攻下抚州，越过野狐岭（今张家口北），直取宣德府后，派者别、古亦古捏克二勇将为先锋攻至居庸关。见有大军把守，者别说：'引诱他们出来，然后再战！'便率军后撤。'追！'一见者别大军后退，金兵便冲出关隘，漫山遍野地追了过来。当金兵追至宣德府附近时，者别大军掉转马头迎面冲去，打败了陆续到来的金兵。紧接着，从后面到来的成吉思汗所率主力中军乘胜而进，连续打败黑契丹、女真、主因等金兵精锐，势如破竹地杀到了居庸关下。者别顺势攻下居庸关后越过了山岭。成吉思汗则下营到龙虎台，向中都及其他各城派出了攻城大军。"蒙古人和成吉思汗就这样策马向南了。于是，中国古代史上最为壮观的版图认同活动从此开始向南发展了。对于向着中心方向发展开去的这一活动，女真人建立的大金王朝就成了第一道大障碍。其实，女真人是先于蒙古表达版图认同的北方民族，但他们成功进入中原后就成了生存资源的独享者，就成了阻止他人进入的一大障碍。可是，强大起来的蒙古人已经不可阻挡，他们在统帅成吉思汗的领导下很快越过长城，兵临到了大金国的首都——当今北京的城墙之下。

女真人开始妥协了。《蒙古秘史》写道："当中都城正被围之时，阿勒坛罕（金国之主）之大臣完颜丞相向阿勒坛罕献言道：'天地之命，已到大位更替的时候。蒙古来势甚猛，已破我黑契丹、女真、主因等勇猛之师，接着又攻下了我众兵固守的要塞居庸关。如今，我们虽然尚还可以发兵出战，但若再被他们击溃，兵勇必将逃进各个城中，不仅不好收集再战，还有可能不再服从我们。若阿勒坛罕恩准，我们现在就与蒙古罕议和。待蒙古军议和退去后我们再作他图。据说，蒙古兵勇及战马因极不适应我们这里的气候而烦躁不安。将美女送给他们的罕主，将金银财宝分给他们的兵勇。此计，不知他们接受与否？'阿勒坛罕采纳了完颜丞相的建言，便向成吉思汗献去公主的同时，从中都城拿出了足以使蒙古兵勇力取有余的金银财宝，并派完颜丞相前去议和。"

完颜大人的这一招果真奏效了。凶猛而来的蒙古人"拿到人尽其力的财宝后，用熟绢捆绑在马背上驮了回来"。带着金朝美女，驮着无数的金银财宝，成吉思汗和他的军队退回他们的北方去了。那么，一场刚刚开始的版图认同活动就这样结束了吗？宫女的美色，满载的金银改变了蒙古人已经起步的历史行程吗？不是的。在那个时代，成吉思汗他们并不明白自己的这一历史角色，也不知道自己的铁血行动就是在完成对一体版图的民族认同。他们只是以蒙古帝国为利益考量点，以可见的利弊得失为出发点，与草原以南的王朝们争夺着沉浮的权利。而这纷争的背后，就是我们应该看到的那条历史的必然规律。由于可见的利弊原因，成吉思汗退回草原去了，但这个民族的历史行程不会就此止步。因为"议和"不等于无障碍对接，所以他们调整着角度仍将继续行来。这样，退回草原的成吉思汗很快又出现在攻取西夏的征途上。

西夏是中国古代史上党项羌人建立的一个重要的独立王朝。他们占据着当今宁夏、甘肃、内蒙古鄂尔多斯等临近中原的大片沃土，在独立分享生存资源的同时，又阻碍着他人的进入。并且，他们与金朝订有军事同盟关系，使他们成了蒙古南下路上必先清除的一道障碍。《蒙古秘史》写道："之后，成吉思汗率军征战合申（西夏）百姓。见成吉思汗挥师而至，合申国之主不儿罕前来迎降道：'愿为君之右手为您效力！'便将名为察合的女儿献给了成吉思汗。随后，不儿罕对成吉思汗说道：'闻成吉思汗大名我等惧怕已久。如今君威亲临，更是惊恐至极。今惊惧不已的我们唐兀惕百姓愿做您右手，为您效力。'接着，又说道，'我们将这般效力于您：

……
我们唐兀惕举国百姓
愿将养于高草丛中的
健壮无比的众多骆驼

当作贡赋敬献于您！
愿将亲手编织而成的
花纹美丽的布匹物品
当作贡赋敬献于您！
愿将用心调教出来的
无比勇猛的狩猎之鹰
当作贡赋敬献于您！'

"不儿罕言而有信，很快征集到多如牛毛的良驼献给了成吉思汗。"西夏人并不糊涂，他们用资源分享的办法挡回蒙古人的同时，又保住了自己利益之主的地位。不论是女真人，还是西夏人，他们怎能不珍视自己来之不易的历史，怎能不以种种办法应付蒙古人的利益要求呢！如果蒙古人能力有限，其冲击力又很不足，那么已经形成的资源分享格局，在已被分割成几块的中华大地上可能出现又一个割据而存的新王朝。然而蒙古人已经足够强大，资源分享机制势必不能满足他们的发展需求，所以版图的无障碍对接必将成为他们的进一步追求。

历史似乎也有些感应，一个追求升级的由头很快出现了。《蒙古秘史》说，已经议和的金国扣留了成吉思汗派往南宋的招降使。于是，成吉思汗于公元1214年再度出征金国，迫使其帝弃城出逃。至此，成吉思汗并没有回头退去，而是直接将中都城划归自己的版图，并完成了权力的接管。关于接管中都城，《蒙古秘史》记述了这样一个故事：

"成吉思汗派汪古儿司厨、阿儿孩合撒儿、失吉忽秃忽三人进城盘点中都城内金银财宝及缎匹等财物。合答闻得三人前来，便携城中金缎、纹缎出城迎接。见此，失吉忽秃忽对合答说道：'从前，这中都城和城中的一切归阿勒坛罕所有。而现在，这中都城已归成吉思汗所有。你怎么敢窃取成吉思汗的物品，随便送给他人呢？我不能接受这些东西！'从而，没有接受合答所送物品。汪古儿司厨、阿儿孩合撒儿却没有拒绝，伸手接过了送来的物品。当三人盘点好中都城中物品归来，成吉思汗问汪古儿、阿儿孩合撒儿、失吉忽秃忽三人道：

'合答送了何物？'失吉忽秃忽回答道：'送来了金缎、纹缎。但我对他说，从前，这中都城和城中的一切归阿勒坛罕所有。而现在，这中都城已归成吉思汗所有。他怎能窃取成吉思汗的物品，随便送给别人呢？故我没有接受。而汪古儿、阿儿孩合撒儿二人却接受了赠品。'于是，成吉思汗厉声指责汪古儿和阿儿孩二人，对失吉忽秃忽大加赞赏道：'你识得大体！不愧为我的视之明目，听之聪耳！'"

是啊，识大体的失吉忽秃忽一语说中了古代北京的归属变化。而对我们，这一变化更是说明着蒙古人的版图认同形式已经升级了！

愤怒的足迹

东方生存圈中心与周边的无障碍对接，在蒙古人的利益诉求中就这样实现了。这是历史的方向，是这个自然世界的大地山川给她的住民暗暗画下的命运指向。先前的民族们循着它一一地走过去了，如今蒙古人也雄心勃勃地走下来了！可是，正当他们信心十足地推进着版图的无障碍对接时，一个使他们愤怒不已的事情发生了。

《蒙古秘史》写道："其后，成吉思汗派往撒儿塔兀勒百姓的兀忽纳等百名使者被羁杀。"在人类的中古历史上，引发一场大规模战争的恶性事件就这样发生了。研究者们说，被称为撒儿塔兀勒的这个地方，就是13世纪初在中亚地区建立起来的一个大国，史书上称他是花剌子模国。这个王国曾臣属西辽，公元1209年摆脱西辽，成为独立的王国。其疆域东至河中，西至伊拉克，北至锡尔河，南至印度，是成吉思汗蒙古帝国西部的一个强大国家。从研究者们披露的情况看，成吉思汗对这个地方没有版图的认同。他甚至觉得这个地方和他的帝国应该是友好相存的两个国家。所以，"羁杀使者"事件发生之前，成吉思汗曾给这个地方的国王摩诃末写过表示友好的信。信中说："我知道你的势力十分强大，你的国家也很广阔。我知道尊敬的国王你统治着大地上一块广袤的土地，我深深地希望与你修好……"成吉思汗的这个态度显然不同于他对森林百姓、畏兀惕百姓和西夏、金国、南宋等的招降要求。可是，花剌子模的国王亵渎了成吉思汗的这一愿望，无所顾忌地制造了"羁杀使者"的事件。史家们研究说，羁杀使者的这件事在历史上叫"讹答剌惨案"，被杀死的不只是百名使者，而是成吉思汗派往该国表示友好的450人的使团和商队。

惨案就这样发生了。几百个绝对不该被杀的人就这般残忍地被杀了。那么，花剌子模国王为何这般残暴，为何这般置政权间的交往准则于不顾，肆意杀掉成吉思汗表示友好的团队呢？有的史书说，花剌子模国王"脾气暴戾，本性和作风凶残"，所以干出了这样的蠢事。也有史书说，"讹答剌惨案"的直接制造人是花剌子模国王的外戚，在对成吉思汗的商队起了贪心后，便以"间谍"诬告他们，在国王"杀死商人，没收商人财产"的命令下制造了这桩惨案。让我们和史家们看到的情况可能就是这样，然而在它的背后，在他们冒天下之大不韪的肆无忌惮背后，可能就是这个民族或这方人群壮大初期的狂躁。我们还记得，在合不勒汗时代，蒙古人成为百万之众的强大部族后所表现出的那些无所顾忌；也还记得，历史上的一些民族因未能把握强壮之中的膨胀情绪，给人类世界带来的种种灾难。由此可以说，摆脱他人统治而迅速强壮起来的这方人群，正因处在狂躁期而无所顾忌起来。曾经的历史已经证明，发展中的狂躁是一道洪水，如没有理智的堤坝，就只会有随心所欲地冲撞。在历史的那一天，这道洪水向成吉思汗咆哮了，以它的强大和凶悍，成吉思汗和他的蒙古帝国可能就是它的淹没区。

成吉思汗肯定没有历史的这份考量，但他明显地感到了来自花剌子模的威胁。尤其使他不可接受的是花剌子模对他友好心愿的蔑视和亵渎。所以，他愤怒不已，"以至无法平静下来"，"万丈怒火致使泪水夺眶而出"。于是，已进入情绪失控状态的成吉思汗就做出了"怎能让撒儿塔兀勒人断我金链绳而坐视不管呢？要报撒儿塔兀勒人杀我使者之仇"的决定。

这样，一场大规模战争的决定就在成吉思汗无法控制的愤怒中形成了。然而，从史料提供的种种迹象看，成吉思汗对这场战争是没有完全把握的。所以，在出征之前他不仅确定了帝位继承人，也向各个归服之邦提出了出兵同伐的要求。战争的号召强大而有力，已经完成版图对接的各地首领纷纷出兵响应。只有西夏大为另类，不仅没有出兵相助，且也说出了一句刺痛成吉思汗的话："既然力量不足,还做什么可汗?"尽管这样,成吉思汗轻重有别,留下一句"岂能让阿沙敢不如此说话?先去征讨他们,又有何难?可是,眼下我们正要出征讨伐他人,故暂可不理。如得长生天之保佑,牢握我金链绳归来后,再去与他们了断"的狠话后踏上了西征的征途。

在人类的历史上必谈不可的一场大征战——蒙古人的西征开始了,按《蒙古秘史》的说法,这场征战开始于公元1218年,结束于1225年。历时7年的这次征战是整个蒙古人西征的序幕或第一部分。在7年的艰辛征战中,成吉思汗充分发挥军事指挥的天才能力,不仅吞灭了花剌子模国,还北上扫荡了今俄罗斯、乌克兰的许多地区。一位叫志费尼的波斯史学家,在他的《世界征服者史》一书中详细记述了这场征战的残酷屠杀、流血成河的可怕情形。我没有能力,也不愿意描述这场征战的胜败细节,也不愿探讨人们在这件事情上对成吉思汗的任何评价。因为,这是愤怒对狂躁的发泄,其中的残酷无情、烧杀抢掠和毁坏无度是可想而知的。

不幸的是,花剌子模国王的狂躁不仅毁灭了自己,也连累了无辜的其他人和其他地方。被称为合申或唐兀惕百姓的西夏就是又一个重灾区。因为西征时的拒绝出兵和言语奚落,成吉思汗对西夏已怀恨在心了。西征结束后,凯旋的成吉思汗为那难以释怀的一句话决定征讨西夏了。《蒙古秘史》写道:"住过冬天后,决定征讨唐兀惕百姓。于是,成吉思汗重新整点兵马,于狗儿年(公元1226年)秋出征唐兀惕百姓。"这一年,成吉思汗已是65岁的老人,但为了证实西夏王廷的一句狂言,他骑着兔斑赤马,率领着因征服花剌子模国而士气正旺的蒙古铁骑向西夏国扬鞭而去了。一位满怀愤怒而用兵如神的领袖,一支生性骁勇而战火锤炼的铁军,无论从哪个角度讲对西夏都是一个无法抗拒的灭顶之灾。当灾难就要发生之前,冥冥中的天神给双方创造了一个复归理性的绝佳机会。《蒙古秘史》写道:"征途中,成吉思汗乘兔斑赤马,于阿儿不合一地猎野驴群。见野驴群奔腾而来,兔斑赤马受惊,成吉思汗坠地。成吉思汗浑身不适,便到搠斡儿合惕一地下营休息。宿了一夜,第二天一早,也遂夫人对大家说:'诸子、群臣们商议一下吧!可汗昨夜大烧不退,很是难受。'于是,诸子、群臣们立即聚会商议。商议间,晃豁塔歹氏脱栾参谋官说道:'唐兀惕百姓有筑好的城，有不能挪动的营地。他们不能背着筑就的城和不能挪动的营地逃走。我们还是回去养好可汗的身体后，再来与他们决战为好。'诸子、群臣都赞同脱栾的意见，便入帐奏闻成吉思汗。听罢，成吉思汗说道：'若是回去，唐兀惕人必说我们是胆怯而退！我们派使者前去。期间，我就在这搠斡儿合惕疗养着，待使者回来听其答话后再作打算为好！'"

免于灾难的一大机会就这样出现了。成吉思汗的态度非常明确：作为无敌的王者和言而有信的老人，他需要一个态度，需要一句让他走下台阶的话。于是，成吉思汗的使者就带着这样一个历史性机会，也带着"不儿罕你不是曾经说过，'要做我右手'吗？照你所说，我们在征讨撒儿塔兀勒百姓时曾通知你出兵效力。可你言而无信，不仅未出一兵一卒，还出言讥讽于我！那时，因我已另有所向，所以，我将你搁在一边踏上了征讨撒儿塔兀勒的战场。得天地之佑，我已降服撒儿塔兀勒百姓。所以，今我前来与不儿罕你求证旧言"的话来到了西夏王廷。何等明确的信号啊，可是西夏国的权贵们没有抓住它，反而以"你们蒙古人以为惯战想要与我一战，那就到阿剌筛一地来吧！那里有我身居帐房的，惯以驼驮的人们。要战，就在那里厮杀！如果需要金银财宝，则到额里合牙、额里折兀二城来"的鲁莽豪迈把自己的家国与属民推入了亡国丧命的灾难之中。

厮杀的结果毫无悬念，立国189年的西夏灭亡了。关于成吉思汗攻灭西夏的这场战争，曾有许多研究和描述的文字。这些文字不仅详细记录着每场战斗的起始时间和结束日期，而且还记录了交战双方的兵力投入、战术计策以及政治与自然的风云变幻等等。我读过其中的几部，但过后不久其情形又模糊不清起来。而去了一趟宁夏，参观了一次位于银川西夏王陵的反映成吉思汗攻灭西夏的塑像馆之后，这段历史就成了我立体的彩色记忆！其中的有些细节尽管有待商榷，但它让我感到了物态化效果的具体与实在。

是的，物的存在是多么真实，多么实在呀！我们的文化能不能跨出心灵的门槛，以物态的形式与它的人民共生同存呢？这是我近年来一直思考的一个问题，尤其是文化正在成为人类世界一大产业的今天。前几年，我去过一趟欧洲，到过一些名胜，看了不少古迹，也和同行人一起欣赏了人造世界的繁华与井然。回来时，大家的收获各不相同，有的是大包小包鼓鼓囊囊，有的是留念影像串串叠叠，有的是奇闻趣谈笑声一路。而我囊中羞涩，只给家人和朋友带回一些最简单的礼物和一个颇感新鲜的悟觉。这个悟觉就是：文化的物态化形式与心灵化形式的巨大差异！站立在比利时布鲁塞尔市街头的尿童雕像原本是一段小小的故事。然而，当他由书中的小小文字变成常尿不停的可爱雕像后，就成了这座城市最具人气的景观，成了每到这里的人必去不可的地方。他所表达的信息，他所聚拢的人气，他所带来的效益对布鲁塞尔的贡献是何等的巨大呀！我越发觉得对文化的物化打造是必要的。因为物化的存在不仅极易成为产业，也会大大提升文化对心灵的影响力。如同布鲁塞尔的小小尿童，也如同宁夏银川物化呈现的成吉思汗攻灭西夏的那段历史……

天地丰碑

随着花剌子模国和西夏王朝的灭亡，成吉思汗的风云人生也走到了生命的终点站。就在东方生存圈北部游牧草原与西夏大地的版图裂缝轰然合拢的剧烈声响中，导演和指挥了这一历史壮举的成吉思汗也悄然完成了他最后一次的心跳。《蒙古秘史》写道："因为唐兀惕不履行诺言，所以成吉思汗再次出征唐兀惕，消灭掉唐兀惕后返回来。成吉思汗于猪儿年升天。"

一个民族的缔造者，一大帝国的创建人，成吉思汗离开他深深眷恋的一切，走了。《蒙古秘史》仅以如此简约的一句话记述了注定让人追问不止的历史话题。是的，成吉思汗果真是灭定西夏回到草原后去世的吗？他究竟去世在猪儿年的哪月哪日？他去世的具体地点又是哪里？应该说，这是唯有《蒙古秘史》才能准确记述的问题，因为它是这一历史的亲历者们写就的。然而它没有写，把本为不难的话题留给了后人，留给了未曾亲历那段历史而只能按口耳相传的信息来记写的后人们。这样，麻烦就出来了，各不相同、互不一致的记录和五花八门、真假难辨的说法就充斥了史书，充斥了我们的视听空间。

那么，成吉思汗究竟是在什么时间、什么地点离开这个世界的呢？在离开这个世界时，他又为自己的帝国与后人安排了哪些事宜？由于《蒙古秘史》的疏忽或故意不为,这个问题就成了史家们代为回答的历史命题。深谙使命分量的史家们经过长期孜孜不倦的研究,到我们这个时代时终于提出了大体一致的如下意见。那就是:于公元1227年8月25日,成吉思汗就在当今甘肃六盘山之南的清水县境内去世。去世之前,他共安排和部署了四件大事。一是确定他的三子斡歌歹(斡阔台)为帝位的继承人;二是制定了灭取金国的战略计策;三是下达了处死前来投降的西夏国王的命令;四是安排了自己的身后丧事。有些史家还说,成吉思汗对自己的去世是有预感的,说他早在1226年就做过一个噩梦,便知自命将尽。于是,着手安排了事关帝国与自己的这些大事。

成吉思汗去世的时间和地点,就这样在史家、学者们的不懈努力下一步步被确定下来了。随着这些疑谜的水落石出,一个更大更让人追问不止的疑谜又随之出现了。那就是:成吉思汗被安葬在哪里?他那不败金身究竟长眠在什么地方?今在内蒙古鄂尔多斯的成吉思汗陵是不是成吉思汗真正的陵寝?是啊,这的确是个很大的问题,与成吉思汗去世的时间、地点一样,这一问题最可信的发言人也还是《蒙古秘史》。可是它只字未提,从而将这一问题推入了成为疑谜的山间小道。事过80多年后出现的《史集》和再后写成的《元史》,虽然根据后人的记忆尝试过补充与澄清的努力,但因提到的地方不相一致而更把这一问题引入了扑朔迷离的境地。之后就是一个接一个的追问和一个接一个的"据说",使这一问题真正变成了永难说清的不解之谜。

700多年过去了,成吉思汗创建的那个帝国早已灰飞烟灭,他所缔造的蒙古民族也已汇入了人类历史的滚滚潮流,只有他那金身长眠的地方依旧隐匿在岁月的背后,考验着一代代后人的智慧。各种各样的观点接二连三地被提出来了。这些观点既有古代的,也有近代和现代的;既有蒙古人的,也有汉族人和外国人的。因为不是史家和学者,更因为只是一名历史的读者,我没有资格评论古今大家们的孰是孰非,也不愿一一介绍那些炫人耳目的种种论说,更没有能力动用后世的种种说法提出任何一个新的观点。因为我们没有必要把真实的历史改变成一部人造的历史!

不过,在那些炫人耳目的种种说法中有两个截然不同而争执不休的观点值得我们去认真注意。一种是根据《元史》的写法,认为成吉思汗的葬地就在今蒙古国境内"起辇谷"之地的观点。持这一观点的学者们也已基本锁定了"起辇谷"在蒙古国的大致方位。另一种则是根据成吉思汗陵在内蒙古鄂尔多斯的现实,认为成吉思汗的陵寝只能在内蒙古的观点。两种观点针锋相对,互不相让,大有将争论进行到底的意思。争论是学者们的专利,而争论的背后则就是学者们留给我们的联想空间。是的,这个空间很大、很自由,也有学者们已经提供的尚未连接的种种站点。如果把这些站点一一连接在"成吉思汗的葬地在起辇谷"之观点和"成吉思汗的陵寝只能在内蒙古"之说法之间,我们会联想出怎样一个结果呢?以下就是我所联想到的情形:

公元1227年8月25日,成吉思汗在甘肃清水县病逝,时年66岁。去世前,跟随他参加攻灭西夏之战的儿子和部下们将一把骆驼额头上的绒毛放在他的鼻子上,吸收了成吉思汗留给人间的最后一口气,以此象征留住了他驰骋天地的灵魂。然后,儿子们和部将们遵照成吉思汗"秘不发丧,勿令敌知"的遗嘱,将他的遗体秘密护送到草原深处的后方大本营。到后方大本营后,他们发布讣告,进行举国哀悼。哀悼时,他们把吸附了成吉思汗灵魂的驼毛放进宝盒之中,与他的遗体、遗物一起,供奉在专门修建的白色大帐中,特供他的孩子们、夫人们、大臣部将们以及其他有关人员吊唁。哀悼结束后,后人们在严格的保密措施中按着蒙古祖先的传统旧制,在那个叫"起辇谷"的地方将成吉思汗的金身归还给了他所热恋的大地自然。由于把他金身归还给了大地自然,就没有必要堆起坟包和建造陵寝,于是供奉灵魂宝盒和珍贵遗物的白色大帐就成了人们祭祀成吉思汗英灵的特定场所。

随着成吉思汗夫人们的相继去世,以这样的规制建造起来的白色宫帐渐渐多了起来,最后形成了通常所说的"八白室"。这样,这些白色的宫帐紧紧跟随蒙古帝国和元朝时代的政治中心,辗转南北,后来又随元朝的败亡回到了它原来的北方草原。之后,这个地方多遭战火洗劫,白色宫帐的守护者们就带着帐中的灵魂辗转各地,最后在17世纪初时逐渐集中到了内蒙古鄂尔多斯地区。随着清朝政局的平稳,成吉思汗灵物平安落脚鄂尔多斯,同时使之生根的美丽传说也被编创起来。之后,在1938年为了挫败日本侵略者的东迁图谋,已经成为成吉思汗陵寝化身的那些白色宫帐又经历了十几年辗转甘肃、青海的避难之旅，最后于1954年在中华人民共和国中央政府的关怀下又回到了鄂尔多斯地区，并且开始得到大规模的修建、扩建和新建，终于发展成了今日这般规模宏大而旺气极盛的陵寝建筑……

这不仅是联想的结果，更是蒙古人的祖先将丧事空灵化处理的结果。如果不是这样，如果在叫"起辇谷"的那个地方建有一座冷冰冰的成吉思汗陵寝，历史的战火和盗墓者的黑手怎能让它留到今世，又怎能在内蒙古的鄂尔多斯出现这样一座凝聚着民族后人们情感心灵的陵园建筑呢？！

是啊，当古埃及的国王们一一睡到金字塔下，当古时欧洲的君主们一一走进教堂的怀抱，当中原王朝的帝王们一个个长眠在国土上的风水宝地时，成吉思汗却以空灵飘逸的形式活在后人的心中，活在美酒和奶茶酿成的故事之中……

远去的历史背影

用心倾听着蒙古祖先们从历史深处蹒跚走来的脚步声，我把该作写到了成吉思汗时代的结束。应该说，这是我的站点，是我观察和思考我们蒙古这一民族历史之路的时间站点。对于这个站点以前的事情，我是迎上前去，匍匐而行，顺藤摸瓜地把蒙古人悲壮激情的历史征程解读到了成吉思汗时代的终端。现在，我要转身了，要完成虽不利落，但又必须的向后转了。因为，我们从这个民族平常生活的千头万绪中，紧紧盯住促使他发展演进的心跳脉搏，清晰地看到了他顺着历史之路激情走来的身影。如今他策马扬鞭，群情激昂地呼啸着越过这个时间站点疾行前去了。所以，我必须转过身来，望着他渐渐远去的背影写完这部作品的最后一段文字。

我们都知道，历史是人民创造的。人民是在一个个引领者和他所建造的权力体制下完成其创造历史之使命的。这样，引领者的智慧和他那本有的能力就会变成推动或延缓历史进程的关键因素。蒙古人的历史也毫不例外，那些创造了历史的古时男女、父老先人们，在一代代首领的管带下经历了从猎人到牧民，从弱小到强壮的变化。之后，从合不勒汗时代起，他们就被带入了一条仇恨追逐的长路，拼杀着、败落着，伤痕累累地走到了铁木真时代。接着，铁木真经历了这个民族最为凄惨的岁月之后，将他带入了涅槃重生的成吉思汗时代。

对于蒙古人和他的历史来说，成吉思汗是说不完的故事，唱不完的歌。对我和我的这本书更是这样。可是，现在他已经走了，留下一个强大的帝国和无限的荣耀匆匆地走了。那么，他的后人们，那些帝位王位的继承者们能否守住成吉思汗创下的江山大业？能否继续这个民族进行正酣的历史进程？能否实现东方生存圈中心区域与周边地带完全的无障碍对接？从成吉思汗的手中接过帝国大权的第一人就是他的三子斡歌歹。斡歌歹是成吉思汗亲自选定的接班人，为人诚实厚道，嗜酒也爱色。他在位13年，基本是在成吉思汗影子的陪伴下完成他朝政使命的。在他看来应该做和必须做的就是成吉思汗做过，但没有做完的那些事情。于是，登基不久，斡歌歹就以"去完成先父未竟的征服金国阿勒坛的大业"为使命，亲率大军南下作战，终于在公元1234年基本按成吉思汗临终战略攻灭金国，彻底实现了蒙古草原与中原大地的无障碍对接。

忠诚是我们人类永恒需要的美德，但不假思索的忠诚有时也会做出大可不必的壮举。由于成吉思汗为报使者被杀之仇，愤怒地讨伐过花剌子模等国，斡歌歹认为这又是他应该做好的另一件大事。于是，灭完金国后，他立即掉转马头，以"完成先父成吉思汗未竟的征服巴黑塔惕百姓之业"为名，未加任何思考地派出了震惊世界的长子西征军。长子西征，战果辉煌，不仅占取了横跨欧亚的大片土地，也直接催生了四大汗国的出现。但斡歌歹怎么也不会想到，他的这一举动并非是绝对必需的。因为成吉思汗大仇已报，所以，没有必要再去拓展愤怒而去的征战之路。可是，不假思索的忠诚使他安然地这样做了。致使向西绵延的这条路变成了消耗蒙古民族元气能量的巨大缺口，不仅延缓了本该有的版图对接进程，也最终使大量的西去之人淹没到了异国他族的人海之中，最后连民族的称呼都未能保留住！

然而，事情就那样发生了，成吉思汗和蒙古人也由此成了征服世界的大英雄。这就是斡歌歹不假思索的忠诚带给蒙古民族的荣耀和不幸。之后，斡歌歹时代就结束了，在结束自己的时代时，斡歌歹检讨自己说："自罕父之后，我做了四件益事，又犯了四项过错！"他提到的第一件益事就是灭取金国，而西征没有被他列入功过之内……

　　随着斡歌歹时代的结束，成吉思汗对这个帝国的影响也渐渐淡去，一场权力循环过程中的必然争斗在帝国的核心家族里开演了。斡歌歹在世时虽然选定过权力的接班人，但他过世后这个金光闪闪的接力棒并没有传到他所选定的接班人手里，却被他的皇后乃马真从中接了过去。这样，成吉思汗始建的这个帝国就进入了派系互争，频频换帝，各主大政三五年的权力争夺时期。这个时期持续20多年，共有乃马真、贵由、蒙哥、海迷失等人放牧过帝国的权力，最后由忽必烈胜过其弟阿里不哥夺取大位而告一段落。权力争夺是古代帝国保持生机的独特景观，争夺越是激烈，越是复杂，越能体现取胜者的强大与超凡。这样，帝国的命运才能得以强势延续，其事业也才能得以巩固和发展。忽必烈就是从这一暗规则中脱颖而出的强大超凡的帝王。忽必烈于公元1260年3月登基，成为蒙元帝国历史上的第五位大可汗。登基之前，他在帝国事务中的分工是主持处理中原及以南地区的军政之事，公元1258年，开始统帅帝国东路大军主持攻灭宋朝的战争。忽必烈登基时，成吉思汗创建的这个帝国已经走过了半个多世纪的风雨历程，其国体已从当初的游牧草原小国壮大成了拥有四大宗藩国和东方生存圈绝大部分地域的庞大帝国。这时，目的莫名而难有结果的西征已趋结束，消耗内力与元气的帝位之争也已尘埃落定，帝国的政治、经济、军事和最终的存在形态等已经进入了进一步审视和规划的阶段。

　　忽必烈没有辜负历史赋予他的责任与使命。他按着北方民族历史行程的必然方向，将帝国形成的灵魂——政治中心逐步向南迁移，最后于公元1264年迁到当今的北京城，并把国号改为大元。之后，攻灭南宋之事就成为大元帝国的根本追求，于是终于在公元1279年结束了南宋王朝的历史存在。这样，一个被大小王朝割据已久的中华版图，一个被人造的裂缝分割已久的东方大地，在为他子民的一个民族的铿锵有力的历史行程中终于实现了完全的无障碍对接。这样，这块生存版图就以山连山，水连水，一体统一的形态出现在人类世界的面前。也这样，一个叫蒙古的，向着吉祥，向着希望迁徙不休的民族，经过几百年的坎坷曲折和浴血努力，终于也完成了与人类世界交汇相融的历史行程……

历史的脚步，自然而匆匆，随着他的脚步，忽必烈走了，之后的帝王们也走了，风光无限的大元帝国也随之走了，留给我们一个时隐时现的背影和许多讲不完的故事永远地走了。让我们目送他们吧，目送他们曾经的豪迈，曾经的辛劳，曾经的高贵，曾经的沮丧和曾经做过的对事儿、错事儿、好事儿、坏事儿及其一切一切……